历史小说

杯酒释兵权

田芳芳◎著

赵匡胤

（上册）

中国铁道出版社有限公司

CHINA RAILWAY PUBLISHING HOUSE CO., LTD.

图书在版编目（CIP）数据

杯酒释兵权：赵匡胤：上下册 / 田芳芳著 .—北京：
中国铁道出版社有限公司，2024.8
ISBN 978-7-113-31277-0

Ⅰ.①杯… Ⅱ.①田… Ⅲ.①赵匡胤（927—976）–
传记 Ⅳ.① K827=441

中国国家版本馆 CIP 数据核字 (2024) 第 103904 号

书　　名：**杯酒释兵权：赵匡胤**
　　　　　BEI JIU SHI BINGQUAN : ZHAO KUANGYIN
作　　者：田芳芳

责任编辑：贾芝婷　荆　波　　　电　　话：（010）51873026
封面设计：尚明龙
责任校对：苗　丹
责任印制：赵星辰

出版发行：中国铁道出版社有限公司（100054，北京市西城区右安门西街 8 号）
印　　刷：三河市国英印务有限公司
版　　次：2024 年 8 月第 1 版　2024 年 8 月第 1 次印刷
开　　本：710 mm×1 000 mm 1/16　印张：33　字数：629 千
书　　号：ISBN 978-7-113-31277-0
定　　价：158.00 元（上下册）

目录

【第一回】
问前途褴褛持剑，扫敌寇少年悬弓

历史总是按照其固有的规律不断变化且向前发展的。朝代有盛有衰，当它衰落的时候，新的朝代便取而代之了。

大唐帝国曾经威风八面，可经"安史之乱"一折腾，元气大伤，虽然又苟延残喘了许多年，但昌盛不再。公元907年，宣武军节度使朱温把唐朝最后一个皇帝李柷（唐哀帝）赶下台，自己做了皇帝，改国号为"梁"（史称"后梁"，朱温即后梁太祖），定都大梁（今河南开封）。从此，中国历史便进入了一个极其混乱的"五代十国"时期。这一时期前后绵延五十余年。

后梁是一个短命王朝。公元923年，河东节度使李克用的儿子李存勖赶走后梁末帝朱友贞，建立"唐"朝（史称"后唐"，李存勖即后唐庄宗），定都洛阳。三年之后，后唐发生内乱，李存勖的部下李嗣源又把皇帝的宝座抢到手（李嗣源即后唐明宗）。李嗣源做了皇帝之后，改年号为"天成"。

我们即从后唐明宗天成年间说起。

天成二年（公元927年）二月十六日，后唐都城洛阳夹马营的一座府宅内，香烟缭绕。缭绕的香烟中，观世音菩萨的佛像显得庄重而神秘。佛像并不大，但一双佛眼却慈善而凝重。佛眼的面前，有一位双膝跪地的祈祷者。

祈祷者缓缓地抬起了头。这是一个中年男人。看他的面貌，似乎比观世音还要亲善。圆圆的脸，温柔的眼神，眉宇间透着一团和气，怎么看都像是一位乐善好施者。而实际上，他却是一位能征惯战的将军，姓赵，名弘殷，时任后唐飞捷指挥使。

赵家祖居涿郡（今北京市西南），是世世代代的官宦之家。赵弘殷的曾祖赵朓，曾在唐朝先后任过永清、文安、幽都令；祖父赵珽，担任过御史中丞一职；父亲赵敬，历任营州、蓟州、涿州刺史。

赵弘殷靠着一身过硬的骑马射箭功夫，曾带着五百人在黄河边上救过后唐庄宗李存勖一命，故而博得了一个飞捷指挥使的武职。此职是统率皇帝亲军的，可见李存勖对他的器重和信任。虽然李嗣源称帝之后，赵弘殷失去了信臣的地位，但职务却未变。

一个大将军，为何要跪在观世音菩萨的佛像前焚香祷告？他究竟要祷告什么？

原来，内室里，赵弘殷的妻子杜氏正在努力地把腹中的胎儿生出来。赵弘殷是在为妻子生产而祈祷。

一般人作如此祈祷，无外乎有两大内容，一是祈祷妻子生产顺利，二是祈祷妻子最好能产下一个男孩。但赵弘殷不同，他的祈祷还有第三项内容，那就是：无论妻子生男生女，都千万别过早地夭折。

这似乎有些奇怪，更有些不近情理。妻子尚未生产，赵弘殷为何就想到了夭折一事？原因是，在此之前，赵妻杜氏曾产过一女，但不久便夭折了；后来，杜氏又产下一儿，赵弘殷高兴得不得了，为儿取名"匡济"——乃匡济天下之意，从此不难看出赵弘殷自己的远大志向及对儿子的莫大期望——但匡济刚满周岁，也夭折了。

赵弘殷是一个带兵的将军，随时都有战死沙场的可能。如果妻子杜氏所生儿女（尤其是儿子）都一个接着一个地夭折，那他岂不就有断子绝孙的危险？

故而，杜氏在内室紧张地生孩子，赵弘殷在外屋也很不轻松。他既希望观世音菩萨能够保佑杜氏顺利地产下一子，更希望观世音菩萨能够保佑他的儿子平安地长大成人，了却他的心愿。从这个意义上说，外屋的赵弘殷比内室的杜氏还要紧张。

其实，赵弘殷在观世音的面前也只跪了约半个时辰。半个时辰之后，他就"腾"地站了起来，因为他听见了从内室里传出的婴儿的哭声。只是那哭声太过清脆，像是发自女婴之口。所以，赵弘殷起身之后，一时怔住了。

产婆从内室走出，来到赵弘殷身边，笑容满面地说道："恭喜大将军，贺喜大将军，夫人平安，少爷也平安……"

"少爷？"赵弘殷大喜，眼睛直直地盯着产婆，"你是说，夫人为我生了一个儿子？"

"可不是，"产婆讨好地道，"少爷足足有七八斤重，长得方面大耳，一看便知是大富大贵之人！"

产婆话未落音，赵弘殷已经奔到了内室的门口，但旋即，他又跑回来，先是冲着观世音佛像虔诚地鞠了一个躬，然后向产婆表示感谢，并叫产婆去管家那里领赏钱，接着甩开大步，跨进了内室。

赵弘殷跨进内室的时候，仿佛看见满屋皆为红光盘绕，红光中还飘散着一股股让人沉醉的异香。更为奇妙的是，杜氏怀中的那个婴儿，从头到脚都呈现出一种耀眼的金色。这种金色三日之后才退。

赵弘殷目光定定地望着杜氏的怀中，仿佛杜氏怀中的婴儿与他赵弘殷没有什么关系。

杜氏颇为诧异地问道："将军，您这是何意？"

赵弘殷动了动双唇："夫人所生……果然是儿子？"

杜氏举起怀中的婴儿，露出婴儿腿间那"宝贝"，道："将军请仔细观瞧……"

"果然是儿子，果然是儿子！"赵弘殷有些激动，声音略略大了些。婴儿似乎很敏感，顿时"哇"地哭起来，慌得赵弘殷"啪"地抽了自己一个耳光，嘴里还说道："为父该死，竟然吓着了我儿……"

杜氏将乳头送入婴儿嘴里，婴儿渐渐平静了下来。赵弘殷盯着婴儿对杜氏说道："夫人又辛苦了一回……"

杜氏轻叹道："辛苦不辛苦没什么，但愿这孩子万事大吉啊！"

赵弘殷不禁又想起那夭折的一子一女来，杜氏也默然不语。屋内气氛一时有些凝重。只有那小婴儿，安然地闭着双目，全然不把屋内的凝重和感伤当作一回事。

第二天，赵弘殷为自己新生的儿子取名"匡胤"。"匡胤"是匡救后世的意思，与夭折的"匡济"的名字的含义大同小异。给儿子命名之后，赵弘殷又有些后悔：第一个儿子取名"匡济"，刚满周岁便夭折了，第二个儿子取名"匡胤"，岂不是有不祥之嫌？

赵弘殷把这种后悔对妻子说了，并有意为儿子另起一个名字。杜氏却不以为然，她对赵弘殷说道："何必为胤儿改名？人的寿数自有天定，与名号何干？"

赵弘殷平素是很尊重妻子意见的。杜氏既然这么说，他也就打消了改名的念头，只是心中始终忐忑不安。

虽然杜氏认为人的寿命长短自有天定，但对赵匡胤的呵护却不敢有丝毫的大意。不仅如此，她还叫丈夫去买两个伶俐的丫鬟来伺候赵匡胤。

赵弘殷倒好，一下子买来了六个丫鬟。一天到晚，无论何时何地，赵匡胤的身边都至少有两个丫鬟在守护。纵然如此，周岁以前的赵匡胤也生了几场不大不小的病。赵匡胤每一次生病，都让赵弘殷和杜氏提心吊胆。有一回，赵匡胤发了半天烧，却吓得赵弘殷一连三天都高烧不退。

而赵匡胤八个月的时候就开始蹒跚学步，长到十个月，他就已经能清晰地喊"爹""娘"了，个头也比同龄小孩要高出一大截。

眼看赵匡胤就要满周岁了，想到自己第一个儿子就是在满周岁后不幸夭折的，赵弘殷又不禁惶恐起来。

赵弘殷向妻子建议道："夫人，我以为，就不要给胤儿抓周了……"

杜氏不同意："将军，生死由命，富贵在天，与抓周何干？"

杜氏虽为女流之辈，但比丈夫更有主见。赵弘殷最后道："那就听夫人的吧！"

所谓"抓周"，即是在小孩满周岁那一天，在他面前摆放着一些不同种类的东西让小孩伸手抓，小孩第一次抓住何物，便可据此推测小孩将来会成为什么样的人。比如，小孩第一次抓到的是食物，那这小孩以后就是一个好吃鬼；如果第一次抓到的是书本，那这小孩长大后就能考取功名。

有些父母对抓周十分认真，赵弘殷和杜氏就是这样的人。可惜的是，他们的第一个儿子赵匡济就是在抓周后的第二天突发高烧，第三天即离他们而去，所以，抓周在赵弘殷的心中一直留有很大的阴影。

赵匡胤满周岁的那一天终于来了。抓周的时候，赵弘殷在儿子的面前放了一大堆东西，有吃的、玩的、用的……赵弘殷拿了五六本书放在距赵匡胤最近的地方，很明显，他是希望儿子抓到书本。

但赵匡胤没有去抓书本。确切说，他什么也没有抓，两只小手只是在身前舞动，可就是不朝下抓。

赵弘殷有些急了："胤儿，你倒是快点抓啊……"

杜氏瞧出了点名堂："将军，您看胤儿在看什么？"

可不是吗？赵匡胤一对小眼珠子不错神儿地朝着赵弘殷的身后瞅。赵弘殷身后的墙壁上悬挂着一柄剑，一柄随赵弘殷征战沙场的宝剑。

赵弘殷皱了皱眉，然后吩咐仆人道："将剑取来，放在少爷面前。"

说来也怪，仆人刚把剑放在赵匡胤的面前，赵匡胤的双手就"扑"地抓住了剑鞘，且一只小手还慢慢地摸到了剑柄上，似乎是要将剑从鞘里拔出来。再看赵匡胤的脸，明显的有一种满足的神情。

"夫人，"赵弘殷又皱起了眉，"这孩子，好像有点奇怪……"

杜氏却不以为然："有什么好奇怪的？你喜欢舞刀弄枪，胤儿自然也就喜欢剑。"

是啊，第一个儿子赵匡济倒是在抓周的时候抓着了书本，但周岁就死了。说不定，胤儿舍书抓剑，是个好兆头呢。

尽管如此，在赵匡胤抓周之后，赵弘殷的心也还是几乎提到了嗓子眼儿。好在他这种担心是多余的。一年过去了，两年过去了，三年也过去了，赵匡胤在茁壮地成长着。而且，自满周过后，赵匡胤好像从未得过什么病。赵弘殷略略地安下了心，杜氏也常常微笑着看着赵匡胤的身影。

后唐长兴三年（公元932年）春，赵匡胤已经六岁了，身体结实得就像一头小牛犊。他曾在与同伴玩耍时，将一个八九岁的男孩揍得鼻青脸肿。

赵弘殷知道后，本想好好地惩罚赵匡胤一顿的，可杜氏却道："胤儿能将比他大的孩子打败，说明胤儿有出息。"

杜氏这么说了，赵弘殷也就不便对赵匡胤动手了，加上膝下就这么一个宝贝疙瘩。最终，赵弘殷亲自到被打的那个男孩家里赔礼道歉，平息了此事。

然而，有一回，赵弘殷实在忍无可忍了，硬是当着杜氏的面，狠狠地打了赵匡胤一巴掌。原因是，赵匡胤在家里拿木棍当剑耍，将一个仆人的脸划了好几道血口子。

赵弘殷打赵匡胤的时候，杜氏流泪了。赵弘殷连忙对杜氏道："夫人，不是我狠心……他才这么大就如此胡闹，将来又会如何？"

杜氏抹了抹眼泪道："将军，送胤儿去念书吧。"

赵弘殷自然没有意见。就这么着，六岁的赵匡胤，开始了他的读书生涯。

教赵匡胤读书的是一位姓陈的先生，年岁虽不是很大，但长得瘦骨嶙峋的，又蓄着长须，所以一眼看上去，颇有一副老学究的模样。

陈先生在洛阳一带小有名气。然而他名气再大，似乎也奈何不了赵匡胤。与赵匡胤同学的七八个小孩，在陈先生摇头晃脑，之乎者也的时候，都专心致志地听着，生怕漏听了一个字。而赵匡胤却一只眼瞥着陈先生的胡须，一只眼瞟向窗外，看窗外行人匆匆或鸡飞狗跳。陈先生发现了便提问赵匡胤。赵匡胤站起来，一脸的茫然又一脸的无辜，弄得陈先生哭笑不得，只能连说几句"不可教也"了事。

最让陈先生哭笑不得的是在一个阴天的上午，他讲解孔子，讲解得眉飞色舞、声情并茂。在他的口中，孔子简直就是一位无所不能的圣人。就在陈先生将要结束自己的讲解时，赵匡胤突然起身问道："先生，那孔圣人会骑马吗？"

陈先生一愣，随即支支吾吾地说道："孔圣人……经常乘坐马车出游……"

"先生，"赵匡胤紧接着问道，"那孔圣人会舞剑吗？"

陈先生真不知该如何回答，但还是说："孔圣人……看过别人舞剑……"

赵匡胤"扑哧"一声笑了："先生，那孔圣人一不会骑马二不会舞剑，什么本事也没有，如何能称得上圣人？他只不过是一个能认得几个字的小老头罢了，先生这么起劲地夸他，是不是太过分了？"

与赵匡胤同学的七八个小孩也大着胆子笑起来。陈先生一时很是难堪，手中的戒尺举得老高，但终究没有落下来。毕竟，赵匡胤的父亲是当朝的将军，他是不能不有所顾忌的。

陈先生找到赵弘殷道："将军大人，贵公子无心读书，又目无尊长，还肆意贬损先贤，陈某无能，实在难以教导，还是请将军大人将贵公子领回吧。"

无论是赵弘殷如何赔礼道歉并再三地恳求，陈先生似乎都已拿定主意，不再教赵匡胤读书。最后，杜氏说道："陈先生，胤儿在你那里上学，我们付你双倍学费。"

陈先生虽在教书上小有名气，但无奈家境清贫。听了杜氏的话后，他勉强地点了点头道："好吧，但请将军和夫人多管教管教贵公子！"

赵弘殷回家后，便追问赵匡胤如何得罪了陈先生。赵匡胤也不隐瞒，老老实实地说出原委，惊得赵弘殷大叫道："难怪陈先生生气……你怎能这般侮辱孔圣人？"

"我没有侮辱孔圣人！"赵匡胤昂起头，"孩儿说的是实话，也是心里话。那孔圣人既不会骑马又不会舞剑，就算不得有什么真本领！"

"大胆！"赵弘殷大喝一声，举手就要打向儿子。杜氏忙道："将军息怒！妾身以为，胤儿所言也不无道理！"

赵弘殷长叹一声道："夫人啊，我倒是会骑马会舞剑，可到现在不还只是一个小小的将军？我是希望胤儿能够好好的读书，将来也好有个不错的前程！"

杜氏却道："人各有志，岂能勉强？何况胤儿尚小，能认识几个字也就是了。"

于是，赵匡胤就继续跟着陈先生读书识字了。还同过去一样，无论陈先生讲什么，赵匡胤听着都三心二意的。好在赵匡胤也不多说话，只是静静地坐在窗边。而陈先生呢，也只当没有赵匡胤这么一个学生，甚至都懒得看他一眼。

然而，出乎陈先生意料的是，每次考试赵匡胤的成绩并不很差，有一回，赵匡胤甚至考了个第二名。

日出日落，冬去春来。转眼间，赵匡胤已经随陈先生念了两年书了。就在这时候发生了一件事，使得赵匡胤不得不中断了学业。

一天下午，赵匡胤依旧坐在窗边三心二意地听着陈先生讲课。忽然，赵匡胤发现窗外不远处的一块空地上，几个军士正在驯服一匹马。赵匡胤一时兴起，便假装肚子不舒服，要出去方便。陈先生"嗯啊"了一声，赵匡胤就飞也似的跑出了屋子。

赵匡胤一口气跑到了那匹马的近旁。这几个军士恰巧是赵弘殷的手下，其中有认识赵匡胤的，便迎上来打招呼。

赵匡胤问是怎么回事，一军士回答："这是一匹北方来的马，未曾驯服过，我们正在试图驯服它。"

一军士爬上了马背，另一军士则紧紧地拽住缰绳。刚开始，那马还挺老实，动也不动，可突然长嘶一声，两只前蹄高高扬起，将背上的军士"咕咚"一声掀倒在地上。若不是拽缰绳的军士卖力气，这马早已不知跑到哪里去了。

另一位军士不服气，身子一纵就跃上了马背。可惜他刚一跃上马背，那马就一会儿甩头，一会儿耸臀，弄得军士"嗷嗷"直叫，吓得魂飞魄散。最终，他惊呼一声，栽落马下。

好半天，在同伴的帮助下，被摔的军士才"哼哧哼哧"地爬起身，龇牙咧嘴地说道："胡马野性太重，诚不可驯也！"

赵匡胤看得心痒，不觉趋前一步道："我来骑它试试。"

一军士忙道："公子切莫拿此开玩笑，这种玩笑是开不得的！"

其他军士也纷纷劝阻。赵匡胤却满不在乎地说道："不就是一匹马吗？有什么大不了的？"

说着，赵匡胤就来到马下，试图爬到马背上去。可是，虽然他比同龄的孩子要高出一截，但站在马前，却仍显得太过矮小，凭他一个人要想骑上马背那是不可能的。

赵匡胤叫一个军士抱他上马，那军士畏畏葸葸地不敢答应。赵匡胤眼珠子一转道："我只是到马背上去坐一坐，然后就下来，还不行吗？"

那军士迟疑了一下，最终将赵匡胤抱上了马，但两只手却紧紧地扶着赵匡胤。赵匡胤说道："你把手拿开，你这样扶着我不舒服。"

那军士犹犹豫豫地拿开了手，可始终站在马肚子旁边。赵匡胤得意地叫道："你们看，这马不是挺老实吗？"

是呀，赵匡胤在马背上一会儿顺骑，一会儿倒骑，还时不时地拍拍马屁股，可那马却动也不动，像是睡着了一样。

几个军士面面相觑。一个军士说道："真是奇怪呀！这马好像认识赵公子似的。"

赵匡胤趁机对牵缰绳的军士道："你把缰绳给我，我骑它。"

那军士将缰绳交给了赵匡胤。赵匡胤一抖缰绳，那马竟然缓步徐行起来。

几个军士一边跟在马的后面走，一边啧啧称奇不已。

但很快，那马就突然昂首一叫，撒开四蹄，一路狂奔。吓得那几个军士一边大叫着"赵公子"，一边拼命地追赶。可人的双腿是跑不过马的，眼看着那马就驮着赵匡胤跑出了很远。

令人奇怪的是，那马一开始是朝着陈先生家的方向跑去的，接着便围着陈先生的家转起圈来。那几个军士前堵后追，想把马截住，但那马却只由着性子转圈。几个军士又不敢硬拦，只能惊慌失措地大呼小叫着。

正在屋里讲课的陈先生听到了呼叫声，不知发生了什么事，就想出去看个究竟。陈先生刚迈出屋，那匹马就呼啸而至，吓得陈先生"啊呀"一声怪叫，慌忙转身躲避。躲是躲过去了，但他却在情急之中闪了腰、扭了脚，只能痛苦地坐在门槛上"哎哟哎哟"地呻吟。

几个军士顾不得什么陈先生，依然慌慌张张地试图将马阻住。

大约有半个时辰光景，那匹马终于被赵匡胤用缰绳死死勒住，"呼哧呼哧"地喘着粗气，停在了几个军士的身旁。

当几个军士提心吊胆地向马围拢过去的时候，赵匡胤正在马背上同马赌气："你跑啊？你怎么不跑了？"

见赵匡胤安然无恙，几个军士这才放了心，有一个军士累得居然一屁股瘫坐在地上。

赵匡胤"嗖"地从马上跳下来，几个军士睁大眼睛不认识似的瞅着赵匡胤。赵匡胤被看得有点不好意思起来："你们，为何如此看我？"

一军士问道："公子适才一直骑在马背上？"

赵匡胤回道："那是自然。这匹马想跑，我就索性让它跑个够！"

那军士竖起大拇指道："公子真乃神人也！"

就在这时，陈先生看到了赵匡胤，想抓住他，可腰腿都疼得厉害，只得扯开嗓门儿叫道："赵匡胤，我陈某即使饿死，也绝不再让你踏入学堂一步！"

陈先生当然没有饿死。他一瘸一拐地找到了赵弘殷，赵弘殷满脸愧色地说道："小儿太过调皮，真是委屈先生了。"

就这样，赵匡胤便失了学，不过也没有挨父亲的打。这倒不是因为杜氏的保护，而是因为当时的赵弘殷已经没有多少心思来管教儿子了——国家形势又发生了巨大的变化。

原来，后唐明宗李嗣源死后，他的儿子李从厚继位，史称后唐闵帝。然而，李从厚只当了一年的皇帝，就被凤翔节度使李从珂杀死。李从珂杀死李从厚之后，自立为帝。但李从珂的好景也不长。李嗣源的女婿石敬瑭，时任河东节度使，见几年之内，皇上换了几茬，便也滋生了做皇帝的念头。只是当时石敬瑭的势力还无法与李从珂相抗衡，无奈之下，他就屈膝投靠了北方的契丹族。

契丹族本来并不强大，可到了耶律阿保机（即辽太祖）做首领时，契丹国力开始强盛起来，经常派兵四处侵扰。李从珂夺得后唐帝位时，契丹国主是耶律阿保机的儿子耶律德光（即辽太宗），这时契丹的国力更加强盛。

石敬瑭投靠的就是耶律德光。为了获取耶律德光的支持，石敬瑭许诺说："只要能让我做上皇帝，除每年向契丹贡献三十万匹帛及金银珠宝外，还将河北、山西一带的燕云十六州之地割让给契丹。"

耶律德光高兴了，立即派兵赶走李从珂，在汴梁册立石敬瑭为皇帝，国号为"晋"，史称"后晋"。

石敬瑭在契丹的帮助下终于如愿以偿地当上了皇帝，但却只是一个儿皇帝。耶律德光在册封石敬瑭为皇帝的文表中明明白白地写道："我待你就像待我的儿子，你待我就像待你的父亲。我国与你国应永结为父子之邦！"

如果耶律德光的年岁比石敬瑭大，那他在册立文表中说那些话似乎还有点道理，然而实际情况是，当时的耶律德光才三十五岁，而石敬瑭已经四十五岁了。而石敬瑭却不以为耻，反以为荣，在后晋的皇帝宝座上坐得有滋有味。

赵匡胤年纪尚小，还不懂得什么国家和民族的大业。赵弘殷虽然一把年纪了，但面对变幻莫测的形势，却也只能在家里长吁短叹。

杜氏问赵弘殷："这世道变来变去的，什么时候才有个终结？"

赵弘殷回答妻子道："夫人不知道，为夫又焉能知晓？"

亏得赵弘殷还算是个较稳重的人，没有参与到朝代更换的变乱中去，不然，赵家的光景就实难预料了。

朝代更换了，赵弘殷的职位依旧，由后唐的指挥使变成了后晋的指挥使。只是后晋的都城在汴梁，赵弘殷只得举家离开洛阳。

赵家迁到汴梁之后，生活还算安定。赵弘殷便对杜氏说道："我想找个教书先生让胤儿继续念书。"

杜氏没有意见，但赵匡胤却有意见。他对杜氏说道："娘，孩儿不想念书，孩儿想学骑马射箭！"

杜氏连哄带劝道："胤儿，你现在还小，等你长大了，就叫你爹教你骑马射箭。"

无奈之下，赵匡胤又一次地被父亲带到了一位教书先生的家里。赵弘殷警告儿子道："你要是再不好好念书，胡乱惹事，我就揍死你！"

赵匡胤笑着回道："你要是揍死我，你就没有儿子了！"说得赵弘殷两眼直发愣。

这回的教书先生姓辛，名文悦，比洛阳的那个陈先生要年轻许多。据说，辛文悦曾参加过进士考试，而且差一点就考中了。

不知为什么，赵匡胤一见到辛文悦便有一种亲切感，而辛文悦见到赵匡胤也很是喜欢。辛文悦对赵弘殷说道："贵公子日后定当大富大贵！"

赵弘殷勉强笑道："胤儿若能在先生处多认识几个字，我也就心满意足了！"

赵匡胤接话道："爹请放宽心，孩儿一定会好好学习的。"

说是一回事，做又是另一回事。赵匡胤虽然对辛文悦颇有好感，但当辛文悦慢条斯理地讲授"四书""五经"的时候，他依然是心不在焉的，有时候甚至还会趴在书桌上打盹。

辛文悦问赵匡胤道："你天资聪慧，为何对读书不感兴趣？"

赵匡胤回答得很干脆："读书无用！"

"那么，"辛文悦继续问道，"你以为何物有用？"

赵匡胤不假思索地说道："骑马射箭，舞刀弄枪！"

"好！"辛文悦重重地点了点头，"我就满足你的愿望。"

辛文悦自己并不懂武艺，但他有位江湖朋友却颇通武艺，尤其擅长骑马射箭。从此，只要那位朋友在家，辛文悦便把赵匡胤领去习武。那位朋友也很喜欢赵匡胤，于是就将一身武艺倾囊传授。

这样，赵匡胤在汴梁便有了两位老师，辛文悦教他习文，那位江湖好汉教他习武。赵匡胤原本对习文不感兴趣，可自从习武之后，他对读书的兴趣也日益浓厚起来。

赵弘殷并不知道赵匡胤习武一事，但见儿子的功课越来越上进，心中很是高兴，于是就常常叫儿子带些吃的用的给辛文悦，以示感谢。杜氏也欢喜异常地对丈夫说道："胤儿长大了，真的懂事了！"

赵匡胤进步很快，尤其是在武艺方面。十八般兵器他几乎都能要弄一番，特别是马上射箭功夫，简直可以说是青出于蓝而胜于蓝了。

有一回，他骑在马上，一箭射出，竟然将百步之外的一枚悬于树枝上的铜钱射飞，惊得那江湖好汉半天没说出一个字来。

事后，江湖好汉找到辛文悦说道："那么远的距离，甭说是在马上了，就是立于地面，我也未必有把握射中那枚铜钱啊！"

虽然赵匡胤在读书上的进步没有在习武上的进步快，但成绩也不差。

有一次，赵弘殷夫妇与儿子在一起吃饭。吃饭的当口，赵弘殷抹了一下嘴唇说道："胤儿，你跟着辛先生已读了一年多的书了，今日我来考考你，如何？"

因为赵弘殷没什么学识，所以杜氏十分惊讶地望着丈夫问道："你，想考考胤儿？"

"当然。"赵弘殷从怀中摸出一张纸来，"我考题都准备好了。"

"考吧。"赵匡胤仿佛胸有成竹，"请父亲大人出题。"

赵弘殷先是呷了一口酒，然后清了清嗓子，接着看着纸条念道："胤儿，'天行健，君子以自强不息'这句话出自何书啊？"

"出自《周易》。"赵匡胤脱口而出，"这句话的意思是，大自然按照它本来的规律强有力地运动着，君子应该像这种运动一样，自强不息、奋发向上！"

杜氏虽不知道《周易》是何书，也不知道儿子所言是否正确，但还是由衷地赞叹道："胤儿真是越来越有出息了！"

赵弘殷眨了眨眼睛，又呷了一口酒，然后说道："胤儿，'普天之下，莫非王土；率土之滨，莫非王臣'这句话又出自何典啊？"

"语出《诗经》。"赵匡胤的回答还是那么利落，"它的意思是，普天之下的土地，都归天子所有；四海之内的百姓，都是天子的臣民。父亲大人，孩儿说的对不对啊？"

"完全正确！"赵弘殷激动得差点站起身，"胤儿确实出息了！"

赵匡胤忽然嬉皮笑脸起来："爹，孩儿都回答正确了，您不应该给孩儿一点赏赐吗？"

"说吧，"赵弘殷十分爽快，"你要什么？"

赵匡胤也不答话。他走到父亲身边，抄起酒壶将杯子斟满。赵弘殷正要夸奖儿子有孝心，却见赵匡胤端起酒杯，将酒倒进了自己的嘴里。

赵弘殷惊道："胤儿，你小小年纪，如何能饮酒？"

赵匡胤咂巴咂巴嘴道："爹，孩儿不想要别的赏赐，只想喝三杯酒……"

赵弘殷很为难地看着杜氏。杜氏接过酒壶，一边斟酒一边说道："胤儿这小小的要求，不算过分。"

赵匡胤笑了，仰脖喝干了母亲斟的酒。赵弘殷也一把抓过酒壶，亲自斟满一杯酒，并递给儿子。

三杯酒下肚，赵匡胤若无其事。赵弘殷有些狐疑地说道："莫非胤儿是天生的海量？"

杜氏笑嘻嘻地说道："妾身以为，胤儿以后无论在哪方面都会比他爹要强！"

赵弘殷大笑道："但愿夫人所言都能变为现实！"说完，就踉踉跄跄地回房休息了。

杜氏余兴未尽地对赵匡胤笑着说道："胤儿，看来你真的读了不少书啊！你爹考你，竟然难不住你！"

赵匡胤"嘿嘿"一笑道："娘，其实爹所出的那两道考题，昨天就被我发现了，我事先从辛先生那儿得到答案，爹自然就难不住我了！"

"啊？"杜氏一怔，思索了老半天，终究也没有思索出儿子所言究竟是真是假。

但不管怎么说，在赵弘殷夫妇的眼里，赵匡胤已经是一个有知识有文化的人了。至于这知识和文化的水平到底有多高，恐怕只有赵匡胤自己才能说清楚了。

后晋天福三年（公元938年）的夏天，也就是赵匡胤十二岁的时候，他又失学了。前后算起来，赵匡胤在洛阳读了两年书，在汴梁也是读了两年。

赵匡胤在洛阳失学是因为他骑马吓着了陈先生，而他在汴梁失学则是因为辛文悦不见了。确切地说，辛文悦是在汴梁城里失踪了，甚至连官府的公差都找不着他。

官府的公差为何要找寻辛文悦？原来，辛文悦的那位江湖好汉朋友其实是一位专门从事打劫行当的大盗。因武艺超群，他屡屡得手。得手后，便将所得的大半财物藏匿于辛文悦处。也就是说，辛文悦是以教书先生的身份做掩护，专门替那位江湖朋友窝藏赃物。

所谓"常在河边走，哪能不湿鞋"，那位江湖朋友终于在一次行劫时，被官府逮着了。虽然那位江湖好汉在被关进大牢后不久就自杀身亡，但辛文悦闻之也不敢大意。为安全起见，他还是卷起金银细软溜之大吉了。

果然，没过多长时间，官府就顺藤摸瓜，查到了辛文悦的头上，只是辛文悦的家里早已是人去屋空。

赵弘殷是在官府开始追查辛文悦的时候才得知此事的。他不无感慨地对杜氏道："真没有想到啊，那辛文悦看起来文质彬彬的，又饱读诗书，竟然与强盗为伍，这真是'知人知面不知心'啊！"

杜氏却十分平静地说道："世道混乱，什么样的人都会有，什么样的事情也都会发生。"

赵匡胤得知辛文悦失踪的真相后，虽然不无惊异，但在内心深处却仍对辛文悦充满了感激。没有辛文悦，他那种强烈的学武愿望就无法得到满足。

这种发自内心的感激，赵匡胤一直珍藏着，甚至直到他做了皇帝之后，再次见到辛文悦时，这种感激也没有消退，以至于他还因此与宰相赵普彻底闹翻了脸，并为自己的死埋下了祸根。当然，这是后话。

辛文悦失踪了，赵匡胤无学可上了，赵弘殷便又想着为儿子重新物色一位先生。赵匡胤知道后，无论父母怎样劝，他都不同意。

他情知跟父亲说没什么用，便缠着母亲道："娘，您对孩儿说过，等孩儿长大了，就叫爹教孩儿练武。现在，孩儿已经长大了，娘不能说话不算数的……"

赵匡胤虽然只有十二岁，但因为个头高身体壮，一眼看过去确实也像个小大人了。杜氏见儿子已经下定决心不再读书，于是就劝丈夫道："世道不太平，就让胤儿跟你学几招功夫防身吧。不然，一个将军的儿子连一点武功都不会，别人也会笑话的。"

赵弘殷觉得妻子所言也不无道理，于是就暂时打消了让儿子继续读书的念头。更何况，练习武艺，应从小做起，如果等儿子真正长大了再想教他武艺，恐怕就迟了。殊不知，赵匡胤当时一身的武艺，已经不在父亲之下，只是尚欠几分火候而已。

赵弘殷问儿子希望学练何种武艺，赵匡胤回答："想学练骑在马上耍剑。"

骑在马上仗剑劈刺，是赵弘殷武艺中的强项，而又恰恰是那位江湖大盗的弱项。故而，赵匡胤自然就想把父亲的高招学到手。

因为驭马的技术高超，所以赵匡胤学练马上剑术就没有多少困难。在父亲精心指导之下，只两个月左右时间，赵匡胤的马上仗剑劈刺功夫就很像模像样了。

赵弘殷在杜氏的面前夸赞道："胤儿这小子就是聪明，一点就通，一学就会。若是他再大上几岁，我在马背上恐怕就不是他的对手了！"

如果赵匡胤在父亲的面前卖弄骑马射箭之术，赵弘殷就要更加自愧不如了。好在赵匡胤虽年少却也颇有城府，连着好几年，都没让父亲知道自己出众的箭术。

后晋天福三年（公元938年）的年底，赵匡胤结识了一帮年龄相仿的朋友。这帮朋友对他日后的事业起了很大的作用。

朋友自然是在社会上结识的。一开始，赵弘殷不允许儿子随便外出。在赵弘殷看来，儿子年少气盛，又懂了些武艺，若是常在外面走动的话，说不定就会惹出什么事端来。然而赵弘殷不可能整天都待在家里看着儿子。

赵弘殷好歹也是后晋的一个指挥使，虽然并没有得到当朝皇上石敬瑭多么器重，却也需要常常到朝中去公干。这样一来，他就总有不在家的时候。赵匡胤就是趁父亲不在家的时候得以外出玩耍的。

杜氏本也不想让儿子到外面走动的，可架不住赵匡胤软磨硬缠，最终只得同意。不过，杜氏虽然同意了，却总是派一个仆人跟着赵匡胤。

杜氏还对儿子道："你若是在外面惹出事来，那你以后就甭想再踏出家门一步！"好在赵匡胤很听话，并未给父母招惹什么麻烦。

这样一来，不仅杜氏放心了，连赵弘殷也放心让儿子外出了。到后来，赵匡胤再外出玩耍的时候，身后已经没有了仆人。

赵匡胤结识那帮朋友是在一所破庙里。那时候，汴梁虽是后晋的都城，但那里的破庙却无人修葺，由此便可以想象出当时的社会是怎样的光景了。

那是一天下午，赵匡胤出了家门在大街道上闲逛着，一边闲逛，一边东张西望。之所以东张西望，是因为大街上的行人和景致他已经看够了，也看厌了；他想看到一些新鲜的，自己感兴趣的东西。就这么着，他看到了那所破庙。

是一阵叽叽喳喳的声音将赵匡胤吸引到破庙附近的。在破庙门口，有一帮小孩正在吵闹。赵匡胤走近一看，是有两个小孩正搂抱在一起摔跤，其他的小孩在旁边鼓掌叫喊，十分地热闹。赵匡胤心里好奇，便"噔噔噔"地就跑了过去。

正在摔跤的两个小孩，一个个头稍矮稍胖，另一个则个头略高略瘦。许是两人已经摔了一段时间了，此时已经都没有了多少力气，只是互相搂抱着喘粗气，并无什么摔打动作，模样看上去十分滑稽。

围观的七八个小孩不乐意了。几个小孩冲着那稍矮稍胖的小孩打气道："石守信，加把劲儿，把王审琦撂倒！"

另几个小孩则给那略高略瘦的小孩鼓劲："王审琦，快摔啊，石守信已经不行了！"

可不论围观的小孩怎么打气、鼓劲，搂抱在一起的两个小孩就是提不起精神来。石守信问王审琦道："你还想摔下去吗？"

王审琦无力地摇了摇头道："我不想再摔了，我没有力气了！"

石守信说道："我也不想再摔了，我也没有力气了。"

石守信和王审琦同时松手，又同时"哎哟"一声跌坐在地上。围观的小孩一时都很失望。赵匡胤忍不住地跨到石守信和王审琦的身边说道："你们这算是哪门子摔跤？还没分出个胜负来就罢手了，也太不中用了！"

没人认识赵匡胤，也没人看见赵匡胤过来，所以赵匡胤冷不丁这么一说话，众小孩都吓了一跳。

一小孩指着赵匡胤说道："你是谁？你算老几？你怎么敢瞧不起石守信和王审琦？告诉你，石守信是我们的大哥，王审琦是我们的二哥，你不能这样说他们！"

赵匡胤"哈哈"一笑，说道："什么大哥二哥的，既然我赵匡胤来了，那从现在起，我就是这里的老大！"

赵匡胤敢自充老大，那还了得？石守信一指赵匡胤，冲着那帮孩子叫道："揍他！"

王审琦还补充道："把他揍扁了！"

七八个孩子"呼"的一下就朝着赵匡胤冲了过去。赵匡胤没有应战，而是转身向破庙里跑。石守信硬撑着站起来叫道："快追！别让那小子逃了！"

石守信这话是多余的。赵匡胤如果真想逃，就不会朝庙里跑了。他之所以跑向庙里，是因为他怕在庙外争执被别人看见了会告诉他的父母。可见，与同龄孩子相比，赵匡胤应该算是个有心机的人。

赵匡胤跑进庙里，众小孩也追进庙里。赵匡胤突地转身喊道："站住！"众小孩还真的都站在了原地。

只见赵匡胤先是稳稳地扎了个马步，然后身子一挫，一只手一只脚同时击出，且隐隐地挟着风声——他在众小孩的面前施展起拳脚来。

一套拳脚打完，赵匡胤面不红气不喘地收住了身，瞪着众小孩问道："你们谁敢上来与我较量一番？"

众小孩你看看我，我看看你，不仅不敢上前，反而一步步地向后退。要知道，赵匡胤刚才卖弄的那套拳脚，就是成年人看了也会心存怯意的。

石守信和王审琦虽然是最后进庙的，但也看见了赵匡胤的身手。石守信问道："王审琦，你能打过这家伙吗？"

王审琦摇头："我打不过。你能打过吗？"

石守信也摇头："我也打不过。"

于是，石守信和王审琦双双走过去，来到了赵匡胤的面前。赵匡胤警觉地问道："你们是不是不服气，想跟我动手？"

石守信慌忙道："不，不，我们服气……"

王审琦向赵匡胤解释道："你厉害，所以我们想请你做我们的大哥……"

见石守信和王审琦如此说，其他的小孩便七嘴八舌地冲着赵匡胤叫起"大哥"来。赵匡胤忽地大声说道："等一等！"

众小孩一愣，以为赵匡胤不愿意做他们的大哥。却见赵匡胤转身指着庙里的一尊满布蛛网的塑像问道："你们知道这个人是谁吗？"

石守信和王审琦摇头，众小孩也都说："不知道。"

于是，赵匡胤便又开始卖弄起肚里的那点知识来。"我来告诉你们，你们都竖起耳朵听好了！"赵匡胤一副煞有介事的模样，"这个人姓关，名羽，人称关公关老爷。有一回，他同另外两个人，一个叫刘备，一个叫张飞，在一个叫桃园的地方结为异姓兄弟，这就是历史上有名的'桃园三结义'的故事。后来，那个叫刘备的做了皇帝，这个关老爷和那个张飞都做了大将军。你们都听清楚了吗？"

"听清楚了！都听清楚了！"众小孩乱哄哄地叫着。在他们的心里，赵匡胤简直就是一个了不起的人物，不仅身手不凡，还知道庙里这个关老爷的故事。

石守信突然问众小孩道："我们现在就与这位大哥在关老爷的面前结为异姓兄弟，你们同不同意？"

还未及众小孩张口呢，王审琦就紧跟着说道："谁要是不同意，我就揍谁！"

即使真有哪个小孩不想同意，恐怕此时也不敢再出声了。于是，众小孩一起喊道："同意！同意！"

此时的赵匡胤也不无得意地瞟了众小孩一眼，然后面对着关公的塑像双膝跪地，说道："请关老爷作证：我赵匡胤今日与众位朋友结为异姓兄弟，不求同年同月同日生，但求同年同月同日死！"

石守信和王审琦等人也学着赵匡胤的样，一边跪倒一边嚷着："不求同年同月同日生，但求同年同月同日死。"

赵匡胤爬了起来，石守信和王审琦等人也赶紧跟着爬起来。赵匡胤扯开嗓门叫道："从现在起，我就是你们的大哥了，你们就是我的好兄弟了！"

于是，众小孩一阵"大哥""大哥"地叫着。石守信凑到赵匡胤的身边问道："大哥，如果你以后当了皇帝，我们是不是都可以当上大将军？"

"那是自然。"赵匡胤一本正经地说道，"我是皇帝，你们都是大将军！我们是兄弟，有福同享，有难同当！"

石守信和王审琦等人都手舞足蹈起来。仿佛，赵匡胤现在就是皇帝了，而他们现在已经成了大将军。

从此，赵匡胤的生活就变得丰富多彩了。他每天都要朝那所破庙里走一趟，而石守信和王审琦等人又肯定会在破庙里等候着他。赵匡胤毫不吝啬地将自己的武艺传授给石守信和王审琦等人。

石守信和王审琦等人也确实学习得十分认真、刻苦，进步也非常快。时间一长，赵匡胤和石守信、王审琦等人的关系便越发地亲密，其地位也随之越发地巩固了。

后晋皇帝石敬瑭每年都要把一批准备好的粮食和布匹送到契丹去，而且是送到契丹国的都城临潢府（今内蒙古自治区巴林左旗东南）。从汴梁到临潢，路途何止千里。石敬瑭不敢大意，谕令赵弘殷担任这次北上进贡的钦差。说是钦差，其实就是护送粮食和布匹到契丹去的保镖，充其量是一个押镖的"镖头"。

聆听了石敬瑭的一番教诲之后，赵弘殷就回家收拾东西准备北上了。杜氏对丈夫的这次差事很不满意，可又无奈。端的是后晋朝的碗，就得受后晋皇帝的管。

杜氏嘱咐丈夫一定要小心，千万不能出什么差错。赵弘殷笑道："夫人放心，不会出什么意外的，只是路程稍远些罢了。"

赵匡胤闻之，非要跟父亲一道北上。赵弘殷瞪着儿子道："小孩子家不懂事，你以为这是回洛阳啊？这是去临潢，就是不停地走，来回也要走上一两个月！"

赵匡胤又闹着去缠母亲。杜氏想了想，对丈夫说道："胤儿也不小了！长这么大，他还没有真正地出过远门。不如就趁这个机会，让他跟你去见见世面。再说了，有胤儿伴你身边，你路途上也会少些寂寞。"

赵弘殷总是很听妻子话的，何况妻子所言也句句在理。因事关重大，赵弘殷不敢擅自带儿子同行，于是就入宫禀明皇上。还好，石敬瑭同意了。

赵匡胤心中那个高兴啊，他恨不得马上就飞到北方去。临行前，母亲叮嘱了许多话，他兴奋得几乎一个字也没听清。

在赵匡胤看来，此次北上一定会充满乐趣。而实际上，路途中的生活是单调而乏味，且异常劳累的，无外乎是晓行夜宿、饥餐渴饮，毫无乐趣可言。有时甚至一整天，赵匡胤都很难跟父亲说上几句话。押送着这几十大车粮食和几十大车布匹，赵弘殷不敢掉以轻心，更别说去陪儿子唠嗑了。

在离开汴梁的头几天，赵匡胤还有一些新鲜感，可新鲜感过去之后，他便有些后悔了。整天地骑在马上不停地赶路有什么意思？早知道这样，还不如留在汴梁到破庙里与石守信、王审琦等人一起玩。

只不过，赵匡胤虽然很后悔，但却没有把这种意思向父亲透露。本来是自己提出要随父亲一道北上的，如果此时就向父亲提出返回汴梁，那岂不是自己打了自己的耳光？这样的蠢事，他赵匡胤才不会干呢。不仅如此，赵弘殷怕儿子整天地骑马累坏了身体，劝儿子坐在马车上去，赵匡胤也没有同意。要知道，赵匡胤当时只有十三岁，能坚持不懈地骑在马背上颠簸，也着实不易了。

在后晋境内，赵弘殷手下的卫兵有上千人，生怕遇到什么不测之事。而进入契丹境内后，赵弘殷手下的卫兵就减少到百十来人了。这是皇帝石敬瑭的旨令。石敬瑭怕赵弘殷带的卫兵多了，契丹国主耶律德光会不高兴。

所幸一路平安无事。经过一个多月的艰苦跋涉，赵匡胤跟着父亲终于走进了契丹国的都城临潢府。

在赵匡胤的眼里，临潢府没有汴梁城大，好像也没有汴梁城热闹，只是契丹人的装束与汴梁人的装束大不相同，这让赵匡胤觉得很好奇。所以，到了临潢府之后，赵匡胤的确有了一种大开眼界的感觉。

因赵弘殷的身份是后晋朝皇帝钦差，照例，赵弘殷将贡奉的粮食、布匹交给契丹有司之后，契丹国主耶律德光要接见他。

果然，耶律德光召见了赵弘殷，不过不是在正殿，而是在偏殿。从中不难看出耶律德光对后晋朝及石敬瑭的轻视。

因在异国他乡，赵弘殷不放心将儿子丢在别处。在征得契丹有司同意后，赵弘殷携儿子一起入殿觐见契丹国主。这样，赵匡胤就得以一睹耶律德光的尊容了。

耶律德光当年不过三十七八岁，人长得很瘦，但又长得很凶。赵匡胤以为，他与父亲大老远地送粮食和布匹来，那很瘦很凶的人至少也该说上几句好听的话。

谁知，耶律德光一见赵弘殷就冷冷地问道："这批贡品本应三月前就运到这里，何故延误至今啊？"

赵弘殷连忙赔上笑脸道："回陛下的话，只因去年收成欠丰，贡品一时难以筹齐……贡品筹齐之后，吾皇万岁就敕令小臣星夜送来，并命小臣向陛下深致歉意……"

"真的吗？"耶律德光眯着眼乜着赵弘殷，"是不是石敬瑭做了几年的皇帝胆子做大了，不想再对朕有所贡献？"

"陛下误会了！"赵弘殷急急地道，"吾皇万岁对陛下的确是忠心不二啊……"

"好了！"耶律德光一指赵弘殷的鼻子，语气咄咄逼人，"你回去告诉那个石敬瑭，他应该贡献给朕的财物，不仅要如数送到，而且要如期送到！"

"是，是！"赵弘殷点头，"陛下的话，小臣一定禀告吾皇……"

"还有，"耶律德光的目光阴沉起来，"你再告诉那个石敬瑭，叫他最好识相点！朕既可以立他为帝，也就自然可以废了他这个皇帝！"

"是，是！"赵弘殷又点头，"陛下所言，小臣已经铭记……"

"你走吧！"耶律德光挥挥手，然后转过身去，背对着赵弘殷。赵弘殷赶紧拉起赵匡胤的手，匆匆忙忙地退出了偏殿。

待来到了大街上，赵弘殷才发现赵匡胤的小嘴高高地噘了起来。显然，赵匡胤是在生气，而且气还不小。

赵弘殷小声问道："胤儿，你在和谁赌气啊？"

赵匡胤反问道："爹，那个人在您面前凭什么那么凶？"

"那个人"自然就是指耶律德光了。赵弘殷轻叹道："儿啊，他是契丹国的皇上，为父只是一个小小的将军，他当然可以在为父的面前颐指气使了！"

赵匡胤默然。赵弘殷又低低地说道："胤儿，你没瞧见吗？甭说是爹了，就是我们后晋朝的皇上，也根本没被那个人放在眼里啊！"

蓦地，赵匡胤昂起头定定地看着父亲，掷地有声地说道："爹，孩儿长大后也要当皇帝，而且要当一个不受别人欺负的皇帝！"

赵匡胤的声音太大，吓得赵弘殷一边去捂儿子的嘴一边东张西望。还好，街上人虽多，但没有人去注意他们。赵弘殷吁了一口气说道："胤儿，说那么大声干吗？你不想活了？"

赵匡胤却挺认真地说道："爹，孩儿刚才讲的是心里话！"

不知道赵匡胤想当皇帝的念头是不是就从这里开始生起的，反正，赵弘殷是没把儿子的话当真。而实际上，赵弘殷也没有亲眼看见自己的儿子登上皇帝的宝座。

赵弘殷父子在契丹国都城歇宿了一夜后就踏着晨露启程回国了。因为回国的时候了无携带，所以速度就非常快。只几天工夫，他们就走到了契丹国与后晋朝的交界处。

然而，赵弘殷在两国交界的地方却勒住了缰绳，并驻足了好长时间，脸上的表情也很凝重。赵匡胤不解，便问道："爹，您这是怎么了？"

赵弘殷用手比画了一下北方："胤儿，你知道吗？这燕云十六州本是我朝国土，可现在，它成了契丹国的土地了……"

赵匡胤问这是为什么，赵弘殷说是当今皇上送给契丹国的。赵匡胤更加不解："爹，自己的土地，为什么要送别人？"

赵弘殷长叹道："一言难尽啊，孩子！你现在还小，这是国家大事，你不会明白的……"

是呀，赵弘殷说的没错。赵匡胤还小，还不可能明白什么国家大事。但是，赵匡胤目光却是那么的明亮，如同能读懂这纷乱的时事。

不敢说此次随父亲北上对赵匡胤的一生产生了多么大的影响，但有一点却可以肯定，那就是，自契丹国返回汴梁之后，赵匡胤练武练得更加勤奋了。而且，他不仅继续在那所破庙里与石守信、王审琦等人在一起偷偷摸摸地演练武艺，还常常与父亲手下的一些军官们在一块儿大明大亮地切磋技艺。后来，他干脆把石守信、王审琦等人也带到父亲的军营中，真刀真枪地进行操练。

这样一来，不单是赵匡胤的马上马下功夫越来越纯熟、越来越精湛，连石守信、王审琦等人的武艺也是突飞猛进。石守信手执一对铜锤，虽稍觉吃力，却将赵弘殷的一名军官逼得手忙脚乱。王审琦手中一杆长枪，威风八面，将赵弘殷的一名军校逼下马来。赵匡胤手中的一柄长剑就更厉害了，将父亲的几名军士打得不敢上前。而当时，赵匡胤也好，石守信、王审琦等人也罢，都还只是十四五岁的半大孩子。

赵匡胤十五岁那年，杀了人。这是他平生第一次杀人。

那一年夏天里的一个黄昏，赵匡胤和石守信、王审琦等人在军中操练过之后，就结伴准备到城外的一个水塘里去洗澡了。

因赵匡胤长大了，又比较稳重，赵弘殷夫妇也就不再限制赵匡胤的自由。有时，即便是赵匡胤玩到半夜才回家，赵弘殷和杜氏也不责备。

夕阳的光辉沐浴着赵匡胤等人，他们有说有笑地走在大街上。穿过这条街，再走出城门，就到洗澡的水塘边了。就在这当口，石守信突然说道："大哥，你看！"

街道的左侧，有一家小酒馆。小酒馆门外，一个赤裸着上身的男人，正在强行搂抱一个过路的年轻女人。

那女人惊叫着、挣扎着，可始终无法摆脱那男人的纠缠。小酒馆门前虽有许多人，却没人敢上前去阻止那赤裸着上身的男人，因为他是个契丹人。

石守信气得要上前与那契丹人拼命。其他小兄弟也都瞪着双眼，跃跃欲试，就等着赵匡胤发号施令了。赵匡胤却道："石守信和王审琦留下，其他人都回自己的家！"

这时，那契丹人终于放了那女人，转身走进了小酒馆。那女人一边哭着一边整理着衣衫，从赵匡胤等人的面前跑过。

赵匡胤吩咐石守信和王审琦道："你们两个轮流盯着这个契丹人。他走到哪里，你们就跟到哪里，然后去告诉我。"

石守信问道："大哥现在要去哪儿？"

赵匡胤回道："我现在回家准备点东西。"

王审琦又问："大哥是想教训一下这个契丹人吗？"

赵匡胤说道："我想叫这个契丹人完蛋！"

天黑了之后，石守信走进了赵匡胤的家。石守信长得虎头虎脑的，赵弘殷夫妇都很喜欢他。很快，他俩就并肩走出了家门。

月光淡淡的，刚好能映出脚下的路。赵匡胤问那个契丹人现在何处，石守信答道："还在酒馆里喝酒，王审琦正在那盯着呢。"

走到一条小巷口，赵匡胤叫石守信等一等。一会儿，赵匡胤从小巷里摸出了一张弓和一支箭。很显然，这是赵匡胤事先准备好的。石守信想问什么的，但最终闭了口。

赵匡胤将弓夹在腋下，石守信把箭裹在怀中，两人专拣没有月光的地方走。其实，月光那么淡，即使他们走在月光下，也不会有人看清他们的身上藏有何物。

王审琦还站在那家小酒馆的附近监视着。见到赵匡胤和石守信，王审琦低声而急切地道："酒馆里就那一个家伙了，他还在喝……"

"让他喝吧。"赵匡胤摸了摸腋下的弓，"他也只能喝这一次了。"

不知过了多长时间，大街上已经看不见什么行人了。赵匡胤等人觉着有些凉的时候，那契丹人终于走出了小酒馆。

契丹人显然喝了不少酒，而且还没给酒钱。酒店老板追出门来向契丹人索要酒钱，竟被契丹人一巴掌搧过去，在原地转了两个圈。契丹人又从腰间拔出一把弯刀比画着，吓得酒店老板赶紧退回到了店里，把店门关得死死的。契丹人一边"哈哈"笑着，一边踉踉跄跄地向着赵匡胤等人走来。

赵匡胤早已操弓在手，石守信急忙将箭交给赵匡胤。赵匡胤搭箭在弦上，一箭射了出去。石守信和王审琦都清晰地听到了那箭离弦时"嗖"的一声。

距离那么近，又是迎着面，赵匡胤即使不瞄准也不会射偏目标。就听"扑"的一声钝响，那支箭正射中了那契丹人的前胸。

那契丹人真的是喝多了酒，被箭射中了好像还不知道是怎么回事。他似乎是想把箭拔出来，可双手毫无力气。接着，他双腿一软，"扑通"一声跪倒在了大街上。

赵匡胤招呼一声，领着石守信、王审琦逃离了现场。待来到一个偏僻阴暗的角落之后，石守信气喘吁吁地说道："大哥，你还有这么一手好箭法啊！"

王审琦也道："是啊，大哥，没想到你的箭射得那么准！那契丹人肯定是玩儿完了！"

赵匡胤却急急地道："你们两个听好了，今天晚上的事情你们对谁也不要说，包括你们的家里人。还有，我会射箭的事情你们也不要乱说，不然人家会起疑心的。"

石守信和王审琦都赌了咒，发了誓。石守信问道："大哥，我们现在干什么？"

赵匡胤回道："回家睡觉。"

第二天上午，赵匡胤很老实，待在家里哪儿也没去。赵弘殷散朝回来对杜氏说道："一个契丹人在一家酒店门外被人用箭射死了，死的时候，还直直地跪在地上……"

杜氏轻叹道："唉，麻烦事来了！"

赵匡胤一开始并不真正理解母亲的话，他显然还沉浸在杀死契丹人的快乐之中。但没有多久，赵匡胤就知道母亲话中那"麻烦事"是什么意思了。

被赵匡胤射死的那个契丹人是一个信差，他本想在汴梁住上一晚，第二天再回契丹的，没料到，竟然让赵匡胤给杀了。

契丹国主耶律德光听说自己的信差丧命汴梁，大为震怒，立即诏示后晋皇帝石敬瑭：如果不速速查出凶手，给契丹一个满意的交代，契丹就将派兵血洗汴梁城。

石敬瑭吓坏了，赶紧召集群臣商议查找凶手，可查来找去仍不知凶手为何人。而耶律德光又逼得紧，无可奈何之下，石敬瑭只得听从一个大臣的建议，将那家酒店的老板定为凶手，将酒店老板的家人及酒店里的伙计都定为从犯，全部砍头示众，并送给契丹大批财物以谢罪。耶律德光稍稍歇了火气，但仍不忘警告石敬瑭道："此类事件，以后绝不许再发生，不然，新账旧账一起算。"石敬瑭闻之，一下子病倒在了床上，引得后晋朝廷一片恐慌。

石守信、王审琦来找赵匡胤。石守信很是不快地道："皇上也太软了！契丹人一吓唬，就吓出病来了！"

王审琦似乎在为石敬瑭辩护："也不是皇上太软，是我们的军队太软了。军队打不过人家，皇上就只能被人家吓唬了！"

赵匡胤却在想着别的问题。他很是后悔地道："我们这次干得不值。只杀死一个契丹人，却连累了那么多人。"

石守信和王审琦知道赵匡胤说的什么意思。那酒店老板一家人和酒店里的伙计，共有二十多人被砍下了脑袋。这二十多颗脑袋被砍下，赵匡胤自然要负重大责任。

赵匡胤生气地道："如果能在战场上相遇，我一定要多砍下一些契丹人的脑袋来赔罪！"

赵匡胤本说的是气话，没料想，这气话还很快变成了现实。

后晋皇帝石敬瑭被耶律德光吓病了之后，身体一天比一天衰弱，在天福七年（公元942年）春暖花开的时候，一命呜呼了。而赵匡胤此时十六岁。

石敬瑭死后，后晋群臣拥立石敬瑭之子石重贵继位，史称后晋出帝。皇帝之位，父死子承，这本是天经地义又自然而然的事，然而耶律德光不这么想。

耶律德光以为，后晋朝只不过是他契丹国的一个"子国"，谁来做后晋朝的皇帝，不是由后晋臣民说了算，而应该由他来定夺。可现在倒好，石重贵做后晋皇帝了，连通知都没通知他耶律德光一声，这还了得？于是，耶律德光一气之下，当即派出两万兵马，径直向南杀去。

实际上，耶律德光发兵攻打后晋，主要的目的是想给后晋新帝石重贵一个下马威，而下马威的目的，又主要是想维护和巩固契丹国的"父国"地位。"父国"地位巩固了，契丹便可以像过去一样得到后晋朝源源不断的贡献了。

一开始，耶律德光很得意。他的两万兵马杀入后晋境内，所向披靡，如入无人之境。后晋军队一触即溃，纷纷南逃。眼看着他的两万兵马就要杀到汴梁城下了。耶律德光喜滋滋地想：石重贵啊石重贵，你就是不想臣服也由不得你了。

然而耶律德光想错了。虽然就石重贵而言，确如其父石敬瑭一样，听说契丹兵一路烧杀，径向汴梁城扑来，早就吓破了胆，但后晋群臣却大都挺直了腰杆。这也难怪，受契丹欺压这么多年，大凡有血性的男儿是不会甘心永远默默忍受下去的。可以说，石敬瑭之死，正好给了后晋群臣扬眉吐气的机会。

故而，尽管北方的后晋军队纷纷溃败，但群臣还是极力要求石重贵下诏，从全国各地征调军队抗击契丹。

石重贵虽然惧怕契丹，但因刚刚上台，基础不牢，所以，无可奈何之下，他只得以皇帝的名义下诏同契丹开战。

当务之急，是要把契丹兵阻挡在汴梁城之北。如果契丹军队兵临汴梁城下，那就很容易引起后晋臣民的恐慌。

后晋群臣绞尽了脑汁，想尽了办法，才好不容易地凑起了一支不足万人的军队。军队凑好了，就要挑选带兵的将军了。后晋群臣商量来商量去，最后决定由赵弘殷担任主帅。这时，契丹兵已经打到封丘附近了。封丘在汴梁之北，两地相距不过六七十里地。

杜氏对丈夫此次挂帅出征既赞同又担心。临危受命，救国救民，本是军人义不容辞的事，然而，契丹兵有两万之众，且气焰又极为嚣张，丈夫仅带不足万人的乌合之众，又如何能御敌于城外？

赵匡胤不同。闻听父亲要带兵出征，他心里简直乐开了花，他强烈要求随父征战。赵弘殷自然不同意，此次御敌显然是吉凶未卜，如何能让自己的儿子也去冒险呢？

赵匡胤又去央求母亲。杜氏对丈夫说道："胤儿长大了，武艺又好，你就让他与你同去吧。俗话说'打仗亲兄弟，上阵父子兵'，你与胤儿同战沙场，不仅可以互相照应，还可以鼓舞士气！"

赵弘殷最终点下了头。赵弘殷之所以点头，妻子所言有理固然是一个重要的原因，但还有一个原因，那就是，赵家现在已经有两个儿子了。如果赵家还只有赵匡胤这一根独苗，杜氏也不会同意让赵匡胤上阵的。

军情紧急，赵弘殷不敢迟疑，带着不足万人的军队急急地开出了汴梁北城门。

赵匡胤则雄赳赳、气昂昂地端坐在马背上，身后背着一张弓，胯边悬着满盈的箭囊，手中执一柄寒光闪闪的长剑，煞是威风，俨然也是一位带兵的将军。

他曾向父亲建议，把石守信、王审琦等在破庙中结义的几个兄弟也召入军中，但遭到赵弘殷的怒斥："你想去送死，难道还想叫你的小兄弟们也一起去送死？"赵匡胤无话可说了。

赵弘殷把部队带到了汴梁城北约三十里地的地方。后晋朝廷的意思，是叫赵弘殷在这一带设防，把契丹兵阻止几天，待援兵到来再与契丹兵决战。

赵弘殷本也想按朝廷的意思做的，因为凭他现有的军力，想击溃契丹兵几乎是不可能的事。但是，当听说契丹兵打到封丘之后又马不停蹄地向南开来时，赵弘殷又改变了主意。

赵弘殷把大小将领召集到一起说道："契丹兵欺人太甚！他们星夜南下，一路奔袭，必然疲惫。如果我们出其不意地狠揍他们一下，那击溃他们也不无可能！"

赵弘殷计划留下大半人马在此设防布阵，他与赵匡胤率三千人绕道从背后突袭契丹兵，待战役打响后，设防布阵的后晋军从正面向敌人发起攻击。

赵弘殷鼓励大小将领道："契丹兵人数虽多，但骄傲轻敌，只要我们打得狠、打得猛，就一定能够打败他们！"

此时已是半夜，赵弘殷不敢多耽搁，对留守布防的将领们叮嘱了几句后，便带着赵匡胤及三千人马匆匆地绕道东边向北方去了。

路上，赵弘殷问儿子道："你以为我们此战能胜吗？"

赵匡胤没打过仗，还不懂得什么战略战术，但他还是铿锵有力地回道："爹说能胜，那我们就一定能打败契丹兵！"

黎明时分，探马向赵弘殷报告：契丹兵从左侧开过去了。赵弘殷即刻命令部队掉头追击，并教导儿子道："看到了吗？契丹兵太狂妄了，连一点防备都没有，只顾南下！"

赵匡胤醒悟道："爹，契丹兵如此狂妄，只要我们打他个措手不及，他们的阵脚必然大乱！"

"对！"赵弘殷赞许地说道，"自古骄兵必败，这些契丹兵也不会例外！"

天色大亮时，赵弘殷的三千人马已经和契丹的后卫军队碰到了一起。赵弘殷长剑一挥道："弟兄们，狭路相逢勇者胜！给我冲啊！杀啊！"

说完，赵弘殷跃马扬剑，第一个冲入敌阵，第二个冲上去的便是赵匡胤。诚如杜氏所言，赵氏父子并肩作战，的确极大地鼓舞了后晋官兵的士气。主帅父子一马当先，哪个还敢惜命？后晋三千官兵就像疯了似的，一起呐喊着冲杀过去。

契丹军队中那些殿后的官兵首先遭了殃。他们以为后晋军队不堪一击，根本不敢抵抗，只要一个劲儿地朝南赶，就可以不费吹灰之力地攻进汴梁城。他们牢记着耶律德光的旨令：攻进汴梁之后，可以任意地烧杀抢掠。

他们正做着任意烧杀抢掠的美梦呢，万没料到屁股后面会杀过来一支后晋军队，而且来势极为凶猛。几乎是在眨眼之间，他们当中的数百人就变成了刀下之鬼，剑底游魂，至死还不知道究竟发生了什么事。

赵弘殷见契丹军后卫部队阵脚已乱，就扯开嗓门对左右大喊道："弟兄们！不要手软，冲啊！杀啊！"

赵弘殷带来的三千人，只有数百人是骑兵，其余都是步兵。赵弘殷便率着这数百名骑兵直向敌阵纵深处冲去。

战前，他还想到过赵匡胤的安危，可杀入敌阵之后，他就没时间考虑儿子了。他只有一个念头，那就是必须以迅雷不及掩耳之势，将契丹兵彻底打蒙。不然，待契丹兵回过神来，那后果就不堪设想了。

赵匡胤也骑着马。因为是初次临敌，他还没有什么作战经验。好在四周都是契丹兵，他不愁找不到作战的对象，他只需用手中的剑把面前的敌人杀死就行了。所以，尽管是第一次上阵，但赵匡胤毫无怯意。当他手中的剑"扑哧"一声插进一个契丹兵的胸膛时，他简直快乐和兴奋到了极点。

他忘不了那个冤死的酒店老板，他要为酒店老板一家人报仇。故而，赵匡胤在奋勇杀敌的时候，只恨自己只有一把剑，不能更多地杀死契丹兵。

大约一个时辰之后，赵弘殷冲到了一条小水沟边。小水沟的另一边，飘动着几面契丹军的旗帜，旗帜之下，有二十多个契丹官兵，其中有一个显然是契丹大将。

因为赵弘殷冲得太快，只有十来个手下跟在了他的身边。赵弘殷对手下说道："你们看见了吗？契丹的主帅说不定就在水沟那边，如果我们把他给杀了，契丹军队就不战自溃了！"

赵弘殷说完，率先跃马跳过水沟，十来个手下不甘落后，也拍马冲过了水沟。那二十多个契丹官兵正在找地方逃呢，见赵弘殷等人冲来，只好仓促应战。

赵弘殷估计得没错，这支契丹军队的主帅就在那二十多个契丹官兵当中，名叫哈内勒。哈内勒奉耶律德光之命率两万人南侵，内心本来十分轻松，加上一路上势如破竹、所向无敌，他就更加得意忘形了。

攻占封丘之后，官兵们因为连日奔波，早已疲惫不堪，但哈内勒还是催促军队向南进发。他向官兵们说道："明日中午就可以在汴梁城里吃饭了！"可他做梦也没有想到，黎明刚过，他的后卫队伍就遭到了袭击。

他还没有把事情弄明白，就又得到报告：一支后晋军队正由南向北杀来。前有后晋军队，后也有后晋军队，契丹军似乎已无路可退了。

哈内勒有些慌了，连忙下令向西撤退。他本来是想把部队撤向西边后再重新组织与后晋军队抗衡，但事与愿违，早已乱了阵脚的部队听到他撤退的命令后更加慌乱，纷纷四散逃命，官找不着兵，兵也找不着官，最后，连他身边的卫队也逃散了大半。

哈内勒这回真的慌了神，也不想与后晋军队抗衡了，连忙带着二十多个亲信想找一条逃生的路。就在这当口，赵弘殷率十来个手下扑了过来。

赵弘殷见哈内勒的装束不像是一个普通的将军，便大喝一声朝着哈内勒冲来。哈内勒身边的两个亲信急忙迎向了赵弘殷。

赵弘殷发起神威，左一剑砍下一个士兵的脑袋，右一剑戳穿一个士兵的胸膛，然后继续向哈内勒冲去。赵弘殷的手下也个个神勇，与哈内勒的亲信们厮杀在了一起。

哈内勒见势不妙，不敢恋战，掉转马头就向西跑。赵弘殷大喝一声"哪里逃"，催马直追。赵弘殷气势如虹，胯下的马也跑得飞快。哈内勒眼见难以逃脱了，只得打起精神回马迎战。

毕竟是契丹军的统帅，哈内勒刺向赵弘殷的剑也很有威胁。赵弘殷微微一笑，身子一偏，手中的剑就直直地刺中了哈内勒的左肋。

然而，赵弘殷脸上的笑容立刻就消失了。在他刺中哈内勒的同时，冷不丁地从他的右侧跃来一匹战马，马上的一名契丹军官正举起一柄鬼头大刀向他砍来。赵弘殷即使以世上最快的速度从哈内勒的身上抽出剑来，恐也难以防范头顶上的那把大刀了。赵弘殷眼一闭，心一紧："吾命休矣！"

就在这时，赵弘殷听到"啊"的一声惨叫。

他缓缓地睁开了眼，只见那名契丹军官的手臂弯了，鬼头大刀落在了地上，慢慢地从马背上栽了下去。这时，赵弘殷看见，契丹军官的后背上赫然插着一支箭。

正在发愣时，赵弘殷听见有人叫道："爹！孩儿终于找到您了！"

只见赵匡胤，一手抖着缰绳一手握着弓急急地向赵弘殷冲来。待赵匡胤来到近前，赵弘殷先是看了看儿子手中的弓，然后满脸狐疑地看着儿子问道："刚才，那箭是你射的？"

"是的，爹。"赵匡胤一副嬉皮笑脸的样子，"这契丹兵要拿刀砍爹，孩儿还用得着跟他客气吗？"

"可是，"赵弘殷依然看着儿子的眼睛，"你什么时候学会射箭的？爹怎么一点也不知道？"

赵匡胤只好说道："爹，几年前，孩儿跟着那位辛先生读书的时候，就开始学射箭了。这几年，孩儿都是在偷偷摸摸地练习，所以爹并不知晓。孩儿将此事隐瞒于爹，请爹恕罪！"

"哈哈哈！"赵弘殷仰天一阵大笑，"胤儿，你何罪之有？若不是你学会了这一手精妙的箭法，爹爹此时岂能活着与你说话？"

是呀，没有赵匡胤，赵弘殷早已被那柄鬼头大刀砍为两截了。突然，赵弘殷高叫道："胤儿，准备战斗，契丹兵冲过来了！"

打南面冲过来一彪人马。赵弘殷一提缰绳就要扑过去，赵匡胤急忙说道："爹，那不是契丹兵，那是我们的人……"

可不是，呼啸着冲过来的那彪人马正是赵弘殷留在原地设防阻击契丹军的那部分官兵。这就是说，两万契丹军真的被赵弘殷彻底地击溃了。

赵弘殷自嘲地对赵匡胤说道："儿呀，看来爹是杀红了眼，把自己人也当成契丹人了！"

赵匡胤笑着道："爹，如果不是您杀红了眼，契丹兵怎么能被打跑？"

此役，赵弘殷以不足万人之师一举击溃来犯的两万契丹军，不但斩杀契丹军统帅哈内勒等五千余契丹官兵，还缴获上千匹战马。可以说，自后晋王朝建立以来，后晋军队还从未取得过如此重大的胜利。

后晋群臣纷纷为赵弘殷请功。后晋皇帝石重贵召见赵弘殷，要给赵弘殷加官晋爵。赵弘殷却表现得十分冷静，他对石重贵及群臣说道："此次获胜，小臣全凭胆大和侥幸，本无什么功劳可言。小臣以为，契丹兵虽败，但绝不会善罢甘休，更猛烈的进攻将接踵而至。所以，当务之急，不是给小臣封赏，而是想方设法地保卫汴梁城……"

石重贵和群臣都认为赵弘殷所言极是，于是就又把保卫汴梁城的任务交给了赵弘殷。石重贵对赵弘殷说道："待彻底打退了契丹，朕一定重重地赏你！"

可是，想彻底打退契丹又谈何容易？赵弘殷把陆陆续续赶到汴梁来的后晋援兵分成两部分，一部分在汴梁城以北设置了三道防线，另一部分留在汴梁城内加固城防。赵弘殷对在城外设防的将领吩咐道："如果契丹兵来攻，能堵住就坚决堵住，实在堵不住就撤到城里来，千万不要让手下官兵逃散！"

杜氏问丈夫道："契丹大军一定会来吗？"

赵弘殷点头道："一定会来！"

杜氏又问道："汴梁城究竟能不能守得住？"

赵弘殷摇头道："只有天知道！"

赵弘殷本想叫妻子带着两个儿子出城到南边去避一避，但杜氏不同意："你是统帅，我若携子出城，岂不动摇军心？"

赵匡胤更是不同意："孩儿要与爹并肩作战！"

赵弘殷长叹道："既如此，那就听天由命吧！"

赵弘殷的长叹是有道理的。耶律德光闻听契丹军战败，且统帅哈内勒也战死，异常震怒，马上点起八万人马，分左右两路，再次杀向后晋。耶律德光命令带兵的将领道："打进汴梁城！活捉石重贵！"

两路契丹军队气势汹汹地向南扑来，汴梁城内顿时人心惶惶。虽然赵弘殷在北方设置了三道防线，但在不到一个月的时间里就被契丹军全部攻破。四五万后晋官兵只有一半左右撤回到了汴梁城里，其余官兵不是被契丹军杀死、俘虏，就是四散逃命去了。

后晋皇帝石重贵要出城逃跑，但群臣坚决阻止。群臣的意思是皇上留在汴梁，则城内的军民就有信心抗击契丹大军，只要汴梁城还在，待援军到来，后晋朝就还有希望。相反，皇上一走，汴梁城必然失守，汴梁城一失，那后晋朝就算是完了。

石重贵拗不过群臣，只得战战兢兢地留在了汴梁城里。战战兢兢的日子实在不好过，所以石重贵又想逃跑。可这个时候，即使群臣不阻止，石重贵也难以离开了，因为契丹军已经将汴梁城包围起来了。

石重贵召来赵弘殷问道："爱卿，你能守得住汴梁吗？"

赵弘殷回道："如果有援兵到来，微臣就一定能守得住！"

石重贵又问："爱卿，如果没有援兵到来将会如何？"

赵弘殷沉吟道："微臣定与汴梁共存亡！"

石重贵听出赵弘殷的言外之意了，泪水情不自禁地涌了出来。但契丹军队毫不怜惜石重贵的眼泪，开始大举攻城了，一连猛攻了二十多天，虽然没有攻破城池，但汴梁城内也差不多到了弹尽粮绝的地步了。

赵匡胤当然参加了守城的战斗。石守信和王审琦等人也和赵匡胤战斗在一起。可眼见着，契丹军就要攻进城里来了，后晋的援兵还是不见踪影。

赵匡胤问父亲道："我们究竟有没有援兵？援兵什么时候才会来？"

赵弘殷苦笑道："援兵自然是有的，全国各地到处都有军队，可是人人拥兵自重，谁还去管国家和朝廷的安危啊！"

在那个混乱不堪的时代里，赵弘殷的话无疑是正确的。然而，就当时情形而言，赵弘殷却又说错了。因为，就在汴梁城被契丹军攻得朝不保夕的当口，有一天凌晨，围攻汴梁城的契丹军队在睡梦中遭到了袭击。

这不是什么小规模的偷袭，契丹军的每一个营地几乎都遭到了大规模的猛烈攻击。虽然契丹军进行了顽强的抵抗，但从早晨战至午后，契丹军还是损失惨重，大败而逃，战死的官兵数以万计。

后来，赵匡胤才从父亲的口里得知，大败契丹军，解汴梁之围的是后晋朝的河东节度使刘知远。不过，真正指挥兵马与契丹军作战的，却是刘知远的部将郭威。当时，郭威手下只有五万人马。

郭威以五万人马将七八万契丹军打得溃不成军，这的确让赵匡胤钦佩不已。

赵匡胤问父亲那郭威是何英雄人物，赵弘殷摇了摇头说道："郭威是何人，我也不甚清楚，我只知道，郭威很会打仗……不过，那河东节度使素来不听朝廷调遣，今日为何主动来解汴梁之围？"

赵匡胤涉世未深，还无法回答和理解父亲所说的那个问题。不过，郭威这个名字却深深地镌刻在了赵匡胤的脑海里。

汴梁城外一仗，契丹国元气大伤。耶律德光虽然恨得咬牙切齿，但一时间却也无力再对后晋发动大规模的进攻了。这样一来，汴梁城又恢复了暂时的安定。

后晋天福九年（公元944年），赵匡胤满十八岁了，杜氏对赵匡胤说道："胤儿呀，你也不小了，该结婚了！"

【第二回】

洞房花烛误壮志，佛门青灯指迷津

十八岁的赵匡胤，高大、健壮，略长的脸庞上，嵌着一对幽深的大眼，挺直的鼻梁下，稍显厚实的双唇透出一股含而不露的威严。不过，若是他启唇一笑，却又显得那么的亲切、温和，还像一个没长大的孩子。

哪个少年不善钟情，哪个少女不善怀春？赵匡胤现在的年纪，正应是他春心萌动的时候。按理说，当得知父母要给自己操办婚事了，他应该高兴才是。然而，赵匡胤却低声向母亲说道："娘，孩儿不想结婚……"

赵匡胤这是怎么了？是他另有所爱，还是对女人根本就不感兴趣？都不是。除了母亲杜氏外，赵匡胤很少跟别的女人接触，因而谈不上什么另有所爱。同时，赵匡胤也觉得，就女人而言，尤其是那些年轻漂亮的女人，的确有一种很难言明却又极具诱惑的魅力。夏日，走在大街上，赵匡胤也曾对那些年轻女人想入非非。甚至，有时晚上睡觉的时候，他还曾有过不自觉的冲动和幻想。这些虽然朦胧，却也美丽动人。这足以说明，赵匡胤与别的男孩子一样，在内心深处也是充满着对女人的憧憬和渴求的。

赵匡胤之所以不想结婚，是因为他有这么一种考虑：结了婚就有了家了，有了家就不能到处乱跑了，整天关在家里，岂不把人闷死？

不难看出，在赵匡胤的胸腔里，既跳动着一颗春心，同时也跳动着一颗不安分的心，而就当时来说，后者显然比前者跳动得更有力。

闻听赵匡胤不想结婚，赵弘殷勃然大怒。他把赵匡胤叫到自己的面前，指着赵匡胤的鼻子吼道："你想让我们赵家断了香火吗？告诉你，你同意也罢，不同意也罢，你都要为我们赵家娶妻生子！"

父亲发这么大的火，着实把赵匡胤吓得不轻。同时，杜氏也劝赵匡胤道："儿呀，若不是战乱，你早该成婚了，我也早该抱上孙子了！"

赵匡胤笑对杜氏道："娘，谁不想结婚啊？我过去跟你是说着玩儿的。"

　　赵匡胤想：是呀，父亲要自己结婚，母亲也劝自己结婚，自己除了答应之外，似乎也别无良策。就连六岁的弟弟匡义，也整天嚷着要吃自己的喜糖。不过话又说回来，结婚好像也不是什么太坏的事情。

　　那时候的人结婚，都是要听父母之命、媒妁之言的，娶什么样的媳妇，什么时候娶媳妇过门，自己是做不了主的。不过杜氏有点例外，在给赵匡胤找媳妇之前，她曾征求过赵匡胤的意见，问赵匡胤究竟想找一个什么样的女人做媳妇。赵匡胤憋了半天，终于憋出一句话来道："娘，孩儿想找一个漂亮的女人。"

　　对赵匡胤来讲，他还不懂得多少家庭的含义。既然要娶媳妇，那自然是非漂亮的不娶了。而杜氏却也非常赞同大儿子的看法，她深情地抚摸着赵匡胤的脸颊说道："不漂亮的女人，怎能配得上我们家胤儿？"

　　找一个漂亮的女人给赵匡胤做媳妇并不难，世上的漂亮女人多的是。比较难的是，那女人不仅要漂亮，而且还要与赵家门当户对。赵弘殷虽然不是什么朝廷的显臣，但好歹也是一个领兵的大将军。赵家如此门第，总不能随随便便地找一个普通人家的女儿做儿媳妇吧？果真如此的话，岂不笑掉别人的大牙？

　　赵弘殷和杜氏经多方打探，找到了一个在汴梁城内小有名气的媒婆。他们给媒婆开出的条件是：一要门户相当，二要年少美貌，三要温顺贤淑。居家过日子嘛，女儿家温顺贤淑与否是很紧要的。

　　客观地讲，赵氏夫妇开出的那三项条件是有一定难度的，但这难不倒那小有名气的媒婆。既是小有名气，就自有其真实的才干。那媒婆肩负着赵氏夫妇的重托，走东家、串西家，仅用了不到一个月的时间，便为赵家说妥了这门亲事。

　　赵匡胤的岳父姓贺名景思，也是后晋朝的一位大将，与赵家可谓是门第相当。贺景思长女贺氏年方二七，据媒婆所言，有"沉鱼落雁之貌，闭月羞花之容"，可谓是既年少又美貌。据媒婆称，那贺大小姐诸事皆依父母，走路怕踩了蚂蚁，说话怕惊了蚊子，世上还有比这样的女子更温顺贤淑的吗？

　　赵弘殷和杜氏夫妇对这门亲事非常满意。杜氏问赵匡胤是否也满意，赵匡胤犹犹豫豫地道："娘，那女子才十四岁，是不是……太小了？"

　　是呀，十四岁的姑娘，大多看上去就像是一个小女孩。和一个小女孩结为夫妇，赵匡胤能不犹豫？杜氏解释道："胤儿，我问过媒婆了，媒婆说，贺家大小姐虽然年少，但去年就长成一个大姑娘了！"

　　"还有，"赵匡胤又道，"那贺家大小姐我没见过，娘也没见过，只听媒婆一张嘴胡说，谁知道她的容貌究竟如何？"

　　杜氏笑了："胤儿，媒婆说了，如果那贺家大小姐没有倾城之貌，她不仅退还全部赏钱，还要跪在我们家门前磕头谢罪！媒婆这么说了，胤儿还不放心吗？"然而赵匡胤依然没有完全放心。

　　赵匡胤和贺氏的婚礼是在后晋天福九年（公元944年）的金秋举行的。两大将军联姻，婚礼自然是热闹非凡。就在来宾们喜气洋洋畅饮喜酒的时候，赵匡胤被母亲叫到了一间小房子里密谈。闻着那四溢的酒香，赵匡胤的心痒痒的。

　　此时的赵匡胤虽然长得人高马大的，但男女情事方面的知识却知之甚少，甚至可以这么说，女人身体究竟是什么模样，他都几乎一无所知。因而，在赵匡胤入洞房之前，杜氏为他补补课，就显得非常必要而及时了。

　　杜氏讲得很耐心，也很细致，只是苦了赵匡胤。他脸色一会儿红一会儿白，心也"突突突"地跳个不停。赵匡胤听得仔细，心里也就开始胡思乱想起来。以至于当别了母亲，走到酒席中与宾客们杯觥交错的时候，赵匡胤忽然对酒不是那么太感兴趣了。

　　酒宴依然在热热闹闹地继续着，可赵匡胤却耐不住了，瞅了个空儿，偷偷地跑进了洞房。红烛掩映下，一个从头到脚都红艳艳的女人正端坐在床沿，只是一块红布遮住了她的脸，他看不出她的模样。

　　赵匡胤一步步地挪到了她的眼前，愣愣地对她道："你，站起来。"

　　贺氏乖乖地站了起来。从身高来看，她确实是一个大姑娘了。赵匡胤终于放下了一半心。

　　赵匡胤又对贺氏道："你，把红布拿下来。"

　　贺氏伸出纤纤手指，轻轻地一拉红布，那块红布就飘忽忽地打着旋儿轻落在地上。

　　赵匡胤的眼睛不禁一亮，在烛光的映衬下，贺氏恍如仙女下凡般美丽。至此，赵匡胤完全放下心来。他再也控制不住了，伸手把她抱上了床……

　　直到鸡叫三遍的时候，他才又紧紧地将她拥到自己的怀里，昏沉沉地睡去了。

　　赵匡胤刚刚进入梦乡就被母亲在门外叫醒了，他一边打着哈欠一边对着门外说道："娘，我困死了，您就让我再睡一会儿吧！"

　　杜氏说道："胤儿，你爹要去打仗了，你起来送送你爹吧！"

　　听到"打仗"二字，赵匡胤睡意全无，一骨碌身儿爬了起来，穿好衣裳就朝房门摸去。还没出房门，他便问道："娘，爹要去哪儿打仗？是不是契丹人又打过来了？"

　　原来，自上次兵败汴梁城外之后，契丹国主耶律德光一直怀恨在心。经过一年多的精心准备，他亲自统帅十万大军再度南侵。

　　耶律德光亲自领兵来犯，后晋皇帝石重贵在群臣的鼓动下也不示弱，急急地调来各路兵马北上抗击。赵弘殷身为指挥使，又有与契丹军作战的经验，自然就成了后晋军北上抗敌的主要将领之一。

　　赵匡胤恳求与父亲一同北上，赵弘殷不同意："胤儿，你刚刚成婚，撇下新婚妻子征战沙场，你于心何忍？"

赵匡胤又去央求母亲，杜氏这回也不同意："胤儿，听你爹说，这次抗战要耗费很长时间，也许是半年，也许是一年，这么长的时间，你若把你媳妇一人撇在家里，你岳父家那边心里会怎么想？"

父亲母亲都不同意，赵匡胤没辙了，只能眼睁睁地看着父亲一身戎装走出家门。他不无埋怨地对贺氏说道："都是你！若不是你，我现在就跃马横刀地同契丹人拼杀了！"

贺氏十分地委屈，眼泪都差点掉下来了："郎君，是公公大人和婆婆大人不让你去的，妾身从没有想过要阻止你……"

赵匡胤有些生气地瞪着贺氏道："你是没有阻止我，可要是没有你，我爹我娘能不让我北上抗敌吗？"

贺氏无话可说了，只任泪水无声地滑落。见她那副珠泪涟涟的模样，赵匡胤不禁轻叹了一口气，一边为她拭泪一边轻轻地道："好了，娘子，不要再哭了！我只不过说了你两句，你又何必如此伤心？"

既然不能上阵杀敌，赵匡胤只能老老实实地待在家里。白天，赵匡胤不是逗弟弟匡义玩，就是与石守信、王审琦等人操练武艺，还不时地对饮几杯。小日子过得倒也逍遥自在、有滋有味。而且，与贺氏亲热的次数多了，赵匡胤就不仅对男女情事更加熟悉，也对贺氏培养出了几分真情。过去，贺氏是不敢在赵匡胤的面前多言多语的，而现在，她有时也会与自己的丈夫对上几句。

有一天晚上，贺氏忽然问道："郎君，你想过你日后会成为一个何样的人物吗？"

赵匡胤信口答道："我将来，不是一个文臣，就是一个武将！"

贺氏说道："在妾身看来，郎君既不会是一个文臣，也不会是一个武将。"

"什么？"赵匡胤不能不认真了，"娘子，你是说我将来一事无成？"

贺氏羞答答地说道："郎君误会了。妾身的意思是，郎君日后若能成为皇上，那妾身岂不就成了皇后？"

赵匡胤内心一阵激动。别看他嘴里"文臣""武将"说得就跟真的似的，而实际上，在他内心深处早就有了当皇帝的念头。只是，他现在一文不名，如何才能成为皇上，他心中没有路数。

"娘子放心，"赵匡胤信誓旦旦地道，"我一定会成为皇上，你也一定会成为皇后的！"

赵匡胤就在与石守信等人的交往中和贺氏的温柔中一天天地度过。贺氏怀孕了，为赵匡胤生下一个女儿。第二年（公元945年）初秋，赵弘殷终于从前线回来了。

赵弘殷是因大腿中箭，感染发烧被人用马车运回汴梁的。被抬进家门时，赵弘殷依旧昏迷不醒，脸色灰白，仿佛死人一般。

杜氏整天整夜地守候在丈夫的病床前，赵匡胤也没日没夜地围着父亲的病床转。贺氏自然想一直跟在丈夫的身边，但因为刚生产不久，身子还很虚弱，又要照料自己的女儿，所以不便陪丈夫一起待在公公的病房里。

在母亲的催促下，赵匡胤也会偶尔回自己的房里看上贺氏几眼。看见贺氏总是不住地流泪，赵匡胤皱着眉头问道："娘子，你在这儿哭什么？"

贺氏抽抽噎噎地说道："公公大人至今尚未醒来……万一……"

赵匡胤没好气地翻了贺氏一眼道："你只管在这里好好地带孩子，别去胡思乱想。告诉你，我爹是不会死的。"

话虽这么说，但赵匡胤的心里也很没底。父亲回家七八天了，一直昏睡着，若照此情形下去，委实不是好兆头。不过，一看见母亲的脸，赵匡胤的心中又不禁踏实了许多。杜氏一直守候在丈夫的病床前，脸色温而沉静。受母亲的感染，赵匡胤也不再整日地愁眉苦脸了，甚至还微笑着劝慰母亲道："娘，不用担心，爹命大福大，不会有事的。"

杜氏却静静地道："胤儿，你说错了。你爹他算过命，他的命不大，福也不大！"

赵匡胤急忙道："娘，算命的话，不一定靠得住的……"

杜氏轻轻一笑道："胤儿，你放心吧，你爹现在不会死的。他现在还不能死，我正等着他醒来呢！"

赵弘殷终于醒了过来。在赵弘殷苏醒的那一瞬间，杜氏突然号啕大哭，晶莹的泪珠砸在赵弘殷的身上。赵弘殷挣扎着说道："大人，我知道，你不是舍不得我死，你是怕我现在就死了，胤儿他们会失了依靠……"

杜氏忽然又笑了："你说的没错。等胤儿义儿他们都有出息了，你再死也不迟。"

杜氏和赵弘殷之间这似真似假的对话给赵匡胤的印象极深。他很想凑上前去对父亲母亲说些什么，但想来想去，终也想不出什么合适的话。

又过了几天，等赵弘殷能够靠在床上吃东西了，赵匡胤才去打听父亲受伤的经过。赵弘殷叹道："那是在一次战斗中，我带着弟兄们向前冲，突然看见前面有一个契丹兵像是位将军，就拍马赶了上去。谁知，那契丹兵一回身就给了我一箭，正好射在我的大腿上……"

赵匡胤听了有些后怕，如果那箭射得端正一些，父亲岂还有命在？

赵匡胤又问道："爹，您回来的时候，前线情况怎么样？"

赵弘殷脸上的笑容没了："情况很糟。契丹军队正在步步逼近！"

赵匡胤心里"咯噔"一下："爹，我们能把契丹人挡住吗？"

赵弘殷摇了摇头道："如果没有援兵，契丹军队很快就要打过来了……"

"可是，"赵匡胤急道，"孩儿听说，这城里的军队都开到北方去了，汴梁差不多已经是一座空城了！"

"是呀，"赵弘殷缓缓地说道，"为父以为，我们不仅挡不住契丹军队，恐怕这汴梁城也难逃一劫啊！"

赵匡胤自然而然地想起一个人来："爹，那个郭将军上前线了吗？上一回，契丹军队围困汴梁城，不就是郭将军把他们打得落荒而逃吗？"

赵匡胤口中的"郭将军"，指的是河东节度使刘知远的部将郭威。赵弘殷长叹道："胤儿，你哪里知道，朝廷给那刘知远连发了三道令牌，叫他火速领兵前来救驾，可是，那刘知远就是装聋作哑，根本不听朝廷的号令！"

"这么说，"赵匡胤眼睛张得大大的，"那个郭将军不在前线？"

赵弘殷不觉"哼"了一声："那刘知远连一兵一卒也没有派来，就别提什么郭将军了！"

"完了！"赵匡胤垂下了头，"郭将军不在前线，那一切都完了！"

显然，在赵匡胤的心目中，只有郭威才能扭转战局，打退契丹兵。

赵弘殷轻轻地说道："胤儿，我们要做离开这里的准备了。"

果然不出赵弘殷所料，没过多久，耶律德光率契丹大军就已越过封丘，直向汴梁扑来。

汴梁城内顿时就乱了套，首先逃出城去的是从前线败退回来的两三万后晋军队。他们已经领教过耶律德光的厉害了，对守卫汴梁城毫无信心，尽管后晋皇帝石重贵及朝中大臣一再严令他们与汴梁城共存亡，但他们还是争先恐后地跑出了汴梁城。

军队逃跑了，老百姓当然不愿在城里等死。军队前脚刚走，老百姓后脚就一窝蜂地往城外涌。没有了军队，也没有了老百姓，皇帝石重贵吓得没有了主张。他找来几个亲信大臣问道："朕……该如何是好？"

几个大臣面面相觑。最后，一个大臣十分悲伤地说道："皇上，除了南下之外，已别无他法！"于是，在十几个大臣的簇拥下，石重贵带着一干皇妃和太监，匆匆地离开了汴梁城。快跑到汴梁西南六十里外的朱仙镇的时候，听说耶律德光已经率领着契丹军开进了汴梁城，石重贵曾不无得意地对左右说道："朕终归是跑出来了！耶律德光是抓不住朕的！"

赵弘殷一家是在石重贵之后离开汴梁城的。赵弘殷有些犹豫，似乎不想南逃。杜氏劝丈夫道："连皇上都跑了，你留在城里还有何用？就算你想表忠心，但也无处可表了呀？"

"是呀，爹。"赵匡胤也劝父亲，"您征战沙场，负了重伤，差点连性命都搭上，也对得起皇上和朝廷了。现在，皇上跑了，朝廷没了，爹难道想留在这里让契丹人抓去？"

赵弘殷"唉"了一声道："我不是想表什么忠心，更不想让契丹人抓了去。我只是在想，契丹人一打进来，就什么都完了……"

赵弘殷所言，不无忧国忧民之意。赵匡胤轻轻地道："爹，暂时别想这么多了，还是抓紧时间出城吧！"

不出城不行了，耶律德光就要打进来了。慌慌忙忙地走出汴梁城之后，赵匡胤对父亲建议道："爹，反正我们以后也回不来了，不如向西走吧。"

赵匡胤的意思是西去洛阳，回到他出生的地方。赵弘殷不同意，决定向西南去追石重贵。杜氏对赵匡胤说道："就听你爹的吧。"

赵匡胤只好跟着父亲往西南去了。快到朱仙镇的时候，赵弘殷得知，石重贵就住在朱仙镇里，没再继续南逃。而他之所以没再继续南逃，是因为河东节度使刘知远带着大军到朱仙镇保驾来了，且刘知远所率的大军足足有十万之众。

赵匡胤闻之，高兴地对父亲说道："刘知远来了，那郭将军就肯定来了。郭将军一来，契丹人就不敢在汴梁待下去了！"

赵弘殷却双眉紧锁道："刘知远带十万大军，为什么早不来晚不来，偏偏在皇上离开汴梁的时候赶来救驾呢？"

听父亲这么一说，赵匡胤也觉着有点不对劲儿："是呀，爹。刘知远有十万大军，又有神勇的郭将军，如果早点开到北方去，那契丹人就根本打不进汴梁城。"

赵弘殷不语，只眉头依然锁着，像是自言自语地说："刘知远究竟想干什么呢？"

赵匡胤也不再说话，静静地思索着什么。

刘知远早就想当皇帝了。上一回，他带着郭威及数万兵马赶到汴梁城外，本是想趁乱从石重贵手里夺走帝位的，但因契丹军队一时没有攻下汴梁，又因兄弟刘崇及郭威等人劝说，故而暂时打消了将石重贵取而代之的念头，还在郭威的请求下，顺势解了汴梁之围。

但这一回不同了，这一回他刘知远拥有一支十万人的大军了，且这支军队让郭威调教得兵强马壮。早在听说耶律德光亲率契丹军南下的时候，他就迫不及待地要开进京将石重贵赶下台了。郭威劝道："此时进汴梁城不合适，待其他后晋军队与契丹军队拼个两败俱伤之时，再进京坐收渔翁之利也不迟。"

刘知远觉得郭威所言在理，于是就耐下性子等待了。终于，契丹军队打到汴梁了，石重贵南逃了，刘知远便匆匆忙忙地率领十万大军赶到了朱仙镇，"迎"

住了石重贵。

刘知远在朱仙镇截住石重贵，本是想将石重贵就地废掉然后自立为帝。郭威说道："废掉石重贵不难，难的是不要与契丹军硬拼，如果与契丹军硬拼了，自己的实力肯定会大为削弱，这样一来，其他的人恐就会滋生勃勃野心了。"

刘知远深以为然，问郭威下一步该怎么走。郭威说道："先给契丹军一个下马威，然后与耶律德光谈判。"

果然不出郭威所料，耶律德光在占了汴梁城，稍事休整之后，马上派出一支军队南下追击石重贵。郭威在汴梁和朱仙镇之间设下埋伏，将耶律德光派出的契丹军团团包围起来，然后派人去给耶律德光送信，希望与之谈判。耶律德光考虑来考虑去，最终同意了。

郭威下令将被包围的契丹军全部放回汴梁，刘知远有些不悦地对郭威说道："兄弟，你把契丹人都放了，如果那耶律德光言而无信，我们岂不是吃了亏？"

郭威信心十足地道："耶律德光会遵守诺言的。第一，我们放了他们的人，已经表示了我们的诚意。第二，耶律德光急欲抓到的人现在我们的手中。第三，他之所以同意谈判的最大原因是，他已经知道了我们的底细，他的实力现在难以与我们抗衡，他不会眼睁睁地看着自己的军队全部断送在汴梁城里。"

耶律德光手中虽还有不少军队，但毕竟征战了数月，同以逸待劳的郭威军队打成平手都难，更甭说取胜了。郭威的善战，耶律德光也早有耳闻。再说了，契丹军已经占领了汴梁城，即使没能把石重贵抓到手，他耶律德光也不枉此次南侵了。至于以后的局势会怎么样，恐怕只有等到以后再说了。

最终，刘知远派兄弟刘崇代表自己前往汴梁与耶律德光谈判。双方很快达成协议：刘知远将后晋皇帝石重贵交与耶律德光任意处置，耶律德光率军从汴梁撤回契丹境内，并承认刘知远为新的皇帝。

据说，耶律德光见到石重贵时，两眼立即冒出骇人的光芒，狂笑不已。在耶律德光的狂笑中，石重贵一头栽倒在地，一命呜呼了。

有意思的是，在吓死了石重贵之后，耶律德光也突然口吐鲜血，晃晃悠悠地栽倒在了地上。耶律德光也死了，就在由汴梁回契丹的路上。

耶律德光死后，其子耶律阮继位，耶律德光死前已正式改国号为"辽"，耶律阮就是辽世宗。辽世宗登基后，由于诸多原因，很长一段时间没有再发兵南侵。

刘知远将石重贵交给耶律德光之后，命郭威为先锋，令兄弟刘崇殿后，在一帮后晋旧臣的簇拥下，洋洋得意地开进了汴梁城。虽然后晋皇宫早已被契丹军队抢劫一空，但刘知远还是迫不及待地在后晋的旧殿里大模大样地登基称帝了。因姓刘，与汉高祖刘邦同宗，所以刘知远就改国号为"汉"，史称"后汉"。

因郭威功劳甚大，刘知远本想封其为后汉丞相，但被郭威谢绝了。郭威说：
"为定邦安民，应宣谕后晋旧臣仍任原职，并大赦天下。"刘知远采纳了郭威之
言，改封郭威为枢密使兼天雄节度使。

实际上，郭威虽不是丞相（枢密使只比丞相低一个等级），但后汉军政大权
却差不多全握在他的手里，连刘知远的兄弟刘崇在他的面前也要矮上一截，足可
见刘知远对他的信任。也就是因为这个信任，使得刘崇对郭威产生了不快甚至不
满。于是，刘崇主动要求到太原去做留守。

刘知远、郭威等人和耶律德光幕后所做的交易，赵弘殷一家人并不知道，
也无从知道。从汴梁逃到朱仙镇后，赵弘殷很想见上皇帝石重贵一面，但难以
如愿，甚至他都打听不到石重贵究竟住在什么地方。赵弘殷不无忧虑地对妻子
道："我怀疑，皇上被别人秘密地囚禁起来了。囚禁皇上的这个人，恐有不轨之
举……"

杜氏虽不太关心外界事务，却也知道丈夫口中的"这个人"指的是刘知远。
于是她对丈夫说："成者王，败者寇，自古皆然，你又何必忧心忡忡？"

与父亲不尽相同，赵匡胤逃到朱仙镇之后的最大愿望就是见到郭威。然而，
一直等到郭威开进了汴梁城，他也没见到。

刘知远、郭威一行开进汴梁城的时候，赵弘殷一家人依旧待在朱仙镇。
虽说赵弘殷是个后晋的大将军，且打起仗来也颇为不俗，但此时已是个光杆将
军，所以刘知远并没把赵弘殷放在眼里，进汴梁城称帝的时候也就没把赵弘殷
一同带上。

很快，刘知远自立为帝的消息传到了朱仙镇。赵弘殷在妻子面前咬牙切齿
道："这姓刘的果然居心叵测……"

杜氏似乎很是想得开："居心叵测？乱世出英雄！我看这姓刘的也不失为一
个英雄！"

赵弘殷默然。后来，刘知远以皇帝的名义宣告：后晋旧臣一律官复原职，速
回汴梁见驾受封。

杜氏问丈夫何去何从，赵弘殷仰天叹息道："我也不想再做什么将军了，还
是回洛阳吧。"

杜氏说道："你要回洛阳，我不反对，不过，你要为胤儿和义儿他们想
想……"

回到洛阳，赵弘殷就做不成官了，说不定还会因此得罪新皇帝刘知远，这显
然对赵匡胤和赵匡义兄弟的成长不利。至少，杜氏当时就是这么个意思。

就这么着，赵弘殷一家又从朱仙镇回到了汴梁城，成了后汉的子民。而赵弘
殷又成了后汉的一位将军，只是手中依旧没有什么兵权，空有一个头衔而已。

　　好在将军的俸禄不曾短少，就过日子而言，赵家却也无忧。更何况，在后晋朝时，赵家还颇有些积蓄。所以，赵弘殷回到汴梁后，虽然很失意，但日子过得也悠游自在。有时，老朋友来了，赵弘殷都热情接待，还常常喝得酩酊大醉。

　　然而，赵匡胤回到汴梁之后却大失所望，以至于变得闷闷不乐起来，不仅在妻子贺氏的面前很少言语，就是在父母的面前，他也几乎变成了哑巴。

　　但赵匡胤总是要说话的。一天夜里，他将贺氏搂在怀里，温情脉脉地说道："跟你说实话，我舍不得你，也舍不得我们的女儿。女儿很可爱，你更让我牵挂。"

　　贺氏听出问题来了，赶忙在他的怀里仰起脸问道："郎君，你所说何意？"

　　赵匡胤顿了一下，说道："我已经长大成人了，可整天地待在家里，实在闷得慌。好男儿志在四方，所以，我想离家出去闯荡闯荡！"

　　"郎君，"她赶紧叫了一声，"你，你准备到哪里去？"

　　"我也不知道。"赵匡胤回道，"我只是想出去走走，长长见识，像这般整天地闷在家里只能是一事无成！"

　　贺氏默然。赵匡胤问道："你怎么了？你说话呀？"

　　贺氏低声问道："这事，公公大人和婆婆大人知道吗？"

　　赵匡胤道："我还没跟他们说，我是想先听听你的意见。"

　　贺氏又沉默了一会儿，然后吞吞吐吐地道："如果，公公大人和婆婆大人都同意了，那妾身……也没有意见。"

　　见贺氏如此表态，赵匡胤接下来就要对父母说自己的想法了。他没敢先同父亲说，因为他知道父亲是不会同意的。他先找到母亲，把自己的想法说出之后，求母亲去劝说父亲。

　　这种先找母亲然后由母亲去劝说父亲同意的招数，他过去屡试不爽，但这一次他却失败了。杜氏一口回绝了他："胤儿，我不用去找你爹，你爹肯定不会同意的。如果你爹同意你离家闯荡，那他当初又何必回这里来做一个有名无实的将军？"

　　随后，杜氏劝慰赵匡胤道："孩子，我知道你的心思，想出去闯荡一番长长见识。可是，你也要替你爹想想。你爹也不容易啊！你爹所做的一切，不全都是为了你和义儿吗？你如何能说走就走呢？"

　　母亲都不同意了，赵匡胤只得打消了离家闯荡的念头。只不过，这种打消只是暂时的。这种念头就像是一粒种子，只要有合适的土壤和水分，就会难以遏止地萌芽、生长。

　　一天，赵弘殷颇感意外地被刘知远召去做了禁军的指挥使。看模样，后汉皇帝刘知远要重用赵弘殷了，而赵弘殷却因此惹出了一场麻烦，甚至差点把性命丢掉。

既然做了禁军的指挥使，那赵弘殷就得经常地伴在刘知远的身边了。虽然赵弘殷打心眼儿里对刘知远不喜欢，但迫于情势，他还是尽职尽责的，且曾得到刘知远的夸奖和赏赐。杜氏笑着对赵匡胤说道："你爹他时来运转了！"

可就在杜氏说丈夫"时来运转"之后没几天，赵弘殷便触怒了刘知远。

春末夏初时节，天已经比较热了。一天上午，刘知远决定到汴梁城外去踏青。

皇帝出游可不是闹着玩的，光护驾的侍卫就达千人以上。刘知远又好排场，不仅带着众多的大臣、内侍，还将皇妃、数以百计的宫女带在了身边。

虽然被刘知远任命为开路先锋，但赵弘殷心里却很不快活。原来，刘知远不乘辇车，而是骑着一匹高头大马。骑马倒也罢了，刘知远还下令，除他之外，任何人不许骑马，也不许乘马车。

可这样一来，就苦了那些皇妃和宫女们，她们如何跟得上马的速度？刘知远虽然没有纵马狂奔，但她们也早已累得气喘吁吁、香汗淋漓了。而骑在马上的刘知远，看着她们的狼狈相，还开心地大笑不止。刘知远如此拿女人取乐，赵弘殷的心中怎么能够快活？

然而，令赵弘殷更不快活的事情还在后面。快出城门时，赵弘殷忽然发现身后的队伍停住了。他以为发生了什么不测之事，就赶紧掉头向刘知远跑去。

等跑到刘知远的近旁，赵弘殷才明白，原来是刘知远在行进过程中，发现街道边上有一个小姑娘长得非常有姿色，于是就跳下马来，将那个小姑娘拽到了马前。

见刘知远拽着一个双目含泪的小姑娘，赵弘殷便忍不住地问道："陛下，发生了什么事？"

刘知远将那个小姑娘托上了马背，背对着赵弘殷淡淡地答道："没发生什么事。朕见这个小女子颇为可观，就带她一同出城游春。"

"皇上，"赵弘殷立刻就说道，"您如何能在大街之上公然掳掠民女？"

刘知远正准备朝马背上爬，闻听此言，便一步逼到了赵弘殷的近前，圆睁双目喝道："什么？赵弘殷，你适才说朕公然掳掠民女？"

赵弘殷却也不惧："正是，陛下。光天化日、众目睽睽之下，您将这民女强行推至马上，这不是公然掳掠又是什么？"

旁边一个大臣赶紧过来说道："赵弘殷，皇上等着出城游春，你还不快快前去开路？"

这大臣的用意是好的，他是在暗示赵弘殷快点离开，不要惹祸上身。然而此时赵弘殷的倔劲儿上来了，所以，他直直地挺立在马前，毫无退让之意。那大臣见了，只得暗叹一声。

刘知远勃然大怒，冲着赵弘殷吼道："你好大的胆子，竟然敢在大庭广众之下无端指责于朕！"

赵弘殷不卑不亢地说道："微臣并非胆大，更非无端指责，实乃皇上的行径有匪盗之嫌，窃以为皇上不取也！"

刘知远的目光马上阴冷了下来："赵弘殷，你是不是不想活了？"

赵弘殷昂首回道："蝼蚁尚且贪生，臣何尝不珍惜生命？只是皇上适才所为，确与匪盗无异！"

"来人啊！"刘知远冲着左右一吆喝，"将这大逆不道的赵弘殷打入死牢，待朕回宫之后再行议处！"

从旁边跑过来几名侍卫，立即将赵弘殷死死地摁住。赵弘殷没有反抗，由着侍卫把自己五花大绑了起来，却一直盯着刘知远。刘知远上了马，搂着那满面泪水的小姑娘扬长而去。

很快就有人将此事告诉了赵家。赵匡胤大惊道："什么？皇上要处死爹？"

杜氏看上去很平静，只是轻叹一声，对赵匡胤说道："你爹越来越不晓事理了！大丈夫能屈能伸，他又何必出头逞强？"

赵匡胤觉得母亲所言很有道理。父亲所为，固然正义，但却不是时机："可是……娘，爹被打进死牢，我们该怎么办？"

杜氏缓缓地摇了摇头："听天由命吧！如果你爹该死，谁也救不了他。如果你爹不该死，那他就会活着回来。"

刘知远本是想处死赵弘殷以泄心头之恨的，但有大臣谏曰："赵弘殷毕竟是前朝旧臣，如果草草处死，会引起朝中不安的。"

于是刘知远就赦免了赵弘殷的死罪。但死罪可免，活罪难饶，刘知远不仅将赵弘殷削职为民，还打了他一顿板子。

但赵弘殷毫无悔意。他回到家之后所说的第一句话是："那小姑娘死了。"

杜氏爱怜地望着丈夫说道："出头的椽子先烂，这个道理你也不明白了？"

赵弘殷反问妻子道："皇上恣意荒淫，我身为人臣，仗义阻止，难道这也有错？"

杜氏苦笑着回答丈夫道："你没有错，但你现在不是人臣了，只是一个百姓了。"

赵弘殷哼道："做个百姓又有何妨？不缺吃、不缺穿，乐得个逍遥自在！"

杜氏叹道："既如此，我们当初又何必回汴梁呢？"

赵弘殷也不禁叹道："唉！夫人，也不知怎么搞的，这几个月来，我的脑袋一直都昏昏沉沉的。"

赵弘殷昏昏沉沉的，赵匡胤却清醒得很。赵匡胤想：过去父亲做官，自己好像没有理由离家出去闯荡，现在父亲不做官了，自己就应该没有理由继续待在家里了。

赵匡胤认为自己想的有理，便没有去找母亲，而是直接找到父亲说道："爹，您现在的生活改变了，孩儿的生活也要随之改变！"

赵弘殷一时没听明白："胤儿，你在胡说八道什么？"

"我没有胡说八道，"赵匡胤振振有词地说道，"我说的是正儿八经的话，孩儿要出去闯荡了！"

"什么？"赵弘殷双眉一紧，"你要离家闯荡？"

"是的！"赵匡胤表情很认真，"孩儿要离开这个家！不过爹放心，等孩儿混得有出息了，孩儿一定马上回来！"

"你敢！"赵弘殷立刻就发火了，"你要是敢迈出家门一步，我就打断你的腿！"

赵匡胤有些愣了："爹，您干吗发这么大的火？您被皇上打烂了屁股，可也不能拿我出气啊！"

不提打烂屁股一事还好，赵匡胤一提，赵弘殷的火气就更大了。他顺手操起一根木棍照着赵匡胤就打过去。赵匡胤见父亲来真的了，赶紧扭头就跑，一边跑一边还夸张地叫道："娘，您快来啊！爹要打死人了！"

若不是杜氏及时出现，赵匡胤就真的要挨上几棍子了。赵匡胤气咻咻地道："娘，爹这是怎么了？被皇上打了一顿之后，他自己怎么也变得残忍起来了？"

杜氏微微一笑道："胤儿，不是你爹变残忍了，而是你爹的心情不好，被皇上削去官职不说，他想为你谋个差事也进展得不顺利。在这当口，你又要离家出走，你爹焉能不生气？"

赵匡胤立即问道："爹想为孩儿谋个什么差事？"

杜氏回道："你念过几年书，你爹想为你谋个书记。"

赵匡胤马上说道："娘，您叫爹别费神了。我不想当什么书记，我要跃马驰骋疆场！"

杜氏说道："你知道吗？胤儿，你爹当了半辈子的将军了，他想让你过安稳的日子。"

然而赵匡胤不想过什么安稳的日子。不过他没对母亲言说，而只是对妻子贺氏说道："我终究是要离开家的，不过不是现在。"

贺氏小心翼翼地问道："你，打算什么时候走？"

赵匡胤回道："等我爹的气消了再定。我爹现在正在气头上，要是我现在就走，我爹说不定会气出病来。"

于是赵匡胤就等待着父亲消了气。他等得很耐心，也等得很焦急，因为赵弘殷的气好像永远也不会消。每天，赵弘殷似乎都用一种警惕的目光盯着赵匡胤，生怕赵匡胤会突然消失似的。这样一来，赵匡胤即使想上街逛逛也得经过父亲同意才行。

等来等去的，贺氏的肚子又大了起来。巧的是，杜氏的肚子也同时鼓起了许多。就在这当口，贺氏告诉赵匡胤道："公公大人为你谋到一个书记的职位了！"

赵匡胤慌了，再不走就来不及了。如果做了什么书记，那就不能到天下去闯荡了。于是，赵匡胤做出决定：在父亲逼自己去做那个书记之前，火速离家出走。

在一个阴雨连绵的晚上，赵匡胤和贺氏紧紧地搂抱在一起。赵匡胤已经把自己的决定告诉了贺氏：明天清晨出走。贺氏没有反对，只是热泪禁不住地在眼窝里打转。

他轻轻地抚摸着她隆起的肚皮："答应我，你这回一定要为我生个儿子！"

她眨了眨泪眼："妾身……尽力而为……，您这一走，何时才能回来呢？"

"我很快会回来的。娘子放心，待我有了落脚点之后，我就马上回来接你同去。"

贺氏似乎放心了。她合上泪眼，偎在他的怀里睡着了……

第二天，天刚刚亮，赵匡胤就蹑手蹑脚地穿衣起床，偷偷地溜出了家门。

一直到日出三竿时分，赵弘殷才发觉赵匡胤不见了。他第一次用十分严厉的口气对贺氏说道："你为何不早点告诉我？"

杜氏从旁劝丈夫道："算了！胤儿决心已定，他今天不走，明天还是会走的！"

赵弘殷又想到四个城门处去询问一下，杜氏阻止道："即使你问出个名堂，也追不回胤儿了。他离开家，还不像兔子一样狂奔？"

赵弘殷重重地"唉"了一声道："夫人，胤儿独自外出，你就能放下心来？"

杜氏回道："我是放不下心来，但我又以为，胤儿外出闯荡，不一定是坏事。说不定，胤儿还能闯出一番名堂来！"

赵弘殷自顾自地摇了摇头，不再作声。赵匡胤已经走了，再说什么也毫无意义了。此时已是公元947年，赵匡胤二十一岁。

也就在这一年，贺氏又生下了一个女儿。贺氏难过得一连哭了好几天，哭得赵弘殷眼圈都红红的。没过几天，杜氏临盆，又生了一个儿子。赵弘殷为之起名"匡美"，含"匡扬美德"之义。

赵匡美降世后，赵弘殷曾默默地对着门外念叨：胤儿，你知道吗？你又有一个小弟弟了！

后汉乾祐元年（公元948年）正月，后汉高祖刘知远忽然病了。

　　说"忽然"，是因为在生病的前一天晚上，刘知远看上去还好好的，还喝了一坛酒，之后他就头昏眼花、浑身发软，病倒在了床上。

　　刘知远并非不知道沉湎酒色的莫大危害，但他管不了自己。他闻到酒香就想喝，看见女人就想搂。这也难怪，对一般人而言，可用"人生在世，吃穿二字"来概括，但对刘知远这样的人来说，则非"人生在世，酒色二字"不能形容。

　　不过，刘知远做皇帝虽没有什么大的作为，但也不完全属于那种鼠目寸光之辈。就像他的名字"知远"一样，他也的确是有些远见的。他知道，他做皇帝，后汉江山还算稳定，是因为他多少年的积威所致。一旦他撒手西去，幼子刘承祐继位，就会有许多人打起皇帝宝座的主意来了。

　　所以，刘知远就把自己患病的消息封锁在了宫内。他要利用和抓紧人生的最后时间，把那些素有异志的大臣和将军除掉，为儿子称帝铺平道路。

　　很快，在后汉朝廷中享有很高威望的大臣杜重威被刘知远以"莫须有"的罪名处死。手握兵权的赵匡赞被刘知远从外地召回，打入了死牢……

　　刘知远拼命地抓人、杀人，抓了一批又一批，杀了一批又一批，可他仍不肯罢休，还想继续抓、继续杀。只不过，他的身体已经不允许了，到乾祐元年一月底，他几乎连喘气的力量都没有了。他不敢再胡乱地抓人、杀人了，因为他还有一件紧要的事情没有办。

　　刘知远把枢密使兼天雄节度使郭威召到了自己的病榻前。郭威一直率军驻扎在汴梁之外，此刻见了瘦骨嶙峋而又奄奄一息的刘知远，大为震惊："陛下，您龙体如此堪忧，臣等为何全然不知？"

　　刘知远气息微弱地道："朕二十多天前就染病在身，但怕你过于牵挂，所以一直隐瞒于你……"

　　郭威明白了。他不是明白了刘知远的病况，而是明白了近来为何有大臣和将军接二连三地被杀。不过郭威也没有提及此事，而是转而安慰刘知远道："陛下不要想得太多，应静心地休养龙体！"

　　"兄弟，"刘知远称帝前如此称呼郭威，称帝后还是如此称呼，足可见刘知远对郭威的莫大信任，"朕的病朕自己心里清楚，朕将不久于世了……"

　　"陛下切勿这么想！"郭威的言语也很是诚挚，"陛下洪福齐天，当可安然度过！"

　　刘知远凄然一笑道："兄弟不必宽慰于朕。若不是念着承祐年幼，朕早就魂归西天了！"

　　郭威知道刘知远为何召他而来了："陛下有事请吩咐，臣赴汤蹈火，在所不辞！"

　　刘知远急促地喘了几口气，然后缓缓地说道："朕走后，承祐继位。承祐年幼，恐有异心不服者。朕想请兄弟做顾命大臣，辅佐承祐，安邦定国，不知兄弟意下如何？"

郭威没有推辞，也没有客气："陛下重托，臣岂敢不遵从？"

刘知远露出了些许微笑："……兄弟，我那胞弟刘崇在太原，虽然称霸一方，但还不至于有篡权之心。这一阵子，朕抓了一些人，也杀了一些人，但有图谋不轨之心的人是抓不完、杀不完的。所以，朕归天后，兄弟就是睡觉也别忘了要睁着一只眼啊！"

郭威答应道："陛下放心，臣一定尽力辅佐幼主。"

刘知远放心了："兄弟，承祐和大汉江山就全拜托于你了……"

当即，刘知远便颁旨宣布郭威为后汉顾命大臣。第二天，刘知远便气绝身亡。二月初，其子刘承祐继后汉帝位，是为后汉隐帝。虽然后汉朝中大权尽操于郭威之手，但郭威清醒地认识到，刘知远一死，后汉江山恐就不会太平了。

果然，刘承祐称帝不到一个月，就发生了赵思绾占据长安，李守贞河中称王和王景崇凤翔造反之事，史称"三镇之乱"。

赵思绾本来驻扎在凤翔（今陕西凤翔），是赵匡赞手下的一名校尉。自赵匡赞被刘知远召入汴梁打进死牢之后，赵思绾就整日惶恐不安起来。

此时，王景崇任左卫大将军兼凤翔巡检使，久有反叛之心，于是就常常在赵思绾的耳边嘀咕："赵匡赞被打入了死牢，你也要倍加小心啊！"这样一来，赵思绾就更加惶惶不可终日，总以为朝廷也要加害于他。

巧的是，刘承祐继位后，宣旨叫赵思绾领兵入朝。赵思绾急忙找到王景崇询问吉凶。王景崇双眉一皱道："这还用问吗？定然是凶多吉少。"

赵思绾赶紧问王景崇何去何从，王景崇阴冷地道："朝廷不仁，我等也可以不义。"此外，他还暗示赵思绾道："长安城大，城墙也坚固，可以成就一番大业。"

赵思绾听懂了王景崇的话，暗下决心之后，就领着千余人马打着"奉旨回京"的旗号往汴梁去了。到达长安（今陕西西安）城外时，永兴副节度使安友规出城相迎。

赵思绾请求入长安城看看。安友规同意，打开了长安城西门。赵思绾一声令下，部众涌入城内，杀散守西门的官兵后，又立即占领了其他三个城门。安友规见势不妙，落荒而逃。这样，长安城就轻易地落入赵思绾之手。

长安城内有一个庞大的武器库，库内各种武器应有尽有。赵思绾一边用这些武器招兵买马一边拼命地加固城墙。不多日，赵思绾手下便拥有了一支万余人的军队，长安城墙也加固一新。赵思绾觉得有能力与后汉朝廷一争长短了，便正式宣布反叛，同时派人去和护国节度使兼中书令李守贞联络。

　　李守贞自后晋朝起就是上将军，战功显赫。刘知远建后汉后，李守贞觉得自己受到了冷落，心中有些不快，但因为刘知远兵强势大，李守贞一时也不敢与后汉反目为仇。促使李守贞决心反叛的，是杜重威之死。

　　杜重威是李守贞的旧交，竟然被刘知远杀了，就算是兔死狐悲，李守贞也要对后汉朝廷反戈一击了。加上刘知远已死，十多岁的刘承祐继位，李守贞便越发地无所顾忌了。

　　一个和尚曾在见了李守贞后，对他的面相大为惊异，说李守贞将来"必为天子"。而此时，赵思绾又从长安派人给李守贞送来了一套龙袍，李守贞便更加相信自己是一位"真龙天子"了。

　　不过他也没有急着称帝，而是先自称"秦王"，以河中（今山西永济西）为据点，大肆扩充军队，同时以"秦王"的名义，对赵思绾和王景崇等人加官晋爵。

　　王景崇接受了李守贞的封赐。王景崇之所以久有反心，是因为他与侯益素有矛盾。刘承祐继后汉帝位后，侯益一下子飞黄腾达起来，做了中书令兼汴梁府尹。王景崇慌了，怕侯益在刘承祐的面前说自己坏话从而加害自己，所以，他便一再鼓动赵思绾反叛。如今，赵思绾在长安反了，李守贞在河中反了，王景崇理所当然地在凤翔扯起了反叛大旗。

　　刘承祐刚刚继位，赵思绾、李守贞和王景崇就相继反叛，后汉朝廷一时很是恐慌，连忙派兵前往镇压。但不是因为准备仓促，就是因为将帅无能，后汉朝廷派出的军队连吃败仗，使得反叛军队的气焰越发地嚣张。

　　后汉朝臣害怕了，一起上书请求皇上派郭威领兵去平叛。刘承祐赶紧召来郭威，问郭威是否愿意率兵出征。郭威"哈哈"一笑道："皇上何出此言？先帝嘱臣辅佐皇上，安邦定国，臣岂有贪生怕死之理？"

　　于是，郭威就担当起了平定"三镇之乱"的重任。可惜的是，那时的赵匡胤并不知道发生的一切。

　　"三镇之乱"爆发时，赵匡胤正在陕西境内四处游荡。

　　赵匡胤离家出走时，曾经豪情万丈、信心十足，满以为自己到外面一闯荡，便可以闯出一条属于自己的路来。所以，他离开家之后，径往西北，由河南入山西，再由山西入陕西。可闯荡了多日之后，不仅没有闯出什么自己的道路，反而把自己的肚皮闯得空荡荡的了。

　　因为是偷跑出来的，所以赵匡胤随身携带的盘缠并不多。若不是妻子贺氏在他临走时硬把几件饰物塞入他怀中，他早就该为吃喝问题大伤脑筋了。尽管如此，由山西跨入陕西之后，他身上也没有一文钱可用了。

　　没有钱就得饿肚子。有一天，赵匡胤竟然只喝了一碗面糊，饿得他头昏眼花、四肢发麻，几乎连路也走不动了。

赵匡胤有些后悔了。在家的时候，虽然闷得慌，但他不必为吃喝发愁。现在倒好，吃了上顿就愁下顿，更没钱住旅店，只能随便找个旮旯拐角蜷着身子熬夜，还要时时提防野狗的侵袭。他甚至都不敢多看女人一眼，因为看到女人他就会情不自禁地想起贺氏，而想起贺氏之后，他的心里就更不是个滋味了。

赵匡胤想家了，一想家就想回家。然而，赵匡胤最终又打消了回家的念头。离家出走是自己的主意，父亲竭力反对，母亲也未明确支持，如果就这么狼狈不堪地回家，又有何颜面见父母？还有，大丈夫应该顶天立地，岂能被一点点困难和挫折所吓倒？

于是，赵匡胤便继续在陕西的东南部游荡了。虽然他自诩为一个大丈夫，但当务之急却不是去顶天立地，而是去想法子填饱肚皮。他身无分文，又处在人生地不熟的地方，该如何才能填饱肚皮？莫非，赵匡胤要与乞丐为伍？

有一天早晨，赵匡胤在一座小镇的一条小巷子里睁开了眼。这条小巷子是一个死胡同，天黑了之后就无人出入了，所以赵匡胤就把它当成自己的栖身之处。巷子里虽然很安静，却也是很冷。此时才是二月天气，正是春寒料峭的时候。在巷子里猫了一夜，赵匡胤的身上几乎都没什么热乎气了。

所以，一觉醒来时，天已蒙蒙亮了，赵匡胤向胡同口跌跌撞撞地走去。刚一出胡同口，他就闻到了一股扑鼻的香味，引得他睡眼蒙眬的顺着那香味走了过去。

胡同口有一家小吃店，此时正在蒸馒头和包子。小吃店的店主是一个秃顶的小老头，他打开一个蒸笼的盖儿，一团浓浓的雾气顿时淹没了他。雾气散去，一笼又大又白的馒头呈现在眼前。他又打开一个笼盖，浓浓的雾气笼罩在包子笼的上方。雾气散尽时，他看见了正走过来的赵匡胤。此时的赵匡胤衣衫褴褛、蓬头垢面，已与乞丐无二。

"真是晦气！"秃顶小老头嘀咕了一句，"还没开张呢，却先来了个要饭的！"

秃顶小老头的嘀咕声虽小，但赵匡胤还是清晰地听见了。不过，他装作没听见的样子，走到那小老头的近旁，一会儿看看小老头的脸，一会儿又看看笼里的包子和馒头。

赵匡胤伸出舌头舔了舔双唇，但秃顶小老头却很不耐烦地皱起了眉头，冲着赵匡胤一翻眼道："去去去，有多远滚多远！你这要饭花子往这儿一站，我这生意就甭想做了！"

赵匡胤毕竟是念过几年书的人，有些涵养，听了小老头的话，他不但没生气，反而笑嘻嘻地说道："老丈此言差矣！圣人云：'君子有好生之德。'老丈只需拿些馒头和包子予我，我即刻便离开，不知老丈意下如何啊？"

"哟！"秃顶小老头显然很是惊讶，"真没有看出来，你一个要饭花子，竟然也懂得什么圣人之言！只可惜啊，我并非什么君子，只是一个买卖之人，所以啊，你那圣人之言到了我这儿，就等于是一文不值的废话了！你还是快点滚开吧，不要耽误我做生意！"

赵匡胤依旧脸带笑容，只是因为肚里太空，那笑容也显得很虚："老丈此言又差矣！圣人之言，放之四海而皆准。更何况，耽误你做生意的并非我，而是老丈你自己。你只要拿几个馒头和包子给我，不就什么问题都解决了吗？"

"什么？"秃顶小老头发火了，"臭要饭花子，你是我什么人？我凭什么要给你馒头和包子？啊？"

"老丈，"赵匡胤竟然冲着小老头鞠了一个躬，"圣人云：'四海之内皆兄弟也！'你我虽然素昧平生，但依圣人所言，当一见如故，不是亲人胜似亲人，既如此，你就拿些馒头和包子予我又有何妨？"

"好你个臭要饭的！"秃顶小老头睁大了眼，"你张口一个圣人云闭口一个圣人云的，你以为我一个卖馒头包子的人就不知道圣人云吗？我问你，圣人有云：'君子不吃嗟来之食。'就算我心甘情愿地拿包子馒子给你，你好意思要吗？"

赵匡胤似乎看到了一线希望，于是就信口开河地说道："这位老丈，圣人虽云'君子不吃嗟来之食'，但圣人同时又云：'此一时彼一时也。'彼一时，老丈即使将这所有的馒头包子予我，我也愧不敢受；然此一时，老丈即使只以一个馒头、一个包子赠我，我也不会婉言拒绝。老丈以为如何？"

秃顶小老头听糊涂了，也听愤怒了。他冲着赵匡胤一跺脚，恶狠狠地说道："臭要饭的，你要是再不快滚，再在这里此一时彼一时地胡说八道，我就打断你的腿，扭断你的脖子！"

赵匡胤的心不觉一凉。耐着性子绕了半天的舌，竟然一无所获。既然来文的不行，那就来武的。虽然脸皮十分重要，但有时候，肚皮比脸皮更为重要。

赵匡胤装着唯唯诺诺的样子，做出一副转身欲走的架势，可就在转身前的一刹那，他的双手迅速抓向盛馒头的笼屉，然后撒开双腿就跑。

那秃顶小老头见赵匡胤公然抢劫，气得拔脚就追，一边追一边还声嘶力竭地叫嚷道："抓小偷啊！"又觉得"小偷"一词程度不够，便忙着改口叫嚷道："抓强盗啊！"

无奈老头年迈，腿脚不利索，故而在气喘吁吁地追了一段路之后，他就放弃了追赶，暗暗地骂了几句后便铁青着脸返回了小吃店。

赵匡胤不敢大意，一口气跑出了小镇才晃晃悠悠地打住了脚步，一屁股瘫在了地上，张大着口，"呼哧呼哧"地喘气。

待气息稍稍平稳了些，他将双手举到胸前。他一下子激动起来，那么大的馒头，他竟然一手抓了两个，而且还跑了这么长的一段路，真是个奇迹啊！

第一个馒头几乎还没觉着啥味儿就不见了踪影。吃第二个馒头的时候，赵匡胤开始细嚼慢咽起来。馒头真香啊，还有一股甜蜜味儿。

两个馒头吃完了，还有两个馒头。如果中午、晚上都弄不到吃的，那有两个馒头在身，也就可以凑合着对付了。

赵匡胤使劲儿地咽了一口唾沫，把牙缝里的一些馒头屑儿也努力咽了下去。他把两个剩下的馒头放在鼻子底下闻了闻，揣入怀中，又找着一条水沟喝了些凉水，然后就四腿八叉地躺在草地上看日出了。

在赵匡胤偷抢四个馒头之后不多久，有一天，临近中午的时候，赵匡胤悠搭着双手走进了一个小县城。他本不想进城的，但城里似乎比乡下更容易弄到吃的。

这次活该赵匡胤倒霉。他刚进得城来，便看见十多个少年围在一起，脖子伸得老长。他一时好奇就凑了过去，原来那十多个少年正在用骰子赌博。一个光头少年，连续几次都掷的是小点，一时脸涨得通红。

赵匡胤不经意地说了一句道："掷骰子不是很简单吗？我想掷几点就掷几点。"

赵匡胤说的本是一句玩笑话，说完就想离开。谁知，那光头少年听见了，一下子蹿到了赵匡胤的面前道："你刚才说什么？你想掷几点就掷几点？"

赵匡胤也没赖账："是呀，我刚才就是这么说的。怎么了？"

光头少年好像是输红了眼，猛地从怀中掏出一大把钱来："要饭的，你要是能当着我的面掷出两个'六'来，我这些钱就全给你！"

赵匡胤在汴梁与石守信、王审琦等人在一起玩耍时曾经掷过骰子，但那也只是玩，并非专门训练。所以，想在举手之间就掷出两个"六"来，赵匡胤心里一点底都没有。但是，那光头少年手里捧着的沉甸甸的钱，却实在是一种莫大的诱惑。要知道，那些钱能买下多少馒头和包子啊。

赵匡胤问那光头少年道："你刚才所言当真？"

光头少年信誓旦旦地回道："有这么多人作证，本少爷一言既出，驷马难追！"

"那好，"赵匡胤点点头，"我来试试。"

赵匡胤从一个少年的手里接过了两只骰子。他先是认真地看了看骰子，然后将骰子窝于两只手掌中间，还故弄玄虚地朝着手掌吹了一口气，然后才将两只骰子掷于地面上。那两只骰子落地之后，滴溜溜地一阵乱转。

　　所有人都屏气凝神地盯着那两只骰子。一只骰子慢慢地停止了转动，赫然是一个"六"。有几个少年不禁发出了嘘声。另一只骰子也停止了转动，赫然又是一个"六"。

　　几个少年鼓起掌来。那光头少年一脸懊丧地道："真邪门！本少爷掷了二十多次，一个双'六'也没掷出来，这要饭的一伸手，双'六'就跑出来了！"

　　赵匡胤喜形于色地冲着那光头少年道："给钱吧！"

　　那光头少年虽然脸色很难看却也不赖账，规规矩矩地将捧着的钱交到了赵匡胤的手中，说道："算我倒霉，你都拿去吧！"

　　赵匡胤接过钱的时候，心里自然是喜滋滋的，不过多少也有点遗憾，那就是，如果手中的钱再多上一倍，就可以到一家酒馆里去尽情地吃上一顿了。

　　正想着，一个脸上有刀疤的少年忽然也掏出一大把钱来，对赵匡胤说道："要饭的，如果你能一下子掷出两个'一'来，我这些钱就全归你！"

　　赵匡胤看着刀疤脸手中的钱，想：我自己手里的钱，加上他手里的钱，应该可以到酒馆里去吃上一顿了！

　　这样想着，赵匡胤就先将手里的钱揣入怀中，然后弯腰拾起骰子，再将骰子握入掌中，对着骰子吹气，最后将骰子投掷于地上。

　　众人看得明明白白，赵匡胤果然又掷出两个"一"来。那刀疤脸一边将钱交与赵匡胤一边嘟哝道："看来不服气是不行了！"

　　然而依然有人不服气。这时，一个头发有些弯曲的少年从怀中摸出一小块碎银伸到赵匡胤的面前道："要饭的，你如果能掷出两个'三'来，我这银子就属于你了！"

　　这银子虽小，但起码可以买到两坛酒。赵匡胤不声不响地重新拾起了骰子。那卷发少年突然道："要饭的，我把话说清楚了，如果你掷出两个'三'来，我这银子拱手奉送，但如果你没有掷出，那你刚才赢的钱就全部归我。你听见了吗？"

　　赵匡胤默认了卷发少年的话。他的自信赢得了胜利，被他掷于地面的两只骰子经过一阵翻滚之后，几乎同时都呈出"三"来。

　　十多个少年一时间都怔住了。他们长这么大，还从未见过有像赵匡胤这般精妙的手法。好一会儿之后，那卷发少年才恨恨地说道："臭要饭的，你等着，我不会就此罢休的！"

　　只是，赵匡胤早已揣着赢来的钱急急地走了，走进了一家酒店。酒店老板见他一副破破烂烂的模样，本是想把他拒之门外的，可待赵匡胤将银子和钱都掏出来之后，酒店老板马上就笑着对赵匡胤道："客官里面请！"还冲着店内叫道：

"小二，快给这位客官泡茶！"

赵匡胤将赢来的所有的钱一股脑儿地全塞入酒店老板的手中道："一坛酒，其余全部上菜，有什么好菜就上什么好菜！"

一时间，整个酒店里的食客都用一种十分惊诧的目光看着赵匡胤。赵匡胤面前的桌子上，除了一坛酒之外，满满当当地摆满了鸡鸭鱼肉之类的好菜。赵匡胤也不管别人的感受，一时间风卷残云。"咕噜咕噜""吧嗒吧嗒"的巨大声响，引得与他邻近的几个食客索性停下杯箸，饶有兴致地看着他吃喝。

纵然赵匡胤有几天没吃饭了，也不能吃掉所有的饭菜。所以，当赵匡胤酒足饭饱时，整桌子的饭菜剩下了一大半，一坛酒也未喝完。

不过，赵匡胤也不想浪费。他叫来小二吩咐道："把剩下的菜全部装好，吾将行也！"

赵匡胤就一手拎着剩菜，一手提着酒坛，踉踉跄跄地走出了小酒店。此时已是黄昏时分，赵匡胤在酒店里吃喝了整整半天。酒店老板殷勤地跟赵匡胤打着招呼道："客官请慢走，下次一定要再来啊！"

赵匡胤打着酒嗝回答酒店老板道："如果我下次再赢了钱，我就再到你这里来喝酒！"

刚出小酒店的门，赵匡胤就看见不远处有几个乞丐在游逛。赵匡胤将那几个乞丐召到自己的身边，将手中的酒菜朝他们面前一放，豪爽地说道："你们吃吧、喝吧！"

几个乞丐都用一种疑惑的目光盯着赵匡胤。在他们的眼里，赵匡胤无疑也是一个乞丐。可一个乞丐哪来的这么多酒菜，又如何会愿意将这些酒菜给别人享用？

赵匡胤"嘿嘿"一笑道："你们快吃快喝吧，'苟富贵，毋相忘'嘛！"

几个乞丐还是没动手，因为他们听不懂什么是"苟富贵，毋相忘"。赵匡胤急了，喷着满嘴的酒气说道："有福同享，有难同当！你们为什么不吃不喝？"

几个乞丐动手了，一个抱过酒坛就喝，一个拿过鸡腿就啃。一个乞丐还不无埋怨地对赵匡胤道："你早说'有福同享，有难同当'，我们不就全明白了吗？"

赵匡胤一时很感慨：看来，念过书的人和没念过书的人就是不一样啊！

然而，赵匡胤的这种感慨很快就消失了。正当他没头没脑地朝前走着时，几个人突然挡住了去路，其中一个高声说道："要饭的，我终于找着你了！"

赵匡胤揉揉眼。他认出说话的是那个输给他银子的卷发少年，而且刀疤脸和光头少年等人也都挡在他的前面。不过，卷发少年身后站着的一个独眼大汉，赵匡胤很是面生。

赵匡胤问那卷发少年道："小兄弟，你找我何事？"

卷发少年一闪，那独眼大汉顶到了赵匡胤的面前，且气势汹汹地说道："听说你上午赢了不少钱，我独眼龙不服，来找你较量一番！"

独眼龙说完，便掏出两只硕大的骰子来。赵匡胤醉眼蒙眬地一笑道："我身无分文，拿什么与你较量？"

卷发少年不相信："要饭的，你上午赢了那么多的钱，都藏到哪去了？"

赵匡胤一拍肚皮："都换成酒肉装到肚里去了！"

卷发少年还是不相信，跑到赵匡胤的身边动手搜起来。搜了半天，卷发少年哭丧着脸对独眼龙说道："大哥，这要饭的真的把所有的钱都给吃了。"

"什么？"独眼龙发火了，恶狠狠地瞪着赵匡胤道，"你这个臭要饭的，竟然把那么多的钱都给吃了！好啊，我叫你怎么吃的就怎么吐出来！"

赵匡胤酒喝多了，没听懂独眼龙的话。当他看到了独眼龙的拳头时，赵匡胤感到了腹部一阵阵的剧痛。

赵匡胤想张口问独眼龙为什么动手打人，可出来的却是他吃下的酒肉饭菜。

独眼龙冲着卷发少年等人叫道："都上去揍他！输了钱，揍上几拳出出气！"

卷发少年冲上来了，那刀疤脸和光头少年等人也冲上来了，拳打脚踢地往赵匡胤的身上招呼着。

打着打着，卷发少年等人忽地住了手。此刻的赵匡胤已经直直地躺在了地上，双目紧闭，动也不动，俨然一个死人。

卷发少年有些害怕了，怯怯地望着独眼龙。独眼龙强作镇定道："这臭要饭的是在装死，我们走！"

独眼龙和卷发少年等人一溜烟儿就没了影。赵匡胤一动不动地躺在地上，虽有行人经过，但也只是匆匆地瞟他一眼，没有人上前救助。

一个当官模样的人看到了赵匡胤。他皱着眉头对左右说道："大街上躺着一具尸体成何体统？把他扔到城外去！"

几个人连拖带拽地将赵匡胤扔到了城外的大路旁。在天刚擦黑的时候，一位老者驾着一辆驴车从此路过，发现了赵匡胤。老者跳下车，试了试赵匡胤的鼻息，然后费了好大劲儿，才把赵匡胤弄上了驴车。

老者是个热心肠的人，他用驴车将赵匡胤拉回了自己的家，并连拖带扛地把赵匡胤放到了炕上。

第二天早晨醒来后，老者才发现赵匡胤全身上下到处都是伤痕。老者不禁叹道："唉，作孽啊，竟然被打成这样！"

不过，赵匡胤的脉搏还在跳动。老者看着赵匡胤说道："小伙子，我也没钱替你请大夫，就看你自己能不能挺得住了……"

赵匡胤挺住了。在老者的家里躺了一天一夜之后，他终于醒了过来。老者惊喜地道："小伙子，你大难不死，必有后福啊！"

得知自己是被老者所救之后，赵匡胤忙着向老者致谢。老者问赵匡胤为何被打，赵匡胤说出了事情的经过。老者唏嘘感叹一番之后，又问赵匡胤缘何来此。赵匡胤也没有隐瞒，将自己离家出走的经过简略地说了一遍。

老者连忙道："小伙子，世道这么混乱，你怎么能到处乱闯？还是回家去吧！你爹你娘要是知道你被打成这样，还不急碎了心？"

赵匡胤笑笑，没有多言语。他承认老者说得有理，但还是不想回家。他就像是一支离弦的箭，除了向前冲之外，别无他途。

稍稍能下地行走时，赵匡胤就准备向老者告辞。老者挽留道："小伙子，你身体这么虚，能往哪儿走？我这儿虽没有什么好吃的，但总可以填饱肚子，等你把身体养结实了再走也不迟啊。"

见老者既诚心诚意，说的又是实情，赵匡胤便听从了老者的话。好在老者只一个人过日子，赵匡胤住下来，也没有太多的打搅。

赵匡胤一共在老者家里住了五天。第六天的上午，赵匡胤听到了"三镇之乱"的事。确切地讲，他是听到了赵思绾占据长安反叛后汉朝廷的消息。赵匡胤的心不禁为之一动，他很快便做出决定：到长安去投赵思绾。

赵匡胤把自己的想法告诉了老者。老者劝道："小伙子，你还没看出来吗？这世道混乱得很啊！今天你打我，明天我打你，打来打去，越打越乱……你还是回家去吧！"

而赵匡胤却想：乱世出英雄，世道越是混乱，英雄就越有用武之地。混乱的世道，恰是英雄成就大业的良机。自己离家出走，不就是想寻找施展才华的良机吗？

如果说，在此之前，赵匡胤四处游荡还没有什么明确目标的话，而赵思绾据长安叛乱，就使得赵匡胤终于明白自己应该干什么了。从这个意义上说，赵思绾反叛对后汉朝廷来说不是一件好事，但对赵匡胤而言却无疑是一个机会。

那老者见赵匡胤去意已决，也不再挽留，而是把家中唯一的一只老母鸡杀了，为赵匡胤做了一顿告别午饭。赵匡胤非常感动，差点落下泪来。老者微微一笑道："我是半截身子埋在黄土里的人了，你还年轻，身子骨要紧！"

吃午饭的时候，老者一个劲儿地劝赵匡胤多吃鸡肉，多喝鸡汤。赵匡胤哽咽着说道："……如果我以后有出息了，一定回来报答您老人家的大恩大德！"

老者笑道："等你有出息了，我早就埋在黄土里了！"

一老一少正边吃边聊呢，忽听外面有人叫道："快跑啊！土匪来了！"

老者闻言脸色大变，急忙将未吃完的鸡肉和几张烙饼塞到赵匡胤的手中道："小伙子，你快走，这些土匪都是杀人不眨眼的，你千万不能落入他们的手中！"

老者怕赵匡胤走不脱，硬是将家中的毛驴让赵匡胤骑走。赵匡胤知道这老者全靠驴车替别人拉东西度日，所以高低不愿意骑驴。老者生气了，脸色铁青，似乎连喘息都很困难了。赵匡胤生怕老者气出毛病来，赶紧翻身上驴，离开了村子。

赵匡胤自然是想朝着长安方向走的，但不认识路。骑着毛驴小跑一阵之后，他见着几个行人，就下驴问路。行人告诉他：到长安应往回走。赵匡胤就往回走了，走着走着，又走到老者所住的那个村庄附近了。

赵匡胤朝村庄里看了看，村庄里很静，连个人影都看不到。许是土匪都走了吧？赵匡胤小心翼翼地进了村。他想先把毛驴还给那老者，然后再奔长安。

村子里确实没什么人。赵匡胤放心大胆地朝着老者的茅屋走去。但还没有走到茅屋的跟前，赵匡胤就张大眼睛停住了脚步。地上倒着那老者的尸体，他的胸口还在汩汩地向外冒血。

赵匡胤的头"嗡"的一声炸开了。一个邻居老太婆告诉赵匡胤，先前进村扫荡的不是什么土匪，而是从长安开来的赵思绾的军队。赵思绾的军队开到村里来，一是抢粮食，二是拉夫去长安修筑城墙，那老者虽然年迈，却也在被拉之列，老者不愿去长安，就被人用剑刺死了。

赵匡胤强忍悲愤，找着一床破被把老者的尸体裹了，然后在村边挖了一个坑将他掩埋了，还在旁边做了一个记号，以待有朝一日回到这里来祭奠老者。据说，赵匡胤做了皇帝之后，确曾派人到这个村庄来寻找老者的坟墓。只是，这个村庄已经毁于战火，赵匡胤当年做下的记号也荡然无存。

料理完老者的后事之后，赵匡胤就骑着毛驴往东南去了。到长安应往西北行，赵匡胤为何却往东南？原来，赵匡胤不再想去长安了。赵思绾的军队滥抢滥杀，与土匪何异？去投奔这样的一个人，还能闯出什么前程来？此时的赵匡胤，已经对赵思绾充满了仇恨，甚至他对自己与赵思绾同姓也感到一种莫大的耻辱。

赵匡胤就带着对赵思绾的仇恨往东南去了。不几日，他进入了湖北地界，又尝到了忍饥挨饿的滋味。无奈，他把胯下的毛驴卖了，然后继续四处闯荡。虽然他依然不知道自己要去哪里，但他坚信，只要坚持闯荡下去，就一定会有一个好的结果。

只是，一头小毛驴并不能卖得多少钱。赵匡胤走到复州的时候，已身无分文了。他踏进复州城的时候，正是傍晚。中午都没有混饱肚子，到了晚上更是饿得难受。就在赵匡胤饥饿难耐，准备去行乞的当口，他突然想起父亲在湖北有两个好朋友，一个是随州刺史董宗本，另一个就是这复州的防御使王彦超。

董宗本和王彦超都去赵匡胤家做过客，都认识赵匡胤，而王彦超就住在这复州城里。赵匡胤不禁想：真是天无绝人之路啊！

于是，赵匡胤打起精神，问清了王彦超家的地址之后，就兴致勃勃地前去了。他甚至这样想，反正现在也没有什么明确的目的地，还不如暂时就在王彦超的手下谋个差事，王彦超是个带兵的将军，自己就是在他的手下做个士兵也无妨。

来到王彦超家的大门口，赵匡胤请看门人入内通报。看门人迟疑了片刻，才慢慢地转身而去。好一会儿，看门人才返回来对赵匡胤道："老爷叫你进去。"

赵匡胤心中隐隐地有些不快。虽说自己算是王彦超的晚辈，但自己远道而来，王彦超即使屈尊到门口来迎接一下也不算很过分啊！

心中虽然不快，但赵匡胤还是跟着看门人走了进去。天已经黑了，王府内已经掌起了灯。看门人将赵匡胤领到一间屋子的门前道："老爷在里面等你。"

赵匡胤镇定了一下自己，然后轻轻进入屋内。屋内点着两盏灯，两盏灯之间放着一张木椅，王彦超就硬硬地端坐在木椅上。在灯光映照下，王彦超皱着眉头。

按规矩，赵匡胤应该先称呼王彦超。但还没等赵匡胤开口，王彦超就先说道："你怎么弄成这副穷酸样？"

赵匡胤的心顿时凉了大半截。不过出于礼貌，赵匡胤还是叫了一声"叔叔"。

王彦超在椅子上动了一下身子："赵匡胤，可是你父亲叫你来投奔我的？"

赵匡胤的心彻底凉了，但他倒也从容地说道："不是。小侄到这里来，我爹并不知道。"

"那就好。"王彦超点点头，"跟你说实话吧，我虽然是这里的防御使，但并没有什么合适的差事给你做。"

赵匡胤心想：这就是父亲的好朋友吗？想当初，王彦超到汴梁做客的时候，与父亲饮酒说笑，是何等的亲密无间啊！只不过，父亲现在已经不是朝廷的什么大将军，而他自己也已经落魄成"穷酸"的模样，王彦超还有什么理由要对他热情？早知如此，又何必跑来自讨没趣？

想到此，赵匡胤掉头就想走。然而，王彦超接下来说的一句话又使赵匡胤硬生生地打住了脚步。王彦超是冲着门外发话的："来啊，带他去吃饭！"

赵匡胤就强压住心头的怨气，跟着一个仆人去吃饭了。可以跟任何东西生气，但不能和自己的肚皮生气。不管怎样，先把自己的肚皮混个溜圆再说。

赵匡胤在王彦超家吃的这顿晚饭还是蛮不错的，不仅有鱼有肉，还有一壶酒。毕竟，王彦超与赵弘殷曾经是好朋友。

赵匡胤也顾不了那么多了，把一壶酒喝完，把鱼和肉统统吃光，还连吃了四大碗饭，真个把肚皮撑得溜圆。

吃饱了，赵匡胤也就只能离开这里了。他本想不辞而别的，但转念又想，自己好歹也吃了人家的饭、喝了人家的酒，临行前去跟人家打个招呼，也算是尽了人情。许他王彦超无情，但不许我赵匡胤无义啊！

就在赵匡胤拿定主意准备去向王彦超告辞的当口，原先的那个看门人闪了进来，手里提着一只小布袋："赵公子，老爷刚才有事出去了，他不能为你送行了！这是老爷给你的盘缠。老爷祝赵公子一路顺风，前程无量！"说完，看门人把袋子递给了赵匡胤。

此时已是深夜，王彦超竟然好意思下逐客令。一气之下，赵匡胤差点把刚刚吃喝下去的东西全都吐出来。

布口袋里装的都是钱，拎起来沉甸甸的。虽然那"一路顺风，前程无量"之语听起来毫无热情、毫无意义，但有沉甸甸的东西拎在手里，赵匡胤也着实欢喜。所以，赵匡胤就努力挤出一缕笑容对那看门人说道："告诉你家老爷，我赵匡胤是不会忘记他的恩情的。"

说完，赵匡胤便走出了王彦超的家。走的时候，他还故意把腰板挺得直直的。在跨出王彦超家大门的一刹那，他好像看见在暗处站有一个人，那个人好像就是王彦超。

赵匡胤不仅离开了王彦超的家，还连气带怨地离开了复州地界。他自然是气恨不念朋友之情的王彦超，但同时也埋怨父亲赵弘殷：父亲真是好没眼力，居然与王彦超这种人交为朋友。几乎是下意识的，赵匡胤又向着随州城走去。父亲的另一位好朋友董宗本就在随州做刺史。

赵匡胤走进随州城的时候，身上早已了无分文。

复州城不大，随州城就更小。随州城内最壮观，最气派的建筑就是董宗本的家。

赵匡胤走到董宗本家附近时有些犹豫了。董宗本家这般庭院深深，会接待我这么一个漂泊流浪之人吗？如果不接待，自己又何必前往自找难堪？

许是肚内"咕噜噜"地在作怪，赵匡胤虽然犹豫，但还是不自觉地向董宗本的府门走去。看门人发现了赵匡胤，忙跑过来呵斥道："快滚！刺史大人的家，是乞丐随便来讨要的吗？"

赵匡胤一时豪气顿生，朗声说道："速去通报你家刺史大人，就说汴梁赵弘殷之子赵匡胤前来拜访！"

看门人似乎是被赵匡胤的气势和言语震住了，慌忙掉转身，几乎有些连滚带爬地跑进了董府大门。

赵匡胤想：不管那董宗本对我是何态度，我也不能给老赵家丢脸、给父母大人丢人，大不了，那董宗本命手下将我赶走就是。

赵匡胤正想着呢，那看门人又气喘吁吁地跑了回来。赵匡胤刚要询问看门人，却见一位半大老头紧跟着看门人走了出来，一边走还一边大呼小叫道："贤侄何在？贤侄何在啊？"

赵匡胤赶紧上前两步，躬身说道："小侄赵匡胤见过董叔叔！"

董宗本一下子抓住赵匡胤的双手，左瞧右瞧、上看下看，然后唏嘘地说道："贤侄受苦了！不过，比以前更结实、更英俊了！"

赵匡胤很是感动地道："小侄冒昧前来打搅，还望董叔叔不要责怪。"

"贤侄何出此言？"董宗本一边拉着赵匡胤往里走一边慨然说道，"平日就是想请贤侄来此，贤侄恐也不能如约。今日贤侄来此，岂不是我等叔侄二人的缘分？"

来到一间房内，董宗本立即吩咐一个仆人道："快去备下酒菜，我要与赵贤侄畅饮几杯！"又吩咐另一个仆人道："备下热水衣衫，给赵公子沐浴更衣！"

很快，赵匡胤就浸泡在一大盆热水里。自离家出走后，他何曾这般舒服、痛快过？

仆人拿来了衣服，赵匡胤穿了略嫌窄小。仆人告诉他，这衣服是少爷董遵海的，少爷今天不在家，明日才可回来。仆人还告诉赵匡胤：老爷已命人上街买布给赵公子定做衣装了。赵匡胤听了，越发如沐春风。

沐浴更衣后的赵匡胤，自然是焕然一新。仆人将赵匡胤领到一间房的门口，董宗本笑吟吟地迎出来道："贤侄快请进！你我今日定要一醉方休！"

酒菜早已摆好，赵匡胤和董宗本相对而坐。待酒过三巡、菜过五味之后，董宗本才问起赵匡胤缘何来此。赵匡胤据实以告，并把在外流浪的过程大略说了一遍，只省去了在王彦超家的遭遇。董宗本笑道："贤侄啊，你爹因耿直丢了乌纱，心中已经气愤难平，你又如此离家出走，你爹岂不要气炸了肺？"

赵匡胤有些不好意思地道："小侄并非存心……小侄只是想见识一下外面的天下……"

"我明白，"董宗本亲自为赵匡胤把盏，让赵匡胤有些受宠若惊，"贤侄志向远大，将来定非燕雀蓬蒿之人。只是，如今这世道，的确让人难以捉摸啊！"

从董宗本的口中，赵匡胤才得知，现在反叛后汉朝廷的，不只有赵思绾一人，还有李守贞和王景崇二人，且后汉朝廷派兵弹压，均以失利告终。

赵匡胤小心翼翼地问董宗本如何看待和对待"三镇之乱"。董宗本"哈哈"一笑道："贤侄啊，我也不瞒你，随州就这么大，兵马又少，所以啊，随州之外发生的任何事，我都装作不知道！我呢，只老老实实地做我的随州刺史也就是了！"

董宗本显然是抱着"以不变应万变"的态度来对待"三镇之乱"的。不管"三镇之乱"最后的结局如何，他董宗本都不会有太大的不利。从明哲保身角度来看，董宗本抱这种态度也无可非议。

董宗本问赵匡胤将何去何从，赵匡胤沉吟道："小侄在外面也只是瞎闯，并无什么具体的计划。小侄已经长大成人了，不想在家里依靠爹娘一辈子。"

赵匡胤说得合情合理。董宗本说道："贤侄啊，如果你真的没什么好去处，又不嫌这随州地界狭小，那就留在这里替愚叔做点事情如何？"

董宗本要仗义留下赵匡胤了。赵匡胤一阵高兴，不过嘴上却谦逊道："小侄十分乐意留下来，只是小侄才疏学浅，恐不能帮叔叔什么忙，反而徒增麻烦……"

董宗本不以为然地道："贤侄何必过谦？听令尊大人说，贤侄马上马下功夫均十分了得，那就留下来教我的那些手下习武，岂不是正合适？"

董宗本是要赵匡胤做一个武术教官，这似乎颇合赵匡胤的胃口，所以赵匡胤就急急地道："小侄愿为叔叔效犬马之劳！"

就这么着，赵匡胤决定暂时留在随州一段时间。既然时局难以把握，又没有好的去处可以投奔，那就暂时待在随州以观时变。至于这"暂时"究竟有多长，赵匡胤心里也没底。

然而，令赵匡胤自己都没有想到的是，他只在随州待了几天，便又开始了行无定路、居无定所的流浪之旅。

是董宗本改变主意，开始嫌弃赵匡胤了？不是，董宗本对赵匡胤一直很好。赵匡胤在董府中所过的生活，用锦衣玉食来形容并不过分。是赵匡胤临时改变了想法、主动地要离开董府？更不是，赵匡胤本来是想在随州好好地待上一段时间的。实际情况是，要离开随州确系赵匡胤主动提出，但赵匡胤是被迫提出的。

董宗本只有董遵海一个儿子，其驻防随州城的军队便由董遵海指挥。虽然军队还不到千人，但董遵海身为统帅，也可以勉勉强强地算是一位将军了。既为将军，董遵海在随州城内外自然就很威风，那不到千人的军队官兵，也自然就唯董遵海马首是瞻了。

但是，说董遵海威风，那是指的在赵匡胤到来之前，赵匡胤到来之后，确切地讲，从赵匡胤来到董府后的第二天起，董遵海就什么威风都没有了。

原来，董宗本把赵匡胤留下来教人习武，不是去教别的什么人习武，正是去教那不足千人的军队官兵习武。董宗本的本意是好的，官兵们的武艺提高了，军队的战斗力自然也就提高了。可是董宗本没想到的是，他这一举措竟招致了儿子董遵诲的极度不满。

赵匡胤未到军队前，军队的官兵们都以为董遵诲的武艺无人能及，都对董遵诲极为敬仰。但是，赵匡胤来到军队后，只在马上马下那么一表演，军队的官兵们便立时改变了看法：与赵匡胤相比，董遵诲的武功造诣简直就是不值一提。

董遵诲一开始是不服。当着军队官兵们的面，他要求与赵匡胤比试。比试马术，他不行，较量剑法，他又输了；而在比试、较量箭术的时候，他输得就更惨。不比试还好，待较量过后，官兵们便越发地瞧他不起了，甚至，官兵们看他的目光也变得有些异样起来。

这样一来，董遵诲心中对赵匡胤的不服就渐渐地变成一种不满。不满由嫉妒而起，发展到一定的程度，董遵诲就对赵匡胤切齿痛恨了。

董遵诲是把这种痛恨挂在脸上的，见了赵匡胤，不仅不理不睬，还用一种十分阴冷的目光盯着赵匡胤。赵匡胤不是笨蛋，他不会看不出董遵诲的心中已经充满了敌意。他赵匡胤岂能在这种充满敌意的氛围中过活？

于是赵匡胤就主动地向董宗本请辞。董宗本没有太惊讶，因为他的儿子已经在他的面前表现出了对赵匡胤的强烈不满，还曾要求他将赵匡胤赶走。所以，考虑再三，董宗本也没有再挽留，只得同意赵匡胤离开。在送赵匡胤出城的时候，董宗本几乎连一句话也没有说。是呀，他能说什么呢？

董宗本不只是送赵匡胤出了城，还送给赵匡胤许多的财物。赵匡胤也没有假客套，带着那些财物上路了。虽然他不知道该往何处去，但有那些财物在身，他至少在相当的一段日子里不必为吃喝犯愁了，而且高兴起来还能住一回旅店，下一回酒馆。这时候的赵匡胤，一眼看过去，虽不像翩翩公子，但起码也不会再被别人误认为是乞丐了。

天有不测风云，人有旦夕祸福。赵匡胤几乎连做梦都没有想到的是，他随身携带的财物，会被小偷窃去。

当走到襄阳（今湖北襄阳）时，他住进了一家客栈。连日来的奔波让他好想美美地睡上一晚，第二天再继续赶路。

晚上，赵匡胤点了一荤一素两个菜，又要了两壶酒，有滋有味地品咂着。人累了喝上几口酒，的确是惬意。虽然身上还有不少钱，但赵匡胤也不敢铺张。对流浪者来说，有两个菜两壶酒对付，已经是莫大的享受了。

吃喝完毕，赵匡胤倒头便睡，直到第二天日出三竿时分，才悠悠醒来。刚一醒来，他就觉得有些不对劲儿——房门昨晚上关得严严的，现在怎么虚掩着了？他一惊，急忙看床上，盛放钱财和衣物的包裹不见了。

没有了钱，赵匡胤自然就被客栈老板赶出了门外。客栈老板甚至指责赵匡胤是"骗子"，赵匡胤也没与客栈老板计较。他又要为吃饭问题发愁了。

赵匡胤有些羞于去向别人乞讨，因为他虽然身无分文，但一身衣衫还是光洁整齐的，穿着这么一身衣衫去向别人索要食物，他觉得自己张不开口。

挨到中午时分，赵匡胤饿得有些禁不住了。他心一横，为了肚子，就暂且把面子搁到一边吧。反正在这襄阳城内，也没人认识他赵匡胤。

就在赵匡胤准备再当一回乞丐的当口，他发现了一座寺庙。于是急急忙忙地朝着寺庙走去，脸上还浮现出喜悦的神情。

赵匡胤大步迈到那寺庙的门前，冲着一位迎上来的小和尚说道："烦劳这位小师傅入内禀告方丈，就说汴梁的赵匡胤路过此地，因财物被盗，腹中饥饿难忍，想进贵寺吃顿饱饭，不知可否？"

那小和尚木然地念了一声"阿弥陀佛"，然后就走进寺里去了。赵匡胤在门外等待，心中也不很踏实。虽说出家人以慈悲为怀，但如果这庙里的方丈不发慈悲，又如之奈何？总不能冲进庙里同和尚们抢饭吃吧？佛门乃清静之地，似乎也容不得动粗，而且，据说庙里的和尚大都武功超群，即使自己想动粗，也不一定是那些和尚的对手。

正当赵匡胤胡思乱想呢，一声嘹亮的佛号传入他的耳中，且震得他的耳内"嗡嗡"直响："阿弥陀佛！哪位是从汴梁来的赵施主？贫僧这厢有礼了！"

赵匡胤定睛一看，眼前已站着一位须发皆白的老和尚。这老和尚像是从寺内飘到赵匡胤的身边的。而且，在赵匡胤看来，这老和尚身披一袭红色袈裟，一副仙风飘逸之态，俨然是一位得道高僧。

赵匡胤前趋一步，拱手说道："汴梁赵匡胤，见过方丈！"

那方丈一怔，双眉渐渐地蹙了起来，两道目光非常怪异。赵匡胤不禁有些紧张兮兮地问道："敢问方丈，你为何这般看我？"

方丈仿佛是自言自语地道："贫僧掐指算来，今日午时必有贵客驾临，莫非，这贵客就是赵施主吗？"

赵匡胤又不由得笑了："方丈，我不是什么贵客，我是因为肚中饥饿才来贵寺打扰的，还望方丈看在佛祖的面上，不要把我拒于寺门之外才是啊！"

谁知，那方丈一把拉住赵匡胤的手，神色凝重地对赵匡胤说道："施主请随贫僧来，贫僧有话对施主说。"

赵匡胤一边随方丈入寺一边心里道：方丈哎，你别急着对我说什么话，你先弄些饭来让我填饱肚子，我就感激不尽了。

那方丈似乎早已看透赵匡胤的心思，入寺之后，果然再没有说什么多余的话，就叫小和尚端来了斋饭给赵匡胤充饥。这寺院里的斋饭自然没有董宗本家的饭菜可口，但赵匡胤还是一连吃了几大碗。

这时，那方丈说话了："赵施主，贫僧问你，你可想着日后能够大富大贵？"

"当然想！"赵匡胤抹了抹嘴唇，"我不像你方丈，你是得道高僧，看富贵如浮云，我只是个俗人，俗人岂有不想大富大贵之理？"

"善哉！"方丈点了点头，"赵施主虽不是佛门中人，却也不打诳语，真是难能可贵啊！但不知赵施主可知日后如何才能大富大贵啊？"

"这个，"赵匡胤稍一停顿，"不瞒方丈，我出门在外，孤身闯荡，就是想找着一条大富大贵的路子……"

方丈笑吟吟地问道："赵施主是否得偿所愿了？"

赵匡胤赧然回道："方丈恐是明知故问吧！我如果找到了大富大贵的路子，又岂能跑到贵寺里来打搅方丈？"

"赵施主所言甚是。"方丈将了将颔下如银的长须，"不过，贫僧倒想为赵施主指引一条大富大贵之路！"

赵匡胤一怔，定定地看着方丈那一对深不可测的眼睛："你，能叫我大富大贵？"

方丈摇了摇头："并非贫僧能使施主大富大贵，贫僧只是想给施主指明一条富贵之路，至于施主日后是否真的能够如愿，那就要看施主自身的造化了！"

赵匡胤心想：反正现在闲着也没事，就听听方丈的话又有何妨？

赵匡胤做出一副虔诚的模样说道："赵匡胤洗耳恭听方丈教诲……"

方丈微微一合目，又忽地大张双眼道："赵施主，你离开襄阳之后，当一直向北走……"

"向北走"之后，方丈就没词了。赵匡胤忍不住地问道："方丈，我一直向北走，该走到何时又走到何处？"

方丈回道："天机不可泄露，施主只管往北走也就是了！"

赵匡胤心里想：从这儿往北走，就走回父母身边了。但赵匡胤嘴里说的是："多谢方丈指点！方丈教诲，我已铭记在心！"

那方丈叫赵匡胤稍坐，自己起身走了。一会儿，方丈回来了，手里多了一个小包裹。包裹虽小，但看起来很沉。方丈将包裹放在赵匡胤的面前道："施主远涉，山高水长，这点金银，就算是贫僧送与施主做路费吧。"

闻听"金银"二字，赵匡胤一惊，急急地打开包裹，包裹里竟真是白花花的银子和黄澄澄的金子。赵匡胤一脸不解地说道："出家人四大皆空，视钱财为粪土，方丈如何会有这么许多金银？莫非，方丈也不能免俗，是个爱财之人？"

"阿弥陀佛！"方丈赶紧念了一句佛号，"施主以己之心度贫僧之腹，实乃罪过啊！殊不知，这些金银是贫僧专为施主而备，施主只管拿去花费也就是了，又何故在此污贫僧耳目？"

是呀，人家方丈好心好意地给我盘缠，我为何要在这里啰里啰唆？想到此，赵匡胤一边将那些金银往怀里揣一边露出歉意的笑容道："方丈不要生气。如果方丈没有别的什么吩咐，那我就告辞了！"

方丈一举手："施主且慢！"

赵匡胤心里"咯噔"了一下：坏了，我说方丈是爱财之人，方丈生气了，要索回金银。

谁知，方丈却说道："施主北去，千里迢迢，没有脚力，岂可成行？敝寺有白马一匹，贫僧就一并送与施主吧！"

赵匡胤闻言，真是喜出望外，连忙学着方丈的样儿，双手合十置于胸前，先念了声"阿弥陀佛"，然后说道："都说佛门中人大慈大悲，以前并不全信，今日得见方丈高人，始信也！"

从某种意义上说，赵匡胤在襄阳城的这座寺庙里得见这位"大慈大悲"的方丈，应该是他人生道路上的一个转折点。因为，他本来不一定是想朝着北方去的，从湖北向北去，就是河南了，就要到他父母的家了。然而，有句常言说得好："吃了人家的嘴短，拿了人家的手软。"赵匡胤不仅吃了方丈的斋饭，还拿了方丈的金银，又骑走了方丈的一匹白马，这样一来，他就只能按照方丈的指点向北去了。正是这一北去，他见到了他想见到的人，也由此踏上了那条大富大贵的路。

赵匡胤就揣着方丈的金银，骑着方丈的白马向北行了。有了一次被偷的教训，赵匡胤这回对钱财的保管就更加细心、妥当了。而有了白马做脚力，路途上更加顺畅。不多日，他便由湖北进入了河南地界。

这一天，他来到了归德城（今河南商丘）。因没有什么紧要之事，他就牵着马在城里闲逛。逛来逛去，他走到了一座名为"高辛庙"的寺庙附近。许是对襄阳的那位方丈心存感激，赵匡胤也没怎么考虑就拴好马走进了高辛庙。

庙里没什么人，既看不见和尚也看不见香客，只有赵匡胤一个人悠搭着手到处走，所以整个庙宇就显得十分空荡又多少有些神秘。

赵匡胤悠奋着双手走进了大雄宝殿。大殿内除了司空见惯的一些佛像外，并没有什么特别之处。不过，赵匡胤看见，在一张神案上放着一筒神签。于是，赵匡胤朝着神案走了过去。

神签是供人占卜未来的。赵匡胤本不相信这些，但一来无事可做，二来奔波至今仍没有奔出什么名堂，心中多少有些发急，还有，那方丈叫他一路北上，其中可真的藏有什么玄机？故而，赵匡胤就想抽回神签来碰碰运气。

一开始，赵匡胤没敢把自己的未来摆得太高。那董遵诲神气活现的神情，让赵匡胤很是气愤。不就是一个小将军吗？难道自己未来，连一个小将军也做不成？

赵匡胤抽签了，结果显示，他将来不可能做一个小将军。

赵匡胤想：神签告诉我将来不可能做一个小将军，那就意味着我将来有可能做一个比小将军职位要高的官。可比小将军职位要高的究竟是什么官呢？他想起了王彦超和董宗本，一个是防御使，一个是刺史。既如此，我将来姑且就做个防御使或者刺史吧。

赵匡胤又抽签了。抽签的结果是，他将来也不可能做一个防御使或者刺史。

赵匡胤一喜：莫非我将来能做一个比防御使或刺史还要高的官？比刺史高的官是什么官？只有独镇一方的节度使了。

赵匡胤慢慢地抽出了第三支神签。神签显示，他并没有做节度使的命。

赵匡胤有些激动起来：比节度使还要高的职位是什么官？虽然，朝廷里的那些重臣，比如宰相、枢密使之类，论职位，都比节度使要高，但是，若论实权，即使是宰相，好像也不如节度使。从这个意义上说，比节度使职位还要高的官只有一个，那就是——皇帝。

难道，我将来真的能做一个皇帝？赵匡胤缓缓地从签筒里抽出了第四支神签。抽签的时候，他的双目是闭着的。神签抽出了好一会儿，他才慢慢地睁开了眼。

赵匡胤这次抽到的是一支"圣筊"。圣者，天子也；筊者，竹签也。圣筊者，预兆日后可为天子之签也。

赵匡胤差点乐出声来。还好，他克制住了自己，又偷偷抿了抿嘴，然后郑重其事地将那支圣筊插回了神筒。而实际上，他是很想把那支圣筊揣入怀中的，只是怕它会给自己带来不必要的麻烦。

尽管，一支圣筊并不能说明太多的问题，但对赵匡胤的精神却是一种巨大的鼓舞。更重要的，离开高辛庙之后，赵匡胤对襄阳城那位方丈的话已经深信不疑了：一直往北走，便可踏上大富大贵之路！

于是赵匡胤就精神抖擞地骑着白马继续北上了。人精神马也精神，不多日，赵匡胤就驰出了河南，驰入了河北地界。

大概是驰入河北地界的第三天，赵匡胤来到了一个小村庄的附近。因是晌午，所以赵匡胤就下了马，准备步行到村里去买些东西吃。就在这当口，村里一阵鸡飞狗吠、人嘶马叫，老百姓纷纷地朝着赵匡胤的方向逃来。赵匡胤一惊：莫非又是遇上土匪了？

赵匡胤没有逃。有匹马在身边，他的胆子就大了。他只要骑在了马背上，能追上他的人就寥寥无几。故而，他不仅没有逃跑，反而一步步地向村庄靠近。当然，他的手是紧紧攥住了缰绳的，只要情况不对劲儿，他就会迅速地翻身上马。

　　赵匡胤看见了，确有一股舞刀弄枪的队伍冲进了村里，不过并非什么土匪，而是一支后汉朝廷的军队，也就是官军。这支军队的前面押着十几个年岁不等的女人。女人都被捆绑着，一个军官模样的男人挤在那些女人中间，在这个女人的脸上摸一摸，还不时发出一两声奸笑。

　　听着那笑声，赵匡胤简直要气炸了肺。朝廷的军队，本是要保护老百姓的，这支军队却反其道而行之，竟然干起坑害老百姓的勾当来。这样的官军，与占据长安的赵思绾的军队有什么两样？同打家劫舍的土匪强盗相比，岂不是蛇鼠一窝？

　　赵匡胤恨恨地骂了一句。如果此时手中有剑，他极有可能纵马冲过去解救那些女人，更有可能将那个发出淫笑的军官斩落马下。只是，他当时并无任何兵器，赤手空拳是斗不过一支百来人的军队的。好汉不吃眼前亏，也不逞一时之勇，所以，眼见得那支官军就要走到自己身边了，赵匡胤不敢再耽搁，一边诅咒着那个军官不得好死，一边准备上马逃之夭夭。

　　没想到的是，赵匡胤的诅咒居然应验了。他还没骑到马背上呢，就听见"哒哒哒"的一阵脆响，一人一骑从那支军队的后面冲了出来，并堵住了那支军队的去路。马上之人，乃是一个五十岁开外的大汉，一身戎装，胯下一柄长剑，气宇轩昂，显得十分威武，且有一股凛然不可侵犯之势。

　　赵匡胤不再想逃了，他看出那大汉来了之后定有一出好戏。果然，大汉堵住那支军队的去路之后即喝问道："谁是这支队伍的首领？"

　　遭赵匡胤诅咒的那个军官急急地跑到那大汉的马前道："回大人的话，小人是这支队伍的首领，不知大人有何吩咐？"

　　因那大汉此刻背对着赵匡胤，所以赵匡胤看不见大汉脸上的表情。只听大汉问那军官道："这些女人，是你下令掳掠的？"

　　军官回道："启禀大人，是的。小人以为，马上就要打仗了，弄些女人给弟兄们玩玩，也好鼓舞鼓舞士气……"

　　"住口！"大汉猛然打断了军官的话，"我告诉你，我招募你们是去平叛的，不是叫你们来糟蹋百姓的。你擅自下令侵扰村庄、公然抢掠民女，你又该当何罪？"

　　大汉显然是生气了。那军官好像也生气了，把头盔抓下往地上一掼道："大人，你对我不满，我认了，这官我不当了，我走还不行？"

　　那军官说走就要走。大汉大喝一声道："站住！"

　　军官站住了，还皱起了眉头："大人，小人现在不是你的手下了，小人现在要去喝酒了！"

　　那大汉缓缓地下了马，一边朝那军官走去一边说道："你要去喝酒吗？可以。但在走之前，你必须留下一样东西！"

军官不解："大人，你这话就奇怪了。我虽然曾经是你的手下，但你没给过我任何东西，连我身上的剑都是我自己带来的，你要我留下什么东西？"

赵匡胤这回能看见那大汉脸上的表情了，只不过，那大汉的脸上根本没有表情。大汉就这么面无表情地对那军官说道："我要你留下一条胳膊！"

"什么？"军官大惊，问道，"你，你这是什么意思？"

"我的意思是，"大汉站在了军官的正对面，"念你在我手下时间不长，从轻处罚。不然，你做出今天这般勾当，我早就取下你的人头了！"

"你！"军官大怒，"嗖"地拔出剑来，"你不要欺人太甚！找几个女人玩玩，算什么罪过？告诉你，别人怕你，我镇三山不怕你！"

那大汉冷冷一笑，朝着镇三山逼近了一步："镇三山，你是自己动手砍下你的胳膊呢，还是要我帮你一把？"

镇三山"哈哈"一阵狂笑："郭威，你不要拿什么朝廷大臣的鸟名头来吓唬我！把我镇三山惹火了，我就杀进汴梁也做一回皇帝，到那时，你郭威还要跪在我的面前喊我一声'万岁'呢！"

赵匡胤惊喜地"啊"了一声。原来那大汉竟然就是郭威！这不正是他朝思暮想的偶像吗？赵匡胤用手使劲地按了按激动不已的心房。他知道他今后的路该怎么走了。

只见郭威又朝着镇三山逼近了一步。他的胸口，差不多要顶着镇三山手中的剑尖儿了："镇三山，我本来是想留你一条狗命的，可现在看来，你已经没有再活下去的理由了！"

说着话，郭威的右手就握住了腰下的剑柄。镇三山一见，想来个先发制人，手臂一抖，长剑就直直地刺向郭威的胸。距离那么近，郭威实难躲避，但郭威既没躲也没避。就听"当"的一声，镇三山手中的长剑飞了，接着就是"啊"的一声惨叫，镇三山双手捂胸痛苦地倒在了地上，鲜血从他的指缝汩汩渗出。再看郭威，依然站在原地，右手也依然握在剑柄上，似乎他连动也未曾动过。

郭威自然是动过的，不然镇三山就不会死去。只是他出手太快，一般人很难看清。赵匡胤在剑道上已有较深的造诣了，所以他看清了郭威的一举一动：镇三山的长剑刚一抖动，郭威的剑就已经出鞘，并随即用剑柄磕飞了镇三山的剑，又手腕一弯，长剑就刺穿了镇三山的胸，再手腕一沉，长剑自然归入鞘中。

说起来，郭威好像做了好几个动作，实际上，他这几个动作是一气呵成的。赵匡胤在一旁看了暗暗心惊。他心惊的是，平素对自己的剑法十分自信，可现在看来，自己执剑能在郭威的面前撑上三四个回合就算是不错的了。且不说郭威出剑的速度了，就郭威用剑柄震飞镇三山长剑那一招，赵匡胤就实难做到。这下子，赵匡胤算是真正理解什么叫"山外有山，人外有人"了。

这时，郭威面对着众官兵朗声说道："弟兄们，国有国法，军有军纪，这镇三山藐视国法，目无军纪，公然掳掠，无端扰民，实乃罪大恶极，死有余辜。我郭某奉旨前去平叛，需要的是一支攻无不克、战无不胜的军队。如果军中的弟兄们都像这镇三山一般去做坑害百姓的勾当，那我们的军队还有战斗力吗？还能够平定叛乱吗？"

众官兵唯唯诺诺。郭威接着又道："弟兄们，我郭某从不做勉强别人的事！如果你们愿意跟着郭某前去平叛，那郭某双手欢迎，并保证与你们一起同甘共苦，同仇敌忾，荡平叛乱！如果你们不愿意跟着郭某去杀敌，郭某也绝没有任何意见，并发足路费，送你们回家！"

众官兵一起嚷着愿意跟从。几个军士主动为那十几个女人松绑，郭威还掏出一些钱来放在那些女人的手中，并说了许多慰勉的话。此情此景，赵匡胤看了非常感动，也深有感触。

赵匡胤不可能光在那儿感动而不有所行动。见郭威已经翻身上马，赵匡胤一个箭步就奔了出去。奔到郭威的马前，赵匡胤单腿点地低头说道："小民汴梁赵匡胤参见郭大人！"

郭威一怔，继而说道："你起来说话。所为何事？"

赵匡胤一边起身一边说道："小民愿随大人平叛杀敌！"

郭威"哦"了一声："嗯，不错，身强体壮，英俊威武，定会成为一名勇敢的军人！对了，你刚才说你叫赵匡胤，是汴梁人，那你与赵弘殷可有关系？"

赵匡胤回道："正是小民的家父！"

郭威轻轻一笑道："既如此，那你就不用在我这里投军了，去投你父亲吧。我刚刚禀明圣上，圣上已经将你父亲官复原职了！"

这么说，父亲又成为朝廷的大将军了？但赵匡胤却道："郭大人，我不想投我爹，我千里迢迢跑来，就是想跟随大人南征北战……"

郭威嘘了一口气道："赵匡胤，这就有些奇怪了，你跟着你父亲，至少也可当一名军官，但你跟了我，就只能做一名普通的士兵了。这个问题你没有考虑过吗？"

"小民考虑过。"赵匡胤有点慷慨陈词的模样，"但小民以为，依靠父亲的关系而做了军官，算不得真本事。小民想，只要小民在大人的手下英勇奋战，立有功劳，大人也同样会提拔小民做军官的！"

"好！"郭威不禁叫了一声，"小伙子，有志气！郭某收下你了，郭某也记住了你今日说过的话！"

　　就这么着，赵匡胤成了郭威手下的一名士兵。虽只是一名普通的士兵，却也让赵匡胤足足高兴了好长一阵子。是呀，能追随在自己偶像的手下，还不值得万分高兴吗？

　　令赵匡胤高兴的事情还不止这些呢。到了郭威的军营中，赵匡胤才知道，与他在汴梁城那座破关帝庙中结义的石守信、王审琦等小兄弟，也都在郭威的帐下。兄弟相逢，自然惊喜万分。惊喜之余，赵匡胤对石守信、王审琦等人道："我们兄弟抱成一团，跟着郭大人好好地干吧！"

　　是呀，那时候的赵匡胤，只不过是郭威帐下的一个无名小卒，不好好地干出一些名堂来，就无人知晓他的存在，更不用说要出人头地了。所以，赵匡胤便又对石守信、王审琦等人说道："我坚信，只要跟着郭大人好好地干，我们就一定会有飞黄腾达的一天！"

【第三回】

论马前军功非小，看城下名望乃高

后汉乾祐二年（公元949年）四月底，后汉枢密使兼天雄节度使郭威率五万兵马，由河北入山西，再由山西直扑陕西。

两千多里的路程，郭威和他的军队只用了二十多天时间。二十多天之后，由郭威义子柴荣（当时柴荣从郭姓，这里仍用其原姓名）所统率的先头部队，已经抵达长安郊外。显然，郭威要平定的第一个叛乱目标，是占据长安的赵思绾。

赵匡胤本来并没有跟在郭威的身边。实际上，几万大军快速行进，赵匡胤平日想见郭威一面都很困难。但巧的是，在行军途中，郭威的马夫突然患病时，赵匡胤恰巧就在旁边。

郭威的马夫患的是痢疾，拉肚子拉得很厉害，最后都拉出血来了。一开始，郭威并不知情，那马夫也硬撑着。可有一天，赵匡胤从那马夫身旁经过，马夫突然一个跟跄栽倒在地，连爬了好几下也没有爬起来。

周围的人都不知发生了什么事，纷纷拢在了马夫的身边。马夫挣扎着说道："弟兄们，告诉郭大人，就说小人不能为他喂马了……"

郭威闻讯后迅速赶来，见马夫虚弱得坐在地上直喘气，郭威红着两眼责备道："你病成这样，为何不早告诉于我？"

马夫艰难地笑道："……大人西去平叛要紧，小人的病……又何足挂齿？"

"好兄弟！"郭威的声音有些哽咽，"西去平叛固然紧要，但兄弟你的身体也绝不是什么小事情啊！"

郭威当即命令随从将马夫抬到附近的百姓家中，给足那百姓钱财，请百姓务必疗好马夫的病、养好马夫的身体。郭威还握住马夫的手道："兄弟，等身体康复了就去找我。我还等着你替我喂马呢！"感动得那马夫热泪盈眶，连话都难以说出。

赵匡胤心念一动，急忙单腿点地跪在郭威的马前："大人，小人想接替这位兄弟为大人喂马……"

郭威瞅了瞅赵匡胤："你不就是赵弘殷将军的长公子吗？"

赵匡胤回道："谢大人还记得小人！"

"好吧，"郭威点了点头，"你就暂时做我的马夫吧。"

于是，赵匡胤就成了郭威的马夫。

部队抵达陕西境内后，没再急着向前开进，而是就地驻扎了下来。

一天黄昏，赵匡胤正在给郭威喂马。郭威闲来无事，也站在赵匡胤的身边梳理马毛。俩人一边干活儿一边闲聊，气氛亲切而融洽。恍惚间，赵匡胤只觉得，站在自己身边的不是郭威，而是父亲赵弘殷。

突然，一阵清脆的马蹄声踏破了黄昏的宁静。一人一骑箭一般地驰到了郭威的面前。马上跳下一人，年轻潇洒，英姿勃发，正是郭威的义子兼先锋官柴荣。

柴荣叫了郭威一声"爹"，郭威迎上去道："荣儿，辛苦了！赵思绾的情况可曾摸清？"

柴荣瞥了一眼赵匡胤，欲言又止。郭威笑道："荣儿不必介意，他是赵弘殷将军的长公子。"

"赵匡胤？"柴荣的目光转向了赵匡胤，"你就是赵匡胤？你知道吗？你的那些小兄弟在我的面前经常提到你！"

原来，石守信、王审琦等人当时就在柴荣的先头部队里。柴荣又转向郭威道："爹，赵思绾的情况，孩儿基本上摸清楚了……"

"荣儿，"郭威静静地打断道，"是基本上摸清楚了，还是彻底摸清楚了？"

"彻底摸清楚了！"柴荣赶紧道，"赵思绾在长安城内有三万五千人，城防比较坚固。长安城北五十里处有赵思绾的一个据点，驻有一支三千多人的军队。"

"荣儿，"郭威问道，"赵思绾在城北设一据点何用？"

柴荣回道："那据点是赵思绾的粮食转运站。平日，他把抢到的粮食都囤积在那儿，等囤积到一定数量的时候，再运到长安城里。"

"是这样……"郭威皱了一下眉，"荣儿，那据点现在有多少粮食？"

"粮食很多。"柴荣说道，"赵思绾听说朝廷又要派兵来攻打他，他就派手下拼命到北方抢粮食，抢得的粮食都堆放在那据点里，还没有来得及运往长安。"

郭威默然，过了一会儿问道："荣儿，如果为父率一支五千人的军队猛攻那据点，赵思绾会有何反应？"

柴荣答道："赵思绾定会从长安派兵增援！"

郭威"哦"了一声，说道："荣儿何以敢如此肯定？"

柴荣说道："那据点里有很多粮食，赵思绾不能弃之不顾。更主要的，朝廷几次派兵来剿，均告失利，赵思绾定生骄横之心，又见父亲大人只率五千人来攻，他定然会想着要把父亲的军队歼而灭之了！"

"说得不错！"郭威微微一笑，"这几年，荣儿你进步得很快呀！"

而一旁的赵匡胤也因此获得了进步。所以，赵匡胤认真地听着，生怕漏掉了一个字。

郭威这时说道："荣儿，如果为父率五千人攻打赵思绾的那个据点，而赵思绾又的确从长安派兵来援，那你该做些什么？"

柴荣说道："孩儿应该率大军在长安和那据点之间设伏，将赵思绾的援军歼灭或击溃……"

郭威点点头："你有这个把握吗？"

柴荣回道："孩儿已经侦察过了，在长安和那据点之间有一条羊肠小道，是设伏的最佳地点。孩儿以为，只要赵思绾不是从长安倾巢出动，孩儿就有把握将赵思绾的援兵打垮！"

"荣儿！"郭威突地加重了语气，"即使赵思绾倾巢出动，你也没有任何理由不把他打垮！赵思绾在长安总共只有三万五千人，但为父却可以给你四万五千人，你人数占优，又占有利地形，你有什么理由不大获全胜？还有，你只有大获全胜，才能乘势攻城，不然，强攻城池，弟兄们的损失可就惨重了！"

"父亲说的是！"柴荣的脸色顿时肃然，"孩儿向父亲保证，不管赵思绾的援兵有多少，孩儿都一定将他击溃！不过……"

"不过什么？"郭威似有不悦，"这种时候，还用得着吞吞吐吐吗？"

"孩儿的意思是，"柴荣急忙道，"长安城北的那个据点，虽然只有赵思绾的三千兵马，但防线却十分坚固，父亲只带五千人进攻怕很难奏效，所以孩儿想再留五千人给父亲……"

郭威轻轻一笑道："荣儿你多虑了！为父攻打那据点，并非一定要攻下，只要能把赵思绾的援兵引出来就行。再说了，待荣儿你打垮了援兵，攻占了长安，那据点还不是不攻自破？"

柴荣也笑了笑："爹，孩儿还有最后一个请求……"

"说吧，"郭威笑眯眯地道，"只要你能打垮赵思绾的援兵，你什么要求为父都可以答应！"

原来，柴荣听石守信等人说赵匡胤的武艺很出众，所以就想叫赵匡胤带一支小队伍去堵住那条岔道，不让赵思绾的人马从那条岔道处逃跑。

郭威听出来了，柴荣不仅想击溃赵思绾的援兵，还想将赵思绾的援兵一个不漏地全歼。

"好！"郭威同意了，"荣儿，赵匡胤你现在就可以带走。不过，有句话为父要提醒你：这场战斗成败的关键，并不在于你的埋伏圈布置得多么周密，而在于那个赵思绾并不知道你已经设了埋伏。荣儿，你明白了吗？"

"孩儿明白！"柴荣点下了头，"出其不意，才能攻其不备！"

赵匡胤、石守信、王审琦等十个结义的兄弟和另外一百多人被柴荣安排在了那条羊肠小道旁边的岔路上，赵匡胤被任命为这支小队伍的首领。柴荣给赵匡胤的命令是：坚决堵住可能从这里溃逃的敌人。

石守信用玩笑的口吻对赵匡胤道："大哥，还没打仗呢，你就做上小头目了！"

王审琦也道："是呀，大哥，再过几年，你肯定就是大将军了！"

赵匡胤却用十分严肃的语气对石守信、王审琦等人道："你们别高兴得太早！如果赵思绾的人从我们这里逃走了，我们都要吃不了兜着走！"

石守信一举手中的一对铜锤道："大哥放心，只要兄弟的这对铜锤还在手中，保管一只苍蝇都飞不过去！"

王审琦更是把一杆长枪舞得"呼呼"作响："大哥，赵思绾的人要想从这里逃出去，得首先问问兄弟我这杆长枪同意不同意！"

"好！"赵匡胤把几个兄弟都召到一起道，"弟兄们，这是我们投奔郭大人之后的第一场战斗，我们绝不能给郭大人丢脸，更不能给自己丢脸！"

战斗打响了。一切都如郭威所料，他领五千人对长安城北的那个据点一攻，赵思绾就急急地从长安派兵增援。赵思绾的援兵整整三万人，刚一进入那条羊肠小道，就中了柴荣的埋伏。

那边打得热闹非凡，可岔道这边却很冷静。石守信问赵匡胤道："大哥，我们守在这儿是不是多余了？"

赵匡胤回道："不可能。我们现在没事干，说明赵思绾的援兵还没有被打垮，等赵思绾的援兵被打垮了，我们就有事干了！"

石守信应诺一声，提着两柄铜锤就跑到前方观察去了。半个时辰之后，石守信满头大汗地跑了回来，一边跑一边高叫道："大哥，来了，我们有事干了！"

赵匡胤急忙迎上去问道："来了多少人？"

石守信回道："乱哄哄的，看不清楚，不过至少有一千人。"

赵匡胤心中一紧，仅凭一百多人想把一千多逃兵堵住，实为不易。赵匡胤心一横，把一百多人叫到自己的跟前道："逃兵虽多，但已经毫无斗志，只要我们杀得猛、杀得狠，就一定能够堵住这条路！"

赵匡胤又把一百多人分成十队，由自己和其他九个结义的兄弟分别担任小队长。他告诫石守信、王审琦等人道："我们只有身先士卒、奋勇杀敌，才能将逃兵打回去！"

逃兵涌过来了，果然有千人之众。跑在最前面的四个人：一个是独眼龙，另外三个分别是卷发少年、刀疤脸和光头少年。赵匡胤在陕西流浪的时候曾因赢过后三个少年的钱，差点没被这四个人打死。

赵匡胤仿佛自言自语地道："真是冤家路窄啊！没想到，这几个家伙竟然成了叛匪。"

赵匡胤差点被打死的事情，曾经对石守信、王审琦等小兄弟谈起过。此刻，闻听跑在最前面的几个人就是赵匡胤的仇人，石守信耐不住性子了，两柄铜锤一提，大叫着冲了过去："敢伤我大哥！"

卷发少年忽见石守信冲了过来，大吃一惊，随即将手中的长剑刺向石守信。石守信也不躲闪，左手铜锤磕开来剑，右手铜锤向前一砸，卷发少年的脑袋立刻就开了花。

卷发少年猝然死去，把旁边的刀疤脸吓了一大跳。可还没等他回过神来，石守信的一柄铜锤就向他的左耳砸来，他本能地把头向右偏，可另一柄铜锤又向他的右耳砸来。只听"扑"的一声钝响，刀疤脸的头颅硬生生地被石守信的两柄铜锤夹击得粉碎。

王审琦不乐意了，长枪一拎，一边向前冲一边喊道："二哥，手下留情，把那两个人留给我！"说罢，跃马上前，直冲光头少年而去。

光头少年害怕了，转身就想逃，王审琦哪里肯罢休？右手握住长枪向前一刺，枪尖儿便从光头少年的前胸处冒了出来。王审琦的右手再一回缩，那光头少年就仆然倒地。

扎死光头少年之后，王审琦怕被石守信抢了先，赶紧冲向那独眼龙。独眼龙情知难以逃脱，索性执剑攻向王审琦。然而，王审琦的长枪抖动开来，舞出许多耀眼的枪花，把独眼龙晃得天旋地转，然后忽然一抖枪，直直地插进了独眼龙的胸膛。

一旁的石守信高兴得连蹦带跳道："王审琦，我们替大哥报了仇了！"

王审琦却似乎有些不悦地道："二哥，大哥的仇虽然是报了，但我还没有杀过瘾，这些人太不经打了，我长枪一递，他们就完了。"

石守信突然高叫道："王审琦，你别吹大牛了，这回你可以杀过瘾了。"

此时，一千多个逃兵像疯了似的冲了过来。石守信和王审琦二人连诛四人，确实把那些逃兵吓得不轻。

然而，往后跑是没有退路的，只有向前冲才可能冲出一线生机。故而，一阵慌乱之后，逃兵们便壮起胆子向石守信、王审琦扑来。

石守信和王审琦再英勇，也堵不住一千多人的冲击。赵匡胤长剑一挥道："弟兄们，冲过去，把逃兵打回去！"

一百多人分成十队，跟在赵匡胤的后面，一起叫喊着冲了上去。逃兵们乍见又一支队伍冲过来，便潮水般退了回去。

石守信自豪地对赵匡胤道："大哥，我已经砸碎八颗脑袋了！"

王审琦不服气地道："大哥，兄弟我也扎死八个叛匪了！"

赵匡胤赶紧道："弟兄们，现在不是表功的时候，苦战还在后头呢！"

果然，逃兵们见挡住他们去路的只有百来个人，加之后面的追兵越来越近，所以，他们就又一窝蜂地冲了上来。

尽管赵匡胤和石守信、王审琦等十个结义的兄弟每人都有一身好武艺，尽管百来个后汉士兵个个舍生忘死，奋勇争先，但赵思绾的逃兵实在是太多了，砍倒一个，冲上来一双。渐渐地，赵匡胤他们就只能且战且退了。

赵匡胤心中那个急啊，要是再这么退下去，就堵不住逃兵的路了。赵匡胤大吼一声道："弟兄们，不能再退了，往前冲！把逃兵打回去！"

可是，就算赵匡胤喊破了嗓子也没什么用。赵匡胤的手下已不足二十个人了。就凭这些人想把逃兵堵住，那简直比登天还难。

王审琦有点悲伤地说道："大哥，看来我们是顶不住了……"

石守信却有点没好气地说道："王审琦，你刚才不是还说没杀过瘾吗？"

赵匡胤"哈哈"一笑道："弟兄们，别说废话了，尽情地杀吧！杀一个够本，杀两个就赚一个！"

说话的当口，赵匡胤就砍倒了一个逃兵，话音刚落，他又将一个逃兵砍翻在地。就在赵匡胤砍倒第三个逃兵的时候，却见逃兵们纷纷将兵器扔在地上，举手投降了。原来，柴荣率领的后汉军队已经追了上来，将这股逃兵包围了。

随着一阵马蹄声，柴荣纵马驰了过来，远远地就吆喝道："赵匡胤，可有叛匪从你这里逃出？"

赵匡胤"呼哧呼哧"地回道："报告将军，叛匪……无一人漏网。"

"好！"柴荣高叫一声，"赵匡胤，你干得不错！快走吧，我们要攻占长安了！"

柴荣说完便调转马头，绝尘而去。而赵匡胤这三十来个人却怎么也快不了了，每个人都筋疲力尽。赵匡胤挤出一缕笑容说道："弟兄们，走啊，到长安城里喝酒去！"

等赵匡胤等人赶到长安城下时，长安城早被后汉军队占了，赵思绾已被柴荣斩杀。

几乎就在柴荣攻进长安城的同时，郭威也拿下了城北的那个据点。这样，"三镇之乱"的其中一乱就被郭威彻底地荡平了。

拿下长安城之后，郭威命令部队原地休整。一个月过后，郭威、柴荣率数万兵马直趋河中城。

自称"秦王"的李守贞，本来在河中城的外围设有两道防线，闻听郭威前来攻打之后，他把城外负责两道防线的人马都撤到了河中城里，摆出一副与郭威决一死战的架势。

但郭威不想与李守贞拼命。他见河中城城墙很高，只命令柴荣把河中城围了起来。

一天过去了，两天过去了，柴荣急了，向郭威请战道："爹，您给孩儿三万兵马，孩儿要是在五天之内攻不进河中城，就任凭爹处置！"

郭威缓缓地摇了摇头。柴荣更急道："爹，您是不相信孩儿能在五天之内攻进河中城？"

郭威又摇头，摇头之后轻轻地说道："荣儿，我相信你的能力，我相信你能在五天之内攻破城池。可是，荣儿你想想，这城墙这么高，若是猛攻猛打，要牺牲多少弟兄？荣儿，切记，为将者，千万不能拿手下弟兄的性命开玩笑啊！"

郭威知道，对河中城仅仅采取围而不打的战略是远远不够的。故而，这天他将义子柴荣召到身边说道："荣儿，那李守贞被困到弹尽粮绝之时，定会冒险突围。我给你一万人作机动，不管李守贞从哪个方向突围，你都要及时准确地扑过去拖住他，只要能够拖住，为父就有时间率军赶到！"

柴荣领命而去。一个月过去了，后汉军依然对河中城围而不打，李守贞也没有突围的迹象；又是一个月过去了，一切看起来依旧。

虽然后汉朝廷几次催促，郭威都置之不理。郭威对柴荣说："朝廷的催促，可以不去管它。不过，从城中逃出的百姓口中得知，城内已经没有余粮了。所以，李守贞极有可能在这几天内拼死突围，一场大战不可避免，荣儿你当格外小心！"

在河中城被围两个月后的一天夜里，李守贞亲自率着城中所有兵马向东突围。一开始，李守贞很快就突破了后汉军的防线。但没过多久，他就被柴荣的一万人马死死地堵住了。

就在李守贞与柴荣打得难分难解之时，郭威率军赶到。后汉数万兵马与李守贞的数万叛军在河中城外整整厮杀了一天一夜，李守贞的叛军大败。守在河中城西边的三千多后汉军则趁城东面杀得昏天黑地之机，一举攻占了河中城。

李守贞见走投无路，又不愿被俘受辱，一把火自焚而死。

虽然郭威一举荡平了李守贞之乱，但在与李守贞叛军一天一夜的拼杀中，损失也比较大，所以，郭威占了河中城之后，一面命令部队原地休整，一面急急地从各地征调兵马，筹措粮草，因为此时河中城内外几乎找不着一粒粮食了。

后汉乾祐二年（公元949年）十一月，郭威发兵去攻打王景崇占据的凤翔城。赵匡胤等人暗下决心：这一回，无论如何也要想法子立功，再不立功，就没有机会了。

郭威命义子柴荣率一万人作为先锋先开向凤翔，自己率大军及粮草随后。赵匡胤等人很想加入到柴荣的先锋部队里，但最终却被安排去押运粮草。赵匡胤等人虽然心有不甘，却也无奈。

然而，柴荣和一万先锋军在距凤翔城三十里处遭到了王景崇两万多兵马的伏击，六千多后汉军队将士战死，柴荣也负了伤。等郭威赶到时，王景崇的叛军已撤回到了凤翔城内。

望着满地的后汉军官兵的尸体，坚毅的郭威不禁泪如雨下。突然，他冲着那些尸体大声喊叫道："弟兄们！你们是为我郭威而死的，你们都是当世的英雄！如果我郭威不能为你们这些英雄报仇，我誓不为人！"

郭威如此，手下的官兵一时都群情激愤，纷纷呐喊着："打进凤翔去！杀死王景崇！"

后汉军队很快将凤翔城围了个水泄不通。凤翔城不算大，城墙也不算高，但郭威并没有因此而盲目攻城。他先是命令部队佯攻，今天佯攻东城，明天佯攻西城，白日佯攻南城，夜里佯攻北城，整整佯攻了五天五夜，搅得凤翔城内不得安宁，更让王景崇摸不清后汉军的虚实。王景崇只得下令叛军白天黑夜都要睁大眼睛，提防后汉军攻城。

到了第六天上午，郭威找来柴荣，说："今夜子时，为父亲率两万人攻南城，若至天明还未得手，你就率一万预备队攻北城！"

柴荣请求自己率军先攻，郭威道："荣儿休要争执！一来你有伤在身，二来为父先攻可以鼓舞士气。为父想一举拿下城池，不想再死去更多的弟兄。"

柴荣惭愧道："孩儿无能，中了王景崇的埋伏，一下子丢掉六千多弟兄的性命。"

郭威宽慰地拍了拍柴荣的肩："荣儿不必太过自责，胜负乃兵家常事。你虽然负了伤，但也安然无恙，为父便放心了！"

子夜时分，郭威率军开始攻凤翔南城。攻城情形如何，赵匡胤等人不得而知，他们都老老实实地待在凤翔城北，等候着柴荣的进攻命令。

拂晓时分，柴荣的命令终于来了：进城！赵匡胤等人抖擞起精神，一起向凤翔城冲去。然而凤翔的北城门早已洞开——凤翔城已经被郭威攻占了。

赵匡胤等人仰天长叹，无奈之余，只好去打听那王景崇的下落。后来得知，王景崇在城池被郭威攻破之后，也学着"秦王"李守贞的样，引火自焚了。

虽然赵匡胤也参加了平定"三镇之乱"的战斗，但因为没有立下显著的战功，所以就仍然是郭威大军中的一名普通士兵。不过，他在堵截赵思绾逃兵一仗中的神勇表现，给柴荣留下了比较深的印象。因此，柴荣总喜欢把赵匡胤带在身边。

后汉乾祐三年（公元950年）春，郭威率大军班师回朝，赵匡胤也得以回到汴梁的家中与父母妻子团聚。

乍见着大儿子赵匡胤，赵弘殷就像是大白天见了鬼一般，目光定定的，很是恐怖："胤儿，你……还活着？"

杜氏虽然也是惊喜交加，但看上去却比赵弘殷镇定得多。她很不满地翻了丈夫一眼道："怎么？你是不是希望我们胤儿已经不在人世？"

见父亲被母亲的话噎得一时不知如何开口，赵匡胤连忙道："爹，娘，孩儿擅自离家出走，请恕孩儿不孝。"

赵弘殷似乎是想发火的，却被杜氏抢过了话头："胤儿，过去的事情不用提了，你平平安安地回来，我们高兴还来不及呢，又怎会生你的气？"

听杜氏这么说了，赵弘殷也只好堆起笑容道："是呀……胤儿，为父觉得，你比在家的时候结实多了。"说完，赵弘殷还"嘿嘿"地干笑两声。

不过，对赵匡胤而言，能够再和父母妻女见面，心中的确十分高兴。此时，他又多了个弟弟赵匡美，也又添了一个女儿。虽然妻子贺氏未能如赵匡胤所愿产下一子，但左手抱着赵匡美，右手抱着自己的小女儿，他心中的那种高兴也委实难以描述。

在赵匡胤回家的当天，还没等到天黑，贺氏就早早地沐浴一番，然后躺在宽大的床上等待着赵匡胤。而此时，赵匡胤还在陪父亲喝酒，赵弘殷虽然没什么酒量，但话却不少，一边有滋有味地品着酒，一边不停地对着赵匡胤问这问那。赵匡胤虽然因惦记着贺氏而有些心不在焉，但父亲问起了，又不能不答。所以，常常是赵弘殷问东，赵匡胤答西。

杜氏自然瞧出了大儿子的心思，就用责备的眼光望着丈夫道："胤儿刚刚回家，你就不能闭上嘴，让胤儿早点休息？"

赵弘殷可能是酒喝多了，读不懂妻子的眼光，依然找着话题问赵匡胤。杜氏急了，一把拉起赵匡胤道："胤儿，你去睡觉，明天再陪你爹啰唆也不迟！"

赵匡胤也没客气，冲着父亲笑了一下就直奔卧房而去。

进了卧房，赵匡胤看见贺氏的眼角挂着泪珠。他关切地问道："娘子，我今天回来了，你为什么还不高兴？"

"不……"贺氏慌忙道，"郎君离家后，妾身朝思暮想，就是在梦里，妾身也盼着郎君早日归来……"

"说得怪好听的。"赵匡胤说，"你既然这么想我，为什么现在眼泪汪汪的？"

"郎君误会妾身了……"贺氏仍是一副可怜兮兮的样子，"妾身不敢忘记，郎君当初离家前，令妾身为郎君生一个儿子，可妾身肚皮不争气，又为郎君产下一女儿……妾身思前想后，总觉得愧于郎君，是故见了郎君的面，不禁黯然泪下。"

"原来如此！"赵匡胤吁了一口气，"我当是你不欢迎我回家呢……娘子请放宽心，虽然你未能为我生儿子，我多少有点失望，但你我都还年轻，你终归是会为我生出儿子来的。我赵匡胤岂能是无后之人？"

赵匡胤说得相当自信，说得贺氏好像也恢复了信心。她一边欠身一边款款深情地道："郎君如此体谅妾身，妾身敢不悉心伺候郎君？"

俗话说："小别胜新婚。"而赵匡胤和贺氏久别重逢，自然就更加胜似新婚了。从这个意义上说，赵匡胤回到家之后与妻子的关系显然是更加融洽了。

赵匡胤与贺氏的关系虽然是融洽了，但与赵弘殷却出现了一条不大不小的裂缝。当得知赵匡胤在郭威的手下只做一名普通的士兵后，赵弘殷非要大儿子到自己的手下从军。赵匡胤当然不同意。

赵弘殷很恼怒，教训赵匡胤道："你年纪轻轻，不要意气用事！既然你决心从军，那就该到我的帐下来。你在别人军中只能做一名士兵，但到我的帐下却可以做一名军官，你的脑袋为何如此不开窍？"

可任凭父亲怎么教训，赵匡胤就是不改口。杜氏也语重心长地劝道："胤儿呀，你爹以前不想让你从军，现在不再反对了，你也就不要再伤你爹的心了。更何况，你爹是统兵的将军，你却投在别处当兵，朝中上下会怎么看你爹？"

赵匡胤向杜氏解释道："娘，外面的事情您不大清楚，那郭大人的确是一个盖世的英豪！在孩儿看来，爹虽然在打仗方面很有本事，但其他方面就比郭大人差多了。更何况，就打仗而言，爹好像也比不过郭大人。三镇之乱，朝廷多次派人清剿都无功而返，但郭大人一出马就平定了叛乱。这一点，爹能做得像郭大人这般出色吗？"

杜氏下意识地点头道："那郭大人，为娘虽然无缘相识，但却也听说过他很能干。"

"是呀，娘。"赵匡胤赶紧道，"儿要想有一个好的前程，当然要跟着很能干的人学本事，不然，跟着一个不很能干的人，儿又能学到多少本事？"

听到赵匡胤把郭威说成是"很能干的人"，而把赵弘殷说成是"不很能干的人"，杜氏忍不住笑了："胤儿，你说的有道理。学本事嘛，自然是要跟着很能干的人。不过，你这话不要当着你爹的面说，不然，他的面子就挂不住了。"

"我知道，娘。"赵匡胤变得嬉皮笑脸了，"孩儿再傻，也不会傻到这种地步！"

虽然杜氏不再要求大儿子改投在丈夫门下了，但赵弘殷却依然固执己见，且态度还很强硬，连杜氏的劝说也置之不理。甚至有一次，赵弘殷对妻子这样说："如果胤儿再不改变主意，我就赶他出门！"

一时间，杜氏变得忧心忡忡。虽然丈夫最终未必会把大儿子扫地出门，但父子关系闹得这么僵，总不是一件好事情。所以，杜氏就想找一个好办法，以使他们父子二人握手言和。可想来想去，杜氏也想不出个所以然来。

然而，令杜氏意想不到的事情发生了。有一天，赵弘殷上朝归来，在椅子上坐了半天没言语，且双眉紧锁着。杜氏问他，赵弘殷却不理不睬。好一会儿之后，他才对杜氏道："夫人，把胤儿叫来，我有话对他说。"

杜氏把赵匡胤叫到了赵弘殷的身边。赵弘殷先是像不认识似的看了看自己的大儿子，然后一字一顿地说："胤儿，你跟着郭大人好好地干吧！"

赵匡胤和杜氏都感到很意外。临上朝前，赵弘殷还气呼呼地瞪了赵匡胤一眼，为何上朝归来，赵弘殷就改变了？

原来，郭威因平定三镇之乱立下大功，后汉隐帝刘承祐要给郭威重赏，但郭威坚辞不受。郭威不领赏，对赵弘殷还没有太大的触动。想当年，赵弘殷也曾做过类似的事。给赵弘殷以极大触动的是郭威在朝廷上说的话。

郭威当着刘承祐及文武百官说道："此次平定三镇叛乱，郭某并无什么功劳。运筹帷幄，是皇上和各位大臣的功劳；调兵运粮，是各地镇守之官的功劳；攻城拔寨，是军中广大将士的功劳。如果郭某把平叛之功全部贪为己有，即使天下之人不指责嘲笑郭某，郭某自己也问心有愧啊。"

赵弘殷把在朝中的见闻叙述一番后，对杜氏说道："在我看来，那郭大人不仅才华过人，且心志远大，胤儿投在他的帐下，有眼力！"

杜氏明知故问道："你不再强求胤儿改投在你的帐下了？"

"夫人何出此言？"赵弘殷似乎生起气来，"胤儿在我军中能有多大出息？只有跟着郭大人，胤儿才可以为自己挣一个美好前程！"

杜氏笑问丈夫道："你如何敢这么断言？"

赵弘殷回道："我觉得，放眼满朝文武，无人能有郭大人那么大的气魄！胤儿跟着他，定能增长许多才干！"

赵匡胤突然插话道："爹，孩儿倒觉得，那郭大人只做一个大臣，太过屈才了。"

赵弘殷眼皮一扬："胤儿，你这话是什么意思？"

赵匡胤说道："孩儿以为，郭大人应该做个皇上。"

"胤儿，"赵弘殷赶紧向门外瞅了瞅，"你怎么能说出这样的话？这样的话能随随便便地乱讲吗？"

见赵弘殷一副如临大敌的模样，杜氏不禁哑然失笑道："这有什么大不了的？胤儿只不过是在家中说说而已，说不定啊，那郭大人心中真有当皇上的念头呢！"

没想到，杜氏一句平平常常的话，后来却变成了事实。

其实，刘知远做皇帝时，郭威还没有什么妄想。因为郭威知道自己还远不是刘知远的对手，而且刘知远待他郭威不薄，他没有必要也不忍心与刘知远公开为敌。但刘知远死后情况就大不相同了。

后汉朝中有一定地位、有一定权势的大臣，根本不把年幼的皇帝刘承祐放在眼里，互相勾结又互相争斗，都想把刘承祐玩弄于股掌之间，好独霸朝廷。而刘承祐虽然年幼，性格却也极为倔强，不肯受别人摆布，总想做一个名副其实的皇帝。这样一来，后汉朝廷表面上看起来风平浪静，实则暗藏着危机。郭威虽然常年统兵在外，但对朝中之事却也了如指掌。试想想，如果朝中发生重大变故，他郭威将何去何从？既如此，他还不如利用手中的军事力量自己当皇帝了。

不过话又说回来，尽管郭威早就有了当皇帝的念头，但究竟何时当，又如何当，他却也没有明确的计划。义子柴荣多次劝他自立为帝，都没得到他的首肯。说起来，他郭威并不是那种寡廉鲜耻的人。

当朝皇上是刘知远的亲儿子，不看僧面看佛面，就算是看在刘知远的面子上，他郭威也不能大明大亮地用军事手段强行将刘承祐赶下台。也就是说，郭威一方面虽然很想当皇帝，但另一方面又想找一个正当的理由。

连郭威都没有想到的是，他一直苦苦寻找和等待的那个正当的理由竟然突然出现了，只不过，这个理由出现的时候还带着浓浓的血腥味。

后汉乾祐三年（公元950年）四月，后汉朝廷闻报，数万辽兵大举入侵河北。后汉隐帝刘承祐急忙召集群臣议事，文武百官几乎众口一词地举荐郭威挂帅出征反击辽兵。

于是，刘承祐就任命郭威为邺都（今河北大名东北）留守兼天雄节度使，任命柴荣为天雄衙内都指挥使，领兵前往河北抗敌。

郭威没有推辞，但凭着他敏锐的政治嗅觉，他已经预感到了，他此次领兵离开汴梁之后，朝中定会出事。不说别的，被刘承祐宠信的李业、聂文进、后匡赞和郭允明几个人，过去一直反对他郭威握有太多的兵权，即使在朝廷屡次派兵平定"三镇之乱"都无功而返时，他们都对郭威领兵平叛持坚决的反对态度。

可现在，辽兵入侵河北的时候，他们却异口同声地推荐自己领兵出征，这究竟是为了什么？难道仅仅是因为自己善于领兵打仗吗？如若不然，这背后十有八九藏着一个不可告人的阴谋了。

不过，郭威虽然心中疑窦丛生，但还是和义子柴荣一起领着大军离开了汴梁，赵匡胤当然随之同行，只是不知道朝中还有那么多曲曲折折。柴荣多少看出了朝廷有些不正常，就提醒郭威注意。郭威淡淡地说了四个字："荣儿勿忧！"

郭威叫柴荣"勿忧"当然有他的理由，但他心中的那些疑窦也绝非无端的猜测。所以，他在离开汴梁前，曾对着刘承祐及文武百官说道："陛下，自古朝廷都有忠良之臣与奸佞小人之分。臣就要领兵去抗敌了，什么时候才能回朝，臣也说不清楚。臣只希望，在臣离开朝廷的日子里，陛下能够分清善恶，亲忠良而远小人，以不负先帝之愿。比如杨分、史弘肇等大人，不仅是先帝的重臣，而且也都是尽忠报国之人，愿陛下临事多与他们商量。至于抗击辽寇之事，这是臣的本分，臣绝不敢懈怠分毫！"

因为是先帝刘知远钦封的顾命大臣，所以郭威说起话来也就显得不那么客气。刘承祐回答道："爱卿放心地去打仗吧！朕虽然年幼，却也不是一点主见都没有。谁忠谁奸，朕也能看得清楚。"

而刘承祐却以为，像郭威提到的杨分、史弘肇等人，恰是朝中最大的奸臣。他们仗着是先帝的重臣，根本不把自己这个皇帝放在眼里。而李业、聂文进、后匡赞、郭允明等人才是大大的忠臣，满朝文武中只有他们为自己名不符实的皇帝地位鸣不平。

事实上，也正是李业、聂文进等人的极力鼓动和劝说，刘承祐才终于形成了自己的"主见"：趁郭威离朝之际，在朝中来一次大的行动。既是先朝旧臣，当然包括郭威，只不过不敢对郭威采取大明大亮的手段。而且，刘承祐还下了决心：对郭威，一定要铲草除根。

于是，刘承祐与李业、聂文进、后匡赞、郭允明等人，在郭威走了之后便开始紧张地忙碌起来。他们虽然忙碌，却也有序，各有各的明确分工。刘承祐和聂文进负责对付前朝老臣，后匡赞和郭允明负责从各地抽调兵马来汴梁以防不测。对付郭威的重任就落到了李业的肩上。

先是刘承祐以商议国事为名将杨分、史弘肇等十几位前朝旧臣召进宫来，聂文进率隐蔽好的刀斧手突然冲出，将其悉数斩杀。其次，后匡赞和郭允明二人以抗击辽兵入侵为借口，从各地调来了数万兵马镇守在汴梁城内外，其中就包含着赵弘殷率领的一支数千人的军队。再次，李业派亲信刘铢把郭威一家老小数十口悉数斩杀，又派另一亲信骑马日夜兼程地赶往邺都，命邺都行营马军都指挥使郭崇威杀掉郭威及柴荣，并许诺待杀掉郭威和柴荣之后，升任其为邺都留守兼天雄节度使。也就是说，只要郭崇威完成了李业交给的任务，那刘承祐等人的计划就完全而又圆满地成功了。

因此，杀死郭威和柴荣是刘承祐整个计划中最为关键的环节。所以，李业将亲信派往邺都之后，刘承祐曾不无担心地问李业道："爱卿，那个郭崇威靠得住吗？"

李业拍着胸脯保证道："陛下放心，那郭崇威得到过我的好处，他一定会按我的吩咐去做的！"

可刘承祐还是有点不放心，居然说道："朕总觉得，那郭崇威的姓名很是蹊跷……"

郭崇威是很崇拜郭威的，对郭威的才能和人品一直钦羡、崇拜不已。所以，在接到李业的密信后，郭崇威一时很是犯难，故而，当郭威、柴荣领兵赶到邺都后，郭崇威一直寝食难安。

郭威、柴荣不知究竟，到达郏都后，就忙着侦察敌情准备反击辽兵入侵了，而郭崇威却在苦思冥想着自己究竟该怎么做。对他而言，似乎只有两条路可走：要么按照李业的吩咐把郭威、柴荣暗杀掉，要么就将李业的密信交给郭威。

最终，郭崇威选择了后一条路。他在把李业的密信交给郭威的时候，还向郭威请罪。郭威长叹一声道："郭将军，你何罪之有？如果你真的有罪，我和荣儿岂还有命在？"

柴荣年轻气盛，即刻就要统兵杀回汴梁。郭威阻止道："荣儿，大敌当前，岂能鲁莽行事？待打退契丹军之后再回汴梁理论也不迟！"

没过多久，刘承祐等人杀死郭威全家数十口及杀死杨邠、史弘肇等十数位先朝旧臣的消息传到了郏都。一时间，郏都城内外广大官兵群情激愤，纷纷要求打回汴梁去。郭威也咬牙切齿道："刘承祐和那帮奸佞小人，真是欺人太甚！此仇不报，我还有何脸面活在世上？"

不过，郭威虽然气恨之极，却也没有失去理智。他知道，如果把兵马都开回汴梁，那入侵的辽兵就很有可能乘机长驱直入，这样一来，他不仅家仇难报，国恨也要产生了。所以，他把军队的大部留给了柴荣，命令他镇守在郏都一带继续反击辽兵，自己则率两万军队回师汴梁。

柴荣虽然很想杀回汴梁为义父报仇，却也明白镇守郏都的重要性。只是，见义父只带两万人回汴梁，柴荣实在放心不下，所以柴荣就想再分一万人给义父。

郭威缓缓地摇了摇头道："对付汴梁那些小人，为父有两万人足矣，倒是荣儿在此切不可大意啊！"

之后，郭威就以郭崇威为先锋，率两万军队南渡黄河，满腔义愤地杀向汴梁。

郭威领兵逼近汴梁时，李业和后匡赞二人见势不妙，偷偷地逃离了汴梁，不知所终。刘承祐惧怕郭威，也想逃跑，郭允明、聂文进谏阻道："陛下何必恐慌？郭威只有两万人，汴梁城内却有四万之众，只要陛下从容镇定，御驾出征，郭威必败！"

刘承祐相信了郭允明和聂文进的话。闻听郭威的军队开过来了，刘承祐下令："打开城门，主动出击，一举将郭威歼灭在城外！"

刘承祐脱下龙袍换上戎装，骑在一匹高头大马上，左右有郭允明和聂文进护卫，前后有四万军队簇拥，也着实有一副不可一世的模样。

刘承祐的四万军队和郭威的两万军队在汴梁城外遭遇了。刚一相遇，刘承祐的四万军队就顿时作鸟兽散。

刘承祐见自己的四万军队一触即溃，终于明白大势已去。所以，仗着自己胯下有马，他几乎是第一个逃进了汴梁城的城门洞里。可就在这时，不知从哪儿射过来的一支冷箭，正中他的后背，他"妈呀"一声怪叫栽到马下，一命呜呼了。

见刘承祐中箭身亡，郭允明悲哀地叫了一声"皇上"，自刎于刘承祐的身边。聂文进也悲哀地叫了一声"皇上"，然后瞪眼挥剑，张牙舞爪地反身冲了出去。刚冲出城门洞不多远，他就撞到了满脸杀气的郭威。

郭威似乎想留下聂文进一条命，所以撞着聂文进之后并没有立即动手，而是冲着对方喝道："阻我者死，挡我者亡！"

谁知，聂文进竟回道："我就想死，我就想亡！"

既然聂文进不想活了，郭威也就用不着客气了，长剑一伸，就送聂文进去见刘承祐了。

郭威的兵马潮水般地涌进了汴梁城。因为这些官兵都憋着怨恨，所以他们进了城之后烧杀抢掠，为所欲为。

郭威连忙找来郭崇威命令道："赶紧派人去制止抢掠，有违令者，杀无赦！"一段时间过后，汴梁城终于大体上恢复了秩序。

跟着，郭威就下令寻找刘承祐。当部下将刘承祐的尸体抬到郭威的面前时，郭威不禁珠泪涟涟地说道："郭某未能保护好皇上，九泉之下又有何颜面叩见先帝？"

安葬刘承祐时，有部下提议至多用公侯的规格来对待刘承祐。郭威摇头道："未能保护好皇上，郭某已经铸成大错了，如果再以公侯的规格葬之，郭某岂不是一错再错？"最终，郭威以极其隆重的葬礼安葬了刘承祐。

在屠杀郭威全家的刽子手刘铢被捉后，郭威下令立即将其处死，但同时又赦免了刘铢一家。有人不解：刘铢杀害了郭威一家，郭威即使灭掉刘铢九族，好像也是天经地义的事。郭威解释道："刘铢杀我一家，我再来杀刘铢一家，这岂不成了冤冤相报？可冤冤相报何时了？更何况，刘铢杀我一家只是刘铢一人之罪，与他家人又有何干？"

结果，郭威不顾有些部下反对，只斩杀了刘铢一人。

据说，刘铢的家人不但不对郭威斩杀刘铢心怀怨恨，反而偷偷地山呼郭威"万岁"。只是，不知是真是假。

以上这些事情，都是赵匡胤后来回到汴梁后从父亲的口里得知的。因为对郭威的为人已经比较了解了，所以郭威禁止部下在汴梁城内胡作非为、厚葬刘承祐、赦免刘铢家人等等，赵匡胤就并不感到太奇怪。但令赵匡胤大感奇怪的是，郭威打回汴梁城之后，并没有自立为帝。

也甭说是赵匡胤了，当时几乎所有的人都这么认为：刘承祐先杀死了郭威全家，又要杀死郭威，郭威是被迫才率兵打回汴梁报仇的，君不仁，臣当然可以不义，恰刘承祐又死于乱兵之中，郭威岂不正好趁机改朝换代？反正在那个混乱时候，老百姓对改朝换代似乎已经司空见惯了，郭威再来一次也不会有人大惊小怪的，更何况，郭威称帝还有一种"众望所归"的氛围。

然而，郭威就是没有称帝。待汴梁城归于平静之后，郭威立即派人到徐州把王爷刘赟迎到汴梁来做皇帝，还请李太后（刘知远之妻）做监国。

郭威此举，不仅大出许多人的意料，还把远在邺都镇守的柴荣气得不轻。不过，柴荣也不是等闲之辈，气过之后，他把赵匡胤等比较亲近的人找来问道："你们说，我义父为何不自立为帝？"

这个问题不好回答，更不便回答，故而，柴荣问过之后，并无人回应。柴荣一指赵匡胤道："你说，说错了我不怪你。"

赵匡胤吞吞吐吐地道："小人以为，郭大人之所以不自立为帝，是因为郭大人一直难忘先帝的恩情……"

赵匡胤说的是实话。他考虑来考虑去，觉得郭威自己不当皇帝，只能是因为那个死去的刘知远。刘知远虽然死了，但妻子李太后还活着，郭威下不了狠心马上就去占了刘氏皇帝的宝座。不过赵匡胤始终认为，郭威其实是很想当皇帝的。

"好！"柴荣大叫了一声，"赵匡胤，你说得没错，你的确是个很聪明的人！我义父之所以不自立为帝，就是因为他为人不仁！不过，我是不会让这种状况持续下去的！"

柴荣此话是何意？赵匡胤不知道。但没有多久，赵匡胤就一清二楚了，因为柴荣把自己的计划告诉了赵匡胤。

后汉乾祐三年（公元950年）秋天，因为入侵河北的辽兵已退，前线已无战事，柴荣就领着赵匡胤等人回到了汴梁。可回到汴梁后不久，也即是这一年的冬天，河北突然来报，说是辽国骑兵数万大举南犯。

郭威有些疑惑：辽兵刚退，为何又大举南犯？但疑惑归疑惑，郭威还是禀告了李太后。李太后当即请郭威领兵出征。

郭威要出征，自然少不了柴荣。柴荣要出征，又自然少不了赵匡胤。柴荣是郭威的义子，而赵匡胤却成了柴荣的一个亲信。当然了，赵匡胤要去打仗，他的那几个结义兄弟是肯定要相随的。这样一来，不仅赵匡胤获得了一次难得的学习机会，就是石守信、王审琦等人，也学到了不少东西。

十二月初一，郭威率大军离开汴梁。十九日，郭威的大军渡过黄河后屯驻在澶州（今河南濮阳）。第二天凌晨，郭威还在睡梦中呢，忽听得门外一阵吵闹。他不知发生了什么事，忙着起身开门。

门刚打开，一群官兵涌进来把郭威抬到了屋外。郭威正自莫名其妙呢，却见那赵匡胤飞也似的跑来，将一件黄袍披在了他的身上。跟着，柴荣率数千官兵齐刷刷地跪在郭威的面前，一起磕头高呼"万岁"，声势之大，震耳欲聋。

郭威一下子就明白是怎么回事了，"荣儿，是不是北方根本就没有辽寇打来？"

"是！"柴荣很老实，"这是孩儿使人谎报的军情。孩儿的心意父亲大人已经知道。父亲不忍在朝中称帝，那孩儿就让父亲大人在此处登基！"

因为郭威全家皆死，所以柴荣有时候就不称郭威"义父"，而直接称呼为"父亲"。这便可看出郭威与柴荣之间虽不是父子却胜似父子的关系。

"简直是胡闹！"郭威的语气听起来十分严厉，但赵匡胤披在他身上的那件黄袍却依然披在他的身上。"荣儿，快起来，你也叫弟兄们都快起来。无端谎报军情于先，又逼迫为父称帝于后，荣儿，你这个玩笑开得太大了！"

柴荣此举，还能叫"开玩笑"吗？是郭威用词不当还是郭威不忍当着众官兵的面儿太过责备柴荣？

"父亲，"柴荣当然不会起身，"孩儿不是开玩笑！如果父亲大人不同意称帝，那孩儿与这数千弟兄就在此长跪不起！"

寒冬腊月的，在此长跪不起该有多冷？郭威心软了，迟疑片刻，终于说道："荣儿，你和弟兄们都起来吧。我答应为帝……"

顿时，赵匡胤等数千官兵又一起高呼"万岁"。"万岁"声还未平息，赵匡胤、石守信、王审琦等人便在柴荣的授意下，跑上前去，将郭威抬上马，一起簇拥着郭威，大呼小叫着朝南开去，目标直指汴梁城。

这个事件，史称"澶州兵变"。这次兵变对郭威而言，自然意义重大，他因此而成了真正的皇上。而对赵匡胤来说，意义也非同小可，因为他从中学到了做皇帝的手段和方法。

"澶州兵变"发生后，郭威并没有得意忘形。他是个行事十分缜密的人，所以，他自己虽然在赵匡胤等人的簇拥下由澶州往汴梁而去，但却把义子柴荣留在了澶州，且柴荣的手下还握有一支数量可观的军队。因为郭威知道，自己称帝不是一件小事情，天下想当皇帝的人多的是，如果有谁想趁他郭威称帝之机起反叛之心，那镇守澶州的柴荣就是一种巨大的威慑力量。他郭威坐镇汴梁，柴荣在澶州呼应，天下谁人还敢乱动？

有意思的是，郭威都已经在澶州披着黄袍称帝了，但到了汴梁之后，他依然当着李太后和文武百官的面装模作样地表演了一番。

因为"澶州兵变"的消息早已传到了汴梁，所以，郭威刚一踏进汴梁城，后汉朝廷的文武大臣就都战战兢兢地赶来迎接，李太后也惶恐地夹在文武大臣中间。见了郭威，许多大臣不自觉地跪下了，还有几个大臣小声地喊出"万岁"两个字。郭威忙着也双膝着地道："各位大人快快请起！你们这般对待郭某，真是折杀郭某也！"

待大臣们都起身之后，郭威才缓缓地站起来。接着，郭威走到李太后的面前，先是深深地鞠了一个躬，然后面带愧色地说道："太后，澶州之事纯属郭某部下所为，非郭某之愿也！请太后务必体谅郭某对朝廷的一片赤子之心！"

李太后嘴唇动了动，但终究没有说出话来。一旁的赵匡胤一边目不转睛地盯着郭威一边心中暗想：都到这种地步了，你还对李太后说这番话有何意义？

是呀，生米已经煮成了熟饭，再想把饭变成米已经是不可能的了。故而，那李太后虽然十分"体谅"郭威对后汉朝廷的"一片赤子之心"，但还是以太后的名义下诏，贬郭威迎立的皇帝刘赟为湘阴公，并由郭威监国。李太后之所以没有立即宣布郭威为皇帝，只是想保存刘氏一点可怜的颜面。实际上，刘赟被贬为湘阴公了，后汉朝廷就没有皇上了，做监国的郭威也就等于是皇上了。

对郭威而言，虽然没有皇帝的冠冕，但似乎也心满意足了。反正，这后汉江山已经是他郭威的了。但群臣们不这样想，群臣们想的是，既然这后汉江山已经是郭威的了，那还不如做个顺水人情，尽快地将皇冠加在郭威的头上，自己也好从中得点便宜。于是，群臣们就一致上表，强烈要求李太后让郭威即皇帝位。

李太后没办法了，只得再次下诏，将玉玺交给郭威。这样一来，郭威就成了名副其实的皇帝了。据记载，郭威从李太后手里接过玉玺的时候，信誓旦旦地向李太后保证道："永奉后汉宗庙，永事李太后为母。"

郭威正儿八经地登基称帝，是公元951年正月的事。既然从姓刘的手里接过了江山，那就要另起国号和年号了。郭威改"汉"为"周"，史称"后周"，年号为"广顺"。公元951年也就成了后周广顺元年。

不能不提的是，就在郭威改朝换代之后没多久，一直任太原留守的那个刘崇（后汉高祖刘知远的弟弟）也自立为帝，定都太原，国号仍为"汉"，史称"北汉"。刘崇在辽国的帮助下，抢占了忻州（今山西祈州市）、代州（今山西代县）、汾州（今山西汾阳）、辽州（今山西左权）和石州（今山西吕梁）等地。郭威因为刚刚称帝，头绪纷繁，一时未能顾及刘崇的事，这就给中原地区留下了一个极大的隐患。此是后话。

郭威当了皇帝之后，首要的任务便是对那些"劝进"有功的大臣们进行封赏，以安抚大臣们的心。以赵弘殷为例，虽然他在郭威称帝的过程中并没有立下什么赫赫功劳，但也得到了一个"铁骑第一军都指挥使"的实职。

郭威当然不会忘记赵匡胤，正是赵匡胤把那件黄袍披到了他的身上。所以，郭威把赵匡胤由一名普通的士兵提升为禁军东西班行首。

东西班行首类似于今天的小队长，但却不是一般的小队长，而是在郭威寝宫外面执勤禁军的小队长。要知道，能担任这一职务的，都是皇上极为信赖之人。也就是说，赵匡胤由柴荣的亲信摇身一变成了郭威的亲信了。

故而，东西班行首虽然是个小官，但赵匡胤的心里却是乐滋滋的。实际上，赵匡胤以后的发迹，也就是从东西班行首开始的。

令赵匡胤乐滋滋的事情还不止这一件。早在郭威称帝之前，赵匡胤的妻子贺氏就挺着一个大肚子了。郭威即将称帝的时候，贺氏生产了。这一回，贺氏没有让赵匡胤失望，顺利地产下一个儿子。

在征得父母的同意后，赵匡胤为儿子取名为"德昭"。赵德昭便是赵匡胤的大儿子。赵匡胤在得子之后激动地对贺氏说道："好好地将养身体，再为我生一个大胖小子！"

值得赵匡胤高兴的还有一件事。他做了东西班行首之后，石守信、王审琦等人自然就成了他的手下。有一天，他看见石守信与一个大汉正在皇宫外面比武。

石守信执一对铜锤，有万夫不当之勇。那大汉执一扇鬼头大刀，硬是与石守信打得难解难分。石守信虽不至于落败，但也很难占到那大汉的便宜。

双方交手数十回合后，那大汉提议休战，但石守信不同意，非要比出胜负来。赵匡胤忙着走过去说道："好了，两位不要再打了！赵某已经看出，两位都是英雄，再打下去，恐伤了和气！"

那使鬼头大刀的大汉姓高名怀德，是禁军里的一名士兵。石守信不知从哪儿听说了高怀德是天生的神力，心中不服气，就约高怀德比试一番。所谓不打不相识，后来，赵匡胤想办法把高怀德变成了自己的手下。从此，赵匡胤与高怀德就成了朋友。

赵匡胤一共做了两年的东西班行首。在这两年中，就赵匡胤个人而言，没有什么太大的变化，只是后周广顺二年（公元952年）春天的时候，杜氏又产下一女。但对后周天下而言，在这两年中却发生了比较大的变化，因为后周太祖郭威做出了一些让人击节称赞的事情，而这些事情对赵匡胤来说，无疑是有很大影响的。

郭威做的第一件事情是革除了不少前朝的弊政。比如，以前老百姓除了向官府交足规定的赋税外，还要额外上交"称耗"和"羡余"。其实，"称耗"是用来供地方官府中饱私囊的，而"羡余"则是用来供地方官府去讨好皇上的。

郭威在地方上待了好多年，深知这两种名目给老百姓带来了多大的负担。所以，他登基伊始，就下诏规定：各地方官府不得以任何借口，包括"称耗""羡余"等，来多征老百姓的赋税。旧朝多实行"连坐法"，即一人犯了法，全族遭诛灭，郭威称帝后不久，就废除了此法。

郭威做的第二件事情是倡导节俭。他下诏规定：皇宫中的车舆服饰不得奢华，御膳房及各大臣的菜肴要减少数量，地方官府不得再向皇宫贡献奇禽异兽等玩物。他还下令将原来后汉宫中许多珠宝玉器堆集起来打碎。

与第二件事情颇有关联的第三件事情是释放宫女。郭威命内侍遍查宫女数目，有愿意出宫的一律发盘缠放行。结果，一千多名宫女一下子走掉了一多半。有人说郭威是个不好色的皇帝，确有几分道理。

如果说郭威前面做的几件事情令老百姓拍手称快的话，那么，郭威做的第四件事情就令读书人感到欢欣鼓舞了。

后周广顺二年（公元952年）六月，郭威在赵匡胤等禁军官兵的护卫及一干大臣的陪同下，到山东曲阜去拜谒孔子。孔庙内，在郭威正要对着孔子像位下跪的当口，一大臣阻谏道："陛下，孔子只是一个读书人，你如何能向他下拜？"

皇帝贵为天子，只能上跪天、下跪地、中间跪父母，其他人等都应向皇帝下跪。然而，郭威却说道："孔圣人乃百代帝王师表，朕对他岂敢不恭不敬？"

说完，郭威就冲着孔子像位深深地跪了下去。不仅如此，他还到孔子墓前跪拜。见孔墓已经荒芜，郭威下令拨专款修葺孔墓，并规定任何人等不得到孔墓周围采伐，违者严惩。在离开曲阜之前，郭威还命人找来了孔子和颜渊（又称颜回，孔子最得意的弟子之一）的后代，让孔子的一个后代做曲阜令，让颜渊的一个后代做曲阜主簿。

后周广顺三年（公元953年）正月，郭威派赵匡胤等人去澶州接义子柴荣回汴梁。皇帝的地位已经巩固了，应该让柴荣回到他身边帮助料理政务了。而特地派赵匡胤等人去澶州相迎，则表现了郭威对柴荣的无比关爱。

赵匡胤带着石守信、王审琦和高怀德等人日夜兼程地赶往澶州。从汴梁到澶州约三百里路程，赵匡胤等人几乎一口气就走完了全程。

柴荣没有耽搁，立即跟着赵匡胤等人南下。除了赵匡胤的原班人马外，柴荣没带一兵一卒。很快地，他们就驰到了距澶州百里之外的张三寨。

张三寨是一个小村庄，村民还没有柴荣、赵匡胤的随从多。柴荣下令：在张三寨稍作休息，随便吃点干粮，然后继续赶路，千万不要惊扰百姓。

就在柴荣、赵匡胤等人准备离开张三寨的时候，二百多个跃马横刀的人在村外挡住了他们的去路。看那些人的模样，像是打家劫舍的强盗。赵匡胤疑惑地问柴荣道："大将军，这个地方怎么会有土匪？"

是呀，再往南走二百来里就是汴梁了，此地如何会有土匪出没？柴荣先是皱了皱眉头，然后吩咐赵匡胤道："你去报上我的名号，看这些土匪做何反应。"

赵匡胤应诺一声，打马前趋两步，接着高声说道："尔等听着，大周朝天雄牙内都指挥使柴荣柴大将军在此，尔等还不快快闪开！"

赵匡胤底气充沛，声音洪亮。然而，赵匡胤喊过话之后，那些人不仅没有闪开，反而呈扇形朝着柴荣等人逼了过来，最近的距柴荣不过一百多步了。

赵匡胤对柴荣说道："大将军，小人以为，这些人恐怕不是土匪。"

"没错，"柴荣点点头，"土匪恐没这么大的胆量。看来，我们今天不打上一场是难以走脱了！"

"大将军，"赵匡胤忽然道，"请把你的弓箭借我一用。"

一百多个人，只柴荣的马鞍上挂着一张弓和一个箭囊。柴荣一边将弓箭摘下递与赵匡胤一边问道："你想用箭射杀他们？"

赵匡胤回道："这些人对大将军不恭不敬，小人想给他们一点颜色瞧瞧！"

只见赵匡胤掩在石守信的背后，搭上箭，拉满弓，"嗖"的一声就射出一支箭。再看对面，跑在最前面的那个人"啊"的一声惨叫就死在马下。

柴荣惊喜地问道："赵匡胤，你如何练成这等精妙的箭法？"

赵匡胤有些羞涩地说道："小人年少时，没能好好地念书，倒学会了一些马上马下功夫……"

赵匡胤一箭中的，把对面的二百多人吓得纷纷朝后退。但很快，他们又排好队形，策马扬鞭，狂呼乱叫着向柴荣这边冲了过来。

柴荣一边拔剑一边招呼道："弟兄们！抖擞起精神，把这伙强盗打垮！"

赵匡胤连忙道："大将军，杀鸡焉用宰牛刀？这几个毛贼，小人及手下弟兄就足以对付了，哪里用得着大将军亲自出马？"

柴荣一笑，说道："好，赵匡胤，这几个毛贼就留给你了，柴某在此为你助威！不过，你也不可大意，毕竟他们人多，千万小心，不要吃亏！"

赵匡胤应了一声就撒马而去。他这样做，显然是想在柴荣的面前表现一下自己，过去打仗，他没能充分地展现自己的才华，现在机会来了，他怎能放过？

柴荣自然知道赵匡胤的想法，他也想看看赵匡胤究竟有多大的能耐。不过，柴荣是不会光站在一边闲看的。他挺胸端坐在马上，手按剑柄，凝神观瞧，如果赵匡胤等人失利，他是会毫不犹豫地冲上去的。

赵匡胤匆匆打马来到石守信、王审琦和高怀德等人的跟前。因为敌方就要冲过来了，所以赵匡胤不敢多废话，他只对石守信等人说道："弟兄们，我已经在大将军的面前说了大话，你们千万不要给我丢脸！"

石守信将手中的一对铜锤"当"的一碰："大哥放心，头掉了不过碗大的疤，弟兄们绝不会让大哥失望！"

眼见着，敌方两百多骑就冲到了近前。赵匡胤抽出长剑振臂一挥，冲着一百多个手下喊道："弟兄们！狭路相逢勇者胜，杀敌立功的时候到了！"

说完，赵匡胤就一马当先地朝着敌人扑去，长剑一捅，一个敌人翻身落马，长剑一挥，又一个敌人脑袋搬家。本来，赵匡胤的面前有十多个敌人，可赵匡胤这么一捅一挥之后，他的面前就一个敌人都没有了，全吓跑了。由此不难看出，赵匡胤在冲锋杀敌的时候，该有多么神勇。

神勇的当然不止赵匡胤一个。那石守信舞动着一对铜锤不顾一切地杀入到敌群之中，哪里敌人多他就往哪里闯，一边闯一边用铜锤猛砸，先用左锤将对方的马砸瘫，再用右锤把对方的脑袋砸碎。砸来砸去的，敌人看见石守信冲来了就慌忙抱头鼠窜。

与石守信相比，王审琦不仅毫不逊色，而且杀敌的方式也极为相似。他使的是一杆长枪，先"扑哧"一声将对方的马肚子戳一个窟窿，再"扑哧"一声将对方的肚子也戳一个窟窿。他这般戳了一会儿之后，敌人看见他就纷纷跳马逃窜。

比石守信、王审琦杀人更利索的是高怀德。他手中的那把鬼头大刀足足有好几十斤。遇着敌人，他不管三七二十一，抡起大刀就从上往下砍，结果把敌人连人带马一起被削为两半。高怀德砍了一阵之后，就再也找不着要砍的对象了。

高怀德找不着要砍的对象了，战斗自然也就结束了。算起来，前前后后不过半个时辰。赵匡胤等人虽然大获全胜，但并没有杀死多少敌人。敌人被赵匡胤等人的神勇吓坏了，在抛下四十多具尸体后就落荒而逃。赵匡胤的损失很小，死了五个人，伤了六个人。不过，赵匡胤最后抓住了一个俘虏。

柴荣拍马来到赵匡胤的跟前，大加赞赏道："赵匡胤，杀得漂亮！我今日的确是大开了眼界啊！"

赵匡胤忙谦虚道："大将军过奖了！这都是弟兄们的功劳！"

忽然，柴荣长长地"唉"了一声。赵匡胤赶紧问道："大将军何故叹息？"

柴荣定定地望着赵匡胤道："你知道吗？我到现在才发觉，一直让你做个普通的士兵，真是太委屈你了！"

"不，不！"赵匡胤慌忙道，"大将军这般说小人，小人实在惶恐。小人现在已经跟在皇上的身边做事了，这是小人莫大的荣幸……即使小人一辈子在大将军的手下做一名普通的士兵，小人也心满意足了。"

"好了，赵匡胤，"柴荣淡淡一笑，"你的事情暂时不说了。把那个俘虏押过来，看看他们是何来路，竟然这般狗胆包天！"

不盘问不知道，一盘问吓一跳。原来，这二百多个人果然不是什么土匪，而是北汉国刘崇派来的。那俘虏还招认，刘崇近年来经常派遣一小股一小股的人马窜入河南境内打探消息。

赵匡胤怒道："大将军，那反贼刘崇简直是欺人太甚！"

柴荣也是一脸的严峻："那刘崇恐有不轨之心，我得向父皇禀报……赵匡胤，我们抓紧时间回京吧！"

一路无话。回到汴梁之后，柴荣立即将路上的遭遇向郭威作了禀报。听罢，郭威锁眉说道："未能及时处治刘崇，是朕的一大过错……不过，荣儿你放心，朕不会对刘崇所为听之任之的！"

柴荣又在郭威的面前大大地夸赞了赵匡胤一番，郭威笑道："荣儿是想让朕提拔那赵匡胤吗？"

柴荣挠头道："孩儿的确有这个想法……在孩儿看来，赵匡胤至少是个将才！"

"好吧，"郭威点头道，"朕也觉得那赵匡胤不是个等闲之人！荣儿既然这么说了，又岂能让你失望？"

很快，郭威就传下旨来：封柴荣为汴梁尹，擢赵匡胤为滑州（今河南滑县东）兴顺副指挥使。

汴梁尹就是后周都城汴梁的最高行政、军事长官。柴荣是郭威的义子，又战功显赫，担当此职自然无可厚非，也不会有人对此感到意外。

令人感到有些意外的是赵匡胤。虽然副指挥使还算不上什么高官，但也算得上是一个将军了，尽管赵匡胤与郭威、柴荣的关系都不错，但由一个小小的东西班行首一下子升至为将军，在许多人看来，这速度似乎也太快了。所以，在开始的几天里，许多人都用一种异样的目光去看赵匡胤。

连赵匡胤的父亲赵弘殷对此都有点意外。不过，赵匡胤的母亲杜氏好像对此一点也不感到惊奇。得知赵匡胤升官后，杜氏欣慰地对丈夫说道："从今往后，你就不能随随便便地教训胤儿了，他现在也是将军了！"

"怎么不能？"赵弘殷梗着脖子道，"胤儿官做得再大也是我的儿子，既是我的儿子，我就能教训他！再说了，他现在的官还没有我大，我就更能教训他了！"

"不过，"赵弘殷又道，"胤儿的确有出息！以后，他的官肯定做得比我大！"

赵匡胤做将军了，贺氏当然是最为高兴的。然而，赵匡胤却似乎有些不高兴：滑州在澶州西南一百多里处，离汴梁比较远，出任滑州兴顺副指挥使就意味着要远离京城了；赵匡胤虽然并不太在乎离开京城。实际上，他也很想到外地去发展自己，但他只是一个副指挥使而非一个独当一面的地方镇守大员。这样一来，他到了滑州之后，就必然要看滑州地方官的脸色行事。与其这样，那还不如就留在汴梁更有发展前途。自己刚刚博得了柴荣的信任和器重，如果一去滑州，这种信任和器重恐怕就会渐渐地淡漠了。

很显然，这时候的赵匡胤已经比过去成熟了，也理智多了。只是，他虽不想去滑州，却苦于无法明说，这就使得赵匡胤十分难受了。

就在这当口，巧事又发生了。有一天，赵匡胤刚好打点完去滑州任职的行装，就被柴荣请进了汴梁府。

一见面，柴荣就笑道："赵将军，我听说你很好酒，所以今天就特地准备了两坛好酒，想与你来个一醉方休，不知赵将军意下如何啊？"

赵匡胤以为柴荣是在为他饯行，于是就恭恭敬敬地回道："大人如此盛情，末将敢不舍命相陪？"

赵匡胤和柴荣一人抱着一坛酒自斟自饮，倒也融洽有趣。几碗酒下肚之后，柴荣忽然问道："赵匡胤，你跟我说实话，你是想去滑州上任呢，还是想留在京城不走？"

赵匡胤一怔，他没想到柴荣此时会提出这么一个问题。怔了片刻之后，赵匡胤低声说道："皇上旨意，末将岂敢不从？但大人既已问起，末将又不敢不说实话……末将不想离开京城，更不想离开大人……"

"好！"柴荣"咕嘟"喝了一大口酒，"赵匡胤，你想不想就在这汴梁府里任职？"

"大人，"赵匡胤急忙说道，"末将最大的心愿就是能够跟在大人的身边！只是，皇上的旨意……"

"这个你不用担心。"柴荣又喝了一大口酒，"父皇的本意，是想让你离开京城去锻炼才干，但我却舍不得让你走，我不想缺少一个像你这样有胆有识的人做手下！既然你自己愿意留下，那我就去找父皇为你改封！"

赵匡胤心中的那个高兴啊，硬是撑着将一坛酒喝了个精光，直喝得他双目迷离、满口流涎，样子十分滑稽。然而，不知他是真醉还是假醉，都滑稽成这副样子了，嘴里还含混不清地嚷道："末将哪儿都不想去，末将只想跟在大人的身边……"

俗话说"酒后吐真言"，赵匡胤酒后吐出的真言，的确让柴荣好生感动。结果郭威在柴荣的请求下，改封赵匡胤为汴梁府马直军使。这样，赵匡胤不仅如愿以偿地留在了汴梁，还成了柴荣直接领导下的一名将军。

赵匡胤如愿了，自然不会忘记石守信等人。很快地，石守信、王审琦和高怀德等人又都成了赵匡胤的手下。

后周广顺三年（公元953年）秋天，也就是田地里的庄稼成熟待收的时候，北汉皇帝刘崇派数万兵马攻入后周境内，大肆抢掠粮食。

郭威闻讯后大怒，立即召集群臣廷议。朝廷上，郭威愤而说道："那叛贼刘崇，仗着有辽人撑腰，先是派遣小股人马入我大周境内骚扰，现又得寸进尺，竟然公开派遣大批叛寇抢我大周的粮食，是可忍孰不可忍！哪位爱卿愿代朕领兵前往讨伐？"

郭威话音刚落，廷下几乎同时站出两个人来，且齐声说道："微臣愿往！"

众人一看那二人，却是大将樊爱能和何徽。郭威高兴地道："樊爱卿听令，朕给你三万兵马，你速速北上，将入侵大周的刘崇匪军彻底击溃！"

樊爱能响亮地回答了一声，然后退回原位站下。郭威又道："何爱卿听令，朕也给你三万兵马，你领兵径往西北，直捣叛匪刘崇的老巢太原！"

看得出，郭威不仅想把前来抢粮的刘崇军队打退，还要将战火烧到北汉境内，甚至一举将刘崇从太原赶走。可惜的是，这只不过是他郭威的一厢情愿。他不但选错了带兵的将领，更忽略了辽国的存在。

樊爱能率三万兵马一路北上，在河南与山西交界处与刘崇的军队遭遇。樊爱能立功心切，还没把敌情摸清楚，就指挥疲惫的军队仓促上阵。结果，后周兵大败，阵亡者近八千人，另有千余人做了北汉军的俘虏。若不是跑得快，樊爱能也早成了俘虏。所幸刘崇的军队主要是为了抢粮，在打败樊爱能，劫掠一番后便撤回了北汉。不然，刘崇军如果乘胜追击的话，那后周军队的损失将更大。

何徽一开始十分顺利，攻入山西境内后，可谓是势如破竹，所向披靡，眼看着就要攻到太原城下了。有部将向何徽建议：孤军深入有所不利，应暂停前进，待禀明皇上后再行定夺。何徽不以为然地道：一鼓作气，拿下太原，再向皇上邀功不迟。但很快，何徽便发觉自己想错了，他的军队已经陷入北汉军和辽军的两面夹击之中。何徽不敢再想着去攻什么太原了，连忙下令撤退。何徽军在前面跑，北汉军和辽军在后面追。等好不容易摆脱了追赶，何徽的军队只剩下一万余人了。

后周军两路均告失利，且损失惨重。消息传到汴梁，郭威异常震惊。他马上找来柴荣吩咐道："你速速去准备兵马，为父要御驾亲征，彻底荡平刘崇！"

可是，后周与北汉的这场战争却没有爆发。因为，后周皇帝郭威突然病了。

郭威的这场病确实来得很突然。他都做好御驾亲征的一切准备了，可有一天早晨，他在起床的时候，脑袋突然一晕，身子突然一软，就瘫倒在了床上。从此，郭威就再也没能走下床。所幸，他的头脑还很清楚，还能开口说话。

皇上不能行走了，北伐的计划便随之泡汤了。他找来柴荣吩咐道："先将调集的兵马散回原地，待朕身体康复之后再重新集结。"

那时的郭威，还在想着要亲自去北伐。可当有一天，御医老老实实地告诉他"皇上已经不可能下床走动了"时，郭威才痛苦而又无奈地打消了北伐的念头。他对柴荣说道："朕的病情，要严格保密，不然，那刘崇定会大举南侵！"

柴荣请求领兵去北伐。郭威摇头道："你现在紧要的不是去打仗，而是要学会处理国事。朕现在不能临朝了，你要抓紧时间熟悉朝政，不然，恐怕就来不及了……"

郭威已经感觉到了死神的迫近，他要在有限的时间内把后周朝的一切都顺顺当当地交给柴荣。柴荣当然明白义父的心意，所以，在那么一段时日里，他就强忍悲恸代义父视朝。自己能处理的事情就拍板定夺，感到难以处理的，便在向义父请教后再做处理。

由于郭威的病情受到严格的保密，所以除了皇宫中的少数人之外，几乎没有人知道实情。人们只听说皇上龙体有恙，至于已经到了什么程度却不得而知。

赵匡胤虽然与柴荣走得很近乎，却也不知道郭威具体的病情，他所知道的只是北伐行动暂缓实施。不去北伐了，就不能再立新功了，所以赵匡胤在那段日子里就有一种很强的失落感。再加上柴荣因为代郭威临朝很少回汴梁府，赵匡胤见柴荣面的次数就大为减少，这样一来，赵匡胤的生活好像就更加没滋没味了。

所以，隔三岔五的，赵匡胤就同石守信等人畅饮一回，有时是赵匡胤请客，有时是石守信等人做东。也不光是在一起喝酒，还在一块儿畅谈理想，练习武艺。

突然有一天，赵匡胤对石守信等人说道："弟兄们，我们不能整天地喝酒玩耍了，我要干点正儿八经的事情了！"

原来，柴荣代郭威处理朝政之后，便难以兼顾汴梁府的事情了。而汴梁府的事情不仅多，而且极为重要，如果处理得不妥，极易影响到汴梁城的安定。

此前，柴荣把汴梁府的大事小事分成几类，分别交给自己的几个亲信代办。赵匡胤是几个亲信之一，且在柴荣的心目中占据着最为重要的位置，所以柴荣就把府内最为棘手的刑事交由赵匡胤全权处理。

虽然只是代柴荣处理汴梁府刑事，赵匡胤也引以为自豪。从柴荣的手里接到任务的当天，赵匡胤回到家中，便得意扬扬地对父母炫耀道："爹、娘，孩儿要办案了！"

弄清了事情的来龙去脉之后，赵弘殷满脸狐疑地盯着赵匡胤问道："胤儿，你也会办案？"

杜氏不乐意了，冲着丈夫一瞪眼道："我说，你怎么老是怀疑胤儿的能力？我告诉你，我们胤儿不仅能够上阵杀敌，也能够坐堂断案！"

"夫人，"赵弘殷重重地对杜氏说道，"我不是怀疑胤儿的能力，我的意思是，审案断案之事人命关天，如果胤儿稍有不慎，岂不影响到他的前程？"

杜氏淡淡一笑说道："你真是太过操心了！胤儿如此稳妥持重，岂会稍有不慎？"

听起来，杜氏对赵匡胤办案充满了信心，可赵弘殷刚一离开，她又对赵匡胤说道："儿啊，你爹的话也不无道理，办案之事常常关乎人命，你一定要慎之又慎啊！"

赵匡胤当即肃然说道："娘放心，孩儿不会拿别人的性命开玩笑的，更不会拿自己的前程开玩笑！"

赵匡胤是这么说的，也是这么做的。在代理汴梁府刑事期间，他经手了数十宗大大小小的案件。每次审案断案，他都广泛征求他人的意见，很少有独断专行的时候。不过，也有几起案件是他自己拿的主张。其中，有两起自作主张的案件，他十分满意。不仅他自己满意，连柴荣也称赏不已。而石守信、王审琦和高怀德等人则通过这两起案件，对他赵匡胤就更加钦佩和折服了。

第一起案件是杀人案。汴梁城内有一家很大的客栈叫"安乐窝"，客栈老板是一个姓李的半大老头。李老板虽然一把年纪，其貌不扬，却仗着有钱娶了一位如花似玉的姑娘为妻，人唤李夫人。

有一天下午，客栈里住进了一位很有钱的客商。黄昏的时候，李夫人独自回娘家去了。第二天早晨，那客商离开了"安乐窝"。客商走后不久，客栈的伙计们便发现李老板死在了床上，胸口有一大摊血迹，显然是被刀子捅死的。

伙计们赶紧报官，并说那离开的客商身上就有一把锋利的短刀。官差连忙追出城去，将那个客商捉了回来。

客商身上果然有一把短刀，将短刀从鞘里拔出，刀刃上还有斑斑血迹，于是官差一口咬定客商就是凶手。客商开始百般不承认，但一番刑讯之后，客商终于承认是自己杀了人。因事关人命，此案最后移送到了汴梁府。

赵匡胤对此案本不是太在意，因为案件已经审结了。但又因为这是一桩命案，他不敢忘记父母的叮咛，所以他还是打开了这桩案件的审讯记录。将记录看完，赵匡胤的心中油然生起了一个疑团：记录中为什么没有客商的杀人动机？换句话说，那客商与李老板素不相识，为什么要杀死李老板？

赵匡胤这样想：如果客商没有任何理由要杀死李老板，那客商就不可能是凶手，而客商如果不是凶手的话，那凶手就另有其人——凶手是借客商的刀来杀死李老板的。

赵匡胤觉得自己所想有理，便与石守信、王审琦和高怀德等人一起重新提审那客商。待见了那客商的面，赵匡胤劈头就问道："你为何要杀死李老板？快快从实招来！"

客商一愣，继而号啕大哭道："大人啊，小人是冤枉的啊……"

客商说，他那天下午住进客栈以后就开始喝酒，一直喝到晚上，然后上床睡觉，一觉醒来时已是第二天的早晨，他付清了吃住钱之后就匆匆地上路了。客商委屈地大叫道："青天大老爷呀，小人根本就不知道那李老板住在何处啊。"

将客商押走之后，赵匡胤问石守信等人是何看法。石守信说不能听客商一面之词，王审琦没有表态，高怀德说客商可能讲的是假话。

赵匡胤说道："我现在敢肯定，这是一起冤案。如果客商真的是凶手的话，那他夜里就该逃走了！"

是呀，夜里杀了人，等到第二天早晨才不慌不忙地离开，那客商岂不是太傻了吗？石守信等人忙问赵匡胤真正的凶手可能是谁，赵匡胤说道："我估计，凶手八成是客栈内部的人，这人或许跟李老板有仇。"

石守信等人觉得赵匡胤所言有理，便急着要去"安乐窝"客栈调查与李老板有宿仇的人。见状，赵匡胤阻止道："不必如此兴师动众。我有一条计策，说不定很快就能找出真正的凶手！"

赵匡胤于一天的黄昏时分，将"安乐窝"客栈里的所有伙计都传到了汴梁府，然后一个一个地盘问。盘问的内容是：李老板被害的那天晚上，你在什么地方？干什么事？将所有的伙计都盘问了一番之后，天早已黑透，见没盘问出什么实质性的结果来，赵匡胤就把伙计们放了。也不是全放，赵匡胤只把一个年迈的伙计留在了汴梁府，并让手下人好吃好喝地招待他。

那老伙计一开始很恐慌，不知赵匡胤将他留下是何用意。但很快，有人给他端来了肉和酒。

老伙计也顾不得想其他的了，大块吃肉、大口喝酒，酒足饭饱后便呼呼睡去，一觉醒来时天已大亮。于是，赵匡胤将老伙计放回了客栈。

老伙计刚一离开汴梁府，赵匡胤就找来王审琦吩咐道："你乔装打扮一下，然后跟着那老伙计，看都有哪些人跟他接触。"

王审琦跟踪了一天后回来了。他告诉赵匡胤、石守信和高怀德等人："那客栈里的人都向那老伙计打听过在汴梁府的情况，不过有一个姓张的年轻伙计打听的次数最多，下午的时候，老伙计曾回了一趟家，那姓张的伙计也找了个借口去了老伙计的家。"

赵匡胤笑道："弟兄们，如果我没有猜错的话，那姓张的伙计就是真正的凶手！"

石守信等人不相信。赵匡胤说道："你们去把姓张的伙计抓到府里来一审便知！"

石守信等人没有耽搁，连忙去"安乐窝"将那姓张的伙计逮到了汴梁府。起初，姓张的伙计还一脸的无辜和委屈，待石守信将各种刑具搬出朝他面前一放，他就乖乖地承认了杀人的罪行。

原来，这姓张的伙计与李老板的娇妻李夫人早有私情，二人早就密谋除掉李老板，然后霸占"安乐窝"客栈，做长久夫妻，只是一时找不到合适的下手机会。那天下午，那客商进客栈后就开始喝酒，姓张的伙计在为客商送酒菜的时候看见客商的腰间别着一把短刀，便心念一动，想出一条借刀杀人之计来。

姓张的伙计将计划告诉了李夫人，李夫人认为是条妙计。于是，李夫人就在黄昏时候回了娘家，一来可避开杀人之嫌，二来是给姓张的伙计提供杀人的机会。晚上，姓张的伙计先是摸进客商的房间，从酣睡的客商的腰间偷走那把刀；再摸进李老板的房间，将李老板刺死；然后又将那把沾有鲜血的短刀重新放回客商的腰间。

石守信等人对赵匡胤如此神机妙算，简直佩服得五体投地，石守信甚至佩服得都不知说什么好了。案件真相大白的时候，石守信望着赵匡胤，脸憋得通红，终于憋出一句话来道："大哥，你简直……神了！"

然而，更神的还是另一起案件。汴梁城内有一户赵姓人家，家主叫赵本宗，其妻赵胡氏生有一女，名唤月娥。月娥之貌虽不敢自比月中嫦娥，但也眉清目秀、唇红齿白，颇有几分姿色。赵本宗家底殷实，只是有点吝啬，所以并无什么朋友。与赵本宗走得比较近乎的是一位姓马的秀才。

马秀才虽然没有考取什么大的功名，但也有不少资产。与赵本宗不尽相同的是，马秀才为人很仗义，出手也阔绰，且生有一子，名唤马德贤。

马德贤比月娥大两岁，二人小的时候就被各自父母约为婚姻。日子一天天过去，马德贤和月娥自然一天天长大。月娥对马德贤的看法不得而知，但马德贤自看过月娥一面后就朝思暮想、魂不守舍。

本来，如果不发生什么意外，马德贤和月娥是肯定要结为夫妻。但就在马德贤已长成大小伙，月娥已长成大姑娘的时候，马家发生了意外。先是马秀才受一桩重案的牵连，家产丧失殆尽，后来马秀才又染病在身不治而亡。眼见马家的光景一天不如一天了，赵本宗和赵胡氏夫妻派人告之马家：不同意将月娥嫁给马德贤。

此时，马家只剩马德贤与母亲相依为命了。赵本宗赖婚，又给了马家以巨大的打击。马德贤之母连气带恨，竟然在一天夜里抛下马德贤去找自己的丈夫了。原本好端端的一个家，只剩下马德贤一人孤独度日了。

马德贤的心中，充满了对赵本宗家的怨恨，同时又充满了对月娥的思念。因为这种思念，马德贤曾厚着脸皮跑到赵家跪在赵本宗和赵胡氏的脚下，泪流满面地恳请将月娥嫁给他。然而，马德贤的眼泪再多再热，也泡不软赵本宗夫妻僵硬的心。赵本宗不仅令仆人把德贤轰出家门，还对着马德贤扬言道："若再敢踏进赵家半步，就打断你的狗腿。"

这样一来，马德贤心中对赵本宗家的怨恨之火就越燃越烈了。再加上对月娥的无比爱慕和思念，马德贤决定铤而走险。

一天清晨，街道上还没有什么行人的时候，马德贤怀揣着一把砍柴刀走出了家门——他花了半宿时间将它磨得雪亮而锋利。离开家的时候，他回头看了自己的家门一眼。他知道，他出了这道门，就再也回不来了。

马德贤裹着晨风叫开了赵本宗家的院门。开门的仆人见是马德贤就想重新关上门，可一见马德贤的那把砍刀，就吓得动也不敢动了。直到马德贤冲到屋里去了，那仆人才回过神来大喊大叫道："快来人啊！马德贤要杀人了！"

马德贤并没有杀人。他冲进赵家之后，直奔月娥的闺房。他来过赵家多次，对赵家十分熟悉。待赵本宗、赵胡氏等人都被那仆人的叫喊声惊醒之后，马德贤已经将那月娥从闺房里拖了出来，且把那把砍柴刀架在月娥的颈项间。

赵本宗和赵胡氏等人都吓傻了，愣愣地看着马德贤而不知所措。马德贤大喝一声道："都闪开！"赵胡氏等人便赶紧从马德贤的面前闪开了。

赵本宗虽然也闪到了一边，但却哆哆嗦嗦地说不出话来。半天他才说道：

"马贤侄，好贤侄，快把刀放下来，我们有话好好说。"

马德贤双目一瞪赵本宗："你要是再敢说半句废话，我就砍下她的头！"

赵本宗不敢说废话了，眼睁睁地看着马德贤架着月娥从面前走过。他以为，马德贤肯定要挟着月娥逃往别处，谁知马德贤却只把月娥拖到了阁楼上。那阁楼不算太宽敞，是赵家用来堆放杂物的。

马德贤上了阁楼之后，恶狠狠地冲着下面的赵本宗等人吼道："你们要是敢上来，我就立即将她剁成八块！"

赵本宗等人只得老老实实地待在阁楼之下。那滋味真不好受啊！他们虽然看不见阁楼上的情景，但却能听得见月娥的呻吟和马德贤的狂笑。显然，马德贤正在强暴月娥。

几个仆人要冲上阁楼。赵本宗怒道："你们是不是想害死我那宝贝女儿？"

赵胡氏颤抖着劝本宗去报官，可赵本宗却一脸愁容地叹息道："家中出了这等事情，我还有何面目去报官？"

既不能强行搭救，又不好意思去报官，那就只能对马德贤的行为听之任之了。许是马德贤把满腹的愤恨都发泄到月娥的身上，从清晨到中午，她几乎一直都在呻吟，呻吟中夹杂着哭声和叫声。赵本宗和赵胡氏听了，心中真如刀扎般的难受。

中午时分，马德贤从阁楼里探出头来，冲着赵本宗等人吆喝道："我肚子饿了，快点送些酒肉上来！"

赵本宗等人恨不得扒了马德贤的皮，自然不愿送什么酒肉。马德贤冷冷一笑道："好，你们不送酒肉，那我就吃你们宝贝女儿的肉！"

马德贤的头缩了回去。很快，阁楼上就传出了赵月娥的惊叫声："爹，娘，快来救救女儿啊……"

赵本宗慌了，赶忙对着阁楼叫道："马……贤侄！手下留情！我这就去为你准备酒菜……"

酒菜备好了，马德贤叫赵胡氏送上阁楼。赵胡氏无奈，只得含悲忍泪地拎着酒菜往阁楼上爬。阁楼上，月娥的手脚被绳索扯向四边，身体呈"大"字形状。她的身上虽遮有衣物，但仍能看出被蹂躏的痕迹。

见了赵胡氏，月娥的眼泪哗哗地往下淌。马德贤则半裸着，凶狠地坐在月娥的身边，手里握着那把寒光闪闪的大砍刀。

赵胡氏将盛酒菜的篮子放到阁楼上，边哭边说道："……贤侄，求你也给月娥一点吃的吧。"

马德贤答应得很爽快："岳母大人放心，月娥是我的娘子，我不会让她饿肚子的！"

赵胡氏神思恍惚地下了阁楼。赵本宗急忙问道："月娥如何？"

赵胡氏抽抽噎噎地回道："……月娥还活着。"

马德贤在阁楼上饮酒吃肉了，酒香弥漫了整个赵家。可怜赵本宗、赵胡氏等人，一个个空着肚子在阁楼外站着，脸上的表情实难形容。

赵本宗再也受不了了，他拔脚就冲出门去。很快，他领着几个官府的差人回来了。赵本宗终于报了官。

可是，虽然来了几个官差，却也奈何不了那马德贤。马德贤横刀站在阁楼上，用威胁的口吻对那几个官差说道："如果你们敢上来，我就砍断月娥的脖子！"

几个官差谁也不敢妄动。官差哭丧着脸对赵本宗说道："我等虽然可以捉住那人犯，但却无法保证你家小姐的生命安全！"

那赵胡氏又泪如雨下地对丈夫说道："这究竟如何是好啊……"

赵本宗用哀求的语气对几个官差说道："请几位差爷想想办法……我家就月娥一个孩子，万万不可伤及她的性命啊！"

官差摇头道："我等实在想不出什么好办法，只能向上禀报了！"

向上便是汴梁府，赵匡胤得知后大为惊异："竟有这等事情？"

赵匡胤立即率石守信、王审琦和高怀德等人赶到了赵本宗的家。那马德贤又站在阁楼上威胁赵匡胤等人道："你们要是敢上来，月娥马上就会没命！"

石守信刚要发作，被赵匡胤用眼色制止了。接着，赵匡胤向赵本宗询问事情的来龙去脉。赵本宗不敢隐瞒，一五一十地道出了原委。

赵匡胤听罢，先是瞟了阁楼上一眼，然后大声地对赵本宗说道："你听着，本官以为，此事完全是由于你背信弃义，嫌贫爱富而引发！常言说得好：'种瓜得瓜，种豆得豆。'你赵本宗种下的是一枚苦果，你女儿当然要跟着受罪！"

说完，赵匡胤就面无表情地朝门外走。赵本宗一把拽住赵匡胤的衣襟，跪地磕头道："大人，你不能走啊！你一定要救救我家月娥啊！"

赵匡胤冷冷地回道："你咎由自取，本官为何要救你？再说了，那姓马的小子拿刀架在你女儿的脖子上，本官也无法救她！"

赵匡胤就这么离开了赵本宗的家。石守信、王审琦和高怀德等人都不愿就这么离开，但最终还是跟赵匡胤走了。

赵本宗一家人算是彻底地绝望了。连汴梁府的大人都不愿和不能搭救月娥，那还有什么指望？绝望之下，赵本宗也从厨房里摸出一把刀来要冲上阁楼与马德贤拼命。赵胡氏死死地抱住赵本宗的腿道："你不能上去啊……你一上去月娥就没命了！"最终，赵本宗"呼哧呼哧"地瘫在了地上。

下午过后便是黄昏，黄昏过后就是晚上了。马德贤故伎重演，又向赵本宗和赵胡氏索来了一顿酒菜。吃完之后，一边抹着嘴一边伸头对赵本宗等人喝道：

"你们听着，我要睡觉了！不过我要警告你们，那把刀就握在我的手上，若是你们胆敢偷偷地摸上来，那你们就准备给月娥收尸吧！"

不知道马德贤是否真的睡觉了，不过阁楼上也确实没有了响动，连月娥的哭声也消失了。但尽管如此，赵本宗也不敢轻易地上阁楼，只是与赵胡氏愁眉苦脸地对望着。

忽然，他一把抓住赵胡氏的胳膊，低低地说道："有了……明日早晨，那人再索要酒菜时，就在酒菜里下毒，毒死他！"

赵胡氏却悲伤地摇了摇头道："这招行不通……他如果把酒菜先让月娥尝，那最先没命的是月娥。"

是呀，赵胡氏所言是极有可能发生的事。赵本宗哀叹一声道："如果明天早晨他还不放回月娥，我就放一把火与他同归于尽……"

半夜时分，十多个手执利刃的蒙面大汉突然闯进了赵本宗的家，二话没说就将赵本宗、赵胡氏和几个仆人捆绑了起来。接着，他们便翻箱倒柜地搜找财物。看模样，他们分明是一伙打家劫舍的强盗。

楼下动静如此之大，当然惊醒了马德贤。马德贤朝楼下偷窥，也着实吓了一跳。强盗可都是些杀人不眨眼的家伙啊！赵本宗一家人及官府差人因顾虑月娥的性命都不敢上阁楼，但这些强盗却不会在乎什么月娥的性命。故而，马德贤就一边偷窥楼下一边默默祈祷着："强盗们啊，你们千万不要上来啊！"

说来也巧，马德贤正默默祈祷着呢，一个蒙面人说话了："大哥，这里有一个阁楼，要不要上去看看？"

被称作"大哥"的蒙面人说道："上去看看！说不定阁楼里藏着珠宝！"说着，几个蒙面人在"大哥"的率领下相继登上了阁楼。阁楼一下子被挤得满满当当的。

马德贤不敢反抗，慌忙冲着几个蒙面人作揖道："各位大爷，小人不是赵家的人，小人是恨这赵家无情无义，才来这儿绑架他们的女儿的……"

那"大哥"头一摆："捆起来！"

两个蒙面人干净利索地捆起了马德贤。马德贤叫道："大爷们，小人不是这赵家的人，请你们高抬贵手啊。"

这时，那"大哥"缓缓地摘去了面罩，慢慢悠悠地说道："马德贤，你还认识本官吗？"

原来那"大哥"正是赵匡胤。赵匡胤下午还到过赵本宗的家，马德贤焉能不认识？只见马德贤双膝一软就要瘫倒，被站在近旁的石守信伸手拿住。

石守信一边将马德贤往楼下拖一边笑嘻嘻地说道："小子，你做事也真够绝的啊！若不是我大哥想出这么一个更绝的高招来，我们还真拿你这小子没办法！"

的确，赵匡胤等人假扮强盗从马德贤的砍刀下救出了月娥，委实是一出绝妙的好计。事后，不仅石守信、王审琦和高怀德等人对赵匡胤啧舌不已，连柴荣得知此事后也对着赵匡胤称赞道："此等妙计，恐怕只有你才能想得出！"

不过，马德贤一案的最后结果，连赵匡胤也大出意外。把马德贤打入囚牢之后，此案也就算是了结了。然而，马德贤只在监牢里待了两天就又恢复了自由。

原来，月娥被解救出来之后，说是再也无脸见人了，便向父母提出嫁给马德贤。赵本宗夫妇哪里会同意女儿这种要求？当初马德贤被抓走的时候，赵本宗强烈请求赵匡胤一定要将马德贤绞死。

可月娥也不是省油的灯，见父母不同意，她就寻死觅活，说若两天之内见不到马德贤的面，她就爬到城墙上跳下去。这下赵本宗慌了，在赵胡氏的催促下，他提心吊胆地走进汴梁府，向赵匡胤请求释放马德贤。赵匡胤不敢擅作主张，跑去请示柴荣。柴荣大笑道："既如此，那就让有情人终成眷属吧！"

后周显得元年（公元954年）正月里的一天晚上，赵弘殷的兴致很高，吃饭的时候一连喝了十几杯酒。平日，赵弘殷若不提及喝酒的事，赵匡胤一般是不会主动在家里拿酒喝的。现在，赵弘殷喝了十几杯酒，赵匡胤自然就要趁机喝他个痛快。喝到最后，赵弘殷在杜氏的搀扶下回房休息，而赵匡胤则红光满面地走进了自己的卧房。

第二天早晨，贺氏先起身，然后伺候赵匡胤穿衣。就在俩人穿戴停当准备走出卧房的当口，那赵匡美一头钻了进来。

赵匡美是赵匡胤的小弟弟，刚刚八岁。赵匡胤玩笑道："匡美，你这么急匆匆地跑来，是不是给大哥大嫂请安啊？"

"不是请安，"赵匡美一边说话一边向身后看，"我是想告诉大哥大嫂一件事情……"

赵匡美的小脸上明显地写着紧张。赵匡胤笑道："什么事情这么神秘啊？"

赵匡美回道："昨天晚上，我起来尿尿，看见二哥正扒着你们的门缝儿朝里看，我没敢喊二哥，就回去睡觉了，可怎么也睡不着，就又爬起来，我看见二哥还站在你们的门口。"

"二哥"就是赵匡胤的大弟弟赵匡义，是年十六岁。还没等赵匡美的话说完呢，那贺氏就不禁"啊"了一声。等赵匡美说完了话之后，贺氏的一张脸已经红得像一块红绸。

赵匡胤俯下身去对赵匡美说道："小弟，你说的事情我知道了，大哥今天会从街上买糖回来给你吃。不过，这件事情你不要跟爹娘说起，好不好？"

赵匡美点点头，跑了。赵匡胤见贺氏眼泪汪汪的，就不觉皱起眉头道："你这是怎么了？匡义只不过是在门缝里看了看，又能看见什么？再说了，像匡义这种年纪，正是好奇心正盛的时候，本没有什么大惊小怪的，可看你这模样，就像受了多大的委屈似的！"

贺氏真的有许多委屈，眼泪忍不住地掉了下来。赵匡胤不悦道："你这是干什么？你这个样子怎么出去见爹娘？"

"我……"贺氏哽咽起来，"这已经不是一次了！去年，有一天下午，妾身在房内洗浴，听到门外有异样响动，赶紧穿衣。后来妾身从下人口中得知，就在妾身洗浴的时候，匡义站在门外……"

"你不要瞎说！"赵匡胤赶紧道，"就算匡义那天真的站在门外，也不能说明他是在偷看你洗澡啊？"

"可是，"贺氏泪汪汪地看着赵匡胤，"昨天晚上，匡义站在门外，又说明什么呢？"

"好了！"赵匡胤不耐烦地说道，"快把眼泪擦干净！就算匡义真的偷看你洗澡，真的偷看我们，也没有什么大不了的！"

从赵匡胤这番话中至少可以得出这么两个结论：一是赵匡胤十分偏爱赵匡义；二是与赵匡义相比较，贺氏在赵匡胤的心目中几乎没有任何地位可言。

贺氏很顺从，乖乖地擦干了眼泪，但眼泪好擦，心中的那种委屈却难以抹去。所以，贺氏跟着赵匡胤走出卧房之后，脸上的表情就显得怪怪的。

女人的心总是比男人要细腻。赵弘殷没能看出贺氏的表情有什么不对劲儿，但杜氏却读出了贺氏脸上的委屈。故而，杜氏就找了一个借口将贺氏叫到了自己的房里询问道："孩子，是不是胤儿欺负你了？"

贺氏强忍着眼泪，摇了摇头。杜氏说道："孩子，别瞒我，我看得出你有心事。说出来吧，一切由我给你做主！"

贺氏忍不住了，就一边流泪一边道出了原委。杜氏大惊道："有这等事？"

大惊过后，杜氏就去找丈夫，将事情大略说了一遍。赵弘殷勃然大怒道："混账东西！我绝不能轻饶了他！"

赵匡胤吃过早饭正准备往汴梁府去，闻听父亲找匡义，情知不妙，便收住了脚步。

两个仆人从一间屋里将赵匡义带到了赵弘殷的面前。赵弘殷大喝一声道："把这混账东西捆起来！"

两个仆人将赵匡义捆了起来。赵弘殷逼视着赵匡义问道："说！你昨天晚上干了些什么？"

赵匡义似乎很诚实："回爹的话，孩儿昨天晚上在大哥大嫂的房外偷看。"

"你！"赵弘殷的双唇气得直哆嗦，"除了昨天晚上，你过去还干过什么龌龊的事？"

赵匡义的表情竟然十分坦然："过去，孩儿曾偷看过大嫂洗澡，一共偷看过三回。"

"混账！"赵弘殷扬手就甩了赵匡义一巴掌，"你，你为何要做如此卑鄙下流之事？"

虽然挨了父亲一巴掌，赵匡义却也没有多少恐慌，依然镇定地说道："爹，大嫂洗澡，孩儿觉得很有意思，所以就看了，孩儿并不觉得这件事有多卑鄙下流。"

"啪！"赵弘殷又甩了赵匡义一巴掌。这一巴掌很重，赵匡义的唇角顿时就渗出血来。跟着，赵弘殷亲自动手，将赵匡义吊了起来。因为怕家丑外扬，赵弘殷早将仆人们打发走了，现场只有赵弘殷、杜氏和赵匡义三人。

见赵弘殷拿来一根皮鞭，杜氏急忙对赵匡义说道："义儿，快向你爹认个错吧。"

赵匡义很犟："娘，孩儿并未犯错，又为何向爹认错？"

"好小子，翅膀还未硬呢，就敢无法无天了！"赵弘殷一鞭子就抽向赵匡义的身子，"说！你以后还敢不敢再干这种事了？"

赵匡义紧闭双唇、一言不发，气得赵弘殷抢起皮鞭就没头没脑地乱抽起来。杜氏赶紧去抓赵弘殷的手："给他点教训也就是了，莫非你想把义儿活活打死？"

赵弘殷一甩手，将杜氏甩了个趔趄："这种混账东西打死也活该！反正我还有两个儿子，还有孙子，打死这混账东西，赵家不会绝后！"

赵弘殷又抽开了，他显然是气愤到了极点。好个赵匡义，任凭父亲的皮鞭如雨点般地抽在自己的身上，就是紧咬牙关不吭声，更没有求饶。

赵匡胤多么想去劝阻父亲啊，可他同时也知道，连母亲都劝阻不了，自己上前也是白搭，说不定自己也会挨上父亲几鞭。

这个时候，赵匡胤的心中也涌起了一股强烈的怒气。

赵匡胤一个急转身，迈出几大步，从一个拐角处揪出了赵匡美："说，是不是你向爹娘告的密？"

"不，不是！"赵匡美慌忙道，"大哥说要买糖给我吃，我就什么都没有告诉爹娘……"

"好！"赵匡胤很相信赵匡美的话，"你既然什么也没说，那就一定是那个女人所为！我不会放过她的！"

"那个女人"自然就是贺氏了。赵弘殷鞭打赵匡义，她虽未亲见却也知道，所以她就惴惴不安地躲在了卧房里。就在此时，赵匡胤怒气冲冲地跨了进来。

一看见赵匡胤的脸色，贺氏就知道大事不好了。她赶紧从床沿站起，刚想对赵匡胤做一些解释，可还没说出半个字，就被赵匡胤一巴掌扇在了左颊上。

贺氏被扇得"啊呀"一声，摔出老远。尽管如此，她也还是挣扎着爬过来，抱住了赵匡胤的右腿："……你不要生气，听妾身解释……"

"有什么好解释的？"赵匡胤右脚尖一挑，贺氏就重重地仰面摔倒。亏得赵匡胤脚下还留有余情，否则贺氏恐怕早就昏死过去了。

"你这个女人！"赵匡胤兀自气咻咻地说道，"我赵某平日待你不薄，你为何要在爹娘的面前告匡义的状？这样做对你有什么好处？啊？"

贺氏忍着周身的疼痛，又爬到赵匡胤的脚下，抱住了赵匡胤的腿："……并非妾身存心告状，是婆婆大人问起，妾身不敢不说啊……"

"滚！"赵匡胤大喝一声，竟然将贺氏吓得一骨碌儿身向后退了好几步。赵匡胤凶狠地瞪着贺氏道："你给我听好了，若是匡义被我爹打出个好歹来，那你也绝没有好下场！"

正当赵家乱作一团时，一个太监急匆匆地走进赵府："皇上驾崩了！"

后周太祖郭威在床上瘫痪了数月之后，终于含恨而逝。临终，郭威对柴荣说："荣儿，为父最大的心愿，不只是做一个皇帝，为父是想统一南北、一统天下……为父是不可能如愿了，望荣儿励精图治，代为父偿愿……果然，为父定含笑九泉……"

郭威死后，柴荣登后周帝位，改元"显德"，公元954年即后周显德元年。

【第四回】

逞神勇军临北汉，出奇谋兵困寿州

后周显德元年（公元954年）三月，北汉皇帝刘崇想趁柴荣刚刚登基之机迫使后周臣服，所以亲率北汉军五万及辽兵一万进攻后周。

刘崇率六万大军刚出太原，后周朝廷就得知了消息，柴荣立即召集群臣廷议。

后周君臣达成共识：刘崇入侵，后周绝不能示弱，应及时而坚决地反击。但在派谁做北征统帅这一问题上，后周君臣产生了比较大的分歧：一部分大臣主张让樊爱能做北征的统帅，另一部分大臣则提议让何徽做北征的统帅。两派大臣各执一词、争论不休，弄得柴荣一时很是犯难。

见那些文臣武将依然在激烈地争论着，柴荣有些不耐烦了："各位爱卿，再这么争论下去，刘崇的兵马恐怕就要打到汴梁了！"

群臣相继闭上了口，太师冯道躬身对柴荣道："臣等未能形成一致意见，恭请圣上定夺！"

因为冯道曾做过郭威的老师，柴荣自然对他非常地尊敬："老太师，朕以为，此次北征，樊爱能和何徽都不宜做统军的主帅！"

冯道皱了皱眉："既然皇上认为樊将军和何将军都不宜做主帅，那老臣就再向皇上推荐一位合适的人选：赵弘殷赵将军可担当此任！"

赵匡胤不禁"咦"了一声，暗想：这老太师虽说已经老眼昏花了，但眼力好像也不错啊！

柴荣笑着对冯道说道："老太师，赵弘殷将军的确是一位合适的人选，不过，朕已决定让他镇守汴梁，以防不测！"

包括赵匡胤在内，几乎所有的人都已经听出，皇上心中已经有了既定的人选。赵匡胤心里"咯噔"一下，想："皇上，你不会是选我做北征的统帅吧？"

冯道问道："但不知皇上准备派谁出征？"

柴荣回道："朕准备御驾亲征！"

柴荣此言一出，群臣顿时议论纷纷。十几位大臣很快便相继表态：皇上登基伊始，不宜亲征。

赵匡胤一看，反对柴荣亲征的都是些像冯道一般的老臣。

以冯道为首的一干老臣的确对柴荣放心不下。他们不知道柴荣究竟有多么大的本事，他们只知道柴荣是仗着郭威义子的身份才登上皇帝宝座的。

见有那么多大臣都反对自己亲征，柴荣有些生气了："各位老爱卿，你们何故反对朕御驾亲征？"

那冯道却反问道："敢问皇上又何故要御驾亲征？"

柴荣答道："那叛匪刘崇亲自领兵南来，朕自然也要亲自率军北上！"

柴荣的话听来不无道理，但冯道依然有理由反驳："皇上，老臣以为，那叛匪刘崇只不过妄占了一弹丸之地，而我大周朝却是泱泱大国，皇上如何能自贬尊严与那刘崇相提并论？"

冯道所言听来似乎更有道理。柴荣淡淡一笑道："老太师所言差矣！暂撇开那刘崇不论，且说那唐太宗李世民，当初平定天下的时候，不也是常常御驾亲征吗？"

柴荣的意思是，当初大唐江山那么大，李世民还常常御驾亲征，而我大周江山远不如大唐辽阔，我自然就可以像李世民一样地去御驾亲征了。

但冯道不这么想，只是轻轻一笑道："皇上，请恕老臣冒昧，老臣想斗胆地问上一句，皇上的文治武功，真的可以同唐太宗李世民相提并论吗？"

赵匡胤一惊：冯道的本意已经完全暴露出来了。冯道并非说柴荣的文治武功不如李世民，而是说柴荣根本不能去领兵打仗。如此，柴荣能不动怒吗？

果然，柴荣的脸瞬间变得惨白。冯道当着满朝文武的面给自己难堪，他自然难以忍受。

"冯道！"柴荣直呼其姓名了，"朕自知不能与李世民相提并论，但朕可否与你这位老太师相提并论？"

冯道微微一笑道："皇上拿老臣开玩笑了！做臣子的，如何能与皇上同日而语？不过老臣尚有自知之明，所以老臣就从未轻言要领兵去打仗！"

冯道话里有话，柴荣不会听不出："冯道，你是说朕没有自知之明吗？"

冯道的表情突然变得十分严肃："老臣不敢任意猜度皇上，但老臣恳请皇上三思。领兵打仗绝非儿戏，而那刘崇这次又势在必得，如果北征失利，恐大周江山危矣！"

"冯道！"柴荣一拍面前的几案，把许多大臣都吓了一跳，"你怎么就敢断定朕这次御驾亲征就一定会失利？"

冯道回道："老臣不敢妄加断言，但老臣不希望皇上拿大周江山当儿戏！"

"住口！"柴荣大喝一声，竟然"噔噔噔"地走到了冯道的面前，冷冷地逼视着冯道，"朕现在告诉你，朕念你曾经是皇考的师傅，所以不想对你今天的言语多作计较。但朕现在想问你一句，如果朕此次北征胜利而归，你当如何？"

冯道垂首答道："如果皇上胜利而归，老臣愿肉袒汴梁城外，跪迎皇上！"

"肉袒"即裸露上身，这是一种请罪的方式。"好！"柴荣点点头，"冯太师，朕记住你这句话了！"

"不过，"冯道不紧不慢地道，"当着满朝文武的面，老臣也问皇上一句，如果此次北征失利，皇上又当如何？"

"冯太师问得好！"柴荣神色凝重地看了群臣一眼，"朕现在就明确答复冯太师，如果朕此次北征失利，那朕就永不回汴梁了！"

群臣大惊。"永不回汴梁"岂不就是不当皇帝了？一时间，许多大臣都相顾失色，但赵匡胤却为柴荣这掷地有声的誓言暗暗叫好。

"皇上言重了！"冯道的脸上有些慌乱，"老臣恳请皇上收回适才所言。"

柴荣似乎已经懒得再跟冯道饶舌。他环视了群臣一眼，然后朗声说道："赵弘殷听旨！"

赵弘殷出列跪地。柴荣说道："赵弘殷，朕命你镇守京城！朕领兵北上之后，京城戒严！若有违法犯律、行为不轨者，你先斩后奏！"

赵弘殷应诺一声："臣遵旨！"

柴荣又道："樊爱能、何徽听令！"

樊爱能、何徽双双跪地。柴荣说道："尔等速回本部整顿军马，明日随朕北上！"

樊爱能、何徽双双退出殿去。赵匡胤一时很是失望：皇上最终还是让樊爱能和何徽去领兵打仗了，看来我赵匡胤这回又不能临阵杀敌了。

赵匡胤正在失望着呢，忽听柴荣说道："赵匡胤听旨！"

赵匡胤赶紧伏地。柴荣说道："赵匡胤，你去汴梁府料理一下，再回家中与亲人告个别，明日随朕出征！"

赵匡胤心中那个高兴啊，"咚咚咚"地一连冲着柴荣磕了三个响头，然后爬起身，自豪地看了父亲一眼，退出了大殿，飞也似的朝着汴梁府跑去。

赵匡胤先将自己的差事转交给有关官员，接着又把石守信、王审琦和高怀德等人召集到一起，眉飞色舞地道："弟兄们，皇上这次带我们出征，可是千载难逢的好机会啊！"

石守信说道："大哥放心，这次上阵，小弟我一定会立下大功劳！"

王审琦说道："不立下大功，我等就做不了将军！"

高怀德说道："做不了将军，我等就不能出人头地！"

"好！"赵匡胤重重地一击掌，"只要我等信心十足，那此次就一定会让皇上刮目相看！"

当天晚上，赵匡胤回到了自己的家。若不是想着应与母亲弟妹等告个别，他真想就在汴梁府里过夜，直接跟着柴荣去打仗，因为他有些讨厌见贺氏的面了。

不过，既然回了家，那就得跟贺氏睡在一起。本来，赵匡胤也不想搭理贺氏，见她头朝南，他就头朝北地躺在了床上。虽然躺在了床上，可一时也难以入睡，想着就要上阵打仗了，赵匡胤兴奋地想象着金戈铁马的场景。

天亮了，赵匡胤、石守信、王审琦和高怀德等人就跟着柴荣往西北而去。

柴荣身边并无多少兵马，满打满算也就四万多一点。好在在行进的途中，柴荣可以征调地方的军队，因此，等柴荣走到河南和山西交界的地方时，他的身边已聚集起一支七万多人的队伍。

刚进入山西境内，柴荣就得到情报：刘崇正率军向高平（今山西晋城东北）开进。柴荣下令三军：全速前进，在高平将刘崇一举击溃！

后周军队日夜兼程，不几日便开到了陵川。陵川在高平以东八十里处。柴荣又得到情报：刘崇六万军队兵分三路，一万辽兵居北，一万北汉兵居南，刘崇则率四万北汉兵居中，且北路辽兵和南路北汉兵已越过丹河径向陵川扑来。

高平是个小镇，丹河由北向南流过高平的东侧。丹河平日水量很小，虽然当时已经进入了夏季，但河水也不能没过人头。

柴荣将樊爱能、何徽和赵匡胤等人召到自己身边问道："刘贼派南北两路兵马过河，自己却龟缩在高平镇内，这是何用意？"

赵匡胤因为官职较低，不便率先说话，所以就去看樊爱能和何徽。而樊爱能与何徽对视几眼后，都摇了摇头。

柴荣有些不高兴，皱着眉头问道："赵匡胤，你说，那刘贼为何自己待在高平不动，却派南北两路人马过河？"

赵匡胤小心翼翼地回道："微臣以为，刘贼这样做，是要试探我方的虚实。即使他南北两路兵马有损，他的主力还在，还能与我方在此周旋……"

"不错！"柴荣满意地点了点头，"你所言与朕所想一致。看来，那刘贼虽然骄横，却也小心。不过，他的这种小心恰恰给了朕以可乘之机。赵匡胤，如果朕将计就计，先打垮刘贼南北两路兵马，然后迅速开到丹河之东与刘贼主力决战，局面当会如何？"

赵匡胤马上回道："果真如此的话，那刘贼必然败北！"

"如果，"柴荣又道，"朕打垮刘贼之后又乘胜追击，局面又当如何？"

赵匡胤笑着说道："果然如此的话，臣恐那刘贼的老巢太原也实难保全！"

"哈哈哈……"柴荣大笑道，"赵匡胤，到那个时候，朕与尔等回到汴京，那冯老太师一帮人还能说些什么？"

很明显，柴荣此番出征，不仅想要击溃刘崇，而且还想趁势拿下北汉都城太原。所以，柴荣命令道："樊爱能，朕给你两万兵马，你迅速西进迎击刘贼的北路军队，取胜后立即向丹河开进！"

樊爱能领命出帐。柴荣又命令道："何徽听旨！朕也给你两万兵马，你迎住刘贼的南路军队迅速将其击溃，然后马不停蹄地开向丹河！"

何徽答应一声离帐而去。柴荣见赵匡胤有些闷闷不乐的模样，便笑着问道："赵匡胤，没捞着仗打不高兴了，是吗？"

赵匡胤赶紧回道："不是……臣以为，那刘贼的主力尚在高平，臣不会没有仗打……"

"说得好！"柴荣说道，"赵匡胤，俗语云：'好钢用在刀刃上。'与刘贼主力决战时，朕一定让你打先锋！到时候，你就是不想打仗恐也难了！"

赵匡胤连忙躬身道："为皇上作战，臣当死而后已！"

樊爱能领两万兵马先向北，然后折而向西。何徽领两万兵马先向南，然后也折而向西。这样一来，他们便与柴荣、赵匡胤所率的三万余军队形成了北、中、南三路。

情报传来：樊爱能在北边与一万辽兵交上了手，何徽在南边也与一万北汉兵接上了火。柴荣下令：中路军所有兵马，立即向西挺进！

柴荣的意图很明确：中路军先行抵达丹河东岸，以便监视和遏制刘崇的主力，待北、南两路军也到达丹河东岸后，再对高平镇的刘崇发动进攻。

对于后周南北两路军的遭遇，赵匡胤多少有些疑惑：刘崇的南北两路军队为什么不西撤而要与何徽、樊爱能交火呢？难道他们不怕被何徽、樊爱能围而歼之？

赵匡胤带着疑惑，跟着柴荣继续向丹河开进。但没多久，赵匡胤就明白了是怎么回事。

在距丹河约有二十来里的地方，柴荣命令原地休息，正要派人去侦察刘崇的动静时，数千后周溃兵从北面逃到了柴荣的身边。几乎与此同时，又有数千后周溃兵从南边逃到了柴荣的身边。

原来，遭遇后周的军队之后，刘崇的北、南两路军队本来的确是想向西撤的，但樊爱能和何徽的指挥能力的确有限，队伍阵形也异常混乱。这样，刘崇的两路军队就改变了想法，主动发起了进攻。

一开始，后周军虽然很被动，但因为人数上占优势，还有改变被动局面的可能。但关键时刻，樊爱能、何徽都没有身先士卒，而是远远地躲在队伍的后面，做好了随时逃跑的准备。所以，当见到樊爱能、何徽临阵脱逃时，后周军队也无心再战，除各有五千余人逃到柴荣的身边外，其他人不是被杀死、被俘，就是被打散。在不到一天的时间里，柴荣就一下子折损了三万余军队。

刘崇的南北两路军见后周军队纷纷败退，便敲着得胜鼓撤回高平镇，向刘崇报喜邀功去了。

柴荣闻知南北两路军均遭惨败后，脑袋"嗡"了一声，差点栽倒在地，亏得在一旁的赵匡胤眼疾手快，一把将柴荣紧紧地抱住，安慰道："皇上切莫太过伤悲！胜败乃兵家常事……"

柴荣在赵匡胤的搀扶下坐下来，两眼直愣愣地盯着赵匡胤说道："你知道吗？朕不是伤心吃了败仗，朕是伤心用错了人……朕也知道樊爱能、何徽并无多少才能，但朕连做梦也没有想到，他们竟然无能到这种地步！两万人被刘贼的一万人打得丢盔弃甲，溃不成军，这……这是朕之过矣！"

见柴荣一副痛心疾首的模样，赵匡胤又劝道："皇上不要太过自责，这实是樊爱能与何徽无能而胆小，非皇上之过也！"

柴荣渐渐地平静下来了，问赵匡胤道："可知刘贼南北两路军现往何处？"

赵匡胤回道："臣刚刚得到消息，刘贼南北两路军已掉头向西，现在也许正在渡河。看模样，他们要回高平与刘贼会合了。"

柴荣长长地吐了一口气："赵匡胤，如果刘贼的两路兵马向朕夹击，刘贼又适时渡河向朕进攻，朕当如何？"

赵匡胤停顿了一下，说道："果真如此的话，怕皇上只能带臣等撤回京城了……故而，微臣以为，我们虽然吃了败仗，但还有喘息的机会，还有反败为胜的可能。"

柴荣双眼一亮："赵匡胤，你真的这么认为？"

"微臣不敢欺瞒皇上！"赵匡胤一脸的真诚，"虽然我们折损了许多弟兄，但也还有四万多兵马，只要指挥运用得当，打一次翻身仗并非没有可能！"

"说得好！"柴荣来了精神，又站了起来，"朕不能逃跑，也不能失败！朕若是逃跑，那刘贼定会穷追不舍。朕若是失败，岂不是让冯道那帮老臣笑掉了大牙？"

紧接着，柴荣又对赵匡胤说道："虽然那刘贼没有及时地对朕发动进攻，但目前的形势依然十分严峻，尔等不可掉以轻心啊！"

"皇上所言极是！"赵匡胤立即道，"臣已派人去丹河岸边严密监视刘贼的动静。臣估计，刘贼得胜之后，不会马上就发动进攻。这一夜，是皇上与臣等运筹帷幄的最好时机。"

柴荣点点头，满怀信任和希望地看着赵匡胤道："但愿你今夜能想出一条破刘贼的妙计！"

天渐渐地黑了下来。赵匡胤正在营地里与石守信、王审琦和高怀德等人商议着什么，忽闻柴荣召见。赵匡胤急忙赶至柴荣的大帐内，却见柴荣正在对着一个男人发火。从那男人的装束来看，分明是北汉的来使。

原来，刘崇打垮樊爱能和何徽后十分得意，得意之余，就派了一个使者来见柴荣，说是柴荣如果能够臣服，并每年向北汉贡献，那他刘崇就立即撤兵回太原；否则，他明日一早就率大军渡河，直趋汴梁，将后周君臣杀个鸡犬不留。

赵匡胤刚进大帐，就听柴荣对着那个使者吼道："你回去告诉刘崇那个老贼，如果他自缚来见朕，朕还可以考虑饶他一条狗命。否则，朕就率军踏平太原，将刘崇老贼碎尸万段！"

见柴荣在与刘崇斗气，赵匡胤忙在一旁轻声说道："皇上，微臣有话要说。"

柴荣气呼呼地坐下了："赵匡胤，你但说无妨！"

赵匡胤先是笑看了那个使者一眼，然后收起笑容望着柴荣道："皇上，微臣以为，此仗不宜再打下去了。否则，丹河之东必然血流成河，无数生命也将命丧于此。"

"什么？"柴荣眼睛一瞪，"赵匡胤，你是说朕的军队必将为刘贼所败？"

"微臣正是此意！"赵匡胤冲着柴荣鞠了一个躬，"陛下，还记得微臣黄昏时在此说过的话吗？微臣对陛下说，我们已经一败再败了，若是再打下去，只能败得更惨。所以，识时务者方为俊杰。"

柴荣立即就明白了过来，说不定赵匡胤已经想出来什么谋划，但他仍装作不解的样子问道："赵匡胤，依你的意思，朕应该答应那刘贼的全部条件了？"

"正是，"赵匡胤说道，"臣以为，除了答应之外，别无选择！"

柴荣故意沉默了一会儿，做出一副愁眉苦脸的样子。他缓缓站起身，一边朝帐外走一边用一种无奈的语气对赵匡胤道："朕心中难受，想出去走走，就由你代朕同这位使者谈判吧。"

柴荣走到了帐外，隐约听到赵匡胤对那位使者说："后周官兵都不想，也不敢再与北汉军作战了，明日一早，赵某定代表吾皇陛下过河去高平，听任你家皇上处置！"

使者听罢，心满意足地回去复命了。

使者前脚刚离开大帐，柴荣后脚就闪了进来，急急地问赵匡胤道："你假意答应对方，心中究竟有何计策？"

赵匡胤赶紧伏地磕头道："臣适才言语多有不敬，请皇上恕罪……"

柴荣一把将赵匡胤拉了起来："都什么时候了！快说，你究竟有何妙计？"

赵匡胤说道："臣以为，现在敌众我寡，此地又无险可守，所以我们应主动出击，并力争在最短的时间内一举将刘贼击溃。否则，时间拖得越长，对我们越不利……"

"言之有理！要想以少胜多，突袭是一个好方法，而在突袭之前，又最好能够迷惑和麻痹对方。不过，"柴荣盯着赵匡胤，"这里隔着一条丹河，你又如何对刘贼发动突袭？"

赵匡胤回道："臣已派人观察过，那刘贼所在的高平镇距丹河约有五六里远，如果刘贼不在河边设防，那我军在明日黎明前偷偷地渡过河去应该没有什么问题。"

柴荣默然，然后道："赵匡胤，你想过吗？就算朕的军队全部安然偷渡成功，并在黎明时向高平发动了突然袭击，可如果刘贼很快地稳定了阵脚开始反扑，那朕与你等的胜算又有几何？"

赵匡胤淡淡一笑道："陛下，如果在臣等对刘崇老贼发动正面进攻之前，已经有一支军队先行绕到了刘贼的背后对高平发动了突袭，那刘贼还能很快地稳住阵脚吗？"

柴荣不觉"哦"了一声："赵匡胤，你是说先派一支军队偷偷地绕到刘贼的背后？"

"微臣正有此意。"赵匡胤回道，"但不知皇上意下如何？"

"好，好，好！"柴荣连连点头，"只要高平镇大乱，刘贼必然惊慌失措。待刘贼稳下心来，战斗恐早已结束了！只是，派去突袭高平镇的将领当精心挑选，否则，不能一举将刘贼打痛打怕，刘贼是不会手忙脚乱的！"

赵匡胤略略有些迟疑："陛下，如果让微臣去安排，微臣手下倒有合适的人选去突袭高平。"

柴荣立即说道："这样吧，时候已然不早，不能再耽搁了。此次战斗，朕就命你全权指挥。全军上下，大小将领，你都可以任意调遣。不服从者，格杀勿论！"

"谢皇上！"赵匡胤一脸的肃穆，"微臣向皇上保证，如果微臣指挥失误，微臣定提着脑袋来向皇上谢罪！"

"赵匡胤，"柴荣连忙道，"你不必把话说得如此严重。你只要尽心尽力地指挥战斗，朕也就放心了！"

赵匡胤退出了大帐。此时，石守信、王审琦和高怀德等人都在营地里等候着赵匡胤。赵匡胤见石守信等人便道："皇上同意了我的意见，并命我全权指挥这次战斗！"

石守信大嘴一咧道："终于可以大干一场了！"

赵匡胤紧接着道："我已在皇上面前立下了军令状，所以这次战斗，我们只能胜，不能败！"

高怀德重重地点了点头："大哥放心，如果我和石兄弟不能完成任务，你就砍我们的脑袋！"

赵匡胤也点了一下头："高怀德，我记住你这句话了！我先砍下你和石守信的脑袋，然后我再提着自己的脑袋去见皇上！"

王审琦一旁说道："大哥，我们不能掉脑袋，没了脑袋，我们还怎么享受荣华富贵？"

"对！"赵匡胤笑了笑，"我们不仅要打败刘贼，还要保护好自己的脑袋！"

赵匡胤吩咐石守信和高怀德道："你们马上就可以出发了。我给你们一万人，你们先向南走二十里，然后折而向西渡河，再绕到高平的背后。切记，你们一定要打得狠、打得猛，只有这样，我和皇上才能一举成功！"

石守信问赵匡胤还有没有什么别的吩咐。赵匡胤沉吟道："一切都按我们原先商量好的去做。还有，计划赶不上变化，如果敌情有变，你当相机行事！"

石守信和高怀德二人就带着一万人马趁着夜色出发了。赵匡胤将军中所有的马匹都给了他们，所以他们带着的一万人全是骑兵。石守信开路，高怀德殿后。一万骑先向南行，尔后趁着夜色暗渡丹河。

其实，刘崇的中军大营并不在高平镇内，而是设在了高平镇的西边，他把高平镇让给了辽兵。距刘崇的中军大营约三里远，是北汉军的粮仓，有两千多人把守。

石守信对高怀德说道："兄弟，刘贼的中军大营撤到了镇外，岂不更加容易攻击？"

高怀德接道："那如果我们顺便把刘贼的粮仓也给毁了，刘贼岂不是越发地慌乱？"

于是，二人商定：由石守信带两千人去毁粮仓，高怀德率八千人直扑刘崇的中军大营。

这场高平之战是由石守信首先发起的。他领着两千骑兵悄悄地摸到了刘崇粮仓的附近，先命令全体官兵上马，然后掏出一对大铜锤说道："弟兄们，你们今日跟着我石某打仗只需要记住一个字，那就是——杀！"

话音未落，石守信就率先发起了冲击。看守粮仓的一个哨兵刚发觉情况有异，就被石守信的一柄铜锤砸在了头上，"砰"的一声便开了花。

石守信身先士卒，一马当先，部卒也是舍生忘死、奋力冲杀。故而，两千多北汉兵根本无法组织起有效的抵抗，几乎是在片刻之间就被砍死了一多半，还有上百人被马蹄活活踩死。

见突袭如此顺利，石守信很高兴。他吩咐部下道："弟兄们，先放一把火把这鸟粮仓烧了，然后就去找刘崇老贼算账！"

粮仓距刘崇的中军大营很近。见粮仓处燃起了冲天大火，刘崇气急败坏地命令道："快！快去救粮仓！"

于是，匆忙间聚集起来的一万多北汉兵一窝蜂地就向粮仓方向跑去。早已守候多时的高怀德将鬼头大刀在空中高高一举，扯开嗓门叫道："弟兄们！跟我杀啊！"

虽然前去救援粮仓的刘崇兵马有一万多人，但只被高怀德和他的八千骑兵一冲一杀便完全乱了阵脚。除千余北汉骑兵还在仓促抵抗外，其余大都逃散。

最吃惊的莫过于刘崇了。虽然天色已经大亮，但马蹄子扬起来的灰尘却把高怀德的骑兵遮了个严严实实。刘崇看不清后周军队究竟有多少人，他看到的只有四处逃散的北汉官兵。

虽然很吃惊，但刘崇并不是很慌乱。他知道，柴荣的兵马拢共只有四万多人，即使柴荣搞突袭也成不了什么大气候，只要自己能够尽快地稳住阵脚，便不难扭转局势。

此时，除了被高怀德的骑兵冲得七零八落的一万多人，刘崇身边还有近万人的军队。刘崇想：只要这近万人军队能有条不紊地冲上去，就能够遏制住对方的攻势，然后便可以从容地收拢四处逃散的官兵，重新确立不败的局面。

刘崇想得不错，但战事的发展却并非如他所想。当他的身边好不容易聚拢起数千人时，石守信又率骑兵从斜刺里冲了过来。刘崇慌忙派军队去抵挡石守信，同时派人去通知辽兵及其他北汉军队速速赶来救驾。

此时，赵匡胤早已带着三万多后周兵顺利地渡过了丹河，埋伏在了高平镇的东郊之外。

本来，赵匡胤是打算让柴荣留在丹河东岸的，并派王审琦严加保护。但柴荣不仅没同意，还与赵匡胤争执一番。最终，君臣二人达成协议：王审琦上阵杀敌，而柴荣则留在军队的最后面。除非北汉兵冲到了柴荣的面前，否则，柴荣身上的剑就不能出鞘。柴荣答应了。

石守信火烧刘崇粮仓的时候，王审琦跑到赵匡胤的眼前道："大哥，可以动手了吗？"

赵匡胤回道："再等一等，等前面的敌人有所动静了，我们再动手不迟！"

天色大亮时，王审琦满脸喜色地从前面跑到赵匡胤的身边道："大哥，动手吧！前面的敌人一股股地向西跑了！"

赵匡胤立刻跳起身来道："快！告诉弟兄们，只顾往前冲，能冲多远就冲多远！"

三万多后周官兵像潮水一般地朝着高平镇涌去。刘崇在高平东部和北郊各驻有万余军队，就在东郊一万多北汉军准备去西郊救驾的时候，猛然间发现后周兵已经铺天盖地冲杀过来，还没等明白怎么回事，就已经被赵匡胤和后周军冲得七零八落。

不到半个时辰，赵匡胤便打垮了高平东郊的一万多北汉军队。这时候，北郊的一万多北汉兵似乎清醒了，却又犹豫不决。就在他们还在思量如何应对的时候，王审琦率一支后周军杀了过来。

王审琦手执长枪冲在队伍的最前面，虽是徒步，那威势也是非常吓人的。一北汉将军拍马舞剑直朝王审琦迎来，被王审琦长枪一抖，硬生生地在马头上戳出了一个窟窿。马背上的北汉将军被抛到了半空。只见王审琦在那北汉将军落地之前，用长枪一捅，居然在空中将那北汉将军捅了个透心凉。

王审琦这一神奇枪法，不仅将许多北汉官兵吓呆了，就连许多后周官兵也看傻了眼。就在这时，一个声音清晰地传来："王审琦，杀得好！"

王审琦一回头，说话的人竟是柴荣。王审琦连忙丢枪躬身道："皇上，您怎么来了？"

柴荣"哈哈"一笑道："你大哥赵匡胤叫你保护朕，朕自然要来找你了！"

"可是……"王审琦话未说完，却见柴荣手起剑落，将一个妄图偷袭王审琦的北汉兵砍死在王审琦的脚下。

柴荣乐呵呵地对王审琦说道："你大哥不准朕拔剑，可朕这把剑也不是吃素的！"

王审琦见皇上如此，豪气顿生，拾起长枪，扯开嗓门喊道："弟兄们！皇上亲自来杀敌了！我们还愣着干什么？"

王审琦这一喊还真管用，那些后周官兵都像疯了似的朝着敌人扑去，直杀得北汉兵丢盔弃甲、四处逃命。

不多时，高平北郊的战事便基本上结束了。柴荣喜滋滋地擦净剑上的血迹，归剑入鞘，然后笑着对王审琦说道："王将军，现在可以去找你大哥了。不过，你千万不要在你大哥面前提及朕上阵的事，不然，他不仅要说道于朕，还会迁罪于你了。"

王审琦满口答应着，但心里却乐开了花。皇上刚才喊我什么？"王将军"？皇上可是金口玉言啊！皇上这么一喊，我王审琦岂不就真的成了一位将军了吗？

赵匡胤在派出王审琦去攻击高平北郊的北汉兵之后，自己就立即率一万多人冲进了高平镇内。高平镇内本驻有近一万辽兵，因为距刘崇的中军大帐较近，接到刘崇的求援后，辽兵统帅就拨出一半人马赶往西郊增援，所以，当赵匡胤率军冲进镇里时，镇内辽兵已只有五千人。而当时赵匡胤身边的人马，却足足有一万五千人。

赵匡胤兵马虽多，但心里却仍然很急。辽兵赶去增援刘崇了，那石守信和高怀德二人的处境就会相当危险。相比较而言，辽兵比北汉兵更加善战，且半数以上都是骑兵。

赵匡胤不敢怠慢，忙叫过两个结义的小兄弟吩咐道："你们领一万人在此作战，我去西边支援石守信他们！"

赵匡胤估计得一点没错，此时石守信和高怀德二人的处境的确不妙。高怀德还好些，率数千骑兵与北汉兵互有攻守。可刘崇身边的北汉兵实在太多了，石守信和他的两千人马很难给刘崇以致命的一击。当高平镇内的数千辽军骑兵赶到后，石守信及部下便陷入重重包围之中。等赵匡胤冲进高平镇的时候，石守信的两千人已经伤亡过半，石守信的身边只有十来个人。

石守信说道："弟兄们不要怕，今日纵然死了，二十年后又会是一条好汉！"

数十个辽军骑兵叫着扑过来。石守信的叫声比辽兵更为高亢："我石某就是死了，也要拉上几个垫背的！"

石守信奋力举起双锤，一边叫着一边冲了上去，一对铜锤只顾在四周乱舞。实在舞不动了，他只好停了下来，见五六个辽军骑兵正围在他身边，便有气无力地对那五六个辽兵说道："你们发什么愣啊？快过来取我性命啊！"

一个辽兵犹犹豫豫地逼近石守信，但一时没敢动手。已经累趴在马背上的石守信吃力地对那辽兵道："你快动手吧。我石某要是眨一下眼睛，就算不上是一条好汉！"

那辽兵终于提起了剑。就在这当口，一人一骑飞驰了过来，马上之人高声喝道："谁人这么大胆，敢伤我兄弟！"

那辽兵还没明白是怎么回事，脑袋就已经搬了家。石守信看清了，惊喜地叫了一声："大哥，你终于来了！"然后就一头栽在了马下。

其实，赵匡胤率数千人早就加入了石守信这边的战场，只是一时找不到石守信。赵匡胤急了，夺过一匹战马，四处奔驰寻找石守信，也为此负了好几处伤。

赵匡胤虽然带着几千人加入了战斗，但刘崇依然在顽强地抵抗。这期间，为保护石守信，赵匡胤好几次都险些丧命。一直到柴荣、王审琦率军打过来，刘崇才仓皇逃遁。高平之战也才算是真正地结束。

此战，后周军在赵匡胤的统一指挥下，共斩杀北汉兵及辽兵三万人，还俘获了数千北汉官兵，缴获的马匹军械等更是不可胜数。可以说，高平一战，充分体现了赵匡胤卓越的军事指挥才能。

战斗结束后，柴荣对赵匡胤说道："如果樊爱能、何徽不白白折损朕的三万人马，那朕现在就可以乘胜追击、长驱直入，直捣刘贼老巢太原！"

的确，如果柴荣当时手下有五万精兵，也真的可以趁刘崇元气大伤之机攻入北汉境内，虽不敢保证一定就能够攻下太原，但在北汉境内潇洒走一回却并非难事。而高平之战结束后，后周军连伤员在内也只有三万余人了。也就是说，刘崇的确是大伤了元气，但柴荣也元气大伤。从这个角度来看，柴荣与刘崇在高平一战中算是打了个平手。

班师回朝的时候，柴荣还恨恨地对赵匡胤说道："若能找着樊爱能、何徽，朕绝不轻饶！

从高平到汴梁，柴荣和赵匡胤等人走了二十多天。二十多天之后，柴荣在柳园口渡过黄河，直驱汴梁的北门。远远的，就见汴梁北门之外，黑压压地跪着一群人，跪在最前面的，是三个裸露着上身的男人。

柴荣有点奇怪，就向赵匡胤问道："朕记得，朝中只有冯道冯老太师一人与朕打过赌，说是朕如果胜利而归，他将在城外肉袒跪迎以示请罪，怎么现在那里有三个肉袒者？"

赵匡胤立即前往查看。不一会儿，他回到柴荣的身边低低地说道："皇上，那三个肉袒者，一个是冯太师冯大人，另两个是樊爱能将军和何徽将军。"

"什么？"柴荣又喜又惊，"这两个贪生怕死的家伙竟有胆量逃回京城来了？他们以为和冯老太师一般地肉袒请罪，朕就会饶过他们？"

说着，柴荣怒气冲冲地就要去找樊爱能和何徽算账。但忽然，他又勒住马的缰绳，转身问赵匡胤道："你说，朕该不该处死他们？"

赵匡胤一时很是为难，只得吞吞吐吐道："皇上，臣人微言轻，如何敢擅自论处两位大将军？"

柴荣大手一摆道："什么大将军不大将军的？从现在起，你的地位比大将军还要高！朕只想听你的心里话。你说，朕该不该处死他们？"

柴荣似乎只是那么随口一说，但赵匡胤的心却一下子"突突突"地乱跳开了。

赵匡胤掩饰住内心的狂喜，诚惶诚恐地说道："皇上既令微臣说出心里话，那微臣就不敢不掏出肺腑之言……若念在樊将军和何将军是先帝旧臣的份上，皇上似乎应该从轻发落他们，但若论及他们二人临阵脱逃之罪，皇上似乎又不该赦免他们……"

"赵匡胤，"柴荣似有不悦，"你怎么说话模棱两可？你究竟有没有一个定论？"

"是！"赵匡胤镇定地说道，"微臣以为，樊爱能和何徽身为统兵上将，不仅贪生怕死，临阵脱逃，更断送了陛下乘胜追击刘崇的大好机会，这等行径，如果姑息纵容，又如何对得起在高平一战中牺牲的数万名将士？这些将士的鲜血岂不是都白流了？"

柴荣点了点头："赵匡胤，这才是你的心里话，同时也是朕的心里话！"

说罢，柴荣双腿一夹马肚，"哒哒哒"地朝着汴梁北城门驰去。

北城门处齐刷刷地跪着一百多号人，全都低垂着脑袋不敢仰望柴荣。冯道的头埋得最低，脑门儿几乎都插到土里去了。

冯道已是一大把年纪了，又裸露着骨瘦如柴的上身，着实有些可怜。柴荣在马上轻轻说道："冯老太师，朕从战场上回来了！"

冯道"咚咚咚"地叩了几个响头，口中称道："圣上英明，老臣无知……圣上英明，老臣无知……"

"好了，"柴荣翻身下马，"老太师，你快平身吧！"

冯道又叩了几个响头："老臣有罪，不敢起身……"

柴荣爽朗一笑道："老太师，你只不过是与朕打了一个赌而已。现在，你既然兑现了诺言，朕也就不再追究了！"

冯道满面惭色地爬起了身，虽很想看柴荣一眼，但又不好意思直视，只用余光偷偷地瞟了一眼柴荣。柴荣解下身上的紫色战袍，亲手披在了冯道的身上，唏嘘道："皇考如果看见老太师这副光景，心中定然不忍。皇考既不忍，朕又于心何忍？"

冯道闻听老泪纵横，"扑通"一声又跪在了地上："皇上，罪臣真是有眼无珠啊……如果皇上恩准，老臣即刻就死在这里以向皇上谢罪……"

"老太师万万不可！"柴荣将冯道扶起来，"当初只是几句戏言，老太师又何必认真？"

柴荣扶起冯道之后，又对众臣说道："各位爱卿都请平身！大周朝要想富国强兵，还得仰仗各位尽心尽力，不然，仅凭朕一人，又能成就何事？"

众臣听柴荣如此说，便相继起身向柴荣道贺。不管怎么说，柴荣登基不久便打了一个大胜仗，也的确是一件可喜可贺的事。

樊爱能和何徽最后爬起了身。他们本是不敢起身的，可见柴荣言辞温和，并无任何追究之意，就大着胆子爬起了身。然而，还没等他们将身体伸直，柴荣就冷冷地冲着他们说道："朕叫众位爱卿平身，何时叫你们这两个软骨头也平身了？"

柴荣的话音未落，樊爱能和何徽就骨头一软，又跪在了地上。柴荣回头对一直跟在他身后的赵匡胤吩咐道："把这两个软骨头打入囚牢，择日处绞！"

听到"处绞"二字，樊爱能和何徽一下子瘫倒了。几个兵士三下五除二地就将这两人捆了个结结实实。赵匡胤不无怜惜地说道："你们这又是何苦呢？与其被皇上绞死，还不如战死在沙场！"

樊爱能和何徽都泪汪汪地求赵匡胤为他们说情。赵匡胤笑道："赵某只是汴梁府里的一个马直军使，纵然有心为你们说情，可也没有资格在皇上的面前说话啊？"

赵匡胤说得正儿八经，而实际上，他心里一直是在想着柴荣说过的那句话。柴荣说他赵匡胤的地位已经比大将军高了，比大将军地位还要高的肯定就是一个大官了。问题是，这究竟会是一个什么样的大官？

大概是从高平回到汴梁后的第七天，柴荣绞死了樊爱能和何徽。与二人一起被绞死的，还有当初跟着樊爱能、何徽二人逃跑的七十余名大小将领。第二天，柴荣颁下圣旨：擢赵匡胤为殿前都虞候兼领严州刺史。

当时，除皇帝之外，朝中最高级别的武官叫"殿前都点检"，次之为"殿前都指挥使"，再次之便是"殿前都虞候"了。也就是说，二十八岁的赵匡胤，凭着在高平一战中的牛刀小试，一跃成为后周朝廷的高级将领。

赵弘殷似乎沾了赵匡胤的光，被柴荣提拔为龙捷右厢军都指挥使。石守信、王审琦和高怀德等人也都被柴荣加封为指挥使或副指挥使，如愿以偿地成了名副其实的将军了。

这之后的一天黄昏，柴荣在自己的寝殿里单独召见赵匡胤，并设宴款待。柴荣对赵匡胤道："朕知道你善饮，朕今日就陪你饮个痛快！"

很显然，饮酒只是一种亲切的形式，柴荣此时召见赵匡胤，定是有要事相商。

果然，酒过三巡，菜过五味之后，柴荣问道："赵匡胤，你还记得朕的义父在驾崩前对朕说过的话吗？"

赵匡胤回道："臣虽未能亲耳聆听先帝在驾崩前所言，但皇上曾亲口转告了臣，所以臣一直铭刻于心，不敢忘怀……"

柴荣问道："赵匡胤，依你之见，朕如何才能了却皇考的心愿？"

赵匡胤脱口而出道："臣以为，非国富兵强而不能完成统一大业！"

"不错，"柴荣点了点头，"你以为，大周朝现在可以称得上是国富兵强了吗？"

"不可以，"赵匡胤回道，"在臣看来，现在的大周朝，既称不上国富，更称不上兵强！"

"是啊！"柴荣又点了点头，"能如此这般与朕推心置腹交谈的，怕只有你赵匡胤了！"

赵匡胤连忙道："为了了却先帝的心愿，为了能使大周朝国富兵强，臣愿做皇上的马前卒，肝脑涂地，也在所不惜！"

"所以呀，"柴荣笑了，"朕今日召你来，就是给你分配任务的。朕的意思是，朕来使大周国富，你来使大周兵强，如何？"

原来，柴荣想仿效郭威的做法，对大周朝进行一系列的改革。柴荣以为，非改革就无以使大周国富。同时，柴荣命令赵匡胤着手整顿禁军。

柴荣的大力改革，收到了明显的成效。虽然由于诸多因素的制约和影响，但后周国力得到逐步增强却也是不争的事实。在当时，除了北方的辽国尚有余力南侵外，南方诸国，像南唐、后蜀（又称西蜀）等，虽然疆域辽阔、人口众多，却也不敢轻易地进犯后周。相反，在柴荣统治下的后周，却有攻打南方诸国的能力。

到后周显德二年（公元955年）春天，经柴荣的多方改革与整治，后周的面貌发生了很大的变化。社会较为稳定，经济有了长足的发展，综合国力显著增强。

一天晚上，柴荣在自己的寝宫里单独召见了赵匡胤。还是这么君臣二人，还是那么几样小菜和两壶酒。柴荣冲着赵匡胤举杯道："过去，大周朝的禁军并无多少斗志。现在，禁军到了你的手上，面貌简直可以说是焕然一新。来，赵匡胤，把酒端起来，朕敬你一杯！"

赵匡胤慌忙举杯道："陛下言重了！陛下为了大周朝的繁荣富强，可谓是殚精竭虑、日理万机！与陛下相比，臣做的那点事又何足挂齿？再说了，为了陛下，为了先皇的遗愿，臣即使做再多的事情也理所应当！"

"好！"柴荣粲然一笑，"你既这么说，那就让朕与你共饮此杯！"

饮毕，柴荣说道："赵匡胤，朕只要一想起皇考的遗愿就寝食难安。朕恨不得马上就南征北战一统天下，以告慰皇考在天之灵。但朕同时又深深地知道，凭大周朝现在的实力，还很难东征西讨、四面出击。朕以为，现在只能一步一个脚印地往前走。所谓'瓜熟蒂落，水到渠成'，只要朕的每一步都走得很踏实，那么，就终将有一天会完成皇考未竟的事业！"

"皇上圣明！"赵匡胤殷勤地为柴荣斟满酒，"臣虽愚钝，却也知道饭是一口一口吃的，路是一步一步走的，先帝的遗愿，正如皇上所言，只能一步一步地去实现！"

"现在，"柴荣若有所思地说道，"对朕威胁最大的来自北方。朕要完成皇考未竟的事业，其最大的障碍也是北方。北方能够平定，则天下也就不难平定了，但现在要平定北方却并非易事！"

赵匡胤知道，柴荣所说的北方，主要指的是北汉和辽国。北汉并不足惧，凭后周现有的实力，征服刘崇的北汉还是绰绰有余的。然而，北汉有辽国支持，后周若想同时将北汉和势力较为强大的辽国一并征服，真的就不是一件容易办到的事情了。

"所以，"柴荣接着说道，"朕想先放弃北方而向南图谋。那刘崇老贼自高平一战后元气大伤，一时也难以再犯，朕便可以趁此将那李璟在江淮一带的土地和百姓抢到手。江淮一带乃富饶之地，如果能将此据为己有，那朕就有充足的实力挥戈北上了！"

柴荣口中的李璟是当时南唐国的第二任皇帝，史称南唐中主。南唐国是徐知诰所建，国土主要在今天的江苏省一带，就当时而言，它也算是一个比较大的国家了，江南江北的众多土地和百姓都归它所有，但这都属于徐知诰的功劳。徐知诰在位时，南唐国的国力还比较强盛，经常向外扩张，可等到李璟即位后，南唐国的境况就一天不如一天了。

闻听柴荣欲先抢占南唐土地，然后再挥师北上，赵匡胤不禁高兴地道："皇上，臣以为，如果真的先把李璟的土地和百姓抢到手，那么征服北方，也只是一个时间上的问题了！"

柴荣饶有兴致地看着赵匡胤："你真的这样认为？"

赵匡胤回道："臣绝不敢欺骗皇上！"

赵匡胤的确是这么认为的。虽然他当时对如何统一天下还没有什么全局性的认识，但他却也知道，只有等自己的实力真正强大了，才有把握去征服像辽国这样强大的对手，而当时增强实力的一个重要的途径和方法，便是从比自己弱小的对手那里抢占土地和百姓。

"赵匡胤，"柴荣忽然问道，"如果在朕与李璟交战的时候，有人在朕的背后趁火打劫，朕将为之奈何？"

赵匡胤沉吟道："……正如皇上所言，刘崇那老贼既已领教了我们大周朝的厉害，一时间怕不敢再行侵扰，我们只要在西北处放置一支军队，刘崇的威胁就基本上解除了。臣担心的是，如果皇上与李璟正式开战，西方会有人趁火打劫。"

"正是如此！"柴荣急急地道，"朕担心的就是这个！那怎么办呢？"

赵匡胤掷地有声地道："臣以为，皇上在与李璟开战之前，应先把凤州和秦州拿下！"

"妙啊！"柴荣高兴得一拍双掌，"赵匡胤，你与朕当真是不谋而合啊！"

其实，柴荣心中早就有先夺取凤州和秦州的计划，只是一时不敢最后决定。

当时的凤州（今陕西凤县东）和秦州（今甘肃天水）都属于后蜀国的地盘，距后周国土比较近，如果柴荣欲向东与南唐开战，则凤州和秦州就的确是后周的一个隐患。

后蜀国的前身叫前蜀国。公元九世纪末，唐朝已经日薄西山，被派往四川去的几个带兵的将领如陈敬瑄、顾彦朗和王建等人，为争权夺利而互相火并。至公元891年，王建在火并中胜出，占有了四川的绝大部分地区。公元907年，唐朝宣武节度使朱温杀掉唐朝最后一个皇帝建立了后梁，王建便也在成都建立了蜀国，史称前蜀。

公元919年，王建死，其子王衍继位。王衍耽于享乐、不理朝政，致使前蜀国民怨沸腾。公元925年，李存勖趁机出兵四川，灭亡了前蜀国。

灭了前蜀之后没多久，后唐朝廷内部纷争不已，派去统治四川的大将孟知祥逐步在四川内外发展自己的势力。至公元934年，孟知祥在成都又自立为蜀帝，史称后蜀。

孟知祥称帝后仅半年便死去，其子孟昶继位。孟昶继位之初，尚能以前蜀王衍的荒淫误国为戒，并把国土扩展到陕、甘一带。但渐渐地，孟昶开始荒于朝政，在柴荣执掌后周朝政之时，他的大权已经旁落，且后蜀朝廷内各派势力互相争斗不休。不然，柴荣也好，赵匡胤也罢，都不可能那么轻松地张口就说先把凤州和秦州拿下。

先攻占凤、秦二州，然后再向东从南唐的手里抢占土地和百姓，待东线战事结束后，再挥师北上与北汉国、辽国摊牌。从方位上来说，柴荣的这一计划可称之为"西征、东讨、北伐"，而"西征、东讨、北伐"这一揽子计划，就在柴荣与赵匡胤二人的杯酒之间最后敲定了。

后周显德二年（公元955年）五月，按照"西征、东讨、北伐"计划，柴荣决定发兵夺取后蜀国的秦州和凤州。

当柴荣将这一决定在朝中宣布时，有一些大臣委婉地表示了异议，为首的叫张永德。张永德是后周太祖郭威的女婿，时任后周朝殿前都点检，是柴荣之下的最高军事长官。

张永德等人提出，后蜀国内部纷争不已，即使后周朝倾力西征，后蜀国也不大可能趁火打劫。再者，秦州、凤州地势险要，交通不便，后周朝要想在短时间内拿下二州可能性不大，与其在西边费时费力地做没有多大把握的事情，还不如从南唐国的手里多抢占一些土地。

听罢张永德等人的意见，柴荣说道："尔等以为蜀军不大可能由西来犯，恰恰说明了还有这个可能，既然有这个可能，那朕就必须把秦、凤二州先行拿下，以绝后患。尔等又以为秦、凤二州不大可能在短时间内就被拿下，恰恰又说明了还有这个可能，既然有这个可能，朕又何必轻易地放弃？"

最终，张永德等人收回了自己的意见。一是因为柴荣的态度很坚决，二是因为柴荣在高平一战中的确打出了自己的威望。更何况，任何事情的决定权，最终都掌握在柴荣的手里。张永德虽是柴荣的姐夫，但终归也是臣子。

五万后周军队集结在了汴梁城外。赵匡胤自然不想放弃这一打仗的机会，便向柴荣主动请缨。柴荣笑着说道："赵匡胤，西征之事固然重要，但你的任务是准备与朕一起东讨！"

赵匡胤无奈，只得暂时收了征战之心。最终，柴荣派凤翔节度使王景、镇安节度使向训分别领兵去攻打秦、凤二州。

王景、向训领数万后周军西去之后，又有数以万计的后周军向汴梁一带集结。这些军队是柴荣准备用来攻打南唐的。

然而，柴荣在数月之内一直没有向南唐开战。原来，王景花了两个月的时间也未能攻下秦州。而向训更惨，两个多月过去了，不仅没有拿下凤州，还被凤州的后蜀军逼得连连后退，几成溃败之势。

向训、王景向汴梁告急，请求朝廷增派援兵。柴荣大惊："数万精兵，耗时数月，连小小的秦、凤二州都难以攻下，如果朕再向东开战，又要动用多少军队、耗费多少时日？"

张永德等人趁机劝柴荣在西线罢战、调兵东进，柴荣说道："西线已经开战，如果半途而废，蜀军岂不更有可能东犯？"

张永德说道："如果将军队和时间都耗在西线，那陛下的东进计划就要受到严重阻碍了！"

岂止是东进计划，柴荣东进的目的是要北伐。如果不能如期而顺利地东进，那北伐的计划无疑就要受挫。北伐受挫了，那郭威的遗愿就很难实现了。

张永德请柴荣三思。柴荣把自己关起来反复思量之后，把赵匡胤召来，问道："依你之见，西线是战还是和？"

赵匡胤回道："西线战事只能进行到底！"

柴荣点点头，又皱眉问道："秦、凤二州久攻不下，你认为是何原因？"

赵匡胤答道："臣对西线情况不甚熟悉，故臣一时不敢妄言。"

"这样吧，"柴荣说道，"你代朕去西线走上一遭，然后回来向朕道出具体原因。"

赵匡胤领旨，即刻率石守信、王审琦和高怀德等人向西驰去。他赶到凤州附近时，镇安节度使向训刚刚又吃了一次败仗，正一筹莫展地待在军营里。

赵匡胤问向训何以连吃败仗，向训回答说："凤州地势虽不十分凶险，但凤州蜀军都凶悍异常，向某的确是无能为力了！"

赵匡胤带着王审琦深入到凤州腹地仔细地侦察了一番，然后问王审琦道："兄弟，如果给你两万兵马，你何时能攻占凤州？"

王审琦略略停了一下道："十天左右，我有把握拿下凤州！"

赵匡胤又领着石守信、王审琦和高怀德等人日夜兼程地赶到了秦州城外。凤翔节度使王景虽然将秦州城团团包围着，但却只是包围着，并不主动攻城。

赵匡胤问王景为何不攻打城池，王景回答说："秦州城墙高大坚固，城内蜀军又极其顽强，王某实难攻破城池！"

赵匡胤没和王景多计较，而是率着石守信、王审琦和高怀德等人离开秦州后径直南下。走了三四天，赵匡胤等人抵达成州（今甘肃成县）附近。当时成州也是后蜀国领地，沿成州向西南走二百来里是后蜀国在甘肃境内的另一重镇阶州（今甘肃武都东），而沿成州向东北行二百来里便凤州了。

赵匡胤对石守信等人道："兄弟们，你们明白了吧？我们只有把秦州和凤州拿下，西面的蜀军才不敢轻举妄动，皇上也才可以放心大胆地向东进军！"

石守信说道："大哥，若是我们把成州和阶州也一并拿下，那我们大周朝的西部边境岂不就更加安稳？皇上岂不也就更加可以放心大胆地东进了？"

赵匡胤淡淡一笑道："谈何容易啊！那两位节度使大人连秦、凤二州都久攻不下，又何谈什么成州和阶州？"

高怀德哼了一声道："大哥，那两位节度使大人没本事，并不代表我等兄弟也庸碌无为啊！"

赵匡胤即刻问道："高怀德，你有把握攻下秦州吗？"

高怀德一拍胸脯道："大哥，不是兄弟我在你面前说大话，那秦州城墙虽然高大，但还难不住我手中的这把大刀！"

赵匡胤点点头，转头问石守信道："兄弟，你有没有把握拿下秦州？"

石守信立即回道："大哥，不是兄弟我吹牛，即使秦州城墙再高上一倍，我手中的这对铜锤也能将它砸倒！"

"好！"赵匡胤高兴地道，"既然兄弟们都这么有信心，那我们立功的机会就又到来了！"

不多日，赵匡胤等人返回了汴梁。回到汴梁之后，赵匡胤没顾得上回家，而是直奔皇宫见柴荣。柴荣直截了当地问道："你此番西去，可找出秦、凤二州难以攻下的原因？"

赵匡胤回道："臣已找出原因。"

柴荣紧跟着问道："是何原因？"

赵匡胤答道："非秦、凤二州地势险要所致，也并非大周士卒心无斗志所致……"

"那么，"柴荣盯着赵匡胤，"只能是大周将帅无能所致了？"

"皇上英明！"赵匡胤说道，"在臣看来，领兵去攻打秦、凤二州的主帅，不仅碌碌无能，且怯懦贪生！"

"果然如此啊！"柴荣不觉叹了口气，"那王景、向训耽误了朕多少时间啊！"

"皇上，"赵匡胤赶紧道，"如果让臣去西线临阵指挥，臣敢保证在一月之内连下秦、凤二州。如果臣不能实现诺言，甘愿接受皇上任何处罚！"

见赵匡胤再次请战，柴荣默然了。过了一会儿，柴荣问道："赵匡胤，除你之外，大周朝就再也无人能够领兵攻下秦、凤二州了吗？"

赵匡胤心一凉，见皇上依然不想让他西征，于是说道："皇上，大周朝人才济济、名将如云，能攻下秦、凤二州者，自然不止微臣一人。"

"那好，"柴荣连忙道，"你就速速为朕推荐几员大将！"

赵匡胤暗自叹了一口气，然后说道："皇上，微臣手下便有人可以拿下秦、凤二州！"

赵匡胤的"手下"自然指的是石守信、王审琦和高怀德等人了。柴荣恍然大悟道："赵匡胤，朕怎么会把石守信他们给忘了呢？不错，石守信他们的确都是能够独当一面的大将！"

高平之战中，石守信、王审琦和高怀德等人都给柴荣留下了极为深刻的印象。"就这样吧，"柴荣最后道，"让石守信他们立即去西线指挥攻城，把王景、向训立刻召回来听候发落！"

听说柴荣将西线战事交由赵匡胤具体安排，张永德忙找到赵匡胤说道："张某素知赵大人的那些兄弟皆有万夫不当之勇，但张某以为，攻打秦、凤二州仅凭勇猛恐怕还不够，诚望赵大人能够多多地教导你那些兄弟，西线战事不能再这么拖延下去了！"

赵匡胤虽然深得柴荣宠信，但也不想轻易地得罪身份特殊的张永德，更何况，张永德的职位比他赵匡胤高，且所言也不无道理。所以，赵匡胤异常恭敬地对张永德道："多谢张大人教诲！下官不会辜负张大人的殷切期望！"

于是，赵匡胤就把石守信、王审琦和高怀德等人召集起来，先把柴荣的决定说了一遍，接着又把张永德的话复述了一遍。石守信有点不高兴了："大哥，那个张大人明显是瞧不起我等兄弟，似乎我等兄弟只会逞匹夫之勇！"

王审琦却说道："我倒以为，那张大人也是好意。毕竟，此次西去，大哥不在我等身边，一切都得靠我们自己拿主张，所以我等的确需要谨慎从事。不然，焉能对得起皇上的信任？"

高怀德接道："不仅对不起皇上，也给大哥的脸上抹黑了！"

赵匡胤笑道："给我脸上抹黑倒无关紧要，紧要的是，你们若不能尽快地攻下秦、凤二州，就不能立下大功了！所以，你们此番西去，不仅要英勇奋战，还要多动动脑子！"

石守信当即表态道："大哥放心，兄弟我绝不会一味蛮干的！"

赵匡胤给石守信等人做了具体分工，让王审琦去接替向训攻打凤州，令石守信和高怀德合力攻打秦州。

赵匡胤对石守信、高怀德吩咐道："你们二人要尽快拿下秦州，然后速速南下策应王审琦。我估计，在王审琦攻破凤州之前，成州和阶州的蜀军极有可能赶往凤州增援。你们的任务就是堵住蜀军援兵，让王审琦顺利地拿下凤州！"

石守信等人领命西去了。没过多久，西线战场便传来捷报：石守信、王审琦和高怀德等人漂亮地完成了任务。三人不仅攻下了秦州和凤州，更是将成州和阶州也收入囊中。不仅完全消除了后周朝西边可能有的隐患，还将后周朝的边境线一下子向西扩展了数百里。

回到汴梁后，王审琦、石守信、高怀德等人受到了柴荣的隆重欢迎。柴荣不仅赏给他们大批财物，还立即下诏晋升石守信为都指挥使，晋升高怀德为副都指挥使，晋升王审琦为指挥使。

后周军一鼓作气连下后蜀四州，着实把后蜀皇帝孟昶吓得不轻。他慌忙派使者至汴梁，向柴荣求和。柴荣笑着对后蜀使者道："回去告诉你家皇上，就说朕本不想与蜀为敌。前番战事，只是一场小小误会，大周军队是不会继续向西南开进了！"

后周显德三年（公元956年）正月，柴荣开始了他的东进战略。他令张永德留守汴梁，自己亲率八万大军，与赵匡胤一起浩浩荡荡地开出河南，向东打入南唐领土。

对于柴荣再次御驾亲征，张永德又表示了异议。张永德认为，柴荣乃一国之君，不能动不动地就御驾亲征，他甚至还主动要求由他来担任这次东征的统帅。柴荣笑着对张永德说："如果朕东征失利，你再代朕继续东征不迟！"

从表面上看，柴荣似乎与赵匡胤一样，都一门心思想着领兵打仗。其实则不然。离开汴梁东征之前，柴荣曾问赵匡胤道："你知道朕为何要亲自东征吗？"

赵匡胤答道："臣以为，陛下不仅要实现先帝一统天下的遗愿，而且还要亲自一统天下！"

"知朕者赵匡胤也！"柴荣"哈哈"一笑，"朕不仅要领兵东征，朕还要领兵北伐。朕只有亲自一统天下，才对得起皇考的知遇之恩！"

当时，距后周东部边境最近的一座南唐城池是寿州（今安徽寿县）。寿州自古以来就是兵家必争之地。因为它处在南唐与后周朝的接壤处，所以南唐朝廷对此极为重视，不仅在寿州驻有重兵，还派智勇双全的大将刘仁瞻镇守寿州。

对柴荣和后周朝而言，要想向东夺取南唐的大片土地，就必须首先攻占寿州。寿州就像是一道门槛，柴荣必须从这里跨过去。

柴荣与赵匡胤率领后周大军一路东进，很快就打到了寿州城外。寿州以北有一座山，名叫八公山。八公山看起来不怎么显眼，但却颇有来历。公元383年，中国历史上著名的"淝水之战"便在八公山一带进行。

"淝水之战"是一次以少胜多的战役典范，柴荣也好，赵匡胤也罢，都对此十分熟悉。所以，当柴荣、赵匡胤率后周大军东渡淝水抵达八公山西侧后，柴荣笑对赵匡胤道："想当年，那谢玄在此以八万之众击溃了苻坚数十万大军，可谓是彪炳史册，名传千古啊！"

柴荣此言当另有寓意，因为他当时所率后周军队恰好也是八万之众。赵匡胤笑着说道："只是有点可惜啊，皇上，寿州城内的唐军不过几万人，不然，臣也能跟着皇上做一回彪炳史册，名传千古之事了！"

"是呀，"柴荣点点头，"朕与你是不可能去效法谢玄所为了。不过，朕与你也千万不能去步苻坚'草木皆兵'的后尘！"

柴荣之所以点出"草木皆兵"四个字，是因为寿州南唐守将刘仁瞻在八公山上设有一座军寨，寨内驻有数千南唐官兵。

赵匡胤向柴荣请求道："皇上，这八公山上的唐军就交由微臣去处理吧！"

见赵匡胤求战心切，柴荣说道："好吧，赵匡胤，这东征第一仗，就由你来打！"

但柴荣又向赵匡胤问道："朕闻那刘仁瞻智勇双全，既如此，他为何不把这山上的军队撤回城里而要留在这里挨打呢？"

赵匡胤皱起了眉："臣也说不明白……待臣把这八公山攻下来再说！"

赵匡胤就准备攻打八公山了。柴荣也没闲着，领一支军队插入八公山与寿州城之间，预防那刘仁瞻派兵出城。八公山距寿州城不过几里路，赵匡胤的战斗一打响，南唐军是极有可能出城增援的。

赵匡胤攻打八公山没带多少兵马。从山上南唐军的营寨规模来看，寨内的南唐军官兵顶多有三千人。所以，赵匡胤就与石守信、王审琦和高怀德三人每人各率一千人马从东南西北四个方向同时攻山。赵匡胤还与石守信等人相约道："我们四人谁最后一个攻到山顶，那下一顿酒钱就由谁来付！"

石守信、王审琦和高怀德三人似乎谁也不想支付酒钱，还没等赵匡胤下达进攻的命令，就迫不及待地领兵向八公山发起了进攻。

石守信第一个冲进了山上南唐军的营寨，王审琦和高怀德几乎同时到达，赵匡胤排在最后。而当赵匡胤、石守信、王审琦和高怀德四人在南唐军的营寨里碰面后，谁也没提下次喝酒的事。因为，他们四人在往山上冲的时候，都没有遇到任何阻击。更主要的是，山上的南唐军营寨内，见不到一个南唐兵。

正当兄弟四人有些摸不着头脑的时候，忽听有人高叫道："着火了！着火了！"

放眼望去，整个八公山的山头已经陷入了一片火海。

见此情景，赵匡胤高声叫道："我们真的上了那刘仁瞻的当了！快带着弟兄们逃命吧！"

大火在营寨四周燃起的时候，四千后周官兵几乎全部进了南唐军的营寨。当大火向营寨内部蔓延的时候，他们都一个个"哇哇"怪叫着向营寨外冲去。

幸运的是，赵匡胤、石守信、王审琦和高怀德四人平安地从火中冲了出来，只是石守信的头发被火燎去了一多半。所以，石守信跑到山下之后，嘴里一直骂骂咧咧个不停。

八公山一战，以后周军完败而告终。后周军没有杀死或抓住一个南唐兵，却被大火烧死了七百多人，烧伤了一千多人。此战的失利，赵匡胤负有不可推卸的责任。故而，见了柴荣，赵匡胤满脸愧色地说道："臣无能，请皇上治罪……"

柴荣安慰道："赵匡胤，不是你无能，是那刘仁瞻太狡猾了……都说刘仁瞻智勇双全，今日一见，果然名不虚传！"

第二天，柴荣、赵匡胤领兵将寿州城团团包围了起来。寿州城内的南唐军约有三万人，从人数上看，八万后周军显然占有绝对优势。

柴荣对赵匡胤吩咐道："此次攻城，朕就交由你全权指挥！"

赵匡胤应道："臣若拿不下寿州城，就不来见陛下了！"

可是兵力占有绝对优势的后周军队，还是没能在刘仁瞻那里讨到半点便宜。赵匡胤前后共动用了五六万兵力，不仅石守信、王审琦和高怀德等人都披挂上阵，就是他赵匡胤自己，也直接参加了攻城的战斗。但是，猛攻了近二十天，赵匡胤和后周军也未能踏入寿州城一步。并且在战斗中，赵匡胤的左臂还被南唐士兵的长剑划了一道一指长的血口。伤势虽不算重，但依然使赵匡胤有些心灰意冷了。

一天晚上，赵匡胤把石守信、王审琦和高怀德等人召到自己帐内，说道："我对你们说过，此次攻城，我是在皇上的面前说过大话的，可现在看来，我的大话已破，我对不起皇上，更无颜再面见皇上……各位兄弟，你们都好自为之吧。"

石守信赶紧说道："大哥万万不可灰心丧气！兄弟我明日再攻一次城，如果还攻不进城里，那兄弟我就不来见大哥了！"

赵匡胤望着石守信，一脸苦笑："你说不来见我，与我说不去见皇上，又有什么分别？"

"大哥，"高怀德劝道，"胜败乃兵家常事，只要我们不断进攻，那就总会攻破城池的！"

赵匡胤"唉"了一声，说道："总有一天会是什么时候？一年？半年？如果用这么长的时间，我又何必在皇上的面前说大话？"

王审琦的心眼儿似乎比石守信、高怀德等人活络些。他听到赵匡胤说那句"你们都好自为之吧"之后，觉得有些不对劲儿，便找了个借口离开了赵匡胤的大帐，跑到了柴荣的面前，把赵匡胤的一言一行描述了一番。柴荣听罢大惊道："赵匡胤莫非想寻短见？"

柴荣不敢大意，急急地跟着王审琦来到了赵匡胤的大帐内。一见面，柴荣就吹胡子瞪眼睛地冲着赵匡胤嚷道："你怎么这么没出息？攻城一时失利，就想不开、想寻短见，你，你还是过去的那个赵匡胤吗？"

赵匡胤吓坏了。柴荣还从未对他发过火，更没有当着别人的面这么冲他大叫大嚷过。所以，赵匡胤就一边伏地磕头，一边诚惶诚恐地说道："皇上误会微臣了……城池久攻不下微臣心中的确难受异常，更觉得有负于皇上的愿望。臣虽有些想不开，却未想过要寻短见。如果臣寻了短见，那还如何为皇上效力，与皇上共饮呢？"

听罢，柴荣"哈哈"一笑道："赵匡胤，朕不管你说的是真是假，只要你不再想着去寻短见，朕也就放心了！"

柴荣当即下令设下酒席，与赵匡胤、石守信、王审琦和高怀德等将领喝起酒来。

忽然，柴荣对赵匡胤说道："朕准备叫你带一支军队离开这里到别处去作战！"

赵匡胤慌忙道："臣无能，不能攻破寿州城池。"

柴荣一摆手道："赵匡胤，朕早就说过，这不是你无能，是那刘仁瞻确实难惹。朕的意思是，既然寿州城一时难以攻下，那就暂时对它围而不攻，先把别处的地方攻下来，一点点地孤立寿州，待寿州真正成为一座孤城的时候，恐怕它就不难攻破了！说不定，到那个时候，刘仁瞻弹尽粮绝，会不战而降！"

既然寿州城一时难以攻下，那就不必把后周军队全耗在这里。柴荣东进的目的，就是要抢占南唐的土地和百姓以壮大自己的实力。既然如此，一边围住寿州一边分兵出击，自然就是一种正确的选择了。

听了柴荣的话，赵匡胤颇有领悟，但也深感自己责任重大。所以，赵匡胤沉吟一番后说道："皇上，您命臣到别处作战，臣不敢推辞，也不想推辞。臣不敢再在皇上的面前吹大话，臣只能这样说：臣一定将功补过……"

柴荣微微一笑道："赵匡胤，你何过之有？你攻不破城池，朕也攻不破，如果你有过，朕岂不是也有过？"

赵匡胤讪讪地说道："只有臣会有过，皇上岂能有过？"

"好了！"柴荣端起酒杯，看了石守信等人一眼道，"光顾着说话，忘了喝酒，赵匡胤对朕一定有意见了！"

君臣痛痛快快地共饮了几杯酒。之后，柴荣才说出派赵匡胤去何处作战。

原来，在寿州城东北有一个叫涂山的地方（今安徽怀远附近），距寿州约有二百里，驻有南唐军队万余人。因为涂山紧靠在淮河边上，所以这支南唐军队拥有不少战船。

后周军围住了寿州城，涂山上的南唐军似乎有来骚扰后周军之意。柴荣对赵匡胤等人说道："与其被动地等着来侵扰，还不如主动出击，将它一举击溃！"

柴荣接着对赵匡胤说道："你离开这里之后，朕也要回京城了。为保证对寿州的围困不出意外，你不能从这里抽走太多的兵马……"

柴荣一边说话一边深深地看着赵匡胤，目光里充满着信任和期待。赵匡胤略一思忖，然后道："皇上，您给臣八千兵马，臣自信能击溃涂山的唐军！"

柴荣摇头道："八千兵马未免太少了点。朕给你一万人，还有，你的这些小兄弟你全带上。记住，赵匡胤，朕不单是要你去攻打一个涂山，朕还有更重要的地方要你去攻打！"

赵匡胤立即肃然说道："臣誓死效忠皇上！"

柴荣淡淡一笑道："赵匡胤，你不要动辄就言死。你若死了，朕的统一大业又靠谁去完成呢？"

"是！"赵匡胤也露出了笑容，"为了皇上，为了皇上的统一大业，臣从今往后，绝不再轻言'死'字！"

"好！"柴荣点点头，"现在，你们都抓紧时间睡觉。明日早晨，朕为你们送行！"

第二天一大早，赵匡胤、石守信、王审琦和高怀德等人集合了一万人马，等候着柴荣的到来。柴荣走过来，先是认真地看了看赵匡胤和石守信等人，然后高声说道："此时此刻，朕不想多说什么，只想对你们说一句话——朕在京城恭候你们的佳音！"

二百来里的路程，赵匡胤等人只用了两天两夜的时间就走完了。眼见就走到涂山脚下了，赵匡胤对石守信和高怀德说道："连日急行军，弟兄们都很疲惫，你们就带弟兄们原地休息，我和审琦到涂山一带去侦察一番。"

于是，赵匡胤和王审琦化装成农夫前往涂山。他们整整侦察了一天，不仅把涂山上的南唐军队情况摸了个大概，还把涂山周围的地形地势仔细地观察了一番。

驻扎在涂山上的南唐军共有一万一千余人，主将姓何名延锡。据当地百姓说，何延锡十分勇猛，力大无比，曾一拳一脚打得一头牛吐血而死。何延锡的指挥部设在山上的禹王庙里。涂山几乎四面环水，只在它的东北面一个叫涡口的地方有一大片开阔地。

返回营地后，赵匡胤对石守信和高怀德等人道："唐军防备十分松懈，看来并不知道我们已经来此。"

石守信迫不及待地说道："既然如此，那我们就抓紧时间吧！"

赵匡胤说道："南唐军虽然疏于防守，但毕竟人数众多，且淮河里还有一支水师，拥有数十艘战船，如果我们强行攻山，即使胜了，也要折损许多弟兄。皇上不仅仅是要我们攻打涂山，还有更重要的地方等着我们去打，所以，为了避免重大伤亡，我们就不能强行攻山！"

"大哥，"高怀德问道，"你说我们该怎么打？"

"大哥的意思是，"王审琦接过话题道，"我们先在山东北的涡口一带设下埋伏，然后想法子把南唐军引到埋伏圈去，打南唐军一个措手不及，以避开何延锡水军的夹击。"

石守信说道："南唐军的确不会想到那里有我们大周朝的军队，这也的确可以打何延锡一个措手不及。但是，万一何延锡不上当呢？"

只见赵匡胤微微一笑，说道："我打听过了，那何延锡虽然勇猛，但不会动脑子，这样的人，我有办法让他上当！"

于是，在一天夜里，赵匡胤等人率领后周军从东边绕到了涂山的东北处，在涡口一带设好了埋伏。天快亮的时候，赵匡胤和石守信带着数百骑兵悄悄开到涂山脚下，那里有何延锡的几个小军营。赵匡胤对石守信等人道："到时候，你们先拼命地砍杀，砍杀过后就放火！"

随着赵匡胤一声令下，石守信和数百骑兵扑向了南唐军的一个小军营。此时，军营里的几百个南唐军官兵都还在睡梦中，被后周军一通砍杀，伤亡殆尽。

赵匡胤又率兵朝着另一个小军营扑去。石守信一边命令手下放火，一边急急地追赶过去。

火苗蹿起来了。因为天还没有完全放亮，所以蹿起来的火苗就格外地显眼。另一个南唐小军营的官兵发觉了，可还没反应过来，赵匡胤就带着军队杀到了。不多时，这个军营也被成功地捣毁了。

禹王庙里的何延锡此时已被惊醒。听说是后周军偷袭了山脚下的军营，何延锡恼羞成怒地命令手下道："快快集合部队，随本将下山杀敌！"

由于军情紧急，何延锡只带着数百亲兵率先冲下了山。此时，天色已经放亮。

见山上只冲下来数百人，已停止砍杀的赵匡胤对石守信说道："山上下来的敌人不多，我们暂时还不能跑。看他们气势汹汹的样子，里面八成有那个何延锡，我们就在这里与他战上一阵再跑不迟！"

石守信忙说道："大哥，不是说那何延锡勇猛异常吗？待他过来，让兄弟我先会他一会！"

赵匡胤点头道："行！但你要多加小心！"

说话间，几百个南唐军就冲到了近前。为首者长得浓眉大眼、虎背熊腰，双手执一把丈余长的大刀。此人正是何延锡。

石守信虽不认识何延锡，却也猜到了几分。故而，何延锡刚一冲到近前，石守信就打马拦住去路喝道："来者何人？还不快快报上名来受死！"

何延锡一怔："某乃大唐将军何延锡是也！你又是何人？敢如此口出狂言！"

石守信"哈哈"一笑道："我乃大周都指挥使大将军石守信也！我石某这一对铜锤从不砸死无名之辈，既然今日你何延锡有名有姓，那就速速上前受死吧！"

石守信将两只铜锤互相一碰，何延锡也一抖大刀，催马战到了一起。何延锡双臂一抡，大刀便"呼"的一声砍向石守信。石守信毫不示弱，左锤"当"的一声架住刀，右锤跟着就砸向何延锡的脑袋。何延锡的刀身迅速翻转，硬是用刀背挡住了石守信的右锤。就听"当"的一响，石守信连人带马向后退了好几步，何延锡也在马上摇摇晃晃、坐立不稳。

石守信呼出一口气叫道："姓何的，你果然有几分力气！"

何延锡颇有些意外地说道："姓石的，你好像也有几分蛮力！"

石守信不服气，何延锡更不服气，一个舞锤一个举刀眼看着又要战到一起。就在这时，赵匡胤催马来到了石守信的旁边，冲着何延锡一拱手道："何将军，我们今日有事，恕不奉陪了！待改日再战！"

赵匡胤接着对何延锡说道："何将军，我劝你不要去追赶，因为前面有埋伏。我见你也算是一条好汉，不忍心看着你去送死！"说完，赵匡胤便与石守信绝尘而去。

何延锡本来就不相信什么前面有埋伏，又见赵匡胤跑得那么快，就越发以为赵匡胤说的是谎话了，所以他便铁青着脸命令道："给我追！就是追到黄河也要抓住他们！"

同时，何延锡还命令水军头领道："你们从东边绕过去，堵住他们的退路！"

当时，有六七千南唐军跟着何延锡向东北方向追去。再除去近两千水军，涂山上已经没有多少南唐兵驻守了。

跑着跑着，赵匡胤和石守信等人就到了淮河岸边。赵匡胤掉转马头对左右说道："弟兄们，打起精神，和何延锡算账的时候到了！"

何延锡追着追着也停了下来，得意扬扬地冲着手下说道："你们看见了吗？他们跑到绝路上去了，已经插翅难逃了！"

一手下慌慌张张地跑来向何延锡报告，说是赵匡胤和石守信的身边突然多出了一支两千人左右的后周军队。何延锡有些吃惊地道："他们果然在此设有埋伏，但就凭两千人就想打我何某的埋伏，也真是太不自量力了！"

何延锡当即下令："所有人等，一起向前冲，就是不把赵匡胤等人杀死，也要把他们踩死，或者把他们挤到淮河里淹死！"

于是六七千南唐军就乱哄哄地朝着赵匡胤和石守信等人扑去了。

赵匡胤看得真切，对石守信说道："兄弟，那何延锡当真不会打仗啊！如果我们来个反冲锋，唐军岂不是更乱？"

石守信铜锤一举吆喝道："弟兄们，还愣着干什么？给我冲啊！"说罢，石守信率先迎着南唐军冲了上去。而赵匡胤却后退了十几步，找了一块高地给石守信站脚助威。

果然，经石守信及两千后周兵这么一冲，南唐军顿时如一锅粥般混乱不堪。

正在此时，南唐军的左右各冲杀出一支后周军——王审琦和高怀德的军队杀到了。后周三路兵马呈"凹"字形向南唐军展开了攻杀。

大半个时辰过去了，南唐军就全线崩溃。除少数南唐兵逃跑外，其余南唐兵大半被杀死。

此时，战场上还有三匹马正纠缠在一起，马上之人正在拼死搏杀。搏杀的一方是石守信和高怀德，另一方则是何延锡。

虽说石守信有万夫不当之勇，而高怀德手中的鬼头大刀也足以使人胆战心惊，但现在两人联手了，还是未能将何延锡制服，甚至也没有多少便宜可占。在何延锡面前，石守信和高怀德无计可施。

见此情景，赵匡胤拿过一副弓箭，将其偷偷地掩于身后，接着一抖缰绳，径直朝何延锡扑去。何延锡见状，一边磕开石守信砸来的铜锤和高怀德砍来的大刀，一边"哈哈"大笑道："又来了一个！来得好！何某今日要痛痛快快地大干一场！"

趁何延锡说话的空儿，赵匡胤隐蔽而又迅速地射出了一支箭，正中何延锡的咽喉。何延锡在马上晃了两晃，便翻身栽落马下。

正在这时，王审琦急匆匆地跑来报告：南唐水师已经赶到，正在上岸。

赵匡胤连忙吩咐道："看来南唐军水师并不知晓这里的情形。速速散开埋伏，待他们全部上岸后，围而歼之！"

南唐两千水军果然不知究竟，冒冒失失地就走进了后周军的伏击圈。随着赵匡胤一声令下，后周军四面出击，很快就将南唐水军消灭了——五十多艘战船成了赵匡胤的战利品。

接着，赵匡胤下令："水陆并进，攻打涂山！"

涂山上的南唐军闻听何延锡已死，哪还有心恋战？故而，赵匡胤几乎是兵不血刃地就攻占了涂山，缴获了大量的武器和粮食。

涂山一战，赵匡胤取得了全胜。且撇开它的战略意义不说，就鼓舞士气而言，它的意义也是十分重要的。寿州城外的失利，使不少后周官兵的心中蒙上了一层阴影，而涂山大捷的取得，则无疑使这些后周官兵重新拾起了信心。而这种信心的重新拾起，又无疑对以后的战事关系重大。至少，赵匡胤当时就是这么认为的。

所以，刚刚拿下涂山，赵匡胤就找来王审琦吩咐道："兄弟，你再辛苦辛苦去趟京城，一是向皇上禀告这里的战况，二是向皇上请示我们下一步的作战计划。"

王审琦得令西去了。王审琦走后，赵匡胤将石守信、高怀德等大大小小的将领全召到一起议论：皇上下一步会派我们去攻打何处？几乎所有的人，包括赵匡胤在内，都认为下一步的攻打目标会是濠州。理由有二：一是濠州距涂山很近，只有一百多里路，如果急行军的话，一天时间就可以赶到濠州城下；二是如果拿下濠州，则安徽的整个北部都尽归后周所有，且还能从东边孤立寿州，这对最终拿下寿州显然大有帮助。

然而，王审琦带来的消息出乎所有人的意料：柴荣命令赵匡胤绕过濠州，直扑滁州。

第二天，赵匡胤率领五千人马向滁州进发了。行军路上，王审琦悄悄地问赵匡胤道："大哥，仅凭我们这支军队，能够攻下滁州吗？"

赵匡胤回答道："兄弟，能不能攻下滁州，大哥我心里也没底。不过，皇上既然派我们来，那就说明皇上是相信我们有能力攻占滁州的！"

"那是自然。"王审琦笑了笑，"皇上不相信大哥还能相信谁？"

十多天后，赵匡胤率兵赶到了滁州郊外。驻扎好军队之后，赵匡胤就领着石守信、王审琦和高怀德等人前往滁州城附近去侦察了。

滁州城四周多是山地，从北面有一条大道可通滁州城下，大道中段的清流关内，有大批南唐军队在此把守，数量要比赵匡胤所部多出数倍，为首的两员大将分别叫皇甫晖、姚凤。

侦察归来，赵匡胤眉头紧锁，王审琦和高怀德也都阴沉着脸。石守信耐不住寂寞，大声嚷道："这么多的山，这滁州城还真的不好打！"

高怀德轻声问赵匡胤道："大哥，我们能不能翻山过去直取城池？"

赵匡胤没有正面回答，而是反问高怀德等人道："你们过去可否听说过皇甫晖这个人？"

众人相继摇头。赵匡胤说道："我听说过，是从皇上那儿听到的。皇上说，南唐军中只有寥寥几个将领可以称得上是有勇有谋，据守寿州的那个刘仁瞻是其中的一个，而这个皇甫晖也是其中之一。"

王审琦说道："如果皇甫晖真的有勇有谋，那我们就不能轻易地翻山。要是中了他的埋伏，或是被困在山中，那我们就全完了！"

"是啊，"赵匡胤不觉叹了一口气，"滁州城外地形复杂，又有皇甫晖把守关隘，甭说是攻破城池了，就是攻到滁州城下也不是一件容易的事啊！"

高怀德急了："大哥，照此情形，我们岂不是要放弃滁州？"

赵匡胤摇头道："焉能放弃？皇上令我们来此，就是要我们拿下滁州的。"

石守信忽地笑了："大哥，我们如此悲观，岂不是在长他人的志气？照我看来，那个什么皇甫晖也许是徒有虚名，说不定，我带人朝清流关一冲，就冲到滁州城下了！"

高怀德连忙道："是呀，大哥，说不定清流关真是个花架子，没什么了不起的！"

王审琦没有说话，只是看着赵匡胤。赵匡胤对着清流关的方向说道："不管怎么说，我们也要冲上一次试试！"

抵达滁州郊外的第二天，赵匡胤带着部队开到了清流关外。他要派人冲进关内去试探那皇甫晖的手段了。进关试探非比寻常，且极具危险性。赵匡胤斟酌再三，决定派石守信和高怀德率领五百骑兵去完成试探的任务。

在石守信和高怀德入关前，赵匡胤叮嘱道："你们听好了，我叫你们入关只是试探，千万不可恋战。记住，能打则打，能冲则冲，不能冲又不能打就赶紧往回跑！"

石守信和高怀德双双答应。赵匡胤再次叮嘱道："我刚才说过的话，你们切莫当耳旁风！否则，你们虽是我的好兄弟，我也会按军法从事！"

石守信和高怀德都连忙向赵匡胤保证绝不会恋战！赵匡胤最后道："你们去吧！大哥我等着你们平安归来！"

于是，石守信和高怀德就带着五百骑兵朝着清流关挺进了。

赵匡胤还派出了不少侦察兵。一部分侦察兵尾随在石守信和高怀德的后面，另一部分则向两边的山坡搜索。

很快，消息从前方传来：石守信和高怀德冲破了一道南唐军封锁线，已经打进清流关纵深处，而山坡上还没有什么动静。

王审琦听到消息后本想对赵匡胤说些什么的，但见赵匡胤紧锁眉头、脸色很凝重，也就打住了话头。

不一会儿，前方又传来消息：石守信和高怀德又冲破一道南唐军封锁线，且马上就要突破清流关了，两边山坡上还是没有什么动静。

王审琦忍不住了："大哥，难道这清流关真的形同虚设？"

赵匡胤默然不语，忽然又仿佛自言自语地道："如果他们真的能够突出关去，则可以抢占关隘的制高点，这对我们进关攻城极为有利。"

王审琦赶紧道："不如我们一起冲进关，一鼓作气攻到城下！"

"不，不行……"赵匡胤几乎是下意识地说道，"事情不会这么简单！那皇甫晖既然素有名望，就不应该是浪得虚名，既不是浪得虚名，那他就没有理由轻易地放弃这易守难攻的清流关……皇甫晖既然不轻易放弃，那石守信和高怀德又如何能轻易地突出关去？"

赵匡胤话音刚落，前方便传来了不好的消息：石守信和高怀德等人正在节节败退。

赵匡胤道："那皇甫晖果然狡猾！他见我们大部队并未入关，就故意让石守信他们冲破两道防线来诱惑我们。不然的话，石守信和高怀德怕连一道防线也难以冲破！"

前方又传来消息：石守信和高怀德被困在关内，堵截他们的是南唐军另一大将姚凤。

王审琦在问清了姚凤身边只有两千南唐军后，向赵匡胤请求道："大哥，给我一支人马，我杀入关去，救援石守信他们！"

"不！"赵匡胤回答得很干脆，"你不能入关！无论你带多少人入关，都将被困在关内！"

王审琦没有放弃："大哥，那姚凤只有两千人，我带人入关一冲，就能给石守信他们冲出一条通道……"

赵匡胤摇头道："姚凤和两千南唐兵也是诱饵。如果我们冲进关去，那我们的身后马上便会出现更多的南唐军！"

果然，前方又传来消息：两边山坡上发现大批唐军在活动。赵匡胤急忙下令部队后撤，以免被唐军从两翼包围。

四千多后周官兵赶紧向后撤了数里，并加强了对两翼的警戒。王审琦面色苍白地问赵匡胤："大哥，石守信和高怀德……还能回来吗？"

赵匡胤几乎毫无表情地回道："如果姚凤也同何延锡一样勇猛，那石守信和高怀德之命……休矣！"

没过多久，石守信和高怀德冲破了姚凤的堵截，浑身是伤地回到了赵匡胤的身边。而由他们带进关内的五百弟兄却无一人生还。

原来，姚凤根本无法与何延锡相提并论，而且还贪生怕死。而石守信和高怀德在遭到堵截的时候，不顾一切地专找姚凤搏杀，慌得姚凤把两千南唐军中的一多半都召到了自己的身边卫护。这样，在皇甫晖领着追兵赶到之前，石守信和高怀德才得以杀出一条血路落荒而逃。为此，皇甫晖和姚凤大吵了一架。姚凤一气之下，当时就离开清流关回滁州城去了。

见到石守信和高怀德的时候，赵匡胤的泪水止不住地往下掉。高怀德似乎很了解赵匡胤心中复杂的感情，安慰道："大哥，虽然我们损失了一些弟兄，但也不是一无所获，至少我们知道了，清流关根本冲不过去。"

"是啊，是啊，"赵匡胤连连点头，"你们能够活着回来，大哥我就非常高兴了。"

石守信有些不服气："大哥，我们虽然死了五百人，但我们至少杀死了一千多唐军！大哥，你再给我一千人，我再冲一次关！"

　　赵匡胤说道："我们不能再这样冲了！弟兄们都冲完了，我们靠什么攻打滁州城？"

　　赵匡胤吩咐王审琦道："命令部队继续向后撤，严密提防皇甫晖偷袭我们！"

　　后周军一口气向后退了十多里，在一个小村子里停下了。赵匡胤对石守信和高怀德二人道："暂时不会有仗打了，你们就在此安心地将养身体吧！"

　　让石守信和高怀德安心养伤，可赵匡胤自己却不可能安心，他整天整夜地都在苦思冥想着攻打滁州城的法子。可连清流关都过不去，又如何谈得上攻城？所以，没过几天，赵匡胤就瘦了一圈儿，脸色也十分地憔悴。

　　对石守信和高怀德二人，赵匡胤则是尽力地照顾着。高怀德伤势较轻，而石守信则是在肋间被划开了一道大口子，且口子很深。于是，赵匡胤就请了一个郎中来给二人疗伤。

　　郎中是本地人，医术很高明。在郎中的治疗下，石守信和高怀德的伤势明显好转。为感谢郎中，一天中午，赵匡胤备好酒菜请郎中来共饮。郎中也没客气，如约而至。

　　若搁在平日，有酒有菜的，赵匡胤肯定会乐开了花。然而这回不同，此时，清流关和滁州城已经成了赵匡胤的莫大心病。所以，尽管邀来郎中饮酒，他的脸上也没有多少笑容。赵匡胤如此，在一旁陪酒的王审琦就更加默不作声。

　　郎中忍不住问赵匡胤道："大将军缘何愁眉苦脸？"

　　见赵匡胤叹着气摇了摇头，王审琦便说道："攻不下滁州，即使面前放着天底下最丰盛的菜肴、最香醇的美酒，我大哥也没有心思享用！"

　　"原来如此啊！"郎中"哈哈"一笑，"攻破一个滁州城，又有何难？"

　　赵匡胤不禁"啊"了一声，两眼紧紧盯住郎中问道："先生莫非有攻破滁州的良策？"

　　郎中眨了眨双眼："我除了治病疗伤还有些手段之外，对其他任何事情都别无良策！但有一个人，肯定有攻破滁州的法子。"

　　赵匡胤急忙问道："那人是谁呢？"

　　郎中说出三个字："赵先生！"

　　听罢，王审琦不禁皱了皱眉："这个赵先生，能告诉我们攻破滁州的法子？"

　　"两位大将军恐有所不知，"郎中悠然地呷了一口酒，"这个赵先生可不是一般的人！村中所有的疑难之事，全靠他去解决。没有他解决不了的问题，更没有任何事情能够难住他。你们去见这样的人，还怕找不到攻破滁州的法子？"

　　赵匡胤转脸向郎中问道："赵先生家住何处？"

　　郎中回道："他就住在村中。"

　　赵匡胤点了点头："我下午就去拜访他！"

下午，在郎中的引领下，赵匡胤要去村中拜访赵先生了，王审琦则不声不响跟在了后面。

赵先生姓赵名普，住在村子的一角，只有两间茅屋，多少有些孤零零的模样。赵匡胤和王审琦走进那两间茅屋的时候，赵普正直直地站在屋内看着赵匡胤和王审琦。

刚一打照面，赵普就不客气地问道："两位大将军可是来寻找攻打滁州城的良策？"

赵匡胤连忙道："先生真乃神人也！"

赵普说道："两位大将军数日前攻打清流关，白白折损了五百弟兄，所以我就在想，我赵普宁静的日子从此便结束了！我稍感意外的是，赵大将军为何耽搁了数日才来见我？"

赵匡胤赶紧道："赵某今日中午才听到先生的大名。"

王审琦一旁暗想道，这赵普又高又瘦的，看上去很像个读书人，但说起话来却全无读书人的谦逊和矜持。想到此，王审琦淡淡一笑道："赵先生胸有成竹，定然会告知我等如何攻下滁州城池。"

赵普也笑嘻嘻地望着王审琦说道："这位王将军似乎是个性急之人。"

赵匡胤忙道："王将军本是谨慎持重之人，只因战事不顺，变得有些性急了！"

赵普"哈哈"一笑道："我知道，那两个真正性急的将军正在营地里养伤呢！"

赵匡胤赔笑道："先生若不助我尽快拿下滁州，那我那两个性急的兄弟就很难养好身体了。"

说完，赵匡胤目不转睛地盯着赵普。赵普则不慌不忙地走到一张椅子旁坐下，从容地说道："我不仅要帮助你赵大将军拿下滁州，还要帮助你赵大将军夺得天下！"

闻听此言，赵匡胤很是吃惊，吞吞吐吐地说道："先生所言，赵某有些糊涂。"

赵普立刻问道："莫非大将军不想做皇帝？"

赵匡胤"啊"了一声，一时没了话。王审琦在一旁说道："赵先生，我大哥从小就有当皇帝的念头。敢问先生，我大哥如何才能当上皇帝？"

赵普微微一笑道："当皇帝不是性急的事，得等候时机，还得看准时机、抓住时机，更得一步一步地走。现在，第一步，就是先拿下滁州城！"

"好！"赵匡胤大声说道。他已经看出来了，面前的这个人确非凡人："赵先生，只要你帮我先拿下滁州，只要你愿意与我赵某同舟共济，那我现在就对着苍天起誓，我赵匡胤今生今世，一定要做一回皇帝！"

"好！"赵普也大叫了一声，"大将军既然已发下重誓，那我赵某人今生今世就跟定大将军了！"

赵匡胤与赵普是一拍即合。接着，赵普向赵匡胤问道："大将军可知道唐朝有一个叫韦应物的人？"

赵匡胤回答道："赵某虽不才，却也听说过那个韦应物。赵某还记得，那韦应物曾在滁州做过刺史，写过一首名叫《滁州西涧》的诗，诗云：'独怜幽草涧边生，上有黄鹂深树鸣。春潮带雨晚来急，野渡无人舟自横。'"

王审琦不解地问道："赵先生，我们攻打滁州，与韦应物的那首什么诗有何关系？"

赵普回道："攻打滁州与《滁州西涧》一诗确无多大关系，但与滁州西涧却大有关系！"

原来，赵普早就发现滁州城外的一座山上有一个小山洞，穿过这个小山洞便可抵达西涧的南岸，而距西涧北岸不远便是清流关南唐军的大营。也就是说，穿过那个小山洞之后，就绕到清流关的背后了。

赵普说道："那个小山洞极其隐秘，除了我，没有第二个人知晓。"

赵匡胤顿时就兴奋起来："如果我们悄悄地穿过山洞，再悄悄地越过西涧之水，便可以偷袭皇甫晖的大本营啦！"

"是呀！"王审琦也顿时兴奋不已，"那皇甫晖再聪明，也不会想到我们会在他的背后捅他一刀！"

赵普接道："那皇甫晖虽然兵马较多，但只要打得突然、打得凶狠，就不难击溃他！只要击溃了皇甫晖，滁州城便唾手可得！"

赵匡胤当即便把赵普请到了军营里。晚上，赵匡胤把石守信、王审琦和高怀德等大大小小的将领都找来陪酒。席间，赵匡胤宣布了两件事：一是即日起，赵普为军师；二是明天晚上由那个山洞绕到清流关的背后，袭击皇甫晖的大本营。

石守信一边对赵普敬酒一边说道："军师如果早点告诉我们那个山洞，我们也就不会折损五百个弟兄了！"

赵匡胤笑着对石守信道："兄弟说错了！兄弟应该这么说：如果我们早点遇到军师，我们就不会折损五百个弟兄了！"

赵普莞尔一笑道："大将军也说错了！如果石将军和高将军不在清流关折损五百个弟兄，我赵普岂能与诸位相遇？"

"军师说的是，"赵匡胤举起了杯，"来，为我们与军师相遇干杯！"

第二天黄昏时分，四千五百名后周军做好了出发的准备。赵匡胤本想把石守信留在村子里的，可石守信高低不同意。

无奈，赵匡胤去征询赵普的意见。赵普道："我们人少，皇甫晖兵多。以少袭多，不能缺少石将军这样的猛将，待打下滁州之后再让石将军好好地养伤也不迟！"于是，石守信也随军队一起行动。

不久，后周军随赵普来到了那个山洞旁，赵普第一个钻了进去，赵匡胤随后也钻了进去。

洞身很狭窄，差不多只能容一人行进，加上又不能燃火把照明，所以后周军前进的速度就非常地缓慢。等四千五百人都来到西涧南岸时，已经是后半夜了。

西涧的水势很大。赵普对赵匡胤说道："这么大的水，皇甫晖就更不会防备我们对他突袭了！"

"军师所言甚是！"赵匡胤道，"不过，水势这么大，我们也不好过河啊！"

赵普说道："我曾多次涉过此河，有一处河水非常浅。"

赵普把赵匡胤等人带到了浅水处，等后周官兵陆陆续续过河后，天色已近拂晓。

赵普对赵匡胤说道："射人先射马，擒贼先擒王！皇甫晖的中军大营只有两千人左右护卫，大将军可亲率一彪人马直扑皇甫晖的中军大营。如果大将军能在较短的时间内斩杀或生擒皇甫晖，则大局定矣！"

赵匡胤点头称是，忙着找来石守信、王审琦和高怀德吩咐道："我们兵分三路。王审琦带一千五百人从左翼突袭，高怀德带一千五百人从右翼突袭，我和石守信带一千五百人居中。"

此时，南唐官兵大都还在睡觉。虽有少数人已经醒来却不知发生了什么事，等明白发生什么事的时候，后周官兵已经冲到了跟前。

石守信虽有伤在身，但却丝毫不影响他杀敌。那一对铜锤上下翻飞，几乎没有停歇的时候。他还一边冲杀一边报着数："七、八、九！"

说话间，石守信就已经砸死了九个南唐兵了。赵匡胤招呼石守信道："兄弟，杀敌要紧，找皇甫晖更要紧！"

石守信"哦"了一声，抓住一个南唐兵喝道："快告诉我皇甫晖在哪儿，不然我就叫你脑袋开花！"

那南唐兵哆哆嗦嗦地朝着一个方向指了指。石守信一转身，发现赵匡胤已经朝着皇甫晖住的地方杀去。于是石守信就一边跟过去一边大叫道："大哥，等等我！"

忽然，有十几个南唐官兵从赵匡胤的面前跑过。正迟疑间，见石守信气喘吁吁地赶到，赵匡胤连忙问道："兄弟，快看看那十几个人当中有没有皇甫晖！"

石守信大叫道："大哥，领头的那个胖子就是皇甫晖！"

赵匡胤大喝一声："皇甫晖，哪里逃！"

眼见就要被赶上，皇甫晖一挥手，身边的十多个人就围住了赵匡胤。赵匡胤生怕皇甫晖逃掉，就一边砍杀一边高声叫道："石守信，快过来，截住皇甫晖！"

石守信应道："大哥放心，皇甫晖跑不了！"

皇甫晖虽然身躯较胖，却也灵活，手中的长剑舞得更是凶狠异常。本来，皇甫晖再凶狠，也不是石守信的对手，可石守信因杀敌过多，肋间的伤口又裂开了，十分疼痛，影响了铜锤的威力，所以，石守信尽管咬牙坚持着，却也只能勉强与皇甫晖打个平手。

而陷入重围的赵匡胤却无法脱身。虽然包围他的十多个人已经被他砍死近半，但剩下的人依然顽强地围着他、堵着他。很显然，这些人已经看出，要不了多久，皇甫晖就能打败石守信。

就在此时，一人一马飞奔而来，且大声叫道："大将军休要惊慌，我来也！"

马上之人原来是赵普。也不知他从哪儿弄来了马，还找到了一柄长剑。那长剑既宽又厚，与赵普瘦削的身躯很不相称。明眼人一看便知，赵普其实不会舞剑，甚至握着那把剑都感到吃力。然而，赵普在赵匡胤的周围那么一闯一冲，竟也将堵截赵匡胤的南唐兵冲得大乱。赵匡胤抓住时机，手中的长剑一阵狂舞，把那几个南唐兵砍倒在地。

赵匡胤急叫道："军师快快下马！"赵普刚一下马，赵匡胤就纵身跃上了马背。原来，皇甫晖见情形不妙，就撇下石守信，向北逃去。

那皇甫晖逃得极快，但与赵匡胤相比还是慢了一些。皇甫晖只觉得耳边一阵风响，就见赵匡胤连人带马横在了他的身前。与此同时，原先被皇甫晖砍散的那小队后周兵也围了过来。

赵匡胤用剑指着皇甫晖道："你的中军大营已被我彻底摧毁，你还不速速弃剑投降？"

皇甫晖"哈哈"一笑，说道："我皇甫晖征战沙场十数年，从未听说过世上还有'投降'二字！"

话未落音，皇甫晖的长剑就刺向赵匡胤的腹部。赵匡胤大喝一声"你找死"，身子一偏，手中的剑砍向皇甫晖。皇甫晖竟然不躲不避，长剑继续向前刺去。结果是，皇甫晖的剑刺入了马的脊背，而赵匡胤的剑却砍中了皇甫晖的脑袋。

那马中了皇甫晖一剑，前蹄腾起多高，一下子将赵匡胤掀翻在地。待赵匡胤爬起，赵普已经跑了过来。石守信在两个后周兵的搀扶下艰难地挪着步，也赶了过来。

这时，赵普对赵匡胤说道："大将军，这里的战斗已基本结束，请速速分兵去支援王将军和高将军！"

恰在此时，那王审琦带着一队后周兵赶到。赵匡胤就叫王审琦留下保护赵普和石守信，自己带人向右去支援高怀德。赵普叫住赵匡胤道："大将军，把皇甫晖的首级割下……"

赵匡胤便割下皇甫晖的头，叫一个骑马的士兵提在手里。那士兵高举着皇甫晖的脑袋，一边打马右去一边扯开嗓门吆喝道："快来看啊！皇甫晖死了！"

这吆喝还真管用。右路的南唐军实在太多了，虽然高怀德的偷袭很顺手，有数以千计的南唐军被杀死，又有数以千计的南唐军被吓跑了，但剩下的南唐军开始抵抗之后，高怀德就没那么得心应手了。与高怀德作战的南唐军，虽然缺乏统一的组织和指挥，但人数上占有绝对优势。现在一见皇甫晖的脑袋都被后周军给砍下来了，那些南唐兵就无心再抵抗了，纷纷丢下武器朝北遁去。

此次突袭，赵匡胤以伤亡不到一千人的代价，彻底击溃了防守滁州城的南唐军主力，杀死和俘虏南唐军官兵近万人。

接下来，赵匡胤便开始考虑如何拿下滁州城。赵普对他说道："滁州城墙虽然坚固，但城内只有两千唐军，且守将姚凤还是个贪生怕死之辈，应命令部队发扬连续作战的精神，一鼓作气地拿下滁州！"

赵匡胤听罢，当即命令全军开抵滁州城下。果然不出赵普所料，后周军刚一开始攻城，那姚凤就领着二百多亲兵弃城朝滁州东南逃去。主将一逃，城内的南唐军自然毫无斗志，王审琦领兵攻上了滁州城墙。

滁州之战对赵匡胤个人的意义十分重大。他以区区数千之兵，竟然攻占了南唐都城在江北的屏障重镇滁州，这该是何等的功劳和业绩？本来，赵匡胤只是在后周一国素有名望，而经此一战后，四方诸国几乎无人不知赵匡胤的大名，这样一来，赵匡胤在后周的名望显然又得到了大大的提升。

当然了，赵匡胤是不会把滁州之战的功劳全记在自己的名下的。在占领滁州后的庆功宴会上，赵匡胤当着大小将领的面说道："此次顺利占领滁州，首功当属军师赵先生！"

赵普也很谦虚："大将军此言差矣！我乃一介书生，手无缚鸡之力，又何功之有？此次获胜，一是因为大将军指挥调度有方，二是由于在座的诸位将领及所有的弟兄都能够奋不顾身、英勇杀敌！跟诸位将军和那些战死的弟兄相比，我赵某哪还敢谈什么功劳？"

赵匡胤给赵普斟了一杯酒："来，军师，让我们用这杯酒来祭奠和告慰那些战死的弟兄。"

占领滁州城之后的第三天晚上，瓢泼大雨不期而至。赵匡胤吃过饭，先去看望了一下石守信及其他伤员，又与赵普聊了一会儿就上床睡觉了。

半夜时分，赵匡胤被王审琦叫醒了。见是王审琦在窗前站着，赵匡胤立刻抄起枕边的长剑问道："发生了什么事？"

原来，赵匡胤的父亲赵弘殷带着一支军队开到了滁州城外，请求入城稍作休息。赵匡胤闻之，一时默然不语。原来，后周军法有一条规定：半夜三更之时，任何人不得以任何理由放任何人入城。违犯此条者，从严惩处，绝不宽恕！

王审琦催促道："大哥，你快做决定啊！外面的雨可是越下越大了……"

赵匡胤抬起了头："兄弟，我们去问问军师吧……"

二人来到赵普的住处。赵普睡得很熟，似乎也睡得很香。见赵匡胤好像有点不忍心叫醒赵普，王审琦就走到赵普的床边低低地喊道："军师，快醒醒，我大哥有事问你！"

赵普一边打着哈欠一边说道："南唐军不可能这么快就反攻滁州吧？"

"军师，是这么回事，"赵匡胤凑到了床边，"我父亲领兵来到了城外……"

接着，王审琦把军法的有关规定说了一番。赵普沉吟道："大将军功劳卓著，又深得当今皇上器重，即使违法打开城门，谅当今皇上也不会加以追究……"

"这么说，"王审琦赶紧道，"我大哥可以打开城门了？"

"不过，"赵普似乎没有听见王审琦的问话，继续按自己的思路往下说，"如果大将军最终想当皇帝，那就必须要得到当今皇上的最大器重和信任。当今皇上是可以不加追究大将军半夜开城之责，更何况城外之人又是大将军的令尊，大将军即使违法似乎也情有可原。放眼天下之大，谁没有父母双亲？"

王审琦有点急了："军师，我大哥究竟该不该打开城门？"

赵普颇有意味地望着赵匡胤道："请大将军自己定夺！"

王审琦便也看着赵匡胤。赵匡胤面无表情地冲着王审琦道："走，上城楼！"

来到了城楼之上，赵匡胤急忙朝城外看去。倾盆大雨中，数千后周官兵拥挤在一起。因为天色太过黑暗，赵匡胤看不见父亲赵弘殷在哪儿，于是就扯开嗓门儿叫道："爹！我是赵匡胤，你能听见孩儿说话吗？"

"为父听见了！"一个熟悉的声音响起，"胤儿，快打开城门，为父浑身都湿透了！"

一道闪电闪过，赵匡胤看见父亲已经被大雨浇得浑身湿透，样子极为狼狈。

赵匡胤顿了一下，然后说道："爹！您老人家是军人，孩儿也是军人，我们都知道，军法规定，半夜时分不准开城门……"

"胤儿！"赵弘殷的声音里充满了焦急，"为父当然知道军法有规定，可是这雨下得也实在太大……你快把城门打开，为父只在城中待半宿，明天一早便离开！日后皇上若加追究，为父愿承担全部责任！"

"不行，爹！"赵匡胤的语气很坚决，"孩儿身为带兵的将领，不能知法犯法！"

"你！"赵弘殷生气了，"你是我儿子，我是你爹，这也叫知法犯法？"

"爹！"赵匡胤没有改变态度，"请恕孩儿不孝，您带兵速速离去吧！"

说完，赵匡胤就下了城楼，而赵弘殷则气得脸色发紫，无奈之下，只得带兵离去。

两天后，一个消息传到了滁州城：赵弘殷自那日半夜从滁州城下离开后，便突然发起高烧，最后竟死在了行军途中。

显然，赵匡胤对父亲的死负有不可推卸的责任。故而，得知父亲的死讯后，赵匡胤一连数日不思茶饭，还常常自言自语道："爹，这都是孩儿之罪啊！孩儿对不起爹啊。"

而赵弘殷之死的消息传到汴梁后，杜氏也没有显出多少悲伤，更没有对赵匡胤有所指责。她还对前来看望和慰问的众人说道："自古忠孝不能两全，我家胤儿也是这样！"

这一次，赵匡胤的举动又取得了柴荣更大的信任。数月之后，柴荣派使者抵达滁州，令赵匡胤速去六合监军。原来，南唐虽没有直接反攻滁州，却在滁州以东燃起了战火。

【第五回】

宋太祖六合大战，赵匡胤黄袍加身

后周显德三年（公元956年）三月，南唐国皇帝李璟派大将陆孟俊为征西元帅，领兵攻打后周地盘。李璟本来是想直接从江宁派兵过江反攻滁州城的，后来在大臣的建议下改变了主意，决定先把滁州以东的后周城池拿下，然后攻打滁州，进而会合濠州等地之兵去解寿州之围。

陆孟俊在江宁接受了李璟的委任后，匆忙赶到常州（今江苏常州）。在常州，求功心切的陆孟俊调集了万余军队，稍作整顿后就向北开去。从常州向北走五十多里便是长江，陆孟俊领兵渡过长江后又马不停蹄地向泰州开去。二百来里路程，陆孟俊只用了不到两天的时间就走完了。

当时驻守在泰州城里的后周将领叫毛义，而毛义手下只有三四千人，战将更是寥若晨星。当听说陆孟俊率领士卒万余人和战将数十位前来攻打泰州时，还没等陆孟俊和南唐军开到泰州城下，毛义就已经带着手下弃城而逃了。

陆孟俊不费吹灰之力就占了泰州城，很是得意。他派人回江宁向李璟报喜邀功，并向李璟夸下海口：一月之内，荡平扬州和六合。一时间，南唐朝中上下喜气洋洋。

得知毛义弃城出逃后，驻守在扬州城的后周大将韩令坤也有些心虚起来。思虑再三，韩令坤也想主动放弃扬州西撤，到滁州与赵匡胤兵合一处。虽然这么想了，但他并没有立即就付诸行动，而是先派了一个手下回汴梁向柴荣禀告泰州失守之事及自己西撤的想法。

柴荣接到韩令坤的禀报大为愤怒。他立即连下数道旨令：

一、凡发现毛义者，立即将其就地正法；

二、韩令坤不得放弃扬州，要死守待援；

三、殿前都点检张永德率一支军队立即赶赴扬州方向增援；

四、赵匡胤火速从滁州驰往六合，监督韩令坤的行动。

本来，在赵匡胤的支援下，滁州城内的后周军的数量已经相当可观了，但因为要提防南唐军的反攻，所以赵匡胤在离开滁州的时候，只带了赵普、石守信、王审琦和高怀德及两千后周兵。

等赵匡胤带着手下急急忙忙地赶到六合时，陆孟俊已经占领了扬州城。

原来，韩令坤派手下回汴梁向柴荣禀报之后不久，陆孟俊就领着八千多人由泰州向扬州打来。韩令坤作战失利，所以就来不及等候柴荣的回音，下令弃城西撤了。这样，陆孟俊又轻而易举地占了扬州城，心中自然越发得意，更加不把后周军队放在眼里了。

赵匡胤走进六合城的当口，韩令坤的军队已经撤到六合以东三十里处了。再过上小半天，韩令坤就要撤到六合城下了。赵匡胤赶紧问赵普道："军师，皇上要韩令坤死守扬州，可韩令坤现在已经弃城，为之奈何？"

赵普说道："皇上不是叫你来督军的吗？你可以下一道死命令，不准韩令坤和他的军队从六合经过。这样一来，韩令坤就只能掉头东去与陆孟俊开战了！"

"军师，"赵匡胤又道，"韩令坤的人马比陆孟俊少，又是仓皇出逃之师，我们这样逼着他同陆孟俊交战，岂不是让他吃尽苦头？"

赵普回道："这是韩令坤自讨苦吃，非大将军之过也！更何况，你只不过是在执行皇上的命令，韩令坤怨不得你。而且，我估计，那陆孟俊连下两座城池，说不定早已滋生了狂妄之心，果真如此的话，如果韩令坤知耻而后勇，击溃陆孟俊，收复扬州城也是有可能的。"

赵匡胤听从了赵普的建议，对外宣说道："扬州兵敢有过六合者，断其足！"

同时，赵匡胤又派高怀德率数百骑兵驰往韩令坤军中，向韩令坤传达命令："韩将军不必再西撤，张永德大人已率援兵东来，不日可至……"

韩令坤一时有些后悔起来。他从高怀德的口里得知，柴荣正在四处寻找毛义并要将其处死。也就是说，他韩令坤即使能过得了赵匡胤这一关，到头来也免不了落得和毛义同样的下场。与其这样，还不如同那陆孟俊痛痛快快地战上一场。

想到此，韩令坤豪气顿生。他满怀期待地对高怀德说道："说实话，我韩某也不是贪生怕死之辈！只是苦于兵少将寡，又失去了泰州的支援，才一时糊涂放弃了扬州。如果高将军看得起韩某，愿意助韩某一臂之力，那韩某马上就掉头东去与那陆孟俊一决雌雄！"

高怀德爽快地答应道："韩将军如此抬举高某，高某敢不留下供韩将军驱遣？"

韩令坤当即下令：部队后军变前军、前军变后军，掉头东去，与陆孟俊决战。

部队快开到扬州西郊时，韩令坤对高怀德说道："高将军，陆孟俊兵马多，我们兵马少，如果就这么大张旗鼓地与他硬拼，怕是讨不到便宜的，所以，我们应该有点儿妙计……"

高怀德连忙道："韩将军，你尽管吩咐！"

原来，韩令坤是想由高怀德原地设伏，由他领兵去扬州城外挑战，待把陆孟俊引到这里后，高怀德突然杀出，打陆孟俊一个措手不及。

高怀德听后，忙夸道："韩将军真是智勇双全之人啊！"

韩令坤的脸"腾"地红了："惭愧，惭愧……如果我韩令坤真的是智勇双全，那当初又何必放弃扬州？"

高怀德微微一笑道："韩将军，正所谓'此一时彼一时'也！"

除去千余骑兵交由高怀德率领外，韩令坤手下还有近四千人。他嘱咐打头阵的几个部将道："待会儿陆孟俊打来，你们稍作抵抗便向回跑，但不要跑得太快！"

正如赵普所料，那陆孟俊连得泰州、扬州之后，变得异常地狂妄。闻听韩令坤领兵来到了扬州城下，陆孟俊就笑着对左右说道："瞧见没有？韩令坤送死来了！"

于是陆孟俊就留下三千人守城，亲率五千多人杀出了城外。

等韩令坤领着部队不紧不慢地向西跑的时候，陆孟俊"哈哈"大笑，说道："弟兄们，给我追！谁要是逮着了韩令坤，我就让他做六合的守将！"

没多久，高怀德率千余骑兵突然闯入了陆孟俊的军中，而韩令坤也掉过头来开始反攻。

高怀德把千余骑兵分成两半，一半在陆孟俊的军中横冲直撞，另一半由自己领着，专门追杀陆孟俊。陆孟俊跑到哪儿，高怀德就追到哪儿。跑来追去，陆孟俊竟与韩令坤撞到了一起。

韩令坤也不打招呼，手中的剑"嗖"的一声就刺向陆孟俊的前胸。陆孟俊不敢恋战，躲过韩令坤的来剑后，就不顾一切地朝南跑。韩令坤哪里肯罢休？他连人带剑一起扑向了陆孟俊，并用手中的剑刺中了陆孟俊的大腿。陆孟俊"啊呀"一声扑倒在地。

韩令坤仰天大笑道："姓陆的，你也会有今天啊！"笑完，韩令坤就走上前去，要生擒陆孟俊。谁知陆孟俊一翻身，手中的剑猛然刺向韩令坤。幸亏高怀德及时赶到，一刀将陆孟俊斩为了两截，并砍下了陆孟俊的人头。

见陆孟俊的人头被北周军队高高地挑着，扬州城里的南唐军立刻全跑光了。不仅如此，泰州城里的南唐军也慌慌张张地撤回到了江南。这样，韩令坤就一口气收复了两座城池。

听到韩令坤连收扬州、泰州，赵匡胤笑着说道："看来，这个韩令坤还是挺能打仗的嘛！"

赵普说道："我估计，如果没有高将军相助，那韩令坤恐不会这么顺手。"

"那是自然。"赵匡胤满意地看了看身边的高怀德。此时，高怀德已经回到了赵匡胤身边。赵匡胤接着说道："韩令坤连收二城，估计皇上也就不会追究他放弃扬州之罪了！"

赵普笑道："皇上不会追究韩令坤弃城之罪，却会记下大将军你督军之功！"

就在韩令坤收复了泰州城之后的第五天，南唐国诸道兵马元帅——齐王李景达率两万南唐军精锐由江宁渡到了江北，而且一直向北开来——目标就是赵匡胤等人据守的六合城。

顿时，整个六合城都紧张万分。李景达率领的是两万南唐军中的精锐，而六合城中的后周军只有两千余人，虽然这两千余人大都是赵匡胤亲手调教出来的，但从人数上看却只是李景达军队的十分之一。

赵匡胤连忙派出探马进行侦察。据传来的消息，李景达率军过江之后，虽然一直向六合方向开来，但速度极其缓慢。半天时间，南唐军才向北走了十多里。照这种速度，李景达没有两天时间是到不了六合城外的。

"我估计，"赵普对赵匡胤说道，"李景达走得这么慢，可能有两个原因，一是他心中有什么顾忌，不敢放开脚步；二是他根本就不懂用兵。"

赵匡胤接道："如此大好时机，那李景达还心存什么顾忌，岂不就是不懂得用兵？"

南边的消息接连不断地传来：李景达依然在慢慢腾腾地蜗行，而且好像始终处于高度戒备状态。

赵普不顾赵匡胤劝阻，执意要亲自南下侦察。赵匡胤无奈，只得叫石守信随赵普一同南下。

回来后，赵普对赵匡胤说道："我现在敢肯定，李景达之所以走得这么慢，除了他摸不清我们这里的虚实外，大将军在这里坐镇，也令他心存顾忌！"

赵匡胤不禁笑了："军师，都到这种时候了，他李景达还不知道我们这里的究竟，他岂不是太不会打仗了？还有，他身边两万南唐军精兵，居然顾忌我赵匡胤一个人，这是我赵匡胤的威望太大了，还是他李景达的胆子太小了？"

赵普也不禁笑道："大将军，兵法有云：'知己知彼，百战不殆。'可李景达呢？不仅不知彼，连知己也谈不上。派这样的人领兵打仗，就是把天下最精锐的军队交给他，怕也只能是百战百殆啊！"

见赵普胸有成竹的模样，赵匡胤就轻轻问道："莫非军师心中已经有了破敌的良策？"

"我在回来的路上，的确有了一个想法！"赵普随即反问道，"大将军知道诸葛亮的空城计吗？"

赵匡胤回道："诸葛亮用空城计吓退了司马懿。"

"是呀！"赵普说道，"空城计连司马懿都能吓退，难道还吓不跑那个李景达吗？"

赵匡胤一时没明白："军师，我们只是把李景达吓跑吗？"

"岂止是吓跑，"赵普加重了语气，"我是想把李景达彻底击溃！只有这样，六合、扬州和泰州才能真正平安无事！"

南唐齐王李景达率两万兵马整整走了两天半，才走到六合城以南四五里处的一个小村子里，此时已是黄昏。李景达命令部队原地休息准备吃晚饭。直到这时，他才想起派人到六合城附近去侦察。

侦察的人回来告诉李景达："六合城墙上没有一个后周兵，而且城门都洞开着。"

听罢，李景达笑了，心想：说不定，他赵匡胤听说本王爷我率大军赶到，已经弃城而去了，这样一来，六合城岂不就唾手可得？但李景达又转念一想：赵匡胤诡计多端，以数千之众就占了滁州城，他这次是不是又在耍阴谋？

于是，李景达命令密切监视六合城的动静，并加强戒备，提防赵匡胤搞突然袭击。

一夜无事。第二天一早，监视六合城的南唐兵回报李景达："六合城内外什么动静也没有，且城门洞开了一夜。"

李景达渐渐地皱起了眉头：这究竟是怎么回事？赵匡胤究竟在玩什么鬼把戏？但很快，李景达的眉头舒展了开来，对左右说道："本王现在敢肯定，那赵匡胤早已弃城而去了！"

既然断定赵匡胤已不在六合了，李景达的胆子便陡然增大。他对大小将领吩咐道："都打起精神来，先占六合城，然后再向皇上报功！"

两万南唐兵在李景达的吆喝下开始向六合城开进了。四五里路程，李景达走了近两个时辰，等南唐军开到六合城外时，已是中午时分。李景达说道："快些进城吧，本王有些饥饿了！"

可就在这时，一个南唐将领慌慌张张地跑来对李景达说道："王爷，大事不好了！我们进不了城了……"

李景达一怔："莫非城门关上了？"

那将领回道："城门一直敞开着……"

"笨蛋！"李景达双目一瞪，"既然城门敞开着，那就快点进城，你为何要说进不了城？"

那将领赶紧说道："王爷，是这么回事，城门虽然敞开着，但城门楼上有人……"

"什么？"李景达一惊，"城门楼上有人？是什么人？在干什么？"

那将领低低地说道："……是赵匡胤，他正在喝酒……"

"赵匡胤在城门楼上喝酒？"李景达双眼盯着那名将领，"你，你没有看错？"

"下官看得千真万确！"那将领又放低了声音，"王爷，那赵匡胤还邀您同饮呢！"

李景达的眼珠子差点迸出眼眶。好一会儿，他才低声问道："城门楼上还有别人吗？"

那将领回道："还有一个，也姓赵，说是叫赵普。"

听说只有两个人，李景达不禁长长地吐出一口气，故意大声说道："你前头带路！本王倒要看看那赵匡胤在玩什么鬼把戏！"李景达到城楼下一看，果然，城门楼上，赵匡胤和赵普正怡然自得地把盏品酒。

赵匡胤虽不认识李景达，但看见李景达的服饰便也猜了个八九不离十。所以，赵匡胤就在城门楼上站起来，端着一杯酒，笑吟吟地冲着李景达说道："王爷一路劳顿，赵某略备薄酒，恭请王爷上来同饮，不知王爷意下如何啊？"

李景达没敢回应，赶紧看看身边的部下，部下们也面面相觑。那赵普见状，也笑巍巍地端着一杯酒站了起来："王爷，想当年曹操与刘备煮酒论英雄，今日我家大将军也想仿效当年之事，与王爷共饮一回，王爷又何必推辞？"

赵普这么一说，一个南唐将领立刻恍然大悟似的对李景达说道："王爷，下官明白过来了，赵匡胤今日所使乃当年诸葛亮的空城计……"

"废话！"李景达瞪了那将领一眼，"你当本王看不出来吗？本王往这里一站，就早已看出赵匡胤所使的乃诸葛亮的空城之计！"

"是，是！王爷英明！"那将领奉承了一句，紧跟着又建议道，"王爷，既然赵匡胤使的是空城计，那我们就该马上冲进城去，将赵匡胤活捉！"

"糊涂！"李景达看着那将领，"你太糊涂了！简直糊涂透顶了！"

那将领唯唯诺诺地退到一边去了。李景达面对着部下说道："赵匡胤虽然侥幸占了滁州城，但他能有诸葛亮聪明吗？能有诸葛亮胆大吗？绝对没有！所以，当年诸葛亮玩空城计，城内真的是空无一人，而今天赵匡胤玩空城计却大有名堂。本王敢肯定，赵匡胤不是在城内设有机关就是在城外的什么地方设有埋伏！一句话，赵匡胤是在引诱本王进城，但本王岂会上他的当？"

一将领小心翼翼地问道："王爷，既如此，我们该怎么办？"

李景达瞟了赵匡胤一眼，吩咐部下道："命令部队后撤三里！本王要以不变应万变！"

就在两万南唐军乱哄哄地向后撤的当口，一将领飞马赶来向李景达报告，说是右边杀过来一支后周军队。

只见右边的旷野上尘烟滚滚，也不知道有多少后周兵马，为首的将领手执一对铜锤。

李景达不禁倒吸了一口凉气，心想：赵匡胤果然在城外设有伏兵！

正想着，又有一将领拍马赶到，说是从左边也杀过来一支后周军队。

左边的旷野上同样是尘烟滚滚，看上去至少也有数万兵马，为首的后周大将手执一柄鬼头大刀，发出阵阵寒光，让人心里一阵阵发毛。李景达马上就对左右叫道："大事不好！赵匡胤要夹击我们！"

一将领问如何迎敌，李景达没好气地回道："还迎什么敌？再不向南跑，就被赵匡胤的大军合围了！"

李景达说跑就跑，一马当先地向南蹿去。他这一跑不要紧，两万南唐军全"呼啦啦"地向南逃去。李景达裹在混乱不堪的南唐军队中拼命地朝南跑，而石守信和高怀德兵合一处后马上就朝南追来。两万南唐军只顾向前跑，几乎没有一个人回头抵抗。这样一来，那些跑得稍慢的南唐兵就成了后周兵的刀下之鬼。

从六合城到长江边上，以石守信和高怀德为首的后周军，一共杀死了两千多南唐军。

李景达逃到长江边上时已是黄昏。到达江边后，李景达就冲着左右大呼小叫道："快！快上船！撤到江南去！"只是此时李景达没有发现，原先留下看守船队的几十个南唐官兵早已不见了踪影。

可笑的是，李景达在上船南逃前，还不忘哆哆嗦嗦地命部下侦察追兵的动向。当听到后周军聚集在两里之外看着南唐军上船时，李景达竟哈哈大笑道："赵匡胤的人马追累了，跑不动了！真是天助本王也！"

当时李景达的身边还有近一万八千人，而停在江边的战船有一百余条。一万八千人一起朝着一百余条战船上涌，那场面的混乱就可想而知了。

可有几只船刚刚离开岸边，南唐兵便发现江水正"咕嘟咕嘟"地往船舱里灌。还有几只船还没有掉过头来呢，船舱里就"腾"地燃起了大火，吓得船上的南唐兵纷纷往水里跳，或是朝别的船上爬。

就在这时，石守信和高怀德率着后周军杀气腾腾地扑到了江边。据有关书籍记载，李景达所率的近一万八千名南唐官兵，被火烧死的、被水淹死的和被石守信、高怀德及后周军队杀死的加在一起超过了万人，另有三千余人成了后周军队的俘虏。不过，李景达却侥幸拣得了一条性命，趁着夜色逃遁了，最终逃到了濠州。

这是怎么回事呢？原来这是赵普给赵匡胤出的计策，提前派王审琦到江边，杀死了看守船队的南唐官兵，然后把一部分战船的船底凿一个大窟窿，暂用塞子堵上；在一部分战船的船舱里堆上干柴并浇上油。等南唐军队大半已上船了，王审琦的手下就拔去塞子、点上火。这就彻底截断了南唐军南逃的退路。

　　六合一战，赵匡胤在赵普的帮助下，又创造了一个奇迹：以区区两千余人，一共歼灭和俘虏了一万五千多南唐精锐。史家评论说，六合一战后，"唐之精英尽也"！

　　不多日，柴荣派钦差抵达六合，命令张永德和赵匡胤即刻返回京城。等赵匡胤一行人进入汴梁城时，已经是后周显德三年（公元956年）的十月份了。

　　在赵匡胤返回汴梁的第二天，柴荣就升赵匡胤为殿前都指挥使兼定国军节度使。石守信、王审琦和高怀德等人也都官升一级。

　　殿前都指挥使只比殿前都点检低一个等级。换句话说，除了张永德之外，赵匡胤就是当时后周朝廷中最高的军事长官。而且，定国军节度使又是一个颇具实权的职位。所以，六合大捷后的赵匡胤已经是后周朝中举足轻重的人物了。实际上，如果再加上石守信、王审琦和高怀德等人所掌握的兵权，当时的赵匡胤，已经撑得起后周朝的半壁江山。

　　柴荣和赵匡胤相继离开寿州城外后，负责围攻寿州城的后周军统帅是天平节度使、副宰相兼殿前副都指挥使韩通。不能说韩通攻城不卖力，然而，寿州城南唐守将刘仁瞻确实太英勇善战了。赵匡胤占领滁州之后，柴荣就命令韩通大举攻城。在此之前，后周军主要是围困寿州城。可是，一直到赵匡胤击溃了李景达，返回了汴梁城，韩通也未能踏入寿州城一步，而后周军的损失还相当惨重。

　　赵匡胤就任殿前都指挥使之后不几天，柴荣接到了韩通的求援信。说实话，柴荣是很想马上就把赵匡胤派往寿州前线的，但同时又想：赵匡胤毕竟连续征战多日，先克涂山，又占滁州，再败李景达，也着实太过劳累，理应让他在汴梁好好地休息一段时间。所以，柴荣就没有对赵匡胤提及寿州战况，而是派了一支部队去增援韩通。

　　然而，三个月之后，柴荣又接到了韩通的求援信。这回柴荣耐不住了，立即就将张永德和赵匡胤召入宫中。柴荣也没绕弯子，直截了当地问张永德和赵匡胤道："寿州久攻不下，韩通屡次求援，你们看怎么办？"

　　赵匡胤马上道："臣愿往寿州助韩通攻城！"

　　柴荣明白赵匡胤的心意。赵匡胤曾经随柴荣一起攻打过寿州，但未能成功，对赵匡胤而言，自然是想找那刘仁瞻一决雌雄。

　　于是，柴荣便准备派赵匡胤前往寿州了。可是，张永德也要求前往寿州，而且态度还非常坚决。柴荣一时犯起难来。

　　从情感上讲，柴荣似乎应该派张永德前往寿州。但若从君臣关系这一角度来考虑，柴荣又似乎应该派赵匡胤前往寿州。而且，在柴荣看来，赵匡胤拿下寿州城的把握显然比张永德要大得多。

尽管如此，柴荣也没有立即就做出决定。促使柴荣最终做出决定的，是他又接到了韩通的一封信。韩通在信中称：南唐诸道兵马元帅、齐王李景达亲率五万兵马驰援寿州。

柴荣对张永德说道："那李景达是赵匡胤手下败将，赵匡胤前往寿州，定能起到威慑南唐军的作用！朕决定，你留守京城，朕与赵匡胤一起前往寿州！"

柴荣御驾亲征，也算是给了张永德一点面子。因为柴荣一去，攻克寿州之功就要大半归于柴荣了。故而，张永德虽然依旧有些不情愿，但最终也没有表示异议。

后周显德四年（公元957年）三月，柴荣带着赵匡胤及三万多后周军第二次亲征寿州，并很快渡过淮河，抵达寿州城外的紫金山南面。

李景达比柴荣早十几天到达寿州城外。他指挥五万南唐军与韩通激战了三天三夜，虽然得到了刘仁瞻的有力配合，但也未能击溃韩通。不过，他还是将包围寿州城的后周军防线撕开了一个大口子，并派重兵向紫金山北面布防。这样，城外的李景达与城内的刘仁瞻就有了一条可以直接联系的通道。

柴荣和赵匡胤领兵到达紫金山南时，紫金山上已经布满了李景达的军营。李景达从北到南在紫金山上建起了十几个军寨，最中间的军寨叫先锋寨，李景达就在这里坐镇指挥。

赵匡胤向柴荣请求攻打李景达的军寨。柴荣同意，并对赵匡胤道："你先去攻寨，待得手后，朕立即带兵前往增援！"同时，柴荣还派人命令韩通迅速攻城。

柴荣给了赵匡胤一万人马，并问够不够。赵匡胤回道："攻进李景达的军寨，一万人足矣，但要彻底击溃李景达，恐怕就得仰仗皇上亲自出马了。"

柴荣笑道："赵匡胤，朕刚才不是说了吗？你这边一攻进军寨，朕马上就率兵支援你！朕既然与你一同来此，岂能让你孤军奋战？"

赵匡胤连忙道："有皇上在臣的后面撑腰，臣就没有攻不破的军寨！"

赵匡胤的话说得很轻松，但别了柴荣之后，他却不敢有丝毫的大意，连忙找着赵普，询问攻打军寨的具体事宜。不难看出，有了赵普之后，对于任何军机大事，哪怕是赵匡胤自己心里已经有了主张，也要询问赵普一番。

赵普对赵匡胤说道："大将军可将皇上给的一万人马分成两半，一半直攻先锋寨，另一半去攻打最北面的北山寨！"北山寨是距寿州城最近的一个李景达的军寨，如果攻占了北山寨，就等于是切断了李景达与刘仁瞻之间的联系，肯定会引起寿州城内南唐军的恐慌，这对韩通攻城无疑是有帮助的。

赵普接着道："如果两处攻寨均顺利得手，那攻入北山寨的军队就由北向南打，而攻入先锋寨的军队则死死地扼守在山顶，堵击南边的唐军向北增援……"

"这样，"赵匡胤忍不住说道，"待皇上率大军前来，我们就可以迅速地将先锋寨以北的唐军击溃！"

"不错！"赵普说道，"待击溃了先锋寨以北的唐军，先锋寨以南的唐军就不战自溃了！"

"军师此计甚妙！"赵匡胤马上道，"只是，此次出战，军师有没有安排我赵某打头阵？"

赵普"哈哈"一笑道："大将军，当今皇上就在这里，你岂能不打头阵表现表现？"

赵匡胤放心了。如果赵普不让他出战，他还真的不太好办。就听赵普又道："我以为，大将军应该去攻打先锋寨。李景达吃过大将军的亏，说不定，大将军往先锋寨上一冲，那李景达就吓跑了。李景达一跑，先锋寨岂不就到了大将军的手中？"

赵匡胤点头道："军师所言，正合我意！"

于是，赵匡胤就命令高怀德和王审琦二人领五千兵马去攻打北山寨，自己和石守信率五千兵马去攻打先锋寨。赵匡胤吩咐高怀德和王审琦道："你们拿下北山寨之后就接着向南打，一刻也不要停止！"

高怀德和王审琦领命而去。赵匡胤和石守信也准备去攻打先锋寨了。就在这当口，赵普带着十几个人抱着一大摞衣服来到了赵匡胤的面前。那摞衣服全是黑色，胸前和背后都写有一个白色的大大的"赵"字。而赵普手中捧着的一套衣服是白色，胸前和背后都用墨汁写着一个大大的"赵"字。

赵匡胤不解地问赵普道："军师，你这是干什么？"

赵普笑嘻嘻地回道："我来给大将军送行！"

赵匡胤明白了："军师，你是叫我和我的亲兵都穿上你送来的这些衣服吗？"

"是的！"赵普说道，"你穿白的，你的亲兵穿黑的，黑白分明！你和你的亲兵穿上这些衣服往山上一攻，李景达和他的手下马上便会知道是你赵大将军打来了！"

赵匡胤不禁笑道："军师，你的鬼点子还真的不少啊！"

驻扎在先锋寨里的南唐官兵有四千多人，其中大半都是当初在长江边上被赵匡胤击溃后，跟着李景达逃到濠州，又赶来增援寿州的那些南唐精锐。当听说赵匡胤来了之后，他们立时变得惶恐不安起来。长江边上的惨败，让他们想起来仍心有余悸。也甭说是他们了，就是李景达，在听说赵匡胤的军队已经开到了紫金山南时，也吓得面色苍白，连说话的声音都变了。

所以当赵匡胤等人冲进先锋寨的时候，寨内只剩下几百个南唐军了。石守信挥着一对铜锤，领着一百多个部下，三下五除二地将那几百个南唐官兵收拾了。

待数千名后周官兵一起呐喊着冲进先锋寨的时候，寨内的战斗早已结束了。原来，李景达见是赵匡胤率军队杀来，在派了一个将领留下抵抗后就逃之夭夭，不知所终。而被留下的将领也畏于赵匡胤的威名，只留下这几百人，就跟在李景达的屁股后面逃掉了。

先锋寨以南的五六个军寨里的南唐官兵，原先都是驻扎在濠州城里的。他们从未和后周军队开过仗，只是到了寿州城外后，才和韩通的后周军交过几次手。所以，他们虽然听说过赵匡胤的名头，但并不像李景达等人那样对赵匡胤充满了恐惧，故而闻听先锋寨失守，他们便纠合起一万多人马，呈扇形向先锋寨发动了攻击。

望着黑压压的一片南唐军队，赵匡胤对石守信说道："兄弟，下面的仗恐怕就不会像刚才那么轻松了！"

石守信不再笑了："大哥放心，只要兄弟我还有一口气，这先锋寨就不会丢！"

"好！"赵匡胤加重了语气，"兄弟，只要我们能在此坚守一个时辰，王审琦和高怀德就会打过来，皇上也会带着大军赶到！"

"大将军，只要半个时辰就够了！"一个熟悉的声音在赵匡胤耳边响起。赵匡胤一回头，见是军师赵普，便问道："军师，你不在山下好好待着，跑到山上来干什么？"

赵普回道："我怕大将军在山顶上着急，所以就陪大将军来了！"

赵普带来消息，此时，柴荣已经亲率两万多人加入了王审琦和高怀德的战场。赵普说道："顶多半个时辰，皇上和王将军、高将军他们就会赶到这里来与大将军会合！"

赵匡胤急忙对石守信说道："快告诉弟兄们，皇上已经赶来支援我们了！"

石守信答应一声，拎着一对铜锤就跑开了。

这时，一万多南唐兵已攻到了先锋寨外。石守信双锤一提，第一个冲出寨门，并扯开嗓门喊道："弟兄们，给我冲啊！"

进攻先锋寨的南唐军队人数虽多，但赵匡胤和石守信的后周军占有地形上的优势，更主要的，后周军的士气明显要比南唐军的士气高出一截。因此，后周军与南唐军便在先锋寨外打得是难解难分。

就在赵匡胤和石守信率军与南唐军打得不可开交的当口，柴荣指挥着一万多人加入了赵匡胤和石守信的正面战场，王审琦和高怀德也各率数千人从两翼对南唐军队进行夹击。南唐军队不敢再支撑了，纷纷夺路而逃。

后周军队在石守信、王审琦和高怀德等人的率领下，先是横扫了先锋寨以南的几个南唐军军寨，然后沿着淮河两岸拼命地追击溃逃的南唐军队。其中，石守信领着一支军队一直追赶了两天两夜，差不多都到了濠州城外了才恋恋不舍地返回。

紫金山一役，后周军共歼灭、俘虏了南唐官兵四万余人，缴获了大量的粮食和大批的船只，可谓是大获全胜。而这四万多南唐官兵又几乎全是从濠州一带开来的，因而，紫金山一役后，濠州城内的南唐军人数就大为减少，为后周军最终夺取濠州城创造了极为有利的条件。

南唐寿州守将刘仁瞻见李景达的数万大军转眼间便灰飞烟灭，主动地开城投降了。

回到汴梁之后，柴荣立刻加封赵匡胤为义成军节度使。石守信、王审琦和高怀德等人自然也得到了相应的封赏。柴荣本想赐赵普一个官职，但被赵普婉言谢绝了，所以只赏给了赵普一大笔金银财宝。

后周显德四年（公元957年）十月，柴荣决定再度御驾东征。滁州、寿州等地相继攻克，南唐在江北已经处于被动挨打的局面，所以，不仅他对此次东征充满了信心，满朝文武也几乎无一人对他御驾东征持有异议。

然而，令张永德颇为失望的是，柴荣此次东征，仍令他张永德留守汴梁，而赵匡胤则又得以随驾同征。

此次东征，后周出动了整整五万大军。其中，一万人跟着赵匡胤，其余四万人跟着柴荣，而且跟着赵匡胤的一万人全是骑兵。

柴荣此次东征分两个阶段进行。第一个阶段，赵匡胤打头阵，柴荣殿后，先夺取濠州和泗州（今安徽泗县）。第二个阶段，柴荣和赵匡胤各领一路人马，分别在淮河南北两岸，沿着淮河同时向东扫荡南唐的地盘，直到把南唐在江北的土地和百姓全部抢到手为止。

且说赵匡胤出了汴梁城之后，便领着赵普、石守信、王审琦和高怀德及一万骑兵先行向东南方向进发，于后周显德四年（公元957年）十一月开到了濠州城的附近。

赵匡胤先派王审琦前往濠州城外侦察。王审琦回报：濠州城内外的南唐军队近万人，大都人心惶惶的，似乎已做好了逃跑的准备。

接着，王审琦又介绍了濠州城外的地形及南唐军在城外的一些设置。赵匡胤问赵普道："军师，你看这一仗该怎么打啊？"

赵普回道："南唐军没有我们多，士气没有我们旺，如果只想占领濠州城，一攻便可得手。但如果还想歼灭大批南唐军，那就要在通往泗州的路上预先设伏！"

赵匡胤问："军师如何肯定濠州的南唐军会向泗州逃跑？"

赵普笑道："如果滁州还在南唐军的手里，那濠州的南唐军就肯定会往东跑，可现在滁州是我们的地盘了，且六合一带也驻着我们不少的兵马，所以濠州城的南唐军就会以为往北跑比较安全，而往北跑那就只能跑向泗州了！"

"军师高见！"赵匡胤称赞了赵普一句，然后召来高怀德吩咐道："兄弟，你带上三千人，速速赶到濠州城北面设伏，一定要堵住从濠州逃出的南唐军！"

高怀德得令后迅速离去。赵普对赵匡胤说道："我们应该在半夜里攻城，既可以打南唐军一个措手不及，迫使他们尽快地弃城逃跑，同时也给高将军留下了设伏的时间。"

赵匡胤对赵普言听计从："好，就按军师说的办！"

当时还是上午。赵匡胤先是派出几个人向东去监视濠州城的动静，然后命令所有的人原地睡觉。石守信冲着赵匡胤嘟哝道："大哥，这个时候谁能睡得着？"

赵普一旁说道："石将军，睡不着也要强迫自己睡。今天夜里恐怕要跑很长的路呢！"

石守信大嘴一撇："军师，濠州城不就在前面吗？马一撒欢儿就到了，能有多长的路要跑？"

赵匡胤忙对石守信道："兄弟，你还没听出军师话中的意思吗？我们不仅要占领濠州城，还要将这股唐军消灭掉！要想消灭这股南唐军，那就必须跟在他们的后面追。说不定，我们一直要追到泗州去呢！"

赵匡胤带着部队在濠州城以西十几里处差不多休息了整整一天。夜幕降临后，赵匡胤命令军队向东挺进。为了不引起濠州城南唐军的注意，赵匡胤及所有官兵一律牵着马步行。

濠州城东北有一个水滩，水滩上有木栅封堵着，越过木栅就可以直接攻到濠州城里。城北还有一个水寨，停着百余条战船，战船上驻扎着两千多南唐官兵。

赵匡胤命令石守信和王审琦率三千人去对付南唐军的水寨，待战斗打响后，赵匡胤就亲率四千人越过水滩上的木栅直接攻城。

石守信和王审琦带着三千人悄悄地摸到了水寨边，随着石守信的号令，王审琦和三千后周军一起冲上了那百余条战船。猝不及防的南唐水军顿时乱成一团，有往水里跳的，有往岸上爬的，还有干脆跪在船上哭爹叫娘的。

闻听石守信和王审琦动了手，赵匡胤就带着四千人冲上水滩，越过木栅，向濠州城内发动了攻击。见有一股南唐军前来拦堵，赵匡胤大喝道："赵匡胤在此，谁敢拦阻！"

濠州城内有不少南唐军是从寿州城外紫金山上逃回来的。听到赵匡胤的叫声后，这些人马上也跟着大喊大叫起来："大事不好了！赵匡胤攻进城里来了！"

濠州城里顿时炸了锅，几乎所有的南唐军都一起朝着城的北门跑，嗷嗷叫着没入了城外那无边的夜色中。

赵匡胤命令部队呈扇形搜索追击，并对手下说道："都把眼睛睁得大大的，绝不能漏掉一个南唐军！"

因为是边搜索边追击，加上又是天黑，所以赵匡胤及军队向北推进的速度不是很快。但即便如此，赵匡胤率军向北追了不到十里，就砍杀了数百名南唐官兵。

眼看着，天就要亮了，赵普对赵匡胤说道："高怀德将军是个粗中有细的人，我估计，他就在前面不远的地方设伏！"

赵匡胤命令石守信居左、王审琦居右，自己和赵普居中，呈半环形向前方包抄过去。

天刚亮的时候，赵匡胤发现前方有大批四处溃散的南唐军。显然，北逃的南唐军遭到了高怀德的伏击和拦截。

北有高怀德，南有赵匡胤，西边是石守信，东边是王审琦，南唐军队陷入了后周军的四面合围之中。两个时辰之后，赵匡胤及后周军队就砍杀了近五千名南唐官兵，还俘虏了近两千人。只有数百名南唐骑兵冲出了包围，落荒向北逃去。

赵匡胤吩咐石守信道："你带一千人向北追击，那些唐军逃到哪儿，你就追到哪儿！"

一旁的赵普补充道："如果有可能，石将军就趁机占领泗州！"

石守信领命而去。赵匡胤等人则不紧不慢地行进了一天一夜，正要安营扎寨时，前方传来消息：石守信已经占领了泗州城。

赵匡胤急忙找来大小将领道："告诉弟兄们，打起精神来，赶到泗州城去休息！"

占了泗州城，柴荣此番东征的第一阶段计划就顺利地完成了。于是，赵匡胤就一面命令部队在泗州城休整，一面派王审琦去迎接柴荣。

十几天过后，柴荣领着四万大军开到了泗州城下，赵匡胤率赵普、石守信和高怀德及数千官兵、百姓在城外列队恭迎柴荣。一见面，柴荣就哈哈大笑道："赵匡胤，你进军如此神速，即使没有朕在后面为你压阵，你独自一个人也可以荡平江北啊！"

赵匡胤忙道："皇上谬奖微臣了！如果没有皇上助阵，微臣岂能连战连捷？"

柴荣和赵匡胤君臣二人携手走进了泗州城。

后周大军在泗州一带休整了一个多月，因第二阶段作战计划规模比较大，所以柴荣又下令调来了一些军队。最后，驻扎在泗州一带的后周军队总人数达到了十万之众。

后周显德五年（公元958年）二月下旬，柴荣准备实施第二阶段作战计划了，赵匡胤等人也摩拳擦掌地准备放手一搏了。因为按柴荣预先的估计，第二阶段作战计划一打响，用不了多久，南唐就会向后周臣服。

就在这当口，发生了一件小事。这小事虽然对柴荣的作战计划没什么影响，但对赵匡胤却多少有些影响——赵匡义赶到泗州来了。原来，贺氏已于正月初三病死了。

柴荣得知此事后，忙找到赵匡胤说道："你可以回京城料理一下后事。"

赵匡胤忙道："感谢皇上关怀！拙妻的后事自有家母料理，臣岂能以一己之私痛而耽误皇上的军机大事？"

柴荣顿时感慨万千道："赵匡胤，你这等忠诚，朕记下了！待降服李唐之后，朕一定亲自为你续弦！"

赵匡胤伏地叩首道："臣现在别无他念，只一心想着征服李唐！"

"好！"柴荣大声说道，"就让朕与你君臣二人携手东进、并肩作战！"

三月初，后周大军开始了大规模的东征。柴荣率五万兵马在淮河北岸向东打，赵匡胤率五万兵马在淮河南岸向东打。南北两路后周大军可谓是势如破竹、所向披靡，一个月不到，柴荣便打到了洪泽湖，而赵匡胤则打到了洪泽湖东南方的高邮湖。接着，两路大军在高邮湖的西端汇合，然后一起南进。扬州后周守将韩令坤闻之，急忙率众北上迎接。

令赵匡胤高兴的是，随军参战的赵匡义表现出了非凡的才能。赵匡义时年二十岁，在此之前从未打过仗。赵匡胤本来是想叫赵匡义回汴梁的，但赵匡义非要随军东征。赵匡胤无奈，只得让他担任了一个十夫长。名义上，赵匡义是十个人的头领，而实际上却是被这十个人保护着。没想到，赵匡义竟然领着这十个人在一次征战中俘获了一百多名南唐官兵，其中还有一位南唐将领。赵普闻之，私下里对赵匡胤说道："如果大将军是人中之龙，那令弟至少也是人中之杰！"

在扬州休整了一段时间后，柴荣就开始准备继续东征了。就在这时，南唐皇帝李璟派使者来到了扬州城。

南唐使者向柴荣跪交了李璟的降书。李璟在降书中称，只要后周大军不渡江，他愿意向柴荣俯首称臣，除将江北所有的土地（共十四个州、六十个县）全部献给后周外，还每年向后周贡钱贡物。

李璟终于降服了，柴荣的目的也就达到了。柴荣不无得意地对赵匡胤说道："朕说过，用不了多久，李璟就会臣服。朕预言如何？"

赵匡胤回道："皇上英明！李璟焉能与皇上比肩？"

柴荣当即下令：十万后周大军班师回朝，准备北伐。

南唐使者在向柴荣呈交李璟降书的同时，曾私下里向赵匡胤赠送了三千两黄金。南唐使者向赵匡胤赠送黄金，是为了离间赵匡胤和柴荣的关系。而赵匡胤将三千两黄金分文不少地上交了后周国库，博得了朝野上下的一致称赞。

降服了南唐之后，柴荣与赵匡胤一起领着十万大军浩浩荡荡地由扬州回到了汴梁。刚一回汴梁，赵匡胤就被柴荣加封为忠武节度使。石守信、王审琦和高怀德也有封赏。

赵普依旧得了不少柴荣赏赐的银子。他拿赏银买了许多酒菜，请赵匡胤、石守信、王审琦和高怀德等人饱饮饱吃了一回，直吃得赵匡胤眉飞色舞，饮得赵匡胤眉开眼笑。

后周显德五年（公元958年）夏暮秋初的一个黄昏，赵匡胤正在家中与母亲杜氏一起逗自己的儿子德昭玩。一个太监匆匆忙忙地走进了赵匡胤的家，向赵匡胤传下柴荣口谕：着赵匡胤立刻进宫见驾。

杜氏问道："胤儿，皇上这么急，是不是要北伐了？"

赵匡胤摇头道："不会……大军北伐，得有很多准备工作要做。孩儿估计，最早也得在明年春天才能北伐……"

杜氏催道："胤儿，快进宫吧！皇上急召你，定是有非比寻常之事！"

赵匡胤应诺一声，便跟着那太监走了。那太监将赵匡胤带进了宫，又将赵匡胤带进了柴荣的寝殿。看模样，柴荣召见赵匡胤，不仅有重要的事情，而且这事情还很机密。

然而，赵匡胤似乎想错了。见了赵匡胤，柴荣淡淡一笑道："赵匡胤，朕忽然想你了，所以就叫你来此让朕看上一眼。"

赵匡胤有些糊涂了："微臣中午才与皇上道的别，皇上如何这么快就又想微臣了？"

柴荣说道："朕也不知道是怎么回事，说想你就想你了，所以就召你来了。你坐下吧！"

见赵匡胤在对面坐了下来，柴荣说道："朕与你还是边喝边聊吧！"

随着柴荣的话音，太监们把酒菜端了进来。显然，这些酒菜都是事先准备好的。

酒菜放在了柴荣和赵匡胤的面前，太监们退了出去，这君臣二人就边喝边聊了起来。可聊来聊去，赵匡胤也没感觉到柴荣有什么紧急的事。于是，赵匡胤就暗自想道："看来，皇上真的是想我了！"

忽然，柴荣换了个话题："赵匡胤，你还记得朕在泗州时跟你说过的话吗？"

赵匡胤一怔："皇上在泗州时跟微臣说过很多话，微臣实不知皇上指的是哪些话……"

"赵匡胤，"柴荣故作严肃状，"你真的是很健忘啊！"

"是，是！"赵匡胤忙赔笑道，"微臣只要打起仗来，就什么事情都会遗忘，甚至包括皇上对微臣说过的话……请皇上恕罪！"

柴荣"哈哈"一笑道："赵匡胤，朕想给你提个醒。朕在泗州城里曾对你说过，待降服了李唐，朕一定亲自为你续弦。现在，李璟已经臣服，朕总不能做一个言而无信之人吧？"

赵匡胤这才明白了柴荣召他入宫的用意，心中不由得一阵激动。

赵匡胤正在愣神间，忽听柴荣问道："赵匡胤，你想起朕跟你说的这番话了吗？"

"想起来了！"赵匡胤慌忙道，"皇上如此关怀微臣，微臣岂敢忘怀？"

"那就好。"柴荣点点头，"朕虽不敢自诩有多么英明，但朕终归是一个守信之人。所以，朕对你说过的话，就一定会兑现！"柴荣接着又说道："赵匡胤，朕虽然决定亲自为你续弦，但有一句话朕必须先跟你讲清楚！"

赵匡胤心中一紧："皇上……尽管吩咐微臣，微臣洗耳恭听！"

柴荣说道："朕想说的是，如果朕为你挑选了一个女人，你千万不要嫌朕挑选得不够美貌！"

赵匡胤慌忙道："皇上这是从何说起？只要是皇上挑选的女人，纵然丑如无颜，微臣也会欣然接受。更何况，皇上这么好的眼力，自然会为臣挑选一位美貌的女人为妻！"

"那好，"柴荣举起了酒杯，"赵匡胤，这事就这么定了，现在喝酒吧！"

柴荣一杯酒下肚之后，猛然咳嗽起来。赵匡胤找到一块手巾递给柴荣，柴荣用手巾揩了揩嘴。那手巾本是白色的，但柴荣揩过嘴之后，那白色中便有了一块鲜艳的红色。

赵匡胤大惊道："皇上，您……这是怎么了？"

柴荣摇了摇头："没什么。今年春上，朕就有咯血的毛病了。不过，咳上一阵之后也就没事了！"

"皇上！"赵匡胤连忙道，"你这是积劳成疾啊……微臣以为，皇上应该召太医来仔细地诊治诊治……"

柴荣微微一笑道："赵匡胤，你不要大惊小怪的。朕身上的血多的是，咳出一点来又有什么关系？"

见赵匡胤还要说什么，柴荣摆了摆手道："赵匡胤，你什么都不要说了。朕今日召你的事情已经办完，你可以回家了，朕还有别的事情要办！"

赵匡胤冲着柴荣躬身说道："皇上，微臣这就告退……请皇上一定要保重龙体……"

赵匡胤慢慢地朝殿外退去。柴荣忽然道："赵匡胤，朕还有一句话要吩咐于你！"

赵匡胤急忙停住了脚步。柴荣说道："你出宫之后，不许到别处去喝酒，当立即返回自己的家！记住，这是朕的口谕！"

赵匡胤应声道："微臣遵旨！"

赵匡胤出宫时天早已黑透。他一边往家走一边在苦苦地琢磨，刚一走到家门外，赵匡义就飞似的迎了出来，压低嗓门儿叫道："大哥，新大嫂已在你房中候你多时了！"

赵匡胤一愣："匡义，你说什么？什么新大嫂？"

赵匡义眨了眨眼道："大哥，看来你还不知道啊……你刚一入宫，皇上就派几个公公把新大嫂送过来了！"

赵匡胤顿时就明白过来了。

原来，柴荣早已为赵匡胤相中了一个女人，这女人便是后周彰德军节度使王饶的三女儿。只是因为赵匡胤原配贺氏才死去几个月，柴荣不便大张旗鼓地把王氏赐予赵匡胤为妻，却又不想让赵匡胤独自而眠。故而，柴荣就在把赵匡胤召入宫中叙谈的同时，派人把王氏送入赵匡胤家中。

这时，杜氏也迎出门外道："胤儿，为娘有话对你说……"杜氏一边说着，一边把赵匡胤拉到了一旁，对赵匡胤说道："皇上叫公公传谕，此事不宜声张。待完婚之后，你备份厚礼到你岳父家表示谢意。"

"孩儿谨遵母命！"赵匡胤点头说道，但又忍不住笑，"皇上这是想给我一个莫大的惊喜啊！"

说完，赵匡胤与杜氏一起迈进了家门，边往里走还边凑在杜氏的耳边问道："娘，以你看来，孩儿的这位新夫人相貌如何？"

杜氏回道："在为娘看来，你的这位新媳妇，虽不敢说有倾国之貌，却也当说有倾城之姿。只不过，为娘有为娘的看法，并不能代表胤儿你的看法。"

"不，不！"赵匡胤连忙道，"娘说她长得美，那她就一定长得美！"

赵匡义一旁催道："大哥，快回房去吧，新大嫂都等急了！"

赵匡胤的两道目光马上像两支利箭一般盯住赵匡义："匡义，今日是大哥我的新婚，你在这里着什么急？"

"我？"赵匡义似乎真的有些急了，"大哥，我这不是在为你着急吗？既然你不着急，那我又何急之有？"

赵匡胤还真的不着急了。本来，他跨入家门之后，就想直奔自己的卧房，可现在，他改变了主意。他叫过赵匡义吩咐道："匡义，你现在去通知我的军师，还有你石大哥、王大哥和高大哥，你叫他们到我们家来，就说我请他们喝酒！"

赵匡义有些不情愿："大哥，都什么时候了？明天再请他们喝酒也不迟啊！"

杜氏说道："义儿，按你大哥的吩咐去做吧。不管怎么说，你大哥新婚也是一件大事。皇上只说不宜声张，并未说不许找几个人来喝酒。如果谁人都不知道此事，那你大哥此番新婚岂不就成了偷偷摸摸的？还有啊，你大哥新婚毕竟是一件喜事，你大哥有喜，自然是想与他的好兄弟、好朋友一起分享！"

赵匡胤赶忙道："还是娘最了解孩儿！"

"那好吧，"赵匡义的脸上也露出了笑容，"我就为大哥跑跑腿！"

工夫不大，赵普、石守信、王审琦和高怀德四人相继走进了赵家。因赵匡义事先并未向赵普等人言明，所以当赵匡胤把原委说出来之后，赵普等人也着实惊喜了一回。王审琦对赵匡胤说道："大哥，皇上如此，真的是用心良苦啊！"

"是呀，"赵匡胤说道，"皇上待我赵某确实不薄……"

"各位，"赵普赶紧道，"我们今晚来此是为大将军新婚道喜的，与道喜无关的话，我看就不要多说了！"

虽然时间仓促，但杜氏还是带着仆人备好了一桌酒菜。入席的时候，赵匡胤让赵普居首座。赵普推辞。赵匡胤道："若没有军师，就没有我赵匡胤的今天，所以这首座就非军师莫属！"

赵普仍在推辞。石守信急了："军师，大哥叫你坐你就坐，待大哥做了皇帝之后，你再陪坐也不迟！"

赵匡胤慌忙道："石守信，切不可胡言乱语！"

石守信大嘴一咧道："大哥，我只是这么说说而已嘛！"

最终，赵普还是坐在了首座，酒席也就开始了。那赵匡义也占了一个席位，不紧不慢地陪着众人饮酒，一开始很少说话。

石守信的话最多，说着说着，就说到赵匡胤的新妻子王氏的容貌上来了。石守信问赵匡胤道："大哥，不知这位新大嫂姿色如何？"

王审琦插话道："皇上亲自挑选的女人，自然是有十分姿色的！"

石守信不满地瞪了王审琦一眼："是你结婚还是大哥结婚？我在问大哥，又没问你，你多什么嘴？"

赵匡胤冲着石守信笑了笑道："兄弟，不瞒你说，我从宫中一回到家，就叫匡义去邀你们了，所以，你的这位新大嫂究竟姿色如何，我也不得而知。"

"我知道！"赵匡义忽然插话道，"我看见我的新大嫂了！新大嫂长得面如桃花……"

"好啊，匡义！"赵匡胤不禁弓起了身，"你又偷看了！"并随即正色说道："匡义，我现在郑重地警告你，以后，不管我在家与否，你都不得与你大嫂单独在一起！"

赵普听出了赵匡胤话中有名堂，于是就笑嘻嘻地问道："敢问大将军为何这样说啊？"

许是酒喝得过多的缘故，赵匡胤几乎是毫无遮掩地将赵匡义偷看贺氏洗澡、等事说了出来。说罢，赵匡胤望着赵普说道："你看看，军师，虽然我赵匡胤有些好酒，但我这个弟弟却是个好色之徒！"

石守信、王审琦和高怀德都善意地大笑起来。赵匡义红着脸道："大哥，你甭只说我，你也是个好色之人！你若不好色，原先的大嫂才死去数月，你为何就又要了新大嫂？"

赵匡胤争辩道："是我想娶新大嫂的吗？这是皇上的旨意！我能抗旨不从吗？"

石守信等人又忍不住地大笑。赵普笑着对赵匡胤说道："大将军，你与令弟都乃奇人也！"

赵匡义又说话了："大哥，我先前说的都是玩笑话，现在我对你说些正儿八经的话。过去，我之所以干那些偷窥的事，是因为我还没有结婚，不知道女人是怎么一回事。现在，我已经结婚了，知道女人是怎么一回事了，所以大哥你放心，从今往后，小弟我绝不会再做过去的那种事了。"

石守信等人又要笑，但赵普却抢先说道："各位，让我们为匡义兄弟这正儿八经的话干一杯！"

赵普的话不会有人反对，所以众人都纷纷举杯，一饮而尽。赵匡胤说道："今天，是我赵匡胤大喜的日子，谁要是不喝尽兴，那他就甭想走出赵家的门！"

赵匡胤的脾性，杜氏自然一清二楚。她虽然没有入座，却不远不近地站在一旁观看。她是一个非常有主见的人，不是任何事情她都随着自己的儿子。所以，当听到赵匡胤说"甭想走出赵家的门"之后，她就借故把赵普叫到了自己的身边。虽然她与赵普接触不多，但她却也看出，赵普是一个能左右赵匡胤的人。

赵普当然十分尊重杜氏，而且他也知道她为何要把他叫到她的身边。所以，刚走到她的身边，他就低声问道："老夫人，您是担心大将军饮酒过多吧？"

杜氏马上说道："赵先生果然智慧过人……若是寻常喜事，老身绝不会多言语，但今日非比寻常，是当今皇上赐我胤儿完婚，且胤儿岳父亦是节度使大人，如果胤儿一时兴起，醉得不省人事，那就不仅有负皇恩，对不住胤儿的岳父大人，也对不住我那刚过门的儿媳妇……"

赵普赶紧道："老夫人所言甚是！老夫人放心，赵某绝不让大将军再喝一滴酒！"

赵普回到了酒席上，先是重重地清了一下嗓子，然后放大声音道："各位兄弟，今日是大将军新婚之夜，我等何忍与大将军比酒？我提议，请匡义兄弟送大将军入洞房，我等在此继续饮酒为大将军祝福，各位兄弟以为如何啊？"

石守信、王审琦和高怀德一起叫"好"，而赵匡胤却赖着不走，说道："与兄弟们在一起饮酒，赵匡胤岂能装孬？"

赵匡义无奈，只能求救似的看着赵普。赵普却看着石守信道："石将军，在战场上没有能难住你的事，而酒场恰如战场，莫非酒场上就有你办不成的事？"

石守信会意，一下子跳到赵匡胤的身边，拉着赵匡胤的胳膊就朝外拽，边拽还边说道："大哥，今日我若不把你送入洞房，那军师以后就说我没本事了！"

赵匡胤终于站起了身，扫了一眼石守信、王审琦和高怀德说道："你们听好了，我马上就入洞房了，但是，你们今晚如果不把军师陪好，那么，下次打仗，我就不派你们上前线！"

石守信、王审琦和高怀德慌忙表态："就是豁出性命，也要让军师喝得尽兴。"

赵匡义想送赵匡胤入洞房，赵匡胤两眼一瞪道："匡义，你想干什么？是不是又想趁机偷窥你大嫂的芳容？"

赵匡义很是委屈地道："大哥，小弟只是在执行军师的命令……"

赵匡胤当即道："匡义，军师的这个命令你不必听，但是，军师的其他命令你必须严格执行！我告诉你，如果你不虚心聆听军师的教诲，那你就绝无前途！"

"是，是！"赵匡义点头哈腰道，"大哥你放心，今日小弟就是拼得醉死，也要陪军师多喝几杯！"

赵匡胤带着浓浓的酒意，别了赵普等人，在母亲杜氏的注视下，一步一步地朝着卧房走去。

虽然赵宅内外看不出什么喜庆的迹象，但赵匡胤的卧室内却充满着新婚的氛围。卧室里的一切几乎全都是红色的，红烛的光也笼罩着淡淡的红晕。故而，赵匡胤一踏入卧室，就被鲜艳的红色所笼罩、所感染。

然而，赵匡胤踏入卧室后，心中"咯噔"一下——那王氏已经躺在床上了，还严严实实地盖着被子。

赵匡胤不禁想道："这女人太不识情趣，新婚之夜，洞房花烛之时，新郎官未至，新娘子如何能先自睡去？"

赵匡胤似乎生气了。不过，当他急步走到床边，他心中的气顿时消去大半——王氏长得确实很美。赵匡胤自言自语道："皇上果真好眼力。"

赵匡胤端详了一会儿，之后就伸出一双大手，"呼"的一下，将被子掀了起来。

王氏一直在假寐，她知道床边的人一定是自己的夫君。在赵匡胤掀开她的被子时，她不由得有些紧张，也更有些羞怯，情急之下只好继续假寐。谁知过了好一会儿，赵匡胤仍无动静，王氏有些纳闷，便睁开眼睛，四下一看，见一位英武健壮的男人正在凝视着自己，她不由地"啊"了一声，用双手捂住了绯红的两颊。

赵匡胤面对着如此鲜活俊俏的新娘子，正在沉醉于她的秀美之中，当王氏那双清澈的明眸如星光一般闪烁着时，赵匡胤感到浑身有一股热流在奔涌。他抬手抚了抚王氏的脸蛋，问道："你怎么不与我说话呀？"

王氏依旧闭着眼睛，低声道："老爷好！"

"睁开眼睛。"

王氏听话地睁开了双眼，但仍不敢直视赵匡胤，只是怯怯地看着粉红的床幔。

赵匡胤他一边脱着衣服，一边又问："你怎么不敢看着我，怕我吗？"

王氏摇摇头，旋即又点了点头。

"怕我什么？是不是怕我欺负你？"赵匡胤侧身躺在了王氏旁边。

王氏只感到身边的人体温很高，好像火一般炙烤着自己。她不敢挪动身子，只是又闭上了眼睛……

第二天天刚亮，赵匡胤就醒了。赵匡胤下了床之后，把手探到被里说道："夫人，我今日要去拜望岳父大人了！"

王氏娇声说道："老爷早去早回。"

因王氏是填房，地位比贺氏要低，所以她就称呼赵匡胤为"老爷"。赵匡胤一边朝房外走一边暗自想道：这女人倒也体贴温存。

待走出卧房，来到客厅里，赵匡胤差点没笑出声来。只见石守信趴在桌子上，王审琦歪在椅子上，高怀德则干脆躺在地面上。

杜氏走过来道："胤儿，他们都喝醉了……我想叫人把他们弄到床上去睡，可赵先生不同意。赵先生说，他们这样醒酒醒得快！"

赵匡胤点点头："也好！谁叫他们三个人喝不过军师一个？"

"大将军谬奖赵某了！"赵普不知从何处冒了出来，"赵某有多大的酒量，大将军焉能不知？"

赵匡胤"嘿嘿"一笑道："定是他们上了军师你的当，互相比起酒量来……"

赵普连忙道："大将军可不要冤枉好人啊！他们自己要比酒量，我又能奈之何？大将军若不信，可以去问匡义兄弟。"

正说着，赵匡义走了过来："军师，我可不能为你作证啊！昨晚喝到半途，我就溜了！"

"好了，"杜氏说道，"胤儿，快把他们叫醒吧，这样睡很容易着凉的！"

见赵匡义跟着就要去唤石守信等人，赵匡胤忙阻止道："哪用得着一个一个地去喊？我只要喊一声，他们就都会醒来！"

就听赵匡胤不高不低地喊了一声："打仗喽！"

石守信、王审琦和高怀德一下子全都睁开了眼，不但迅速腾起身来，双手还下意识地去摸兵器。赵普忍俊不禁道："各位将军，大将军在逗你们玩呢！"众人便一起大笑起来。

后周显德六年（公元959年）三月，柴荣廷召群臣，正式宣布不日北伐。本来，此次北伐，柴荣是想带着姐夫张永德的，至少，也是把赵匡胤和张永德二人都带上。东征南唐的时候，张永德除率兵驰援六合外，几乎没捞着仗打，为此，柴荣觉得自己很对不起张永德。故而，在北伐前，柴荣便暗下决心，此次无论如何也要让张永德在北伐的战场上立下功劳，不然，他就不仅对不起张永德，更对不起先帝义父郭威了。

然而，最终的结果却是，柴荣仍命张永德留守汴梁，自己与赵匡胤率军北伐。

原来，张永德与柴荣在北伐的目标上出现了分歧。张永德主张先去攻打国力比较弱的北汉，待成功后再去讨伐实力较强的辽国，而且顽固地坚持自己的意见。可柴荣却以为，如果先攻北汉，那辽国必定增援，既如此，还不如率先与辽国开战，只要征服了辽国，那北汉失去了强大的外援。柴荣还坚定地以为，凭后周朝现在的国力，完全可以征服大辽。

从后来发展的事实来看，就张永德而言，他失去了这次北伐的机会，便等于是失去了自己的一切。而对赵匡胤来说，他得到了这次北伐的机会，便几乎等于得到了后周天下。

四月初，柴荣和赵匡胤领着数万后周军队离开了汴梁，向东北方向挺进。仅从军队的数量上看，柴荣此次北伐没有当初东征所带的军队多，但这些却是赵匡胤精心挑选出来的，而且大多是骑兵。所以，从战斗力方面来讲，这支北周军队比东征时更加强大，也更为机动灵活。显然，柴荣不仅要征服辽国，而且还要速战速决。

十几天之后，柴荣和赵匡胤的大军开到了沧州（今河北沧州），沧州以北就是辽国地盘。柴荣的北伐战争便从沧州拉开了序幕。

按照速战速决的战略，柴荣决定与赵匡胤兵分两路：赵匡胤领一路人马向西北打，柴荣领一路人马向北打，争取在较短的时间内把沧州以北三百里范围内的辽国州县全部抢到手。然后，两路兵马合为一处，继续向辽国腹地挺进。

柴荣自信地对赵匡胤说道："如果一切顺利，三个月之内便可破辽！"

按照柴荣的构想和安排，赵匡胤领着一路人马朝西北攻去了。赵匡胤的这路人马共万余人，而且全是骑兵。虽人数不多，但都是精兵强将，石守信、王审琦等与赵匡胤结义的兄弟俱在军中，士卒也大都是跟随赵匡胤征战多年的老部下。故而，赵匡胤虽然只有万余人，但战斗力谁也不敢小觑。当年东征的时候，赵匡胤就是带着这万余人连克濠州、泗州等地的。

赵普向赵匡胤建议道："我们不必按部就班地逐城攻打，我们可以先拿下瓦桥关，给辽军一个震慑，然后再向南打，便可起到事半功倍之效！"

瓦桥关（今河北雄县）在沧州西北三百多里处。瓦桥关以南的莫州（今河北任丘）、瀛州（今河北河间）等地皆为辽国城池。赵匡胤认为赵普的建议很好，但又觉得应该先请示一下柴荣。赵普说道："将在外君命有所不受，大将军又何必去请示当今皇上？只要大将军速战速决，当今皇上恐怕连高兴都来不及呢！"

赵匡胤最终同意了赵普的建议，领着军队径直向瓦桥关一带攻去。

在赵匡胤领一路人马往西北去了之后，柴荣领兵由沧州向北攻入了辽国境内。第二天下午，柴荣的数万大军开到了沧州以北十几里地一个叫姚官屯的小村庄，柴荣的行营就设在小村庄边上的一座破庙里。扎营完毕，大小将领都聚集在破庙里，柴荣吩咐道："部队好好休息，养足精神，明天一鼓作气拿下宁州和益津关。"

宁州在姚官屯以北五十多里处，过了宁州不多远便是益津关。柴荣对大小将领说道："拿下益津关之后，朕请你们喝酒，而如果拿不下益津关，朕决不轻饶！"

大小将领不敢怠慢，慌忙返回各自的部队了，而柴荣也准备在破庙里好好地休息一番。不知为何，他此次离开汴梁之后，觉得身体异常疲惫，一倒下就不想起来了。"也许"柴荣暗自想，"朕在行军途中过于劳累了吧！"

柴荣便在破庙里休息了。就在他似睡非睡的当口，一个太监走到了他的身边。看那太监的表情，显然有事要禀告。

柴荣懒洋洋地问道："何事？"

那太监回道："小人等在土里发现了一块木牌，木牌上有几个莫名其妙的字……小人等不敢隐瞒，所以特来禀告皇上！"

"在土里发现了一块木牌？"柴荣觉得事有蹊跷，便努力打起精神，"呈上来，待朕一观！"

那太监躬身闪开，一个小太监捧着一个木牌走到了柴荣的跟前。那木牌约莫二尺长，看上去十分地普通。

然而那木牌又极不普通，因为木牌上刻有几个字。字迹虽然比较模糊，但依稀仍可辨认：点检做天。"天"字下面好像还有一个字，但已无法辨认了。

柴荣不觉皱起了眉："点检做天"是什么意思？那"天"字下面的究竟是什么字呢？

柴荣问道："这木牌是从何处发现的？"

小太监回道："是从这庙里的土中发现的。"

"哦？"柴荣一怔，"莫非，这是天意？"

一想到天意，柴荣就不禁"啊"了一声。柴荣以为自己已经猜出那个"天"字下面的字了——"子"字。

这样一来，木牌上的字就变成了这样一句话：点检做天子。

"点检"是何意？殿前都点检也。殿前都点检是谁？张永德也。"天子"者何？皇帝也。按柴荣的理解，木牌上的字的意思就是：张永德要做皇帝。柴荣的额头上沁出了汗。

"难怪，"柴荣仿佛自言自语地道，"张永德处处与我意见相左，原来如此啊！"

想到此，柴荣又不禁打了一个寒战。原来，他想到了他的儿子柴宗训。柴宗训年方七岁，是个刚能记事的孩子。虽然，他柴荣还不到四十岁，但古语说得好，天有不测风云，人有旦夕祸福，如果自己一旦遇到不测，那后周天下还能姓柴吗？恐怕，那姓张的就要取柴而代之了。

"感谢苍天！"柴荣默默念道，"如果不是天意让我得此木牌，我岂能考虑得那么深远？"

柴荣从此便对那张永德心存疑虑了。心存疑虑的结果是，柴荣对赵匡胤便越发地信任了。如果说，在发现这块木牌之前，就信任而言，张永德和赵匡胤在柴荣心目中的地位还不分彼此的话，那么，发现了这块木牌之后，柴荣信任的天平就明显地倾向于赵匡胤了。

实际上，根本就没有什么天意的存在——柴荣所得到的那块木牌本是赵普所为。赵普这样做的用意，就是要离间柴荣和张永德的关系。很显然，赵普的目的达到了。

赵普的过人之处在于，他似乎知道柴荣的大军会在姚官屯停留，而且柴荣的行营会设在那座破庙里，所以他就事先在庙里的土中埋下了那块木牌，而且埋得还很巧妙：既不会让柴荣疑心是人故意所为，还能叫柴荣的近侍发现那块木牌。

当然，赵普最过人的地方还是他摸准了柴荣的心理，他知道柴荣得到那块木牌后心里会怎么想。

不可否认，柴荣是个很精明的人，既能干又聪慧。然而，正如俗语所云"聪明一世，糊涂一时"，柴荣出于对皇帝宝座的忧虑，一时糊涂，便上了赵普的当。

赵匡胤在很长一段时间内并不知道木牌之事，等他知道的时候，他已经是大宋皇帝了。对此，赵匡胤很是感激，而赵普却谦逊地道："我当初只不过是略施小计而已！"

柴荣率数万后周军队北伐非常顺利。虽然，那木牌之事搅得他多少有些心烦，但军事上的胜利却又使他暂时忘记了那心烦之事。

实际上，柴荣北伐的时候没有打什么仗。在姚官屯驻扎了一夜之后，柴荣就领着大军向宁州进发了。可还没走到宁州城下呢，宁州守将王洪举就向柴荣献城投降了。柴荣没有停步，越过宁州城向益津关进军，镇守益津关的守将终廷辉见柴荣来势凶猛，不敢抵抗，便也献城投降了。

柴荣不费吹灰之力就连克宁州和益津关，一下子向北推进了一百多里。

与之相比，赵匡胤就更加轻松。

赵匡胤采纳赵普的建议，先放下莫州、瀛州不打，而是直取三百多里外的瓦桥关。瓦桥关是当时辽国的一个重镇，可以称得上是辽国的南大门。赵匡胤本以为，进攻瓦桥关必将是一场硬仗。然而出乎意料的是，当赵匡胤带着万余骑兵风尘仆仆地赶到瓦桥关附近时，瓦桥关守将姚内斌竟主动投降了。

正如赵普所料，后周军占领了瓦桥关，对瓦桥关以南的辽军产生了极大的震动。于是，赵匡胤率军刚一离开瓦桥关南下，莫州守将刘楚信、瀛州守将高彦辉便相继投降了。

至此，柴荣的北伐战争刚一打响，瓦桥关以南的辽国诸州就尽归后周所有。辽军素以剽悍勇敢著称，可为什么后周军队一到，辽军将领就一个接一个地不战而降了？是后周军队确实太过强大了，还是辽军将领已经变得胆小了？

不管怎样，柴荣和赵匡胤的两路军队迅速地会合在了一处。赵匡胤兴奋地对柴荣说道："皇上，照这样打下去，也许用不了三个月，辽国就完了！"

柴荣也抑制不住内心的兴奋，对赵匡胤说道："赵匡胤，你就带着军队尽情地朝北打吧！"

于是，后周军队在赵匡胤的统一指挥下一直朝北打去。短短十几天的时间，后周军队又向北推进了数百里。

于是，柴荣与赵匡胤商定，暂改北进为东进，先把辽国在东边的重镇幽州拿下，然后由幽州北上，直取辽国都城临潢府。

柴荣对赵匡胤说道："幽州一破，辽国大势便去也！"

然而，柴荣的后周军未能按计划向东去攻打幽州。原来，柴荣病倒了。

柴荣是在后周军队就要东攻幽州的时候生病的。北伐一路顺利，东攻幽州的计划也拟定了，柴荣自然非常高兴。于是，柴荣就把军中的高级将领都邀到身边来喝酒。然而乐极生悲，酒席还没有散呢，柴荣就剧烈地咳嗽起来，足足咳嗽了有半个时辰。伴随着剧烈的咳嗽，一大口一大口的血，染红了柴荣的衣襟。柴荣的脸色犹如冬天里的雪一样惨白。

前来赴宴的数十位将领，包括赵匡胤在内，都被柴荣如此剧烈的咳嗽和如此大口地吐血吓呆了。谁也没有注意到，当柴荣剧烈咳嗽的时候，赵普却定定地、若有所思地看着柴荣。

柴荣终于停止了咳嗽，也停止了吐血，但脸上依然没有血色，且气息也变得十分地微弱。柴荣出征打仗，一般只带上几个太监，嫔妃、宫女及太医等则一个也不带。所以，柴荣刚一停止咳嗽，便有将领向柴荣建议在附近找一个医生来。柴荣缓缓地摆了摆手，然后吃力地说道："众位爱卿……都回营吧，明日还要……东攻幽州！"

当太阳又一次升起的时候，柴荣已经虚弱得下不了床了。尽管如此，柴荣还是吩咐赵匡胤道："准备……东进！"

见柴荣如此衰弱，赵匡胤哪里还敢发兵？见此情形，赵普对赵匡胤说道："大将军应劝皇上速速回京！若皇上在此发生意外，天下将立刻大乱！天下一乱，不仅对大周朝不利，对大将军更是极为不利啊！"

于是赵匡胤就力劝柴荣返回汴梁。柴荣同意了，因为他想起了自己年方七岁的儿子柴宗训，更想起了那木牌上的五个字——点检做天子。

不过，在同意回汴梁之后，柴荣当着赵匡胤的面深深地叹了一口气。赵匡胤知道柴荣因何叹气，所以就强颜欢笑着劝慰柴荣道："待皇上回京，龙体康复之后，臣等再随皇上挥师北伐！"

柴荣没说话，只在脸上挤出几缕苦涩的笑容来。

后周显德六年（公元959年）五月下旬，柴荣返回了都城汴梁。虽然，他没有完全实现北伐前所发下的那个誓言，但是，他出征仅四十余日便取得了空前的战果，却也是事实。而且，就凭这一事实，柴荣也当足以彪炳史册了！

柴荣回京之后，虽有众多的太医精心地诊治，但柴荣的病况却越来越严重，咳嗽的次数越来越多，吐血的次数也越来越多。

柴荣知道自己当不久人世了，故而，回到汴梁后不几天，他就进行了一次重大的人事调整，免去张永德的殿前都点检一职，由赵匡胤升任殿前都点检。这样一来，赵匡胤就取代张永德，成为后周朝廷中最高的军事长官了。

这一人事调整，大出张永德等人的意料。殿前副都指挥使韩通私下里问张永德道："皇上为何如此？"

张永德沮丧而又无奈地回道："皇上如此，我有何法？"

赵匡胤对此也多少有些意外。虽然他赵匡胤立下了许多功劳，但这后周天下是郭威创立的，作为郭威的女婿，张永德理应掌握朝中最高兵权。柴荣因何要削去张永德的兵权？

见赵匡胤疑惑不解地询问自己，赵普笑着对赵匡胤说道："当今皇上如此器重于你，岂不是天大的好事？"

好事还不止这些呢。赵匡胤升任殿前都点检之后，柴荣又晋升石守信为殿前都指挥使，晋升高怀德为殿前副都指挥使，晋升王审琦为殿前都虞候。这样，除了韩通外，后周兵权已尽握于赵匡胤手中。

后周显德六年（公元959年）六月上旬，柴荣已经病入膏肓。在弥留之际，柴荣将文武大臣召到自己的寝殿，然后当着文武大臣的面，下了两道口谕：传位于太子柴宗训；因太子年幼，敕令赵匡胤监国。

六月十九日，后周世宗柴荣病逝，终年仅三十九岁。

国不可一日无主。柴荣死后，七岁的柴宗训登后周帝位，是为恭帝。自柴荣死后，后周朝的军政大权实际上已经掌握在了作为监国的赵匡胤的手中了。换句话说，当时的赵匡胤，虽然还不是皇帝，但已经相当于皇帝了。

不过，相当于皇帝毕竟不等于就是皇帝。所以，石守信就与王审琦和高怀德等人一个劲儿地鼓动赵匡胤废掉柴宗训自立为帝。然而，赵匡胤默然不应。

当时真正能称得上是赵匡胤登基隐患的，有两个人，一个叫李筠，另一个叫李重进。李筠时任照义军节度使，不仅是郭威创业的老臣，且还拥有相当数量的兵马。不过，当时的李筠远在潞州，不可能对赵匡胤在汴梁称帝构成直接威胁。这样一来，赵匡胤当时的最大隐患便只有李重进一人了。李重进时任侍卫都指挥使，不仅握有保卫皇宫的兵权，而且还是郭威的外甥。

赵普对石守信等人道："当务之急，是把那李重进调出京城……"

石守信大嘴一咧道："军师，费那么多的周折干什么？你只要同意，我马上就去把李重进抓起来！"

赵普赶紧阻止道："石将军切不可莽撞！如果抓了李重进，朝中肯定大乱，朝中一乱，京城内外也必然大乱……再者，你大哥受太祖、世宗多年的器重，又心存仁厚，如果李重进等人能够安分守己，你大哥就定然会给他们一条荣华富贵之路！"

石守信不禁咧嘴笑道："军师说得也是。我大哥是个好人！如果李重进等人识时务的话，我大哥是不会置他们于死地的！"

赵普笑问道："石将军，如果李重进等人不识时务呢？"

石守信斩钉截铁地回道："那就坚决把他们消灭掉！"

"好，好！"赵普说道，"我去找大将军谈，叫大将军先给李重进一条荣华富贵之路！"

于是赵普找到赵匡胤道："大将军，新帝刚刚登基，应该对那李重进有所加封，然后让他出镇别处！"

赵普虽没有明说，但赵匡胤也立时明白了赵普话中的含意义。故而，赵匡胤沉默了一会儿，然后问赵普道："军师，你以为……有这个必要吗？"

看来，赵匡胤对自立为帝还是有些犹豫的。赵普反问道："难道大将军认为没有这个必要吗？"

说完，赵普紧紧地盯着赵匡胤的脸。赵匡胤有些默然。过了好一会儿，赵匡胤问赵普："不知军师以为应该将那李重进派往何处比较合适？"

赵普淡淡一笑道："不能太远，也不能太近！"

赵匡胤点头道："好吧，就依军师所言！"

很快，赵匡胤就以恭帝柴宗训的名义，加封李重进为中书令，让其出镇青州（今山东青州）。李重进的侍卫都指挥使职，暂由王审琦兼领。

正当李重进接到圣旨后，打点行装准备到青州走马上任时，殿前副都指挥使韩通悄悄地走进了李重进的家。韩通对李重进说道："先皇刚刚驾崩，新帝年幼，在这么个当口，点检大人将你派往青州，你不觉得情况有异吗？"

李重进的反应似乎比较慢："韩大人，青州乃军事要冲，北可窥大辽，南可逼李唐，点检大人派我去往镇守，理所当然，何异之有？"

韩通十分严肃地说道："李大人所虑不周啊！恕韩某直言，请李大人深思。李大人离京之后，京城内外就成了什么样的局面？张永德张大人已经不问政事，我韩某虽有些兵权，但实乃两手空空，如果李大人再一离开，那这京城内外岂不就成了点检大人的天下？点检大人此时派你出京，你李大人就不觉得可疑吗？"

李重进反应再慢也听懂了韩通的话："韩大人，你的意思是，那点检大人因为心存不轨，所以才故意调我出京？"

"韩某正是此意！"韩通正儿八经地说道，"不瞒李大人，自先皇将张永德张大人的点检一职拿下之后，韩某就为大周朝的前途和命运而忧心忡忡了……"

李重进轻声笑道："韩大人对大周朝廷如此忠心耿耿，实在是令人钦佩！不过，李某以为，韩大人委实是多虑了！试想想，如果先皇不是绝对地信任赵大人，岂能将点检一职加封于他？又岂能将监国之责托付于他？赵大人既受到先皇如此信任、重托，又焉能心怀异志？"

乍听起来，李重进的话似乎也不无道理。韩通赶紧道："李大人，受先皇信任是一回事，可心怀异志又是另一回事啊！"

李重进问道："韩大人莫非是叫我李某抗旨不从？"

韩通回道："正是！实际上，李大人也知道，那并非皇上旨意，而是点检大人的意图，所以，李大人绝不能离开京城！否则，局面将不可收拾啊！"

李重进皱起了眉："韩大人，你有些危言耸听了吧？你口口声声劝我不要离开京城，我且问你，你有点检大人心怀异志的证据吗？"

"这，"韩通一怔，"证据……韩某一时还没有掌握……"

李重进明显地生气了："韩大人，你了无证据，却在这里信口胡说！如果我李某听你所言，拒绝出京，朝中文武岂不说我李某太过小肚鸡肠？"

就这样，李重进带着对韩通的不快赴青州上任了。

后周显德六年的最后一天晚上，也即大年三十的晚上，赵匡胤早早地回了家。待回到家时，母亲杜氏、妻子王氏、大弟弟匡义、小弟弟匡美、儿子德昭等已经围坐在饭桌旁，等待着赵匡胤入席。

赵匡胤同母亲打了个招呼，然后就在母亲旁边坐了下来。杜氏说道："今儿个是年三十了，你们想怎么吃就怎么吃，想怎么喝就怎么喝！"

仆人们把一盘又一盘的佳肴端出来了，把一坛又一坛的美酒抬出来了。赵匡胤对杜氏道："娘，就我们一家人，一坛酒足矣！"

晚饭之后，赵匡胤悄悄地对杜氏道："娘，孩儿有话对您说。"

杜氏把赵匡胤带到自己的房间："胤儿，看你的脸色，像是有什么大事？"

"是的，娘！"赵匡胤不觉压低了声音，"孩儿要当皇帝了！"

奇怪的是，听赵匡胤这么说，杜氏脸上并无多少惊讶之色，只是两道秀眉微微一动，轻轻地问道："胤儿，你什么时候登基？"

赵匡胤回道："就这几天。赵先生已经把一切都安排好了！"

杜氏点点头："那赵先生很有韬略，你听他的话，应该不会错！"

"娘说得是。"赵匡胤说道，"没有那赵先生，孩儿就不会顺利地走到今天！"

忽地，杜氏流下了两行泪。赵匡胤知道母亲因何落泪："娘，您是想起爹了吗？"

杜氏说道："如果你爹能看到你登基，他该有多么高兴啊！"

赵匡胤慌忙道："娘，如果那个雨夜，孩儿让爹进滁州城，爹也许就不会……"

"胤儿，"杜氏马上抹去了泪水，"那不是你的错，你不必为此事自责！你现在要考虑的就是不能让你登基之事出任何差错！"

"是！"赵匡胤毕恭毕敬地答道，"孩儿谨遵娘亲教诲！"

别了杜氏，赵匡胤就回到自己的卧房了。此时，赵匡义、赵匡美和赵德昭三个人正围着王氏吵吵嚷嚷呢。王氏今晚喝了几杯酒，脸红扑扑的，见了赵匡胤进屋，她连忙喊道："老爷快来，妾身招架不住了！"

赵匡胤三步并作两步地跨到了王氏的身边，厉声喝问道："这是怎么回事？"

赵匡义答道："匡美和德昭非要跟大嫂要压岁钱，我不想来，他们就硬把我拽来了！"

"是这样吗？"赵匡胤盯着赵匡义的眼，"八成是你硬把匡美和德昭指使到这儿来了吧？"

听赵匡胤显然话中有话，赵匡义赶紧道："大哥，你可以问问匡美和德昭嘛。"

赵匡胤突地笑道："好了，匡义，不用问了，我相信你！"又吩咐王氏道："夫人，快找些银子出来，给他们压岁钱！"

王氏找出一些碎银，先给了德昭几块，又给了匡美几块。当她走到赵匡义的面前时，赵匡义嬉皮笑脸地说道："大嫂，我都这么大岁数了，怎么好意思从你的手里拿压岁钱？"

此时，赵匡义二十一岁，比王氏还大上好几岁。赵匡胤双眼一瞪道："匡义，你大嫂给你钱，你就拿着，啰唆什么？"

"是，是！"赵匡义从王氏的手里接过几块碎银，"大嫂给的钱，不拿白不拿！"

赵匡胤抱起赵德昭，在他的额头上亲了一口，然后道："昭儿，爹累了，想早点休息，你出去跟两个叔叔一块儿玩吧！"

赵德昭蹦蹦跳跳地跟着赵匡义和赵匡美走了。走到房门口时，赵匡义转身问道："大哥大嫂，这房门要不要关上？"

赵匡胤一瞪赵匡义道："你说要不要关上？"

"当然要关上！"赵匡义冲着大哥做了个鬼脸，又有意无意地瞟了大嫂一眼，然后慢腾腾地带上门，走了。

王氏忽然道："对了，老爷，今天是三十晚上，妾身应该去陪娘说说话……"

王氏说着就起身欲走。赵匡胤一把抓住她的胳膊道："娘已经休息了，你也上床休息吧！"

"吧"字还没有落音呢，赵匡胤已经把她紧紧搂住，双双倒在了床上。

后周显德七年（公元960年）正月初一。太阳都出多高了，赵匡胤依然躺在床上。

王氏小心翼翼地说道："老爷，你该上朝了。"

赵匡胤道："不用着急！宫中马上就会来人催我上朝！"

不一会儿，房门外便响起了杜氏的声音："胤儿，快起床，来了一位公公，说是皇上有急事召见！"

宫中果然来人催赵匡胤上朝了。只见赵匡胤"呼"的一声起来："夫人，快快为我着衣！"

王氏也顾不得寒冷了，急急忙忙地为赵匡胤穿好了衣服。赵匡胤大踏步地迈出了卧房。

恭候在房门外的一个太监急忙向赵匡胤禀告，说是镇州（今河北正定）、定州（今河北定州）来报，辽国和北汉合兵十万大举南侵。

赵匡胤双眉一紧道："这还了得？快快去找范大人和王大人商议对策！"

赵匡胤口中的"范大人"和"王大人"，指的是当时的后周朝宰相范质和王溥。那太监忙道："范大人和王大人已在朝中等候赵大人了！"

"那还等什么？"赵匡胤大手一摆，"上朝！"

赵匡胤急急地跟着那太监走了。杜氏倚在门框边，一边看着赵匡胤的背影一边自言自语地道："这大年初一，怎么就有战事发生？"

显然，杜氏就对辽国与北汉合兵南侵的消息产生了怀疑，但当朝宰相范质、王溥二人却对此毫不怀疑。故而，刚一见到赵匡胤的面，范质就紧张兮兮地对赵匡胤道："军情万分紧急，还望赵大人速拿主张！"

赵匡胤连忙道："此事还应范大人和王大人共同决定才是！"

王溥赶紧道："王某与范大人乃一介书生，如何能擅自决定这统兵征战之事？更何况，先帝托付赵大人监国，赵大人可万万不能推卸责任啊！"

赵匡胤朗声说道："王大人此话从何说起？大敌当前，国家有难，我赵匡胤即使不受先帝重托，也会义不容辞地北上抗敌！"顿了一下，他忽然放低声音道："只不过……"

见赵匡胤欲言又止，范质忙问道："赵大人莫非有什么顾虑？"

赵匡胤缓缓说道："敌人来势汹汹，赵某恐没有足够的兵力与之抗衡啊！"

王溥说道："把京城内外所有的兵马都集合起来，赵大人以为如何？"

赵匡胤对王溥道："这样一来，京城岂不成了一座空城？"

范质接道："只要赵大人能够平定北方战事，京城即使没有一兵一卒又有何妨？"

赵匡胤点了点头道："看来也只有这样了！"

王溥紧跟着问道："赵大人准备何时出征？"

赵匡胤气宇轩昂地回道："待军队集合完毕，赵某即刻出征！"

于是，赵匡胤就借用恭帝柴宗训的名义下诏：京城以外百里范围内的所有后周军队速速赶往京城集合。

仅用了初一、初二两天时间，赵匡胤就把军队集合完毕，足足有十万之众。赵匡胤信心十足地对范质和王溥说道："两位大人就等着我赵某胜利而归吧！"

初三早晨，赵匡胤率着十万大军离开了汴梁。打头阵的是赵匡义，殿后的是高怀德，紧紧傍在赵匡胤身边的是赵普。

赵匡胤本不想让赵匡义参加这次行动的，赵普却道："做哥哥的要当皇帝了，做弟弟的焉能不知？再者，匡义兄弟也可以从中增长见识和才干！"

赵匡胤同意了："军师所言甚是！"

赵匡胤率军离开汴梁约两个时辰后，汴梁城的大街小巷里突然出现了一些小木板，小木板上写有五个醒目的大字——点检做天子。后周义武大臣及百姓惶恐不安起来。

赵匡胤率军离开汴梁之后，直向东北而去。在这一天黄昏的时候，军队走到了一个名叫陈桥驿的地方。赵匡胤下令：部队原地休息，明天早晨渡河。

当晚，赵匡胤在驿站内与赵匡义、赵普在一起饮酒。赵匡胤问赵普道："军师，一切可都安排妥当？"

赵普回道："大将军放心，一切均已安排妥当！"

赵匡胤点点头，一时沉默不语，显出一副若有所思的模样。赵匡义笑着对赵普说道："军师，我大哥好像不乐意当皇帝吧？"

赵普解释道："大将军不是不乐意当皇帝，而是心中多少有些不忍……"

"这有什么？"赵匡义"吱溜"喝下去一杯酒，"大哥当了皇帝之后，给现在的皇上一个好职位，让他享受荣华富贵，这样，不仅他无话可说，就是那先帝在九泉之下也会感到无比欣慰的！"

赵普连忙道："大将军，听见了吗？匡义兄弟与你乃不谋而合呢！"

赵匡胤自顾自地笑着摇了摇头道："军师，你和匡义还是出去看看吧。"

驿站之外驻扎着后周十万大军。赵普和赵匡义走出驿站的时候，听到许多官兵都在议论着"点检做天子"的事。原来，军中也发现了许多写有"点检做天子"的小木板。

赵普对赵匡义说道："我们应该去高怀德那儿转转了！"

高怀德正按赵普的吩咐与数十位军中将领在一起饮酒。见赵普和赵匡义走来，许多将领都纷纷起身邀二人同饮。赵匡义坐下了，赵普却直着身子摇了摇头。

高怀德故意问道："军师，恕高某直言，你好像有什么心思？"

见赵普默然不答，高怀德似乎急了："军师，你有什么心思就说嘛！在座的都是好兄弟，说不定就能为你分忧。"

许多将领都附和着高怀德的话。赵普弯下腰来，做出一副神秘兮兮的样子说道："不瞒各位兄弟，赵某闲居在家时，曾学过观察天相之术。今日正午，大军北进时，赵某曾仰头观天。赵某发现，在太阳的旁边还有一个太阳，而且，两个太阳正在互相撞击……"

众将领不禁"啊"了一声。

高怀德适时地开始表演了。他猛然灌下去一杯酒，又猛然将酒杯摔于地下，然后怒气冲冲地说道："当今皇上如此年幼，根本不能亲理朝政，我等即使立下惊天动地的功劳，又谁人可知？"

高怀德的话音还没有落呢，马上就有一个将领高声说道："高大人说得对！依我之见，我们干脆像小木板上所说的那样，拥立都点检大人做皇帝，然后再北上征战！"

"对……"数十位将领几乎异口同声地叫喊起来，"我们拥立都点检大人做皇帝！"

见将领们一边叫喊着一边就要拥往驿站，赵普赶紧拦阻道："各位将军请留步！想拥立点检大人做皇帝，这只是我们的想法，可点检大人是否会同意呢？"

"是呀！"赵匡义此时说话了，"不瞒各位将军，我曾经劝过我大哥自立为帝，可我大哥就是不同意！"

"还有啊，"赵普的脸上显出很为难的样子道，"各位将军是想拥立点检大人做皇帝，可各位将军手下的弟兄呢？他们是否也有这样的愿望？如果他们不同意，点检大人即使同意做皇帝，怕也做不安稳……"

"军师多虑了！"一将领立即说道，"我敢保证，我手下的弟兄没有一个人会反对点检大人做皇帝！"

"我也敢保证！"另一将领接道，"点检大人威震四海，弟兄们巴不得点检大人早日登基呢！"

一时间，众将领都对着赵普"保证"起来。见时机已经成熟，赵普说道："既如此，那就让点检大人好好地休息一夜。我们在此好好地研究一下，看有没有一个什么法子，能让点检大人就是不想做皇帝也身不由己！"

高怀德吞吞吐吐地道："如果，我们能有一件龙袍，往点检大人的身上一套，那点检大人岂不就只能做皇帝了吗？"

一将领说道："高大人这主意妙！"

另一将领反问道："可我们现在哪来的龙袍？"

恰在这时，一个小军官慌慌张张地跑到一位将军的跟前道："……弟兄们在黄河边上发现了一件龙袍……"

"啊？！"那将军真是喜出望外，"快！快把龙袍拿来交与军师！"

很快，一件金黄色的龙袍就交到了赵普的手中。只见赵普，双手虔诚地捧着那件龙袍，双眼噙着泪花仰望夜空，声音哽咽着说道："各位将军，你们看见了吗？点检大人做皇帝，这是天意啊！"

一将领突然喊道："点检大人万岁！"

众将都情不自禁地喊起"万岁"来。

第二天早晨，赵匡胤还在驿站里没有完全醒来。忽然，一阵震耳欲聋的叫喊声冲进了他的耳鼓。他一骨碌儿身从床上爬起来，竖起耳朵仔细听了听，由衷地笑了。但旋即，他便敛了笑容，故意弄得衣衫不整的样子跑去开门。门刚一打开，赵普、赵匡义、高怀德和数十位将领就拥进了屋内。屋子内空间很小，几十个人一拥，便把赵匡胤挤在了一个拐角动弹不得。

赵匡胤做出一副极度惊讶的样子问赵普道："军师，发生了什么事？"

赵普回道："各位将军不愿渡河北征！"

赵匡胤愕然说道："这是何故？"

赵普挪了挪身体道："你问各位将军吧！"

赵匡胤正欲开口，一将领率先说道："我等想拥点检大人做我们的皇帝！"

另一将领喊道："如果点检大人不愿做皇帝，那我等就不渡河北上！"

众将领一起喊起来。赵匡胤似乎想说些什么，但根本无法开口。紧接着，五六个将领搂搂抱抱地硬是把赵匡胤拽到了屋外。赵匡胤刚一出屋子，便有几个人跑过来，不由分说地将那件龙袍套在了赵匡胤的身上。

这时，赵普领着赵匡义、高怀德和数以万计的官兵"呼啦啦"地一起跪在了赵匡胤的面前，山呼起"万岁"来。

赵匡胤做出惊恐万状的样子，慌忙走过去，双手扶起赵普，说道："军师，尔等如此，我还有何面目回京见当今圣上？"

赵普说道："点检大人此话差矣！此时此刻，您黄袍加身，岂不就是当今圣上？"

"军师万万不可开此玩笑！"赵匡胤越演越逼真，"先帝对我赵某情深似海、恩重如山，我赵某岂能做下这不仁不义之事？"

这时，高怀德扯着脖子叫道："如果点检大人不答应做皇帝，我等就长跪不起！"

高怀德这一叫不大要紧，成千上万名官兵一起叫了起来。

叫声甫歇，赵普也亮开嗓子对赵匡胤说道："点检大人，你听见了吗？你看见了吗？这是天意啊！这是民意啊！天意固不可违，民意岂可违乎？"

赵匡胤沉默了。一时间，众人也鸦雀无声，许多人还屏住了呼吸，都在等候着赵匡胤沉默的结果。

赵匡胤终于抬起了头："各位好兄弟，各位好弟兄，你们如此抬举于我，我赵匡胤感激不尽！我知道，你们拥我为帝，无非是想图个荣华富贵，这一点，我现在就可以向你们保证：你们都将拥有一个美好的前程！但是，如果要我马上就答应你们的要求，那么，你们就必须先答应我的三个条件！否则，我立刻脱下龙袍回京去向当今圣上请罪！"

赵普赶紧道："点检大人有什么条件尽管说，弟兄们都在洗耳恭听呢！"

赵匡胤郑重其事地说道："第一、当今圣上及当今太后都是我赵匡胤原先的主人，你们回京后任何人都不得惊扰他们，更不得加害他们！第二、当朝文武大臣都是我赵匡胤原先的同僚，你们同样不得侮辱他们、加害他们！第三、在回京的路上和回到京城以后，你们任何人都不得以任何形式抢掠国库和老百姓的财产！违犯以上三条任何一条者，斩立决！若能恪守以上三条，待赵某登基以后，必有重赏！"

赵普急忙转身问道："弟兄们，点检大人所提的三个条件，你们答应吗？"

"答应！"千万张口喊出了同一个声音。

实际上，也没有人会不答应的。赵匡胤话中的"斩立决"虽有些严厉，但仔细品味赵匡胤所提的那三个条件，却不难感觉到赵匡胤有着一颗仁慈的心。放眼天下，究竟有几人喜欢残暴之君的？

赵普意味深长地问赵匡胤道："点检大人，我们现在可以回京城了吧？"

赵匡胤振臂一挥道："……回京！"

这便是中国历史上有名的"陈桥兵变"事件。

赵匡胤率十万大军只花了不到半天时间便回到了汴梁城下。而离开汴梁往陈桥驿去的时候，赵匡胤和军队却差不多走了整整一天。一来一往，行军的速度竟如此悬殊。

赵普、赵匡义和高怀德等人簇拥着赵匡胤由仁和门进入了汴梁城。早在赵匡胤还在回京路上的时候，"陈桥兵变"的消息就已经传到了汴梁城内。老百姓们慌了，文武大臣们也慌了。有些人想逃出城去，但苦于四周城门早已紧闭，且有石守信的军队严加看守着。石守信的任务就是戒严京城，重点是监视韩通的动静。

王审琦的任务也是双份的：重点是保护赵匡胤一家人的安全，另外便是封锁皇宫。兵变的消息传到京城的时候，宰相范质、王溥和韩通都在宫中，所以并不知情。一直到赵匡胤走进汴梁城了，范质、王溥和韩通等人才终于得知了兵变一事。

据说，听到兵变消息之后，范质痛哭流涕，紧紧拉住王溥的胳膊道："是我等之错啊！我等不该让赵匡胤把军队都带走……"

王溥的胳膊被范质抠出了血，但王溥却一点也没有感觉到疼痛。王溥呜咽着说道："范大人，即使京城还有军队，我等又能奈赵匡胤何？"

范质、王溥二人，凄凄惨惨切切，着实令人可怜，韩通在闻听兵变之后也不言语，更不哭泣，而是偷偷地越过宫墙，避开了王审琦等人的监视，向自己家中逃去。

可惜的是，韩通不逃还好，一逃反而丢了性命。他虽然避开了王审琦的监视，但他的住处四周，却始终有石守信的手下在监视。

　　当时，负责监视韩通住处的人叫王彦升，是石守信手下一名勇猛的小军官。看到韩通逃回家之后，王彦升不敢怠慢，提着剑就闯入了韩通的家。二人相遇时，韩通正握着剑向外跑。王彦升也不打招呼，一剑就刺向韩通的前胸。韩通猝不及防，竟被王彦升刺个正着，他惨叫一声，倒地而死。

　　韩通的惨叫惊来了韩通的妻子。看见韩通的尸体后，韩妻也禁不住地大叫了一声。然而，她刚一开口喊叫，王彦升的剑便刺进了她的身体。

　　王彦升连杀韩通夫妻二人之后，竟将韩宅内所有的人全部杀死。这便是赵匡胤发动"陈桥兵变"后所发生的唯一一个流血事件。

　　杀完韩通全家后，王彦升就提着滴血的长剑去找石守信了。闻听石守信已赶往仁和门迎接赵匡胤，王彦升便又急急地赶向仁和门。没走出多远，王彦升就撞着了赵匡胤和石守信等人。

　　赵匡胤盯着王彦升手中的长剑问道："这是怎么回事？"

　　见赵匡胤一身龙袍，王彦升非常地惶恐："韩通想反抗，我把他一家全杀了！"

　　"什么？"赵匡胤睁大了眼，"韩大人乃朝中重臣，你居然杀了他的全家？"

　　接着，赵匡胤大声说道："来啊！将杀死韩大人的凶手就地正法！"

　　见跑过来几个军士摁住了王彦升，石守信赶紧道："点检大人，韩通意欲不轨，王彦升及时除祸，岂能加罪？"

　　赵普也在一旁说道："点检大人，京城已经流血了，岂能让流血再继续？"

　　见众将官也都为王彦升求情，赵匡胤顺势下台道："也罢！王彦升本不知道我所说的那三个条件，又迫于无奈，虽在情急之下犯了罪过，却可以原谅，且饶他一回吧！"

　　赵匡胤被众人众星捧月般在京城里走动。很快，城里的老百姓便渐渐安下心来。因为，赵匡胤虽然带着数万军队进城，却没有发生一起哄抢百姓财物事件。只那些文武大臣们依然惴惴不安，因为他们不知道赵匡胤将如何处置他们。

　　赵匡胤在前呼后拥下登上了明德门。站在明德门楼上，可将整个汴梁城尽收眼底。当时的赵匡胤，的确有一种"登泰山而小天下"的感觉。

　　赵普在赵匡胤的耳边低声说道："他们来了。"

　　这时，范质和王溥正向赵匡胤等人走来。范质和王溥都愁眉苦脸，脸上还有尚未风干的泪痕。

　　见到范质和王溥两位大人，赵匡胤迎了上去，泪眼婆娑地对范质和王溥说道："两位大人，我赵匡胤受先帝恩宠有加，从无背叛之心，可是，官兵们硬是把这件黄袍加在了我的身上！敢问两位大人，我赵匡胤究竟如何是好？"

　　范质和王溥面面相觑，王溥率先伏地冲着赵匡胤磕头，一边磕一边说道："陛下称帝，乃顺乎天意，更顺乎民意，微臣愿终身侍奉陛下！"

见王溥都称赵匡胤为"陛下"了，范质也只好伏地叩首道："吾皇万岁万岁万万岁！"

赵匡胤连忙做出一副诚惶诚恐的模样，一边搀扶范质和王溥一边说道："两位老大人快快请起！我赵匡胤本是一个粗人，只知道跃马横刀，这治理天下的重任，还望两位老大人鼎力相助啊！"

赵匡胤此话，明显的是叫范质和王溥二人官任原职。范质高兴了，急急地向赵匡胤说道："请陛下速往崇元殿登基！"

王溥也道："陛下早日登基，天下便早日安定！"

于是，赵匡胤在范质、王溥等人的簇拥下来到了崇元殿。范质忙着去召集文武百官，王溥则忙着准备行禅位之礼。也就是说，赵匡胤不仅要做皇帝，而且还要做一个看起来很"合法"的皇帝。

文武百官都赶到崇元殿里来了，这时候的文武百官，已经不再那么惊恐不安了。而王溥的禅位之礼却还没有完全准备好，因为在行禅位之礼的时候，要当庭宣读禅位之文。可时间这么仓促，很难将一篇禅文一挥而就，而缺少了禅文的禅位礼，也就不成其为禅位礼了。

赵普早有准备。就在王溥急得不知所以的时候，一个叫陶谷的翰林学士从怀中掏出一篇早就写成的禅文呈给了王溥。王溥如获至宝，亲自当着群臣的面宣读了那篇禅文。

禅文出自陶谷之手，但显然是赵普和赵匡胤的主意。禅文写得很好，是以恭帝柴宗训的口吻写的。柴宗训先是回顾了尧舜等人禅位之历史，接着讲自己年幼无知，不能治理天下，再歌颂赵匡胤的美德和功劳，最后决心效法尧舜之故事，将帝位禅让给赵匡胤。

禅文宣读完毕，赵匡胤就再次穿上黄袍（来崇元殿的路上，赵匡胤曾脱下黄袍）正式登基。群臣虽然知道那禅文所言纯粹是胡说八道，却也在范质和王溥的带领下，一起跪在了赵匡胤的脚下，一边磕头一边山呼"万岁"。中国历史上的又一位皇帝，便堂而皇之地诞生了。

因为赵匡胤曾任过归德军节度使，而归德军驻扎在宋州（今河南商丘），所以赵匡胤就取"宋"为国名，改元"建隆"，所以后周显德七年（公元960年）又成了宋建隆元年。这一年，赵匡胤刚好三十四岁。

赵匡胤称帝后，立即改封恭帝柴宗训为郑王。柴宗训的母亲原来称"符太后"，被赵匡胤改封为"周太后"。后周朝的文武百官大都留任原职，就是那被杀的韩通，赵匡胤也追封他为中书令，并且厚葬之。赵匡胤又大赦天下，奖赏功臣，并派使者将柴宗训禅位于他的消息通告邻近诸国及宋朝各地镇守大员。

总的来看，赵匡胤称帝的前后过程是十分平稳的。如此平稳便夺了帝位，这在中国的历史上是非常罕见的，所以人说这是一个奇迹。当然了，这奇迹得以发生，赵普功不可没。只不过赵普虽然立下奇功，但为了安抚前朝旧臣、稳定局势，赵匡胤一时也没有让赵普身居高位。

【第六回】

泼冷水赵普惊驾，吞鸩毒玲珑殉情

宋建隆元年（公元960年）三月，南唐国皇帝和吴越国皇帝相继派使者到汴梁对赵匡胤称帝表示祝贺。当然，祝贺的同时，也带来了大批的财物。

吴越是当时的一个小国。唐朝末年黄巢农民起义时，有个叫钱镠的人在杭州一带组织地主武装对农民起义军进行镇压。后来，他就凭借这支武装占据了杭州一带土地，并把其势力扩展到太湖周围，从而建立了一个独立的割据王国——吴越。赵匡胤称帝时，吴越国的皇帝叫钱俶。而当时南唐国的皇帝李璟已死，继位的是李璟的儿子李煜，史称南唐后主。

南唐国和吴越国之所以及时地派使者到汴梁对赵匡胤朝贺，其根本原因是他们的国土与大宋国土只有一江之隔。宋军只要渡过长江，便可攻打南唐的都城江宁或横扫吴越的太湖流域。吴越国就太湖流域和杭州一带两大块，怎经得住宋朝大军的进攻？而南唐国上下则更知道赵匡胤的厉害。完全可以这么说，南唐国在江北的十四州、六十个县的土地，就是被赵匡胤硬生生地夺走的。换句话说，李煜和钱俶派使者到汴梁是向赵匡胤讨好的，希望赵匡胤不要派军过江去攻打他们。当然了，李煜也好，钱俶也罢，都还有试探赵匡胤的意思。

赵匡胤热情地接见了南唐国和吴越国的使者，不仅设宴款待他们，还回赠了大批的财物。李煜和钱俶的使者高高兴兴的回国交差了。

然而，李煜和钱俶的使者刚一离开大宋皇宫，赵匡胤就忍不住地对赵普说道："李唐和吴越，朕早晚是要灭掉他们的！"

"是呀，"赵普说道，"江南乃富饶之地，岂能握于他人之手？"

赵匡胤问道："依赵爱卿所见，何时平定江南为宜？"

见赵匡胤似乎有急于平定江南之意，赵普就微微一笑道："江南终究是要平定的。不平定江南，皇上何以一统天下？不过，依微臣之见，皇上目前首要之事并非一统天下，而是彻底消除潜在的威胁！"

赵匡胤马上就明白了赵普的意思："你是说先消灭掉李筠和李重进？"

"是的！"赵普点头："李筠和李重进一日不灭，皇上的帝位就一日不稳！"

赵匡胤慢慢地皱起了眉头："如果那李筠和李重进都能够安分守己，归顺于朕，朕又何必将他们置之于死地？"

赵普摇头道："皇上真乃世间至仁者也！但可惜的是，这只是皇上一厢情愿。据臣所知，那李筠早有称帝的野心，李重进虽比李筠软弱，但也有着当皇帝的念头。"

"他们想当皇帝？"赵匡胤马上问道。其他的事情似乎都好商量，但如果谁想当皇帝，那赵匡胤是绝不会答应的。

赵普回道："皇上，当今世上，想当皇帝的人还少吗？更何况，在李筠和李重进看来，这天下本应是他们的，现在，皇上您抢在他们之前登了基，他们能心服口服吗？"

赵匡胤一时没言语，像在思考着什么重大的问题或在做着什么重大的决定。赵普悠然说道："皇上，臣也不是喜欢大动干戈之人！但是，必须大动干戈的就不能手软！比如，皇上日后要一统天下，不大动干戈行吗？"

赵匡胤忽然笑道："赵爱卿，朕早就同意了你的看法。朕以为，即使那李筠和李重进不主动反叛，朕也不会睡得安稳。既如此，还不如当机立断、一了百了！"

赵普笑问道："那皇上适才又在考虑何事？"

赵匡胤回道："朕适才在考虑两个问题：一是先消灭李筠呢，还是先消灭李重进？二是先发制人呢，还是后发制人？"

赵普又问："皇上的考虑可有结果？"

赵匡胤说道："朕以为，李筠野心大，李重进做事犹豫不决，如果先攻李重进，那李筠必援，而如果先攻李筠，则李重进未必会援，所以应先攻李筠！再者，如果朕先发制人，那天下就会以为朕欲把前朝贵戚旧臣除尽而后快，因此，朕想等李筠、李重进反叛之后再发兵讨伐，这样便可堵住天下人的嘴！"

"皇上圣明！"赵普说道："灭了李筠之后，李重进就是不想反叛恐也身不由己了！"

赵匡胤若有所思地道："在李筠反叛之前，应设法稳住李重进！"

巧得很，就在赵匡胤作出了剿灭李筠、李重进的决定之后没几天，李重进派了一个使者到汴梁，说是自己准备赴京对大宋皇帝朝贺。显然，李重进说赴京朝贺是假，来试探赵匡胤的态度才是真。

能承担试探任务的人自然不是寻常之辈，他叫翟守旬，是李重进最为信赖的人之一。然而，翟守旬与赵匡胤的关系也很不错。并且，翟守旬在赶往汴梁的路上已作出决定：弃李重进而投赵匡胤。这样一来，翟守珣实际上就成了向赵匡胤通风报信的密探。

翟守珣告诉赵匡胤，李筠是肯定要反的。因为李重进接到了李筠的一封书信，李筠在信中鼓动李重进共同举兵，但李重进一直没有给李筠回复。

赵匡胤问翟守珣道："你以为，那李重进会真心归顺大宋吗？"

翟守珣回道："小臣以为，李重进不可能真心归顺皇上，但一时之间他也不可能举行叛乱。他既没有招兵买马，也没有向外扩张地盘。小臣的感觉是：李重进在等待、观望！"

赵匡胤笑了："那就让李重进好好地等待、观望吧！"

赵匡胤嘱咐翟守珣回去后代他向李重进说几句话：一、李重进是大周太祖郭威的外甥，劳苦功高，以前的大周朝需要他的辅佐，现在的大宋朝更加需要他的辅佐；二、李重进镇守之地乃军事要冲，不可疏忽，所以李重进暂时不要进京朝拜；三、过几天，赵匡胤将派钦差前往青州专门给李重进赠赐免死铁券。

在翟守珣离开汴梁前，赵匡胤又叮咛翟守珣道："如果情形危急，你就速速来京，切不可大意，以免遭了李重进的毒手！"

翟守珣感激道："谢皇上关爱！小臣一定谨慎从事！"

翟守珣走后，赵匡胤就在宫中耐心地等待李筠叛乱的消息。讨伐李筠的军队早已准备妥当，就等着李筠发动叛乱了。不久，李筠果然举起了叛旗。

正如赵普所言，李筠是注定要发动叛乱的，因为他也有着登基称帝的野心，只是一个没留神，让赵匡胤抢先穿上了龙袍。

李筠是并州（今山西太原）人。并州历来多出豪勇之士，李筠也不例外，他不仅力大过人，骑马射箭的功夫也罕有对手。郭威做皇帝时，李筠就已经是昭义军节度使兼检校太傅了，后又加封为同平章事。可以说，李筠是郭威的开国功臣。

正因为如此，柴荣继位后，李筠便以老臣、功臣自居，傲视朝野上下，并颇有不把柴荣放在眼里的味道。他曾把国家征收的赋税据为己有，还曾出于私愤大胆地拘押了朝廷派来的使者，又广招亡命之徒于左右。对此，柴荣显然极为不满，但一来，李筠毕竟是开国功臣，又没有公开反叛朝廷，柴荣不便严加处治；二来，柴荣登基后的主要任务是实现郭威一统天下的遗愿，所以，柴荣就找了一个省事的方法——将李筠派往潞州去镇守。

对柴荣而言，京城没有了李筠，也就眼不见心不烦了，而对李筠来说，有了潞州，也就有了一块称王称霸的地盘。只不过，当时的李筠，多少还有些忌惮柴荣。故而，他虽然早就有了当皇帝的念头，却一时没敢付诸实践。

柴宗训继后周帝位时，李筠便开始了登基称帝的准备。他连柴荣都有些不放在眼里，更不用说只有七岁的柴宗训了。所以，他就一边暗暗地扩充军队，一边悄悄地向外扩张。然而，令他没有想到的是，赵匡胤率先借兵变之机轻而易举地就将后周天下改了姓氏，这着实让他气恼不已。

令李筠气恼不已的事情还不止这一件。得知赵匡胤称帝的消息后，李筠的第一个念头便是公然反叛。不过，他还算清醒，也还算冷静。他深知，仅凭他一个人的力量，根本无法与赵匡胤抗衡。所以，他就亲笔写了一封信，联络李重进共同反叛。可是，李重进装聋作哑，一直不给他答复。

建隆元年四月，赵匡胤的使者到了潞州，告诉李筠恭帝柴宗训已禅位给赵匡胤之事，并以大宋朝廷的名义加封李筠为中书令、加封李筠的儿子李守节为皇城使。李筠大怒，不仅不接旨，还把赵匡胤的使者囚禁了起来，并扬言要领兵去攻打汴梁。

李守节慌忙劝李筠道："孩儿以为，父亲大人应该恭接圣旨……"

"什么？"李筠眉毛一竖，"那赵匡胤的话也叫圣旨？"

李守节说道："在孩儿看来，大宋皇帝乃禅位登基，合情、合理、合法……"

"住口！"李筠大吼一声，"他赵匡胤当皇帝合什么情，合什么理，又合什么法？把黄袍披在我的身上，我也是皇帝！"

"父亲，"李守节赶紧问道，"您莫非……想反叛大宋朝廷？"

李筠冷冷一笑道："节儿，他赵匡胤敢登基称帝，为父我难道就不敢反吗？"

"万万不可……"李守节脸色大变，"父亲大人，当今圣上仁厚有加又英勇善战，您若反之，岂不是以卵击石？"

"节儿！"李筠逼视着李守节，"你在长赵匡胤的志气，灭为父的威风吗？"

"孩儿不敢，"李守节稍稍放低了音调，"但孩儿说的是实情。当今圣上手握重兵，且有一呼天下皆应之势，父亲大人仅凭潞州一地之力，又如何能与当今圣上相争？"

李筠一时无语。因为李守节所言确是实情，也正是李筠欲反而一时不敢公然反叛的原因。无语之后，李筠淡淡地问道："节儿，依你所见，为父现当如何？"

李守节马上说道："依孩儿之见，父亲大人应速速放出朝廷的使者，然后设礼相迎，恭接圣旨……"

"好吧，"李筠点了点头，"节儿，就照你所说的办吧！"

李守节顿时就高兴起来。他以为，父亲在他的一番劝说下，终于回心转意了。

令李守节更为高兴的是，父亲不仅恭恭敬敬地从赵匡胤的使者手里接过了圣旨，还唤来了一百多个手下陪使者饮酒，甚至亲自给使者斟酒以示歉意。李守节便以为，父亲看来真的是收起了反叛之心。

然而，令李守节没有想到的事情发生了。宴会行将结束的时候，坐在使者近旁的一个李筠的手下突然从怀中摸出了后周太祖郭威的画像。就见李筠"扑通"一声跪倒在画像的前面，号啕大哭起来，哭得一把眼泪一把鼻涕，其状极为伤心。跟着，有数十人也一起大哭起来，原来笑声不断的宴会，立时变得像是一个灵堂。

当着赵匡胤使者的面，李筠率手下对着郭威的画像大哭，其意显然不言而喻。使者愕然地对李守节说道："这样做，是不是太过分了？"

李守节一时也心慌意乱，他万没想到父亲会来这么一段插曲。父亲这么做，不是明摆着要与赵匡胤作对吗？

李守节结结巴巴地对使者说道："下官以为，家父等饮酒过度，一时回忆起往事，不能自禁，是故痛哭不已……还望大人回京后在皇上的面前多多为我等美言，言我等只一心归顺朝廷，绝无二心……"

使者怫然离去。李筠及数十名手下马上停止了哭泣，一起大笑起来，似乎非常开心。

但李守节却一点也开心不起来；相反，他非常担心。那使者回汴梁后只要据实向赵匡胤禀报，朝廷大军立刻就会向潞州开来。到那时，一切便都完了。

想到此，李守节顾不得与父亲商量，马上起身去追赶使者。闻听使者已经出了潞州城，李守节便马不停蹄地又追出了城外。还好，行不多远，李守节终于追上了那个使者。

使者冷冷地问李守节道："莫非是要将我捉回城里面再度囚禁？"

李守节连忙赔笑道："大人误会了！下官是奉家父之命，随大人一道进京向皇上谢恩！"

赵匡胤加封李氏父子官衔，李守节去汴梁向赵匡胤表示感谢也合情合理。但使者不相信："这真是令尊大人的意思吗？"

李守节回道："家父有此意，下官也有此意！当今圣上如此大恩大德，下官等岂敢忘怀？"

就这么着，李守节与使者一起走进了汴梁城。赵匡胤闻之，先召见了自己派去的使者。使者没有添油加醋，而是一五一十地据实做了禀告。听罢，赵匡胤笑着对身旁的赵普道："看来，那李筠对朕称帝果然心怀不满啊！"

赵普说道："皇上正好可以趁此机会逼那李筠反叛！"

"不错！"赵匡胤重重地点了点头，"朕确实等得有些不耐烦了！"

李守节接着觐见。赵匡胤一见李守节的面便绷着脸说道："太子殿下一向可好！"

听赵匡胤这么称呼自己，李守节慌忙磕头谢罪："微臣该死！微臣知罪……微臣之父一时糊涂生起歹念，微臣不敢欺瞒皇上……微臣愿代父接受皇上的任何处置……"

赵匡胤哼道："李守节，你能代替得了你的父亲吗？"

是呀，李守节不可能替代李筠。李守节无奈，更不敢再言语，只能不住地磕头，泪流满面。

赵匡胤一时有些不忍："李守节，你起来吧！朕也知道，你与你父亲并非一致。妄图谋反的是你的父亲，而非你李守节……"

李守节赶忙说道："皇上圣明！微臣向皇上保证，微臣回潞州后，一定劝说家父回心转意，归顺朝廷和皇上！"

赵匡胤正要开口，却瞥见赵普在对自己使眼色。赵匡胤明白了：若是再这么对李守节软言软语，恐就不能激怒那李筠，让他从速反叛了。

想到此，赵匡胤"啪"地一拍面前的几案，声色俱厉地说道："李守节，你回去告诉你父亲，朕已经再也不能容忍他的所作所为了！他如果能够悬崖勒马、真心悔改，朕还可以考虑从轻发落于他，否则，朕将亲自领兵踏平潞州，为大宋天下除害！"

"是，是……"李守节诚惶诚恐地退了出去，并很快离开汴梁向潞州而去。

赵匡胤笑问赵普道："朕适才对李守节所说的一番言语，你以为如何？"

"恰到好处！"赵普评价道，"臣以为，李守节回潞州后，那李筠必反！"

赵匡胤"哈哈"大笑道："告诉石守信他们，他们又有仗打了！"

果然，李守节与大宋朝廷派往潞州的监军周光逊一起刚到潞州，那李筠就迫不及待地竖起了叛旗。不过，即使赵匡胤不对李守节说那番话，李筠也迫不及待地要反叛了。个中原因是，北汉国皇帝刘钧给李筠来了一封信，约李筠一起共同反宋。这样一来，虽然李重进没有给李筠任何回复，但有了北汉国相助，李筠的胆量也瞬间大了不少。

待李守节回到潞州将赵匡胤的话语转述一番后，李筠立时就火冒三丈："节儿，那赵匡胤算老几？他有什么资格教训于我？"

李守节慌忙道："父亲，孩儿以为，皇上不是教训，更不是吓唬，他说的是实情……"

"哈哈哈……"李筠一阵狂笑，"节儿，赵匡胤不是唤你为太子殿下吗？好！待为父率军打进汴梁之后，为父就是皇上，你便是真正的太子殿下了！"

李守节苦苦相劝，劝父亲不要与北汉结盟，更不要与赵匡胤为敌，但李筠置若罔闻。很快，李筠就发布檄文，怒斥赵匡胤窃国之罪状。同时，他又派人将朝廷派来的监军周光逊押往北汉，并向北汉皇帝刘钧求援。

檄文一经发布，李筠算是公开反叛大宋朝廷了。恰好，北汉国皇帝刘钧亲率宰相卫融、大臣卢赞及两万兵马赶到了潞州。

虽然有了北汉的援兵，但李筠的心里却不大舒服。原来，刘钧对李筠好像并不放心，不仅留下宰相卫融做北汉军的统帅，还留下大臣卢赞做李筠的监军。李筠心想，这样一来，我李筠岂不就成了北汉国的附庸了吗？

但是，心里再不舒服，李筠也要打起精神来与赵匡胤开战。首要的问题是，选择一个开战的目标。刘钧回北汉后，李筠便和卫融、卢赞等人开会讨论了。李筠主张径向东南，直攻汴梁，而卫融和卢赞则认为应向东攻打，然后再南下图取汴梁，结果李筠和卫融、卢赞各持己见，互不相让，争吵得不可开交。

最终，一个手下提出了第三条进攻路线：由潞州直接南下，先攻打泽州，然后再向东打，接着再向南打。李筠表示同意，卫融和卢赞也表示没有意见。可见，李筠和北汉虽然是兵合一处了，但彼此的心意却很难相通，用"貌合神离"来形容他们的联合，倒也贴切。

潞州向南二百来里便是泽州（今山西晋城东）。沿泽州向东南五六百里，就是宋朝的都城汴梁。当时，镇守泽州的宋将叫张福，时任泽州刺史。

一天早晨，张福从家中出来，习惯性地登上北城楼眺望。只见北方不远处，尘土飞扬，显然是有一支大军正朝这里开来。

李筠反叛之事，张福虽然不甚详细，但也略有所闻。李筠发布檄文声讨赵匡胤窃国之罪，张福不可能一点不知。故而，看到北方尘土飞扬之后，张福一边急急地下令紧闭城门，一边对左右说道："可能是潞州的兵马开过来了！告诉弟兄们，准备战斗！"

很快，泽州北城外便出现了一支军队，这正是由两万北汉兵和一万潞州兵组成的联合反叛大军，李筠、卫融和卢赞都在军中。

泽州城不大，城内只有四千多守军，所以便有手下劝张福趁城池尚未被围之机出城东去。张福摇头道："皇上命我镇守此城，我岂有弃城逃跑之理？"

手下又劝道："敌众我寡，焉能守得住？"

张福回道："纵然战败而亡，我也无愧于心了！"

于是，张福就抱定与泽州城共存亡的信念积极备战了。泽州守卫将士同仇敌忾，坚守在泽州城的城墙上。

李筠、卫融和卢赞等人仗着人多势众，先是把泽州城团团包围起来，然后便大举攻城。卫融虽是北汉军的统帅，但只是一介书生，所以，领兵攻城的只是李筠和卢赞二人。因为心中有所不快，故而李筠就想抢在卢赞之前攻破城池。同样，卢赞也想第一个踏进泽州城。这样一来，在攻打泽州的时候，李筠也好，卢赞也罢，都异乎寻常地卖力，都身先士卒、勇往直前。

这样一来，张福可就支撑不住了。尽管张福率部下顽强抵抗，但到中午时分，四千多守军已伤亡过半；到黄昏时，张福的部下便已伤亡殆尽了。

傍晚时分，李筠的军队攻进了泽州城。与此同时，卢赞也率军踏破了泽州的城防。而此时的泽州城墙上，除了满地的尸体外，只剩下张福一个人了。

卢赞的动作很快，一个箭步就蹿到了张福的近前——他要将张福生擒押回北汉向刘钧邀功。但李筠的动作更快，卢赞刚一蹿到张福的近前，李筠就已经挡在了卢赞的对面。

卢赞大眼一翻道："李大人，你这是何意？"

李筠回道："李某别无他意，只是这张福留他不得！"

卢赞刚要开口，却见李筠剑光一闪，再看那张福，早已是身首异处了。可怜的张福，真的是与泽州城共存亡了。

卢赞勃然大怒，用剑一指李筠说道："你为何与我抢功劳？"

李筠冷冷一笑道："泽州城池乃我李某率先攻破，你又哪来的功劳？"

"什么？"卢赞的剑差不多要触到李筠的衣衫了，"泽州城池也是你率先攻破？你李大人还要脸不要脸？"

就听"当"的一声，卢赞的剑被李筠的剑磕开。李筠反过来用剑指着卢赞说道："姓卢的，我老实告诉你，你再敢出言不逊，我就叫你做第二个张福！"

卢赞当然不甘示弱，一挥手，身边的部下便将李筠围了起来。李筠高叫一声，其部下又将卢赞的部下围了起来。双方可谓是剑拔弩张，一触即发。

幸亏卫融适时赶到，对李筠和卢赞说道："你们这是何必呢？都是自家兄弟，精诚团结才对，你们如此这般，岂不让那赵匡胤看笑话！"

李筠吞下一口唾沫，摆摆手，部下退到了一边。卢赞也咽下一口唾沫，摆摆手，其部下便也退到了一边。卫融笑道："这就对了！请两位大人谨记：我们是兄弟和朋友，我们共同的敌人只有一个，那就是赵匡胤！"

当然，赵匡胤不可能听到卫融所说的话。不过，他却听到了泽州城失守和张福被杀的消息。他异常沉痛地对赵普说道："此乃朕之过也！如果朕早点把军队开到泽州附近，张福又焉能别朕而去？"

"别朕而去"四个字，足可看出赵匡胤对失去张福的痛惜。而实际上，这也不能全怪赵匡胤，因为他事先并不知道李筠会朝哪个方向发动进攻。

所以赵普就劝慰赵匡胤道："皇上切勿过分自责！现在派兵西去并不算晚！"

于是，赵匡胤就急急找来石守信和高怀德说道："泽州已失，张福战死，你们还待在京城做什么？"

石守信连忙回道："皇上大哥放心，臣弟一定为那张福报仇雪恨！"

高怀德也赶紧表态道："臣弟若不能击溃李筠，定提头来见！"

赵普一旁不紧不慢地说道："石大人和高大人万万不可性急！心急是吃不了热豆腐的。"

赵匡胤跟着说道："赵爱卿说得对！尔等率轻骑先行，朕与赵爱卿随后便到！"

石守信和高怀德就奉旨向西北进军了。而王审琦因为担当着卫戍京城的重任，所以未能与石守信和高怀德同行。

赵匡胤之所以叫石守信和高怀德先行，是因为石守信和高德所率领的军队全是骑兵。这支骑兵是早就预备好了去讨伐李筠的，人数不算多，也不算少，整整两万人。

石守信对高怀德说道："看得出，泽州失守，皇上大哥的心里非常着急！"

"是呀，"高怀德点头道，"那赵普大人叫我等不要性急，其实是怕我们轻敌莽撞而吃败仗！"

石守信说道："赵普大人提醒得也对，如果我等真的吃了败仗，恐怕就不好向皇上大哥交差了！"

"岂止是不好交差，"高怀德下意识地摸了摸脖子，"如果吃了败仗，我高某的这颗脑袋就要搬家了！"

"所以呀，"石守信"嘿嘿"一笑道，"就是为了你这颗脑袋，我们也要打好这一仗！"

看得出，石守信和高怀德虽然求胜心切，却也十分谨慎。两万骑兵猛跑了两天两夜之后，石守信便命令部队停下来休息。跟着，高怀德亲率数十人先行侦察。

侦察到的情况是：那卢赞率北汉军已经越过了大口镇继续南下，而李筠却带着潞州兵还待在泽州城里。

大口镇位于泽州城之南，距泽州城六十里左右。为何卢赞已率兵南下而李筠还待在泽州城里？原因是，按照原来的计划，攻占泽州城以后，联合大军便要向东攻打，然后南下掠取汴梁。但占了泽州城之后，卫融和卢赞突然改变了主意。卢赞以为，既然南边的宋军比较空虚，那就应该继续向南打，然后拐向东进攻汴梁。卫融同意卢赞之说，并以为，只要把汴梁以西的地盘抢到手，那汴梁将不攻而破。但李筠不同意，他认为，仅凭两三万军队就想占领汴梁以西的地盘，那简直是痴人说梦。李筠的看法是，应按既定的方针由泽州向东打，一点一点地把黄河以北的地盘抢到手，即使进攻遭挫，也可得到潞州和北汉国的支援，待把黄河以北的土地都占了之后，就可以渡河南下攻取汴梁了。

应该说，就当时的情形而言，李筠的看法还是比较合理的。他毕竟是久经沙场的老将，虽然一开始，他主张直取汴梁未免有冒进之嫌，但在占了泽州之后，他便开始清醒了。他清醒地认识到，凭自己现有的实力，若想一举攻占汴梁，那真的如儿子李守节所说是以卵击石，所以，只能依靠潞州和北汉的及时支援，将泽州以东、黄河以北的地方一步步地蚕食侵吞，才有可能最终战胜赵匡胤。

然而，卢赞对李筠的看法嗤之以鼻，并不顾李筠的反对径自引兵南下。据说，当卢赞领兵离开泽州城之后，李筠曾长叹一声道："大事不举矣！"

那卫融却不死心，所以就留在泽州城里苦口婆心地劝说李筠速速南下。李筠笑着对卫融道："那卢赞南下必败！宰相大人又何必要我李某一同去送死？"

卫融无奈地摇头道："尔等这般钩心斗角，焉能不败？"

当然了，李筠与卢赞是如何钩心斗角的，石守信和高怀德不得而知，他们只知道，卢赞已率军越过了大口镇，而李筠还待在泽州城里。

石守信问高怀德道："那卢赞身边有多少兵马？"

高怀德回道："一万多人，不会超过两万！"

北汉军本来共三万人，攻打泽州城的时候死了一批，又留下一批人在卫融的身边，所以卢赞在南下的时候，身边约有一万五千人。

石守信笑着对高怀德道："卢赞如此南下，岂不等于找死？"

高怀德也信心十足地说道："只要击溃了卢赞，泽州当不难收复！"

"不仅要击溃卢赞，"石守信凶巴巴地说道，"我还要杀死他，为那可怜的张福报仇！"

紧接着，石守信和高怀德做了分工：石守信率一万骑正面迎战卢赞，高怀德率一万骑迂回至大口镇，从背后夹击卢赞。

石守信叮嘱高怀德道："兄弟，你一定要堵住敌人的去路！"

高怀德一拍胸口道："石兄放心，我高某虽不敢说能堵住所有逃跑的敌人，但那个卢赞，是绝不可能从我的手里逃掉的！"

再说卢赞，领着一万五千人急急忙忙地向南行去。为何这般急急忙忙？是因为他心中有气。他想用两天的时间抵达黄河北岸，然后渡过黄河攻占洛阳。他要用实际行动向李筠证明，他的南下战略是正确的。

然而可惜的是，南渡黄河、攻占洛阳只是卢赞的一厢情愿。在离开大口镇只有十多里时，先锋官便跑回来向卢赞报告，说是前方发现了一支宋军骑兵。

卢赞赶忙问道："宋军有多少人？"

先锋官回道："万人左右，正朝我军开来！"

卢赞一皱眉，继而笑道："这定是从洛阳一带开来的宋军！"

卢赞之所以这么说，是因为他没有料到赵匡胤会这么快便把军队从汴梁开到这里来了。所以，卢赞还不无得意地对左右说道："只要打垮了这支宋军，那洛阳就是一座空城了！既是空城，还不唾手可得？"

客观地讲，卢赞确有他得意的理由。虽然，石守信所率一万人全部是骑兵，但卢赞的骑兵也不少，有五千之众。故而，卢赞就做了这样的战术安排：用五千骑兵迎住石守信的军队，并紧紧地缠住，然后，剩下的一万步兵从左右两路对石守信包抄过去。

如果仅仅是石守信一支宋军，那卢赞的这种战术就很有可能奏效。因为卢赞的兵马多，而且也做好了作战的准备，更主要的，北汉军刚刚得了泽州城，士气正旺。所以，如果真的是石守信一人与卢赞正面交战，那胜算的确不大。然而问题在于，当时不止石守信一人，卢赞的背后还有一个高怀德。

北汉军的队形排好了。五千骑兵居中，骑兵的左右各有五千步兵。卢赞对骑兵头领吩咐道："你们只顾向前冲！只要能把宋兵冲散、冲乱就是胜利！"

石守信和一万骑兵清晰地出现在了北汉军的对面，北汉军骑兵头领跃跃欲试地在等候着卢赞的命令。可就在卢赞将要下达命令之前的那一瞬间，一个北汉军官失魂落魄似的奔到了卢赞的跟前，喘着粗气说道："报……大人，北面发现一支宋军骑兵……"

"什么？"卢赞大惊失色，"不可能！泽州城还在我们手里，北面如何会有宋军？定是那李筠在卫大人的劝说下领兵赶上来了！"

"不……"那北汉军官大叫一声，"卢大人，后面真的有宋军啊！"

卢赞不禁心虚了："尔等休要惊慌！待我前去观看！"

不看还好，一看之后，卢赞也惊慌起来。只见那高怀德一马当先，手中的大刀似乎都砍到卢赞的鼻尖了。紧随着高怀德的那一万名宋军骑兵，一个个就像从没打过仗似的，争先恐后地向前冲。

不仅卢赞慌了，几乎所有的北汉官兵都慌了。他们本已做好了向南攻击的准备，可攻击还没开始呢，背后又出现了敌人，他们将何去何从？恰在此时，石守信挥舞着双锤也发动了进攻。这样一来，北汉官兵就更加六神无主了。

惊魂未定，卢赞就气急败坏地大叫道："给我顶住！给我顶住！"

然而，卢赞的嗓门再大，也毫无作用。因为他的手下已经不知该朝哪个方向顶，更不知道该如何顶。

说时迟那时快，就在北汉军队茫然不知所措的当口，高怀德率众首先杀入北汉军中。跟着，北汉军中又出现了一对大铜锤在翻飞。北汉军原先排好的阵形顿时大乱。

那时候打仗，乱了阵脚是一件极为可怕的事情。从某种意义上说，阵脚一乱，就只能任人宰割了。更何况，石守信和高怀德在人数上还占有优势。

见自己的队伍已经被宋军骑兵冲击得七零八落，卢赞不禁仰天长叹道："大势去矣！"

一部下急忙劝道："卢大人，现在不是叹气的时候，逃命要紧啊！"

"对！"卢赞点头道，"留得青山在，不怕没柴烧！待我回到泽州，定要找那李筠好好地算账！他若肯领兵南下，我又何至于此？"

说罢，卢赞就带着身边的几百个人向北冲去。可别小看了这几百个人，其中有十数位战将。故而，宋兵尽管一层一层地赶来拦堵，但都被卢赞等人冲了过去。

眼看着就要冲出混乱的战场了，卢赞又不禁感叹道："宋兵南北夹击也不过如此……如果那李筠及时赶到，我岂不可以反败为胜？"

正当卢赞感叹不已时，忽地，一声大笑震入他的耳鼓。卢赞定睛一看，他的前面，不知何时立有一匹高头大马，马上之人手握一柄鬼头大刀，威风凛凛——正是那高怀德。

卢赞虽不认识高怀德，却也知道先前从北面第一个冲入北汉军中的正是此人。所以，卢赞就示意左右道："这拿刀的定是宋军主帅，如果将他杀死，战局也许就可扭转！"

当时，卢赞的身边还有近百人，而高怀德的身后只有二十几个士兵。所以，卢赞的话音刚一落，一个北汉将军就拍马舞剑朝着高怀德冲了过去。高怀德就像不经意似的握住刀柄将刀身向前一送，那求功心切的北汉将军的胸口就准确地戳在了高怀德的刀尖儿上。高怀德再将刀身一收，那北汉将军便一头栽落马下。

卢赞当时的表情恐怕就不能用"惊讶"一类的词语来形容了。那北汉将军适才在向北冲的时候，何等英勇，可到了高怀德的面前，还未来得及过招就一命呜呼了。卢赞暗想：若不速速逃离此地，恐就永远逃不掉了。

想到此，卢赞冲着左右命令道："都给我上！把这个拿刀的家伙杀死！"

近百名北汉官兵虽然很畏惧高怀德，但又不敢违抗卢赞的命令，所以，一阵面面相觑之后，他们还是鼓足勇气冲向了高怀德。

这些北汉官兵刚一冲向高怀德，卢赞就单人单骑地向东逃去。卢赞的意图是，先向东逃，然后再拐向北。

如果无人认识卢赞，那卢赞的意图恐就得逞了。然而，不仅高怀德早就认准了卢赞，就是高怀德身后的手下也大都记住了卢赞的相貌。不然，高怀德就不会带着二十几个人及时地赶来封堵卢赞北逃的去路了。

卢赞刚一向东奔逃，高怀德的一个手下就惊呼道："大人，卢赞逃了！"

高怀德闻言，先是几刀砍退围上来的北汉官兵，然后一掉马头，急急地朝着卢赞追去，一边追一边还大呼小叫道："卢赞，你不能逃！你若是逃了，我怎么向石兄交代？"

卢赞才不管什么石兄石弟呢，只顾拼命地逃。可没跑多远，高怀德就追上来了。卢赞无奈，就想向北逃，但高怀德抢先一步封住了北方。卢赞又想往南逃，却看见南边有一股宋军正在北上赶来。卢赞没法子了，只好朝西逃，而西边恰是他刚刚逃离的地方。等卢赞悟出了西边乃是非之地时，已经迟了，不仅高怀德从后面追上了他，而且他的马头前也逼过来一人一骑，那人一手握一只铜锤，正是石守信。

石守信高叫道："高怀德，你让我好找啊！"

高怀德说道："二哥，卢赞在此，你任意处置吧！"

石守信朝着卢赞一翻眼："你是想自行了断呢，还是想让我用铜锤砸死你？"

卢赞情知难逃一死，便想在临死前拽个垫背的。他见高怀德正聚精会神地向西观看，于是就闷叫一声，连人带剑地向着高怀德扑去。谁知，石守信眼明手快，卢赞的身体还没从马背上跃起呢，石守信的一只铜锤就重地砸在了卢赞的背上。就听一阵"咯巴巴"乱响，卢赞后背上的骨头全部断裂，一头栽在地上，死了。

石守信气呼呼地说道："高怀德，这家伙刚才想偷袭你呢！"

高怀德好像没听见石守信的话，依然目不转睛地看着西边，仿佛自言自语地说道："我们胜利了……"

石守信不禁笑道："高怀德，我们胜利了，你也就不必提着脑袋去见皇上大哥了！"

"不，"高怀德这回听见了石守信的话，"二哥，我们虽然打败了卢赞，但泽州城还在李筠的手里，如果我们不能收复泽州城，那我这颗脑袋就还不保险！"

"兄弟言之有理！"石守信正儿八经地说道，"为了兄弟你这颗脑袋，我们这就去收复泽州城吧！"

此役，北汉军卢赞手下万余人被杀死，另有三千多人被打散或被俘，逃回泽州城的不足千人。而宋军却损失很小，连死带伤也不过三四千人。可以说，石守信和高怀德不仅取得了胜利，而且是辉煌的胜利。

胜利之后，石守信和高怀德就率着部队直向泽州城开去了。石守信对高怀德说道："我听说泽州刺史张福是李筠杀死的，所以我们要让李筠为张福偿命！"

高怀德笑道："这么说，那卢赞被你砸死多少有点冤枉。"

"话也不能这么说，"石守信压低了声音，"你想想看，如果我不把卢赞砸死，而是把卢赞押送给皇上大哥，那会有什么结果？"

"说不定，"高怀德说道，"皇上大哥会饶了卢赞一条命！皇上大哥的心总是很软的！"

"就是呀，"石守信咧嘴一笑，"与其让皇上大哥饶了卢赞，还不如一锤子将他砸死！"

"那好吧，"高怀德也笑道，"等捉住了李筠，就还让你石兄处置！"

二人说说笑笑的，仿佛不是去攻打泽州城，而是去一个什么客栈捉拿李筠。可是，石守信和高怀德的愿望落空了。等他们飞马赶到泽州城时，泽州早已是一座空城了。

卢赞的一些手下好不容易地逃到泽州城后，那卫融就知道卢赞凶多吉少了，所以便催着李筠率军南下救援，但李筠不答应。卫融气愤地说道："李大人，我等来助你与赵匡胤开战，你为何见死不救？"

李筠回道："卫大人此言差矣！不是我李某见死不救，而是那卢大人已死，我又如何救之？"

卫融一惊："你怎么敢肯定卢大人已死？"

李筠面无表情地说道："如果卢大人未死，恐怕早就逃到这儿了！"

接着，李筠就下令部队撤回潞州。卫融急道："李大人，我等既已攻占了此城，又如何这般轻易地放弃？"

李筠说道："如果卢赞的兵马还在，我等当然可以坚守此城。可现在，那卢赞不听我言，坚持南下，不仅自己身死，且兵马也悉数被歼，我等还有何实力固守此城？"

卫融忙道："南边的宋军不过两万，我等身边还有一万多人，如何不能守城？我等可以一边守城一边北上求援，待援兵一到，必能全歼这股宋军，为卢大人报仇！"

李筠哼道："卫大人真是想得太美了！你以为只有南边这一股宋军吗？我告诉你，不出三日，大批宋军必然赶到！所以，我等只能放弃泽州而全力固守潞州，不然，卫大人和我李某就只能做那卢赞第二了！"

卫融还想劝说李筠留在泽州城内，并说他可以派人回北汉向刘钧求援。可李筠不听，径自率潞州军离开了泽州城。李筠一走，卫融也只好相随。卫融身边只有两千多人，当然不敢独自留下与宋军抗衡。

不费吹灰之力便收复了泽州城，石守信和高怀德当然十分高兴。石守信开玩笑地对高怀德说道："兄弟，你这颗脑袋总算是保住了！"

"是呀，"高怀德说道，"不过，脑袋虽保住了，但李筠却逃回了潞州！"

石守信笑道："兄弟，李筠能逃，我们就不能追吗？"

于是，石守信和高怀德就一边派人回去向赵匡胤报告一边率军直扑潞州。只用了两天多的时间，他们就赶到了潞州城外。

稍作休息后，石守信对高怀德道："兄弟，我想带五千人先攻一下城池！"

高怀德有点犹豫道："听说潞州城内有李筠数万兵马……我们还是等皇上大哥来了再攻城也不迟……"

石守信笑道："没必要等皇上大哥了！说不定，我带人往城墙上一攻，那李筠就又吓跑了！李筠不是一箭未放就匆匆地逃离了泽州？"

高怀德认为石守信言之有理，也就同意了。于是，石守信便带着五千军队准备攻城了。他还对高怀德说道："待我攻进城去打开城门，你就赶紧率人冲进去，千万不能让李筠溜掉！"

石守信说得信心十足，仿佛他往城墙上一攻，潞州就拿下了。然而，他领着五千兵马攻了大半天，不仅未能攻上城墙，还折损了千余人手。

石守信多少有些垂头丧气地对高怀德说道："兄弟，潞州毕竟不是泽州啊！那李筠不愧为沙场老将，亲自在城墙上指挥战斗……看来，凭你我二人，是不可能拿下潞州城了！"

石守信何时说过这等丧气话？高怀德来气了："石兄，我就不信，凭你我二人，竟斗不过那李筠一个！"

于是，高怀德不顾石守信的劝阻，也领了五千兵马去攻打潞州城。可攻打的结果是，他不仅未能如愿，还比石守信多折损了二百多人。

高怀德对石守信叹道："石兄，你说得没错，潞州毕竟不是泽州啊！"

二人商定，暂不攻城，只密切监视潞州和李筠的动静，以待赵匡胤率大军到来。

可是，石守信和高怀德停止了战事，那李筠却主动发起进攻了。一天凌晨，李筠亲率两万余人袭击了宋军的大营。虽然这次袭击算不上很突然，但石守信和高怀德还是吃了一惊。吃惊之余，他们面临着两种选择，要么与李筠死战，要么就速速南撤。

若依石守信和高怀德的脾性，他们就是宁愿战死也不愿在李筠的面前退却。可在这时，有一个部下向石守信和高怀德建议道：我们人少，李筠人多，如果死战，即使战胜恐军中也剩不了几个人了，这样就不好向皇上交代了，既如此，当速速南撤以待皇上援军。

石守信起初对部下的建议不以为然。他以为，在李筠的面前不战而退是一种怯懦的表现。但高怀德当时似乎比石守信冷静，他对石守信道："如果我们真的全军覆没了，恐也就真的不好向皇上大哥交差了！"

石守信咬咬牙，终于发出了南撤的命令。虽然这命令下达得有些晚，使宋军多少蒙受了一些损失，但因为这支宋军都是骑兵，跑起来很快，所以损失并不大。

石守信、高怀德率军一口气南撤了二三十里。李筠也没有追赶。石守信气呼呼地对高怀德说道："待抓住了那李筠，我一定要将他的头颅砸个稀巴烂！"

高怀德也气哼哼地说道："你砸李筠的头颅，我就剁李筠的身体。我要把李筠的身体剁成二十截！"

几天以后，石守信和高怀德终于等来了赵匡胤。赵匡胤当然不是一个人，除赵普及一些大臣外，赵匡胤带着一支近四万人的军队。

因为是被李筠撵跑的，所以石守信和高怀德二人见了赵匡胤之后就有点抬不起头。赵匡胤得知情况后笑着对石守信和高怀德道："尔等在敌强我弱、战之不利的情况下不曾恋战、主动撤退，说明尔等十分爱惜手下弟兄的生命，更说明尔等越来越会打仗了！"

"好险啊！"石守信私下里对高怀德说道，"如果我们不主动南撤，那皇上大哥就会说我们越来越不会打仗了！"

据说，石守信和高怀德为了感谢那位提建议的部下，不仅升了他的官，还设宴款待于他。

赵匡胤、赵普到来后，宋军便再次向潞州城挺进。赵普向赵匡胤建议道："应不惜一切代价速速攻占潞州城，不然，北汉刘钧肯定会派兵来援，如果与刘钧在此厮杀起来，那就会影响全盘大计。如果尽快地拿下了潞州，那刘均就不会也不敢派兵南下！"

赵匡胤深以为然。宋军包围了潞州城之后，赵匡胤立即下令从四面八方对潞州城发动攻击。攻击前，赵匡胤找来石守信、高怀德等一批高级将领说道："如果三天之内拿下潞州，那这里的战事就全部结束了，否则，朕与尔等恐怕就要长期在此作战了！"

宋军发动了对潞州城的进攻，石守信和高怀德亲自披挂上阵。因为他们都窝了一肚子的火、憋了一肚子的气，所以攻起城来就异常地猛烈。可是，宋军整整攻了一天，也未能攻破潞州城。

赵匡胤对赵普道："城池之所以未能攻破，朕以为有两个原因：一是李筠在城内的兵马比较多；二是李筠在做垂死挣扎以待刘钧支援！"

赵普说道："皇上所言甚是！所以，臣以为，明日攻城，皇上当亲自上阵！"

赵匡胤笑道："朕早有此意，只是怕你拦阻！"

赵普也笑道："该皇上亲自出马的时候，臣绝不会刻意拦阻！"

第二天一大早，赵匡胤就将五千军队调至身边。石守信和高怀德闻之，赶紧跑过来劝阻。赵匡胤"哈哈"一笑道："尔等休要为朕的安危担心！朕以为，若朕不出马，那李筠就还会在潞州城内苟延残喘！"

石守信和高怀德马上保证：两天之内，一定拿下潞州城。

赵匡胤却道："尔等就是在一天之内能够拿下潞州城，朕也要亲自出马！朕自登基以后，还没有打过仗呢！"

看样子，赵匡胤似乎要尝尝在当了皇帝之后再打仗是何等的滋味。石守信和高怀德无奈，只得由着赵匡胤去了。

还别说，赵匡胤亲自上阵，效果也很明显。他领五千兵攻了半天城，虽然未能攻进城里，但却几次攻上了城墙，而且把李筠的大半军队都吸引到他进攻的这一方了。当然，说赵匡胤亲自上阵，并非说他亲自攻城，他只是站在城下指挥战斗而已。不过，虽只是站在城下，却也十分危险，所以，赵匡胤此举对军队的士气无疑是巨大的鼓舞。

赵匡胤兴致勃勃地对赵普说道："朕以为，再攻上一下午，朕就可以攻进城里了！"

赵普接道："即使皇上不能攻进城里，恐石大人和高大人他们也早已攻破城池了！"

是呀，赵匡胤把守城的军队大半都引到自己这边来了，那石守信和高怀德攻城的难度显然就大大地降低。然而，出乎许多人意料的是，当下午来临，突然发生了一件事——潞州城的南城门突然洞开了。

当时，赵匡胤正准备攻城，闻听此事后很是不解。赵普说道："皇上，臣以为，不管发生了什么事，既然城门开了，那就该迅速地冲进去！"

赵匡胤道了一声"对"，立即下令潞州城南的所有宋军马上冲入城去。数以万计的宋军像潮水一般地涌进了潞州城，潞州城内顿时大乱，石守信和高怀德趁乱分别从东西两个方向也攻进了城内。经过一段不很激烈的搏杀之后，宋军控制了潞州城。

然而，让石守信和高怀德等人颇感失望的是，他们未能实现锤砸李筠的脑袋、刀剁李筠的身体这一莫大的心愿。因为李筠见大势已去又无路可逃，便一把火烧死了自己。等石守信和高怀德找到李筠时，李筠已经变成了一堆白骨。石守信和高怀德只能分别用铜锤和大刀在李筠的白骨上砸了砸、砍了砍，算是消气。

直到彻底占领了潞州城之后，赵匡胤才明白那南城门洞开是怎么一回事。原来，李筠的儿子李守节见赵匡胤亲自领兵攻城，心中十分恐惧，加上他本来就反对父亲与大宋为敌，所以，他考虑再三，最终作出了决定：拘押北汉宰相卫融，打开南城门。

正因为李守节作出了这么一个决定并付诸行动，所以他就不仅保全了自己的性命，还成为了大宋朝的一名官员。

依石守信和高怀德等人的看法，李守节乃反贼李筠之子，即使宽大不处死，也应打入囚牢或充军发配。但赵匡胤以为，李守节虽是李筠之子，但并无反叛之心，且又有拘押卫融、打开城门之功，理应得到相应的奖赏。所以，在征询了赵普的意见后，赵匡胤封李守节为单州（今山东单县）团练使。与其父相比，李守节自然算得上是一个幸运儿。

成为幸运儿的还不止李守节一个，那卫融的结局也不错。只不过，在获得不错的结局之前，卫融曾吃了一点皮肉之苦。

因大宋与北汉是敌对国，所以赵匡胤就命令卫融投降臣服，并许诺：只要卫融表示投降臣服，就可像李守节一样得到大宋的一个官职。但卫融拒不投降，并发誓：纵然遭凌迟处死也决不背叛北汉。赵匡胤一气之下命左右用铁杖击打卫融的脑袋，直打得卫融血流满面。可即便如此，卫融仍不屈服。赵匡胤感慨地对赵普道："卫融真是一个忠臣啊！"

赵匡胤心软了，命手下为卫融疗伤，还准备了一辆马车要放卫融回北汉。谁知，卫融一下子被赵匡胤感动了，竟然开口表示愿意归顺大宋。赵匡胤高兴了，当即封卫融为大宋朝廷的太府卿。

李筠的叛乱便彻底地被赵匡胤平定了。从李筠宣布叛乱起，到李筠自焚身亡止，前后只有四十来天，真可谓是弹指一挥间。那刘钧闻听潞州城已破、李筠已死，果然龟缩在太原城内没敢乱动。

消灭了李筠，赵匡胤下一个消灭的目标便是李重进了。在回汴梁前，根据赵普的建议，赵匡胤在潞州城发了一道圣旨：因战乱，朝廷免收泽、潞二州当年的赋税。

李筠在潞州城内引火自焚的时候，驻扎在青州的李重进正在与大宋朝廷派来的使者举杯共饮。

李重进的部下翟守旬自汴梁返回青州后，按照赵匡胤的吩咐，对李重进大加吹捧了一通，并说朝廷的使者不日将来青州向李重进赠赐免死铁券。李重进本来就拿不定主意，又自认为翟守旬是自己的亲信，不会骗自己，故而，经翟守旬这么一说，李重进便彻底打消了与李筠合力反宋的念头。

部将李涛劝说李重进道："大人乃周室近亲，又坐镇此战略要地，且手下兵将数万之众，大宋皇帝焉能放得下心？"

李涛所言不无道理。但因为太相信翟守旬了，所以李重进对李涛的劝说就一笑了之，并专心致志地等待朝廷使者的到来了。

翟守旬没有说谎。大约在赵匡胤领兵围攻潞州城的那个当口，朝廷的使者果然走进了青州城。这使者姓陈名思诲，原是赵普的一名随从。因此，说陈思诲是赵匡胤或大宋朝廷的使者，倒不如说是赵普的使者更恰当。

陈思诲不仅带来了赵匡胤赏赐给李重进的免死铁券，还带来了大批财物赏赐给了李重进的部下。对此，李重进很高兴。

李涛又提醒李重进道："大人，这是大宋皇帝在灌你迷魂汤啊！末将以为，待李筠一死，宋军就会立即开到青州城下！"

李涛的话不可谓不直接，不可谓不尖锐，然而李重进却训斥李涛道："若不看在你忠心耿耿的份上，我马上就把你打入囚牢！"

于是，李重进就三天两头地设宴款待陈思诲，还嚷着要随陈思诲一道赴京谢恩。李涛赶紧劝道："大人切莫赴京！大人一去，恐就难以回转了！"

这时，李重进对李涛说出了实话："你以为我真的要去汴梁吗？我只不过是这么说说而已。俗语说得好：'害人之心不可有，防人之心不可无。'他大宋皇帝待在汴梁，本大人我待在青州，我和他只要井水不犯河水，也就相安无事了！"

李重进对赵匡胤终究还是怀有戒备之心的。他之所以不帮助李筠，之所以对陈思诲那么热情，是因为他有着这么一种侥幸的想法：我李重进不主动去惹你赵匡胤，那你赵匡胤也就不要来惹我。

终于弄清了李重进的真实想法后，李涛不禁长叹一声道："大人，谁能保证井水不犯河水啊！"

是啊，井水也许不会犯河水，但河水终究是要犯井水的。李重进难道真的不懂这个道理吗？

李重进对李涛说道："兄弟，你的意思我不是不懂，但是，我以为，只要把朝廷派来的使者服侍得周到，那他回到汴梁以后，就会在大宋皇帝的面前说我等的好话！"

李重进的意思是，只要那陈思诲在赵匡胤的面前为他李重进多说好话，那赵匡胤的"河水"就不会犯他李重进的"井水"了。

李涛向李重进保证道："大人放心，下官一定将朝廷的使者服侍得周到、妥帖！"

李涛可不是说着玩的。青州城内有一个歌妓名唤小玲珑，人称"青州宝贝"与"青州三绝"，青州城内外多少达官贵人都以能和小玲珑共度良宵为莫大的荣耀。据说，有一位商贾只和小玲珑同睡了一宿，便花费了三千两白银。尽管如此，那些达官贵人们依然对小玲珑趋之若鹜。一位盐商说："只要小玲珑答应与我同宿，我就是倾家荡产也心甘情愿！"一位将军在与小玲珑鱼水一番后感叹道："从此战死疆场亦足矣！"

然而，自李重进镇守青州之后，那些达官贵人们便傻了眼。他们不仅再也不能欣赏小玲珑那美妙的歌舞了，甚至连看上小玲珑一眼都变得异常困难。原因是，小玲珑被李重进的一个亲信独占了。李重进的这个亲信便是李涛。

一天黄昏，李涛走进了小玲珑的闺房。往日，李涛来了之后，总是先一边饮酒一边欣赏小玲珑的歌舞，然后才与小玲珑共入罗帐。但这回不同，李涛刚一踏入她的闺房，便迫不及待地将她推倒在床上。

云雨完毕，他说出了来意。小玲珑的两行泪"刷"地就流了出来。李涛忙道："如果你不愿意，李某绝不勉强！"

小玲珑强颜欢笑道："为了大人，小女子愿付出一切。"

李涛许诺道："事成之后，李某纳你为妾！"

于是，就在当天晚上，李涛领着小玲珑走进了陈思诲的房间。李涛向陈思诲解释道："大人夜晚独眠太过冷清，所以就送一个女人来给大人解闷。"

这是一个什么样的女人啊！只一个晚上，陈思诲就对小玲珑难舍难分了。准确点说，应该是陈思诲已经被小玲珑深深地迷住了。所以，第二天晚上，当小玲珑再次走进陈思诲房间的时候，陈思诲便向小玲珑提出了自己的请求：请她与他一起到汴梁去。陈思诲还向小玲珑保证，只要她愿意去汴梁，那他回汴梁后就马上休妻，并且娶她为妻。

但小玲珑也提出了自己的要求，要求陈思诲留在青州不走。她还如此对陈思诲说道："如果大人同意，小女子情愿终生伺候大人！"

陈思诲马上便向小玲珑道出了一个"秘密"——这秘密是赵普"有意无意"中在陈思诲的面前说出来的。这秘密就是：大宋皇帝赵匡胤在灭了李筠之后，下一个要消灭的目标便是李重进。

陈思诲还引用赵普的话说道："李重进一天不灭，皇上一天就不心安！"

陈思诲的意思是，青州一带马上就要打仗，所以小玲珑最好与他一同去汴梁。然而小玲珑似乎不相信陈思诲的话，她问陈思诲道："你说皇上很快就要派兵来攻打这里，既如此，皇上为何又要赐给李重进大人免死铁券？"

陈思诲笑道："皇上不这么做，李重进岂不就和李筠勾结在了一块儿？李重进兵马多，如果真的与李筠相勾结，那皇上就头疼了！"

有一种男人，见了自己认为可心可意的女人，便会情不自禁地将肺腑吐出。殊不知，赵普正是想要借陈思诲的口来"逼"李重进公开反叛。很显然，赵普牺牲了一个陈思诲，但目的却达到了。

赵普的目的达到了，那李涛的目的也达到了。当然，赵普作出了牺牲，李涛也付出了一定的代价：自己爱怜的女人小玲珑整整陪了陈思诲两个通宵。

第三个晚上，陈思诲在自己的屋里激动地等待着小玲珑的到来。他没法不激动，小玲珑已经答应他，明天上午与他一起远走汴梁。一想到自己将终身拥有那小玲珑，陈思诲连呼吸都感到有些困难了。

然而，大出陈思诲意料的是，他在屋里等了半天，没有等来朝思暮想的小玲珑，却等来了李重进和李涛。李重进和李涛的脸上都像是下了一层霜。

李重进先是好言好语地叫陈思诲说出"实情"，但陈思诲拒绝了。李重进大怒，严刑逼问陈思诲。陈思诲倒也坚强，死活不开口。最后，还是李涛有办法。李涛叫来了小玲珑，并对陈思诲许诺道："只要你如实言说，我就让你和小玲珑一起远走高飞！"

看着近在咫尺的小玲珑，陈思诲终于说出了实情。可惜的是，说出实情之后，陈思诲并没有能够与小玲珑一起远走高飞，而是独自一人走进了死牢。陈思诲心中的那份悔恨当不难想象。

悔恨的又岂止陈思诲一个？那李重进当着李涛的面潸然落泪道："兄弟，我好后悔啊……我为什么不去帮助李筠李大人？我又为什么不听兄弟你的忠告？"

李涛说道："大人不能只顾后悔！李筠已经兵败身亡，赵匡胤的兵马可能正朝青州开来，大人当速速做出应对之策！"

"兄弟说得是！"李重进两眼一翻，"不过，我要先抓住那个翟守珣，将他碎尸万段！我对他那等信任，他却与赵匡胤串通一气骗我，是可忍孰不可忍？"

如果翟守珣真的被李重进抓住的话，那下场肯定很惨。只不过，翟守珣为人十分机警，他一直在密切注意着陈思诲的动静。当他发现小玲珑走入陈思诲房间的时候，就感觉到事情不妙，并随即做好了出逃的准备。故而，等李重进想要抓他的时候，他已经走在了去汴梁的路上，并最终安全地走进了汴梁城，得到了赵匡胤的亲切召见。

没有抓到翟守珣，李重进恼羞成怒，当即打出"驱逐赵贼、恢复周室"的旗号，公开与大宋朝廷为敌。这样一来，赵匡胤便又可以用"平叛"的借口来剿灭李重进了。

因为当初没有听从李涛的劝告才致使局面被动，所以，公然与赵宋决裂之后，李重进便对李涛言听计从。比如，李重进本来的想法是遣兵向西打，与赵匡胤一决雌雄。但李涛以为，青州虽有较多军队，但与赵匡胤相比仍处于明显的劣势，所以现在不宜同赵匡胤决战，应向南、向长江北岸攻打，这样既可较容易地扩大地盘，又有可能获得南唐国的支持，待实力强大了，再与赵匡胤分个胜负高下也不迟。李重进采纳了李涛的建议，并封李涛为"征南大元帅"，领兵四万南下，同时派特使先行前往江宁朝见南唐国皇帝李煜，希望与南唐国一起共同打击赵宋。然而，李煜最终没有答应。

虽然没有得到南唐国的支持，但李涛的南下不仅速度奇快而且战果也十分明显。需要说明的是，李涛在南下的时候，不光带着四万兵马，还带着那个小玲珑。他没有食言，真的纳她为妾了。而她以为，既然已是他的妾，那就当与他生死相依，故而，她就与他一起南下。还别说，小玲珑虽是风尘女子，却也重情重义。

且说李涛携小玲珑率四万兵马南下，一路非常地顺利，用"攻无不克、战无不胜"来形容当时的李涛也并不过分。在不到一个月的时间里，他竟然从青州一直打到了扬州，并迅速地占领了扬州城。要知道，从青州到扬州，起码有一千五百里的路程。就军事才能而言，李涛也是十分优秀的了。

一路上只顾打仗，李涛多少就冷落了那个小玲珑。故而，占领了扬州城的当天晚上，李涛便将小玲珑唤到自己的身边。大半夜之后，他与她依然意犹未尽，所以就紧紧地搂抱在一起。

也不光是拥抱，他们还抽空说上几句话，说的是有关战局的内容。小玲珑说道："大人所向披靡，恐那大宋皇帝也不是大人的对手啊！"

李涛却摇头道："爱妾说错了！这场战争，大宋皇帝必胜！"

小玲珑惊叫道："这是为何？"

李涛回道："如果我等能与李筠同时起兵，那战局就很难预料；可现在，李筠已败，唐人又不肯相助，我等孤军奋战，断无取胜的可能！"

"可是，"小玲珑不解，"大人一路南下，不是每战必胜吗？"

李涛说道："因为这里的宋军力量分散，所以我才处处得手。待大批宋军集中而来，我李涛就只能战而败之了！"

小玲珑赶紧问道："大人，宋军一定会集中来攻打你吗？"

李涛点头。小玲珑不禁张大了眼，"大人，既如此，你为什么还要南下？"

李涛吁了一口气："爱妾有所不知，我李涛本是无名小卒，得李重进大人赏识才有了今天的地位。我之所以要求南下，是想借唐人之力为李重进大人打出一片天下。虽然，唐人现在不肯助力，但我仍可在此拖住大批宋军，为李大人北进争取足够的时间！"

原来，李涛在南下前曾对李重进说道："如果我南进失利，希望大人速速领兵向西北打去投奔北汉或辽。"不难看出，李涛与小玲珑一样，都属于那种重情重义的人。只不过，他想牺牲自己来保全李重进的愿望未能实现。原因是，那赵普看出了他李涛的意图。

闻听李涛领兵南下后，赵匡胤急忙找来赵普商议。李重进不派兵西进而是派兵南下，这着实让赵匡胤感到有些意外。意外之后，赵匡胤对赵普说道："朕明白了！李重进想勾结李唐与大宋为敌！"

赵普问道："皇上以为，那李煜会帮助李重进吗？"

赵匡胤笑道："那李煜只顾饮酒、填词，哪有闲工夫会帮助李重进？"

赵普说道："既如此，皇上当速速派兵去剿灭李涛。李涛一完，李重进也就完了！不过，为防止李重进逃跑，皇上还应命令青州北面和西北面的宋军加强戒备。"

赵匡胤问赵普道："你认为李重进会逃跑吗？"

赵普回答："李涛一完，李重进必然会逃跑！"

赵匡胤点点头，一边旨令青州以北的宋军密切监视李重进的动静，一边命令石守信、王审琦等人统兵五万去进剿李涛。赵匡胤吩咐石守信和王审琦等人道："灭了李涛之后，就迅速北上去攻打李重进！"

石守信和王审琦不敢怠慢，领了五万人就匆匆离开汴梁向东南方向而去。行至半途，听说李涛已经占领了扬州，石守信和王审琦就商量了一下，决定派大将宋延渥为先锋官，领一万骑兵先行赶到扬州城附近打探究竟。

石守信和王审琦率四万兵马于这一年（宋建隆元年，公元960年）的九月初抵达扬州城以西三十里处的一个小村庄。在小村庄里，他们与先锋官宋延渥见了面。宋延渥一脸的沮丧。原因是，在石守信和王审琦到来之前，宋延渥刚刚与李涛的军队打了一次仗。确切地说，是宋延渥中了李涛的埋伏。虽然宋延渥及一万宋军骑兵奋力冲杀并最终冲出了李涛的包围，但却折损了三千人骑。

石守信勃然大怒，冲着宋延渥大喊大叫道："你这打的是什么仗？还没攻城呢，你就丢掉了三千弟兄的性命，照你这种打法，就是有十万大军，你也攻不进扬州城！"

盛怒之下的石守信，嚷着要将宋延渥"军法从事"。王审琦忙着劝道："石大人息怒！所谓胜败乃兵家常事，宋将军吃了败仗固然有过，却也寻常，更不该轻易问斩。据我所知，那李涛很善用兵，宋将军匆忙而来中了埋伏，也是情理之中的事。攻城尚未开始，我等焉能随便处置军中大将？"

虽然石守信对王审琦的话很不以为然，但最终也没有怎么处置宋延渥。因为他记住了王审琦话中的几个字——李涛很善用兵，所以他就暗暗较劲儿：待我攻进了扬州城，看你王审琦会说谁真的"很善用兵"了。

石守信以"东讨大元帅"的身份命令王审琦和宋延渥等人"原地待命"，自己亲率军队攻打扬州城。可是，连攻了七八天，扬州城依然握在李涛的手中，而且宋军损失了六千余人。

石守信面有愧色地对宋延渥说道："你丢了三千人，我丢了六千人，我比你更无能！"

宋延渥赶紧说道："下官愿领兵攻城……"

王审琦说道："还是我们同心协力，一起攻城吧！"

宋军又连续对扬州城围攻了十数天，可不仅毫无战果可言，且伤亡人数已经累万。王审琦对石守信说道："照此情形下去，即使我等攻破了城池，恐也无力再北上了！"

石守信反问王审琦道："依你之见，我等应该如何？"

王审琦回道："应速速派人回京向皇上大哥禀告！"

石守信气呼呼地道："你回京禀告，我留在这里继续攻城！如果不拿下扬州，我就不见皇上大哥了！"

见石守信发下如此重誓，王审琦哪还敢轻易离开？他们是结义的兄弟，理当同患难、共生死。所以，王审琦就令宋延渥驰往汴梁，自己留下来与石守信一起攻打扬州。

宋延渥单人独骑星夜驰向汴梁。至汴梁城时，他胯下的马累瘫了，他也累得几近不省人事。有人报告了高怀德，高怀德将宋延渥安顿好了之后又连忙告诉了赵普。赵普听了宋延渥的陈述后急忙对高怀德道："走！入宫见皇上！"

当时是下午。赵普与高怀德入宫后，一时未能找着赵匡胤。后来，一太监告诉赵普："皇上在王皇后的寝殿里休息。"

皇后的寝殿寻常人是不得随便出入的。赵普却对高怀德说道："事急矣！我们也管不了那么多了！"

赵普带着高怀德直闯王皇后寝殿。宫中诸人见赵普和高怀德都面色阴沉，谁也不敢拦阻。到了皇后寝殿之外，赵普对高怀德说道："你嗓门儿比我大，你来喊！"

高怀德迟疑了一下，终于扯开嗓门儿叫喊道："皇上，臣等有急事求见！"

高怀德这一喊不大要紧，"呼啦啦"地从寝殿里跑出来十数个太监和宫女。一个老太监躬身对赵普和高怀德说道："两位大人休要在此喧哗，皇上和皇后都已安寝。"

高怀德看着赵普。赵普说道："不管他！继续喊！"

于是高怀德就又大声喊道："皇上，臣等有急事求见！"

高怀德一连喊了三遍，但仍不见赵匡胤的身影。高怀德急道："赵大人，这该如何是好？"

赵普眉头一皱道："皇上不出来，我们就进殿见他！"

听赵普这么一说，那十数个太监和宫女一起挡在了赵普和高怀德的面前，原先说话的那个老太监又哈腰对赵普和高怀德说道："这是皇后的寝宫，两位大人岂能擅自闯入？"

赵普扭头对高怀德说道："高大人，谁敢挡我等的路，你就一拳将他砸趴下！"

高怀德很听话，真的举起了双拳，还上下左右舞动了一番，吓得那些太监宫女慌忙闪到了两边，为赵普和高怀德让出了一条路。赵普和高怀德就这么闯进了王皇后的寝殿。

毕竟是皇后的寝殿，所以高怀德的神情就多少有些紧张，只能做出一副目不斜视的模样。赵普则不然，神态自若，步履从容，就像行走在自己的家中。

蓦地，那王皇后出现在了赵普和高怀德的面前，她衣衫不整、面色惶恐，就像是被人窥见了心中的什么隐秘。

高怀德慌忙施礼道：“微臣参见皇后娘娘，娘娘千岁千岁千千岁！”

赵普躬身说道：“臣等擅自闯入，实是有要事向皇上禀报，请娘娘千岁恕罪！”

“两位大人不必客气，”王皇后知道面前的二人与赵匡胤的关系都非比寻常，所以脸上还挤出了一丝笑容，“只是皇上正在休息，怎么喊也喊不醒……”

赵普皱眉道：“敢问皇后娘娘，都这个时辰了，皇上早该起床了，如何喊也喊不醒？”

王皇后答道：“皇上中午喝多了酒……”

原来，中午的时候，赵匡胤不知因为何事一时来了兴致，跑到王皇后住处非要她陪他饮酒。说是叫她陪饮，其实呢，是她斟酒，他独饮。一般情况下，一人独饮是不易喝醉的。而赵匡胤不同，喝着喝着就喝多了。王皇后叫来太监宫女将赵匡胤从地下抬到了床上。高怀德在殿外高叫的时候，她不仅听见了，还听出了是谁的声音。她慌了，若是高怀德等人闯进来，那还成何体统？所以，她就赶紧呼唤赵匡胤，可怎么呼怎么唤他也不醒。她又不敢大声。他的脾气她清楚，若是惊扰了他，她至少也得挨上一顿训斥。

赵普明白赵匡胤是因为贪杯才在皇后的床上睡着，所以赵普就冲着王皇后躬身说道：“请娘娘千岁带臣等立即觐见皇上！”

“立即”一词含有不容置疑的意味。王皇后略略迟疑了一会儿，还是将赵普和高怀德领到了床边。

好家伙，赵匡胤趴在床上睡得正香。赵普高叫了两声“万岁”，赵匡胤都没什么反应。赵普又推了推赵匡胤的身体，赵匡胤翻了一个身依然呼呼大睡，唇边溢满了涎水。王皇后慌忙找来一方手巾将那些涎水拭去。

高怀德很焦急又很为难地看着赵普。赵普一咬牙，冲着王皇后说道：“请娘娘千岁着人打盆凉水来！”

一个太监端了一大盆凉水走到了赵普的跟前，赵普接过盆，也不言语，就“呼啦”一声将一大盆凉水全部泼在了赵匡胤的脸上和身上，吓得王皇后和太监等人都不禁“啊”地大叫了一声，连高怀德也惊得张大了眼。要知道，这秋暮季节，凉水泼到身上是很冷的，更何况，被泼的人还是当今的皇上。

赵普急急地对王皇后说道："请娘娘千岁速速为皇上更衣，臣与高大人在外候驾！"

说完，赵普就离开了。恰在此时，赵匡胤也愕然睁开了眼。高怀德没敢正视赵匡胤，而是装着什么也没看见似的跟着赵普走了出去。高怀德本想对赵普说些什么的，可见赵普紧绷着脸，便把想说的话咽回了肚里。

工夫不大，赵匡胤怒气冲冲地走了出来。因时间匆促，赵匡胤也是一副衣衫不整的凌乱样。

赵普和高怀德几乎同时跪倒于地，高怀德磕头道："臣叩见皇上，吾皇万岁万岁万万岁！"

赵普说的却是："皇上终于醒酒了……"

赵匡胤三步并作两步地跨到了赵普的近前，两眼直勾勾地盯着赵普，像是要把赵普的内心看个透彻。赵普则直直地跪着，对赵匡胤射过来的目光毫不躲避。

赵匡胤冷冷地问道："赵普，擅闯皇后寝殿，是你的主意吗？"

"是，"赵普回道，"高大人不敢闯，臣敢闯！"

"好！"赵匡胤叫了一声，"赵普，朕再问你，用凉水泼朕，也是你的主意吗？"

"不错，"赵普点头，"这不仅是臣的主意，还是臣亲手所为！"

"赵普！"赵匡胤吼了一声，"你擅闯皇后寝殿，该杀！你用凉水浇朕的脸，更该杀！你，你究竟有几个脑袋？你以为朕一向宠信于你，你就可以胡作非为、无法无天？你就以为朕不敢取你的性命？"

赵普居然笑了："皇上言重了！皇上手握生杀予夺之权，天下人的性命尽握皇上之手，微臣岂能例外？只不过，微臣虽然只有一颗脑袋，但却想等到扬州城收复之后，再奉献给皇上也不迟……"

赵匡胤一怔，目光慢慢地移向高怀德："扬州战况如何？"

高怀德回道："宋延渥将军返京告急，扬州城久攻不下，大宋军队损失惨重……"

赵匡胤渐渐地皱起了眉头："石守信和王审琦是怎么搞的？一个扬州城为何久攻不下？"

赵普接着说道："李重进已经率兵离开青州北进，如果让那李涛在扬州站稳了脚，恐怕局面将不好收拾！"

赵匡胤缓缓地后退了几步，然后一屁股跌坐在一张椅子上，且一边揉着太阳穴一边吩咐道："你们快起来吧！"

高怀德爬起了身，赵普却依然跪着。赵匡胤问道："赵普，朕叫你起来，你为何不平身？"

赵普回道："臣不敢乱动……臣擅闯皇后寝宫于先，又用凉水浇泼龙体于后，皇上口口声声要取臣的性命，臣焉敢起身？"

赵匡胤"唉"了一声："赵普，你是在生朕的气啊！朕适才信口开河，你又何必当真？"

赵普看起来似乎确实当真了："皇上乃金口玉言，如何能是信口开河？"

"好了，好了！"赵匡胤站了起来。许是醉意仍在，站起时不觉打了一个趔趄，"赵普，朕现在当着高怀德的面对你说一句金口玉言，无论你赵普以后对朕做什么，哪怕你当着文武朝臣的面侮辱于朕，朕也绝不计较，更不会取你的性命。你意下如何？"

"臣领旨谢恩！"赵普磕了一个头，然后不紧不慢地起身，一边起身一边还说道："臣何时何地都不会也不敢侮辱皇上！不过，今日之事，臣以后也许还会做……"

"是呀，是呀！"待赵普和高怀德坐下，赵匡胤也坐回到椅子上，"不知怎么搞的，朕常常不知不觉地就喝多了酒，而酒醒之后又常常后悔不已……赵普，你说，朕在这方面是不是已经无可救药了？"

赵普忙道："皇上真是太言重了！人人都不免有所爱好，皇上只不过有点贪杯而已，这并不是皇上的什么过错！"

高怀德这时说道："臣以为，扬州战事，皇上当速速决议！"

"对！"赵匡胤说道，"高怀德说得对！若不尽快消灭李涛、收复扬州，那李重进的气焰就会越来越嚣张！"

"臣以为，"赵普说道，"皇上今夜应好好地休息一晚，明日早晨当御驾亲征扬州！"

"不！"赵匡胤摇头，"朕不同意！"

高怀德连忙去看赵普。赵普看着赵匡胤问道："皇上莫非不愿御驾亲征？"

"不！"赵匡胤又摇头，"朕想即刻就领兵出征！"

高怀德不觉吁了一口气。赵普说道："皇上酒醉未醒，此时出征恐失之匆忙……"

赵匡胤笑了："适才朕确实尚有些酒意，不然，朕如何能说出要取你赵爱卿性命的话来？但现在，有仗要打了，朕的酒意便立刻云消雾散了！"

高怀德也不禁笑道："皇上大哥虽然当了皇上，但脾性却依旧啊！"

"那是自然，"赵匡胤的脸上露出一种得意之色来，"江山易改，本性难移嘛！"

赵匡胤执意要即刻出征，赵普也就不再拦阻。实际上，从某种意义上说，赵普心中那消灭李涛、平定李重进叛乱的急切程度，似乎比赵匡胤还要强烈。

赵匡胤将朝中政事交由范质、王溥、魏仁浦三位宰相代理，将卫戍汴梁城的军事大权交给大弟弟赵光义掌管（因赵匡胤当了皇帝，为避讳，赵匡胤的两个弟弟匡义、匡美就分别改名为光义、光美），然后又去向母亲皇太后杜氏辞行。

自赵匡胤做了皇帝之后，杜氏的身体就每况愈下了。似乎，她过去一直是在用顽强的意志来支撑着自己的身体，所以丈夫赵弘殷不幸病死一事，就好像没有给她带来多么沉重的打击。然而现在，赵匡胤当皇帝了，她所有的期待都如愿以偿了，因而她的身体也就自然而然地垮了下来。

赵匡胤去向杜氏辞行的时候，杜氏正斜倚在床上轻轻地咳嗽。那皇后王氏正在为杜氏抚背。看见母亲异常消瘦的脸庞，赵匡胤一时竟难以开口。

见赵匡胤一副犹豫的样子，杜氏率先开了口："皇上，你是不是又要出征？"

"正是，"赵匡胤回道，"孩儿即刻便要出征，所以赶来向娘道别……"

"皇上，"王氏连忙道，"天都要黑了，明天再出征也不迟啊！"

"傻孩子！"杜氏用一种温和的表情看着王氏，"打仗与做别的事情不同，讲究的就是争取时间！"

赵匡胤说道："还是娘最了解孩儿。"

王氏也赶紧道："太后说得是。"

赵匡胤嘱咐王氏，在他出征期间，她要日日夜夜地陪伴在杜氏的身边。赵匡胤的命令，王氏敢不遵从？

等赵匡胤率军离开汴梁城的时候，天就快要黑了。好在当晚的月色很好，于是赵匡胤就传旨：军队上半夜赶路，下半夜休息。

赵匡胤此番带了两万多禁军，还有赵普、高怀德等一干文臣武将。宋延渥被赵匡胤旨令先行。赵匡胤吩咐宋延渥道："你先赶往扬州城外告之石守信和王审琦，就说朕已亲率大军星夜驰援，叫他们不要担心！"

宋延渥带数十人骑一路狂奔，不日便赶到了扬州城下。扬州城依然握于那李涛之手。闻听赵匡胤御驾亲征，王审琦十分高兴，而石守信却越发地沮丧。

石守信对王审琦说道："兄弟，皇上大哥给我等五万大军，我等却连一个小小的扬州城也久攻不下，这……我还有什么脸面再见皇上大哥？"

王审琦安慰道："二哥，皇上大哥一来，扬州城就定能攻破。"

"不行！"石守信喘着粗气道，"在皇上大哥到来之前，我等一定要拿下扬州城！"

石守信问宋延渥皇上几时可到？宋延渥回答说皇上速度很快，顶多还有两天便可到达这里。

石守信又问王审琦道："兄弟，我等在两天之内能攻破城池吗？"

王审琦笑道："二哥说能攻破，那就一定能够攻破！"

石守信和王审琦准备拼命了。他们命令宋延渥率五千人休息待命，其余的官兵，只要还能够走动，就都跟着他们二人轮番攻城。

石守信对宋延渥说道："这一次，如果再攻不破城池，你就永远见不着我和王审琦了！"

石守信的话说得宋延渥一阵心惊肉跳。王审琦对宋延渥吩咐道："如果我等攻破了城池，你就赶紧带手下冲进城去同李涛肉搏！"

宋延渥连忙道："两位将军千万小心……"

石守信和王审琦就各领一路人马开始攻城了。客观地说，他们这次攻城与前番不同：一是李涛虽然善战，但被连攻了多日，城内已是兵少粮缺；二是闻听大宋皇帝已御驾亲征，宋军无疑受到了极大的鼓舞，士气陡然高涨，而李涛的兵马则正相反。颇有心计的王审琦在攻城前及时地将赵匡胤亲征的消息"送"到了扬州城里，一时间，扬州城内人心惶惶。

小玲珑问李涛道："将军，扬州城还能守得住吗？"

李涛回答："守得住要守，守不住也要守！哪怕还能守一天，我也不会放弃！"

小玲珑知道，扬州城是肯定守不住了。她还知道，李涛死守扬州城，是想把大批宋军拖在这里，好为李重进大人找出路争取更多的时间。

据说，李涛曾想派一支人马冲出城去，护送小玲珑远走他乡，但被小玲珑拒绝了。小玲珑对李涛说道："妾身既然承蒙将军收留，那妾身就生是将军的人，死是将军的鬼！将军既已抱定与扬州共存亡，那妾身又岂有独自逃走的道理？"

小玲珑一席话，说得李涛好生感动。李涛紧拥着小玲珑信誓旦旦地说道："在天愿作比翼鸟，在地愿为连理枝……"

搁下李涛与小玲珑二人在扬州城的情意绵绵不提，再说石守信和王审琦二人各领了一路人马，准备妥当后便分别开始攻城。攻城的时候是下午。攻了一下午，未果。又攻了一整夜，依旧未果。终于到第二天上午的时候，石守信率先攻进了扬州城。紧跟着，王审琦也攻破了一道城门。城门一破，那宋延渥带着养精蓄锐的五千兵马像疯了似的杀进了扬州城。经过两个多时辰的搏杀，也就是到第二天下午的那个时候，宋军终于完全占领了扬州城。

石守信满身血污地提着一对大铜锤在扬州城内到处乱窜，一对血红的大眼还不停地四处搜索着。他在寻找什么？他在寻找那个李涛。

石守信已经找了好长时间了，可就是没找着李涛的下落。石守信心中那个急啊，恨不得把扬州城翻个底朝天。他以为，李涛定是趁乱逃走了。

可就在这当口，有人告诉石守信："李涛和小妾小玲珑被宋延渥将军抓走了。"那人还告诉石守信，宋将军抓李涛的时候，李涛正与小玲珑在饮酒。

石守信简直要气炸了肺："好你个李涛，我等在城外抛头颅、洒热血，你却在城内喝酒，是可忍孰不可忍！"

石守信立即找到宋延渥索要李涛。宋延渥回道："李涛已经被王将军带走了……"

石守信又马上去找王审琦。一见面，石守信就瞪着王审琦问道："李涛何在？"

王审琦回道："我已将李涛关押……"

"关押什么？"石守信一提大铜锤，"你快把他放出来，让我一锤子砸死！"

"二哥万万不可！"王审琦忙道，"李涛不是等闲之辈，乃李重进手下得力干将，我等不能随意处置！"

"你说什么？"石守信勃然大怒，"王审琦，那李涛杀死了我成千上万的弟兄，你竟然还说我等不能随意处置？你，你究竟与我石某是兄弟还是与那李涛是兄弟？"

"二哥息怒。"王审琦赔上笑，只是因为一脸的血污，所以那笑容看起来就异常的恐怖，"二哥的心情小弟完全能理解，只不过，小弟以为，皇上大哥马上就要来了，应将李涛交给皇上大哥处置比较妥当！"

"不行！"石守信大声吼道，"不能把李涛交给皇上大哥！李涛只能由我来处置！"

石守信执意要亲手处置李涛，原因有二：一是他对李涛恨之入骨，欲置之于死地而后快；二是他担心把李涛交由赵匡胤处置，赵匡胤会放李涛一马。

可是，王审琦高低不愿将李涛交给石守信。石守信咆哮道："王审琦，论兄弟结义，我比你长，论朝中官职，我比你大！现在，我命令你：立即把李涛交出来！"

王审琦却道："二哥，你其他的命令，兄弟都可以无条件服从，但今日李涛一事，恕兄弟难以从命！"

"你！"石守信火冒三丈，但忽地，他压低声音说道："审琦兄弟，你看这样好不好？你告诉我李涛关在何处，我呢，偷偷地前去一锤子把他砸死，就是皇上大哥追问起，也与你无关……你看怎么样？"

王审琦急忙摇头："二哥，兄弟恕难从命！"

"王审琦！"石守信差点蹦起来，"你我还是不是好兄弟了？"

"当然是好兄弟！"王审琦说道，"你我不但今生是好兄弟，来世也肯定还是好兄弟！但是，好兄弟是一回事，放不放李涛又是另一回事！"

"好啊，王审琦！"石守信不觉举起了双锤，"我再问你最后一句：你到底交不交出李涛？"

王审琦摇头道："二哥，你就是砸死兄弟我，我现在也不会让你去砸死李涛！"

若不是宋延渥及时赶来，石守信和王审琦之间说不定就会发生什么事情。宋延渥告诉石守信和王审琦："皇上已经到了扬州城外。"

赵匡胤既然来了，石守信和王审琦就只能一起去城外迎接。出城前，石守信仍没好气地对王审琦说道："若是皇上大哥放了李涛，我就找你算账！"

王审琦微微一笑道："二哥此言差矣！放不放李涛，是皇上大哥的事，与小弟我何干？"

因为石守信也好，王审琦也罢，一眼看上去几乎是一个血人了，所以，见了石守信和王审琦的面之后，赵匡胤所说的第一句话便是："两位兄弟……受伤了？"

当得知石守信和王审琦都受了皮外之伤后，赵匡胤便感叹道："两位兄弟真是劳苦功高啊！"

石守信却道："惭愧！太惭愧了！"

王审琦也道："臣等虽然收回了扬州，但并无任何功劳可言……"

石守信和王审琦为何如此谦虚？原因是，他们在攻克扬州一战中牺牲过大。一共是五万宋军，至占领扬州后，所剩官兵顶多只有一半了。

赵普一旁说道："石将军和王将军不必自责。要知道，消灭了李涛，那李重进就大势已去了！"

"可是，"石守信连忙道，"李涛的军队虽然被消灭了，但李涛却还活着！"

赵匡胤不禁"哦"了一声道："李涛何在？"

石守信不满地咕哝道："被王审琦王将军供养起来了！"

王审琦说道："臣以为，李涛非寻常人物，只有皇上可以处置他！"

赵匡胤点了点头道："李涛的确非比寻常，竟然将你等挡在扬州城外这么多天……朕一定要亲自见上一见！"

石守信急忙问道："皇上可有意饶过李涛？"

赵匡胤回道："这等善战之人，岂可轻易饶过！不然，不就等于放虎归山了吗？"

石守信高兴了，凑到王审琦的耳边说道："兄弟，你听到皇上大哥说的话了吗？"

王审琦回道："兄弟我没听见！"

石守信笑了："审琦兄弟，我现在都不生气了，你还生什么气？"

可是，没过多久，石守信便笑不出来了。原因是，赵匡胤最终释放了李涛。

说实在的，赵匡胤本不想放走李涛的，即使不砍下李涛的头，也要将李涛囚禁在牢房里。试想想，李涛凭借着一个小小的扬州城及三万余军队，能和石守信、王审琦及五万宋军对峙了将近一个月，而且还是处在孤立无援的状况下。这样的人，要是放虎归山，那还了得？既如此，赵匡胤又为何要放掉李涛？

赵匡胤之所以释放李涛，并非完全出于什么心软。他即使真的是心软之人，也不会心软到不顾大局的地步。李涛之所以能在扬州城全身而退，乃归功于那个小玲珑。

赵匡胤本不知道李涛的身边还有一个女人。进了扬州城之后，赵匡胤便以大宋皇帝的名义设宴款待攻打扬州城有功的将士。当时已是黄昏了，待酒宴散去，天色早已黑透。赵匡胤带着微微的醉意吩咐王审琦道："走，领朕去看李涛。朕倒要看看，那李涛是否长着三头六臂！"

王审琦领着赵匡胤、赵普等人来到了李涛被关押的地方。那是一个很狭小的房间，房间里点着一盏油灯。油灯下，李涛和那个小玲珑相拥而坐。

赵匡胤在赵普、王审琦等人的簇拥下走进了那狭小的房间。小玲珑看了看来人，李涛却动也不动。王审琦喝道："李涛，见了大宋皇帝，为何坐而不跪？"

李涛这时才瞥了赵匡胤一眼，但依然坐着没动，只将小玲珑拥得更紧。王审琦叫道："大胆李涛，见了皇上，还不跪地求饶？"

李涛开口了："我情知死到临头，又何必跪地求饶？"

赵普先是看了看赵匡胤——赵匡胤正眼睛一眨不眨地看着那小玲珑——然后不高不低地说道："李涛，在我看来，如果你向皇上跪地求饶，皇上兴许会饶你不死！"

李涛的双眼慢慢地转向赵普："如果李某所料不差，这位想必就是赵普赵大人！"

赵普哈了哈腰："李将军说得没错，在下正是赵普。不知李将军有何指教？"

李涛说道："赵大人是聪明人，自然懂得各为其主的道理！请赵大人转呈大宋皇上：李某但求速死，别无他求！"

想起来也有意思，赵匡胤明明就站在李涛的面前，李涛却要赵普把他的话"转呈"给赵匡胤。更有意思的是，赵匡胤居然笑着问李涛道："李将军，你不想和你怀中的女人葬在同一个墓穴里吗？"

李涛立即翻身冲着赵匡胤伏地磕头，且口中说道："李涛谢过大宋皇帝恩典……若李涛能与小玲珑生同床、死同穴，则李涛来世定做牛做马供大宋皇帝驱遣！"

赵匡胤低声问赵普道："这女人，叫小玲珑？"

赵普点头。赵匡胤不禁喟叹道："真是名副其实啊！"

　　喟叹毕，赵匡胤便一声不响地离开了。走到自己的住处后，赵匡胤发觉赵普一直跟着，便压低声音说道："朕正有事情要问你呢……"

　　赵普也轻声问道："皇上是想问有关小玲珑的事情吗？"

　　赵匡胤一怔："赵普啊，你怎么总能猜着朕的心思呢？"

　　赵普微微一笑道："皇上，你站在那直直地盯着小玲珑，连那李涛恐怕都猜出了皇上心里在想些什么。"

　　"好了，不说那么多了！"赵匡胤竟然红了一下脸，"关于那个小玲珑，你究竟知道多少？"

　　赵普回道："小玲珑姓甚名谁，臣并不知晓，臣只知道，小玲珑在青州一带素有盛名，人称'青州宝贝'、'青州三绝'……"

　　赵匡胤自言自语地道："'青州三绝'？朕只领略了其中的一绝啊！"

　　"其中的一绝"当然指的是小玲珑的色相。赵普不紧不慢地说道："皇上若真想完全领略三绝，好像也不难……"

　　是啊，小玲珑就关在那屋里，可谓是手到擒来的事，又何难之有？赵匡胤不觉有些心动。

　　"赵普，你真的这样想？"

　　赵普回道："臣怎么想都无所谓，关键是皇上的心里怎么想……"

　　赵匡胤沉默了。沉默了好一会儿，他才长长地呼出一口气道："国家未定，天下未平，朕如何会生起这种荒唐之念？此事若传扬出去，天下人岂不对朕另眼相看？"

　　赵普说道："皇上严于律己、洁身自好，始终不忘定国家、平天下，微臣着实万分感动。不过，皇上适才言及所谓荒唐之念，微臣又不敢苟同。"

　　赵匡胤"哦"了一声道："你这是何意？莫非，在你看来，朕刚才生起的这种念头，一点也不荒唐？"

　　"哪里有荒唐之说？"赵普正儿八经地说道，"圣人云：爱美之心，人皆有之。不瞒皇上，先前见了那小玲珑，臣也不禁怦然心动啊！"

　　"是吗？"赵匡胤似乎不相信，"在朕的眼里，你可是一位正人君子啊！"

　　赵普笑道："正人君子是一回事，看见美女怦然心动就应该是另一回事了！"

　　"说得好，说得好！"赵匡胤连连点头，"君子当有所为有所不为，怦然心动是有所为，仅仅怦然心动便是有所不为了！"

　　"还有一句话，"赵普紧跟着说道，"君子当成人之美！"

　　赵匡胤立即盯住了赵普的脸："你的意思，是叫朕放了李涛和小玲珑？"

　　赵普回道："臣岂敢擅做决定？臣只不过是在猜测皇上的心思。"

赵匡胤又默然了。默然之后，他轻轻说道："朕的确想成人之美，更何况那小玲珑又是人间的尤物，只不过，朕对那李涛多少有些不放心……"

赵普说道："在臣看来，那李涛虽有些倔傲，但却是个知恩图报的人。所以，臣以为，即使李涛真的回到了李重进的身边，也不会再给我们添多少麻烦，说不定，还会对我们消灭李重进有所帮助！"

可不是吗？李涛对赵匡胤说，如果他能与小玲珑死同穴，那他来世就变成牛马供赵匡胤使唤。既如此，若是赵匡胤将李涛和小玲珑同时释放，那么，李涛又将如何来报答赵匡胤呢？

赵匡胤最终对赵普道："放掉他们！不过，此事应悄悄进行。不然，有些人会对朕这一做法有意见！"

是赵普亲手放了李涛和小玲珑。那是宋军攻占扬州后的第二天凌晨，赵普悄悄地将李涛和小玲珑领到了城外，并交给他们一匹高头大马和一些干粮，还用开玩笑的口吻说道："这匹马很有力气，足以驮着将军和夫人远走高飞！"

李涛先把小玲珑抱到马背上，然后冲着赵普施礼道："赵大人，大恩不敢言谢！请转告大宋皇上，就说李涛定然与他后会有期！"

说完，李涛上了马，头也不回地与小玲珑一起驰向北方。赵匡胤得知后摇头说道："看来，李涛还是去找李重进了……"

赵普也叹息道："是啊，如果李涛能够带着小玲珑找一个偏僻的所在男耕女织，该有多好！他这一北去，结局就很难预料了！"

李涛和小玲珑究竟会落得何种结局，且搁下不论。再说那石守信，终于得知李涛和小玲珑安然离开扬州城之后，即刻就阴沉着脸找到赵匡胤，用一种质询的语气问赵匡胤为何要这么做。赵匡胤"哈哈"一笑道："愿天下有情人终成眷属！"把个石守信气得半天说不出话来。

不过，石守信虽然在赵匡胤的面前被气得够呛，但他在王审琦的面前却敢耍威风——他把李涛得以活命的责任全部归结到王审琦的身上。他对着王审琦大喊大叫道："如果你当初把李涛交出来让我一锤子砸死，那李涛现在还能活命吗？"

王审琦回道："李涛是皇上大哥放的，又不是我放走的，你不去找皇上大哥理论，为何冲着我大叫大嚷？"

王审琦所言自然有理，但石守信却似乎耍起了无赖："王审琦，你别拿皇上大哥来吓唬我！我只跟你要李涛！你不把李涛交给我，我就跟你没完！"

王审琦比较有涵养，不想跟石守信认真计较，可石守信却不依不饶，非要王审琦把李涛交出来。李涛已经走远了，王审琦如何交得出？无可奈何之下，王审琦只好将此事告之赵普。在大家的眼里，不管多大的事、多难的事，赵普总是有办法应付的。

赵普也的确有办法。他找到石守信，先说明放走李涛是赵匡胤的主意，与王审琦无关，然后问石守信道："你说，是杀死李涛重要呢还是杀死李重进重要？"

石守信回道："当然是杀死李重进重要！"

赵普又问："石大人，如果放走李涛对杀死李重进有利，你说李涛是该杀还是该放？"

石守信疑惑地道："赵大人，我有些不明白，放走李涛，怎么会对杀死李重进有利？"

赵普也说不出个肯定的答案来，但他会搪塞："皇上就是这么认为的。皇上既然这么认为，那就肯定自有道理！"

石守信真想当面去问赵匡胤，但因为被赵匡胤呛了一回，又不敢去问，犹豫了一阵子，终于板着脸找到王审琦问道："兄弟，你说，放走李涛，如何会对杀死李重进有利？"

王审琦反问道："这话是谁说的？"

石守信回道："是赵大人说的，赵大人说是皇上大哥说的。"

王审琦笑道："那你去问皇上大哥好了，跑来问我做甚？"

石守信愕然，终也没有去问赵匡胤。而实际上，石守信也没有多少闲工夫去过多地关注这件事了，因为大军已经离开扬州日夜兼程地往西北而去。

赵匡胤率军开往西北，当然是为了追赶李重进。李重进跑得很快，如果赵匡胤追得慢一些，恐李重进就能逃出宋朝边境了。

李涛南下之初，李重进在等待，等待着能够与南唐国一起联手攻打赵匡胤。后来，当得知这种等待只是一种幻想时，李重进便记起李涛的嘱咐，开始为自己的出路着想了。

李重进一开始是想朝北去的，朝北去就意味着投靠辽国。虽然李重进打心眼里并不想投身辽人，但有句俗话说得好："明知不是伴，事急且相随。"李重进当时"事急"，所以也就管不了那么多了。然而，因为在赵匡胤登基前，后周军队曾在河北的中南部横扫过辽军，后来虽然因柴荣患病后周军队停止了战事，但赵匡胤称帝后，宋军在这一带的防范依然十分严密，故而，李重进率兵向北推进时就很不顺利。不仅不顺利，还遭受了较大的损失。李重进身边只有不到三万人，损失大了，他也就不敢向北继续推进了。于是，李重进就改变了方向，决定向西开进，打算开到太原去投靠北汉。

如果，李重进一开始就直奔太原，那么，他成功的可能性便非常大。可是，他一开始是待在青州等候着南唐国的消息，后来又决定向北开进，等他终于拿定主意去投奔北汉时，前前后后已经耽误了二十余日。就是在这二十余日里，太原以东的宋军已经做好了堵截李重进的准备，且还有不少的宋军正陆续朝这一带开来。尽管，这一带的宋军还很难给他李重进以致命的一击，但是，李重进向太原方向每前进一步，都会有很大的伤亡，而且前进的速度也非常缓慢。

李重进又不敢直接向西去了，他重新掉头北上。他的意图是，先绕到太原的北面，然后再南折到太原。可就在这时，他听到了一个坏消息——赵匡胤已经领兵追来，而且，那高怀德率万余骑兵就要追上他了。

高怀德是在广陵城（今山西广灵）的南面追上李重进的。在此之前，李重进与那李涛和小玲珑不期而遇。虽然李涛的身边并无一兵一卒，但见着李涛，李重进就像是见着了久违的亲人，心里有说不出的高兴。可还没高兴完呢，李重进就得到报告：高怀德追上来了。

李重进问李涛该怎么办。李涛说道："大人去占领前面的城池，我在这里抵挡宋军！"

当时李重进还有两万来人，他分了一半人马给李涛，自己带了另一半人马去攻占广陵。广陵城内没什么驻军，所以李重进很轻易地就占了城池。

李涛率万余人与高怀德的万余骑兵在广陵城南激战了一个多时辰。结果，李涛虽然折损了两千多人，但却逼退了高怀德，而且也使高怀德有了一千多人的伤亡。石守信得知此事后，曾睁大眼睛问赵普道："赵大人，李涛是在帮助我们消灭李重进呢，还是在帮助李重进消灭我们？"赵普笑而不答。

石守信气坏了。在征得赵匡胤的同意后，石守信把军中所有的骑兵都集中到一块儿，共约千人。然后，他就带着这近一千人的骑兵队伍率先赶往广陵，与高怀德兵合一处。

巧得很，石守信刚与高怀德会合，便得到情报：李重进和李涛已经放弃广陵向西去了。

石守信立即大叫道："绝不能让李涛逃了！"

在石守信的眼里，那李涛比李重进还重要。高怀德建议道："我领一部分人马绕到前面去堵住他们，石兄带人在后面追！"

石守信不同意："我到前面去堵，你在后面追！"

因时间紧迫，高怀德没和石守信争。这样，石守信就带着数千骑兵全速西进去拦截李重进和李涛，而高怀德则领着剩下的兵马越过广陵城尾随追赶。因为李重进和李涛是这样分工的，李重进打头阵，李涛殿后，所以，石守信拦住的是李重进，高怀德追到的是李涛。

按常理，石守信只有不到五千人，而李重进的身边却有万余军队，虽然石守信所率全是骑兵，但要想把李重进拦住却也着实不易，李重进只要率队死命地一冲，恐怕就能把石守信的骑兵给冲散了。然而结果却是，李重进闻听石守信在前面拦路，马上就下令部队停止前进，还把这一情况告诉了殿后的李涛，并令李涛迅速回头，重新抢占广陵城。

李重进为何不敢与石守信开仗？原因是，他有了一个错误的判断。他以为，石守信是带着又一支宋军开过来了，这样，前有石守信，后有高怀德，他李重进便陷入了宋军的东西夹击之中，既如此，那就当抢占广陵城作为凭借来同宋军周旋。

李涛自然不知石守信的虚实，接到李重进的命令后，他赶紧率军对高怀德展开了反扑。高怀德好像不经打，李涛一反扑，他就退进广陵城了，而李涛刚一攻城，他便又退出了广陵城。这样，李重进重新占据广陵城的目的便算是到了。

石守信对高怀德很是不满，他冲着高怀德嚷道："你手下也有几千人马，你就不能在城里多守些时辰？你在城里打，我在城外打，里应外合，岂不很好？可你呢？李涛一攻，你就败了！你怎么这么怕李涛？"

高怀德不急不慢地问道："石兄，凭你我这点人马，能一举将李重进和李涛歼灭吗？"

石守信回道："纵然不能全歼，但我也有把握将他们击溃！"

高怀德又问："石兄，是将他们击溃好呢，还是将他们全歼好？"

"当然是……"石守信明白过来，"兄弟，你是故意让出城池好将他们来个瓮中捉鳖啊！兄弟，你的脑袋瓜子看来比我好使！"

高怀德笑道："小小伎俩，又何足挂齿！"

因为石守信和高怀德身边拢共只有不到万人，无力攻城，所以，他们就远远地将广陵城松松地围住，以待赵匡胤等人的到来。一连两天，广陵一带了无战事。

李重进纳闷了，问李涛这是为何。李涛率数十骑出城侦察，终于弄清了石守信和高怀德的虚实。当得知城外宋军不过万人时，李重进懊悔不已，连声催促李涛弃城西进。李涛摇头叹息道："大人，我们走不掉了……"

此时，赵匡胤已经率大批宋军赶到，小小的广陵城已经被围困得水泄不通，李重进和李涛就是插翅也难飞了。

赵匡胤赶到广陵城外后所说的第一句话便是："朕终于追上了李重进……"

赵匡胤所说的第二句话是："速速攻城，以防不测！"

广陵以南不远是北汉的地盘，而广陵以北不远则是辽国的地盘。虽然当时的辽国和北汉国力相对较弱，不敢公然与赵宋开仗，但是，如果宋军在广陵一带耽搁时间久了，那谁也不敢保证什么事情也不会发生。这便是赵匡胤口中"以防不测"的含义。

数万宋军在赵匡胤的统一指挥下从四面八方对广陵城展开了猛攻。进攻是从一天早晨开始的，宋军攻了一上午，又接着攻了一下午，但未能攻破城池。

石守信气呼呼地找到赵匡胤问道："皇上，你说小小的广陵城为什么攻而不破？"

赵匡胤知道石守信的意思："因为城内有一个李涛。"

"是呀，"石守信理直气壮，"如果皇上当初不放掉李涛，凭李重进一人，能守得住这广陵城吗？"

赵匡胤含含糊糊地对石守信说道："你放心，广陵城终究是会攻破的！"

只要围住广陵城不放松，就是饿也会把李重进和李涛饿垮的，但那需要时间，而赵匡胤不想也不能在广陵一带耗费太多的时间。所以，赵匡胤就很是内疚地对赵普说道："朕也许犯了一个大错误！朕不该放掉那李涛……"

赵普连忙道："皇上，如果放掉李涛果真是错，那么错也是因臣而起。如果臣不在皇上的身边说三道四，皇上又如何会生起怜香惜玉之心？"

"好了！"赵匡胤说道，"现在不是追究责任的时候。今夜休息，明日朕亲自攻城！"

赵匡胤又要亲自披挂上阵了。但结果是，他未能如愿。那李涛派人打开了城门，将宋军引进了广陵城。

李重进并不知道李涛开城投降的事。当得知大批宋军已经涌进了城，他便知道，他的末路终于到了。

李重进本来还在想：是用剑自刎呢，还是从城墙上跳下去？可后来一想，无论是自刎还是跳城，自己的尸体都将被赵匡胤得到，且还有刎不死、摔不死的可能，那样就更糟。于是，他就问身边的一个侍从道："你知道那李筠李大人是如何死的吗？"

侍从回道："李筠大人是自焚而死。"

李重进点了点头，口中念念有词道："李筠，我生前未能助你，死时就学你一回吧！"

就这么着，李重进学着李筠的样，也一把火将自己烧成了灰。如果李筠泉下有灵，不知当作何感想。

李重进死了，李涛也死了。不过李涛不是引火自焚的，而是服毒自尽的。陪李涛一同服毒身亡的，是那个小玲珑。李涛与小玲珑相拥在一张床上，穿戴得整整齐齐，一眼看上去，二人像是在熟睡。

看到李涛和小玲珑的尸体后，赵匡胤不禁摇头叹息道："可惜，可惜啊……"

赵匡胤是在可惜李涛还是在可惜小玲珑？别人无从知晓。接着，赵匡胤又吩咐赵普道："就让他们二人生同床，死同穴吧！"

在扬州的时候，是赵普亲手放走了李涛和小玲珑。在广陵，赵普又亲自带人合葬了李涛和小玲珑，并亲笔书写了"名将李涛和名姬小玲珑之墓"字样。

连那石守信也对李涛改变了态度，他对王审琦说道："细想起来，李涛也算得上是一位英雄好汉了！"

前前后后，为平定李重进叛乱，赵匡胤共花去了两个多月的时间，同时也损失了数以万计的兵马。但不管怎么说，李重进一死，大宋王朝内部的大规模动乱便宣告结束。换句话说，赵匡胤打着"平叛"的旗号连灭李筠和李重进，这对消除隐患、巩固自己的政权和统治无疑大有好处。

平定了李重进的叛乱之后，赵匡胤的下一个目标又会是谁呢？

【第七回】

席间饮来一杯酒，沙场拂去万家兵

赵匡胤从广陵班师回汴梁后不久，这一年便结束了。建隆二年（公元961年）正月初一中午，赵匡胤因为心中高兴，在宫中大摆酒席，遍请朝中文武，并对在平定李筠、李重进叛乱中立有功劳的文臣武将予以重赏。一时间，觥筹交错，"万岁"声不断，大宋皇宫热闹非凡。

当晚，赵匡胤似乎兴犹未尽，又在自己的寝殿里摆了一桌酒席。酒席很丰盛，但被宴请的却只寥寥数人，计有当朝三宰相范质、王溥和魏仁浦，还有赵普。开宴前，赵匡胤款款说道："三位宰相及赵爱卿，朕登基一年，诸事顺利，细想起来，全赖各位同心协力，所以，朕就借这新春佳节之夜，略备菲酌，聊表谢意！"

见皇上如此客气，范质、王溥和魏仁浦当然要堆起笑脸表示衷心的感谢，连赵普也说了一句"愧不敢当"。

赵匡胤又道："各位都知道，朕有一个习惯，那就是贪杯。朕虽然也明白这种习惯是一个坏毛病，但朕却不想改过。所以，朕今晚请各位前来，就是想同各位比一比酒量！"

赵匡胤这一说可不得了，范质、王溥和魏仁浦三人马上就面面相觑、目瞪口呆了。他们的酒量本来就不如赵匡胤，因为身为宰相，中午与其他大臣同饮的时候，已经被敬了不少酒。更主要的，赵匡胤中午借口嗓子有疾并未喝多少酒，而现在，赵匡胤却要与他们比试酒量，他们如何敢答应？

范质率先说道："启禀皇上，老臣年迈体弱又不胜酒力，焉敢与皇上比试高低？"

王溥接道："是呀，皇上！臣等若与皇上比酒，岂不是太不自量力了吗？"

赵匡胤说道："范大人与王大人太过谦逊了吧？不当场比试比试，又怎知朕与尔等的酒量孰大孰小？"

魏仁浦急忙道："臣以为，皇上偶有嗓疾，当不宜过度饮酒……"

听起来，魏仁浦是在关心皇上的身体，赵匡胤却道："朕中午确有嗓疾，但现在小疾已愈，所以多喝一点酒也没什么关系。"

范质、王溥和魏仁浦无话可说了。赵匡胤笑着对赵普说道："赵爱卿，你可敢与朕比试酒量？"

赵普回道："臣不敢与皇上比酒，但臣敢舍命陪君！"

"说得好！"赵匡胤叫了一声，"赵爱卿既敢舍命陪君，那朕也就敢舍身陪臣！"

见赵普如此表态，赵匡胤又如此说，范质等人无可奈何了，只得一起表态"愿舍命陪君"。

比赛就这么正式开始了。赵匡胤喝一杯酒，范质、王溥、魏仁浦和赵普也同时喝一杯酒。赵匡胤光喝酒不吃菜，范质等人就是想吃菜也有些不好意思。

十几杯酒之后，范质首先不行了，似乎是想站起来，可脚底一软便瘫在了地上，怎么爬也爬不起来。赵匡胤叹息道："看来范爱卿确实有些年迈了。"

赵匡胤叫进来两个太监，将范质架了出去。赵匡胤嘱咐太监道："一定要把范爱卿平安地送回府！"

又喝了七八杯酒，王溥也不行了，而且还差点当场吐出来。被太监架出去的时候，王溥含混不清地说道："皇上……海量！"

魏仁浦似乎对赵匡胤的海量不服气，非要换盏为碗，一碗一碗地喝。赵匡胤笑道："大块吃肉、大碗喝酒乃江湖习气，今夜，朕就与魏爱卿做一回江湖中人！"

然而，真在碗里斟满了酒，魏仁浦却喝不下去了，只硬着头皮喝了半碗酒，还未及下咽呢，又"哇"的一声吐回到碗里。接着，魏仁浦就趴在桌面上睡了，还扯起了有节奏的呼噜，怎么喊也喊不醒。

等太监把魏仁浦架走之后，坐在桌边的就只有赵匡胤和赵普了。看上去，赵匡胤也好，赵普也罢，还都了无酒意。

赵普说道："王溥大人说得没错，皇上现在真是海量！"

赵匡胤说道："你赵普的酒量也大有长进啊！喝了这么多的酒，竟然面不改色！"

赵普笑道："皇上谬奖臣了！臣中午时被石守信、王审琦和高怀德他们硬灌了数十杯酒，臣此时哪还敢强饮？"

说着，赵普站起身，只见他的胸前一片濡湿。原来，表面上看去，赵普与范质等人一样，一杯杯地将酒端到嘴边，但实际上，他都偷偷地把酒倒在了衣服上。

赵匡胤不禁哈哈大笑。赵普轻声问道："莫非皇上与臣不谋而合？"

"正是！"赵匡胤也站起来，他的胸前也濡湿一片。

"不过，"赵匡胤解释道，"朕只往身上倒了十几杯酒，其他的酒，朕还是喝进肚子里去了！"

赵匡胤问道："你说，范质他们不胜酒力，是因为他们中午喝多了，还是因为他们确实太过老迈了？"

赵普回道："臣以为，二者兼而有之。"

赵匡胤点了点头："既然范质等人已经太过老迈，朕又何必继续勉为其难呢？"

赵普默默地喝了一杯酒，一时没有开口，还垂下了头。

赵匡胤问道："你为何不说话？"

赵普缓缓地抬起了头，慢慢悠悠地说道："皇上，臣明白你的意思。臣今晚不敢饮酒，是想保持一个比较清醒的头脑，因为臣知道，皇上今晚设宴，其意并非与范大人他们比试酒量，皇上只不过想借此事给他们一个暗示，暗示他们已经老迈了，不能再胜任宰相一职，他们应该把宰相位置主动让出来，告老还乡……"

说到此，赵普定定地看着赵匡胤。赵匡胤轻声说道："你继续往下说。"

赵普顿了一下，然后说道："恕臣冒昧，在臣看来，皇上的意思好像是叫臣任朝中宰相。而且，臣还记得，皇上去年登基时便有过类似的想法。臣对皇上真是感激不尽啊！不过，臣有点纳闷的是，臣去年就对皇上说过臣不能出任宰相的道理，为何时隔一年，皇上又旧事重提？"

赵匡胤打了个"哈哈"道："赵普，你说得没错，朕就是想让你做大宋朝的宰相！朕之所以旧事重提，是因为今非昔比了。去年，朕刚刚登基，不能不顾及与前朝旧臣的关系，所以一直委屈你到现在；可现在，大宋朝旧貌换新颜了，你赵普也就该主宰大宋朝廷了！"

赵匡胤说得神采飞扬，然而赵普却摇了摇头。赵匡胤不觉皱眉道："赵普，莫非你不想为宰相？"

赵普说道："臣不敢欺瞒皇上，臣自从跟着皇上的那天起，就想着要做宰相了！"

赵匡胤"咦"了一声，不解地说道："既如此，朕要你做宰相，你为何又摇头？"

赵普回道："臣虽然很想做宰相，但却不想做一个弱国的宰相！"

赵匡胤立即问道："你这是何意？"

赵普道："皇上叫臣做宰相，定是皇上心中以为现在的大宋朝已经很强大了，不再需要顾及与前朝旧臣的关系了。而且，如果臣所料不差，皇上叫臣做宰相之后，马上便要南征北伐、一统天下！"

"不错！"赵匡胤说道，"朕正有此意！周太祖和周世宗虽然雄心勃勃，但都未能如愿。朕与他们不同！朕坚信，朕一统天下的愿望一定能够实现！"

赵普又摇头道："皇上，恕臣直言，如果皇上现在就开始南征北伐，那么，在臣看来，皇上不仅难以完成一统大业，怕还要步周世宗的后尘啊！"

赵匡胤一惊，直直地盯着赵普说道："你，未免有点危言耸听了吧？"

赵普说道："如果皇上真的认为臣之所言乃危言耸听的话，那臣也无可奈何。不过，在这民贫国弱之时，臣的确不想出任宰相，也不敢出任宰相！"

"赵普，"赵匡胤有点不高兴了，"你不想当宰相也就算了，为何又信口说出民贫国弱之语？如果大宋朝真的如你所说乃民贫国弱，那朕还如何一统天下？"

赵普重重地说道："如果皇上现在就开始一统天下，则必败！"

赵匡胤生气了，声音也提高了许多："赵普！朕今晚设宴，本是诚心诚意地叫你做大宋朝的宰相，然后与朕一起共商南征北伐的大计，可是你不仅不领朕的情意，不愿做宰相，还信口雌黄地对朕南征北伐之计大泼冷水，你，你究竟是何居心？"

赵普昂首答道："臣居的是一颗忠心！臣以忠言谏告皇上，现在还不是一统天下的时候！只有待大宋朝真正民富国强了，皇上才能开始统一天下。不然，皇上不仅劳而无功，后患无穷，且还有好大喜功之嫌！"

"什么？"赵匡胤"腾"地站了起来，逼视着赵普道，"你说朕一统天下是好大喜功？"

赵普不卑不亢地说道："时机没有成熟便匆忙用兵，这不是好大喜功又是什么？"

"住口！"赵匡胤来火了，唾沫星子都溅到了赵普的脸上，"你，你为何在朕登基之后处处与朕唱反调？"

赵匡胤有点夸张了，赵普何曾处处与他唱反调？赵普也来了脾气："皇上说错了！不是臣处处与你唱反调，而是你登基做了皇上之后，变得有些自以为是了，听不得臣等的意见了！"

"胡说八道！"赵匡胤张大了嘴，"明明是你赵普居心叵测，处处与朕作对，你却反咬一口说朕自以为是，你，你还有良心吗？"

赵普居然又喝了一杯酒，然后才说道："臣不仅有一颗良心，更有一颗忠心！只不过，皇上嘴大臣嘴小，皇上叫臣坐在这儿，臣就不敢擅自离开！"

"你走！"赵匡胤一跺脚，"你快走！走得越远越好！朕永远不想再看到你！"

赵普起身躬身道："臣领旨。臣这就告退！"

见赵普走了，赵匡胤兀自气咻不已。一气之下，赵匡胤一连喝了五六杯酒。喝罢，他又大叫道："皇后呢？皇后在哪儿？为什么不来为朕斟酒？"

一太监慌忙跑过来道："禀皇上，皇后娘娘已奉皇上旨意回宫休息了。"

皇上睡觉自然是有人服侍的。服侍皇上就寝的无外乎是些太监和宫女。在太监宫女的殷勤服侍下，赵匡胤倒在了宽大的龙床上。因为酒喝多了，又不禁想起与赵普争吵的事情来，越想心越烦，越烦越睡不着。他干脆披衣起床，走出了寝殿，慌得那些太监宫女赶紧一窝蜂地跟在了赵匡胤的身后。

正月的天气虽冷，但赵匡胤的身上却火气直冒。他就带着这身火气走到了王皇后的寝宫。早有人报知王皇后，王皇后急忙迎出来。赵匡胤简洁地说道："朕一人睡不着，所以就到你这来了！"

赵匡胤的意思很明显，他要王皇后陪他共度此夜。所以赵匡胤往王皇后的床上一坐，就开始迫不及待地去解她的衣服。王皇后这时说道："皇上，臣妾有一件事情要禀告……"

赵匡胤喷着酒气说道："你说你的事，朕做朕的事，两不耽误。"

王皇后急促地说道："臣妾从皇上那儿回来，觉着有些疲倦，以为是累了，可找太医一看，太医告诉臣妾，说臣妾有喜了。"

赵匡胤的大手本来是在她的肚皮上摸捏的，闻听她的话后，他立刻就停止了动作，皱着眉头说道："你怎么……又怀上了？"

王皇后堆笑说道："这都是皇上的功劳！"

赵匡胤突然站起来："朕功劳再大，又有何用？"

原来，王皇后嫁给赵匡胤三年来，曾先后生过两个儿子，却都不幸夭折了。

王皇后落泪了："皇上，那并不是臣妾的罪过。"

"是谁的罪过？"赵匡胤的语调变冷了，"难道是朕的罪过不成？"

王皇后凄然说道："皇上……如何能说出这样的话？"

"什么话？"赵匡胤使劲儿压住了朝上漾的酒气，"依朕看来，你一辈子都别想再生出儿子来了！"

赵匡胤有些气急败坏地离开了王皇后。他本来是想在她的肉体上找些安慰和宁静的，可她却竟然提起了怀孕的事，一下子破坏了他的情绪，这怎能不令他万分恼火？

皇上满脸怒容，跟在他身后的那些太监宫女自然一个个提心吊胆。一个老太监犹豫片刻，终于鼓足勇气凑到赵匡胤的身边小声说道："皇上，适才韩妃娘娘托人捎信，盼望皇上驾幸……"

赵匡胤后宫中的嫔妃不多，那韩妃便是赵匡胤较为宠爱的一个，兴致高的时候，赵匡胤很喜欢到韩妃处走动一番。但赵匡胤此时的兴致并不高，所以听了那老太监的话之后，赵匡胤即刻叫嚷道："朕哪儿也不去！朕现在不想见任何人！"

赵匡胤又回到了自己的寝殿，一言不发地和衣躺在了床上，嘴里"呼哧呼哧"地直喘粗气。几个太监和宫女低头垂手立于一边，连大气也不敢出。

天明时分，赵匡胤离开了寝殿，去了皇太后杜氏的住处。这阵子，杜氏的身体状况看起来略有好转，在别人的搀扶下，她可以下床缓步徐行了。

赵匡胤去的时候，杜氏还没有醒来，赵匡胤就恭恭敬敬地立于她的床侧。大约过了半个时辰，见杜氏终于睁开了眼，忙着上前请安。杜氏一下子就看见了赵匡胤通红的双眼。

"皇上，"杜氏的声音很低，"你昨天晚上没睡好觉？"

赵匡胤点头。杜氏说道："昨日你大宴群臣，是不是酒喝多了？"

赵匡胤回道："孩儿昨日并未喝多酒，是因为心里有事才彻夜不眠。"

于是赵匡胤就把昨晚与赵普之间的事详述了一遍，末了还补充道："娘，您说赵普可气不可气？不愿当宰相也就算了，还要阻止孩儿去统一天下……孩儿现在想来还怒不可遏。"

见杜氏定定地望着自己，赵匡胤说道："娘，您这么看着孩儿，孩儿心中有点发慌。"

杜氏说话了："孩子，为娘过去对你说过，凡事多听那个赵先生的，没错！"

"是，娘。"赵匡胤说道，"您的话孩儿一直铭记在心。孩儿也一直都是这么做的。只不过，这件事情……娘，孩儿要一统天下，这有什么错？"

杜氏说道："有什么错我不知道，我只知道，那个赵先生认为现在还不具备统一天下的条件，那就肯定有道理。"

"娘，"赵匡胤忙问道，"您真是这么想的？"

杜氏轻叹道："孩子，如果你也像为娘这么想，那你昨晚就不会与赵先生争吵了！"

赵匡胤默然，然后吞吞吐吐地说道："娘，孩儿昨晚想了一夜，也想出点眉目来了。正如娘所言，赵普反对孩儿现在就用兵征战，肯定有他的道理。比如赵普说，现在的大宋朝还是民贫国弱，孩儿细细想来也不无道理。自孩儿年幼时候起，天下就纷争不已。连年战争，老百姓哪能安居乐业？老百姓不能安居乐业，大宋朝又如何能民富国强？没有一个民富国强的大宋，孩儿又如何去一统天下？"

杜氏笑了："孩子，你终于想通了！"

赵匡胤不觉挠了挠头："娘，孩儿也不是什么想通了。现在只是觉得昨晚不够冷静，不该冲着赵普发火。"

杜氏说道："那你还不快去挽留他？"

赵匡胤一怔："挽留谁？"但旋即明白过来："娘，您是担心赵普负气出走啊？不会的，娘！赵普这个人孩儿了解，他是不会因为与孩儿争执一番就离开孩儿的！"

杜氏急道："你只知道一个赵先生，你知道赵先生的夫人吗？我听说她性情刚直，如果她听说你昨晚上撵赵先生走，那她就肯定会催着赵先生离开京城的！"

"啊！"赵匡胤也急了，"竟有这等事？"

赵匡胤急急地告别了母亲，换了便装，只身一人奔往赵普的住处。来到赵普的院门前，赵匡胤看见赵普正在一个石凳上坐着，赵普的妻子和氏正在屋里收拾东西，心头便不觉紧了起来。

赵匡胤镇定了一下自己，大步跨进了院落，一边努力做出笑容可掬的样子一边故意大声说道："赵爱卿，朕看你来了！"

赵普慢悠悠地站起身，一边施礼一边说道："臣如果昨夜便把与皇上争执之事告诉拙荆，恐怕皇上现在就见不到臣了！"

赵匡胤连忙压低声音道："赵普，你就这么大的肚量？朕只冲你发了一顿小火，你就要走？"

赵普拱手道："臣是不想走啊，臣还想待在京城看皇上如何南征北伐，又如何大败而归呢！"

赵匡胤赶紧赔笑道："赵普，朕昨晚说的是酒话，说的是气话，你千万别当真啊！朕现在告诉你，朕一切都听你的。你说不当宰相，朕依你，你说现在不能南征北伐，朕也依你，你怎么说朕就怎么做，这总可以了吧？"

赵普连忙做出诚惶诚恐的样子道："皇上切莫说这种话！你是君，我是臣，自古只有'君叫臣死臣不得不死，君叫臣走臣不敢不走'，哪有像皇上刚才所说的道理？"

赵匡胤"唉"了一声道："赵普，你还在生朕的气啊！好，你可以生气，只要你不走，你怎么生气都可以！"

这时，那和氏挎着一个包袱袅袅婷婷地走了过来。见着赵匡胤，她先"哟"了一声，然后跪地冷冷地说道："民妇叩见万岁爷！"

寻常女子，是断然不敢这样对待赵匡胤的。赵匡胤做出一副惊讶的表情，明知故问道："大嫂，你挎着个包袱，这是要上哪儿去呀？"

和氏美貌年轻，但因为赵普年长于赵匡胤，所以赵匡胤才讨好地称她为"大嫂"。

和氏即刻说道："万岁爷，您称呼我大嫂我可不敢当啊！您刚才不是问我要上哪儿去吗？我告诉您，您昨天晚上叫我家老爷走得越远越好，还说永远都不要再见着我家老爷了，所以，我就想陪着我家老爷走得远远的，永远都不让万岁爷再见着我家老爷的面了！"

赵匡胤马上转向赵普问道："朕昨晚说过这样的话吗？"

赵匡胤问赵普是想找一个下台阶。谁知，赵普却正儿八经地回道："禀皇上，臣记得清清楚楚，皇上昨晚是说过这样的话。"

赵匡胤无奈地摇摇头，立即又转向和氏说道："大嫂，事情是这样的，朕昨晚也许的确对你家老爷说过这样的话，但朕不记得了。因为朕昨晚上喝多了酒，所以那些话都是酒话，既然是酒话，大嫂当然就不要往心里去了！"

说完，赵匡胤"嘿嘿"笑了两声。和氏高声道："万岁爷，俗语有云：'酒后吐真言。'昨晚酒后所说，乃万岁爷的真言。既是真言，那就是圣旨，既是圣旨，我家老爷又岂敢抗旨不从？"

和氏不仅年轻美貌，还有着一副伶牙俐齿。赵匡胤只得讪讪地说道："大嫂，朕现在向你承认，朕昨晚的确是冲你家老爷发过火，不过，朕虽为君，你家老爷虽为臣，但朕与你家老爷却亲如兄弟，兄弟之间吵吵嘴不也是正常的吗？再说了，朕适才来的时候就已经向你家老爷赔过不是了。现在，朕再向大嫂你赔个礼，大嫂心中的气总该消了吧？"

这时，赵普说话了："夫人，把包袱放下，我们不走了，也不该走！"

赵匡胤把话都说到这个地步了，如果赵普再不明确表态，那也就太不知分寸了。所以，赵普说完之后，还偷偷地对着和氏使眼色。

和氏却对着赵普说道："老爷，万岁爷今天是这么说了，但明天呢？明天万岁爷如果再撵你走，你又当如何？"

赵匡胤赶紧道："大嫂放心，朕以后再也不会说出这样的话了！朕如果出尔反尔，大嫂你就是去大闹皇宫，朕也听之任之！"

和氏虽然刚直却也通情达理，听了赵匡胤的话后便不再言语，只轻轻地叹了口气。

赵普又道："夫人，昨日我与皇上未能畅饮，今日就劳你做两样小菜，让我与皇上畅饮一番？"

和氏回道："家中无有菜肴，只有一块狗肉。"

赵匡胤忙道："大嫂，这个天气喝狗肉汤岂不赛过神仙？再说了，大嫂不仅有倾国倾城之貌，且烹饪的技艺在大宋也无人能出其右啊！"

赵匡胤明显地是在吹捧。也许女人总喜欢别人吹捧自己吧，和氏听了赵匡胤的吹捧后不觉莞尔一笑。

赵匡胤不虚此行。不仅留住了赵普，还聆听了赵普的一番宏论。"宏论"的基本内容有两个，一是他赵普现在为什么不宜出任宰相，二是大宋朝现在为什么不宜南征北伐。

赵普以为，范质、王溥和魏仁浦三位宰相虽然年迈，但毕竟是前朝老臣，留住他们也就稳定了大宋朝廷。因为朝中大臣多半乃前朝旧臣，如果罢了三位宰相，势必导致人心惶惶。最主要的，范质等人在朝为臣多年，对治国方针大略颇为熟悉，大宋朝要想民富国强，暂时还离不开他们。

至于现在为何不宜统一天下，赵普则着重分析了当时的天下大势。

当时对大宋构成最大威胁的是北方的辽国。辽国虽然经周世宗柴荣的一阵扫荡多少伤了些元气，但很快便恢复了过来。据说，在赵匡胤登基的那一年年底，辽国已拥有以骑兵为主的军队五十万众，而大宋当时全国的军队加在一块也不过二十余万，而且还是以步兵为主。虽然辽国内部纷争不已，并且还要投入很大一部分兵力去同周边的一些部族开战，但就军事力量而言，辽国依然是可怕的。至少，当时的大宋想要击败辽国，几乎是不可能的。

正因为如此，赵普才以为当时的大宋还不具备南征北伐的条件。如果北伐，显然没多少胜算，而如果南征，又没有足够的兵力防御辽国。虽然当时的大宋也能够称得上是地广人多，不愁招募不到军队，但光有军队不行。如果国家不富足，军队再多最终也只能吃败仗。更主要的，大宋朝不是只与一个或两个国家打仗，大宋朝是要与整个天下争锋。这样一来，大宋朝的当务之急，就只能是尽快地使自己富足起来，为以后的长期战争做好物质上的准备。

在赵普看来，当时的大宋朝已经具备了使自己富足起来的条件。条件主要有二：一、辽国虽然比较强大，但一时无意大规模南侵；二、南方诸国虽多，像南唐等国还拥有众多的人口和广大的地盘，但由于这样或那样的原因，基本上都处于一种自保状态，谁也不想向外扩张，更不想与大宋开战。这样，大宋就可以在北边设重兵以遏制辽人及北汉，而置南方诸国于不顾，全力发展自己。等大宋真正地国富兵强了，再一举完成统一大业。

赵普还用玩笑的口吻对赵匡胤道："皇上，俗语有云：'君子报仇，十年不晚。'皇上耐心地等个几年再南征北战也不迟啊！"

赵匡胤笑道："赵普啊，不瞒你说，你刚才分析的这些道理，朕多少也都考虑过，只是，朕有些性急，恨不能马上就完成统一大业！"

赵普也笑道："皇上，臣心中也急啊，可心急是吃不了热豆腐的呀！"

"是呀，是呀！"赵匡胤连连点头，"想当年，那勾践卧薪尝胆才终于灭了夫差，了却雪耻之愿！比起勾践来，朕的确不该如此着急啊！"

恰好那和氏端着狗肉汤走过来，听到了"着急"二字，便笑嘻嘻地问道："万岁爷，您有酒喝、有肉吃，还着什么急啊？"

赵匡胤大笑道："大嫂说得没错，朕喝着大嫂烫的酒，吃着大嫂煮的狗肉，就是天塌下来，朕也不会着急的！"

不着急打仗，就要想方设法地去发展大宋朝的经济了。在赵普及范质、王溥、魏仁浦等一干文臣的策划和建议下，赵匡胤颁布了一系列的法规法令，的确促进了宋朝经济的发展，并使得宋朝的国库大大地殷实起来。

建隆二年二月，赵匡胤重申周世宗柴荣曾经下达过的诏令，并做了具体的规定：按劳力把各县百姓分为五等，第一等种杂树一百棵，以下每等减去二十棵，如果不种杂树只种桑枣，数量可减少一半。他还规定缺水的地方每五户共凿一口井，令有关官吏负责督查。

三月，赵匡胤又下诏：百姓有余力开垦荒田的，官府只收旧税，不加新租。赵匡胤还下诏：异国降兵愿意务农的，官府负责为他们修筑房舍，并赐给耕牛和种子。

二三月间，赵匡胤诏令黄河和汴河两岸的百姓，每年都要在河边栽上一定数量的榆柳，以防河堤决口。又令有司征调数万民工修治大运河，以保障南北漕运的畅通。

四月，赵匡胤开始着手改革盐、酒、茶法。

因为盐是日常生活中不可或缺的食品，所以在宋朝之前都严禁盐类私下交易，而由官府统一掌管盐类买卖以增加官府收入；百姓敢私下交易者，杀无赦。赵匡胤对前朝盐法做了放宽的规定：私盐交易量达到十斤者，处死刑；用蚕盐进行私下买卖达到三十斤以上者，斩立决。

所谓蚕盐，就是官府把盐先借给百姓，百姓待蚕事毕、丝绢成的时候，按盐价以丝绢偿还官府。

到了开宝三年（公元970年），赵匡胤干脆取消了各州的盐禁，只规定官府对盐类买卖者收税。这样，不仅促进了盐业的发展，给老百姓用盐提供了便利，同时也增加了官府的收入。

赵匡胤对酒政的改革与盐法改革基本相同。五代后汉时，朝廷规定，私自贩卖酒曲者一律处死。后周柴荣时有所放宽，规定私下贩卖五斤以上酒曲者论死。赵匡胤进一步放宽了禁酒令，规定私贩酒曲十五斤以上、私酒入城达三斗以上者处死刑。赵匡胤同时还下令，各州各县官吏不得以巡察酒曲为名骚扰勒索民户，违者严惩。建隆二年以后，禁酒令越放越宽松。

赵匡胤放宽禁酒令，客观上促进了酿酒业的发展，也在某种程度上活跃了城乡经济。

但与盐政、酒政改革相反，赵匡胤对宋朝的茶叶买卖仍然禁得很严。这也是赵普等人的主意，目的是增加朝廷和国家的收入。

茶不是什么地方都能生产的。在产茶之地，有专门种茶的百姓，被称为园户。园户每年所产的茶，除交租之外，其余必须全部卖给官府。有私藏茶叶或私自买卖茶叶者，官府不仅没收其全部茶叶，而且还要根据其私藏和私自买卖茶叶的数量论罪：私藏或私卖茶叶价值在百钱以上者，杖七十；价值在八贯以上者，判流刑。

同时，赵匡胤对主管茶政的官吏也严加诏禁：官吏以官茶私下贸易价值五百钱至一千五百钱者流放两千里，价值一千五百钱以上者处死刑。这期间，赵匡胤曾派朝中一些官吏假扮商人到一些产茶地向百姓买茶，凡拿出茶叶卖给那些官吏的百姓，最后都受到了严惩。

在赵普等人的辅助下，赵匡胤于建隆二年所颁布的一些诏令和进行的一些改革，从总体上看，还是既利国又利民的。从成效上看，经过短短两年时间，大宋王朝便呈现出了一派兴旺发达的景象，确乎可以称得上是民富国强了。

建隆二年（公元961年），还同时发生了另外一些事。这些事有大有小，而有些事情对宋朝的历史发展颇有影响。

五月，大宋皇太后杜氏的病情加重了。太后只能躺在床上，几乎动也不能动了。赵匡胤闻听母亲病情加重，慌忙跑到太后宫。果然，杜氏僵僵地躺在床上，面色灰暗，双目无光。赵匡胤噙泪说道："娘，孩儿这阵子忙于朝政，未能天天来看您，是孩儿不孝啊！"

然而，杜氏没有像过去那样来劝慰赵匡胤。她的嘴张了老半天，也未能吐出几个清晰的字来。

一开始，杜氏还能咽下去一些食物，但渐渐地，就是勉强喂进她嘴里一点东西，她也不知道往下吞咽了，甚至连水也难以喂进她的肚里了。

那一段时间里，赵匡胤和皇后王氏、赵光义、赵光美等人几乎整日整夜地陪伴在杜氏的床边，赵普、石守信、王审琦和高怀德等文臣武将也是时不时地前往太后宫探望。

六月，杜氏在病床上挣扎了二十多天后，溘然长逝。

在临死前，杜氏有了短暂的清醒。此时，守候在床边的只有赵匡胤和赵光义。赵匡胤并不知道杜氏是回光返照，只是看见母亲的双目突然清晰有神起来，于是就急忙轻问道："娘，您是有话要对孩儿说吗？"

杜氏张了张嘴，只说了一句话："胤儿，你一定要听那位赵先生的话……"

赵匡胤含泪点头道："娘，孩儿知道了。"

对赵匡胤说话之后，杜氏就将目光挪到了赵光义的脸上，眼睛一眨不眨地看着赵光义。可是，她没再说出任何话，只是那么望着赵光义。

细想起来，杜氏对赵匡胤的一生影响颇大。从某种意义上说，如果没有杜氏，也就没有赵匡胤后来的发迹。杜氏虽然没有亲手将赵匡胤送上皇帝的宝座，但在赵匡胤成长的道路上，杜氏却是功不可没的。可以这么说，如果没有杜氏的理解和包容，赵匡胤就很难培养出自己敢作敢为的个性和顶天立地的气概。所以，相比较而言，赵匡胤对母亲的感情就比对父亲的感情要深厚得多。所以，母亲杜氏之死带给赵匡胤的打击，不是一两句话所能形容的。

大约有一个来月的时间，赵匡胤一直把自己关在寝殿里，不召见和接见任何人，连赵光义、赵普、石守信等人也都被赵匡胤拒于寝殿之外。

虽然，有范质、王溥和魏仁浦一些老臣主持朝政，大宋朝政还不至于荒疏，但一国之君整日把自己关着，对朝政也多少有影响。更主要的是，赵普心中的一些计划就很难实现了。

一天，赵匡胤照旧把自己关在寝殿里。他躺在床上，目光不知在看着何处。这么多天来，他除了吃喝之外，几乎都是躺在床上度过的。对母亲杜氏的刻骨思念，似乎使得他的双腿疲软了，再也没有气力行走在地面了。

一个老太监瑟瑟缩缩地走了进来，一直走到了赵匡胤的近前。老太监的步子很轻，轻到了若有若无的地步。到了赵匡胤的近前，老太监先是怯怯地看了赵匡胤一眼，然后就低头垂手地站下了。老太监的呼吸，比他的脚步还轻。

赵匡胤无意中瞥见了老太监，立刻发火道："朕早就说过不见任何人，你为何又来烦朕？"赵匡胤曾吩咐过伺候他的太监和宫女：只要不是辽国南侵，就不要来打搅他，否则严惩不贷。

那老太监慌忙跪倒在地，连磕了三个响头。赵匡胤动了一下身子问："是辽人南侵了吗？"

那老太监叩首道："禀皇上，并无辽人南侵，只是有一位大人站在殿外……"

赵匡胤一下子坐直了身子。因整日地躺在床上，猛然坐起来，他感到头一阵地晕眩。他瞪着那老太监说道："住口！朕说过不要来打搅朕，你竟然置若罔闻，你不想活了？"

老太监赶紧又磕头道："皇上息怒……只因殿外的那位大人一连哭了两个时辰，奴才不敢不报皇上……"

赵匡胤不由得一怔："谁在殿外哭泣？"

老太监回道："是赵普赵大人……"

赵匡胤"哦"了一声，对老太监说道："你去传达朕的旨意，着赵普马上回家，不要再哭泣了！"

老太监出去了。不一会儿，老太监回来了。赵匡胤问道："赵普走了吗？"

老太监答道："赵大人不愿走……赵大人说，他要把眼泪流完再走。"

赵匡胤叹了一口气道："去，叫赵普进来，朕劝劝他！"

赵普进来了，双眼哭得肿起多高。他是自皇太后杜氏死后第一个得以走进赵匡胤寝殿的臣子，他一边走一边抽泣不已，看起来的确十分伤心和悲痛。

赵匡胤下了床，看了看赵普红肿的眼睛，微微地摇了摇头道："太后驾崩，你痛苦至此，朕着实感动！太后着朕日后当多听你的建议，朕以为，你现在也应听朕的一个建议，不要太悲伤了，回家好好休息吧。过些时日，朕就会亲理朝政！"

在赵匡胤看来，赵普跪在殿外哭泣，只能是因为太后驾崩一事。谁知，赵普却说道："臣左眼流泪，是痛悼皇太后的驾崩，臣右眼流泪，是担忧皇上帝位难保。"

赵匡胤一惊："赵普，你这是何意？"

旋即，赵匡胤似乎明白了："赵普，朕刚才不是说过了吗？过些时日，朕就将亲理朝政。朕虽然有些日子没上朝了，但有范质等人主事，朝中想必也不会出什么不测之事，你刚才说朕的帝位难保，是不是太过思念太后了？"

赵匡胤的意思是，你赵普因为思念太后过深，所以才胡言乱语。然而赵普却道："在臣看来，即使皇上马上就亲理朝政，帝位也难以保全！"

赵匡胤打起精神来了。涉及帝位之事，他不能不强作精神："赵普，你老实告诉朕，是不是在这段时间里，朝中发生了什么大事？"

赵普回道："朝中并无任何大事发生，天下也很太平。"

赵匡胤皱起了眉："那是有人想谋反了？"

赵普摇头："没有人想谋反，文臣武将都对皇上忠心耿耿！"

赵匡胤盯着赵普的眼道："朝中无事，天下太平，臣下忠心，你为何要说朕的帝位难保？"

赵普不语，还垂下了头。赵匡胤催道："你倒是开口说话啊！"

赵普还是不开口，依旧低着头。赵匡胤急了，伸手推了赵普一下。赵普说话了："皇上休要推臣，臣正在想事情！"

赵匡胤自然而然地动了气："赵普，你在殿外哭了两个时辰，就为了站在朕的面前想事情吗？你刚才不是说朕的帝位难保吗？你怎么不说话了？怎么变哑巴了？你这不是犯了欺君之罪吗？"

赵普说道："臣如果真的犯了欺君之罪，臣愿伏法！但是，臣想请皇上也想一想臣适才心中所想之事！"

赵匡胤没好气地道："赵普，朕如何知道你适才心中所想何事？朕为何又要想你心中所想之事？"

赵普答道："臣以为，皇上如果不想臣之心中所想之事，帝位肯定难保！"

"肯定"一词，足以表明赵普的态度了。赵匡胤直想发火，赵普如此肯定他赵匡胤帝位难保，他焉能没有火气？

但最终，赵匡胤还是按捺住了自己的火气，一边费力地吞咽着唾沫一边问赵普道："你，你心中究竟所想何事？"

赵普缓缓地答道："臣心中所想，乃大唐帝国灭亡之后改朝换代的事情！"

赵匡胤继续问道："你为何叫朕想这改朝换代的事？"

赵普回道："请皇上认真地想一想，自大唐帝国灭亡之后，朝代为何更替得如此频繁？又是如何更替的？"

如果用一句话来概括，那就是，自唐朝灭亡之后，朝代的更替就宛如走马灯。唐朝自李渊于公元618年建国，至公元907年灭亡，共二百九十年。可以说，唐朝是中国历史上最为强盛的朝代之一。

然而，不可一世的大唐帝国终究在公元907年灭亡了，灭亡它的是时任唐朝宣武军节度使的朱温（又名朱晃、朱全忠）。朱温做了皇帝之后，改国号为梁，史称后梁。但好景不长，后梁河东节度使李克用的儿子李存勖取而代之，做了后唐的皇帝。后来后唐皇帝的宝座又被凤翔节度使李从珂抢走。还没等李从珂把皇帝的宝座焐热呢，河东节度使石敬瑭又在契丹的帮助下抢了皇帝的宝座建立了后晋。石敬瑭死后，其子石重贵继位。因石重贵对契丹不够孝敬，似乎不愿如父亲一样做契丹的儿皇帝，所以契丹就一怒之下灭了后晋。而后晋河东节度使刘知远又趁契丹灭后晋之机，在后晋的废墟上建立了后汉王朝。后汉王朝也是个短命鬼，仅仅存在四年就被天雄节度使郭威所灭，后周建立。郭威死后，义子柴荣继位。柴荣死后，其子柴宗训继位，被同样身为节度使的赵匡胤，以一出"陈桥兵变""和平"地登基称帝，宋朝建立。

史学家通常把中原一带先后更替的后梁、后唐、后晋、后汉和后周这五个朝代称之为"五代"，而把与五代同时又先后出现的前蜀、后蜀、吴、吴越、南唐、楚、闽、南汉、南平和北汉这十个分裂政权称之为"十国"。故而，这一段中国历史，就被统称为"五代十国"。

当时，听了赵普的问话后，赵匡胤想了想五代走马灯似的朝代更替。想毕，赵匡胤问赵普道："你为何要朕想这些过去的事？"

赵普悠悠答道："皇上，臣记得这么一句话，叫'前事不忘，后事之师'。皇上想想看，自大唐帝国灭亡之后，这短短的几十年间，为何朝代更替如此频繁？"

赵匡胤回道："当然是那些不忠不义、心怀叵测之人叛乱所致！"

赵普接着问道："那些不忠不义、心怀叵测之人为何一经叛乱便可大获成功？"

赵匡胤不假思索地说道："因为那些人皆身为节度使，握有重兵，一遇国运衰微，便趁机窃国自立！"

"对呀，皇上！"赵普拊掌道，"这正是臣为何要说皇上帝位难保的原因！"

赵匡胤似乎被赵普说糊涂了："赵普，这前朝故事与朕的帝位有何关系？"

"皇上啊！"赵普多少有点语重心长的意味，"如果不从前朝故事中吸取教训，这大宋江山又能绵延多久？"

赵匡胤双眉一紧："赵普，难道会有人从朕的手里抢走江山不成？"

"正是！"赵普侃侃而谈，"如果皇上现在不采取相应的措施，那就肯定有人会与皇上抢夺江山！"

"谁？"赵匡胤急问道，"你说谁会与朕抢夺江山？"

赵普说道："能与皇上抢夺江山的，只能是那些身为节度使又手握重兵的人！前朝故事，不都是这样吗？"

赵匡胤做了大宋皇帝之后，被封为节度使又手握重兵的人，无外乎是这么两类：一类是以石守信为代表，乃赵匡胤的结义兄弟；另一类是以高怀德为代表，虽非赵匡胤的结义兄弟，却亦感情深厚。

想到此，赵匡胤冷冷地问赵普道："依你之见，是不是石守信和高怀德他们会与朕抢夺这大宋江山？"

"不错！"赵普点了点头，"臣正是此意！"

"赵普！"赵匡胤立即就提高了声调，"你是在逼着朕与你吵架呢，还是在故意挑拨朕与石守信等人的关系？"

赵普却轻声说道："皇上冤枉臣了！臣既不想与皇上吵架，更无意挑拨离间。臣只不过是在提醒皇上而已！"

"好你个赵普！"赵匡胤差点就咆哮起来，"朕还用得着你来提醒？石守信、王审琦等人是朕的结义兄弟，高怀德是朕的朋友，不是兄弟胜似兄弟！他们，他们怎能与朕抢夺这大宋江山？"

赵匡胤目光凶狠地瞪着赵普，大有一口将赵普吞下之势。

赵普居然笑了一下，他静静地说道："皇上，臣能问您一个问题吗？"

赵匡胤绷着脸："有话就快说！"

赵普问道："皇上与那周世宗是何关系？"

赵匡胤随口答道："周世宗为帝时，朕虽是他的臣子，但君臣关系非比寻常……"

"是呀，"赵普说道，"在臣看来，皇上当年与周世宗的关系，确乎类似皇上现在与石守信和高怀德等人的关系……皇上，臣这种看法并无什么不妥吧？"

赵匡胤只得点头："不错。朕与周世宗的关系，的确可以用不是兄弟胜似兄弟来形容。"

"既如此，"赵普马上问道，"皇上又为何要改变大周江山的姓氏？"

赵匡胤不禁心头一震，有点吞吞吐吐地道："……在陈桥驿，你们把黄袍加在朕的身上，朕就是不想做皇帝，恐也身不由己啊！"

赵普似乎不想与赵匡胤追究陈桥驿兵变的"责任"，只是继续问道："皇上，如果石守信等人的部下也把一件黄袍加在石守信等人的身上，石守信等人又当如何？"

赵匡胤无话可说了，因为赵普所言并非没有这种可能。虽然石守信等人的确对他赵匡胤忠心不二，但想当年，他赵匡胤对柴荣不也是忠心耿耿吗？

赵普在一旁不轻不重地说道："皇上，只有把那些手握重兵的人安置妥当，皇上的帝位才可以永固啊！如果不解除那些节度使的兵权，这大宋江山就很有可能重蹈前朝之覆辙啊！"

听罢，赵匡胤冲着赵普怒吼道："赵普，你不要再说了！你快走！你快离开这里！"

赵普哈了哈腰，一边向外退一边正儿八经地问道："皇上是叫臣快点回家，还是叫臣快点离开汴梁？"

赵匡胤盯着赵普看了好一会儿，最终有气无力地说道："你，快点回家吧！"

赵普又哈了哈腰："臣领旨回家！"

赵普退出了赵匡胤的寝殿，然后便快步朝自己家走去，嘴里还哼着一支不知名的小曲。

第二天上午，赵匡胤上朝了。自皇太后杜氏驾崩后，赵匡胤这还是第一次上朝。文武百官们发现，他们的皇上除略略有些消瘦外并无什么大的变化，似乎比过去更加精神。

中午，赵匡胤在宫中设宴，款待石守信、王审琦等一干与赵匡胤结义的兄弟，以及高怀德等一些与赵匡胤情投意合的朋友。

如果抛开赵匡胤的皇帝身份不说，那参加宴会的人就都是好兄弟、好朋友。好兄弟、好朋友聚在一块饮酒，宴会的气氛自然融洽无比又热烈无比。甭说石守信和王审琦，就连高怀德也一口一声"皇上"地叫着。

酒过三巡、菜过五味之后，赵匡胤笑逐颜开的脸一下子沉了下来，沉得还很是有点忧伤。众人起初只顾饮酒说笑，没发现赵匡胤脸色的变化。等有人想敬赵匡胤酒的时候，众人这才看出赵匡胤脸上的忧伤。

众人以为，赵匡胤定是又想起了皇太后杜氏。故而，略略迟疑之后，石守信凑到了赵匡胤的跟前，一边为赵匡胤斟酒一边说道："皇上大哥，太后不幸驾崩，臣弟等心中都万分悲伤。但臣弟以为，过去的事情毕竟已经过去了，皇上大哥如果老是沉浸在过去里不能自拔，则必将有损皇上大哥的身体。臣弟等也会深感不安……皇上大哥，让臣弟敬您一杯酒吧！"

石守信虽是个粗人，但这段劝说之词说得却也比较得体。众人一起举起杯，都要敬赵匡胤的酒。赵匡胤先是端起了酒杯，后又把酒杯放下了，还深深地叹了一口气道："朕适才所想并非太后之事……"

众人不解，都眼巴巴地盯着赵匡胤。赵匡胤接着说道："尔等知道吧？朕未做皇帝前，几乎是寝食难安，可朕做了皇帝之后，仍然是寝食难安！"

石守信赶紧问道："皇上大哥，你现在皇帝做得好好的，为何会寝食难安？"

赵匡胤看了石守信一眼，然后又看着众人说道："因为你们，朕才寝食难安！"

众人一怔。王审琦问道："皇上，这又是为什么？"

赵匡胤说道："在座的各位，都是朕的好兄弟、好朋友，没有你们，朕就肯定做不成皇帝，可有了你们，朕这皇帝又不可能做得长久，这叫朕真是好生为难啊！"

众人一愣。高怀德说道："皇上，难道在座的人当中有谁有谋反之心吗？"

赵匡胤摇了摇头道："你们都是朕的好兄弟、好朋友，你们谁都不会有谋反之心。但是，你们谁都手握重兵，谁都有一帮能干的手下。如果有一天，你们的手下也把黄袍加在你们的身上，你们该怎么办？朕又该怎么办？"

众人一惊。石守信惊得连眼珠子都快进出来了："皇上大哥，怎么会……发生这样的事？"

赵匡胤自顾自地喝下去一杯酒，然后说道："兄弟，你不会忘记吧？朕与那周世宗柴荣可谓是亲如兄弟，可有那么一天，你们把黄袍加在了朕的身上，朕不就登基称帝了吗？"

众人有些害怕了。想当年，项羽为杀刘邦曾设下鸿门宴。莫非，赵匡胤今天所设也是鸿门宴？还有，刘邦最终夺了天下之后曾大肆屠杀开国功臣，这便是"狡兔死而走狗烹，飞鸟尽而良弓藏"的道理。莫非，赵匡胤也想做一回刘邦？

王审琦有点战战兢兢地问道："皇上大哥，既如此……我等该怎么办？"

赵匡胤微微一笑，端起酒杯说道："如果尔等急流勇退，荣归故里，日日有美酒盈樽，夜夜有美人在怀，岂不其乐无穷，君臣两安？"

立刻，石守信、王审琦和高怀德等人一起伏地磕头道："吾皇万岁万岁万万岁！"

赵匡胤站了起来："朕刚才说过，尔等都是朕的好兄弟、好朋友，没有尔等，朕绝做不成皇帝！所以，朕也就绝不会亏待你们！来，朕与尔等共饮一杯酒，就算是朕为各位荣归故里送行吧！"

石守信、王审琦和高怀德等人连忙端起各自的酒杯，将杯中酒一口吞下。

第二天，石守信、王审琦和高怀德等人便都以身体有病为由，一起在朝中向赵匡胤提出了还乡的请求，言辞十分诚恳。赵匡胤也没有假意挽留，而是当即准奏。

赵匡胤于杯酒之间便夺去了石守信等人的兵权，这便是中国历史上有名的"杯酒释兵权"。

不过，话又说回来，赵匡胤虽然夺去了曾与自己同甘共苦的石守信等人的兵权，看起来有些薄情，但实际上，赵匡胤对石守信等人是很不薄的。他不仅赏赐了石守信等人许多良田豪宅和美女，还给石守信等人挂了一个虚衔。虽然，石守信等人返乡后所挂的节度使都是虚衔，手中并无一兵一卒，但是，有了节度使衔，石守信等人便在社会上有了相应的地位和荣誉。由此可见，赵匡胤虽然为了维护自己的帝位，接受了赵普的建议，但在心底里，他也是难忘与石守信等人的手足之情的。比起刘邦、朱元璋之类大肆屠杀开国功臣，赵匡胤应该算得上是一位心地仁厚的皇帝。

赵匡胤"杯酒释兵权"之后，马上又任命大弟赵光义为汴梁尹、二弟赵光美为兴元尹。可以说，赵光义从此便堂而皇之地登上了大宋权力集团的最上层。

"杯酒释兵权"之后，赵匡胤着实暗自高兴了好一阵子。他曾跑到母亲杜氏的陵前低低地说道："娘，您叫孩儿听那赵先生的话，真乃至理啊！"

然而，有一天晚上，赵匡胤独自走进赵普家的时候，却是愁眉苦脸的。

当时，赵普和妻子和氏正在吃晚饭。一见赵匡胤走来，赵普一边穿朝服一边迎上去道："皇上如何突然驾临臣处？"

赵匡胤回道："朕闻着狗肉香，就一路嗅着香味儿走过来了！"

那和氏说道："万岁爷，臣妾今晚并没有烧狗肉，您从哪儿闻到的狗肉香？"

赵普连忙对和氏使眼色道："夫人，皇上的意思是想吃狗肉了，你还不快去烧煮？"

和氏这才发现赵匡胤的脸色忧愁，于是堆起笑容说道："皇上稍候，臣妾这就去煮狗肉……臣妾每天都备些狗肉，专等万岁爷来品尝！"

赵匡胤勉力笑道："如此，有劳大嫂了！"

和氏去忙碌了，赵匡胤也坐下了。赵普小声地问道："皇上有何心事？"

赵匡胤顿了一下，然后道："石守信等人的兵权虽然解除了，但这大宋的军队总要有人来统领。不管谁来统领大宋军队，时间长了，他自然就兵权在握，这对朕的帝位不同样是一种莫大的威胁吗？"

原来，赵匡胤依然是在为自己的帝位担忧。赵普说道："皇上所言极是。不管是谁，只要握有相当的兵权，对皇上就是一种威胁！"

"那，"赵匡胤盯着赵普，"朕该如何是好？"

赵普说道："臣有一个想法，不知皇上以为如何……"

赵普跟着说出一段话来。话还未说完呢，赵匡胤就连连点头道："妙！这主意妙！此法一实行，朕再也无虑矣！"

因为无虑了，赵匡胤就亮开嗓门大叫道："大嫂，狗肉煮好没有？朕已经等不及了！"

待和氏把热腾腾的狗肉端出，赵匡胤迫不及待地操壶为赵普斟酒。赵普忙起身道："臣哪敢让皇上斟酒？"

和氏却道："老爷，臣妾为万岁爷煮狗肉，万岁爷为老爷你斟酒，这很公平嘛！"

"大嫂说得是！"赵匡胤率先端起了酒杯，"来，赵普，朕与你今晚一醉方休！"

很快，大宋朝的"更戍法"就颁布实施了。

"更戍法"的内容主要有两个：一、除了卫戍皇宫及京城的军队外，其余朝廷直辖的军队（即禁军），都要定期轮换到某地戍守，每期三年；二、统率各路禁军的将领，也要定期轮换到别的地方上任，每期也是三年。通俗地说，"更戍法"颁布实施之后，大宋各路禁军每三年就要换一个驻地，而统率各路禁军的将领每三年也要换一支军队上任。

对赵匡胤颁布的这个"更戍法"，后人颇有微词。比如，有人以为，赵匡胤把军队一会儿调往东一会儿又调向西，造成了许多无谓的损失。这的确是事实，北方的军队调到南边或南方的军队调到北边，必然会因为气候不适、水土不服、供给困难等问题而造成一定的人员折损。还有人认为，赵匡胤把带兵的将领调来调去的，就形成了一种"将不识兵，兵不识将"的局面，这就大大削弱了宋军的战斗力。这种看法似值得商榷。不说别的，纵观赵匡胤一朝，宋军的战斗力好像并没有因为"更戍法"而受到什么影响。如果真的大有影响的话，那赵匡胤又如何能完成统一大业？

就赵匡胤而言，颁布"更戍法"的主要目的是把军权集中在自己的手中。军队和将领每三年一轮换，就使得"兵无常帅，帅无常兵"，就消除了利用军队进行反叛的隐患，对维护赵匡胤的统治、绵延大宋王朝的寿命，的确起了很大的作用。可以说，"更戍法"颁布实施以后，赵匡胤的帝位便越发地巩固了。

不仅帝位巩固了，整个大宋王朝也显出了越发强大的气象。故而，建隆二年（公元961年）年底，由当时的一些少数民族所建立的国家，如占城国、女真国、回鹘国和于阗国等，都纷纷遣使至汴梁对大宋朝进贡。赵匡胤真是好不得意。

得意之余，赵匡胤笑问赵普道："朕可以南征北战了吗？"

赵普摇头。赵匡胤马上说道："好，朕听你的！"

宋建隆三年（公元962年）正月，赵匡胤颁布了一项诏令：大宋朝臣，无论文武，都要苦学文化知识，文化成绩优异者升迁，文化水平太差者降职。一时间，大宋满朝文武，包括赵普在内，只要有空闲就手不释卷，认真学习文化知识。

赵匡胤为何会颁布这么一项诏令？这固然与他的性格有关。前书中说过，赵匡胤年少时是不怎么喜欢文化的，他喜欢的是马上马下功夫。他认为，只有练就一身过硬的本领，才能够出人头地，才能够成就一番事业。然而，自结识了赵普之后，赵匡胤开始认识到了文化知识的重要性。虽然，经年累月的征战，使得他少有闲暇来认真地读书，但是，他的心里却树起了重视读书和读书人的观念。

赵匡胤之所以会在此时颁布这么一项号召文武群臣努力学习的诏令，其直接原因，还是一件小事。

一天，文武群臣上朝。那时候的文臣上朝，仍然是手拿笏板，把要上奏之事记在笏板上，称为"笏记"。武将上朝时仍拿着梃杖，把要上奏之事记在梃杖上，称为"杖记"。有个叫党进的人，时任大宋禁军龙捷左右厢都指挥使，但斗大的字认不得一筐。这天该他向赵匡胤汇报军情，其手下不知道他目不识丁，便事先将他要汇报的情况都写在了梃杖上。谁知，赵匡胤问党进军中有多少将士时，党进连这一点也没记住。虽然党进手中的梃杖上写有军中将士的数目，但他一个字也认不得。赵匡胤又问了第二遍，党进没办法了，只好举起手中的梃杖说道："皇上，数字都在这个杖上面呢！"赵匡胤一怔。当得知党进什么字也不认识之后，赵匡胤很是震惊。震惊之余，赵匡胤对群臣说道："尔等不仅要善于打天下，还要学会去治理天下。治理天下焉能没有文化？就是跃马横刀征战沙场，目不识丁也会耽误很多事啊！"

"党进举梃"之事后，赵匡胤就下诏号令文武群臣一起看书学习。虽然诏令的对象是文武群臣，但重点显然是武将。赵匡胤当庭强调：武将必须识字。

赵匡胤不仅诏令自己的臣子学文化，自己闲下来了也抓紧时间看书学习。大宋皇宫中，经常可以看到赵匡胤手捧书本的身影。据说，赵匡胤还曾督促赵普多看书，因为赵普虽然见地过人、谋略超群，但若论文化知识，赵普也实不能与朝中的那些大学士相提并论。故而，就有了这么一种说法，说赵普之所以在大宋建立以后未能当上宰相，就是因为学问不够深，而赵匡胤以为，朝中宰相理应是个学识渊博的人。

当然，赵匡胤是不可能每时每刻都在看书学习的。他是一国之君，需要他操劳的事情实在太多。而有时，他还会出宫散散步，顺便察看一下民情。

比如，有一天下午，赵匡胤在宫中看了一会儿书之后，觉得有点疲倦了，便找来赵普说道："你陪朕到城外去走一走吧。"

赵普说道："天已下午，出城走动多有不便，皇上还是在城中散散步吧！"

赵匡胤想了想，然后点了点头："朕听你的！"

于是，君臣二人就换上了便装，扮成了秀才模样，优哉游哉地走出了皇宫。

虽是早春，多少还有些寒冷，但暖暖的阳光也着实令人心旷神怡。赵匡胤好不得意的是，他与赵普的装扮十分成功，走了很长一截路，遇到过十多个朝臣，无一人认出他们。

这样一来，赵匡胤和赵普就可以放心大胆地以一个普通人的身份在大街上边走边聊了。作为一个皇帝，能以普通人的身份在熙熙攘攘的人群中一边闲逛一边闲聊，也的确是一种莫大的享受。

走着走着，他们就走到一家小酒馆的门前。赵匡胤道："昨日，朕看了一遍白居易的《长恨歌》，很有感慨！"

赵普说道："真是巧了！臣昨日也看了《长恨歌》，也很有感慨！"

"是吗？"赵匡胤来了兴致，"你说说看，你看了《长恨歌》之后，究竟有何感慨？"

赵普谦逊地一笑道："皇上不开尊口，臣哪敢妄言？"

"好！"赵匡胤道，"你叫朕先说，朕就先说。朕看了这首诗之后，马上就得出一个结论：女人的确是祸水！"

赵普问道："皇上此话怎讲？"

赵匡胤回道："如果那杨玉环不以妖媚蛊惑唐玄宗，唐玄宗焉能日日不理朝政？正因为唐玄宗日日都沉溺在杨玉环的温柔乡之中，荒废了朝政，败坏了朝纲，所以安禄山和史思明才趁机作乱，大唐帝国才由盛转衰！故云：'女人是祸水也！'朕还由此得出另一个结论——为政者万万不可为女人所迷！"

赵普点头道："皇上所言，确实有些道理！"

赵匡胤白了赵普一眼："什么叫有些道理？朕说的是至理！自古至今，因沉迷女色而致亡国的君主还少吗？就说那个吴王夫差吧，一开始雄心勃勃，打败了越王勾践之后成了春秋时代的霸主，可后来呢？勾践把西施献给了夫差，夫差从此便像唐玄宗一样沉迷于西施而不能自拔，最终导致国破身亡！赵普，朕说的仅仅是有些道理吗？"

赵匡胤说完，理直气壮地盯着赵普，赵普却不慌不忙地说道："皇上提到西施，臣不禁想起一个叫罗隐的人来。"

赵匡胤问道："罗隐是谁？"

赵普回道："罗隐也是唐朝的一个文人。只不过，罗隐生活的时代，大唐帝国已经快灭亡了。臣昨日看《长恨歌》的时候，无意中想到了罗隐。"

赵匡胤皱了皱眉："朕刚才说的是西施，你提那个罗隐何干？"

赵普答道："因为罗隐写过一首诗，诗名就叫《西施》。皇上可有兴致听上一听？"

赵匡胤说道："反正闲着也没事，你就念吧。"

赵普清了一下嗓子，然后字正腔圆地道："罗隐《西施》诗云：'家国兴亡自有时，吴人何苦怨西施？西施若解倾吴国，越国亡来又是谁？'"

赵匡胤"哦"了一声，说道："依那个罗隐看来，好像吴国之灭也怨不得西施的。"

"然也！"赵普说道，"吴国之灭，实怨不得西施，就像大唐帝国之衰也怨不得杨玉环一样！"

"这样看来，"赵匡胤仿佛陷入了沉思，"吴国之灭与大唐帝国之衰，只能怨那个夫差和李隆基了！"

赵普说道："吴国之灭，责任全在夫差；而大唐帝国由盛转衰，却不能全部归咎于李隆基。"

赵匡胤有点不解："这是为何？"

赵普回道："如果那安禄山不身为节度使，手握重兵，又焉能挑起反叛之乱？"

赵匡胤立即道："安禄山手握重兵，岂不是李隆基所为？如此，大唐帝国之衰还应全部归咎于李隆基！"

"皇上英明！"赵普说道，"皇上适才所言，正是臣昨日看《长恨歌》之心得！"

赵匡胤恍然大悟道："赵普，你原来是借题发挥啊！"

此时，虽然还未到黄昏，但小酒馆里已是人头攒动。

赵匡胤低声道："朕自登基以后，就未进过这种地方。"

赵普说道："那就进去喝上两杯吧。"

二人找了一个角落坐下。店小二端来几样简单的小菜和两壶酒。

虽然这小酒馆里的酒菜远远不如皇宫里的酒菜，但赵匡胤倒觉得这小酒馆里的酒菜也别有风味。吃着吃着，赵普忽然轻声说道："皇上，你看这墙壁上的字！"

原来，赵普身边的墙壁上写有一首打油诗。诗云："贪酒不醉最为高，好色不乱乃英豪，浮财本是身外物，忍气饶人怨自消。"

赵匡胤看毕，点头评价道："小诗写得不错，很有一番道理，只是前后多少有点矛盾。"

赵普忙问道："矛盾何在？"

赵匡胤说道："后两句倒也顺畅，矛盾在前两句。贪酒焉能不醉？不醉还如何叫作贪酒？既是好色，岂能不乱？不乱还叫好色？"

赵普摇头道："皇上宏论，微臣不敢苟同！"

赵匡胤眨了眨眼问："你有什么高见？"

赵普为赵匡胤斟上酒："臣以为，此四句小诗恰恰写的皇上。皇上可谓贪酒，但从未真正地醉过。皇上不可谓不好色，可也从未因此乱过。皇上把财物看得很轻，又处处节俭，还从不滥杀无辜，且得饶人处且饶人。皇上，臣所言可有道理？"

赵匡胤四处瞅了瞅，然后极力压低嗓音说道："你适才所言，有三分道理，一分错误。朕岂是个好色的君主？若是，朕岂不就同那夫差和李隆基相提并论了吗？"

赵普微微一笑道："皇上，圣人有云：'食色，性也！'依圣人之言，好色乃人之本性。皇上虽然贵为一国之尊，又岂能例外？与那夫差和李隆基不同的是，他们好色且乱，而皇上虽好色却不乱！"

"有道理，有道理！"赵匡胤连连点头，"朕现在算是明白了，你赵普虽然看起来一副道貌岸然之态，其实亦乃好色之徒。不然，你又何必娶那么一位年少又美貌的夫人？"

赵普不禁脸庞一热："皇上既这么说，臣也不想否认！"

"哈哈哈……"赵匡胤旁若无人地大笑起来。赵普也跟着大笑不止。

赵匡胤和赵普走出小酒馆时，天色已近黄昏。赵普建议道："皇上还是回宫吧！"

可就在这时，听行人议论说前面有一个人被官府绞死了，赵匡胤便改口道："待见过那被绞死的人，朕再回宫不迟！"

赵普无奈，只得陪着赵匡胤继续向前走。前面有一个闹市，很多人正挤在一起引颈向上观瞧。那是一个三十多岁的男子，一身白色衣衫，高高地悬吊在空中，还一悠一悠的，活像是一面招魂幡。

赵匡胤的目光在那尸体上停留了好长一段时间。之后，他摇头叹息道："可惜啊，这么一个身强力壮的男人，如果战死在沙场，那该有何等的荣耀？"

等离开闹市，赵普才轻声问赵匡胤道："皇上，你知道那男子是因何而死吗？"

"自然是犯了法。"赵匡胤说道，"他若不犯法，怎会落得如此下场？"

"皇上说得是，"赵普说道，"他确实是犯了法。臣刚才打听过，那男人是因为偷了邻家两千钱被官府处以绞刑的。"

那时候的一钱很小，约等于现在的一分。所以，赵匡胤听了赵普的话后立刻就睁大了眼睛，问道："你说什么？那男人就偷了两千钱？"

"是的，皇上。"赵普回道，"那男人就偷了两千钱！"

赵匡胤像不认识似的盯着赵普："一个人仅仅偷了两千钱就被处以绞刑？"

赵普点了点头。赵匡胤迅速地掉转方向："去开封府！朕要当面问问光义，他如何能这般草菅人命！"

赵普不紧不慢地说道："皇上，用不着去开封府，因为刑法就是这么规定的。"

赵匡胤停住了脚步："刑法是如何规定的？"

赵普回道："刑法规定：'强盗赃满十匹者绞死！'这十匹与两千钱，实差无几啊！"

赵匡胤一时间怔住了。老半天，他才喃喃自语道："刑法如此严酷，百姓岂不整日地提心吊胆？如此，百姓又焉能安居乐业？不使百姓安居乐业，又岂能民富？民不富，国焉能强？还有，判处死刑乃人命关天之事，当慎之又慎才是啊！焉能草草行事？"

见赵匡胤一脸肃然，赵普趁机说道："皇上，据臣所知，京城之外各州县，草菅人命之事可谓是屡见不鲜！有的州县之官横行无忌、为所欲为，简直视百姓的生命为儿戏！"

赵匡胤沉声问道："你所言当真？"

赵普回道："此等大事，臣岂敢信口开河？出京城向东南走二十多里，有一兴隆小县，那里的县吏简直是无法无天！"

赵匡胤愕然道："兴隆小县距京城只有二十多里，那里的事情开封府竟然一无所知？"

赵普忙道："兴隆之事，臣正是从开封府听来！"

"既然如此，"赵匡胤不禁动了气，"那赵光义为何不闻不问？又为何不向朕禀报？"

赵普连忙解释："赵光义准备过两天亲往兴隆县城调查那里的县吏劣迹，然后报与皇上处置。"

"不！"赵匡胤说道，"不必过两天了，朕明日就前往兴隆！"

第二天一大早，赵匡胤、赵光义和赵普三人都穿成跑江湖的装扮，去兴隆县城微服私访了。赵匡胤等人出汴梁城之后没多久，数十条精壮汉子也结伴出了汴梁城。

赵匡胤并不知道那些侍卫的事。他以为，兴隆县城就在汴梁城的附近，即使那里的县吏真的无法无天，谅也不会翻起什么太大的波浪。所以，出了汴梁城之后，赵匡胤似乎只有一个念头：早点踏入兴隆县城，看看那里的县吏究竟是何模样。

赵匡胤可谓疾走如飞。赵光义还好，赵普可就有点跟不上赵匡胤的步子了。赵光义凑到赵普的耳边道："皇上叫你骑马，你为何不骑？"

赵普回道："皇上步行，臣岂敢骑马？"

终于到了兴隆城外了，这时的赵普也已经累得气喘吁吁，衣领处热气直冒。赵光义建议稍作休息，赵匡胤却道："进了城再休息也不迟！"

赵普只得打起精神跟在了赵匡胤的身后。可守城门的城门官高低不让赵匡胤等人进城，说赵匡胤等人一身江湖匪气，有强盗之嫌，气得赵匡胤直想发火。赵普不动声色地往那城门官的手里塞了一些钱，马上就起了作用。赵匡胤等人这才得以进了兴隆城。

进了城，赵匡胤不无赞许地对赵普说道："还是你脑袋灵活，考虑周全！"

赵普回道："皇上考虑的是国家大事，这入城之事，只有臣代劳了！"

兴隆城很小，城内的居民看起来也不多。还没到中午呢，大街上的行人就已经稀稀落落了。赵普低声问道："皇上，我们现在上哪去？"

赵匡胤答道："找一个人多的去处，同百姓好好地聊一聊，看看这里的县吏究竟如何。"

赵光义建议道："不如找一户人家，一边休息一边打探。"

赵匡胤用目光征求赵普的意见，赵普说道："臣确实需要好好地休息了……"

就在这时，大街道上驰来一匹马，马上之人胖得就像一只皮球，马后跟着十多个随从，为首的一位满脸横肉，活像是一个屠夫。

街道上为数不多的行人，见了那"皮球"驰马而来，就像见了瘟神似的纷纷慌不择路地往两边躲。可一位挑着担子的老头，因为行动缓慢，没来得及躲，被驰来的马撞翻在地。老头倒地的时候，肩上的扁担捅着了马的肚腹。马蓦然受惊，前蹄一扬，脊背一耸，把"皮球"从背上掀了下来，"骨碌碌"地在地面上滚了十多圈才勉强地停下。

跟在马后的那十多个随从一时不知所措。屠夫模样的人率先回过神来，第一个跑到"皮球"的身边，其他的人也赶紧围过去。其实，"皮球"并没有受什么伤。在"屠夫"等人的搀扶下，"皮球"哼哼唧唧地站了起来。

见"皮球"无恙，"屠夫"来了神气，三步并作两步地冲到了那个老头的跟前，一手便将那老头从地上提了起来，"啪啪"甩了老头两个耳光，嘴里还破口大骂着。

可怜的老头，被马撞翻在地后本就摔得晕头转向了，又被"屠夫"狠抽了两嘴巴，早已昏头昏脑不知所云了。

"屠夫"见老头不语，更加冒火，巴掌一扬又要揍老头。但"屠夫"的右手刚刚举起，手腕就被人攥住了。攥住"屠夫"手腕的不是别人，是赵匡胤。

"屠夫"自然不认识赵匡胤等人，但他却知道赵匡胤的手劲儿很大，因为他的手腕被捏得生疼，抽了好几下也未能将手腕从赵匡胤的手中挣脱。

"屠夫"故作镇定地冲着赵匡胤喝道："你是什么人？你要干什么？"

赵匡胤冷冷地说道："尔等在大街上纵马，撞倒了这位无辜的老者，你不赔礼道歉，反而动手打人，你为何如此霸道？"

"屠夫"叫道："我就这么霸道，你管得着吗？"

这时，赵普插话道："我们管不着你，但王法管得着你！"

"什么王法？"那"皮球"晃晃悠悠地走了过来，"告诉你，在这里，我就是王法！"

赵匡胤刚要发话，"皮球"冲着身旁的十多个随从命令道："来啊！将这几个寻衅闹事的刁民统统抓起来，打入死牢！"

十多个随从张牙舞爪地就扑了过来。赵匡胤右手一带将"屠夫"带了个趔趄，跟着左拳就重重地打在了"屠夫"的肚子上。虽是左拳，却也把"屠夫"打得蹲在地上差点喘不过来气。

"皮球"咆哮道："快上啊！把他们抓起来！"

"皮球"的十多个手下一起扑向了赵匡胤和赵光义。赵匡胤拳打脚踢，大发神威，将围过来的几个人打得鼻青脸肿、鬼哭狼嚎。赵光义也不逊色，只三拳两脚便把围攻他的五六个人打得不敢沾边了。

赵匡胤高兴地赞扬道："兄弟，好样的！"

赵光义也高兴地回道："大哥，我的手正痒痒呢！"

旋即，赵氏兄弟就有点高兴不起来了。原来，"屠夫"见赵氏兄弟难缠，便又叫了二十多人，每个人手里都拿着刀枪剑戟等兵器。

赵匡胤对赵光义道："兄弟，这些人好像一点也不懂得江湖规矩啊！"

赵光义回道："大哥，他们分明是衙门里的人，又何来的江湖规矩？"

"是呀，"赵匡胤道，"看来我们得亮出身份了！"

他们二人赤手空拳，纵然武艺高强，也难敌二十多个手执兵器的人。这时，赵光义向后看了看，说道："赵普也该来了呀……"

这时，赵普飞也似的朝这里跑来。紧跟在赵普身后的，是同行的数十名精壮汉子，他们其实是皇宫里的大内侍卫，是来暗中保护赵匡胤的。

大内侍卫一到，一切便都结束了。

原来，那皮球模样的人叫王三思，竟然是兴隆县令。而屠夫模样的人叫孙求仁，也不是等闲之辈，乃兴隆县主簿。赵匡胤当即下令：将王三思和孙求仁投入死牢待审！

可问题出来了，兴隆县城的监牢已经人满为患了，没有地方关押王三思和孙求仁了。赵匡胤不相信，亲自去监牢查看。果然，数十间牢房被塞得满满的。几间死牢，竟关押了上百名待斩的案犯。这些案犯，除了极少数系罪证确凿之外，其他的人，几乎全是王三思和孙求仁根据自己的好恶随意抓来的。

赵匡胤面色凝重地对赵普和赵光义道："这还了得？这还了得？"

赵匡胤本是想把王三思和孙求仁认真地审理一下然后再判决，可现在，他不想费那个事了。他吩咐赵光义道："王三思和孙求仁罪大恶极，立即处绞，以昭示天下！"

赵光义看来心肠很硬，竟然亲手吊死了王三思和孙求仁。当两具尸体悬挂在兴隆县城的上空时，城内的百姓欢喜异常，纷纷高呼"万岁万岁万万岁"。

赵匡胤又和赵普一起彻底清查兴隆刑狱，将那些无罪而被关押的人统统释放，还给了他们一些财物作为补偿。被释放者一起跪在赵匡胤的脚下，不肯起来，令赵匡胤感动不已、又感慨不已。

赵匡胤从兴隆回到汴梁后，一连好几天都紧锁着双眉。他万万没有想到，一个距京城这么近的小县城，县令和主簿竟敢如此胡作非为，动辄便把百姓投入监牢。兴隆县如此，其他的州县就可想而知了。

赵匡胤真想到全国所有的州县去察看一番，但他同时又知道，这是不现实的。他还想把全国所有的州官、县官都叫到自己的面前考察一遍，但这同样不大可能。

于是，赵匡胤就亲自草拟并立即颁布了一项诏令：各县死刑案件，必须报州衙复审，州衙复审时遇有疑难必须报刑部审核，如果刑部审核时也难以裁决，那就必须报皇上定夺。诏令中还特别强调：敢有草菅人命者，无论官职大小，一律严惩！

不久，赵匡胤又令有关大臣把前朝的刑法重新修订。大臣窦仪等上了一本《重定刑统》三十卷，赵匡胤认为很好，加了《编敕》四卷，一起向全国颁布实行。这样，大宋朝各级官吏在审案量刑的时候就有法可依了。

总体来讲，赵匡胤时代的刑法较之前朝而言，是颇为宽松的。刑法宽松了，对老百姓自然有一定的好处。但大宋朝廷中的一些大臣，却对此忧心忡忡。他们以为，刑法如此宽松，对百姓就没有威慑力了，百姓就可以肆无忌惮，国家也就混乱了。

宰相范质、王溥和魏仁浦也认为刑法过于宽松。他们还联名向赵匡胤上奏，请求皇上加重刑法。赵匡胤很生气，把三个宰相召到自己的身边道："刑法太重，就等于是把一个绞索整日地悬在老百姓的头上，这样，老百姓岂不是整日地都在提心吊胆？"

范质说道："皇上，对那些刁民，本不该心慈手软，不然，他们就不知天高地厚了！"

"是呀，皇上！"王溥接道，"刁民们贪得无厌，得寸便想进尺！"

魏仁浦也道："臣以为，对待刁民，就应该让他们整日地提心吊胆，只有这样，刁民们才不敢生犯上作乱之心！"

赵匡胤不满地乜着范质等人："各位宰相大人，不要站着说话不嫌腰疼！如果朕把一个绞索悬在你们的头上，你们心中会怎么想？如果天下百姓人人都战战兢兢、提心吊胆，那还会有谁全心全意地替朕效力，替大宋江山效力？"

范质等人面面相觑。"还有，"赵匡胤说道，"你们适才开口刁民、闭口刁民的，朕问你们，天下百姓之中，究竟是刁民多呢还是良民多？难道在你们的眼里，天下百姓莫非人人都是刁民？"

范质似要解释。赵匡胤一挥手："不用说了！你们都下去吧！依朕看来，你们确实都老糊涂了！"

范质等人相顾愕然，最终默默地退下了。要知道，赵匡胤一句"你们确实都老糊涂了"可不是随便说的！既然都老糊涂了，岂能胜任朝中的宰相？

实际上，赵匡胤也的确又起了罢免范质等人而任赵普为相的念头。只不过，他又担心赵普不同意。想来想去，最终，赵匡胤于宋建隆三年（公元962年）十月，封赵普为枢密使（地位仅次于宰相的官职）。令赵匡胤高兴的是，赵普对此没有表示异议，而是愉快地上任了。

但范质、王溥和魏仁浦三人就不那么愉快了。赵匡胤擢赵普为枢密使，显然带有某种暗示。朝中上下，谁都知道赵普是赵匡胤最为亲近的大臣。在有些人的眼里，赵匡胤与赵普的关系甚至比赵匡胤与弟弟、儿子的关系还要亲近。这样，赵匡胤把赵普放在枢密使这一位置上，又意味着什么？所以，赵普刚一出任枢密使，便有大臣私下里议论：赵普很快就要拜相了。

当时，朝中已有数位宰相，但还可设数位副宰相。而范质等人不这么想。他们想的是，即使赵普入相之后，皇上还保留他们的相位，但他们也是名存实亡了。既如此，还不如主动地请辞以保留一点颜面。

于是，范质、王溥和魏仁浦经过一番商量后，于一天早朝时同时向赵匡胤提出了辞呈。他们提出辞职的理由一模一样：老而糊涂。

赵匡胤当时的表情似乎很惊讶。他看着范质等人道："三位老爱卿这是何故？你们虽然年岁已老，但在朕看来，你们一点也不糊涂！既如此，朕当然就不会准奏了！"

赵匡胤这般态度，出乎许多大臣的意料。范质躬身说道："启禀皇上，臣等的确既老而又糊涂，乞请皇上明察！"

"明察"什么？赵匡胤知道范质所说何意。赵匡胤微微一笑说道："范爱卿，你是在生朕的气啊！不错，朕是说过尔等老糊涂了，但朕那是戏言，玩笑而已，你又何必当真？现在，朕就当着满朝文武的面向你承认，尔等虽老但不糊涂，是朕一时糊涂了。范爱卿，朕如此说，你可消了气？"

范质慌忙跪倒，王溥和魏仁浦也赶紧双膝着地。范质叩首道："吾皇万岁！臣等一时糊涂，惹皇上生气了，请皇上恕罪！"

王溥和魏仁浦也山呼起"万岁"起来。赵匡胤说道："三位老爱卿快快请起！尔等何罪之有？朕又何气之有？说心里话，朕见尔等偌大年纪还整日地为朕操劳、为国操劳，朕心中实在不忍！朕也的确想让尔等荣归故里、安享晚年，可是，朕现在离不开你们啊！现在的大宋江山也离不开你们啊！有你们辅佐于朕，朕的心里就非常地踏实，你们知道吗？"

赵匡胤说得声情并茂，几欲催人泪下，感动得范质、王溥和魏仁浦又连忙跪倒，山呼"万岁"，群臣也一时动容。

赵匡胤一番话，留住了范质等人。问题是，赵匡胤适才所言，真的是发自肺腑吗？他不是早就想着让范质等人告老还乡了吗？

不过，赵匡胤挽留范质等人，倒也是出自真心。他似乎想通了，用不了多久，他就要开始统一大业了。一旦战事起来，即使他赵匡胤不御驾亲征，他和赵普等人的精力也要全放在战事上了，这样，朝中之事就只能委派别人料理了，而在他看来，除了赵普之外，当时还无人可以替代范质、王浦和魏仁浦，这便是赵匡胤真心挽留范质等人的根本原因。换句话说，如果统一大业已经完成，已经是太平盛世了，那赵匡胤就巴不得范质等人主动提出辞职呢。从这一意义上说，赵匡胤挽留范质等人，虽的确出自真心，但并非发自真情。这一点，恐只有赵普等极少数人才能够洞晓。

眼看着，建隆三年就要结束了。一日，赵匡胤趁着酒兴问赵普道："枢密使大人，朕明年可否开始统一大业了？"

赵普答道："一切但凭皇上定夺！"

赵匡胤高兴极了。恰好三佛齐国遣使者至汴梁向大宋皇帝进贡。于是，赵匡胤就在范质、王溥、魏仁浦、赵普、赵光义及大将军慕容延钊等一干文武大臣的陪同下，领着三佛齐国的使者去检阅大宋禁军。检阅时，赵匡胤不仅对着众将士发表了热情洋溢的讲话，还亲自表演了马上马下功夫，尤其是百步穿杨的射箭本领，博得了满堂喝彩。那三佛齐国使者更是惊讶得都不知道说什么好了。

　　然而，赵匡胤的武功虽然令三佛齐国使者惊讶无比，但三佛齐国使者的酒量却令大宋朝臣目瞪口呆。在宴请三佛齐国使者的酒会上，赵匡胤的十多位大臣都在三佛齐国使者的面前败下阵来。赵匡胤不服气，不顾范质等人的劝阻，硬要与那使者比酒。结果，三佛齐国使者谈笑自若，而赵匡胤却在自己的座位上睡着了。

　　在别国使者面前，赵匡胤垂头而睡，这多少有失大宋朝体面。所以，范质等人就悄悄地靠近赵匡胤的近前轻声呼唤道："皇上，皇上，您醒醒……"

　　可无论范质等人怎么呼唤他也不醒，赵匡胤不仅依旧低头打盹，还发出了呼噜声。

　　还是赵普有办法。他先令人轮番陪三佛齐国使者饮酒，然后自己不动声色地走到赵匡胤的跟前，在赵匡胤的耳边低声道："皇上，可以南征北战了！"

　　赵匡胤一下子就昂起头来，瞪大眼睛吼道："拿剑来！"

历史小说

杯酒释兵权

田芳芳 ◎ 著

赵匡胤

（下册）

中国铁道出版社有限公司

CHINA RAILWAY PUBLISHING HOUSE CO., LTD.

【第八回】

荆襄地归化王道，后蜀国臣服上邦

　　建隆四年（公元963年）的春天好像来得特别早，也特别突然。仿佛只是一夜之间，汴梁内外便满眼春色。而对赵匡胤来说，即将进行的统一大业，则是他一生当中最为明媚的春天。

　　其实，大宋朝臣早就形成了一个共识：无论如何，也要让大宋一统天下。而且，大宋朝臣还形成了这么一种共识：只有齐心协力，步调一致，才能最终完成统一大业。

　　当时，大宋朝最为强劲的对手就是北方的辽国，如果集全国之力与辽人决一胜负，那取胜不无可能，因为宋朝的国力较两年以前确实上了一个台阶，而只要打垮了辽人（包括北汉），则荡平南方诸国就只是个时间上的问题了。毕竟辽国还很强大，辽人又英勇善战，如果大宋不能取胜或被辽人击败，或者与辽人拼得两败俱伤的话，那大宋想统一天下的愿望恐怕就难以实现了。

　　南方诸国虽多，但较大宋而言，国力都很弱，且各图自保。大宋率先南征的好处十分明显，只要运筹得当，也就没有了被南方诸国击败的可能，而荡平南方诸国之后，大宋的国力无疑将得到进一步的增强。这样，大宋在南征之后再北伐，取胜辽国的可能就大大地增强了，即使一时无法取胜，似乎也无碍大局。但是，南方诸国虽然实力较弱，但毕竟数量多，且南唐等国的军队规模也比较庞大，如果宋军在南征时不慎遭到较大的挫折和失利，而辽国和北汉又趁机向宋开战，那大宋就处于一种极为不利的局面了。

　　大宋朝臣分成了两派。一派以范质为代表，主张先北伐；另一派以赵普为代表，主张先南征。从人数上看，范质等人占压倒性优势；而赵光义则站在赵普一边。

　　其实，就赵匡胤的初衷来讲，他是主张先北伐的。他的这种想法的形成，显然是受到了周太祖郭威和周世宗柴荣的极大影响。当听到赵普说宋军不宜先北伐时，赵匡胤问道："赵普，理由何在？"

赵普侃侃而谈道："当年皇上与周世宗横扫辽人半壁江山时，臣也有幸在皇上身边。恰如皇上适才所言，那情那景，臣至今也记忆犹新。但辽人素以英勇善战著称，可当年的辽军跑的跑、降的降，为何如此不堪一击？而当年更是几乎没有打过一次像样的仗，便占领了大片辽人的土地，这是为什么？"

赵匡胤说道："朕当时也有些纳闷，辽人为何如此不经打？后来，朕弄明白了，当时的辽人内部钩心斗角、纷争不已，兵无士气、将无斗志，周世宗把握了这个机会，才一举创下了不世之功！"

"皇上所言极是！"赵普看了看范质等人，"可现在，这个机会失去了！现在的辽人，不仅拥有数十万大军，且众志成城，一心南下。在这种时候，我军如果率先北伐，又岂能捞得便宜？"

范质问赵普道："赵大人，若依你所言，辽人有数十万大军，又一心南下，在这种背景下，我大宋军队如果南征，岂不要腹背受敌？"

赵普淡淡一笑道："范大人恐只知其一不知其二。辽人虽拥有重兵，一心南下，但就目前而言，辽人还不想也无力大规模南侵，因为辽人现正向渤海一带扩张，辽军主力也全部东去。只要我朝不主动挑起战争，辽人就不会集中兵力与我为敌。而且，我大宋南征也不需要动用太多的军队。这样一来，我大宋就有足够的军队放置在北线以防辽人南下！"

见范质等人无言，赵普接着说道："皇上，正所谓'前朝旧事，足可借鉴'，想当年，周世宗不也是在东征西讨，从蜀人和唐人的手里夺来了大片的土地之后，然后才挥师北伐的吗？所以，臣认为皇上应效仿周世宗，先南征后北伐。"

赵匡胤听后，不置可否，只是定定地看着赵普。赵普继续说道："皇上，辽人之所以不急于南下，是因为他们也觉得没有把握取胜我大宋，故而他们现在拼命地东西扩张以增强实力。既然如此，我大宋何不就与辽人比试一番？"

"说得好！"赵匡胤最后拍了板，"辽人向东西扩张，朕就向南扩张，看谁扩张的速度快！"

既然确定了先南征后北伐的行动方略，诸大臣也就一一散去。

又一日，赵匡胤把赵普、赵光义邀进后宫，一边把盏一边谈论南征的首选目标。

赵光义首先说道："依臣弟之见，应先灭掉李唐。李唐土地多，人口众，灭了李唐之后，我大宋的实力定然大大增强！"

赵匡胤说道："光义所言自然有理，但依朕看来，赵普好像有别的看法。"

赵普轻轻一笑道："皇上圣明！臣的意思是，我大宋在南征的时候，最好不要动用北方的军队。可这样一来，我大宋又一时很难集中更多的军队与李唐开战！"

赵匡胤笑道："赵普，你的意思是说，先拣软柿子捏，最后再啃硬骨头？"

赵光义也不禁笑道："皇兄，我们先南征后北伐，岂不就是'先捏软柿子，后啃硬骨头'？"

赵匡胤问道："光义，看来你同意赵普的意见了？"

赵光义回道："臣弟以为，赵普的意见总是很正确的！"

赵普连忙道："谢光义兄弟夸奖！"

"那好吧，"赵匡胤道，"就南方而言，李唐无疑是最硬的一块骨头，而周保权的湖南和高继冲的荆南又无疑是最软的两个柿子，那我们就先拿周保权和高继冲开刀，最后再找李煜算账！"

此时，湖南正陷入内乱，湖南周保权派人来向大宋求援。

公元907年，唐朝宣武节度使朱全忠废唐建立后梁之后，派一个叫马殷的人到湖南一带做楚王。马殷利用"楚王"的头衔，渐渐地把湖南一带建成了一个独立王国，自己做起皇帝来，为楚国。可因为楚国与四周势力势均力敌，很难再扩张领土，只好一直依附着中原王朝。正因为依附着中原王朝，所以楚国虽小，四周的邻国也不敢轻易侵犯。

然而，马殷死后，几个儿子互相攻杀。南唐国见有机可乘，便于公元951年出兵把楚国灭了。但不久，马殷的旧将周行逢又起兵赶走了南唐军队。从此，湖南又成了周行逢的天下。

宋建隆三年（公元962年）十月，周行逢病重。临死前，周行逢把自己的儿子周保权及大将廖简、张从富等人召到病榻前，说道："太子年幼，望各位好好辅佐……有野心的人，朕大体上已杀光了，只张文表在外，朕未能杀他。朕以为，朕一旦驾崩，张文表必反，所以各位爱卿切莫对张文表掉以轻心，千万别让朕开创的这块地盘落入张文表之手！实在不行的话，尔等就保护太子投大宋去！"

廖简含着泪说道："皇上放心！臣等一定尽心尽力地辅佐太子，绝不让张文表的阴谋得逞！"

张从富也说道："臣向皇上保证，如果张文表阴谋造反，臣定捕而杀之！"

果然不出周行逢所料，听到周保权继位的消息，张文表大发雷霆，冲着手下怒吼道："这天下是我与周行逢一起打出来的，那周保权凭什么继承帝位？难道要我去向一个十多岁的小孩俯首称臣？"

当时张文表驻守在衡阳，虽然一心谋反，可手中并无多少兵马。恰巧周保权派了一支数千人的军队去零陵（今湖南永州）换防，路过衡阳，张文表就夺了这支军队。

数千人的军队毕竟太少，所以张文表一开始就没有公然反叛。他让数千将士全部穿上白衣白裤，装着去向郎州奔丧的样子，径直开往潭州（今湖南长沙）。

此时，廖简正驻扎在潭州。若论打仗，廖简不可谓不勇敢，但他勇而无谋且嗜酒如命。

张文表率数千军队开到距潭州城只有几里远的时候，廖简正在府中与十多个部将一起饮酒。一个手下跑来向廖简报告，廖简却瞪着眼说道："你胡扯什么？先皇早已拿去了张文表的兵权，他又哪来的几千人马？我看你是喝醉了，看花了眼！"

那手下只好退出。廖简冲着十多个部将举杯道："来，我们喝酒！"

一个部将提醒廖简道："大人，那张文表素有野心，他此番前来潭州，定是不怀好意，我等不能不有所防备啊！"

廖简大大咧咧地道："张文表算什么？他要是敢踏进潭州城，我就拧下他的脑袋去面见皇上！"

十多个部将似乎便放了心，一起跟着廖简大杯小盏地喝起来，直喝得头重脚轻、眼冒金花。

这时，那个手下又慌慌张张地跑来禀报道：张文表带着数千人开进了潭州城。

廖简一边打着酒嗝一边斜着眼说道："你去叫那张文表过来，看本大人如何拧断他的脖子。"

张文表闯进了廖府，来到了廖简的面前，冷冷地问道："廖大人，你一向可好啊？"

此时的廖简早已醉得不能走路了，他一边努力地想从椅子上站起来，一边喷着酒气说道："张文表，先皇驾崩前说你一定会谋反，你是不是不想活了？"

张文表哈哈大笑道："周行逢啊周行逢，你真是瞎了眼了，竟让这么一个酒鬼镇守潭州，这岂不是天助我也？"

廖简似乎被张文表笑得有些清醒了："张文表，你竟敢直呼先皇名讳，还说先皇瞎了眼，你，你当真想谋反不成？"

张文表执剑逼向廖简："我就是想谋反，你又怎样？"

廖简大呼道："来人啊！将叛贼张文表给我拿下！"

无人响应。此时，府内外早已被张文表控制，与廖简同饮的十余人大都烂醉如泥。

张文表从牙缝里挤出一个字来："杀！"

张文表轻松地占了潭州城，潭州城内驻有近万名军队。有了这近万人的军队，张文表的实力大增。

周保权得知张文表占了潭州之后，立即哭了起来。辅政大臣张从富还比较冷静，他一面派将军杨师璠率兵去讨伐张文表，一面又以周保权的名义派人向宋朝和荆南国求助。

"荆南国"其实应该叫"南平国"。朱全忠代唐建立后梁后，派高季兴去做荆南节度使，治所就设在荆州。高季兴到了荆州之后，想方设法地向外扩张，逐渐又占领了附近的两个州。后唐建立后，他被后唐朝廷封为南平王，于是他就名正言顺地把荆州一带变成了一个独立小王国。和楚国一样，荆南国也很难再向外扩展，而且当时的荆州一带还很贫瘠，物产不丰，高季兴既然自立为帝，那就要想办法聚敛财物。因为荆州是当时最大的茶市，所以，不管你是南方的还是北方的，也不管你是私商还是公差，只要从荆州一带经过，高季兴就会对你的财物进行明抢暗夺。

赵匡胤建宋的时候，荆南国主是高季兴的孙子高保勖。宋建隆三年十月份，湖南国主周行逢死后没多久，高保勖也病死了，由其兄高保融的儿子高继冲继位。

荆南和湖南是唇齿相依的两个小国，所以张文表在湖南造反，高继冲就率先接到了周保权的求援信。但高继冲只顾着抢掠过往的财物了，哪有心思去帮助周保权？

赵匡胤的想法就与高继冲大相径庭了。在接到周保权的求援信之后，赵匡胤大喜，立即找来赵普说道：“张文表叛乱，周保权求援，朕岂不可以名正言顺地派兵南下了吗？”

赵普也兴奋地道：“皇上，岂止是名正言顺地派兵南下，我大宋军队若想去湖南，那就必须先从荆南经过啊！”

赵匡胤大笑着说道：“那就向高继冲借道，先占了荆南，再乘势南下，逼周保权归降！”

赵普说道：“皇上，这真是一箭双雕啊！”

赵匡胤问赵普何人可以挂帅南征，赵普说道：“李处耘勇猛无比，慕容延钊智勇双全，此二人搭配，可以不辱圣命！”

于是，赵匡胤就任命慕容延钊为主帅，李处耘为副帅，领五万兵马去平定荆南和湖南。

五万宋军开到了襄州（今湖北襄阳）时，慕容延钊和李处耘听说楚国将军杨师璠已经攻克了潭州，并擒杀了叛乱的张文表。

李处耘连忙问慕容延钊该怎么办。慕容延钊反问道：“李大人，皇上派我等南下，是何用意？”

李处耘回道：“夺取荆南和湖南！”

慕容延钊说道：“若军队不继续南下，又如何夺取荆、湖？”

李处耘明白了，当即便要率军南下。慕容延钊说道：“李大人，我们装作不知道张文表被杀，仍然去向高继冲借道，岂不更好？”

于是，慕容延钊一边派部下丁德裕先去荆州借道，一边和李处耘率大军继续南下。

丁德裕单人单骑很快就驰到了荆州，向高继冲言明宋军要借道荆南去湖南之意。高继冲惊讶道：“那叛贼张文表已被诛杀，尔等难道不知？”

丁德裕煞有介事地道："我等不知。我等只知道，那湖南向我大宋求援，我大宋军队理应前往援助！"

高继冲还要对丁德裕做解释，却被其臣下孙光宪拉到一旁，低声说道："陛下，你以为大宋军队真的不知道张文表被杀一事？"

高继冲不解地问道："他们既然已经知道，为何还要从此借道南下？"

孙光宪也反问道："陛下难道真的不明白吗？中原朝廷自周世宗柴荣起就有了统一天下的打算。现在，大宋皇帝赵匡胤，不仅统一天下的态度更加坚决，且拥有的实力也非中原前朝可比。此番宋军借道，明摆着是要吞没荆南。既如此，与其让宋军强行所灭，还不如主动归顺！"

高继冲愕然道："孙光宪，你真的这么想？"

孙光宪回道："臣的确是这么想！如果荆南之军足以抵挡宋军，那臣愿战死疆场。可是，即使集荆南全国之力，也难以阻挡宋军一步啊！陛下，臣之所言可否属实？"

见高继冲默然不语，孙光宪又说道："陛下，据臣所知，大宋皇帝赵匡胤乃宽厚仁德之人，如果我等主动归顺，不仅可以免去杀身之祸，也可不失荣华富贵！请陛下三思啊！"

高继冲喃喃说道："容寡人再仔细地想想……"

此时，宋军已经开到了荆门（今湖北荆门），距荆州只有一百多里的路程。

高继冲找到叔父高保寅问道："事急矣！为之奈何？"

高保寅回道："战是不能战，看来也只有归降了！"

高继冲流泪了。他一边流泪一边说道："叔父啊，先祖费尽心机才开创了这荆南之地，可到了继冲的手里，却要归于他人所有……叔父啊，继冲真是心有不甘啊！"

高保寅忙安慰道："陛下，天意如此，也怨不得您的！"

高继冲一把抓住高保寅的手问道："叔父，难道真的一点办法都没有了吗？"

高保寅沉吟道："要不，我以慰问为名，去宋军营中探探虚实？"

高继冲点头道："那就有劳叔父了！"

于是，高保寅就带着酒肉赶到荆门，说是要犒劳大宋军队。

慕容延钊和李处耘率数十名宋将热情款待高保寅一行。高保寅从慕容延钊的口中得知，大宋皇帝赵匡胤根本无意并吞荆南。慕容延钊还对高保寅说道："湖南向我大宋求援，吾皇若不派一支军队南下，岂不让天下人议论？"

高保寅放心了，马上派一手下回荆州向高继冲禀报。在高保寅的手下离开荆门后约半个时辰，李处耘便带着数千骑兵向荆州驰去，并顺利地夺取了荆州城，兵不血刃地占了荆南国的都城。从此，荆南国三州十七县土地尽归赵匡胤所有。

得了荆州之后，慕容延钊一边派人押送高继冲等人回汴梁，一边与李处耘一起率数万宋军继续南下。

这时，从汴梁城内传来消息：大宋皇帝赵匡胤对投降被俘的高继冲等人礼遇有加，不仅没有丝毫为难高继冲等人，还封授高继冲为荆南节度使。因为孙光宪"劝降有功"，所以赵匡胤便加封孙光宪为黄州（今湖北黄冈）刺史。

得到赵匡胤加封高继冲等人的消息时，慕容延钊和李处耘已经率着宋军从荆州一带渡过了长江。李处耘感慨万分地道："吾皇陛下真是世间至仁之君啊！"

慕容延钊笑道："李大人，在我看来，皇上如此优待高继冲等人，固然体现了吾皇陛下的仁厚之心，同时也是在为我等谋取湖南提供方便啊！"

李处耘使劲儿地蹙了蹙眉，有点开了窍："慕容大人，你是说，皇上加封高继冲等人，是做给周保权他们看的？"

慕容延钊点了点头："是啊，周保权他们看到高继冲等人受到吾皇如此优待，说不定就把湖南之地主动地让归大宋了！"

李处耘连连点头："虽然我李某喜好征战，但如果能兵不血刃拿下湖南之地，也还是很高兴的！"

"只是可惜啊，"慕容延钊摇了摇头，"湖南的周保权毕竟不是荆南的高继冲啊！"

李处耘一怔："慕容大人，你是说那周保权不会主动地归降？"

慕容延钊说道："这不是周保权的问题。周保权才十二岁，他懂得什么？又做得了什么主？"

"慕容大人说得是！"李处耘说道，"周保权那么一点大，自然只能听他手下人的摆布。这样看来，拿下湖南就肯定要打上几仗了！"

"倒也未必，"慕容延钊说道，"周保权的那些手下，定然也有识时务者。我们可以暂缓南下，先派人去朗州向周保权晓以利害，如果此路不通，再大动干戈也不迟！"

于是，待军队过了江之后，慕容延钊派丁德裕率先驰往郎州。临行前，慕容延钊嘱咐丁德裕道："郎州不比荆州，你一定要多加小心！情况不对，保命要紧！"

"大人放心，下官会谨慎从事的！"说罢，丁德裕便带着十几个随从往郎州去了。

听说高继冲献荆南三州十七县之地降宋之后，宋军不仅没有北撤，反而渡江南下，周保权和他的臣子们越发地恐慌了。

周保权急忙把文臣武将都召集到一起，哭丧着脸问道："朕听说宋朝大军已经渡江南下，他们……意欲何为？"

张从富哼了一声道："陛下，这不明摆着吗？赵匡胤不仅要灭荆南，还要吞并我们湖南！"

周保权太过年幼，在听到"要吞并我们湖南"之后，几乎要哭了。他带着哭腔地说道："众位爱卿，宋朝大军就要来了，该……如何是好？"

这时，一位大臣说道："陛下，依臣之见，仅凭湖南一国之力，实无法与大宋抗衡！且西蜀东唐和南汉又根本不会出兵援助，所以臣以为，陛下当另谋良策才是啊！"

这个大臣的话音刚落，又一位大臣紧接着说道："陛下，臣之愚见，既然无力抗拒大宋，那就该早点献地归顺。如此，陛下与臣等尚可保全荣华富贵！"

看来，赵匡胤封授高继冲等人，还是产生了很大的影响力。周保权似乎也悟出了这个道理，所以就哼哼唧唧地说道："既然众位爱卿都这么看，那朕与众位爱卿就一起投降吧！"

周保权话音一落，张从富突然大叫道："我湖南国绝不能拱手让给别人！"

周保权被吓呆了。一个大臣壮起胆子问张从富道："张大人，先帝驾崩前曾叮咛于你，如果形势不妙，可举国投宋。现在，宋军大兵压境，你为何阻挠陛下实现先帝遗愿？"

周保权有些回过神来了："是啊，张从富，朕之皇考亲口对你所言，难道你忘了？"

张从富冲着周保权哈了哈腰道："陛下，先皇圣旨，臣岂敢淡忘？但是，先皇所言，乃针对叛贼张文表而发。可现在，张贼叛乱已被平息，我湖南又有何理由降宋？更何况，陛下平定张贼叛乱，没有借用赵宋一兵一卒，现在赵宋却发兵南下，岂不是欺人太甚？"

另一大臣问张从富道："张大人，凭湖南一国之力，又怎能与大宋对抗？"

张从富恶狠狠地说道："你休得长他人志气灭自己的威风！南下的宋军不过五万之众，我湖南十四州六十六县，难道敌不过区区五万宋军？"

周保权睁大一双稚嫩的眼睛问张从富道："你以为，我们的军队能够打败宋军吗？"

张从富掷地有声地道："宁为玉碎，不为瓦全！"

见还有几个大臣想发表自己的看法，张从富铁青着脸喝道："再有敢言降宋者，斩！"

张从富当即宣布郎州城戒严，没有他的许可，任何人都不许随意进出郎州城！他还命令南方诸州县的军队火速赶往郎州——他要集全湖南国之力阻挡宋军南下。

一日，丁德裕来到了郎州城外，要求入城面见周保权。

张从富听后勃然大怒。他本想放丁德裕入城，然后捉住并杀死丁德裕，但转念又想，如果大明大亮的把丁德裕杀了，会引起城内军民的不满，对抗击宋军显然不利。想到此，张从富就吩咐手下道："你去告诉宋军使者，叫他从哪里来再回到哪里去！"

但很快，手下又回来向张从富报告道："宋军使者不愿离去，非要进城，说是吾皇陛下请他们来的，没有理由不让他们进城！"

张从富怒不可遏，一口气跑上城楼，冲着城下的丁德裕等人吼道："尔等听着，湖南不是荆南，那高继冲软弱无能，甘愿做你们的臣虏，但吾皇陛下却决心打败你们！尔等如果还兵北撤倒也罢了，倘若胆敢继续南侵，我张从富定叫尔等有来无回！"

丁德裕知道了，城楼上那个大喊大叫的人叫张从富，有这个张从富在就根本没有劝降周保权的可能。

但丁德裕不想就这么灰溜溜地离去，于是冲着城楼上喊道："城里的人听着，你们不要相信这个张从富胡扯！小小的湖南，如何能抗拒我大宋天军？我大宋天军已经渡过长江，马上就要开到这里了！尔等如果识时务，就杀掉张从富尽快地归顺我朝，我大宋皇帝保证不会亏待你们！尔等如果不识时务，一味地跟着张从富执迷不悟、执意顽抗，那到头来，可只有死路一条啊！"

在他说话的当口，张从富就已经叫身边的弓箭手做好了准备。丁德裕的话还没说完，气愤至极的张从富就阴沉着脸下达了命令："放箭！"

因为距离很近，弓箭手又是居高临下，所以，丁德裕和他的十几个随从无法躲避。饶是丁德裕反应灵敏、身手不凡，大腿上也中了一箭。丁德裕不敢再耽搁，忍住疼痛，掉转马头，落荒而逃。

尽管，丁德裕逃回慕容延钊和李处耘的身边时已经奄奄一息，但最终还是保住了一条性命，只是中箭的那条腿在以后的日子里走起路来不大便当。

李处耘简直是气炸了肺，当即便要率兵直扑郎州。他还咬牙切齿地对丁德裕道："如果我不攻破郎州、砍下那张从富的脑袋为你报仇，我就不姓李了！"

但慕容延钊阻止了冲动的李处耘。他对李处耘说道："张从富既然胆敢射杀我军使者，那就说明他已经做好了与我为敌的准备。在这种情况下，我们需要的是冷静！如果莽撞行事，那就肯定要吃亏！"

李处耘虽然一时冷静不下来，但也只得服从命令。于是，慕容延钊一边派人回京向赵匡胤禀报，一边派人四处侦察湖南军的兵力部署情况以制定相应的对策。

不几天，前去侦察的人回来报告：南面百里开外的澧州城里驻有两万余湖南军，而澧州东南三百里处的岳州一带驻有湖南水陆军近三万人，将领名叫汪端。

慕容延钊对李处耘说道："看来，除去郎州的守军之外，那张从富把湖南所有的军队都开到北边来了！他真想在此与我等决一死战啊！"

李处耘不以为然地道："大人，张从富这样做，倒省了我们不少事了！"

慕容延钊问道："李大人有何高见？"

李处耘回道："如果我们先把澧州和岳州的湖南军击溃，那郎州不就成了一座孤城了吗？如果我们再把郎州拿下，那整个湖南也就等于被我们拿下了！"

"李大人说得好！"慕容延钊赞许道，"张从富在岳州摆有重兵，显然是以为我们会绕过澧州直攻郎州，这样，岳州和澧州的湖南军就会兵合一处抄我们的后路，然后与郎州的张从富一起南北夹击我们！"

李处耘哼了一声道："张从富想得倒挺美啊！"

慕容延钊说道："就张从富而言，他这样想也不无道理，因为他的总兵力确实比我们要多！"

李处耘问道："大人，我们该怎么打？"

慕容延钊说道："如果我们攻打澧州，岳州的湖南兵必然来援，如果我们攻打岳州，澧州的湖南兵也肯定会去救助。而且，我以为，不管我们是攻打澧州还是攻打岳州，张从富都会从郎州派兵来援！"

李处耘咧嘴一笑道："大人，如果我们对澧州、岳州一起攻打，张从富会怎么办？小小的湖南国，不会有多少兵马的。张从富不可能从郎州同时派兵来增援澧州和岳州！"

慕容延钊也笑道："李大人，你我真是不谋而合啊！"

于是，慕容延钊着李处耘率两万军队去攻打岳州，自己率四万军队（含一万荆南降军）围攻澧州城。

慕容延钊给李处耘的任务是：只要拖住岳州的汪端不要使他来增援澧州就行了。李处耘只有两万人马，想打败汪端似乎不大可能，但拖住汪端应该问题不大。

等慕容延钊把作战计划定好，赵匡胤的钦差也到来了。赵匡胤对张从富射杀宋军使者极为震怒，诏令慕容延钊和李处耘以武力夺取湖南，并且一定要将那张从富捉住或杀死。赵匡胤还通过钦差的口问慕容延钊要不要增派援兵，慕容延钊对钦差说道："请回禀皇上：五万宋军加上荆南兵马，如果降服不了湖南，那臣也太过无能了！"

一般行军讲究的是隐秘，慕容延钊则不然，一路上声势浩大，可谓是旌旗招展、锣鼓喧天，生怕别人不知道似的。而慕容延钊的用意，就是要让澧州的湖南军知道宋朝大军已经向南开过来了。

果然不出慕容延钊所料，澧州的湖南守军得知宋军已经向自己开来，顾不得加固城防之事，而是急急忙忙地派人去求援：一路向东往岳州求援，一路往南向郎州求援。那时候，慕容延钊的军队距澧州至少还有七八十里。

听说宋军要攻打澧州，张从富倒也没怎么吃惊。本来嘛，这也算是在他的意料之中。故而，他一面令几个亲信戒严郎州城，一面点起两万人马，自己亲率着赶往澧州城。郎州在澧州的南面约二百里处。张从富命令部队：两天之内必须赶到澧州。

走了两天两夜，张从富和他的部队走到了澧水河南岸，过了澧水河不远便是澧州城了。这时有手下向张从富建议："部队太疲惫了，应好好地休息一段时间。"张从富不同意，命令手下立刻寻找船只准备过河。

手下很快地找来了近百条船，这些船大小不一，平均每条船能乘三十多人。这些船只来回渡一趟，便能把三千多湖南官兵送到对岸去。渡河速度如此之快，张从富自然高兴。

一开始很正常。每条船都来回运了两趟，第三批湖南兵也上了船。这时候，澧水河的北岸有六千多湖南兵，南岸还有近万人，河里的船只上载着三千多湖南兵。张从富则打算与第四批湖南兵一起过河。

可就在近百条船差不多都行驶到澧水河中央时，那些船工就像约好了似的，一起跃入水中，不见了踪影。

张从富叫道："这是怎么回事？"

几乎与此同时，渡过澧水河的那六千多湖南兵突然遭到了袭击，袭击他们的是万余宋军。而张从富此时只能站在河的南岸，眼睁睁地看着河北岸的六千多湖南兵被一万多宋军分割围歼。

就在张从富眼巴巴地看着河北岸的战况时，一个手下失魂落魄般地跑来报告道："大人，我们的左边杀过来一支宋军！"

张从富"啊"了一声，问道："有多少人？"

手下回答："看那阵势，有一万人左右……"

张从富还没来得及作出反应呢，又一个手下满脸大汗地跑来禀报道："大人，右边杀过来一支宋军！"

张从富又"啊"了一声："多……多少人？"

手下肯定地回答："有一万人！"

张从富惊得合不拢嘴了："怎么会有这么多宋军？不可能！你们给我顶住！汪端汪将军很快就会赶来支援！"

澧水河南岸的近万名湖南军被张从富分成两部，分别去迎击宋军。当得知东西夹击的宋军果然有两万来人之后，张从富马上就想到了郎州的安危。

他不想在此与宋军大战了，就赶紧下达了南撤的命令。等他好不容易地突出重围时，身边的湖南军已经不足五千了。

张从富不敢迟疑，急急地带着数千兵马向郎州方向逃遁。张从富南逃之后，澧水河北岸的战斗也结束了。而待在船只上的三千多湖南兵，实在走投无路了，也只好投降。

看起来，澧水河两岸的战斗，宋军取胜得很容易，战况也算不上激烈。但实际上，在澧水河两岸战斗的同时，一万荆南兵与澧州的两万湖南兵之间的战斗却异常地激烈。

一万荆南兵没有让慕容延钊失望。虽然澧州湖南兵在人数上是他们的两倍，而且急于与张从富会合，所以攻势异常地猛烈，但他们还是顽强地顶住了。最后，闻听张从富已经溃败，从澧州出来的湖南军才无奈地撤回了城里。

荆南兵虽然伤亡了数千人，但上上下下都很兴奋。慕容延钊对他们道："待胜利回京，我一定在皇上的面前为你们请功！"

一位荆南军官对慕容延钊道："大人，我们没有什么功劳，立下功劳的是那些战死的弟兄！我们只想请大人在皇上的面前言明，我们荆南军也能打仗！"

一番话说得慕容延钊不禁动容。慕容延钊深情地对那荆南军官说道："你说得好啊！吾皇陛下是不会忘记那些战死的荆南军人的！"

张从富逃了，宋军便开始真正地围攻澧州城了。这一回，慕容延钊只让那些荆南兵担任防守和警戒任务，而不让他们去攻城。原因是，慕容延钊怕荆南兵伤亡太惨重了会被荆南人捏住话柄，说宋人看不起荆南人，故意让荆南兵去送死。

一开始，澧州城内的湖南军还顽强地抵挡着宋军的攻城。可是几天过去了，汪端的援军踪迹皆无。澧州城内的湖南军在又勉强地抵抗了一两天之后，实在支撑不住了，便打开城门投降。

宋军拿下了澧州城之后，慕容延钊的战略计划就胜利地完成了第一步，下一步便是合李处耘之力拿下岳州城。这么些天来，岳州的湖南军一直没有开到澧州一带，这就说明李处耘确实很好地拖住了那个汪端。

就在慕容延钊率军离开澧州准备开往岳州时，李处耘派人赶来向慕容延钊报告：已经击溃了汪端，拿下了岳州城，现正领兵向郎州方向追击汪端。

慕容延钊大喜，即刻下令："部队掉头南下，直指郎州。"

原来，李处耘东去岳州的时候，不仅拣着偏僻的路途走，还昼息夜行，虽然官兵们受了不少苦，但抵达岳州附近时，汪端却不知晓。这就极为有利于李处耘发动突袭。

汪端的三万湖南军不全是驻扎在岳州城里的，有一万湖南水军驻扎在岳州城北面的三江口。在摸清了敌情之后，李处耘对几个部将说道："我想冒一次险。如果冒险成功，我们就能一举打败汪端，说不定还能拿下岳州城！"

原来，李处耘计划先突袭三江口的湖南水军，待岳州城内的湖南军赶来支援时，再回过头来与之决战。

李处耘是在一个夜里对三江口的湖南水军发动突袭的。一万湖南水军猝不及防，被砍杀四千余人后，其余官兵丢下七八百艘战船四处逃散。等岳州城内的湖南军赶到时，三江口的战斗已经结束了。

当得知三江口水军遭到袭击时，汪端并没有亲率军队赶去支援，而只是派一万军队出城。待他醒悟后，匆匆忙忙地领着剩下的一万军队出城时，先前出城去的一万军队早已被宋军冲散，正没头没脑地往回跑呢。

兵败如山倒，汪端不仅未能制止住原先出城军队的溃败，连自己带出城的军队也被冲得七零八落。他见势不妙，慌忙下令：放弃岳州城，撤回郎州。

李处耘见战事如此顺利，大喜过望。他率着军队开进岳州城象征性地转了一圈，然后，他便一边派人去向慕容延钊报告一边率军向郎州方向追去。

五六天之后，李处耘的军队开到了郎州一带。而在此两天之前，慕容延钊已经率军驻扎在了郎州北郊。两军会合后，立即包围了郎州城。可就在这时候，慕容延钊突然病倒了。

慕容延钊患病，可能与天气有关。作为军中主帅，慕容延钊并不想因为自己患病而耽误了攻打郎州城。故而，他就把李处耘叫到自己的身边道："李大人，郎州当尽快地拿下！我行动不便，郎州就交给你了！"

李处耘保证道："大人，我一定尽快地攻下城池！"

"不仅仅是攻下城池，"慕容延钊说道，"还要将那张从富抓住或者杀死！李大人，这可是皇上的旨意啊！"

李处耘回道："大人放心，我李处耘绝不会让那张从富逃掉！"

宋军开始攻打郎州城了，李处耘不辞辛劳地四处督战。尽管宋军官兵奋不顾身、英勇作战，但一连十数日，郎州城依然掌握在张从富的手中。

实际上，郎州城内早已是人心惶惶。湖南兵也好，城内的老百姓也罢，都不想再战了。然而，在张从富和汪端等人的胁迫下，守城的湖南军却又只能打起精神来拼命地抵抗。加上郎州的城墙又比较坚固，宋军想很快地攻破城池也着实不易。

见十数日的强攻都不见效，李处耘内心十分焦急。突然，李处耘急出一条计策来。

李处耘从俘虏的湖南兵当中，挑选出数十个身体肥胖的人，当着众俘虏的面把他们杀掉。然后，他又带着一批宋军，当着众俘虏的面，将那数十个湖南兵的尸肉给吃了。最后，他在一些年轻的俘虏脸上刺上字，放他们回了郎州城。

李处耘这一残忍的计策收到了成效。那些被放回郎州城的俘虏，胆战心惊地向城内的湖南军诉说宋军的残忍。这样一来，郎州城内的湖南军就再也不敢战下去了，所以，郎州城内的湖南军先是纵火烧城，然后打开城门一窝蜂地朝外跑。李处耘则趁机指挥宋军占领了郎州城。

张从富没能逃掉，李处耘的手下抓住后，被李处耘割下了他的脑袋。不仅如此，李处耘还叫手下将张从富的脑袋挂在郎州城的门楼上示众。

郎州城拿下来了，张从富也处死了，李处耘总算是可以喘一口气了。可就在这时，手下跑来报告："湖南国的大臣们都抓住了，但没抓到那个小皇帝周保权。"

李处耘一惊。于是下令道：向郎州城的四周仔细搜索。他还对手下说道："周保权只是一个小孩子，他不会跑多远的！"

原来，周保权是被汪端挟持着趁乱逃出了郎州城，逃到了一所寺庙里。当宋军逼近那所寺庙时，汪端自顾逃走了，把自己的小皇上留给了宋军。

捉住了周保权，李处耘便算是圆满地完成了任务。接着，慕容延钊进驻郎州城养病，李处耘又率军南下顺利地占领了潭州等地。至此，湖南十四州六十六县就尽归大宋所有了。

赵匡胤夺得荆南和湖南，从统一天下的战略角度来考虑，意义非常重大。有了荆、湖二地作为依托，宋朝军队就可以西攻后蜀、南逼南汉、东慑南唐了。

故而，当慕容延钊和李处耘班师回汴梁的时候，赵匡胤立即就摆下丰盛的酒宴为他们洗尘庆功。席间，赵匡胤频频举杯，热情洋溢地夸赞慕容延钊和李处耘为大宋一统天下开了一个好头。但在夸赞之后，赵匡胤却又沉着脸说道："尔等虽然功劳卓著，可是，尔等竟然将湖南降兵杀而食之，这等残忍之举，朕也断不能容忍！"

李处耘闻之，慌忙离席跪地道："此乃臣之所为，请皇上恕罪！"

慕容延钊也伏地磕头道："臣作为军中主帅，当有不可推卸的责任，请皇上一并治罪！"

赵匡胤看了看当时在座的赵普、范质及赵光义等人，然后又盯着慕容延钊和李处耘说道："朕的统一大业才刚刚开始，你们如此残杀俘虏，以后谁还敢投降大宋？"

李处耘叩首道："此事是臣一时冲动所为，与慕容大人无关，皇上若要治罪，就请治臣一人之罪！"

慕容延钊忙道："臣实有罪过。"

这时，赵普说道："皇上，臣以为，李大人之所以做出这等残忍之举，实是出于无奈。在此之前，那张从富曾经残忍地射杀我大宋使者，李大人这么做，可算得上是以血还血、以牙还牙了！更何况，与李大人的功劳比起来，他这等罪过也是微不足道的！"

范质和赵光义等人也纷纷为李处耘说情。赵匡胤最后对慕容延钊和李处耘说道："尔等起来吧！这件事情，朕就不加追究了，但下不为例！"

对如此残忍之事，赵匡胤的确痛恨无比。但统一大业才刚刚开始，慕容延钊和李处耘立下这么大的功劳，如果再受到什么处置，就肯定会影响到以后的战事。

赵匡胤最终又赏赐了慕容延钊和李处耘很多的财物，并加封了他们一个节度使的虚衔。与此同时，赵匡胤还叫赵普拟诏晓谕宋军将士：一律不许虐待俘虏。

荆南和湖南终究是拿下来了，按既定方针，赵匡胤的下一个目标是后蜀，后蜀之后是南汉，南汉之后是南唐。平定了南唐，赵匡胤就等于是平定了整个南方。

不过，后蜀不同于荆南、湖南。后蜀的土地和人口，比荆南和湖南加在一起还要多。这样，赵匡胤就不能随随便便地派几万军队开赴后蜀就了事。他要做充分的准备，包括调集军队、筹措粮草，还要对后蜀军情及地形做一番认真的调查。另外，荆、湖二地刚刚平定，必须花一番心思加以巩固。这样一来，在建隆四年所剩下的日子里，就没有什么战事了。

到乾德二年（公元964年）初夏，赵匡胤已经秘密地在凤州（今陕西凤县）一带和归州（今湖北秭归）一带集结了十多万兵马。而当时的后蜀国的地盘，主要包括今天的陕西西南部和四川。湖北是与四川东部接壤的，所以，赵匡胤在陕西西部和湖北西部集结大批军队，显然是要对后蜀国发动攻势了。

然而，这一年的初夏，赵匡胤终究没有对后蜀国动手。原因是，他对后蜀的军事力量及山川地形情况还没有彻底弄清楚。更主要的，北方的辽国和北汉已经调集了数万军队，似有南下之意。

辽兵要南下可不是一件小事情，赵匡胤只得暂停对后蜀的军事行动，而且还把在凤州和归州一带集结的军队抽出一部分调往汴梁附近，以防北方发生不测之事。虽然，辽国和北汉国只在与宋朝交界的边境处陈有重兵，并没有南侵，但赵匡胤也不敢贸然向后蜀开战，只能耐心地等待着他们北撤。

夏天过去，秋天就来了。秋天不仅是个收获的季节，同时也是一个凉爽宜人的季节。

在那么一个凉爽宜人的午后，赵匡胤带着微微的酒意走进了韩妃的房间。韩妃的容貌虽然不够标致，但韩妃伺候男人的手段却达到了炉火纯青的地步。

赵匡胤正舒舒服服地躺在韩妃的床上享受呢，一个太监在外面禀告："皇上，凤州团练使张晖张大人求见……"

赵匡胤因为正在享受，只听见"求见"二字，心中很不快活。不管怎么说，既然来求见了，那就肯定有重要或紧急的事，于是对韩妃说道："朕去处理国事，稍后便来陪爱妃。"

房外，一个小太监畏畏缩缩地站在那里。见赵匡胤狠狠地瞪了自己一眼，小太监慌忙道："皇上，小人不想通禀，可那张晖张大人说有重要之事……"

"谁？"赵匡胤盯住了小太监，"你说谁要见朕？"

小太监惴惴不安地回道："是凤州团练使张晖张大人。"

"快！"赵匡胤吩咐道，"快带张晖来见朕！"又对小太监说道："你记着，朕会赏你的！"

凤州与后蜀地盘接壤，早在今年春上，赵匡胤就给了张晖一项秘密指令：潜入后蜀国境内进行侦察。现在，张晖终于回来了，赵匡胤能不激动？

一见张晖的面，赵匡胤就深情地道："爱卿真是辛苦了！"

张晖也的确是辛苦，这从他憔悴的面容上就能看得出来。他乔装潜入后蜀国境内进行侦察长达数月之久。后蜀国的主要军事重镇及兵力部署还有附近的山川地形，包括后蜀国主要将领的为人、习性及军事才能等，他都清清楚楚地标写在了纸上。这样的图纸，共有数十张。数十张纸一起摆放在赵匡胤的面前，堆成了一小撂。

赵匡胤一张一张地认认真真、仔仔细细地观看着，看不太明白的地方就询问张晖，张晖都做了详尽的解答。故而，看到一半的时候，赵匡胤不禁称许道："张晖啊，朕还没有对蜀开战，你就立了一大功啊！"

张晖谦逊地道："为皇上做事，这是小臣的本分！"

"好，好！"赵匡胤又继续看下去了。当他看到最后一张纸的时候，他的双眼顿时直了，嘴也不觉张大了，连呼吸都有些急促起来。

张晖一时慌了神，赶忙解释道："皇上，那是小臣从蜀宫一位画匠手中得来的，无意裹在了那些纸中……请皇上恕罪！"

赵匡胤问道："这女人是谁？"

张晖回道："这女人是孟昶的一个妃子，人称花蕊夫人……"

孟昶就是后蜀国的皇帝，那花蕊夫人便是后蜀国的皇妃。赵匡胤不禁喃喃自语道："花蕊夫人，花蕊夫人……"

听赵匡胤一连念叨了五六遍"花蕊夫人"，张晖慌忙说道："据小臣所闻，这花蕊夫人在成都内外无人不知、无人不晓，连三岁的小孩都知道蜀宫中有这么一位花蕊夫人……"

赵匡胤下意识地点头道："是啊，是啊，这样的女人，自然会无人不知、无人不晓！"

张晖不知道说什么才好了，只能愣愣地站在那里。而赵匡胤呢，则完全陷入花蕊夫人的画像中难以自拔。

终于，赵匡胤的目光从花蕊夫人的画像上一点点地移开。

"哦，张爱卿，"赵匡胤的脸庞不觉有些发烧，"你一路奔波至京，太过劳累，先下去休息吧，朕还要在此好好地研究研究！"

张晖应诺一声，缓缓地退下了。

赵匡胤盯着花蕊夫人的画像，想到了西施，头脑中便活生生地现出了一幅绝美的女人形象，融在了花蕊夫人的身上。在赵匡胤的眼里，那花蕊夫人俨然就是当今的西施了。

　　从下午到黄昏，又从黄昏到天黑，赵匡胤的目光一直在花蕊夫人的画像上流连。这期间，他只自言自语地说过一句话："这世上，真有这么美的女人吗？"

　　正因为如此，赵匡胤的晚饭就很是没滋没味，勉强喝的两杯酒也着实苦不堪言。草草地吃了晚饭后，他便迅速地回到寝殿，倒在了床上。

　　与赵匡胤一起倒在床上的还有花蕊夫人的画像。他把花蕊夫人的画像紧紧地搂在怀里，仿佛这样就能听见了花蕊夫人的呼吸和心跳。

　　就这样，赵匡胤几乎一整夜都把花蕊夫人的画像紧紧地贴在胸前，贴在自己的心窝处。

　　早上起来，赵匡胤的精神好极了。他立刻传旨：着宰相赵普入宫见驾。

　　见了赵普，赵匡胤的第一句话便是："蜀国一定要灭！"

　　赵普看出了赵匡胤的表情有些异常，就笑着说道："皇上好像遇见了什么大喜之事啊！"

　　赵匡胤将张晖带来的那些图纸——不包括花蕊夫人的画像——一股脑儿地全堆放在赵普的面前："你看看，有了这些东西，朕焉能不大喜？"

　　赵普看了几张后问道："皇上，这可是那张晖所为？"

　　"正是！"赵匡胤说道，"张晖昨日下午回京，可着实辛苦他了！"

　　赵普就有些纳闷了。依赵匡胤的习惯，张晖昨日下午回京，赵匡胤至迟也应在昨天晚上召见自己，可赵匡胤没有这么做。那么，赵匡胤昨天晚上干什么去了？

　　赵普虽然有些纳闷，但也没有追问。在将那些图纸大致浏览了一遍之后，赵普抬头对赵匡胤说道："皇上，张晖可以说是率先立了一大功啊！"

　　"是啊，是啊，"赵匡胤连连点头，"朕准备好好地奖赏他呢！"

　　赵匡胤口中的"奖赏"，显然含有别的意思。赵普问道："皇上准备什么时候对蜀开战？"

　　赵匡胤回道："有了这些图纸，朕现在就可以发兵攻蜀！只是北边的情况，朕又不敢大意，所以朕现在很为难。"

　　赵普说道："臣昨日接到兵部禀报，说辽兵已大部撤回。臣估计，再过个十天半个月的，北边就平安无事了！"

　　"是吗？"赵匡胤眼睛一亮，"既然如此，赵普，朕还等什么？"

　　听起来，赵匡胤好像马上就要发兵攻蜀。赵普则不紧不慢地说道："皇上，看了这些图纸之后，臣有了一个新的想法。"

　　"快说，"赵匡胤催道，"你有什么新想法？"

　　赵普说道："北方局势紧张之前，我们在凤州和归州一带集结了十多万兵马，而且还准备继续向那儿增兵。可现在看来，此番攻打蜀国我大宋没有必要派十几万大军入蜀！"

　　"你说得对！"赵匡胤点头道，"蜀地多山川河流，地形比较复杂，如果十几万大军入蜀，不仅行动不便，且粮草供应着实困难。朕想派禁军中的精锐入蜀，采取速战速决的方式，在较短的时间内拿下成都！赵普，你以为如何？"

　　赵普回道："臣完全同意皇上的看法！我大宋精兵入蜀，必能连战连捷，只要打了胜仗，就不愁没有粮草！皇上，这恐怕就叫作'以战养战'吧？"

　　"说得对！"赵匡胤一时神采飞扬，"在朕看来，即使蜀地一马平川，朕也没有必要派十几万大军入蜀！"

　　"皇上所言甚是！"赵普说道，"据张晖在图纸上所写，蜀兵虽然较多，但领兵之人多庸庸碌碌之辈。这样的军队，怎堪我大宋禁军一击？"

　　"还有呢，"赵匡胤说道，"张晖对朕说，那昏庸的孟昶把蜀国的政权和军权交由王昭远、韩宝正和赵崇韬几个人掌握。赵普，这几个人你听说过吗？"

　　赵普回道："臣听说过那个王昭远，那是一个狂妄而又无能的家伙！"

　　赵匡胤哈哈大笑道："韩宝正和赵崇韬等人也比王昭远好不了哪里去！孟昶重用这些个庸才，岂不是自取灭亡？"

　　赵普也笑道："皇上，在臣看来，这不是孟昶昏庸，而是天意助皇上灭蜀！"

　　"不错！"赵匡胤双眉一竖，"天意如此，朕岂敢违背？"

　　赵普又道："如果只调数万禁军入蜀，那京城一带就依然可以陈有重兵，我大宋在北方也就没有什么后顾之忧了！"

　　"对！"赵匡胤说道，"辽人见我京城重兵陈列，定然不敢贸然南下！不过，要想对蜀速战速决，那就必须多派一些能征惯战，舍生忘死的将领才行！"

　　赵普同意："没有这样一批将领，宋军断不能速胜！"

　　赵匡胤忽然陷入了沉默，一对浓眉也变得似蹙非蹙了。赵普低声问道："皇上是否又想起了石守信他们？"

　　"是呀，"赵匡胤没有否认，"如果，如果石守信他们还在朕的身边，朕此番攻蜀，就会毫不犹豫地派他们统兵征战！"

　　赵普连忙道："皇上，我大宋军中猛将如云，不愁挑不出攻蜀的良将！"

　　"朕知道，"赵匡胤说道，"就说为朕夺取荆南、湖南的慕容延钊和李处耘吧，无论是运筹帷幄还是决胜千里，一点也不比石守信他们逊色。若论谋略和沉稳，怕连石守信他们也不及慕容延钊！"

　　"皇上说的是，"赵普说道，"慕容延钊和李处耘仅率五万厢军（地方军队）便连夺荆南和湖南，的确功不可没！但依臣之见，此番攻蜀，当不宜再派二人前往！"

　　"朕明白你的意思。"赵匡胤淡淡地一笑，"若此番攻蜀再派慕容延钊和李处耘前往，那攻城拔寨之功岂不都让他们二人占了？"

"还有啊，"赵普也淡淡一笑，"那李处耘也着实有些残忍，如果让他攻蜀，他再做出食降兵之肉之事，皇上岂不是又要恼怒？"

"这样吧，"赵匡胤对赵普说道，"你负责调动兵马，朕负责挑选战将。待诸事完毕，朕立刻对蜀宣战！"

赵普笑问道："皇上此番不想再找一个什么理由？"

那花蕊夫人岂不是一个很好的理由？赵匡胤差点就提到了她，但赵匡胤最终说道："有理由当然是最好了，不过，没有理由，朕也还是要发兵攻蜀！"

赵普补充道："臣以为，发兵攻蜀本身便是最好的理由！"

然而，刚进十月，大宋攻蜀的借口就自动地出现了。而此时，赵普已经调动好了兵马，赵匡胤也挑选好了战将。

原来，赵匡胤建宋称帝后，后蜀国的社会状况日趋恶化。恶化的根源当然来自孟昶。孟昶本来就没有什么治国的本领，在王昭远、韩宝正、赵崇韬等一批奸佞之人的撺掇下，政治上越发地昏庸，生活上越发荒淫。自得了花蕊夫人之后，孟昶几乎不理朝政了，日夜与花蕊夫人饮酒玩耍，后蜀朝政自然就落入王昭远等人之手。

更要命的是，孟昶的儿子孟玄喆（时为后蜀太子）这时也长大了，其荒淫的程度与孟昶相较，简直有过之而无不及。孟昶好像只与花蕊夫人一个女人荒淫，多少还有点情有独钟的味道。孟玄喆则不然，对女人的贪求简直如"韩信点兵，多多益善"。孟氏父子如此，再加上王昭远等人的狂妄而无能，当时的后蜀国，真能用一句俗语来形容了："头上长疮、脚底流脓——上上下下都烂了。"赵匡胤在这个时候发兵攻蜀，真是得其所哉！

而孟昶的母亲李太后倒是一个非常明白事理的人。她本是后唐庄宗的一个妃子，后唐派孟知祥治理四川的时候，后唐庄宗把她赏赐给了孟知祥，后来她就生下了孟昶，成了后蜀国的太后。

对于孟昶把朝政抛给了王昭远等人，李太后清楚地看到了其中的危害和危险。她曾苦口婆心地劝说孟昶道："你父亲建蜀国时，掌握军政大权的都是屡立战功者，所以四方臣服、国家强盛！可现在呢？那王昭远、韩宝正和赵崇韬都是跟在你身边陪你吃喝玩乐的人，你让这些人掌握兵权，手下将官谁人畏服？一旦国家有事，蜀军还能打胜仗吗？"

李太后所言本是至理，也是常理，然而孟昶却玩昏了头，竟回答母亲道："王昭远他们对朕忠心耿耿，有他们在，我大蜀国就不会有事！"

李太后听了，也只能暗自叹息不已。

不过，孟昶似乎也有不发昏的时候。当大宋已经完全吞并了荆南和湖南的消息传到后蜀，孟昶好像看到了危险的存在，忙着找来后蜀宰相李昊询问对策。

李昊是前蜀的老臣，后唐灭前蜀时，前蜀的降表就是他写的。当孟昶向他询问对策时，他说道："赵匡胤既然吞并了荆湖，那宋军就一定会开进蜀国。赵匡胤一统天下的决心，恐无人能够改变！"

孟昶同意李昊的看法，又问："既然如此，朕为之奈何？"

李昊说道："臣以为，不仅赵匡胤一统天下的决心无人能改变，且赵匡胤一统天下的步伐也无人能够阻挡。故而，依臣之见，我大蜀应主动与大宋通好，保证定期向大宋贡献，这样，我大蜀才能够保全，皇上也才能够安享富贵！"

李昊的意思，其实是劝孟昶向赵匡胤称臣。孟昶也听出了这个意思，而且还认为李昊言之有理。所以，孟昶就叫李昊写了一封信，准备派使者把信送到汴梁去。谁知，这事被王昭远知道了。王昭远很是不快地对孟昶道："皇上，我大蜀国兵强马壮，何惧之有？又何必向宋人屈膝？"

孟昶犹犹豫豫地问王昭远道："爱卿，假如宋军真的打来，你能抵挡得住吗？"

王昭远慷慨陈词道："皇上，养兵千日，用在一时！只要宋军胆敢入侵，臣等一定大破之！"

"好，好！"孟昶被王昭远的情绪感染了，立即就打消了与宋朝通好的念头，"王爱卿，如果宋军真的入侵，那保卫大蜀的重任，朕就托付予你了！"

"皇上放心！"王昭远信誓旦旦，"臣一定不会辜负皇上的重托！"

王昭远还说到做到，立即就向与宋朝接壤的地方增兵，还与韩宝正、赵崇韬等人聚在一起商议克宋大计。

韩宝正建议道："与其被动地等待宋人来攻，还不如先发制人、主动攻宋！"

王昭远叫韩宝正细说，韩宝正说道："我们可以遣使去太原与北汉联络，叫他们发兵从北向南打，我们出兵从南向北打，南北夹击，赵宋的西部地盘就被我们与北汉瓜分了！"

韩宝正的话听起来颇有见地。北汉派兵攻打陕西的北部，后蜀派兵攻打陕西的中部，两边一攻打，宋朝在陕西的地盘就被夺走了。可问题是，当时的后蜀国有这个实力吗？还有，北汉国当时是否有胆量南下？

那王昭远不仅没有听出韩宝正话中的问题，且还进一步延伸了韩宝正的观点："第一步得手后，蜀军第二步就由西向东打，直取汴梁！"

韩宝正说道："眼前的问题是，应派一个得力的使者去北汉联络！"

这时，赵崇韬说道："赵彦韬可行！"

于是，王昭远就劝说孟昶派赵彦韬去太原与北汉联络。然而，赵彦韬却以为，当时的后蜀国根本无法与大宋朝抗衡，既如此，就应当给自己留一条后路。所以，赵彦韬揣着后蜀给北汉的密信去了汴梁，把密信交给了赵匡胤。

赵匡胤举着那封密信，颇为自得地对着赵普等人说道："师出有名了！师出有名了！”

于是，赵匡胤就以后蜀密谋勾结北汉犯宋为借口，于宋乾德二年（公元964年）十一月正式发兵攻打蜀国。宋军的统帅是王全斌，副帅是刘光义和崔彦进，监军是王仁赡和曹彬。此五人皆勇猛战将。

赵匡胤此番攻蜀，只派了六万军队。不过，这六万人全是禁军（由皇帝直接掌握的军队），不像前番攻打荆、湖时只有五万大宋厢军。而且，这六万宋军由王全斌、崔彦进和王仁赡率领三万人由凤州出发向南打，由刘光义和曹彬率领三万人由归州出发向西攻。不难看出，赵匡胤此番派猛将率禁军从北、东两路同时攻蜀，的确是想速战速决。

大宋朝举国上下几乎都知道皇上已经发兵攻打后蜀国了，可是却无人知道，包括赵普、赵光义在内，在宋军攻蜀前，赵匡胤在皇宫中秘密召见了凤州团练使张晖。

张晖对后蜀情况非常熟悉，自然是要随宋军一起入蜀的，而且已经被分在了王全斌一路。不过，赵匡胤又给了张晖一道秘密指令：“宋军攻下成都后，你一定要把那花蕊夫人完好无损地带回到汴梁来！”

张晖领旨，同时又不无犹豫地道：“皇上，小臣位卑，如果有人强抢花蕊夫人，小臣恐无能为力……”

赵匡胤拿过一把尚方宝剑交到张晖的手中，笑眯眯地问道：“如何？”

张晖也壮起胆子笑了一下，然后把尚方宝剑细心地藏在身边，加入宋军的行列中去了。

一天下午，在成都的后蜀国后宫里，一间雕龙画凤的屋子内，一池热水正散发着热气。热水中有两个人在洗浴，一个是孟昶，另一个是花蕊夫人。

在这天寒地冻的季节里，能浸在一池热水中暖身，自然是一件无比畅快的事情。而对孟昶来说，与花蕊夫人同浴，更是一件心旷神怡的事。

孟昶道：“爱妃，你知道吗？朕今生今世最大的满足，就是得到了爱妃你！”

花蕊夫人“格格”一笑，说道：“皇上，你这种话，臣妾已经听过一百次了！”

孟昶道：“朕就是说过一千次、一万次，也还要对你说，因为这是朕的心里话！”

花蕊夫人不笑了：“皇上，你如此看重臣妾，臣妾着实感动！可臣妾却不能给皇上带来更大的快乐……”

“爱妃切莫这样说！”孟昶立刻道，“有爱妃天天这样陪在朕的身边，这就是朕最大的快乐！”

花蕊夫人忽然吟出一首诗来：“上邪！我欲与君相知，长命无绝衰。山无棱，江水为竭，冬雷震震，夏雨雪，天地合，乃敢与君绝！”

孟昶听了花蕊夫人吟诵之后，也当即吟了一首诗：“枕前发尽千般愿，要休且待青山烂。水面上秤锤浮，直待黄河彻底枯。白日参辰现，北斗回南面。休即未能休，且待三更见日头。"

有点奇怪的是，孟昶吟完《菩萨蛮》一词后，宫女们就听不到水池里有什么声响了，包括一直没有间断过的嬉水声。

就在这个当口，一个尖而又细的嗓门儿在房外叫道："皇上，李昊大人求见！"

孟昶很扫兴，于是就没好气地说道："告诉李昊，朕正忙着呢，没工夫见他！"

话音刚落，李昊的声音便传了进来："皇上，非臣斗胆惊扰，实乃情况紧急，不敢不报！"

孟昶生气道："难道是宋军打过来了吗？"

李昊回答道："吾皇圣明！臣刚刚得到情报，宋军从东边和北边打进了我大蜀国！"

"什么？"孟昶大惊，双手也不自觉地停住了，"宋军真的打进来了？"

李昊答道："皇上，宋军千真万确地打过来了！"

"糟糕！"孟昶嘀咕一声，又转向花蕊夫人，"爱妃，朕恐怕不能再陪你……"

花蕊夫人说道："军国大事，自然比臣妾重要……皇上休得牵挂臣妾！"

孟昶感叹道："爱妃真是深明大义之人啊！"

说罢，孟昶从水池里爬了上来，早围过来几个宫女替孟昶套好衣裳。孟昶一边向外走一边叫道："李昊，快唤王昭远见驾！"

一见着王昭远的面，孟昶就迫不及待地问道："王爱卿，你对朕说过，你要联络北汉共同击宋，可为何我大蜀兵马未动，那宋军却率先攻过来了？"

王昭远反问道："莫非皇上不知出使北汉的使者赵彦韬已经背蜀投宋？"

孟昶说道："你们都不告诉朕，朕又如何会知道？"

李昊在一旁插话道："皇上，那赵彦韬叛蜀，所以宋军就借口打过来了！"

孟昶连忙盯着王昭远的脸："爱卿，事已至此，朕将为之奈何？"

王昭远胸有成竹地说道："皇上休要惊慌！常言道：'兵来将挡，水来土掩！'臣早已做好了一切准备！臣在兴州列有重兵，大蜀水师也早在巫山一带严阵以待。臣敢断言，北路宋军必然大败于兴州城下，东路宋军也断然过不了巫山！"

孟昶似乎放心了："王爱卿如此运筹帷幄，朕看来是多虑了！"

王昭远心花怒放，哈哈大笑道："皇上，臣还准备亲率大军北上，与宋军逐鹿中原！"

孟昶点头道："如此甚好！但不知王爱卿准备何时起程？"

王昭远答道："军情紧急，臣准备明日就率军北征！"

"好！"孟昶不觉拊掌，"待明日，朕率文武百官为王爱卿饯行！"

第二天一早，孟昶设宴为即将出征的王昭远等人送行。同时，孟昶任命王昭远为蜀军统帅，韩宝正、李进为副帅，赵崇韬为监军，率领五万蜀军北上征宋。

饯行酒会上，包括孟昶、李昊在内，众人都对王昭远极尽恭维，吹捧之能事。王昭远也不谦虚，竟自吹自擂道："五百多年前，那诸葛亮六出祁山、屡伐中原都无功而返，最后还病死在五丈原中。而五百多年后的今天，我王昭远率蜀军北伐，定可大破宋军，建立不朽之伟业！"

顿时，后蜀国文武群臣的赞誉之辞便越发热烈地罩在了王昭远的头上，惹得那韩宝正、李进和赵崇韬等人都隐隐起了嫉妒之心。

孟昶握住王昭远的手，充满深情地道："爱卿，大蜀的安危全系于你一身了！待爱卿功成归来，朕定还在此设宴为爱卿洗尘庆贺！"

王昭远也动了感情："皇上放心，只要有臣在，大蜀国就无恙，皇上就无忧，赵匡胤的意图就不会得逞！"

王昭远当即下令：着副帅韩宝正、李进领兵两万先行北上，他与监军赵崇韬率三万兵马随后跟进。

由于王昭远率蜀军北上，所以此番蜀宋的主要战场就应在宋军主帅王全斌的北路。不过，东路宋军在整个战局中也起到了非常重要的作用，也的确打了好几次漂亮仗，有力地策应和支持了北路宋军。

东路的三万宋军在副帅刘光义和监军曹彬的指挥下，从归州出发，向西攻入蜀境，只用了不到两天的工夫就打到了巫山、巫峡一带，与后蜀国的水师都指挥使袁德宏的两万多兵马相遇。

虽然袁德宏的两万多兵马都是水军，但为了阻挡宋军，他亲率一万多人在巫山上建了十多个军寨。袁德宏的意图很明显：陆地和水中互为策应、互相支援，将宋军拒于巫山以东。

许是袁德宏对自己太有信心了，故而，宋军开到了巫山附近后，他都没有把这一军情告之蜀国宁江节度使高彦俦。而高彦俦所在的夔州（今重庆奉节东）距巫山还不到一百里，且高彦俦的手中也有两万多兵马。

巫山一带因为多山，所以地势很险峻。宋军副帅刘光义对监军曹彬笑道："袁德宏的想法不错啊！如果我军强行从长江和巫山之间越过，他就会利用有利地形从水陆两处夹击我们！"

"是啊，"曹彬说道，"袁德宏也算不上是个愚笨的人，他知道我们没有带水军来，所以他的水军就处在了一个很好的位置上！"

刘光义说道："看来，我们是一定要在这里同袁德宏打上一仗了！"

"不仅要打上一仗，"曹彬道，"我们还要夺得他们的战船帮我们去攻打夔州！"

刘光义又笑着对曹彬说道："曹大人，如果我们在攻打巫山上蜀军营寨的时候，蜀军水师没有倾巢出动上岸，那么，袁德宏就真的不是一个太笨的人，反之，我刘某就不好评价他了！"

曹彬也忍不住笑道："刘大人，照你这么说，那袁德宏就肯定是个笨蛋！"

"但愿如此吧。"刘光义道，"不过，不管怎么说，我们也应当尽快地通过这里！"

曹彬点头道："刘大人说得对！即使我们夺不了战船，我们也应速战速决，迅速地西进去攻取夔州！"

于是，二人做了分工。刘光义领兵先去攻打巫山上的袁德宏，而曹彬则领兵伏在江边，待蜀军水师上岸，趁机夺取战船。

在领兵数量这一问题上，刘光义和曹彬发生了一点小争执。曹彬以为，巫山地势复杂，又有袁德宏坐镇指挥，所以主张分给刘光义两万兵马。而刘光义则认为，曹彬不仅要夺取战船，还要击溃蜀军水师，任务艰巨，理所当然地要多带些兵马。最终，曹彬、刘光义将三万宋军一人一半。

刘光义率先领军出发了。出发前，他把大小将领都召到身边吩咐道："山中蜀军营寨虽多，但最关键的就是巫山寨，袁德宏就在那里。所以，我们要专攻巫山寨。只要我们一攻巫山寨，其他军寨的蜀兵就会立即赶来支援。这样，我们就可以在巫山寨一带与蜀军痛痛快快地大打一场了！"

巫山地形险峻而复杂，如果宋军逐寨攻打，则不仅费时，还要吃不熟悉地形地势的亏。而宋军集中全力专攻巫山一寨，则不仅可以将山中所有的蜀军调动过来，还可以发挥宋军人数上的优势，尤其是发挥宋军将猛兵勇的优势，对蜀军取得速胜。

正如刘光义和曹彬所评价的那样，袁德宏是个笨蛋。刘光义领兵刚攻向巫山寨，袁德宏就连发了两道命令：山中各寨蜀军速速增援巫山寨；长江蜀军水师立即登岸夹击宋军。

巫山上各军寨的蜀兵接到袁德宏的命令后，急急忙忙地赶往巫山寨。刘光义吩咐部将道："告诉弟兄们，在蜀军没有完全溃败之前，只顾砍杀，不要优待什么俘虏！"

各寨的蜀兵都赶到了巫山寨附近，一万五千宋军与万余蜀军便在崎岖的山坡上展开了面对面的厮杀。这显然是一场强弱分明的战斗。宋军不仅人多，而且气势如虹；而蜀军不仅人少，且士气低落。

巫山寨前的战斗大概持续了两个时辰。战斗结束后，除袁德宏及千余名蜀军龟缩在巫山寨内外，其余蜀军有五千多人被杀死，三千多人逃散在巫山之中不知去向。

听说宋军要火烧巫山寨，袁德宏立即率领着一千二百多手下走出巫山寨，乖乖地做了刘光义的俘虏。

就在刘光义领兵在巫山上打响战斗的同时，曹彬把一个部将叫到身边说道：

“蜀军战船上载有不少粮食，我给你三千弟兄，待蜀军水师上岸后，你就直扑江边，尽可能地把那些粮食先抢到手！”

那部将领命而去。曹彬又把其他部将召到身边说道：“待蜀军水师过来，你们就领着弟兄们拼命地砍杀！不然，让这些蜀兵逃到夔州，终也是我们的麻烦。”

接到袁德宏的命令后，蜀军水师除留下千余人看守战船外，其余官兵一起上了岸，火速向巫山寨赶去。还没走多远，便遭到了曹彬及一万两千宋军的拦截。

蜀军水师刚一与曹彬打照面就一触即溃了，因为他们看见有一支宋军像闪电一般地扑向了江边。于是，这些蜀军水师官兵便惊慌地大叫道：“不好了！宋军断了我们的后路！”上了岸的蜀军水师顿时大乱。这些蜀军本来就没什么斗志，阵脚一乱就更加无心恋战。故而，曹彬领着宋军只那么一冲，这些蜀军就立即溃散了。

曹彬大叫道：“弟兄们，追上去！不能让他们逃掉！”

曹彬率军追杀了很长一段时间，才斩杀六千多蜀军。不过值得欣慰的是，他们缴获了二百多艘大战船以及战船上的粮食。

战斗刚一结束，曹彬就准备率军去支援刘光义。这时，一手下跑来报告，说是巫山上的战斗也结束了。曹彬就笑着说道：“叫弟兄们排好队，迎接刘大人！”

曹彬不仅迎来了刘光义，还迎来了袁德宏。等见了曹彬的面之后，袁德宏似乎终于明白了他为什么会失败。他垂头丧气地对刘光义道：“刘将军，原来你还有一支人马啊！”

刘光义对曹彬说道：“此处不可耽搁，我等当抓紧时间西进！”

曹彬深以为然。于是，刘光义就一边派人将袁德宏等一干俘虏押回归州（其中大部分俘虏自愿加入了宋军），一边下令军队速速西进。

刘光义和曹彬是兵分两路的，这一计划早在与袁德宏交战前就制定好了。他们认为，与袁德宏相比较，蜀国宁江节度使高彦俦应该算得上是一个还会打仗的人。故而，他们就不想与高彦俦在夔州城下硬拼。对当时的刘光义和曹彬来说，既不能与蜀军耗时间，更不能同蜀军比伤亡。

因此，刘光义率近两万宋军从陆路沿长江北岸向夔州进发，而曹彬则率领其余的宋军乘战船从水路向夔州逼近。

宋军与袁德宏的水师在巫山一带交战的时候，高彦俦并不知晓，等高彦俦知晓的时候，袁德宏已经成了宋军的俘虏。高彦俦十分痛惜地道：“如果袁德宏事先与我联络，我大蜀水军又何至于惨败如此？”

判官罗济对高彦俦说道：“大人，宋军来势汹汹，只一天工夫就打败了袁德宏，下官以为，夔州城当速速备战，以防不测！”

高彦俦点头道：“言之有理！宋军距此不过一百里，转瞬便可到达。”

　　于是高彦俦就在夔州城内积极备战了。然而，刘光义的行军速度太快了，不到一天半的时间，他就带着宋军开到了夔州东郊。

　　高彦俦连忙召集监军武守谦、罗济等人道："宋军刚刚战罢，又不顾一切地向这里开来，定然非常疲惫！如果我等主动地出击，定能趁宋军立足未稳之际一举将其击溃！"

　　高彦俦的话本身并没有错。巫山距夔州近百里，道路很是崎岖，还要翻越几座小山。宋军在不到一天半的时间内就差不多走完了全程，其疲惫的程度可想而知，而夔州城内的蜀军却一直在养精蓄锐。以养精蓄锐之师迎击疲惫不堪之旅，岂不稳操胜券？

　　但是，高彦俦还是错了。他低估了宋军的士气，也高估了蜀军的战斗力。宋军虽然鞍马劳顿，但士气高昂，蜀军虽然以逸待劳，但战斗力实在太弱。

　　高彦俦立即下令：着监军武守谦率两万蜀军出城迎击宋军。

　　显然，高彦俦是志在必得。两万蜀军出城后，城内只剩下两千左右蜀军了。高彦俦最大的失策，恐怕还是不了解那武守谦的为人。武守谦虽然长着一副孔武有力的身躯，可实际却是一个十足的胆小鬼。

　　武守谦领着两万蜀军大模大样地开出夔州城后不久，便与刘光义的先头部队撞上了。手下向武守谦报告："宋军向东北方向逃去。"武守谦当即下令："追！"

　　武守谦还大笑着对左右说道："高大人说得没错，宋军果然疲惫，不敢应战！"

　　刘光义的先头部队在前面跑，武守谦带着蜀军在后面追。一直到了一个叫猪头铺的地方，宋军不再逃跑了。武守谦下令："一起扑上去，将宋军击溃。"

　　当时正是黄昏。在夕阳笼罩下，两万蜀军呈扇形向宋军围了过去。只是，面对蜀军的已不再只是刘光义的数千先头部队，刘光义和他的主力已在这里恭候多时了。

　　刘光义很聪明，他先带着数千军队急急地开到夔州东郊，给高彦俦造成一种错觉，然后又急急返回来领着宋军主力开向东北。虽然那数千宋军被武守谦追得差不多要跑折了腿，但刘光义的主力却在猪头铺一带获得了一段十分宝贵的喘息时间。

　　虽然武守谦的兵马数量比宋军略多，但由于蜀军太不善战了，刚一与刘光义的主力交上手，就有不少蜀军官兵在盘算着如何逃跑。结果，蜀军大败。

　　蜀军在猪头铺大败，一半原因当归于武守谦。蜀军和宋军交战后，武守谦不仅没有像刘光义那样身先士卒，反而躲在部队的最后面问左右道："你们跟我说实话，我们有把握取胜吗？"

　　左右对武守谦说了实话："我们没有把握取胜！"

　　武守谦居然反问左右道："既然没有把握取胜，那还在这里打什么？"

武守谦就逃跑了，跑得比兔子还快，以至于许多蜀将都未能跟上他。

蜀军在猪头铺大败。从黄昏至夜半，刘光义率领宋军共杀死蜀军五千余人，近万名蜀军官兵成了宋军的俘虏。俘虏如此之多，着实令刘光义头疼了好长一段时间。

有性急的部下向刘光义建议：命令部队急行军，乘胜拿下夔州城！刘光义摇头道："弟兄们太累了，找个地方让他们好好地休息半宿吧！再说了，如果我等拿下了夔州城，那曹彬曹大人岂不对我等有意见？"

说实话，连刘光义自己都有点不敢相信，蜀军竟然如此不经打！不过，对曹彬而言，在攻打夔州城的时候，却多少遇到了一点顽强的抵抗，可以算得上是东路宋军自入蜀以来真正意义上的战斗。

就在刘光义率部在小村庄里休息的时候，曹彬的船队驶进了夔州。但因为这一带的长江水流太急（位于瞿塘峡一带），又是夜晚，船队行走实在困难，所以曹彬就下令弃舟登岸。又由于路途坎坷，一边走一边还要找方向，故而，等曹彬看见夔州城的时候，天已经大亮。还好，曹彬和刘光义派来联络的人遇上了。

得知刘光义在猪头铺大败蜀军，曹彬一夜的疲惫顿时就化为乌有，宋军将士也一个个地抖擞起精神来。曹彬命令道："攻下夔州城，迎接刘大人！"

宋军攻城了。这令高彦俦大感意外，忙找来罗济问道："武守谦不是去追击宋军了吗？怎么这里又冒出来一支宋军？"

罗济回道："下官也不知究竟。不过，下官以为，这支宋军恐怕是乘船而来的。"

高颜俦说道："不管他们是怎么来的，既然来了，我们就要同他们战斗！"

高彦俦此言，倒也流露出了一种铮铮的骨气。

攻城的宋军在人数上比守城的蜀军要多出数倍，然而，攻了半天也未能攻进城去。有好几次，宋军已经攻上了城墙，却硬是被高彦俦给打下来了。有部将向曹彬报告：高彦俦的身上至少已有三处箭伤、四处刀伤和四处剑伤，但还在坚持战斗。

作为一名带兵的将领，曹彬对高彦俦那种顽强的精神十分钦佩。然而，半天时间未能攻下城池，曹彬的心里又万分地着急。加上这时又得到禀报，说是刘光义就快要赶到这里了，曹彬的心里便越发地急了。

曹彬火了，甩去厚厚的棉衣，对身边数百个手下叫道："尔等随我前去攻城，如果不能得手，就与我一起跳长江！"

很显然，曹彬要与那高彦俦拼命了。可就在这时，有手下来报：宋军已经撞开南城门，杀入城里去了。

城门一破，夔州城就等于是拿下来了，曹彬不觉松了一口气。他吩咐左右道："你们快快随我入城，一定要活捉那高彦俦！"

南城门被宋军撞开的时候，高彦俦正站在西边的城墙上。闻听城门已破，高彦俦便绝望地对身边的罗济道："完了！夔州完了……"

罗济劝道："大人，城外的宋军围得并不紧，下官有一匹快马，大人可以骑着驰回成都！"

高彦俦摇头道："夔州一失，宋军便可以长驱直入……纵然皇上不杀我，我又有何面目去见皇上？"

罗济又劝道："下官斗胆进言，大人可以归顺大宋……"

高彦俦又摇头道："我全家老小上百口尽在成都，我一人怎能苟且偷生？"

见罗济还要劝，高彦俦说道："你别管我了，自顾逃命去吧！"

罗济无奈，只得慌忙离开。还没走多远，罗济便听得有人喊叫："大人自焚了！"

罗济赶紧转身往回跑，却见那高彦俦早已烧成了一个火人。罗济的眼泪下来了，接着，他就一屁股坐在了城墙上。

宋军打过来了，有十多个宋军官兵用刀剑逼住了罗济。曹彬跑过来问道："高彦俦在哪里？"

罗济含泪指着面前那具尚有余火的尸体说道："高大人在此！"

曹彬一怔，继而摇头叹息道："可惜啊！"

曹彬命令手下看管好高彦俦已被烧焦的尸骸，然后就急急地出城去迎接刘光义了。

刚一出城，曹彬就碰上了飞马而来的刘光义。进城之后，曹彬向刘光义说了高彦俦的事情。刘光义感叹道："高彦俦虽逞匹夫之勇，但如果蜀将都像他，我等恐就会遇到许多的麻烦！"

曹彬点头道："刘大人言之有理，所以，曹某想厚葬于他！"

刘光义同意："这样的人，也算得上是一个英雄了！既是英雄，理应厚葬！"

安葬了高彦俦的尸骨后，刘光义和曹彬就命令部队在夔州一带休整。宋军连续作战多日，虽然没有什么大的伤亡，但也确实太累了，不做必要的休整是不行的。

当然了，虽在休整，刘光义和曹彬的心里却也在牵挂着战事。刘光义对曹彬说道："我等虽然打了几次胜仗，但并未消灭更多的蜀军。看来，蜀军大部都开到北方去了。"

曹彬应道："刘大人说得对。这样一来，王大人、崔大人他们打仗的机会就比我们多了！"

刘光义笑道："王大人他们就喜欢打仗！打仗的机会越多，他们就越高兴！"

曹彬接道："王大人他们一高兴，恐不出半年，他们就要打进成都了！"

听得出，刘光义也好，曹彬也罢，都对以王全斌为首的北路宋军充满了信心。

刘光义和曹彬还没有攻克夔州的时候，王全斌、崔彦进和王仁赡便领着北路宋军从凤州出发，一下子向南挺进了二百多里，抵达了后蜀国在北方的重镇兴州

（今陕西略阳）附近。

兴州位于嘉陵江东岸。从兴州向东四五十里有一条河，名叫黑河。后蜀兴州刺史王审超和监军赵崇渥为阻挡宋军南下，在嘉陵江东到黑河西这四五十里的地段上，筑起了二十多座军寨，并储有大批的粮食。很显然，王审超和赵崇渥用二十余座军寨摆成了"一字长蛇阵"，企图牢牢地把宋军挡在兴州以北。

当时，王审超和赵崇渥手下的蜀军人数比南进的宋军要多出近万人。王审超在兴州城内坐镇指挥，赵崇渥则待在最中间的那个天寨里左右策应。

见蜀军在江边筑起了军寨，王全斌便对崔彦进和王仁赡说道："那王审超以为筑了几个军寨便能挡住我等的去路，岂不是在做梦？"

王仁赡把凤州团练使张晖找来，问是否可以找到一条道路绕到兴州的背后袭击蜀军。张晖说道："那就必须先向东渡过黑河，然后再向西渡过黑河……"

王全斌说道："那太费时间了！皇上命我等速战速决，我等岂能把宝贵的时间白白地浪费在渡河上？"

崔彦进同意王全斌的观点："我们虽然向南推进了二百多里，但弟兄们还没有打过一次像样的仗。这一回，该让弟兄们跟蜀军好好地干一场了！"

王仁赡笑着对王全斌和崔彦进说道："既然两位大人都不想白白地浪费时间，那就开始进攻吧！"

于是，王全斌命令三万宋军一起攻打赵崇渥所在的天寨。

崔彦进一马当先地冲在最前面，还不到一个时辰，便攻破了天寨。

王全斌紧接着下令：着崔彦进领一路人马向东攻寨，自己与王仁赡一起领大部人马向西攻寨，最后拿下兴州城。

兴州刺史王审超在兴州城内闻听天寨已破，大惊失色，又闻听赵崇渥成了宋军的俘虏，更是惶恐。天寨一破，他苦心经营的一字长蛇阵就被拦腰砍断了。他就纳闷了：蜀军为何如此不堪一击？

纳闷之余，王审超忙着命令兴州城内的蜀军会同东边十余寨内的蜀军一起向宋军反扑。当时是上午，一直到晚上，蜀军都在和宋军作战。

王审超急了，带着数百亲兵骑马跃出了兴城向东驰去。可没走多远，他便看见在朦胧的星光下，有一支军队正向西开来。他对左右怒喝道："快去！叫他们向东去攻打宋军！"

左右十多个亲兵一起纵上前去，很快便慌慌张张地跑了回来："大人，那不是我们的军队，是宋军……"

王审超一时好像没有反应过来："什么？是宋军？那我们的军队呢？他们不是一直在同宋军交战吗？"

左右连忙劝道："大人，快回城吧，迟了就跑不掉了！"

王审超大叫道："回什么城？本大人要与宋军决一死战！"

王审超说得漂亮，可他却策马朝着兴州城方向而去，安然地逃回了兴州城。

刚一入城，王审超就大呼小叫道："快快紧闭城门，宋军来了！"

王审超又急急地爬上城楼向外观看。朦胧的月光下，一股股的宋军从四面八方向兴州城开来。很快，兴州城的北、东、南三面都布满了宋军。王审超张大眼睛问左右道："我四万大军与三万宋军交战了一整天，怎么还有这么多的宋军？"

左右无言以对。王审超又问道："我们的军队在哪儿？"

左右依然噤若寒蝉。王审超叹道："谁能告诉我，城内还有多少兵马？"

这时有人说话了："禀大人，城内还有不到三千兵马。"

王审超自言自语道："不到三千兵马，焉能守得住城池？"

既然守不住城池，当然要"三十六计走为上计"了。于是，王审超就偷偷地溜下城楼，只带着几个亲信，悄悄地出了西城。

谁知，王审超刚摸到江边，便有一个声音从黑暗中传来："王审超，想走也得打个招呼啊？"

随着声音，一百多个身影逼向了王审超，为首的一人，手提一柄长剑，剑光在黑暗中显得异常地晃眼。

王审超骇然问道："你，你是谁？"

那人淡淡一笑道："我是王全斌。"

王审超颓然瘫倒在地，两个宋兵费了好大的劲儿才把王审超从地上拖起来。王全斌走过去，很友好地拍了拍王审超的肩头："你不用害怕，我不会杀你的！"

王审超被擒，兴州城当晚就被宋军占领了。此役，王全斌所部宋军不仅攻占了兴州重镇、击溃了数万蜀军，还缴获了四十万石粮食。

王全斌高兴地对崔彦进和王仁赡说道："这些粮食，恐怕到我们打进成都也吃不完啊！"

两天之后，崔彦进为先锋，王全斌居中，王仁赡殿后，北路宋军离开兴州继续南下。两天后，崔彦进派人回报王全斌：先锋部队已抵达三泉寨（今陕西宁强西北处）外，三泉寨内除原有的蜀军外，又增加了从南边赶来的两万蜀军，总人数达两万五千人左右。崔彦进还告诉王全斌：统率南来蜀军的将领是韩宝正和李进。

韩宝正和李进都是孟昶所委任的北伐蜀军副统帅，其所率部队便是蜀军统帅王昭远大军的先行军。他们率军开到了三泉寨，就意味着王昭远也离此不远了。

王全斌立即找来殿后的王仁赡说道："应速速击溃韩宝正和李进，不然，等王昭远赶到，蜀军就太多了！"

王仁赡点头道："大人说得是！我以为，韩宝正和李进皆狂妄之徒，击溃他们并不难！"

那张晖向王全斌进说道："三泉监军刘延祚颇有谋略，大人当小心防备。"

王全斌笑着对张晖道："如果韩宝正和李进不在三泉，王某的确要提防那个刘延祚，可现在韩宝正和李进来了，王某也就不在乎那个刘延祚了！"

张晖赔笑道："大人英明！想那刘延祚再过精明，总也得听从韩宝正和李进的调遣！"

王全斌马上派人通知崔彦进，命他领五千先锋军向三泉寨发动攻击，一定要攻得猛、攻得狠！

崔彦进心领神会，当即率五千宋军向三泉寨发动了攻势，只小半天工夫，就将三泉寨北面刘延祚的数千蜀军打得丢盔弃甲，逃回寨内。

三泉寨内一片慌乱。韩宝正怒斥刘延祚道："宋军只有数千人，你的手下也有数千人，为何一眨眼的工夫就被宋军打败了？你和你的手下岂不是太无能了吗？"

刘延祚回道："禀大人，非下官等无能，实是宋军太善战了！"

李进冷冷一笑道："刘大人，你好像在替宋军说话啊？"

刘延祚忙道："李大人，下官说的是实情！想那兴州数万兵马尚不能阻挡宋军一步，下官区区数千人，又怎能是宋军的对手？"

韩宝正瞪着刘延祚道："兴州的王审超和你一样，都是无能之辈！韩某今日在此，定要给宋军一个下马威！"

韩宝正当即命刘延祚整顿本部兵马出寨正面迎敌，他和李进各率一万蜀军从左右两边包抄过去，发誓要将这股宋军一举歼灭！

刘延祚闻言，慌忙道："两位大人，这万万使不得啊！面前的这股宋军只是先头部队，宋军的主力还藏在后头啊……"

韩宝正"嘿嘿"一笑道："刘延祚，我看你是被宋军吓破胆了吧？南下的宋军统共只有三万人，兴州大战之后，它还能剩多少人？又还有什么宋军主力可言？"

刘延祚赶紧道："两位大人恐有所不知，据下官侦察，宋军在兴州大战中不过死伤两三千人……我等实不能与宋军硬拼啊！"

李进很是不满地问道："刘延祚，依你之见，我等现该如何？"

刘延祚急急忙忙地道："依下官之见，我等当闭寨不出，利用现成的工事与宋军周旋，待王大人率大军赶到，我等方可以绝对优势的兵力主动出击……"

李进哈哈大笑道："韩大人，这刘延祚是想叫我等做缩头乌龟呢！"

韩宝正冲着刘延祚喝道："你适才所言，简直是胡说八道！若待王大人赶来，那还要我等作甚？现在，我命令你，速速整顿本部兵马出寨拒敌！你若敢说个'不'字，我就把你的脑袋揪下来当球踢！"

刘延祚深深地朝着韩宝正鞠了一躬道："大人之命，下官敢不相从？只不过，下官在出寨前有几句话想说，不知大人可否恩准？"

韩宝正虎着脸说道："说！"

刘延祚说道："下官以为，下官与两位大人一出寨，恐就再也回不来了……三泉寨失守事小，如果连累了后面赶来的王大人，那就非同小可了……如果王大人也不能阻挡宋军，那我大蜀国就完了……"

一席话把韩宝正气得拔出剑来指着刘延祚道："刘延祚，你有几个脑袋？"

刘延祚不慌不忙地道："下官只有一个脑袋，如果大人想要，现在就可以拿去！"

韩宝正把剑搁在刘延祚的颈边："你以为本大人不敢动手吗？"

刘延祚微微一笑道："死在大人的剑下，与被宋军杀死，并无差别！"

李进一旁劝道："韩大人，待击溃宋军之后，再与他理论也不迟！"

韩宝正哼了一声道："好！刘延祚，现在暂且留下你这颗脑袋，待本大人凯旋之时，再找你算账！"

这时，手下来报：宋军开始攻寨了。韩宝正冲着刘延祚一翻眼道："你还不快快领兵出寨拒敌？"

刘延祚不再说话，默默地退下，把自己剩余的兵马召拢到一起。一手下怯怯地问道："大人，我等刚吃败仗，此番出寨，岂不是自寻死路？"

刘延祚回道："尽力而为吧！"

韩宝正和李进各自领兵出寨了。韩宝正走了三四里，迎头撞上了王全斌的万余宋军。李进走了四五里，和王仁赡的一万多宋军相遭遇。一场混战便在三泉一带拉开了序幕。

混战共持续了整个下午和晚上。第二天黎明时，韩宝正惊异地发现，自己的身边只有一百多个蜀兵了，而四周正在活动的好像全是宋军。

韩宝正问左右道："本大人的军队何处去了？"

一人回道："都被宋军打散了！"

韩宝正慌了，忙问手下道："何处没有宋军？"

一手下指着一处乱坟岗说道："大人，那儿暂时没有宋军。"

韩宝正二话没说，拔腿就跑进了乱坟岗，趴在了一座坟上的杂草里。突然，韩宝正发现有一百多人从东边急急地朝自己藏身的地方奔来。韩宝正赶紧回头对着手下说道："准备迎敌！"

等那一百多人跑到近前了，韩宝正才终于看清，跑在最前面的正是李进。

一时间，韩宝正和李进默默相视。两个蜀军的副统帅，在乱坟岗里无言相对，此情此景，也确乎有点寓意。

这时，一手下低声呼道："大人，宋军来了！"

韩宝正和李进几乎同时伏在了草丛里，又几乎是同时探出头来向外张望。果然，乱坟岗的四周，数以千计的宋军正一步步地逼来。不用说，宋军已经发现了韩宝正和李进。

见无路可逃，李进、韩宝正从草丛里站起来，扔了剑，肩并肩地走向宋军。

巧的是，韩宝正和李进碰上的却是早已做了宋军俘虏的刘延祚。刘延祚笑问韩宝正和李进道："两位大人，下官昨日之言可否有错？"

韩宝正满面通红地说道："惭愧，惭愧！"

刘延祚继续问道："韩大人是否还想取下官的脑袋？"

韩宝正的脸红得越发浓烈："刘大人，此一时彼一时也！"

忽然，刘延祚流着泪仰天长叹道："我大蜀国……完了！"

北路宋军在兴州之战和三泉之战中皆获全胜，并生擒后蜀军副帅韩宝正和李进，极大地鼓舞了全体官兵本就十分高昂的士气和斗志。王全斌兴奋地对崔彦进和王仁赡说道："早知蜀军如此不经打，只两万宋军便可一直打到成都！"

崔彦进也捺止不住心中的激动说道："照这样打下去，崔某以为，四个月之内，定然灭蜀！"

王仁赡说道："我听说，东路的刘大人和曹大人已经向西推进了一千多里！"

崔彦进有些急了："那我们得加快速度，不然，刘大人和曹大人他们就要先占领成都了！"

王全斌笑道："谁占领成都都一样！我们现在的任务是，趁王昭远不备，打他个措手不及，然后乘胜追击！"

果如王全斌所言，后蜀军统帅王昭远对北方的战况全然不知。后来监军赵崇韬从逃兵处获知三泉战事，忙告诉王昭远道："韩宝正和李进被俘……宋军正沿嘉陵江东岸南下！"

王昭远大为震惊。他此番出征，本是想效法当年诸葛亮的北伐中原之举，建立不朽之功业，可没想到宋军连战连捷、步步推进，竟主动打到他王昭远的头上来了。

王昭远不无恼怒地对赵崇韬说道："韩宝正和李进真是既无能又懦弱，白白丢了我两万兵马不说，还做了宋军的俘虏，如此，我王昭远的脸面何在？我大蜀国的脸面又何在？"

赵崇韬点头道："大人说得极是！现在看来，那韩宝正和李进二人只会说大话，不会干实事！用这样的人领兵打仗，真是误国不浅啊！"

王昭远在震惊、恼怒之后便是愤慨。他厉声吩咐赵崇韬道："你速速引兵沿嘉陵江岸北上！我王某不大破宋军，誓不罢休！"

王昭远领三万后蜀军开到了利州城（今四川广元）。利州城内储有大批军粮。王昭远命令部队继续北上，半天时间走了五十多里，开到了一个名叫朝天的地方时，忽然听说宋军的一支五千人的先头部队在副帅崔彦进的统领下已经开到了朝天之北。

王昭远对赵崇韬道："我给你八千人，你去把这股宋军击溃！"

赵崇韬应道："您就等着我的好消息吧！"

一个多时辰之后，赵崇韬大败而归，折损官兵近半。

赵崇韬哭丧着脸对王昭远道："大人，我现在终于明白韩宝正和李进为何会被宋军俘虏了……宋军实在是太厉害了！"

王昭远不相信，亲率两万兵马出击，与宋军在朝天一带大打出手。结果，王昭远也大败，后蜀军被迫从朝天南撤，撤退到了利州城外。

王昭远咆哮道："下一道死命令：谁敢再退，格杀勿论！我要与宋军在利州城外决一死战！"

于是，两万多蜀军就在利州城外一字儿排开，摆出了一副决战的架势。明明有城可守，王昭远却弃而不用，足见他已经输红了眼。

宋军陆续抵达利州城北，距蜀军不过二里之遥。这时候的宋军只有两万来人。

王全斌笑问崔彦进道："王昭远把部队都摆在城外，知道他想干什么吗？"

崔彦进回道："他想和我们拼命！"

王仁赡向王全斌请求道："大人，这次可得让我打头阵了！崔大人都当了好几回先锋官了，轮也该轮到我了！"

崔彦进笑着对王仁赡道："王大人，与蜀军面对面的战斗，哪还有什么打头阵可言？到时候，让你冲在我们的前面也就是了！"

王全斌接着说道："两位大人，把各位将领都给我找来，我有话对他们说。"

见大大小小一百多位将领都笔直地站在面前，王全斌说道："各位将军，你们都看见了吗？王昭远要和我们拼命了！拼命当然没什么可怕，我与各位将军一样，都是喜欢打硬仗的人！说实话，自南征以来，我还从没有打过一次过瘾的仗，这一回，该我与各位将军好好地过把瘾了！不过，在过把瘾之前，你们要记住：只要彻底打垮了王昭远，蜀国就无力再阻挡我们前进的脚步了！"

一百多个大小宋将一起欢呼起来。

王昭远皱着眉头问赵崇韬道："赵大人，那些宋人在叫喊什么？"

赵崇韬回道："我也不知……看起来，那些宋人好像挺高兴的样子！"

王昭远赶紧道："赵大人，提醒手下，宋人可能想玩什么花招。"

可宋军什么花招也没玩就开始主动进攻了。宋军排着一个个方队一步步地向利州城逼近，其队形和步伐的整齐，不像是要打仗，倒像是在接受检阅。

王昭远急忙对赵崇韬道："赵大人，宋军过来了，你快带队去应战，我在后面督阵！"

赵崇韬一声令下，后蜀军也排着方阵向前开进。只是，后蜀军的队形和步伐与宋军相比，显得十分凌乱。

当相距只有一百多步的时候，两军几乎同时发起了冲锋。半个时辰之后，王昭远发现，他的军队就开始向后退了。败退的后蜀军差点都把王昭远挤到利州城里去了。

赵崇韬满脸血污地跑到王昭远的身边道："大人，快下令撤退吧！我军实在是顶不住了！"

王昭远心有不甘："不，我们不能撤！我们要在此与宋军血战到底！"

赵崇韬急忙说道："大人，我们不能再拼下去了！再拼下去就只能全军覆灭了！要是全军覆灭了，还有谁来阻挡宋军？"

王昭远铁青着脸，但没再开口。赵崇韬继续说道："大人，我等可以退守剑门，以剑门之险挡住宋军……大人，要是我等全拼光了，还有谁去把守剑门？"

王昭远说话了："好，赵大人，你说得对！虽然我等战败了，但还有剑门可守！你就下令撤退吧！"

其实，早在赵崇韬下达撤退令之前，后蜀军就已经全线崩溃了。后蜀官兵连利州城都没敢进，便慌慌张张一路南逃。此役，宋军以微小的代价，共斩杀、俘虏后蜀官兵万余人。此役过后，后蜀国的大势已去。

宋军在利州城做了短暂的休整之后，继续沿着嘉陵江东岸向南挺进了数十里，顺利地占领了葭萌城（今四川昭化）。

剑门，又称剑门关（今四川的剑门关），在嘉陵江西岸，位于益州的西南面。虽然距益州不过二三十里，但剑门却异常险峻，是陕西一带入蜀的唯一通道。也就是说，北路宋军要想攻入成都，还必须从剑门经过。

王昭远与宋军三战三败之后，采纳赵崇韬的建议，率残兵败将退守剑门。虽然王昭远多少还有点镇定自若的模样，但他还是一直在提心吊胆，并且时时预感到，剑门虽险，但绝挡不住宋军前进的步伐。

因此，刚一到剑门，王昭远顾不得喘气，命赵崇韬领一部人马开到剑州（今四川剑阁）以东的汉源坡驻扎。汉源坡地势也比较险要，王昭远此举是在为自己留一条后路：一旦剑门失守，至少还可以暂时到汉源坡落脚。

可是，王昭远手上的兵马已经不多了。没有足够的兵马，剑门也好，汉源坡也罢，都难有效防守。所以，王昭远派人飞马驰回成都向皇上孟昶求援。

王全斌刚刚派出人手前往剑门一带侦察，忽然，崔彦进急匆匆地跑来，说是皇上的钦差已经到了益州城外。王全斌不敢怠慢，连忙率崔彦进、王仁赡等人出城迎接。王全斌本以为赵匡胤此时派钦差来此定有什么军机大事，谁知，那钦差千里迢迢而来，只为了送给王全斌一件皮衣和一顶皮帽。只不过，那件皮衣是从赵匡胤的身上脱下来的，那顶皮帽也是从赵匡胤的头上摘下来的。

原来，一天，赵匡胤在朝中与赵普等一干文武大臣一边饮酒一边谈论战事。饮酒正酣时，赵匡胤突然停下酒杯自言自语道："天寒地冻，朕等在此饮酒说笑，而王全斌却在蜀地奔波杀敌，朕于心何忍？"

于是，赵匡胤就摘下皮帽、脱下皮衣，委派一名钦差日夜兼程地给王全斌送去，说是让王全斌"稍御风寒"。一时，大宋满朝文武为之感动。

当然了，最受感动的还是王全斌。当他从钦差的手里接过皮衣皮帽的时候，双眼不觉湿润了。他跪着对钦差说道："请转告皇上，微臣王全斌不彻底荡平蜀地就绝不回朝！"

钦差走了，王全斌也郑重地穿上了皮衣、戴上了皮帽。皮衣里、皮帽里仿佛都还散发着皇上的体温呢！前去剑门一带侦察的人回来了，说是王昭远率七八千蜀军在剑门防范得很严，如果从正面强攻，必然导致重大伤亡。

崔彦进有些不敢相信。王全斌说道："我相信！张晖带回去的那些图纸，我仔仔细细地研究过。"

王仁赡突然说道："我想起来了，张晖在此之前曾问过一个叫牟进的降兵，他说是有一条小道可以绕到剑门之后……"

王全斌大喜，连忙问道："那牟进何在？"

王仁赡回道："牟进已归宋，现在是张晖的手下。"

王全斌立即找来牟进和张晖。牟进告诉王全斌，从益州向南走二十里，渡过嘉陵江，再翻过几座大山，便可寻得一条叫来苏的狭路，走过狭路，就是青强店，就可绕到剑门的背后了。

王全斌仰天大笑道："真是天助我也！"

王全斌当即把牟进提升为小头目，并对牟进说道："你领路，我带一些弟兄随你南下渡江。"

崔彦进和王仁赡都争着要率队先行。部将康延泽说道："下官以为，三位大人都不宜先行。蜀军屡战屡败，已无斗志，只需派一名偏将领一路人马从背后袭击，便可夺得剑门。如果三位大人不在军中，倒容易引起蜀人的警觉。"

王全斌认为康延泽说得很有道理，于是就把手下的一名叫史延德的偏将叫到身边道："我给你三千人马和半天时间，你跟着牟进去抄王昭远的后路！记住，你只有半天的时间！半天过后，我就从正面对剑门发动攻击了！"

史延德领命，于一天早晨带着三千人跟着牟进南下了。史延德走后，王全斌对崔彦进和王仁赡道："我们也可以动身了！"

王全斌率军首先渡过了嘉陵江，然后径直向西南的剑门关开去。因为距离比较近，所以宋军就按照王全斌的命令走得不紧不急，中午时分，宋军走到了剑门关之下。

王全斌对王仁瞻道："史延德此时应该绕到了剑门之后。我给你五千弟兄，只要剑门上的蜀军一乱，你就立刻攻上去！"

王仁瞻高兴地道："大人放心，只要你让我打头阵，你叫我跳下山去我都愿意！"

为了吸引蜀军的注意力，为史延德发动突然袭击创造更有利的条件，王仁瞻带着五千人一步一步地开始向剑门山寨摸去。果然，后蜀官兵立即发现了王仁瞻等人，并马上报告了王昭远。王昭远疑惑地道："宋军……就这么攻上来了？"

王昭远来到寨前向下观看，见宋军一个跟着一个地在蜗行。手下问怎么办，王昭远命令道："叫所有的人都过来，准备放箭扔石头！"

七八千后蜀官兵一起挤在了剑门寨的北边，有的手里拿着弓箭，有的手里抱着石头，都紧张分分地盯着下边。王昭远自言自语地道："如此天险，这几千宋军就能攻得上来？"

王昭远正念叨着呢，突然，有人大叫道："宋军打过来了……"

王昭远一惊，后蜀官兵也都是一怔。待弄清宋军是从剑门之南打过来时，后蜀官兵立刻大乱。几乎没有一个人想到过抵抗，纷纷夺路而逃。

王昭远一开始还下意识地大叫道："都不要跑，给我顶住……"可后来，他自己也有意识地逃跑了。因为他已经看出来了，等剑门之北的宋军攻上来，那就谁也逃不掉了。还不错，王昭远总算是逃掉了。

王昭远逃跑的速度很惊人，一口气竟然向南逃了数十里，逃到了赵崇韬所在的汉源坡，跟在他身后的后蜀官兵已不足三千。

赵崇韬看见王昭远那么一副狼狈相，大惊失色地问道："大人，剑门这么快……就丢了？"

"我离开的时候，剑门还没有丢，现在，肯定是丢了……"

赵崇韬还想问什么，王昭远有气无力地摆了摆手道："赵大人，我一路奔波，筋疲力尽，你就让我好好地喘口气吧！"

赵崇韬不再言语。可就在这时，一个部将跌跌撞撞地跑来报告："大人，宋军攻上来了！"

王昭远"腾"地从椅子上蹿起身来。可蹿起身之后，他只是瞪着眼、张着口，一言不发，定定地立在原地。跟着，王昭远就又软软地瘫在了椅子上，呆若木鸡。

赵崇韬无奈，只得强打精神，硬着头皮去布阵迎敌。汉源坡一带的后蜀官兵共有近两万人。只不过，包括王昭远和赵崇韬在内，所有的后蜀官兵都已成了惊弓之鸟。

这样一来，汉源坡之战的结果就没有什么悬念了。宋军猛烈进攻，后蜀军一触即溃。问题是，汉源坡一带尽管很有利于防守，但却不利于逃跑。

然而，王昭远却又一次地逃掉了。当赵崇韬领着王全斌等人来到王昭远原先坐着的地方时，却已不见了王昭远的踪影。

王全斌勃然大怒道："这王昭远，打仗不行，逃起来倒挺快！你就是逃到天涯海角，我也要把你抓住！"

王全斌当即命令一个部将道："我给你一千人，你一直向南追，你要是追不到王昭远，你就不要回来见我了！"最终，王昭远被宋军在东川的一户老百姓的猪圈里揪了出来。

当得知宋军已经打到了东川后，孟昶当着花蕊夫人的面流下泪来。但即便如此，花蕊夫人也确乎帮不上孟昶什么忙，而只是默默地陪着孟昶落泪。

宋军打到了东川，指日便可攻入成都。也就是说，后蜀国完了。当有人把这一消息告诉孟昶的母亲李太后时，李太后表现得很坚强，没有悲伤，更没有落泪，只是长叹一声道："蜀国如此，罪在皇上啊！"

在宋军攻破成都之前，孟昶召开了最后一次群臣会议，主题就是：宋军就在眼前了，后蜀国该何去何从。结果，君臣最后决定——降宋！同时众大臣还决定由宰相李昊负责拟写降表。

还没等降表上的墨迹干透，两路宋军就在成都城内胜利会师了。

有人统计了一下，赵匡胤从出兵攻打后蜀国到孟昶奉表投降，前前后后加在一块儿，也只有六十六天。而短短的六十六天之后，孟昶原先拥有的四十六州、二百四十县的土地和五十三万四千多户的百姓就尽归赵匡胤所有了。这样一来，赵宋王朝的国力，自然有了极大的增长。

还有，赵匡胤花了六十六天的时间，不仅得到了孟昶的后蜀国，还得到了孟昶怀中的那个美人——花蕊夫人！

【第九回】

夫人堪匹花蕊貌，将军不让兴国志

宋军攻打后蜀国的主帅王全斌，不是个简单的人。他是太原人，在后唐、后晋、后周三朝都做过官，而且战功累累。比如，后唐庄宗时，庄宗的亲兵反叛，攻入皇宫，文武大臣惊慌逃跑，只有王全斌等十多人护卫着庄宗，庄宗中了流矢，王全斌将庄宗背到绛霄殿，从而立下大功。后周朝时，柴荣派兵从后蜀国的手里夺得秦、凤两州，王全斌是参战的重要将领之一。后来，柴荣东征南唐，北伐辽国，王全斌都参与其中，并因此与赵匡胤结下了较为深厚的情谊。赵匡胤建宋后，王全斌参加了平定李筠叛乱的战斗，还曾与洛州防御使郭进一起率兵攻入北汉境内，俘虏了数千北汉官兵，胜利而归。正因为如此，王全斌才会在宋朝对后蜀国开战的时候被赵匡胤委以重任。

当然，王全斌一生当中最显赫的战功，或者说，王全斌一生当中最得意的一笔，还是他率宋军在较短的时间内攻灭了后蜀。后蜀国那么大的地盘，又拥有那么多的军队，王全斌只率三万人马便一路打到了成都，此等功劳，还不足以惊天动地吗？

也许正是因为这功劳太大了吧，王全斌有些得意忘形了。如果说，在征战的路途中，王全斌还十分清醒的话，那么，攻入成都之后，他的头脑就开始发热了。

从时间上看，王全斌的北路宋军是率先攻入成都的，两天之后，刘光义和曹彬的东路宋军才进入成都与王全斌会师。刚一入成都，曹彬就觉得情形不对头：宋军官兵在成都城内肆意抢掠，抢财物、掠女人，甚至在抢掠的过程中，有的宋兵还滥杀无辜。

曹彬忙对刘光义说道："蜀国刚被攻灭，局势很不稳定，宋军如此扰民，岂不令人担心？"

刘光义点头道："曹大人言之有理，我们得去向王全斌大人劝说一下。也许，王大人并不知晓此事。"

然而，当刘光义和曹彬急匆匆地找到王全斌并说明情况时，王全斌轻声笑道："知道，我当然知道，就是我叫他们这么做的！"

刘光义和曹彬都大吃一惊。刘光义对王全斌说道："大人，这种事情如果让当今圣上知道，恐对大人及我等不利啊！"

"刘大人多虑了！"王全斌说道，"莫非刘大人忘了皇上对王某说过的话了？"

在攻打后蜀之前，赵匡胤曾召见王全斌道："朕想得到的只是土地！尔等攻城拔寨之后，武器和粮草统一收缴，其余钱帛，一律分发给将士！"

曹彬连忙看着王全斌道："大人，皇上的旨意是把收缴的钱帛分发给手下的将士，今宋军官兵公然抢掠财物，这并非皇上旨意啊！"

一旁的崔彦进哈哈大笑道："曹大人是不是太过计较了？把财物分发给手下的将士和手下的将士从别处夺得财物，这又有什么不同？"

曹彬惊讶地说道："崔大人，分发财物与抢掠财物如何能相同？"

那王仁赡接过话头道："曹大人你又何必这么认真？弟兄们一路征战何等地辛苦，让他们去开开心心也算是对他们的犒劳嘛！"

曹彬还要说什么，王全斌有些不悦地说道："曹大人，我王某虽然无德无能，但好歹也是皇上钦定的主帅，在此偏远之地，我王某说话总该算数的吧？"

曹彬无话可说了，只得默默地离开。刘光义安慰曹彬道："只要我等不放纵手下胡来，也就是了！"

曹彬摇头道："我不是为我等着想，我是在担心：军纪如此之坏，恐有后患啊！"

曹彬的担心并非杞人忧天。王全斌攻下成都后，与崔彦进、王仁赡等人"日夜饮宴，不恤军务，纵部下掠子女、夺财货"，"蜀人苦之"。实际上，他们不仅纵容部下胡作非为，自己也经常为非作歹。更有甚者，花蕊夫人也差点落入王仁赡的手中。本来，花蕊夫人深藏宫中，王仁赡、王全斌和崔彦进都对她不甚清楚。可在准备把孟昶一家人押送汴梁的时候，崔彦进首先发现了花蕊夫人，垂涎三尺地说道："这样的女人只应天上有啊！"

于是，崔彦进便想把花蕊夫人据为己有了。有好事者将此事告之王仁赡，王仁赡连忙跑到崔彦进的跟前道："崔大人，这样的人间绝色，你总不至于独吞吧？"

崔彦进无奈，只得道："王大人，你看这样好不好？这女人先让崔某享用数日，数日之后，定让与王大人！"

王仁赡不满足："崔大人，你何不好事做到底？就让王某率先享用数日岂不最好？"

崔彦进赶紧道："王大人是否有些得寸进尺了？不管怎么说，这女人也是崔某首先发现！"

王仁赡狡辩道："崔大人的确是首先发现了这个女人，但首先发现并非首先享用的充足理由啊！"

崔彦进当然不愿把花蕊夫人拱手相让，而王仁赡也不想眼睁睁地看着崔彦进就那么把花蕊夫人占了去。于是二人就争吵起来，争吵得面红耳赤。没想到，就在他们争吵得不可开交的当口，王全斌却不慌不忙地把花蕊夫人弄进了自己的住处。

崔彦进和王仁赡闻之，不禁目瞪口呆。崔彦进苦笑着对王仁赡说道："你我吵了半天，最终是竹篮打水一场空啊！"

王仁赡也"唉"了一声，说道："这真是'鹬蚌相争，渔翁得利'啊！"

崔彦进后悔不迭地说道："早知如此，你我又何必相争？"

不过，王仁赡和崔彦进虽然对王全斌无可奈何，但凤州团练使张晖却可以制止王全斌。

张晖身负赵匡胤的秘密使命，自入成都后，一直在秘密地关注着花蕊夫人。王仁赡和崔彦进争吵的时候，张晖就准备采取行动了。得知王全斌已把花蕊夫人弄走后，张晖就更不敢怠慢了。

王全斌把花蕊夫人弄到自己的住处后，立即命几个女侍带花蕊夫人去沐浴更衣——他不想浪费太多的时间，他要及时地品尝这人间绝色的滋味儿。

不多时，几个女侍禀告王全斌：花蕊夫人已经沐浴更衣完毕，正在房内恭候。可就在这当口，有人通报："张晖求见。"

王全斌没好气地道："传令下去，两个时辰之内，我任何人都不见！"

但此时张晖已经大踏步地走了进来，怀里还紧紧地抱着一样东西，那东西看模样像是一把剑。

王全斌立刻大声喝道："张晖，我没叫你进来，你如何敢擅自入内？"

张晖却急急地问道："王大人，请告诉下官，那花蕊夫人何在？"

见张晖进门便问花蕊夫人，王全斌顿时火冒三丈，说道："张晖，你好大的胆子！花蕊夫人与你何干？"

张晖轻声说道："大人，花蕊夫人是与下官无关，但与当今圣上有关！"

王全斌不觉一怔："张晖，你这是何意？"

张晖敞开胸怀，露出了尚方宝剑："下官怀中之物，大人想必不会陌生……下官只是奉旨行事！"

王全斌的声音一下子便低了许多："皇上……有何旨意？莫非皇上早就知道了这里有一个花蕊夫人？"

张晖回道："具体情况下官不知。下官只知道，皇上有旨：'孟昶及孟昶的家人，都要丝毫无损地送往京城。'所以，下官以为，这个花蕊夫人，大人万万碰不得！"

王全斌心中的那种痛惜啊，又心有不甘，将那把尚方宝剑拿过来，左看右瞧，似乎在辨明真伪。最终，他有气无力地对张晖说道："你奉旨行事吧！"

就这么着，张晖从王全斌的住处带走了花蕊夫人，并随即与殿直官成德钧等人一道，押送着孟昶一家离开成都，前往汴梁。

说是孟昶一家，其实还包括李昊等一干后蜀大臣，再加上后蜀宫中的一批宫女、太监，这样一来，"孟昶一家"的数量就有数百人之众。不仅人数多，所携带的东西也多，孟昶几乎把后蜀宫中能带的东西都带上了。所以，张晖和成德钧等人北上的速度就非常地缓慢，一天也走不了几十里路。

张晖的任务，只是手持着尚方宝剑小心翼翼地护送那花蕊夫人。他虽然在王全斌的面前说"孟昶及孟昶的家人，都要丝毫无损地送往京城"，那只不过是一种托词而已。赵匡胤给他张晖的任务只有一个——要把花蕊夫人毫发无损地带回汴梁。故而，除了花蕊夫人，其他的事情，张晖都不想多闻多问。

为了绝对保证花蕊夫人"丝毫无损"，张晖还把她与孟昶等人隔离开来，为她专门弄了一辆马车。孟昶虽对此颇有微词，却也无可奈何。

然而，令孟昶敢怒而不敢言的事情还不止这些。那成德钧是一个既好色又贪财的人，他虽然不敢对那花蕊夫人存有什么非分之想，但却敢公然向孟昶索要宫女取乐，还顺便索要一些钱财。如果孟昶不答应，成德钧就对他百般刁难。没法子，孟昶只得将身边的宫女一个一个地送给成德钧，又送去许多的金银财宝。

孟昶对李昊喟叹道："朕乃堂堂一国之君，到头来却受一个小小殿直官的肆意凌辱，这，这叫朕如何心安？"

李昊忙安慰道："皇上，常言说得好：'人在屋檐下，岂能不低头？'"

孟昶的母亲李太后闻之，找到孟昶说道："儿呀，大蜀国已亡，你何不与之同亡？"

看得出，李太后是在劝孟昶为后蜀国殉节。孟昶颇为踌躇地找到儿子孟玄喆问道："儿呀，你说，我等是死了好呢，还是活着好？"

孟玄喆很干脆地回道："儿臣以为，好死不如赖活着！"

孟昶点了点头，于是就赖活下去了。然而，那成德钧贪得无厌，不仅继续向孟昶索要财物，而且要孟昶把除李太后和花蕊夫人之外的所有女人都献出来供他成德钧挑选玩乐。孟昶又气又痛，竟然病倒了。李昊实在难以忍受，便跑去找了张晖诉苦。张晖大惊道："竟有这等事？"

李昊哭丧着脸回道："李某乃一罪臣，如何敢胡说八道？"

张晖了解后，便去劝说成德钧道："当今圣上宽大为怀，你如此对待孟昶等人，如果圣上知道了，恐对大人你不利啊！"

成德钧不以为然地说道："孟昶只不过是一个囚犯，我成某想怎样便怎样，皇上岂会顾及一个囚犯的事情？"

张晖再劝，成德钧充耳不闻。最终，成德钧不顾张晖的劝阻，把数十名后蜀皇妃和宫女强行拢在自己的身边任意地淫乐，还把这一举动戏称为"二度征服蜀国"。

张晖知道后，不禁长叹一声道："成德钧危矣！"

果然，刚一入河南地界，赵匡胤的钦差就迎住了张晖和成德钧。钦差晓谕赵匡胤的旨意："任何人不得以任何借口为难孟昶等人，违者严惩！张晖暂回凤州任原职，不久当有封赏。"

成德钧慌了神，忙找到张晖求助。张晖摇头道："我的任务已经完成，我要回凤州去了！"

张晖走后，成德钧赶紧把强占的女人和勒索的财物悉数还给了孟昶。尽管如此，成德钧也始终在提心吊胆，而且，越靠近汴梁，他就越发地紧张。

乾德三年（公元965年）五月，成德钧和孟昶一行人抵达了汴梁城外。赵匡胤率赵普、赵光义等一干大宋朝臣出城迎接。见孟昶病倒在车上，赵匡胤很是惊讶，连忙问是怎么回事，李昊大着胆子把成德钧的所作所为说了一番。赵匡胤大怒，立即找来成德钧训斥道："孟昶是朕的贵客，朕叫你护送他来京，你如何敢这般待他？你肆意凌辱、百般敲诈，竟然使朕的贵客一病不起，你该当何罪？"

成德钧伏在地上磕头如捣蒜。赵匡胤冷冷地问赵普道："宰相大人，成德钧该如何处置？"

赵普面无表情地回道："臣以为，成德钧罪当处绞！"

赵匡胤冲着赵光义一摆手道："你去执行吧！"

随后，赵匡胤握着孟昶的手道："朕本想今日与你痛饮一番，可见你身体欠佳，又一路劳顿，只得作罢。这样吧，你好好地将息一晚，待明日，朕再与你把酒畅谈！"

赵匡胤又去和李太后打招呼，见李太后不理不睬的，也就没在意似的"哈哈"一笑回宫了。回宫前，他对着赵普使了个眼色。

赵普知道赵匡胤那眼色的含义：既要把孟昶一家人安顿好，又要把孟昶与花蕊夫人隔开。

其实早在宋朝军队去攻打后蜀国之前，赵匡胤就命人在汴梁城外的汴河边建起了数百间房屋——这些房屋就是专门为孟昶一家人准备的。赵匡胤此举固然有招降孟昶之意，同时也不无讨花蕊夫人欢心之嫌。

赵普依照赵匡胤的意思，先把孟昶、孟玄喆、李太后和李昊等人安顿好了，然后另辟一间大屋子安置花蕊夫人。赵普还直言不讳地告诉花蕊夫人道："吾皇陛下欲纳你为妃，你得做好这个思想准备！"

花蕊夫人没言语，只是定定地盯着赵普。赵普虽然沉着老练，却也被花蕊夫人盯得很不好意思，匆匆地吩咐了一下照料花蕊夫人的几个太监和宫女，就多少有些狼狈地离开了。

赵普刚一离开，花蕊夫人便流下了眼泪。

而孟昶却的确是在思念花蕊夫人。入住之后，李昊领着一帮人忙忙碌碌地布置房间，孟昶却独自躺在一边黯然神伤。李昊过去劝慰道："陛下，这些房屋都是大宋皇帝事先准备好的，看来，大宋皇帝对陛下及臣等也不算太薄。依臣之见，大宋皇帝明日召见，定会加封陛下及臣等一官半职……"

孟昶叹息道："李昊啊，朕是在思念爱妃啊！自离蜀之后，朕虽然日日与爱妃同行，但却日日不得与爱妃相见……朕有一种不祥的预感，朕恐怕永远都见不着朕的爱妃了……"

恰好那李太后打此经过，听到孟昶的话后，她沉痛地望着自己的儿子道："你真是可悲又可怜啊！你不去思念大蜀和大蜀的百姓，却在此为一个女人而叹息，你还有何面目苟活在世上？"

孟昶冲着母亲翻了翻眼皮，不再作声。李昊也怯怯地从李太后的身边经过，溜了出去。李太后又重重地看了儿子一眼，然后无精打采地走了。

赵普见到赵匡胤的时候，赵匡胤正在端详张晖带回来的那张花蕊夫人的画像。见了赵普，赵匡胤似乎一点也不着急，只是把那张画像递与赵普，轻声问道："此画何如？"

在此之前，赵普还从未见过这张画像。此刻，他看过画像之后，慢慢地摇了摇头道："皇上，此画是何人所作？竟然这般拙劣？"

赵匡胤心头一震。要知道，他就是看了这幅画像之后才对花蕊夫人心驰神往的。而现在，赵普却用"拙劣"一词来评价这幅画，这说明了什么？这只能说明，真实的花蕊夫人要比画像上的花蕊夫人美艳千百倍，不，至少是美艳千万倍。

这么一想，赵匡胤的表情就变得不那么安详悠闲了。他盯着赵普的眼睛问道："你刚才说，这幅画太过拙劣？"

"是的，皇上。"赵普回道，"这幅画臣就是看上半天也不会怦然心动，而臣适才站在花蕊夫人的面前，只看了她一眼，就止不住心慌意乱起来……"

赵普所言，未免有些夸张了，但对于赞扬花蕊夫人的美貌来说，却又恰如其分。以至于，赵匡胤的心中都隐隐地生起了一丝醋意："赵普，那花蕊夫人朕未尝亲见，你倒是先睹为快了啊！"

赵普忙道："臣只不过是奉旨行事！"

"你说得对！"赵匡胤笑了，"赵普，你知道吗？在你来之前，朕曾这么想：如果那花蕊夫人名不副实，那朕明日就在朝廷上召见孟昶诸人，反之，朕就在寝殿里宴请他们！"

赵普说道："依臣之见，皇上理当在寝殿里设宴！"

"是呀，是呀，"赵匡胤不想再掩饰心中那欣喜的心情了，"如果朕不在寝殿里设宴，那花蕊夫人岂不要怪罪于朕？"

突地，赵匡胤敛笑问道："赵普，朕纳花蕊夫人为妃之后，她会不会有轻生的念头？"

赵普躬身说道："在臣看来，花蕊夫人断不会生起此念！"

"那就好，那就好！"赵匡胤连连点头。

第二天上午，赵匡胤在自己的寝殿里召见了孟昶、孟玄喆、李太后和花蕊夫人。李昊等一干后蜀大臣则站在殿外候旨。

赵匡胤的左边坐着赵普，右边坐着赵光义。赵普因为见过花蕊夫人了，所以面上还比较从容；而赵匡胤和赵光义就不然了——两人都将目光毫无避讳地射向花蕊夫人。

当着孟昶母子的面，赵氏兄弟就那么毫无顾忌地盯着花蕊夫人观瞧，这岂不有失大宋体统？

其实，赵氏兄弟之所以会那么看花蕊夫人，是因为当时并没有什么人在注意他们。刚一入赵匡胤的寝殿，孟昶和花蕊夫人的目光就紧紧地粘在一起了。自离开成都后，这两人还从未有机会像现在这般面对面地相见，现在机会来了，他们还不一次看个够？尤其是那花蕊夫人，已经得知赵匡胤要纳她为妃，所以，她看着孟昶的那种目光，就更是多了一层幽怨。而孟玄喆则一直低着头看着自己的脚尖。此时，李太后也识趣地将头扭向一边。故而，赵匡胤召见孟昶等人，一开始的时候非常安静，静到赵普都能听见其他人的心跳声。

只有赵普不动声色，他一会儿看看赵匡胤，一会儿又看看花蕊夫人。在座的诸人，赵普全都观察了一番。估计时候差不多了，赵普就重重地咳嗽了一声。

随着赵普的咳嗽声，几乎所有人的目光都立即改变了方向。从这个时候起，赵匡胤的召见才算是真正地开始。

一眼看过去，赵匡胤的这次召见，气氛是亲切又友好的。赵匡胤对孟昶称兄道弟，喊孟玄喆为"贤侄"，呼李太后为"国母"。赵匡胤还真诚地问李太后道："朕听说国母不太喜欢住在汴京，敢问国母意欲何往？"

李太后也没客气，直截了当地回道："我想回故乡！"

李太后是并州人，并州即是当时北汉国的都城太原。赵匡胤当即表示道："待朕平定了刘钧，一定送国母荣归故里！"

接着，赵匡胤加封孟昶为开府仪同三司、检校太师兼中书令、秦国公。孟玄喆被封为秦宁军节度使。写降表的李昊也摇身一变，成了大宋朝的工部尚书。

后蜀虽为赵匡胤所灭，但后蜀君臣都得到了赵匡胤的封赏，对孟昶诸人来说，这多少也算作是一种安慰了吧。尤其是那个孟玄喆，在赵匡胤封赏完毕后的宴席上大吃大喝，真有点乐不思蜀的味道。李太后见状，不禁悲从中来，喃喃自语道："寄人篱下，何乐之有？"

许是听见了母亲的喃喃自语，面对着丰盛的酒宴，孟昶既很少动箸，又很少端杯。赵匡胤见状，笑着对孟昶说道："孟兄为何不吃不喝？你身体虽然不好，但饮上几杯酒，料也无妨啊！"

酒宴开始前，赵匡胤命几个太监宫女把花蕊夫人领走了——她马上就是他赵匡胤的妃子了。孟昶思念心切，但又无可奈何，所以很少端杯。

见赵匡胤此时劝酒，孟昶大喝起来。谁都能看出，孟昶是想一醉方休。

赵普假意劝孟昶道："你这般大口吞酒，恐有伤身体啊！"

"是啊，"赵匡胤也微笑着看着孟昶，"朕只是叫你饮上几杯酒，并非叫你拼命地喝啊！"

宴席散了的时候，赵匡胤煞有介事地对赵普和赵光义说道："朕有要事，下午和晚上都抽不开身，烦二位代朕在玉津园设晚宴款待孟兄及国母一行！"

花蕊夫人被几个太监宫女领到一间房内后，神思有些恍惚，人也变得有些机械了。不过，她明白，她以后就是大宋朝后宫里的女人了。

几个太监把饭菜端到她的面前，她没有拒绝。虽然饭吃得很少，但喝了不少的汤。

几个宫女簇拥着她去沐浴，沐浴完毕，她就僵硬地伫立在一张飘散着芬芳的大床旁边，仿佛一尊雕塑。

突然，一句尖细的嗓音传来："皇上驾到！"

赵匡胤大步流星地来到她的房间门前。还没入房间呢，他就大声喊道："爱妃何在？"

花蕊夫人只是把僵硬的身体动了一下，然后低声说道："臣妾在此……"

可别小看这"臣妾"二字啊！她这么说，就等于承认自己是赵匡胤众多女人中的一员了。所以，赵匡胤的心中顿时欢喜异常。

赵匡胤冲着两边侍立的太监和宫女道："你们还站在这里干什么？难道朕的爱妃现在想看到你们的嘴脸吗？"

那些太监和宫女慌忙退下。之后，赵匡胤才笑吟吟地问花蕊夫人道："爱妃，这间房子是朕昨晚特地为你安排的，房内的一切也是朕亲手为你布置的，不知爱妃觉得如何啊？"

花蕊夫人所处的房内设置，唯"素雅"二字。就听花蕊夫人淡淡地说道："皇上昨晚真是太辛苦了！"

她并未直接回答他的提问。赵匡胤也不在意，还自顾自地解释道："朕听说爱妃乃当世才女，朕的文化虽不能与爱妃比肩，但朕也知道，如果将此房布置得金碧辉煌，那就太俗了，也就玷污了爱妃的绝世容颜。爱妃，朕之所言，可有几分道理？"

这回，她正面回答他的话了："皇上所言，总是至理！"

他连忙道："爱妃不能这么说。从今往后，朕与爱妃就是夫妻了。既是夫妻，爱妃就可以堂而皇之地反驳朕的话，因为朕所说的话也并非句句都在理！"

只是，她没有说话，而且脸上依旧没有笑意。但赵匡胤却满面笑容地坐在了床边，招呼道："爱妃，来，坐在朕的身边。"

她很听话，慢慢地坐在了他的身边。赵匡胤又道："来，爱妃，坐在朕的腿上。"

她依旧很听话，又慢慢地坐在了他的腿上。

赵匡胤爱怜地捧起她的一只手，一边轻轻地摩挲着一边轻轻地说道："朕知道，爱妃此时心里肯定不太好受。爱妃此时的心情，朕绝对能理解……一个国家亡了，爱妃到了一个新的国度里，个中滋味，爱妃即使不说，朕也完全明白！不过，在朕看来，爱妃应该多朝别处想想……"

花蕊夫人突然道："皇上是叫臣妾去想大蜀国为什么会亡吗？"

既然花蕊夫人提出了这个问题，赵匡胤也就饶有兴味地问道："莫非爱妃知道那孟昶何以亡国吗？"

花蕊夫人没说话，而是缓缓地走到了书案前。因为赵匡胤知道她颇有才学，所以她的房间里，书橱、书案及笔墨纸砚等应有尽有。

赵匡胤恍然大悟道："朕真是太糊涂了！爱妃这等有才学，爱妃何不即兴作诗一首？"

赵匡胤说着话，就走到她的身边，亲自为她研墨。她提起笔来，略做沉吟，就工工整整地写下一首七言绝句来。诗云："君王城上竖降旗，妾在深宫哪得知？十四万人齐解甲，更无一个是男儿！"

花蕊夫人所写是一首好诗，赵匡胤看了顿时觉得两颊隐隐地发起烧来。这诗的最后一句"更无一个是男儿"中的"更无一个"，是否也包括他赵匡胤？他赵匡胤灭了后蜀国倒也罢了，却又把她花蕊夫人也据为己有，这等勾当，岂是"男儿"本色？

赵匡胤倒也大度，虽然脸颊发烧，却也笑容可掬。不仅如此，他还拍案叫绝道："写得好！写得妙！朕过去只听说曹植曹子建才高八斗、七步成诗，可现在看来，就是曹子建活到今日，也只能对爱妃自愧不如啊！他七步方可成诗，而爱妃于一念之中便斐然成章，这高下之差，又何异于天壤之别？"

花蕊夫人漠然说道："皇上谬奖臣妾了！想那曹子建也曾金戈铁马，驰骋疆场，是何等的英勇！而臣妾却只能深锁宫中，形影相吊……"

赵匡胤赶紧道："爱妃此言差矣！宫闱虽深，但有朕相伴，爱妃是不会寂寞的！"

花蕊夫人不再言语，默默地走到床边坐下，而赵匡胤也不想让她再多说些什么了。赵匡胤以为，要断绝她回到孟昶身边或者放她出宫的念头，最好的也是最有效的方法便是尽快地占有她的身体。占有了她的身体，她就真正地属于他赵匡胤了，也就不会胡思乱想了。

若是换了别的女人，他恐怕早就扑上去了。而面对着花蕊夫人，他似乎不敢过分地造次。他的言行举止，也确乎变得优雅起来了。

见她在床边坐下，他也坐在了床边。坐下之后，他和颜悦色地对她道："朕有些疲倦了，朕想上床休息了……"

她缓缓地起身道："让臣妾替皇上宽衣。"

虽然她的言语中没什么情感，但他还是喜滋滋地起身道："爱妃替朕宽衣，那朕就为爱妃解带！"

当黎明匆匆到来的时候，赵匡胤终于发现，从下午到晚上，又从晚上到黎明，如果他不挪动她的身体的话，她就一直懒懒地躺在床的中央。而且，她的脸上也自始至终地显现出漠然的表情。

赵匡胤生气了，甚至发怒了，他真想狠狠地教训花蕊夫人一顿。但最终，他还是放弃了这个念头。

于是，赵匡胤暗想：时间是最好的医生，时间一长，她的心病也就痊愈了，她的脸上便也会笑逐颜开了。这么想着，赵匡胤就轻轻松松地去料理国事了。当然，料理国事之余的时间，他几乎全花费在了花蕊夫人的身上了。

然而，出乎赵匡胤意料的是，二十多天过去了，花蕊夫人依然如故，依然漠然地回应着赵匡胤的动作。无论他对她做什么，她几乎都毫无反应。

一个雨天，赵匡胤召赵普入宫陪他饮酒。入了宫，在赵匡胤的对面坐下，赵普便微笑着说道："皇上，如果臣没有记错的话，快一个月了，臣没有这般与皇上在一起饮酒了！"

赵匡胤似乎很是惊讶："赵普，你如何记得这般清楚？"

赵普回道："臣记得，自那位花蕊夫人入宫之后，皇上就把臣给淡忘了。"

赵匡胤连忙道："赵普，你这话是什么意思？朕难道是那种重色轻友的人吗？再说了，与你赵普相较，那花蕊夫人纵然是仙女下凡，也微不足道！"

赵普躬身说道："皇上此言，令微臣万分感动！微臣今日真想来一个一醉方休！"

"且慢！"赵匡胤从怀里摸出一张纸来，"你暂时还不能醉，朕这里有一首诗，你先给品鉴一下，然后再醉不迟！"

赵普双手接过那张纸。纸上写有四句诗："君王城上竖降旗，妾在深宫哪得知？十四万人齐解甲，更无一个是男儿！"

赵普仰头看了一下赵匡胤，说道："皇上，在臣看来，此诗像是出自花蕊夫人之手。"

"不错，"赵匡胤竭力保持着镇定从容的表情，"但不知爱卿以为此诗如何啊？"

赵普回道："此诗如何，臣不敢妄做评议，因为皇上比臣看得透彻！巧的是，臣这里有一首小词，不知皇上可有兴致一睹？"

赵匡胤略略皱了皱眉："赵普，你什么时候开始填起词来了？"

赵普也从怀中摸出一张纸来："皇上一睹便全明白了！"

赵普恭恭敬敬地将一张纸放在了赵匡胤的眼前。赵匡胤垂下眼帘，那张纸上的确写有一首小词，词牌为《采桑子》。词曰："初离蜀道心将碎，离恨绵绵。春日如年，马上时时闻杜鹃。三千宫女如花貌，妾最婵娟。此去朝天，只恐君王宠爱偏。"

赵匡胤盯着《采桑子》看了老半天，然后抬起眼帘盯着赵普的眼睛问："赵普，这首小词真的是你所填？"

赵普不紧不慢地说道："皇上高看微臣了！微臣哪有这等细腻情思？微臣只不过是将这首词誊抄一遍罢了。"

"赵普，"赵匡胤不觉伸长了脖子，"莫非，这首词也是出自花蕊夫人之手？"

赵普说道："这首小词究竟出自何人之手，臣实不敢肯定。臣只是听说，那花蕊夫人随孟昶一起赴汴梁的时候，途经葭萌驿，一时心动，便在葭萌驿的墙壁上题下了这首小词。"

"竟有这等事？"赵匡胤将信将疑，"朕如何全然不知？"

赵普说道："臣也是刚刚才听说此事，所以便把这首小词抄录下来以供皇上过目！"

赵匡胤忽地笑了："赵普，朕明白了！这首小词本是你所写，你故意编造这个故事来拿朕开心，是也不是？"

赵普慌忙道："皇上，臣即使吃了熊心豹子胆，也不敢拿皇上开心啊！更何况，就凭臣这点文化，也写不出这样的词来啊！"

赵匡胤相信了："赵普，如此说来，这首小词真的是花蕊夫人所为？"

赵普摇了摇头："皇上，那葭萌驿本在利州，而据臣所知，花蕊夫人离蜀赴汴梁的时候，根本就没有经过利州，所以，臣以为，说此词乃花蕊夫人题写在葭萌驿之壁上，实不足信！"

"你说的有道理！"赵匡胤点点头，"这首小词定是那些好事者所为！"

突然，赵匡胤蹙眉问道："赵普，你既然不相信这首词乃花蕊夫人所写，又为何要抄来与朕观看？"

赵普淡淡一笑道："因为臣觉得，皇上今日召臣饮酒，定与那花蕊夫人有关。"

"哦？"赵匡胤转动了一下眼珠子，"何以见得啊？"

赵普答道："臣在入宫前，只是这么猜想，而见了皇上之后，臣就敢这么肯定了……不然，皇上就不会一见面便拿出那首诗让臣观瞧，而且，一直到现在，臣与皇上也没有举杯……"

赵匡胤表现出非常感兴趣的模样："赵普，你继续说下去。"

赵普继续说道："恕臣斗胆……如果臣所料不差，那花蕊夫人自入宫之后，一直冷面如冰，使得皇上心烦意乱！皇上虽然拥有了花蕊夫人，但并不开心……"

赵匡胤一时无言，之后他缓缓地说道："赵普，你如何知道得这般清楚？"

赵普把那首《采桑子》词拿过来看了看，然后重又放回到赵匡胤的面前道："皇上，臣只是这么猜测而已……臣的猜测是，皇上希望花蕊夫人能够像这首词的下阕所描绘的那样情意绵绵，而实际情况可能是，花蕊夫人一直沉浸在这首词的上阕中而不能自拔……"

见赵匡胤低头不语，赵普多少有些惴惴不安地道："皇上，如果微臣适才所言有唐突冒犯之处，尚请皇上恕罪！"

赵匡胤抬头叹道："赵普啊，你真是太精明了，而且是越来越精明了！既然你如此精明，那朕也就据实相告：正如你所料，朕今日召你饮酒是假，想让你替朕解忧才是真啊！"

赵普小声地问道："皇上之忧果然与那花蕊夫人有关？"

赵匡胤点头道："花蕊夫人入宫已二十余日，这么些天来，她从未在朕的面前露过笑脸，甚至从未主动地跟朕说过一句话！朕，朕实在是忧心如焚啊！"

赵普说道："皇上对孟昶一家可谓是仁至义尽了！即使是那些蜀国旧臣，皇上也是优待有加。按常理，花蕊夫人应该能够领会皇上的博大胸襟和高尚品德！"

"谁说不是呢？"赵匡胤一脸的困惑，"朕加封孟昶一家人，加封那些蜀国旧臣，都是当着花蕊夫人的面。朕甚至当着她的面把刁难勒索孟昶的那个成德均给斩了，这些，她不可能不知道，可她就是不领朕的情！现在朕虽然拥有了她的身体，但却无法拥有她的心！赵普，你说朕该如何是好？”

“皇上说得是呀！”赵普一副十分理解又十分同情的模样，“那花蕊夫人虽然美若天仙，但整天冷面相对皇上，皇上心中的滋味也的确是不好受啊！”

赵普说着，自顾斟了一杯酒，一饮而尽，还有滋有味地咂了咂嘴。赵匡胤急了：“赵普，你倒是快替朕出主意啊！主意出好了，朕保证与你一醉方休！”

赵普却沉默了好长一段时间。赵匡胤实在忍不住了，便有些不悦地说道：“赵普，如果你没有什么好主意，那就请回吧！你那贤德的夫人还在家里盼望你呢！”

赵普见不能不说话了，便悠然说道：“臣不敢欺瞒皇上，臣适才默然无言，是因为臣想起了自己的故乡。臣虽然是在滁州得以幸遇皇上，但臣的故乡却是在幽州，臣的童年便是在幽州度过的。”

赵匡胤好歹对赵普比较了解，所以也就没有发火，而是不冷不热地问道：“赵普，花蕊夫人与你的故乡有何关系？”

赵普就像没听见赵匡胤的发问，自顾接着说道：“……臣在幽州有一个童年的小伙伴，姓名记不甚清了，但他给臣的印象极为深刻。他天真活泼、无忧无虑，整天地蹦蹦跳跳，有说有笑。可有一段时间，他不再说笑了，变得愁眉苦脸的了，饭也吃不香，觉也睡不稳，几乎任何事情都不再能够引起他的兴趣了，更不用说让他再露出笑脸了。原来，他从野外捉回了一只受伤的小鸟。他把那只小鸟放在一个小木箱里，没日没夜地去伺候它，希望它能够早日恢复健康，但那只小鸟却一直半死不活地躺在小木箱里。这样一来，臣的那个小伙伴就一心牵挂在那只半死不活的小鸟身上了，眼见着他一天天地消瘦、憔悴，甚至为此一病不起。他的父母万分焦急，可又想不出什么好办法。就在这当口，臣给他们出了一个主意——只要把那只小鸟偷偷地弄死，一切就万事大吉。他们听了臣的话，真把那只小鸟弄死了。果然，臣的那个小伙伴以为小鸟是因伤而死的，在悄悄地流了几滴眼泪之后便了无牵挂了。很快，他又恢复了原来的模样。”

赵普说完，目光越过赵匡胤的头顶，似乎在遥望着他的故乡幽州。然而，赵匡胤敢绝对肯定，赵普刚才所讲的故事，纯粹是胡编乱造出来的。

赵匡胤自然知道赵普编造故事的用意。如果赵普口中的那个童年小伙伴就是花蕊夫人的话，那么，那只受伤的小鸟便只能是孟昶了。也就是说，花蕊夫人之所以一直冷面相对赵匡胤，就是因为那孟昶还活着。想到此，赵匡胤压低嗓门问赵普道：“你是叫朕杀掉孟昶吗？”

赵普回道：“臣岂敢叫皇上随便杀人？臣只是在当着皇上的面回忆童年的一段往事而已！”

赵匡胤意味深长地一笑道："赵普，你还在演戏啊？你以为朕不知道你在编故事？真没有想到啊赵普，原来你的心是这样的残忍！"

赵普赶紧道："皇上误会微臣了！并非微臣残忍，而是微臣在为皇上解忧！"

赵匡胤缓缓地摇头道："赵普，朕承认，你适才所言确有道理，但是，朕实不忍心这么做。朕不久前才加封了孟昶，现在又何忍将他置于死地？"

赵普说道："皇上仁厚为怀，天下皆知。可是，臣以为，如果皇上一直不忍，那皇上就永远无法得到花蕊夫人的真心！臣以为皇上应当三思啊！"

赵匡胤低头思索了一会儿，然后抬起头，举杯招呼赵普道："来，喝酒！"

赵普也没再问，端起杯来与赵匡胤同饮。一阵觥筹交错之后，赵匡胤说道："朕已不胜酒力，想回殿休息了。"

赵普说道："臣早已不胜酒力，只是没有见到皇上点头或者摇头，所以臣不敢告辞！"

赵匡胤站起了身，赵普也慢慢地爬起。赵普明明白白地看见，赵匡胤重重地点下了头。

不过，赵普并没有亲手对孟昶下手，他找到了赵光义。他首先问赵光义道："你说，大千世界当中，无论男人或女人，人人都有一颗残忍之心吗？"

赵普问得很突然，但这难不倒赵光义。赵光义回答道："应该是这样吧！就男人而言，有所谓'无毒不丈夫'之说，就女人来讲，也有'最毒妇人心'之语！"

"难怪啊，"赵普恍然大悟似地道，"我向皇上建议偷偷地把孟昶处理掉，皇上一开始不同意，但最终还是同意了！"

赵光义多少有些吃惊："赵普，我皇兄要除掉孟昶？"

赵普简明扼要地道："孟昶不除，那花蕊夫人就对皇上没有笑脸！"

赵光义不禁睁大眼睛道："原来如此啊！"

赵普对赵光义说道："我向皇上提出除掉孟昶，已经残忍过一回了，不知光义兄弟是否有兴趣也残忍一回？"

赵光义爽快地答应道："我就替皇兄残忍一回吧！"

赵普叮嘱道："最好能做得神不知鬼不觉。"

赵光义笑道："这点能耐我还是有的！"

一个风和日丽的上午，赵光义独自一人，悠搭着双手，没事人似的走进了孟昶的住处。

大宋皇弟来了，孟昶自然不敢怠慢，小心地献起了殷勤。而赵光义则温和地笑着，谦逊地说着话。他不仅大加赞美孟昶居室内部装潢布置的华丽，还真诚地询问孟昶在生活上可有什么难处。这着实令孟昶大为感动。

临近中午时，赵光义起身告辞。孟昶赶紧说道："赵大人大驾光临，无论如何也得留在寒舍饮杯水酒，不然，孟昶如何能过意得去？"

见孟昶真心实意地邀请，赵光义也就不再客气："好，我赵光义今日就叨扰孟兄一顿！"

孟昶忙着要派人去喊儿子孟玄喆等来此陪客。赵光义拦阻道："小弟酒量有限，只想与孟兄饮上几杯叙叙家常，孟兄又何必邀三呼四？"

赵光义既然如此，孟昶也只好顺从。不过，虽只有两人对饮，菜肴却是异常丰盛的，盛菜的器皿也几乎全是金银所制。赵光义暗想：都说孟昶生活侈靡，今日一见，果然不虚。

见菜肴摆得差不多了，赵光义打发走了旁边的仆人。赵光义道："小弟今日只想与孟兄对饮，若有他人在场，小弟恐难以饮得尽兴！"

孟昶附和道："赵大人所言甚是！今日，我孟昶定要陪赵大人痛饮一番！"

两个人就你来我往的共饮起来。一眼看上去，这两个人的关系仿佛相当融洽。

若论酒量，孟昶至少是赵光义的三倍。而当时喝酒的杯子，又奇大无比。故而，七八杯酒下肚之后，赵光义看上去就有些坐不稳了，且手中的杯子一会儿举得多高，一会儿又放到孟昶看不见的地方——看起来确乎是饮酒过量了。

孟昶小心翼翼地说道："赵大人，你看这样好不好？从现在开始，我孟昶喝一杯，你赵大人只需饮半杯……"

孟昶显然是在关心赵光义，但赵光义好像不领情，他将手中的杯子往孟昶的面前一放道："孟兄，你似乎有看不起小弟的意思啊！小弟再不能饮酒，也不会比你孟兄饮得少！你好好看看，我杯里的酒比你杯里的酒少吗？"

听起来，赵光义是在说酒话了。孟昶赔笑道："赵大人说得对！赵大人杯里的酒一点也不比我杯里的酒少！"

这时，赵光义继续说着酒话："我不是吹，虽然朝野上下都知道我不能喝酒，但我喝酒的时候从不装孬！"

"是，是！"孟昶点头哈腰道，"今日看来，赵大人应是海量啊！"

"来！"赵光义顺手端起了一只杯子，"孟昶，让你我连饮三杯！"

孟昶当时非常清醒，他发觉赵光义端错了自己的杯子，刚要提醒赵光义，赵光义却"咕咚"一声将杯里的酒喝光了。而且，赵光义还将杯口朝下问道："孟兄，我饮酒如何？"

孟昶无奈，只得一边端起赵光义的杯子一边说道："赵大人如此豪爽，我孟昶敢不效仿？"

于是，孟昶也"咕咚"一声，将赵光义杯子中的酒喝了个底朝天。只可惜，孟昶并不知道，他刚才喝下去的酒里已经融入了一种慢性毒药。

三天之后的晚上，孟昶开始觉着不舒服。李太后问他哪儿不舒服，孟昶回道："从上到下，从里到外，就像针扎的一样……"

李太后忙着派人去喊大夫，可大夫瞧不出孟昶患了什么病，也无从下药。李太后只能眼睁睁地看着孟昶痛得在床上打滚。大夫勉强开了两剂药，可根本止不住孟昶的疼痛。

孟昶的疼痛越来越厉害。他在被那种莫名的疼痛整整折磨了一夜之后，死了。死的时候，他的身体缩成了一团。若干年之后，那南唐后主李煜被赵光义毒死的时候，也是这么一副扭曲的形状。所不同的是，那李煜生前便知道自己迟早会被赵光义害死，而孟昶直到临死的那一刻也不知道究竟发生了什么事。

孟昶死的时候，赵匡胤正待在花蕊夫人的房间里。

第二天，天刚亮，一个太监在外面禀道："赵普赵大人求见！"

赵匡胤预感到，赵普此刻求见八成与那孟昶有关。若是，自然应该让花蕊夫人及时地知晓。所以，就冲着外面问道："可知赵普求见所为何事？"

那太监回道："赵大人说，那秦国公孟昶适才因病而逝……"

赵匡胤心中一阵窃喜。虽窃喜不已，他还是装作极惊诧地"啊"了一声。只不过，花蕊夫人比他"啊"得更早和更真实。

赵匡胤这回起身穿衣了，而且速度极快。他还对花蕊夫人说道："朕一直把秦国公当作是自己的兄长，他此番病逝，朕不能不去看望！"临走时，他还温情脉脉地摸了摸她的脸颊。此刻，她的眼眶里已经闪现了点点泪花。

出了花蕊夫人的房间之后，赵匡胤吩咐先前禀报的那个太监道："这段日子，你就在这里伺候。花妃娘娘的一举一动，你都要仔细地留意，切不可疏忽！"那太监应诺。

赵匡胤亲自赶往孟昶住处吊唁。见孟玄喆哭得死去活来，许多后蜀旧臣也呜咽不已，赵匡胤也情不自禁地洒下了几行热泪。

赵匡胤当即追封孟昶为"楚王"，还叮嘱陪同的赵普要"以礼厚葬之"。不少大宋朝臣也跟着赵匡胤来到了孟昶的家中，其中数赵光义表现得最为悲伤。赵光义一边哽咽着一边说道："孟兄啊，数日前，小弟还与你畅饮，可现在，你为何就匆匆地别小弟而去了呢？"

孟昶死得那么突然，自然会有人起疑心。只不过，疑心可以生，但不可道出，更不能到处乱讲。不然，自己可就要掂量掂量后果了。

赵匡胤忽然发现孟昶的母亲李太后不在孟昶的灵堂，便问赵普道："朕之国母何在？"

赵普回道："她老人家在自己的房间里。"

赵匡胤觉得有些蹊跷，便对赵普说道："你陪朕去安慰安慰她老人家吧！"

李太后果然是待在自己的房间里。赵匡胤等人看见，她正盘腿坐于床上，把三杯酒依次洒在地面上——这是一种祭奠形式，李太后以此来祭奠自己的儿子孟昶。

有人欲向李太后通报，被赵匡胤制止了。这时，李太后开口说道："昶儿啊，你苟且偷生是因为不能为国而死，所以才有今天的下场啊！为母苟且偷生是因为你还活着，不忍心死，现在，你终于死了，为母也就没有苟且偷生的理由了！"

赵普闻言一惊，忙着去看赵匡胤。此时，赵匡胤的双眼已经湿润，并潸然泪下。

赵匡胤站在李太后的门前流了好长时间的泪，而李太后就像没看见赵匡胤等人似的，依旧盘腿坐于床上。最后，赵匡胤拭了拭眼角，轻声对赵普等人说道："走吧……不要打扰她老人家！"

赵普也轻声说道："臣以为，她老人家恐不久于世了！"

果然，五天以后，赵匡胤得到禀报：李太后仙逝了——她是绝食而死的。等赵匡胤领着赵普等人匆匆赶到李太后的住处时，他惊异地发现，那李太后依然盘腿坐在床上，面色红润，就像五天前见到的那样。

这是一个多么坚强的女人啊！她之所以保持着这么一种姿势告别人间，是因为她的心里很是不甘：后蜀国那么大的地盘，那么多的人口和军队，为何竟会毁于一旦？这究竟是谁之过、谁之罪？

也许只有赵匡胤才能深刻地理解李太后的不甘心。所以，他又一次落泪了。

自孟昶暴死后，赵匡胤有近二十天未踏入花蕊夫人的房门了。一来孟昶尤其是李太后之死，赵匡胤心中实在是悲伤，二来赵匡胤是想利用这段悲伤的日子来等候花蕊夫人的改变。欢乐能改变一个人，悲伤同样能改变一个人。所以，赵匡胤就故意暂时疏远了花蕊夫人。

在"疏远"了花蕊夫人第二十天的那个晚上，赵匡胤带着淡淡的酒香迈进了花蕊夫人的房间。他刚一迈入花蕊夫人的房间，花蕊夫人就笑吟吟地迎上来施礼道："臣妾恭候皇上大驾。"

赵匡胤一时间呆住了。在这一刻，他赵匡胤仿佛一下子成了天底下最幸福的人！

花蕊夫人被赵匡胤看得有些心里没底，不觉喃喃说道："皇上，臣妾是不是惹你生气了？"

"没有，爱妃绝对没有惹朕生气！"赵匡胤回过神来，一边急急地向床边走一边说道，"朕高兴都来不及呢，又哪会生气？"

他毫不掩饰地答道："多日未见爱妃，朕有些性急也合情合理！"

早晨醒来，赵匡胤禁不住地又是一阵狂喜。这只能说明花蕊夫人已经心甘情愿地承认了这么一个事实：赵匡胤是可以无条件地占有她身心的唯一男人！

所以，赵匡胤醒来之后的一个念头就是：应该好好地去感谢一下赵普。巧的是，赵匡胤正要召见赵普，赵普却主动入宫了。只不过，赵普此番面见赵匡胤，并非为了报喜，而是来报忧的。

准确点讲，赵普是来向赵匡胤表示他的一种担心。他对赵匡胤说道："皇上，蜀国的降兵降将一直没有消息，臣心中很是不安……"

早在乾德三年春天，也就是王全斌率宋军占领了成都后不久，赵匡胤就派人通知王全斌："把蜀国的降兵降将集中起来，然后一起送到汴梁来。"

从时间上推算，那王全斌应该早已派人把蜀国的降兵降将送到汴梁来了，至少，那些降兵降将应该走在了来汴梁的路上。可据赵普言称，这么多天来，他一直没有得到那些降兵降将的任何消息。

赵匡胤见了赵普，本是满心欢喜的——花蕊夫人冲他笑了，这岂不是天大的喜事？然而，听赵普这么一说，赵匡胤的眉头马上就紧锁了起来，向赵普问道："你说，那些降兵降将至今杳无音讯，会不会是那王全斌等人在成都给朕惹出了什么祸乱？"

赵普犹犹豫豫地道："臣不敢对此事妄加推测，臣只是有些担心而已。也许，臣的这种担心是多余的。蜀地那么大，地形又那么复杂，王全斌他们也许一时之间很难将那些降兵降将全部集中起来送往京城……"

赵匡胤说道："蜀地人多，如果王全斌他们处事不慎，真的惹出什么祸乱来，那就很难收拾了！"

赵普点头道："皇上说得对！臣正是因为有这种担忧才来面见皇上的。蜀军不堪一击，但蜀地的百姓却不能轻视。如果蜀地真的发生了什么祸乱，那就将大大影响皇上的统一大业！"

赵匡胤问道："你派人西去了吗？"

赵普回道："臣在入宫之前，已派人去往成都……但愿，一切都平安无事吧！"

赵匡胤哼道："如果王全斌真的给朕惹了大乱，影响了朕的统一大业，那么，他纵有灭蜀之功，朕也绝不轻饶他！"

宋军中的精锐大都已开往后蜀国，赵匡胤的意思是等王全斌安定了后蜀国之后抽兵回来再作他谋。如果后蜀国真的发生了什么非常之事，那开往后蜀国的宋军就势必不能及时回到汴梁。这样，赵匡胤便很难继续他的统一大业了。

见赵匡胤一副忧心忡忡的模样，赵普就轻声笑道："对了，皇上，臣刚刚进来的时候，见皇上眉宇间都透着一股笑意，是不是皇上遇见了什么大喜之事？"

听赵普转移了话题，赵匡胤也就暂时抛开了王全斌。一抛开王全斌，那花蕊夫人便自然而然地占据了赵匡胤的脑海。故而，赵匡胤也轻声笑道："赵普，你说的没错，朕的确是遇见了一件大喜事！"

赵普故意做出一副神秘兮兮的样子道："皇上，如果微臣所料不差，皇上所遇之喜事，乃花蕊夫人已经绽开了笑脸……"

"赵普啊，"赵匡胤脸上的笑容明显地浓厚了，"看来朕的什么心事都瞒不过你啊！所以呢，朕就想好好地感谢你，感谢你给朕讲了那么一个童年小伙伴和受伤小鸟的故事！"

"皇上言重了！"赵普冲着赵匡胤深深地施了一礼，"臣子给皇上讲故事为皇上解闷，那是臣子的荣幸。花蕊夫人能够在皇上的面前绽开笑脸，这既是皇上的喜事，更是臣子的福分！不过，微臣此时有一个小小的请求，想当着皇上的面提出，不知皇上可否恩准？"

赵匡胤不禁一乐："赵普，这里又没有他人，你今日为何变得如此彬彬有礼啊？是你想提的这个请求有些过分了，还是你提的这个请求有些难以启齿呀？"

赵普回道："皇上误会微臣了！微臣并非为自己提什么请求，而是想向皇上自己提一个请求。"

赵匡胤说道："你有什么话就快说，别绕来绕去的叫朕听了难受！"

"是！"赵普说道，"微臣想请求皇上不要生立花蕊夫人为大宋皇后的念头……"

"赵普！"赵匡胤马上就睁大了眼，"朕什么时候说过要立花蕊夫人为大宋皇后了？"

"皇上在此之前从未这么说过，"赵普语速很慢，"但微臣担心皇上在此之后会对臣等这么说！"

"你，"赵匡胤有些不知道说什么才好了，"赵普，你管的事情是不是太多了？"

"皇上说得是！"赵普倒也承认了，"臣也觉得自己有多管闲事之嫌。但臣作为宰相，该管的闲事就不能不管，更何况，立大宋皇后根本就不是什么闲事！臣以为，那花蕊夫人毕竟是亡国之妃，充其量，她也只能做大宋皇帝的一个后妃……"

"赵普，"赵匡胤明显地有些不悦了，"朕既然从未说过要立花蕊夫人为后的话，你在此啰里啰唆的，岂不是太多余了？"

赵普说道："臣适才所言的确是太多余了，不过臣还有一句多余的话：大宋已近两年无后了，皇上也该考虑此事了！"

赵匡胤不冷不热地说道："此事朕自然会考虑，就不劳宰相大人操心了！"

因为赵匡胤是这个态度，所以赵普此次与赵匡胤的会谈就可以说是不欢而散。表面上看起来，似乎赵普不该提及那个"立花蕊夫人为后"的话题，而实际上，赵匡胤之所以对赵普不快，恰恰是因为赵普一语道出了赵匡胤潜意识中的一个念头。换句话说，如果赵普不提及这个话题，那么，用不了多久，赵匡胤便会向赵普等人提出"立花蕊夫人为后"的想法了。也就是说，赵普事先给赵匡胤打了一剂预防针，省得赵匡胤"病"起来之后难以"医治"。试想想，如果哪一天赵匡胤在朝廷上宣布"花蕊夫人为大宋皇后"，那谁还能改变？

不过话又说回来，即使赵普不打预防针，赵匡胤最终也未必真的会立花蕊夫人为皇后。因为天下人谁都知道，花蕊夫人本是后蜀国的皇妃，后蜀国的皇妃如果变成了大宋朝的皇后，那多少也有损于大宋王朝和赵匡胤的形象。这个道理，赵匡胤岂能不明白？只是在赵匡胤的潜意识里，的确有立花蕊夫人为后的念头罢了。

但问题就出在这个潜意识里。赵匡胤已经想出来的事情，他赵普能够猜出来倒也罢了，而赵匡胤还没有想出来的事情，他赵普也能够猜出来，这，他赵普岂不是太过精明了？在赵匡胤的面前表现出这等精明来，赵匡胤焉能不生气？这是赵匡胤有些小肚鸡肠了，还是那赵普太过卖弄自己的非凡智慧了？小肚鸡肠固然不好，但太过卖弄恐也不当。

好在赵匡胤并非那种小肚鸡肠的人，而赵普也并非时时都在卖弄自己。更何况，在过去的日子里，赵匡胤与赵普也曾面红耳赤地争吵过。争吵过后，二人不就又和好如初了吗？

乾德三年十月的一天晚上，赵匡胤正与花蕊夫人交颈而眠。突然，一个太监的尖叫声把赵匡胤和花蕊夫人都惊醒了："皇上，赵普赵大人有要事求见！"

赵匡胤一骨碌儿身便翻身下了床，花蕊夫人也赶紧下床为赵匡胤穿衣。赵匡胤面色沉重地道："赵普此时求见，不是北边发生了战事，就是成都方面发生了意外！"

果然，王全斌来信紧急求援，说是后蜀国降兵和百姓叛乱，叛乱者多达十数万之众！

参加叛乱的人数足有十七万，号称"兴国军"。叛首叫全师雄，自称为"兴蜀大王"。全师雄开设幕府，置立节度使二十多人，俨然以皇帝自居了。后蜀国四十六州中响应全师雄叛乱的多达十七州。叛军分据要害之地，派重兵把守剑门，将中原与蜀地的联系几乎完全隔断。全师雄正在调兵遣将，准备攻打成都。

以上种种消息，是王全斌等人派亲信从东边绕道送往汴梁的。据王全斌称，成都府十多个县都参加了叛乱，所以成都几乎变成一座孤城了。王全斌在求援信中这样写道："如果大宋援兵不及时赶到，成都将难保。"

如果成都被全师雄的叛军攻占，那将意味赵匡胤在攻打后蜀国的战斗中彻底地失败了。他唯一的收获，也许只剩下花蕊夫人了。

所以，当着满朝文武的面，赵匡胤咬牙切齿地说道："王全斌啊王全斌，你坏了朕的大事了！朕如何能轻饶于你？"

众大臣赶紧劝说皇上息怒。一大臣说道："皇上，事情还没有弄清楚，蜀人叛乱也未必就是王全斌之过啊……"

赵匡胤大喝一声道："住口！我大宋军队攻打蜀国时，蜀军非败即降，那时如何没有叛乱之事发生？而现在，蜀国亡了，蜀国的降兵和百姓反而叛乱了，这又怎么解释？难道王全斌不该对此负全部责任吗？"

赵普连忙道："皇上，臣以为，现在还不是追究责任的时候！现在最紧迫的是尽快发兵平定蜀人之乱！不然，后果将不堪设想啊！"

后果是不言而喻的。如果全师雄叛乱成功，那赵匡胤原先占领的荆、湖地区就极有可能也发生动乱。南方一乱，北方的辽国和北汉国就会趁势南侵。到那个时候，赵匡胤恐怕就不是想着如何统一天下的问题，而是只能想如何自保了。

不过，后果再严重，毕竟还没有发生，赵匡胤还有时间和力量来阻止这种后果变成现实。最主要的，赵匡胤是一个处变不惊的人，而且，他心中也有了一个比较完整的计划。

就听赵匡胤高声叫道："开封府尹赵光义听旨！"

赵光义一步就从队列中跨出。赵匡胤吩咐道："你带两万禁军和一万厢军火速南下，从归州一带驰援成都！到达成都之后，一切军机大事由你全权掌握！你记着，平叛是你的首要任务。但是，在平叛的过程中，你要把蜀人为何叛乱的原因给朕彻底查清楚！这两项任务，你如果有一项没能完成，那你就不要回来见朕了！"

赵光义朗声应道："臣弟接旨！臣弟保证完成任务！"

赵光义问赵匡胤是否还有别的什么旨意。赵匡胤沉吟道："入蜀之后，你见机行事吧！"

赵光义匆匆地走了。赵匡胤面对着群臣又连颁了两道诏令：命令荆、湖二地各州县官吏加强戒备，密切防范那些心存不轨的人可能发动的叛乱；命令中原各州火速选兵入京以供朝廷差遣。

赵普向赵匡胤提议："为配合赵光义平叛行动，应免除川、陕各州一年的赋税。参加叛乱的有很多老百姓，如果皇上免除他们的赋税，也许会有不少百姓放下武器，停止叛乱！"

赵匡胤表示赞同，于是当即颁诏：免除川、陕各州一年的赋税和各种苛捐杂税。

赵匡胤又问赵普道："你以为，光义入蜀平叛可有十分把握？"

赵普回道："臣以为，光义精明能干，定会荡平叛乱！只是，蜀地广大，地形又复杂，加上叛军人数众多，光义可能要在蜀地耽搁很长时间啊！"

赵匡胤又不禁气愤起来："朕灭蜀只用了六十六天，而平叛却可能要花上一两年的时间！待光义平叛归来，朕定要与那王全斌好好地算算这笔账！"

看模样，王全斌等人是很难逃脱赵匡胤的严厉惩处了。说不定，王全斌等人还会掉脑袋。只是赵普不这么看。赵普以为，王全斌等人定会安然无恙！

且说赵光义率领两万禁军和一万厢军离开汴梁之后，径向西南方的归州开去。从汴梁到归州，上千里路程，赵光义率军只用了十多天时间便走完了。到达归州之后，赵光义让部队略做休整，然后就急急地向西而去。

速度再快，也走了二十多天。二十多天之后，赵光义的部队开到了成都的东郊。虽然一路上并未遇到什么叛军，但赵光义也不敢冒冒失失地就把军队全部开进成都，而是把部队留在东郊一带休息，先派了一支小分队进城去打探消息。

很快地，进城打探消息的小分队回来了，同时回来的还有刘光义。这就说明，成都城依然掌握于宋军之手。赵光义也没有急着向刘光义询问什么，而是命令三万军队迅速开进城内吃饭休息。

进城之后，赵光义没有看见王全斌等人，而且城内的宋军也稀稀拉拉的。刘光义告诉赵光义："王全斌、崔彦进、王仁赡和曹彬等人都各领一路宋军出城与叛军作战去了，现在，成都城内只有三千多宋军。"

刘光义对赵光义说道："大人未来时，下官整日提心吊胆……城内如此空虚，只要有一股叛军再来攻城，下官就保不住城池了！"

赵光义不紧不慢地说道："请刘大人备些饭菜让赵某果腹，我们可以边吃边谈！"

刘光义赶紧备下了一桌酒菜。赵光义也不客气，自顾大吃大喝，只在吃喝的间隙，用眼角的余光瞟着刘光义。刘光义被赵光义瞟得心里有些发毛，一边小心翼翼地陪赵光义吃喝，一边小心翼翼地向赵光义汇报情况。

据刘光义称，全师雄的叛军主要集中在成都的东北和西北。蜀地其他州县相对还比较稳定，这也就是赵光义一路西进没有遇到什么拦阻的原因。一月前，全师雄率大部叛军猛攻成都，但被宋军挫败，只得退却。

刘光义告诉赵光义："叛军大致分成两部分，一部分在成都西北各州县活动，由叛首全师雄亲自率领。另一部叛军由全师雄的族弟全师杰统率，控制着从绵州到剑门这一带的州县，把由陕南入蜀的通道完全封锁。那全师杰被全师雄封为'兴国军节度使'，是全师雄以'兴蜀大王'名义所封的二十多个节度使当中权力最大的一个。

"目前，王全斌大人、崔彦进大人和王仁赡大人正在西边与全师雄作战，那曹彬大人正在东北与全师杰作战。王全斌大人命下官留守成都，下官不敢擅自离开。”

赵光义不动声色地问道：“刘大人，那全师雄是何等人物？为何竟能一呼百应？”

刘光义回道：“全师雄本是一名蜀将，与我大宋军队作战时主动地投降……后来蜀兵叛乱时推举他为首，成都府十余县的百姓也纷纷加入了叛军，所以叛军的气焰就越发地嚣张……若不是我大宋军队英勇善战，成都怕早已沦于全师雄之手……”

赵光义仍然那么不慌不忙地问：“刘大人，全师雄既然主动地归降我大宋，又为何会突然地发动叛乱？”

“这……”刘光义怯怯地看了赵光义一眼，然后低下头，一时没言语。

赵光义的语调变得有些冷了：“刘大人，你是不便告诉我呢，还是不想告诉我？”

“大人，”刘光义赶紧道，“下官如何敢对大人隐瞒？只是这里的情况比较复杂，下官恐一时说不清楚……”

赵光义说道：“刘大人尽管慢慢说来，赵某有的是时间！只不过，赵某想提醒刘大人一句：希望刘大人所言皆是事实！”

刘光义连忙道：“下官绝不敢说谎！”

赵光义点了点头：“你说吧！”

刘光义顿了一下，然后慢慢地说开了。他说得很有条理，主要说了两方面的内容——这两方面的内容就是蜀人发动叛乱的主要原因。

间接原因是自宋军占领了成都之后，成都城内外的蜀人就开始对宋军不满了，且这种不满的情绪还越来越浓烈。蜀人之所以对宋军不满，自然是因为以王全斌、崔彦进和王仁赡为首的一批宋将，不仅放纵部下在成都城内外烧杀淫掠，自己也为所欲为。王全斌等人为所欲为的程度随着时间的推移而在逐步地加深。例如王全斌等人公然将后蜀国皇宫里的宝库打开私自瓜分。王仁赡还大言不惭地对王全斌和崔彦进说道：“蜀人这么富有，我们自然也要跟着沾沾光！”

宋军主将都如此为所欲为，其部下当然就更加肆无忌惮了。肆无忌惮到什么程度？例如王全斌手下有个将领叫王猛，许是对一般的为非作歹之事干得有些腻了，就开始玩起新的花样来了。他竟用刀子割去女人的乳房，而且专割那些降兵降将的妻子的乳房。据不完全统计，因被王猛割去乳房而致死的女人至少有上百名。

以王全斌为首的宋军在成都一带这般胡作非为，蜀人岂不对此恨之入骨？故而，蜀人发动叛乱也就成了必然。

蜀人发动叛乱的直接原因是宋军对开赴汴梁的降兵降将太过虐待。王全斌奉赵匡胤旨意，将俘获的后蜀国降兵降将集中在一起押赴汴梁。因降兵降将早就对宋军不满，不愿北上，所以王全斌费了好大气力才将俘虏们集中在了一起。这就是为何赵匡胤和赵普在汴梁一直听不到俘虏消息的原因。而押送俘虏开赴汴梁的宋军将领恰是那个王猛。

王猛是王全斌的亲信，他本不愿离开成都的，可又没法子，只得满腹不快地北上了。北上的途中，王猛很自然地就把一肚子的不快发泄到那些俘虏们的身上了。对俘虏们拳打脚踢成了王猛的家常便饭，而且他还放纵部属任意地欺侮俘虏。更有甚者，王猛有时还故意不给俘虏们吃饭，然后催逼着他们不停地赶路。

可以这么说，俘虏们对以王猛为首的宋军实在是忍无可忍了。到达绵州的时候，俘虏们几乎没有商量就发动了暴乱。王猛等两千来个押送的宋军被打了个措手不及，死伤过半。亏得王猛腿长，跑得快，才侥幸拣了一条命。俘虏们暴乱得逞后，共推全师雄为首。全师雄也没推辞，干脆打出"兴国军"的旗号，自封为"兴蜀大王"。附近的百姓闻之，纷纷赶来投入。短短几天工夫，全师雄的身边就聚拢了近十万人，而且规模还在不停地扩大。

于是，全师雄就一边对族弟全师杰等人封官授爵，一边派军向北扩展，占领了剑门等要害之地，阻断了陕甘与蜀地的通道。同时，他又亲自率军南下，企图一鼓作气地拿下成都，真正地完成"兴蜀""兴国"大业。

王猛狼狈地逃至成都后，王全斌等人大为震惊。虽然王全斌等人当时并未怎么去考虑蜀兵为何会反叛，但他们却也知道，如果不尽快地将叛乱平息下去，让大宋皇上得知了，万一追究下来，恐他们都要吃不了兜着走。故而，王猛刚一逃至成都，王全斌还未把事情的来龙去脉弄清楚呢，便去领兵北上去平叛。

这期间，刘光义和曹彬曾提出自己的看法：一、可以对叛军进行招抚，化干戈为玉帛；二、应及时将此事禀告皇上知晓，聆听皇上有什么旨意。

但王全斌不同意。王全斌以为，蜀人既已叛乱，那就当严厉镇压，待把叛乱平息之后再禀告皇上也不迟。

王全斌是主帅，刘光义和曹彬拗不过，再加上崔彦进和王仁赡也竭力支持王全斌，刘光义和曹彬就只能保留自己的看法。于是，王全斌和王仁赡就领着两万宋军北上去平叛了。

王全斌之所以不愿将蜀人叛乱之事及时地告诉赵匡胤，是因为他以为全师雄等叛军乃乌合之众，根本不堪一击，既如此，把全师雄等人擒住了押往汴梁岂不是更好？正因为如此，当曹彬劝他多带些兵马北上时，他很是不以为然地说道："王某率三万宋军从凤州打到成都时，那么多的蜀军都挡不住，今区区一些叛军，怎堪我两万大军一击？"

王全斌说得豪气十足，听起来也颇有道理。想当初，后蜀军的主力几乎全集中在成都的北面，但结果，后蜀军不仅未能阻挡住王全斌南下的步伐，且军中主将也——被王全斌生擒活捉。

然而，事与愿违的是，王全斌和王仁赡遭到了入蜀以来的第一次败仗。当二人领兵匆匆地赶到东川，迎面与全师雄所率的叛军相遇。宋军只有两万人，而全师雄却拥有六七万之众。一开始，王全斌没有把叛军放在眼里，他对王猛等部将说道："叛军多为百姓，只会耕种不会打仗，你们只要带着弟兄们向前冲就行了！"

宋军果然排着方阵向前冲了。可是，全师雄手下虽然多为百姓，但个个都不怕死。这样一来，宋军尽管杀死了许多叛军，但并未将叛军击退，更没有将叛军击溃。相反，全师雄仗着人多，居然将王全斌、王仁赡和宋军包围了起来。起初，王全斌还不想突围，命令宋军原地搏杀，可后来，王全斌终于清醒地认识到，如此搏杀下去，两万宋军极有可能全军覆灭，最好的结果恐怕也只是两败俱伤。于是，在王仁赡等人的建议下，王全斌这才下令部队突围。饶是如此，若不是王猛等一干亲信的拼力冲杀，王全斌和王仁赡恐就要成为全师雄的俘虏了。

虽然，宋军在东川一战中只阵亡了三四千人，损失算不上特别大，但对王全斌等人的震动却不小。就王全斌而言，他至少明白了这么两个事实：他王全斌和宋军也会吃败仗；叛军的实力切不可小觑，最起码也比原来的蜀军强大得多。于是，王全斌就一边加强成都城的防务，一边赶紧派人从东边绕道去汴梁向赵匡胤求援。

没两天，全师雄率叛军包围了成都城。王全斌发现，全师雄的叛军虽然在东川之战中伤亡不小，但包围成都城的叛军数量却有增无减，达到了七八万之多。很明显，全师雄在开往成都的路途中，又有许多百姓加入了叛军。

王全斌越发感到事态的严重性了。他趁叛军的包围圈还没有拢紧的当口，再次派人出城去向汴梁紧急求援。他还阴沉着脸对崔彦进、王仁赡、刘光义和曹彬等人说道："我们一人负责防守一段城墙，谁要是失守了，谁就自刎！"

曹彬叹息道："事已至此，我等如果再保不住成都，即使不自刎，也无脸再面见皇上了！"

好在那全师雄虽然人多势众，但攻城乏术，猛攻了七八天，丢下上万具尸体也未能奏效。王全斌等人见叛军攻得疲惫了，趁一个阴沉的夜晚，偷偷地摸出城去袭击叛军。叛军毕竟不如宋军那般训练有素。宋军此次偷袭，至少又杀死上万名叛军。全师雄有些害怕了，不敢再围攻成都了，就引兵开往成都西北，打算等军队实力增强了再来谋取成都。

王全斌等人当然不会在成都坐等着全师雄的实力增长。他们深知，让叛军在外面游弋的时间越长，就会有更多的百姓加入叛军。于是，王全斌就决定，宋军主动出击与叛军交战，即使不能打败叛军，也能在很大程度上遏制叛军实力的增强，待朝廷援兵到来之后，再与叛军进行总决战。

从当时的具体情况来分析，王全斌的这一决定还是很有见地的。只是宋军的人数过少，不可能对叛军进行全面出击，故而王全斌又决定由刘光义领一小部宋军驻守成都，另派曹彬带万余宋军开往东北袭扰全师杰，不让他西去支援全师雄，其余宋军由王全斌、崔彦进和王仁赡率领，一起开往西北方向，力争将全师雄的叛军击溃。

王全斌只留下刘光义和少数宋军驻守成都是十分冒险的。如果他的宋军主力未能击溃或截住全师雄，而让全师雄的叛军又攻到成都城下，那成都城是否还能握于宋军之手，可就不敢断言了。故而，大部宋军开出城之后，刘光义就整天地提心吊胆。就在这当口，赵光义及时地赶到了。

听完刘光义的叙述后，赵光义眯缝着双眼问道："刘大人，依你所言，那全师雄叛乱当是事出有因了？"

刘光义躬身道："下官以为，宋军自入成都后，军纪极其涣散，这是导致蜀人叛乱的主要原因……"

赵光义又问道："刘大人与那曹大人曾劝阻过王全斌等人不要过分地扰民，而王全斌等人都置若罔闻。如此看来，王全斌、崔彦进和王仁赡岂不就是导致蜀人叛乱的罪魁祸首？"

刘光义赶紧道："大人，下官位卑，不敢擅自评说上司。不过，下官适才所言，句句属实。大人若不相信，可以去问曹彬曹大人，也可以去问现在城中的宋军将士……"

赵光义仿佛自言自语道："那曹彬素有良将之称，既是良将，当不会做出扰民之举，更不会纵容部下去做害民的勾当！"

刘光义忙道："大人所言极是！那曹大人不愧是一位良将……下官所言，若有半句谎话，愿受大人惩处！"

赵光义点头道："刘大人，赵某相信你的话。赵某想请刘大人把适才所言详详细细地写下来以备皇上查询，刘大人可愿意？"

刘光义回道："下官谨遵大人之命！"

赵光义又嘱咐了刘光义几句，然后便去休息了。他入城的时候是黄昏，休息的时候天早已黑透。虽然很疲倦，但他一时也未能睡着，因为他的心中极端气愤。他想到，如果刘光义所言一切都是真的，那王全斌等人纵有灭蜀之大功，也难抵引发叛乱之大罪。他之所以在刘光义的面前一直很从容镇定，是因为他牢记着赵匡胤的话：平定叛乱是首要的任务，其他的事情都应放在叛乱平定之后来处理。

第二天一大早，赵光义留下五千宋军给刘光义，然后带着两万五千人的军队开往东北方向。他本想留一万人在成都的，而刘光义以为，城内已有三千宋军，再加上五千人，叛军即使来袭城，也不易得手。刘光义还对赵光义说道："大人前去平叛，军队自然是越多越好，而下官只是守城，有这些军队也就足矣！"赵光义最终同意了。

赵光义率军开往东北，显然是要帮助曹彬去对付全师杰。本来，赵光义也可率军去西北帮助王全斌等人攻打全师雄。但赵光义以为，全师雄比较强大，恐一时很难击溃，而全师杰相对较弱，又扼守着中原入蜀的通道，如果能在较短的时间内消灭全师杰，打通中原入蜀的道路，那就不仅能极大地鼓舞宋军的士气，且对全师雄的叛军主力也是一种极大的震慑。故而，赵光义就决定先行与那曹彬兵合一处。

早有人将赵光义的行动告诉了曹彬。当时，曹彬率万余宋军在东川的西南一带设防。迎住赵光义之后，曹彬满面愧色地对赵光义说道："下官实在有负皇恩啊！不然，大人又何必匆匆入蜀。"

赵光义忙道："曹大人不必自责！据赵某所知，蜀人叛乱，与你曹大人无关。"

曹彬摇头道："无论如何，下官也有难以推卸之责啊！"

赵光义笑道："曹大人，我们先把叛军灭掉，然后再去追究责任如何？"

"大人说得是！"曹彬赶紧道，"下官早就想拿下东川了，可又怕绵州的叛军赶来增援进而威胁成都，所以一直不敢擅动！现大人至此，下官也就可以转守为攻了！"

绵州在东川西北约一百里处。东川驻有叛军万人，而绵州却有两万叛军，这三万叛军归一个叫欧阳宏智的人统辖。欧阳宏智是全师雄封授的二十多个节度使之一，但受全师杰节制。

赵光义对曹彬说道："我率兵至此，那欧阳宏智可能并不知晓。你带一万五千人猛攻东川，我带两万人在东川和绵州之间设伏，如何？"

曹彬称赞道："大人高见！如果欧阳宏智派人来援东川，大人定可打他一个措手不及！"

结果，曹彬率一万五千宋军刚一攻打东川，那欧阳宏智就亲率万余人赶来增援，半道上中了赵光义的伏击。欧阳宏智负伤逃回绵州城，慌忙派人去剑州向全师杰求援。

剑州在绵州东北三百多里处，全师杰率四万余叛军驻扎在那里。赵光义想在全师杰的援兵到达绵州之前拿下绵州，所以在击败欧阳宏智之后就着急地回师与曹彬一起迅速地攻占了东川，然后，又与曹彬一起包围了绵州。

赵光义对曹彬说道："我们在东川已经耽搁了三天，我估计，再有三天，全师杰的援兵就可到达这里。也就是说，三天之内我们必须拿下绵州。不然，我们将会十分被动！"

曹彬向赵光义保证道："大人，绵州就交给下官了！下官若是在三天之内拿不下绵州，愿受大人惩处！"

曹彬虽然只带了万余宋军，却硬是在三天之内攻下了绵州城。从剑州开来的叛军援兵闻听绵州已失，又慌忙撤了回去。

宋军拿下绵州之后，并没有马上就去攻打剑州，而是在绵州一带进行了休整。

赵光义问曹彬道："待我军休整完毕，开往剑州与全师杰交战，胜负当如何？"

曹彬回道："下官以为，剑州叛军数量虽多，但我军依然可以取胜。但下官担心的是，如果剑州以北的叛军全都开到剑州，那胜负就难以预料了！据下官所知，仅利州一处就有叛军两万多人！"

利州即是今天四川的广元，在天险剑门关东北约一百里处。全师杰之所以在利州一带驻有许多兵马，当然是因为利州紧靠着陕南——全师杰害怕宋军会从陕南一带打过来。

赵光义沉吟着对曹彬说道："曹大人，我听说剑门乃一夫当关万夫莫开之所在，如果，我们偷偷派出一支部队，绕过剑州直取剑门，待夺得剑门之后，岂不是就把南北叛军隔开了吗？同时对剑州的叛军也是莫大的威胁！"

曹彬连忙道："大人真是足智多谋啊！我军如果夺了剑门，则不仅可以使剑州的叛军人心惶惶，同时也孤立了利州一带的叛军。说不定，利州一带的叛军会不战自溃呢！"

曹彬这一回可不是吹捧，因为赵光义此计的确有出人意料之处，且也有出奇制胜之效。于是，赵光义和曹彬就开始行动了。

他们先派人前往剑门一带侦察。经侦察，扼守剑门要塞的叛军并不多，只有三四千人。于是，曹彬就奉赵光义之命领着八千宋军偷偷地往剑门而去了。

曹彬率八千宋军前往剑门也是经过认真考虑的。如果只想夺取剑门，则曹彬只需带三千宋军便足矣。三千宋军的战斗力，恐两倍的叛军也难以相比。可问题是，宋军夺取剑门之举，只是宋军攻打剑州的一个组成部分。曹彬不仅要在夺了剑门之后把利州叛军和剑州叛军完全隔开，还要有一定的实力从北边夹击剑州。正因为如此，曹彬也不能带过多的军队去剑门。如果赵光义在绵州的军队太少，那全师杰倾剑州之兵南下的话，赵光义恐就挡不住了。挡不住全师杰事小，成都城要是有什么闪失那就事大了。所以，赵光义和曹彬商量来商量去，最终曹彬只能带八千人去夺取剑州。

即便如此，赵光义也不敢保证自己就一定能够挡住全师杰倾巢南下。故而，曹彬刚一离开，赵光义就派人驰往成都，令刘光义把一支四千人的军队开到成都与绵州中间，随时准备增援绵州。

而战况的发展却使得赵光义此举变为多余。赵光义待在绵州不动，全师杰待在剑州也不动。这样，曹彬就十分从容地攻占了剑门，而且损失十分轻微，只伤亡了三百多人，而剑门的叛军却死伤大半，其余叛军不知所终。

曹彬夺了剑门之后，利州和剑州的叛军都慌了。利州叛军集中两万人马拼命攻打剑门，但无功而返，且还折损了两位由全师雄封授的节度使。

如果，当利州叛军攻打剑门的时候，全师杰能够及时地派兵从南边也去攻打剑门，那么，曹彬纵有三头六臂，他手下的宋军官兵哪怕是天底下最英勇善战的人，恐也很难守得住剑门。然而，全师杰没有这么做。他没有这么做的原因，当然是怕他派兵去攻打剑门的时候，赵光义会趁机攻占剑州。他这种害怕也不无道理，因为曹彬刚一攻占了剑门，赵光义就率宋军向剑州开进了。

绵州距剑州有三百来里，而剑州距剑门关只有数十里，哪怕全师杰倾剑州之兵攻打剑门，在攻取了剑门之后，赵光义的军队恐还没有开到剑州城外呢。然而，全师杰由于过于顾虑剑州的安危，失掉了这次难得的战机。

战机一失去，想再挽回就困难了。当得知利州叛军攻打剑门大败而归后，全师杰终于醒悟到自己犯了一个严重的错误。他忙着就想派兵去夺回剑门，但已经迟了，赵光义的军队开始在剑州城外穿梭了。虽然赵光义的军队在人数上比他全师杰的军队少许多，但宋军的战斗力却不可低估。故而，全师杰就龟缩在剑州城内动也不动。他以为，凭手下四万叛军，加上城内早已储备好的丰富的粮食，守住一个剑州城，当不是什么难事。

然而，令全师杰没有想到的是，那赵光义率宋军刚一试探性地攻城，城内的叛军就开始惊慌失措起来，失去了固守城池的信心。

故而，有一天黄昏，赵光义率数千宋军攻城，差一点就攻破了城池。

全师杰急了。他深知在这种情况下，只要有一小股宋军攻入城内，城内就必然大乱。与其如此被动挨打，那还不如主动出击，一举将南边的宋军打退。

于是，就在一天早晨，全师杰拼凑了三万人马，有恃无恐地开出城去，分三路朝着赵光义的营地扑来。

早有人报知赵光义。赵光义在迅速派人驰往剑门传达命令的同时，把大小将领召到身边说道："只要我等在此守上四个时辰，叛军必败，剑州城必克！"

曹彬接到赵光义的命令后，立即率手下大部宋军南下剑州，只留下数百宋军把守在剑门要塞。他对部下说道："我们最好能在两个时辰内攻破剑州，不然，北边的叛军知道了，定会拼命地攻打剑门，要是北边的叛军通过了剑门，那受夹击的就不是全师杰，而是我们了！反之，如果我们迅速地攻破了剑州，即使北边的叛军攻下了剑门，也无济于事了！这一仗能否全胜，能否一举将全师杰的叛军彻底击溃，就看我们的了！"

　　结果，曹彬率数千宋军迅速开到剑州城北郊后，只用了不到一个时辰便攻入了剑州城，并很快地占领了城池，还俘获了数千叛军，包括一名由全师雄封授的节度使。

　　闻听剑州城已被宋军攻占，正在与赵光义作战的那些叛军顿时就乱了套。他们不再往前冲了，而是四散奔逃，实在来不及逃跑的，只好做了赵光义的俘虏。

　　占领了剑州城，打跑了全师杰，赵光义和曹彬就可以说是已经取得了在成都东北平叛的彻底胜利。剩下来的事情，就是挥军越过剑门关北上，把利州等地的叛军也一鼓作气地扫荡干净。

　　于是，赵光义和曹彬就率军西进，与王全斌、崔彦进和王仁赡等人兵合一处，共同对全师雄作战。这样一来，成都西北战场的形势顿时就发生了变化。

　　本来，赵光义和曹彬在成都东北与全师杰交战的时候，王全斌所部宋军与全师雄叛军之间虽互有攻守，互有胜负，但总体来看，宋军是攻少守多，胜少负多，有时还被叛军追得到处躲藏。而赵光义和曹彬与王全斌等人会合后，宋军就立即处于攻势了。这不单单是因为与全师雄作战的宋军在人数上得到了大大的增加，更重要的原因是，全师杰溃逃到全师雄的身边后，全师雄所部叛军的军心已经开始动摇了。

　　在赵光义的统一指挥下，宋军接二连三地打了好几次胜仗。而自与赵光义正面交锋、接连吃了几次败仗之后，全师雄慌了，不仅不再有什么百姓主动地参加叛军，且叛军内部还出现了开小差现象。有一天夜里，数百名叛军在一个"节度使"的率领下不辞而别了。更为糟糕的是，全师雄突然病了，而且病得很厉害，只得坐在马车上行进。

　　全师雄深知，如果这种状况持续下去的话，那叛军即使不被宋军击溃，恐也要自行瓦解了。他同时也知道，只有重新树立起叛军官兵的信心，叛军才能够再打胜仗，才能够再次赢得百姓的拥护，也才能够最终赢得这场战争的胜利。

　　全师雄想得不错，但问题是，如何才能重树叛军官兵们的信心？他找来全师杰等人商量，最终决定孤注一掷地去攻打成都。全师雄以为，只要能够把成都攻下，那局面就会完全改变。

　　全师雄知道，蜀地的宋军大部都开来与他作战了，成都城内不会有多少宋军。不过他也知道，如果不设法把赵光义拖住，那他攻打成都的想法就只能是一个想法。所以，全师雄就命令两个"节度使"领一万多叛军留在西北麻痹赵光义，自己与全师杰率四万多叛军主力悄悄地开向东南，准备攻取成都。

　　没想到，全师雄的这一意图被宋军发觉了，王全斌等人马上就要催军去追赶全师雄。这当口，大宋皇弟赵光义充分显示了自己的军事才能。他阻止了王全斌等人的举动，又命曹彬率一万宋军火速赶往成都。他还给曹彬下了两道死命令：

一是必须在全师雄到达之前进入成都城，与刘光义一起抵挡全师雄对成都的攻击；二是必须在宋军主力开到成都城外围之前坚守住成都，待宋军主力对全师雄发动攻击之后，开城出击叛军。

曹彬急急地领兵走了。王全斌等人也很快明白了赵光义的意图：赵光义是想一举将全师雄的叛军歼灭，彻底平定蜀人之乱！

有曹彬和刘光义两股宋军近两万人守城，全师雄在一月之内是很难攻下成都的。有了这一段时间，宋军主力就可以从容地把全师雄留在西北的所有叛军扫荡干净，然后从容地开到成都附近，而那个时候，全师雄的叛军恐早已攻城攻得精疲力竭了，自然挡不住宋军主力的致命、也是最后的一击了。赵光义此举，似乎可以称之为"将计就计"。

王全斌等人虽然都有过人的军事才能，但对赵光义的这一"将计就计"，也都钦佩有加。王全斌当着赵光义的面称赞道："大人目光深远，下官等自愧弗如啊！"

赵光义淡淡一笑道："待叛乱彻底平定之后，王大人再如此夸我也不迟啊！"

乾德四年（公元966年）十月底，宋军在蜀地的平叛行动已经持续了整整一年了。不过，在这一年所剩下的日子里，宋军的平叛行动非常地顺利，也非常地轻松。

以赵光义为首的数万宋军先是在成都西北尽情地扫荡了一番，把全师雄留在那里的叛军扫荡完毕。接着，宋军兵分两路，一路由北向南开往成都，另一路则由西向东朝成都挺进。果然不出赵光义所料，全师雄的叛军主力久攻成都不下，早已经疲惫不堪了。

叛军攻不下成都，这本在宋军将士的意料之中，然而，赵光义率宋军主力都逼近成都了，全师雄的叛军却还在全力而又徒劳地攻城。这就大大出乎许多宋军将士的意料了。

王仁赡疑惑地问崔彦进道："叛军为何不抓紧时间逃跑？"

是呀，如果叛军在宋军主力赶到之前迅速逃跑，虽然定将被宋军追击而全军溃败，但至少也能逃掉一些。而现在，宋军主力都快打到叛军营地了，叛军却依然浑然不觉似的在攻城，这叛军岂不是在自寻死路吗？

崔彦进回答王仁赡道："也许，叛军知道自己的气数已尽，不想再逃了吧！"

这当然不是什么"气数"的问题。原因是全师雄的病情加重了。叛军在攻打成都城期间，全师雄一直处于半昏半醒状态。昏睡的时候，他自然无话可说，可只要一清醒过来，他便对着全师杰等人大叫道："攻城！攻城！一定要攻进城去！"

巧的是，宋军主力迫近成都的时候，全师雄又昏睡过去了，且一连昏睡了好几个时辰。有人向全师杰建议："赵光义打过来了，赶紧向南撤吧。"全师杰却回道："不行！王爷没有命令撤退，就必须攻城！"

"兴蜀大王"全师雄在昏睡过去之前根本就不知道宋军主力已经打来，又如何下令撤退？这样一来，北路宋军和西路宋军就得以从容地从两面夹击叛军了。

这时，曹彬和刘光义也倾城出动对叛军进行了反击。叛军如何能禁得住三路宋军的攻击？这时候，叛军官兵也不需要谁下命令了，不想逃跑的乖乖地做了俘虏，想逃跑的见路就奔，敢于荷剑执枪与宋军为敌的，统统见了阎王。当然，在当时那么一种情形下，抵抗的叛军少之又少。

能成功逃走的叛军也不是很多。叛军本来都集中在成都的北面，曹彬、刘光义开城出击之后，叛军的北、西、南三面都有宋军，叛军便只好向东逃了，而成都以东一百里处是一条由北向南流的沱江，故而，一直向东逃的叛军几乎都被穷追不舍的宋军捉住了。

宋军也不都是向东追的。实际上，赵光义率大部宋军是向东北方向追的，因为全师杰带着全师雄及万余叛军是向东北逃的。全师杰本意是向东逃的，可逃着逃着他想起了沱江，就慌忙改变了方向。然而，全师杰还是忘记了这么一个事实：那条沱江不仅阻隔着他东逃的路，同时也阻隔着他向东北逃跑的路。终于，当他逃到沱江边的时候，无路可逃了，被赵光义的宋军团团围住了。当然，同时被宋军围住的，还有"兴蜀大王"全师雄，只是全师雄早已人事不知了。

宋军围住全师雄、全师杰的那个地方叫金堂（今四川金堂），位于沱江上游的西岸，在成都东北一百多里处。赵光义下令：将叛军紧紧困住，暂不攻打。

赵光义为何下达"暂不攻打"的命令？原因是，宋军将全师雄、全师杰等叛军围住的时候已是黑夜，如果趁夜攻打叛军，虽然定能将叛军一举击溃，但却很容易让一些叛军逃掉。而那"一些叛军"里如果还有全师雄或全师杰，那宋军的平叛行动就不能说彻底地结束了。既然如此，何不等天亮之后再对叛军发起总攻？只要天一亮，被围的万余叛军，包括全师雄、全师杰在内就很难漏网了。

金堂是个小城。叛军龟缩在城内，城外到处都是宋军，但因为没有开仗，所以看起来就非常平静，连城东不远处的沱江水，似乎都懒得发出什么声响。

但实际上一切并非那么平静。至少，在赵光义的住处就有很多的响动——这响动大都是一些娇滴滴的话语声和娇滴滴的笑声。这些声音当然是出自女人之口。

曹彬在巡夜的时候曾去过赵光义的住处。曹彬看见，赵光义的身边，至少围拢着十多个年轻的女人，赵光义正左拥右抱地与她们饮酒嬉闹。

赵光义再好色，也不该在阵前这样啊？殊不知，那些女人都是王全斌等人送给赵光义的，而赵光义也笑嘻嘻地接受了，还弄来一些酒菜，与这些女人共同欢乐。

曹彬后来才得知，赵光义之所以这么做，是因为怕出乱子。事实上，当时确有一些宋军将领生起了"乱"心。

早在赵光义与曹彬联手在成都东北同全师杰叛军开战的时候，崔彦进和王仁赡等人就有些紧张了。王仁赡对王全斌说道："大人，皇上派皇弟入蜀，恐平叛是假，治我等的罪才是真啊！"

王全斌似乎不明白："我等何罪之有啊？"

崔彦进说道："我听到一些传言，说是蜀人叛乱，乃我等纵容部下所致……"

王全斌很不以为然地道："蜀人叛乱，与我等何干？只要我等将叛乱平息下去，也就万事大吉了！皇上岂能治我等的罪？再说了，我等灭蜀之大功，皇上也不会忘记的！"

王仁赡摇头道："话虽是这么说，但大人也不能不防啊！"

待赵光义和曹彬在剑州彻底击溃了全师杰的叛军赶往西北与王全斌等人会合后，崔彦进和王仁赡等人曾多方试探赵光义入蜀的真实意图。赵光义再三对崔彦进和王仁赡解释道："我此番入蜀，目的有二：一是奉旨平叛；二是代皇上对各位大人慰问！"

王全斌闻之，笑着对崔彦进和王仁赡道："两位大人是不是太多虑了？"

尽管如此，崔彦进和王仁赡的心也始终悬着放不下来。而最为提心吊胆的莫过于以王猛为首的一小部分中低级将领了。

王猛乃王全斌的一名亲信。许是他自己也知道自己作孽太过深重，恐难逃严惩，所以，自得知赵光义入蜀之后，他就一直惶恐不安，而待见了赵光义的面之后，他便越发地恐惧了。

王猛曾向王全斌问道："大人，如果大宋皇弟治小人的罪，小人该如何是好？"

王全斌回答："你不就是弄死几个女人吗？没什么大不了的，大宋皇弟是不会治你罪的！"

王猛不放心："大人，你可千万不能丢下小人不管啊！"

王全斌说道："你放心，只要我没事，你就不会有事！"

宋军把全师雄、全师杰包围在金堂之后，那王猛又匆匆地跑去找到王全斌道："大人，小人得到确切消息：待明日大宋皇弟将叛军全歼之后，就把大人及小人等一起抓捕……"

王猛得到的这一消息应该是真实可靠的，但王全斌不相信："不会吧？我等灭蜀平叛功劳如此，大宋皇弟怎会这般绝情？"

王猛急了："大人，大宋皇弟也只是奉旨行事，如果当今皇上存心惩治我等，大宋皇弟又岂能对我等手下留情？"

王全斌摇了摇头："当今皇上心存仁厚，更不会如此无情！"

　　王猛差点冲着王全斌跪下了："大人啊，那大宋皇弟真的要将我等抓捕问罪啊！如果小人说了半句瞎话，愿立即死在大人的膝下！"

　　见王猛如此，王全斌只得道："你去把崔彦进和王仁赡两位大人叫来，我与他们商量一下。"

　　崔彦进和王仁赡闻之，多少有些惊慌。崔彦进问王全斌道："大宋皇弟果然要抓捕我等？"

　　王全斌回道："此乃王猛所言，我以为不大可能。"

　　王仁赡说道："不大可能就是有可能，我们不能毫无防备！"

　　崔彦进又问王全斌道："大人，如果王猛所言非虚，我等当为之奈何？"

　　王全斌一时无语，王仁赡也闭口不言，一直垂手立于旁边的王猛此时说道："几位大人，小人有几句话不知当说不当说……"

　　王全斌点了点头，王猛小声地说道："小人以为，当初我大宋军队之所以能在短短的数十天之内就灭了蜀国，其中一个重要的原因是，蜀军在剑门和巫山两处的防守过于松懈。如果蜀军牢牢地把守剑门和巫山，那么，大宋军队就不可能轻易地占了成都而灭蜀……"

　　王猛所言自有一定的道理，崔彦进却皱眉问道："王猛，此时此刻，你说出这番话来是何用意？"

　　王猛偷窥了一下王全斌，然后越发小声地说道："小人的意思是，如果几位大人派精兵良将去扼守剑门和巫山，那天下还有什么军队能够攻入蜀地？"

　　王猛声音虽小，但在王全斌等人听来却不啻是晴天霹雳。崔彦进和王仁赡听了王猛的话之后，眼也大了，脸也白了，连呼吸都有些急促起来。为何？因为王猛所言的意思，明显是叫王全斌等人据蜀称王或称帝。

　　就听王全斌厉声喝道："大胆王猛，你为何说出这等混账话来？想当今圣上英明无双，我王全斌一直引以为豪！你跟随我多年，为何还有这等反叛之心？"

　　王全斌所言应该是发自肺腑的。他历仕后唐、后晋、后周数朝，在他的心目中，大宋皇帝赵匡胤无疑是最为杰出的。想当初，他率军南下攻打剑门前，赵匡胤派专人将自己的皮帽和皮衣送与他御寒，他的心头至今还暖融融的。而他一向视为亲信的王猛，竟然说出如此大逆不道的话来，这怎能不令他气愤交加？

　　崔彦进也盯着王猛说道："王猛啊，你这番话要是传将出去，你就是有十个脑袋，恐也要一起搬家了！"

　　慌得王猛赶紧跪地磕头，一边磕头一边颤声说道："小人该死！小人混账！小人不该说出这等混账的话来……"

　　王仁赡却看着王全斌说道："大人，下官以为，王猛虽然该死，但也是情急所致。他是害怕大宋皇弟治他的罪啊！"

王全斌依然气喘不已："他何怕之有？我对他说过，只要我没事，他就不会有事！既然如此，他为何还会说出这等话来？"

王仁赡缓缓地摇头道："大人，依下官之见，我等也未必无事啊！"

王全斌瞪着王仁赡道："我等自入蜀以来，不停地征战，就算没有功劳也有苦劳吧？虽说我等都占了一些女子和珠宝，但这又有多大的罪过？既然没什么罪过，又岂能有事？"

崔彦进插话道："依崔某之见，有事也好，无事也罢，趁现在对叛军围而不打之机，去试探一下大宋皇弟赵大人，总不是什么坏事情。不知两位大人意下如何啊？"

王仁赡同意，王全斌也没有反对。三个人商量了一会儿，最终决定弄一些女人来以王全斌的名义送给赵光义。他们以为，如果赵光义乐呵呵地接受了，那就说明平安无事。反之，就说明王猛所言属实：待歼灭叛军之后，赵光义就要抓捕他们。

王仁赡还问王全斌道："大人，如果大宋皇弟不接受我们的女人，大人将如何？"

王全斌回道："大宋皇弟不会不接受的！"

事情果然如王全斌所言。王仁赡设法弄来了十多个女人，由王全斌亲自送往赵光义住处。赵光义一见大喜，立即笑吟吟地问道："王大人，这些女人都是送给赵某的？"

王全斌回道："大人日夜征战太过辛苦，下官等实在过意不去，就弄来几个女人给大人解乏，望大人笑纳！"

赵光义哈哈大笑道："王大人这般客气，我赵某岂有不笑纳之理？说句实在话，我赵某也是个爱花之人呢！不过，自古酒色相并，如果无酒，色也逊色，不知王大人以为如何啊？"

王全斌马上道："下官这就为大人弄酒去！"

崔彦进又想法子弄来了几坛酒，并由王全斌亲自将酒送给了赵光义。赵光义热情地邀请王全斌同饮同乐，王全斌推辞道："叛军虽然是瓮中之鳖，但下官也不敢掉以轻心！只要大人今夜能够尽兴，下官也就满足了！"

赵光义煞有介事地道："王大人放心，有酒色相伴，赵某今夜一定会尽兴！只不过，明日攻打叛军，可就全仰仗王大人你了！"

赵光义的意思是，一夜风流过后，他明日恐无力骑马作战了。王全斌连忙保证道："明日如果有一个叛军漏网，大人唯下官是问！"

别了赵光义之后，王全斌找到崔彦进和王仁赡，先将见闻说了一遍，然后问道："大宋皇弟可有将我等抓捕问罪的迹象？"

崔彦进没说话。王仁赡说道："……我总有些不放心！"

王仁赡的不放心当然是有理由的。赵光义确实有在把叛军歼灭之后便将王全斌等人抓捕的计划，只不过这计划不知为何泄漏了，让王猛察觉了。好在王猛只是道听途说，并不能在王全斌等人的面前拿出什么真凭实据来，不然的话，赵光义恐要遇到十分棘手的问题。

尽管如此，赵光义的心也是一直在悬着的。曹彬巡夜的时候，看见赵光义拥着女人饮酒说笑，似乎赵光义其乐无比；而实际上，赵光义当时的心思根本就不在酒和女人上，他一直在想着抓捕的计划。他以为，如果在返回汴梁前不把王全斌等人抓捕起来，恐怕会发生很大的变故。

王全斌等人不知道的是，这天半夜时分，赵光义悄悄地将曹彬叫到了自己的住处。赵光义把自己的计划对曹彬和盘托出，曹彬向赵光义保证道："下官唯大人之命是从！"

这之后，赵光义才把心思一点点地收回来，又一点点地放到了女人的身上。

第二天黎明前，王全斌下达了缩小包围圈的命令。宋军里三层外三层地将金堂小镇围了个水泄不通。天刚亮，王全斌正准备对金堂发动最后的一击，却见赵光义骑着一匹白马不紧不慢地走来。一眼看上去，赵光义容光焕发、神采奕奕，毫无一丝疲倦之态。而事实是，赵光义几乎一夜没合眼。

王全斌赶忙迎住赵光义问道："大人如何……起得这么早？"

赵光义爽朗一笑道："我入蜀的目的就是平叛，这平叛的最后一仗，我岂能错过？"

"大人说得是！"王全斌赔上笑，"如果大人没有别的吩咐，下官就命令部队发动进攻了！"

赵光义说道："且慢发动进攻！叫一些人先冲着叛军喊话：现在归降者，尚可免于一死，拒不归降者，杀无赦！"

王全斌不无怀疑地道："大人，据下官所知，现在龟缩在金堂镇里的叛军，几乎都是当初在绵州跟着全师雄反叛的人，这些人如果有投降之心，恐就不会仍跟在全师雄的身边了！"

王全斌的意思是，困在金堂镇里的叛军都是全师雄的亲信和骨干，这些人是不可能主动投降的。赵光义自信地笑道："王大人所言虽然颇有道理，但此一时彼一时也！现在，叛军已是穷途末路，只是因为担心是否能保全性命，所以才跟在全师雄的身边。如果我等给他们一条活路，他们岂有不降之理？再者，哪怕只有一个叛军归降，我等也可以减少一点进攻的阻力！王大人以为如何啊？"

王全斌忙道："大人所言甚是！下官这就去命人喊话！"

大出王全斌意料的是，这一喊话不要紧，躲在镇里的万余叛军至少有一半争先恐后地出城投降了。而且，据手下向王全斌报告：仍待在镇里的数千叛军，可能正在互相残杀。

王全斌赶紧将这一情况向赵光义禀告。赵光义双眉一横，冷冷地吩咐道："王大人，命令军队立即冲进去，将城内所有的叛军，包括全师雄在内，统统杀掉！"

王全斌领命而去。宋军几乎没费吹灰之力就攻入了金堂小镇。不一会儿，王全斌、崔彦进、王仁赡和刘光义、曹彬等宋军主将带着一些官兵将两具尸体抬到了赵光义的面前。一具是全师雄的，另一具是全师杰的。只不过全师杰是被宋军杀死的，而全师雄却是因病而死的。

王全斌先向赵光义报告，说是金堂镇内的叛军已经全部杀光，然后问该如何处置这两具叛首的尸体。赵光义轻轻地说出了四个字："焚尸扬灰！"

于是，宋军士兵放了一把火，将全师雄、全师杰的尸骨烧成了灰，还把骨灰迎风扬散在天地间。

赵光义笑着对王全斌等人道："蜀人叛乱，今朝终于平定！待回京之后，赵某定在皇上的面前为各位大人请功！"

王全斌等人连忙谦虚地说道："这都是大人指挥有方，我等只是唯大人马首是瞻，又何功之有？"

赵光义说道："各位大人不必谦虚，尔等所立的功劳，赵某都一一铭记在心！"又转向曹彬说道："烦曹大人先行回到成都，备下酒宴，我要代表当今圣上为各位大人庆功！"

曹彬应诺而去。赵光义忽地打了个长长的哈欠，王全斌赶紧问道："大人是不是困了？"

赵光义显得有些不好意思地说道："王大人岂不是在明知故问？"

"那是，那是！"王全斌冲着赵光义点头哈腰了一回，然后对崔彦进和王仁赡说道："两位大人能不能去找一辆马车来，让赵大人一边休息，一边返回成都？"

崔彦进和王仁赡连忙应道："下官这就去准备马车！"

崔彦进和王仁赡走了，一边走一边窃笑不已。王仁赡笑道："赵大人真是了不得啊！一夜辛苦，早晨起来还精神抖擞！"

崔彦进也笑道："赵大人乃大宋皇弟，自然有其过人之处！"

然而，一天之后，崔彦进也好，王仁赡也罢，包括那个王全斌在内，就再也笑不出来了。

先行返回成都的曹彬，确实准备好了数百桌丰盛的酒席，胜利而归的宋军将领们在赵光义的盛情相邀下依次入席开怀畅饮。饮酒正酣的当口，赵光义突然一声令下，冲进来上千名持刀握剑的士兵——这些士兵都是曹彬的手下——将毫无防备的王全斌、崔彦进、王仁赡三位宋军主将及王猛等上百名曾经作恶多端的宋军大小将领一起捆绑了起来。

因事发太过突然，当时饮酒的将领们，包括刘光义在内，几乎都大惊失色。

王全斌挣扎着问赵光义道："大人，你这是何意？"

赵光义回道："因为你们犯了罪！"

王全斌又问："我等何罪之有？"

赵光义答道："尔等犯了什么罪，尔等自己心里清楚，何必要赵某明说？"

崔彦进和王仁赡互相看了看，谁也没说话。只那王猛泪眼婆娑地问王全斌道："大人，小人该如何是好啊？"

王全斌回答道："你不会有事的！"

赵光义悠然说道："王大人，有事没事你说了恐怕不算，得当今皇上说了才算！"

【第十回】

斩叛寇君臣折辩，护佛像龙虎联姻

赵匡胤虽然没有亲自率军入蜀平叛，但他在汴梁皇宫中，却对平叛之事日夜牵挂，以至于荒疏了不少朝政，冷落了不少朝臣，甚至冷落了那位花蕊夫人。

想当初，赵匡胤对花蕊夫人可谓是朝思暮想。得偿所愿之后，他对她几乎是集三千宠爱在一身，有空没空，他总爱往她的住处走上一遭；有事没事，他又总喜欢将她纳入怀中尽情地亲热一番。他如此地专宠于她，惹得韩妃等人窝了一肚子的怨气。然而，自赵光义领兵入蜀之后，一连数月，花蕊夫人只见过赵匡胤几次。平均起来，他一个月只去她那里一回，即使去了，他也带有很明显的敷衍色彩。

赵匡胤冷落花蕊夫人，自然是因为太过牵挂宋军平叛之事，但花蕊夫人并不知晓。她身处深宫，哪里闻得那么许多纷纭世事？她认为，大宋皇上已经对她不怎么感兴趣了。

她本就是个多愁善感的女人。大凡才女（包括才子），似乎总脱离不了多愁善感的品性。她固然识义、识理，但更识情、识趣。在孟昶的怀抱时，她备受宠幸，转投赵匡胤的怀抱后，她又使得大宋后宫佳丽黯然失色。可现在，赵匡胤仿佛又在倏然之间便对她不亲不热了，这怎能不让她黯然神伤？

因此，花蕊夫人瘦了，而且瘦得还很厉害，即便是难得见她一面的赵匡胤也看出来了。于是，赵匡胤就问她："爱妃何以如此憔悴？"

花蕊夫人答道："臣妾就像一朵花，有绽放的时候，也有凋败的那一天！"

赵匡胤笑道："爱妃言之谬也！在朕的眼里，你永远都在绚丽地绽放！"

花蕊夫人忽然低吟出一首小诗来："木末芙蓉花，山中发红萼。涧户寂无人，纷纷开且落！"

花蕊夫人所吟，乃盛唐山水诗人王维的一首《辛夷坞》。王维作此诗，本是想借一种大自然的寻常景致来阐明一种禅的境界，花蕊夫人将它拿来借以表达自己因"洞户寂无人"而"纷纷开且落"的寂寞难耐的心境，不仅十分恰当，也十分含蓄。

赵匡胤虽然不知花蕊夫人所吟是何人诗篇——他还以为此诗是花蕊夫人所作——却也能够听出诗中有一种幽怨意味，而且还立即就明白了她因何而幽怨。

于是，赵匡胤就将她轻轻搂入怀里道："爱妃近来颇为寂寞，朕是知道的，但爱妃休得埋怨朕……"

花蕊夫人说道："臣妾岂敢埋怨皇上？"

跟着，她又吟出一首小诗来："红豆生南国，春来发几枝？愿君多采撷，此物最相思！"

这回赵匡胤听出来了，她所吟乃王维诗作《相思》，而且还听出了花蕊夫人是以红豆自喻来表达对他的无限情思。花蕊夫人对他赵匡胤思念如此，他还不为之动容？

于是，赵匡胤搂着她的双臂就不禁增加了几分力量，深情地说道："爱妃啊，你知道吗？朕虽爱美人，但更爱江山啊！"

赵匡胤的深情中无疑蕴含着几许的无奈。他觉着自己有些对不起花蕊夫人，所以就想着待蜀地的局势好转之后，一定要多抽点时间来陪陪花蕊夫人。

乾德四年（公元966年）七月的一天，早朝的时候，赵普告诉赵匡胤："赵光义和曹彬击溃了全师杰的叛军，打通了中原入蜀的通道，已经和王全斌等人兵合一处，正在全力围剿全师雄的叛军。"

赵普还环视文武百官说道："我以为，那贼首全师雄虽还有几分力量，但叛匪大势已去，我大宋军队彻底平定叛乱恐只是个时间上的问题了！"

君臣闻言无不欢喜，赵匡胤自然也高兴万分。虽然平叛行动尚未结束，但蜀地大局已定，至少，那全师雄看来是掀不起什么大浪了。

心中一高兴，赵匡胤就想念起花蕊夫人来了。于是，当天中午，他传旨下去，着花蕊夫人到他的寝殿侍酒。侍酒当然不是主要目的，他的主要目的是叫她侍寝。一想到马上就可以尽情地拥抱她那美妙的身体，赵匡胤不禁热血沸腾起来。

二人相聚后，赵匡胤一杯接着一杯地往嘴里灌酒。花蕊夫人忍不住劝道："皇上这般饮法，会有损龙体的……"

赵匡胤却道："朕好长时间没有这么痛痛快快地饮酒了，朕今日一定要饮个痛快！"

他一杯杯地饮，她一杯杯地斟。最终，他喝得酩酊大醉。花蕊夫人无奈，只好叫太监宫女把赵匡胤扶到龙床上。还没等她为他宽衣解带，赵匡胤却早已酣然入睡了。

花蕊夫人把太监宫女都打发走后，自己坐在床边，一边默默地凝视着他的脸庞，一边默默地想着心事。

一天晚上，赵匡胤又跑到赵普家里来吃狗肉了。太阳还没落山的时候，赵普就觉得腰有点不舒服，所以吃过晚饭后就早早地上床休息了。妻子和氏很解风情，为他温柔地揉腰。她只揉了那么一小会儿，就不仅将他的腰部揉得舒舒服服，还将他的欲望给激发了出来。于是赵普就仰过身来，将她搂入自己的怀中……

就在这节骨眼上，门外传来一声吆喝："皇上驾到！"

话音刚落，赵匡胤就已经破门而入。见到眼前的情景，赵匡胤不觉怔住了："赵普，你这么早就上床休息了？"

待瞥见赵普身后的和氏正匆忙穿衣时，赵匡胤又忙着改口道："哦，朕明白了！朕现在来得不是时候！"

跪在赵普身后的和氏，虽然衣衫零乱，却也从容地说道："万岁爷，您是一国之君，您什么时候来岂能由别人决定？"

赵匡胤笑道："听大嫂的话音，大嫂像是生气了！这样吧大嫂，朕下次再来，先叫你的仆人通报一声，如何？"

赵普忙道："皇上万万不可！皇上乃国之至尊，哪有事先通报臣子的道理？"

"好，好！"赵匡胤一边找了个凳子坐下一边说道，"赵普，你和嫂子快下床吧！你们那么跪在床上，朕也不好同你们说话啊！"

赵普及和氏依次下了床。赵匡胤忽然道："赵普，你手脚很麻利啊！朕从屋外走到屋内，这么短的时间，你连朝服都穿上了！"

赵普尚未开口，和氏接道："万岁爷，我家老爷哪有这么快的手脚？只因您经常突然而至，我家老爷怕有失君臣之礼，所以连晚上睡觉都不敢脱去朝服！"

赵匡胤盯着赵普问道："嫂子所言当真？"

赵普回道："臣不敢在皇上面前说谎，拙荆也是如此！"

"此乃朕之过也！"赵匡胤摇了摇头，不无自责之意，"赵普，从今往后，不论在何时何地，你都可以穿任何衣裳见朕！"

赵普躬身道："臣不敢！"

和氏却道："有什么不敢的？万岁爷的话就是圣旨，老爷莫非想抗旨吗？"

赵匡胤笑道："嫂夫人所言极是！"

赵普也笑道："那臣就遵旨了！臣今日黄昏刚刚杀了一条狗，不知皇上可有兴致就着狗肉喝上几杯淡酒？"

赵匡胤立即说道："赵普，你真是越来越了解朕了！朕此时来此，就是想吃大嫂煮的狗肉，但又担心你这里没有……"

和氏说道："万岁爷，您恐怕是小看我家老爷了！我家老爷隔三岔五就派人去买狗在家里养着，万岁爷您什么时候来，都有现成的狗肉吃！"

赵匡胤高兴地道："赵普，你真是用心良苦啊！"又转向和氏道："也有劳大嫂了！"

待和氏走后，赵普说道："皇上，如果臣所料不差，您是因为今日傍晚得知那叛首全师雄又被光义兄弟大败了一次，心中高兴，才想起到臣这里来吃狗肉的吧？"

赵匡胤说道："你只说对了一半。光义近日来连连大败叛军，朕心里的确十分高兴。但高兴之余，朕又在想，待蜀人叛乱被彻底平定之后，朕究竟该如何处置王全斌等人？"

赵普说道："臣记得，皇上曾在朝廷上说过，如果蜀人叛乱确由王全斌等人所引起，那么，纵然王全斌等人有灭蜀之大功，皇上也要严惩他们！"

"是呀，是呀。"赵匡胤点头道，"说过的话，朕岂能轻易忘记？只不过，王全斌等人一举灭蜀，这功劳也的确是非同小可啊！"

赵普马上道："皇上，如果蜀人叛乱确由王全斌等人引起，那王全斌等人的罪过也同样非同小可啊！"

"你说得没错，"赵匡胤接着道，"这样看来，即使蜀人叛乱真的是由王全斌等人引起，王全斌等人好像也可以功过相抵啊！"

赵普听出来了，赵匡胤有饶恕王全斌等人之意，而且也一定是知道了蜀人叛乱确系王全斌等人引起。不然，赵匡胤就不会当着他的面说什么"功过相抵"的话了。

而事实上，赵普的推测是正确的。在击溃了全师杰、打通了中原入蜀的通道后，赵光义就秘密派人将自己调查的情况禀报了赵匡胤。赵匡胤得知后，暗暗思忖了好几天，最终，他悄悄派人回复赵光义：暂不要对王全斌等人采取什么过激的行动，一切都等到回京以后再做处理。故而，金堂之战后，赵光义虽然抓捕了王全斌等人，但也只是抓捕而已。

赵普虽然猜中了赵匡胤已经知道蜀人叛乱的缘由，但也没有就此询问。他深知，与赵光义相比，皇上的心肠是比较软的。所以，即使蜀人叛乱是王全斌等人一手造成的，皇上也不会对王全斌等人怎么样的。

赵普想了想，然后说道："皇上，臣以为，现在讨论如何处置王全斌等人为时尚早，一来叛乱还没有彻底地平定，二来蜀人叛乱的原因还没有真正地弄清楚。说不定，蜀人叛乱与王全斌等人本无多大的干系呢！所以，臣的意思是等王全斌他们归京之后，由满朝文武集体议论他们的功过是非比较妥当。不知皇上以为如何啊？"

赵匡胤听出了赵普的弦外之音，刚要开口，那和氏端着一盆热气腾腾又香气扑鼻的狗肉走来。赵普忙道："皇上，狗肉煮好了，快趁热吃吧！"

赵匡胤只好把要说的话咽了下去。和氏热情地说道："万岁爷，臣妾适才煮了半只狗，您就敞开肚皮吃吧！"

赵匡胤喜笑颜开道："好，好！大嫂既然如此盛情，朕也就不客气了！"

赵匡胤真的不客气，大块吃肉，大口饮酒。赵普的肚里虽然一点也不空，但也强撑着陪赵匡胤吃喝。君臣二人相对而坐，一边吃着狗肉一边频频举杯，气氛着实融洽无比。而赵匡胤一边吃喝一边还时不时地对狗肉的味道称赞几句，那气氛就越发地融洽了。

这时，赵匡胤说道："赵普啊，眼看着光义就要把叛乱平定下去了，屈指算来，也快有一年的时间了。这一年里，朕在宫中是吃不香也睡不稳。所幸的是，北方一直没有什么大的变故，不然，朕这一年真不知道如何才能熬得过来啊！"

赵普问道："皇上的意思，是不是想到京城之外去走上一走？"

"没错！"赵匡胤立即道，"不瞒你说，朕这一年确实憋得难受，所以朕很想与你一道到京外去走走！"

赵普点头道："臣完全赞同皇上的意见。臣听说，京城周围的土地，今年秋天的庄稼都长得很不错，可以说是丰收在望。臣以为，皇上正好可以探访一下民情！"

"你说得对！"赵匡胤也点了点头，"朕自登基以来，老想着如何才能一统天下，而实际上，朕应该多抽点时间去民间看看。虽然朕不可能走得太远，但在京城周围转转也是会有收获的！"

赵普问道："皇上准备何时出京？"

赵匡胤说道："事不宜迟，明早就动身，反正微服私访也不需要做什么准备。"

赵普说道："臣以为，皇上这次出京，应该到田间地头去看看，不然，皇上就不能真正地体察到民情。"

"好！"赵匡胤同意了，"现在正是稻花飘香的季节，在这个季节里去田间转转，定然别有一番诗情画意！"

接着，赵匡胤又说道："赵普，朕这次微服出京，除了带上你之外，朕还想带上另外一个人。"

赵普一皱眉："另外一个人可是那花蕊夫人？"

"正是！"赵匡胤似乎有点献殷勤地为赵普斟上酒，"知朕者，唯赵普也！"

但赵普好像不领情："皇上，敢问为何要带花蕊夫人同行？"

赵匡胤道："赵普，你也不是不知道，那花蕊夫人本是一个才女，经年累月地待在宫中，岂不是闷得慌？所以呀，朕就想趁这个机会带她出去散散心。说不定啊，她在田野上这么一走，会触发许多的灵感，然后写下许多美妙的诗篇，让朕与你细细地品赏。赵普，朕之所言可有几分道理？"

赵普悠悠地说道："皇上所言自然是有道理的。但臣想，皇上既然如此关怀花蕊夫人的才情，那何不干脆将她放出宫去？"

赵匡胤挤眉弄眼道："你这不是开天大的玩笑吗？她这样的女人，朕好不容易才得到，又如何舍得放她出宫？"

"既然如此，"赵普端起酒杯一饮而尽，"皇上就不要带她出行！"

听赵普说得如此干净利落，赵匡胤不禁一怔："这是为何？"

赵普回道："因为皇上此次出行是微服私访民情，而带上花蕊夫人，那皇上就只能算是游山玩水了！"

赵匡胤挤出几缕笑容道："赵普，朕在微服私访民情的同时，顺便游游山玩玩水，这又有什么大不了的呢？"

赵普说道："这是没有什么大不了的，但如果皇上明日带上了花蕊夫人，那就恕微臣不能奉陪！"

赵匡胤愕然道："赵普，你这是何意？"

赵普绷着脸道："臣的意思是，臣只想私访民情，臣不想游山玩水！"

"赵普！"赵匡胤来气了，"你是在指责朕吗？"

赵普答道："臣不敢！"

赵匡胤越说越来气："赵普，究竟你是皇上还是朕是皇上？"

赵普回道："当然皇上是皇上！"

"那好，"赵匡胤差点站起来，"既然朕是皇上，那朕的意见，你为什么要反对？"

赵普的脸上现出一种无辜的表情来："皇上，臣何曾反对过你的意见？皇上说明日要带花蕊夫人同行，臣并没有说不同意啊？退一步说，即使臣再不同意，恐也无用啊？臣的意思是这样的：既然皇上明日带着花蕊夫人出京去游山玩水了，那臣就理应留在京城代皇上处理国事。皇上，臣这样做莫非也有错？"

赵匡胤冷冷地问道："赵普，依你的意思，是不是只有你的心里整日地装着国事，而朕的心里却整日地在想着游山玩水？"

赵普温和地一笑道："皇上，这是您说的，臣可不敢这么说！"

"好！"赵匡胤终于站了起来，"这就是朕说的！朕就这么说！朕明日就带花蕊夫人一同出京，你赵普还有什么话说？"

赵普看起来一点也不生气："皇上，臣现在无话可说了！臣该说的话已经说过了！"

说完，赵普还笑嘻嘻地为赵匡胤斟了一杯酒。赵匡胤追问道："赵普，你明日究竟随不随朕同行？"

赵普回道："臣已经说过了，现在无话可说了！"

"你！"赵匡胤要发火了。就在这当口，那和氏端着一碗狗肉走进了屋。见赵匡胤挺立身躯、圆睁二目的模样，和氏故意将手中的碗重重地往桌上一搁，然后冲着赵普大声说道："老爷，你怎么又惹万岁爷生气了？万岁爷一生气，岂不是又要把老爷你赶出京城？"

见和氏旧事重提了，赵普连忙道："夫人，你误会了！皇上没有生气，皇上是因为狗肉吃多了站起来顺顺气！"

"是吗？"和氏盯着赵匡胤的脸，"万岁爷，您真的没有生气？"

"没……有！"赵匡胤赶紧坐下，"大嫂，你煮的狗肉这么好吃，朕高兴都还来不及呢，又如何会生气？"

"倒也是呀！"和氏自顾笑了笑，"臣妾记得，万岁爷曾当着臣妾的面说过，说再也不会对我家老爷发火了。既如此，万岁爷今天晚上又如何会对我家老爷生气？"

赵匡胤自嘲地一笑道："大嫂真是好记性啊！"

虽然，经和氏这么一搅和，赵匡胤的脸上终于露出了笑容，但屋内的气氛终究没有先前那么融洽了。而且，一会儿工夫之后，赵匡胤就说是已经酒足肉饱，不能再吃喝了，匆匆地离开了宰相府。

但旋即，一个太监又重返宰相府，说是皇上有话要对赵普说。

赵普跟着太监走出府外。不远处，一团阴影里，赵匡胤笔直地站着。赵普趋步上前去问道："皇上有何吩咐？"

赵匡胤面无表情地说道："你晚上多准备些钱财，明日随朕出京！"

赵普应诺一声，跟着问道："但不知明日伴驾除臣之外，还有何人？"

赵匡胤回道："只你宰相大人一人！"说着，便转身走了，脚板踩得地面"咚咚"直响。很显然，赵匡胤虽然不再坚持带花蕊夫人同行，但心中还是不高兴。而对赵普来说，能最终犟过皇上，也就足够了。

第二天早晨，赵普刚刚起床，正与妻子和氏依依惜别呢，一名宫中侍卫就如风如火地跑进了宰相府，告诉赵普：皇上已在京城南门外等候，并传旨叫赵普打扮成管家模样。

赵普一边打扮自己一边对和氏说道："皇上看来很性急啊！"

和氏一边帮着赵普打扮一边说道："老爷，妾身也想开了，同万岁爷争吵对你终究是没有好处的，所以，你这次出城，就不要再惹他生气了！"

赵普笑道："夫人，我何尝想惹他生气？可他非要生气，我也没法子啊！"

"说得也是，"和氏蹙了蹙眉，"当皇帝的，好像都喜欢生气！"

赵普打扮好了，又背上一个大包袱，然后急急地朝南门奔去。南门外，赵匡胤已是一副财主老爷的装扮，几名随从模样的男人正牵着几匹马在等候。那当然不是一般的随从，他们都是宫中身手不凡的侍卫。

赵普刚一奔到近前，赵匡胤就阴沉着脸问道："大管家，你姗姗来迟，是不是不想出城啊？"

看起来，赵匡胤还在生昨天晚上的气。赵普赔笑道："本管家没想到老爷会起这么早……"

赵匡胤没有笑："大管家，你说我们该往哪个方向走？"

赵普说道："既然老爷出了南门，那我们就一直朝南走吧。"

赵匡胤不再吭声，也没要人扶就翻身上了马。赵普和几个侍卫跟着上马，一行数人沿着一条小路朝南驰去。实际上，那条小路略略有点偏西。

因为赵匡胤始终绷着脸不发一言，所以这一行人在南下的时候就十分沉默。不过还好，这沉默只延续了三十多里地。三十多里地之后，他们穿行在一大片稻田中了，赵匡胤的脸色开始缓和了，也开始说话了。

赵匡胤说道："这稻花香味儿真好闻啊！我很久没闻过这种香味了！"

赵普赶紧附和一句道："老爷说的没错，这稻花香味儿真是沁人心脾啊！"

赵匡胤似乎很是不满地翻了赵普一眼，然后一拍马屁股，又急急地向前冲去。赵普招呼身后的几名侍卫道："加快速度，千万不能把老爷给弄丢了！"

又走了三十多里，临近中午的时候，赵匡胤勒住了马。眼前又是一片飘溢着稻花香味儿的田地。赵匡胤不禁说道："真的是丰收在望啊！"

赵普凑上前去说道："老爷何不下马走上一走？"

赵匡胤虽然没吱声，却也下了马，然后拐入一道田塍，信步走着。赵普下马之后，先叫几名侍卫把马看好，不要让马跑到田地里去践踏庄稼，接着紧走几步跟在了赵匡胤的后面。赵匡胤走走停停，赵普也停停走走，俩人的步调非常一致。

赵匡胤不走了，赵普赶紧站住脚。赵匡胤回头皱眉问赵普道："你哑巴了？怎么半天不吭一声？"

赵普回道："做老爷的不说话，做管家的哪敢随便吭声？"

赵匡胤"哼"了一声道："老爷我不是开口了吗？你倒是说话啊！"

赵普点头道："老爷叫我说，我就说。我想说的是：这儿的景色真美啊，我真想马上吟出一首诗来！"

赵匡胤道："那你就吟啊？"

赵普笑呵呵地道："可我吟不出来！"

赵匡胤笑了："大管家，我谅你也没这个才气！"

倏地，赵匡胤又不笑了。就听赵匡胤悠悠地说道："如果，此时此刻，那个人能走在这片稻花飘香的田地里，定会诗兴大发，出口成章！可惜啊，真是可惜啊！”

"那个人"当然是花蕊夫人了。赵普说道："老爷用不着如此可惜，小人这就可以回京叫那个人来陪伴在老爷的身边，老爷以为如何？"

赵匡胤双眼一瞪赵普道："你用不着在我的面前卖乖！我可惜的是，你这个大管家，平时自负满腹经纶，而此时却连一首诗也吟不出来，岂不荒唐可笑？"

赵普点头哈腰道："老爷所言极是！不过，小人斗胆以为，虽然小人此时吟不出一首诗来，但老爷此时也未必能吟出一首诗来！"

赵匡胤哈哈大笑道："大管家，跟你说实话吧，非老爷我不能吟，而是老爷我不愿吟，亦不必吟也！这滚滚稻浪、阵阵花香，岂不是天地间最美妙、最动人的诗篇吗？"

"哎呀，老爷！"赵普故作惊讶状，"小人今日才发觉，老爷您才是自盘古开天地以来最伟大的诗人啊！什么李白、杜甫、白居易，他们统统都该跪拜在老爷您的脚下，跟老爷您学诗！"

赵匡胤双眉一紧："大管家，你这话是不是太肉麻了？"

赵普咧了咧嘴："小人本以为老爷最喜欢听肉麻的话！"

赵匡胤有些不高兴了。恰在此时，一老农走了过来。这老农看上去五十多岁年纪，满脸的笑容，手提一杆旱烟袋，正有滋有味地吸着。

赵普迎上去，与老农热情地攀谈了起来。赵匡胤不甘寂寞，也凑了过去。

这老农姓夏，住的这个地方名唤朱仙镇。老农告诉赵匡胤和赵普，去年的收成很好，今年的秋天看来又是一个好收成。

老农在讲到收成的时候脸上乐开了花，赵匡胤听了心里也是乐滋滋的。"君以民为本，民以食为天"，老百姓有一个好年成，做皇帝的自然会高兴。

赵普问老农道："去年收成不错，今年的收成看来也很不错，老丈应该要好好地感谢老天爷了吧？"

老农先是拱手朝上道："老汉感谢老天爷！"接着又拱手向北道："老汉感谢万岁爷！"

赵普偷偷瞟了赵匡胤一眼，只见赵匡胤乐得几乎连嘴都合不拢了。

因为已是中午了，老汉盛邀赵匡胤一行人到他家吃饭，并指着东边的一个小村落道："我家就住在那里，很近的！"

赵匡胤同意了，又暗暗嘱咐赵普道："吃完了饭，多给他一些钱！"

赵普悄悄回道："那是自然。人家都表示过感谢了，怎能不多给钱？"

姓夏的老农乐呵呵地把赵匡胤一行人领进了自己的家。夏家人口虽多，但无一例外地都露着笑脸。赵匡胤等人刚到，夏家人就忙着杀鸡宰鸭了。

赵匡胤不禁感叹道："真是人丁兴旺、阖家欢乐啊！"

赵普却低声说道："百姓如此安居乐业，老爷定要多喝他几杯！"

赵匡胤笑吟吟地点下了头，忽又听赵普轻声说道："老爷，有酒没酒可还不一定啊！"

赵普为何说这样的话？前文中曾交代过，大宋朝廷对酒的控制虽然较前朝为宽，但依然很严。因此，这朱仙镇一带是否有酒，也真的很难说。故而，赵匡胤就绷着脸皮对赵普说道："即便无酒，老爷我也能挺得住！"

然而事实是，姓夏的老农家不仅有酒，而且酒还多得很。只不过，这酒是自家酿制的，味道很甜，酒味儿不足。

吃饭的时候，夏老农对赵匡胤说道："酒不好，菜也不好，老爷您只能将就着吃了！"

赵匡胤马上道："老丈不必客气！在我看来，这酒是天底下最好的酒，这菜也是天底下最好的菜，我今日定要在此大吃大喝一场！"

赵匡胤所言并非完全客套。他为人虽很俭朴，但在宫中的吃喝享受却是不难想象的。但是此刻，坐在老百姓的家中，吃着农家烧的菜，喝着农家酿的酒，对赵匡胤而言，着实是一种别样的享受。结果，赵匡胤一连喝了近二十大碗酒。酒味儿再不足，喝下去这么多酒也是会醉的。所以，赵匡胤的头也开始发晕了。

赵普劝道："老爷，不能再喝了，我们下午还要赶路呢！"

赵匡胤摆手道："管家不必劝我！我今儿个高兴，是喝不醉的！"

赵普真的不再劝了，还偷偷地一乐。为何？因为赵普发现，赵匡胤一边喝酒一边暗暗地把目光瞟向左边——左边坐着夏老农的小女儿夏氏。夏氏十五六岁光景，虽没有什么珠光宝气的点缀装饰，却也清纯可爱，令赵普不禁想起"清水出芙蓉"之类的诗句来。而看着赵匡胤那频频注目的模样，赵普又不禁想起"秀色可餐"这四个字来。

赵普心想："皇上，你如何能不高兴？你是把那村姑夏氏也当作菜吃进了肚里，当作酒喝进了心里啊！"

赵匡胤又同夏老农共饮了五六碗，终于表示喝好了。吃罢，赵匡胤向赵普使了个眼色，赵普会意，掏出许多银钱来递与夏老农。见夏老农不愿接受，赵普说道："老丈不必推让。我家老爷喜欢你酿的酒，你多弄些酒来与我等带上，也好给我家老爷在路上解渴用！"

夏老农这才勉强收下了钱，又忙着吩咐家人备酒。赵匡胤赞许地看了赵普一眼，却又见赵普掏出一副银手镯递与那夏氏道："姑娘，我家老爷见你如此年少美貌却无任何饰物装扮，便令小人将此物奉送，还望姑娘不要推辞！"

夏氏愉快地接受了手镯，还充满感激地看了看赵匡胤，小脸竟然有些羞红。赵匡胤则微皱着双眉盯着赵普，似乎在问道："赵普，我什么时候叫你送手镯了？"

那夏老农闻知手镯一事后，忙跑到赵匡胤的身边，问赵匡胤是否婚娶。赵匡胤瞥了赵普一眼后答道："不瞒老丈，我早已婚娶，且妻妾众多！"

夏老农明显有些失望。但失望归失望，他还是高高兴兴地将赵匡胤一行人送出很远，并请赵匡胤下次从此路过时再到他家做客。

赵匡胤不无埋怨地对赵普道："如果你不送那村姑手镯，我本想在那老丈家多休息一会的，可你送了手镯之后，我就有些不好意思了，只能告辞！"

赵普说道："老爷休得怨我！吃饭的时候，我见您的目光老是在那村姑的脸上滴溜溜地转，还以为老爷对那村姑有意，所以就多此一举了！"

赵匡胤一撇嘴："赵普，我一边喝酒一边看那村姑几眼，又有何不妥？你这岂不是在以小人之心度君子之腹？"

赵普笑道："老爷说得是！老爷本就是君子，赵普也本就是小人！"

赵匡胤也笑道："不过话又说回来，你送手镯给那村姑，我心里的确很高兴。那村姑……也着实有几分姿色的！"

忽地，赵普指着地下问道："老爷，您看这是什么？"

顺着赵普的手指，赵匡胤看见，地下开着两朵花，一朵花娇艳欲滴，另一朵花则未免有点黯淡。

赵匡胤懒洋洋地说道："大管家，你问的是这两朵花吗？"

赵普将两朵花摘在手中，一边摇头一边说道："我的老爷，看来您真的是喝多了。这哪里是两朵花呀！"

赵普说着，还夸张地叹了一口气。赵匡胤不解地问道："赵普，你手里拿的可不就是两朵花吗？"

赵普煞有介事地举起那朵娇艳欲滴的花儿说道："老爷，这是那位花蕊夫人。"又举起那朵有点黯淡的花儿说道："这一位呢，便是那个姓夏的村姑了！"

赵匡胤哑然失笑道："我的大管家，你这种比喻倒也很恰当啊！"

赵普将两朵花分别送到赵匡胤的鼻子底下，轻声问道："老爷，味道如何？"

赵匡胤知道赵普的意思了，所以就故意大声说道："嗯，香！都很香，都香到老爷我的心坎儿里去了！"

赵普还未及开口呢，赵匡胤紧接着又问道："赵普，你是不是想叫这两朵花都在我的身边绽放？"

"老爷就是比小人聪明！"赵普有些涎着脸，"小人刚刚想起，老爷就已经说出来了！"

"你少给我出这种馊主意！"赵匡胤直直地瞪着赵普，"你把老爷我看成是什么人了？"

赵普嬉笑道："在小人看来，老爷应该是一个怜香惜玉之人！更何况，那村姑对老爷有情，老爷也对那村姑有意，双方都情投意合，岂不是人间的美事？再者，小人也绝不会在背地里议论老爷好色，而且，小人还愿意从中牵线搭桥！"

赵匡胤却像是陷入了沉思："赵普，你刚才说我是一个怜香惜玉之人？"

"是的！"赵普点头，"小人以为如此！"

赵匡胤缓缓地摇了摇头："老爷我真的想做一个怜香惜玉之人呢！"

是呀，从小至今，赵匡胤究竟怜过什么香惜过什么玉？也许，唯花蕊夫人一人。

赵匡胤慢慢地从赵普手中拿过那两朵花，又轻轻地放回到地面上，然后自言自语般道："任何花朵，只要开放在宫中，就会很快地枯萎！一朵花已经枯萎了，我又何忍让另一朵花也很快地枯萎？"

赵普不禁对赵匡胤肃然起敬了。之后，赵普正儿八经地说道："老爷，小人我适才做错了事了！"

赵匡胤问道："你何错之有？"

赵普回道："小人之错有二：一是不该摘下这两朵花；二是不该自作聪明地对老爷啰唆这么多废话！如此看来，正如老爷先前所言，我真的是以小人之心度君子之腹了！"

赵匡胤哈哈大笑道："赵普，你终于承认你也有犯错的时候啊！"

赵普刚要说话，就被赵匡胤打断道："赵普，你承认犯错了，我心里很高兴！我心里高兴了，就不想听你再啰唆了，我要纵马驰骋了！"

好个赵匡胤，翻身上马之后，一拍马屁股，就连人带马跃出多远。赵普无奈，只得咽下一口唾沫，然后招呼那几名侍卫，一起扬鞭催马地向赵匡胤追去。

离开朱仙镇之后，赵匡胤一行人没再继续朝南走了，而是折而向东走了一百多里，到了一个叫作平城的地方，然后掉头北上走了近一百里，抵达黄河之南的许贡庄（今河南兰考西北）。在此之前，赵匡胤与赵普商定：在许贡庄一带逗留几天后，就向西返回汴梁。不管怎么说，赵匡胤的心里总在惦记着赵光义在蜀平叛之事，他不可能一门心思地在外微服私访。

当然了，赵匡胤在外转悠的时间虽不长，并且也有饥餐渴饮、晓行夜宿之苦，但赵匡胤的收获还是蛮大的，至少，他一路走来，心情是十分舒畅的。所过之处，田野里，到处都是一派丰收在望的景象；农家中，几乎户户都是丰衣足食，家家都有喝不完的自酿酒。有几回，若不是赵普适时而巧妙劝阻，赵匡胤恐早已醉倒在农家小屋里了。

赵匡胤曾认认真真地对赵普说道："真希望百姓年年都有这样的好收成啊！"

不过，到达许贡庄之后，赵匡胤的心情就不那么舒畅了。原因是，许贡庄一带百姓的生活相比较而言有些清苦，而且，赵匡胤发现，许贡庄以南大片大片的土地都荒芜着。

赵匡胤问一位农夫道："那些荒芜的土地，你们为何不开垦？"

农夫答道："那些都是盐碱地，长不出什么好庄稼的。"

赵匡胤说道："虽长不出什么好庄稼，但收成一点，岂不是可以补贴家用？"

农夫回道："你这位老爷说得倒轻松！你知道官府的规定吗？开垦荒地生田，征税与熟田一样！甭说是这些盐碱地了，就是河岸边的那些荒地也无人愿意开垦的！"

赵匡胤大惊，转问赵普道："竟有这等事？"

赵普说道："过去曾有耳闻，今日亲见，方知确有其事。"

赵匡胤又大怒，不觉当着那农夫等人的面亮出了自己的身份："真是岂有此理！朕早已颁布过诏令：'百姓开垦荒田者，不许新增赋税！'这些州县之官，对朕的旨令为何充耳不闻？"

赵普回道："州县之官这么做，当然是为了自己的利益！百姓受到盘剥，朝廷也没得到好处，最主要的，许多田地都荒芜了！"

赵普的话，无疑是火上浇油。赵匡胤立即命令身边的侍卫把当地的县令、主簿等一干官吏速速地唤来。他还气呼呼地说道："朕要好好地教训一下这些只顾中饱私囊的贪官污吏！"

但赵普却把赵匡胤劝住了。赵普说道："皇上，臣以为，这种情况恐不是个别现象。即使皇上砍下这里官吏的脑袋，效果也不一定很好！"

赵匡胤愕然问道："赵普，难道你要朕对这些贪官污吏不闻不问？"

赵普回道："臣不是这个意思。臣的意思是，或许有更为有效的方法……"

接着，赵普在赵匡胤的耳边嘀咕了一阵。赵匡胤笑道："赵普啊，你这方法还真的有新意！朕也正想活动活动筋骨呢！"

赵匡胤当即叫那农夫等人扛来一些锹、锄等农具。接着，赵匡胤脱去外衣，露出里面金光闪闪的龙袍来。然后，在村南找着一片荒地，赵匡胤就领着赵普及其余几名侍卫埋头开垦起荒地来。

大宋皇帝在乡村亲自开垦荒地，这还了得？许贡庄一带的百姓扶老携幼地都跑到赵匡胤的身边，能干活的就跟着赵匡胤干活，不能干活的便挤在周围观看。赵匡胤则一边开荒一边时不时地与农人们亲热地打着招呼。那情那景，就是赵普看了，也着实感动。

从上午到中午，赵匡胤足足干了有两个时辰的农活，却依然精神抖擞，额头与鼻尖沁出的汗珠和龙袍发出的金光交相辉映。赵普不行了，虽然他一直在干干停停，可到中午的时候，他依然累得气喘吁吁，连锄头都难以举起来了。

赵普挪到赵匡胤的身边低声说道："皇上，照这样干下去，顶多再过半个时辰，臣就要累趴下了！"

赵匡胤"嘿嘿"一笑道："赵普，这是你给朕出的主意，你能怨谁？"

赵普"哎哟"一声道："皇上，主意虽然是臣出的，但那些官员的动作也太迟缓了……"

赵普的话音刚落，"呼啦啦"地驰来了数十匹马，马上之人不是州官，就是县官。这些地方官吏闻听皇上在许贡庄附近开荒，哪个敢不来？

数十个大大小小的官吏在距赵匡胤二百多步远的地方一起下了马，然后连滚带爬地走到赵匡胤的屁股后面跪下了，动也不敢动。赵匡胤呢，就像没看见似的，依然挖着土。赵普却运足了一口气，冲着那些地方官大呼小叫道："你们还不快来替换皇上干活？"

那些地方官如梦方醒，一个个爬将起来争着去替换赵匡胤。赵普也当然趁机丢下了手中的锄头。不过，赵匡胤、赵普和几名侍卫加在一块儿也只有几个人，绝大多数地方官都垂着双手诚惶诚恐地看着赵匡胤。赵匡胤没好气地对他们道："你们都看着朕干什么？那里正好有几十个老百姓在挖地，你们就去换他们吧！时已正午，他们也该回家吃饭了！"

好家伙，数十个州县之官在赵匡胤的注视下排成一路纵队"哼哧哼哧"地锄草挖地。而数以百计的老百姓则围在赵匡胤的身边，有滋有味地看着他们的父母官在荒地上流汗。因为有赵匡胤的监督，所以那些地方官谁也不敢偷懒，一个个干得十分地卖力。

赵普笑道："皇上，这些父母官都比臣有力气！照此进度，在日落之前，这片荒地就要被他们开垦完了！"

赵匡胤却低声说道："赵普，朕有些饿了，能不能弄些吃的来？"

赵普一拍脑门道："微臣真是该死！"

赵普忙掏出一些钱来，对几个农夫说，要给皇上买些吃喝之物。这一说不大要紧，几乎所有的农人都一哄而散，只剩下一些不懂事的孩子在"哇哇"乱叫唤。

赵匡胤皱眉问道："赵普，这是怎么回事？"

赵普回道："百姓们都回家为皇上拿吃喝的东西去了！"

果然，工夫不大，那些农人们便都又回来了，几乎每个人的手里都捧着吃的或喝的东西。赵匡胤高兴地道："赵普，就让我们与民同乐吧！"

也真的是与民同乐。赵匡胤和赵普夹在农人之间，大口地吃喝，大声地说笑，几乎与农夫们不分彼此了。赵匡胤还把一个脏兮兮的小男孩亲热地抱在了自己的怀里，感动得那小男孩的父母一个劲儿地掉眼泪。只是苦了那数十个地方官了，忍饥挨饿不说，还得拼命地干体力活。

　　赵匡胤吃喝得差不多了，便对一名侍卫说道："叫那些大人们都来吃东西吧！"

　　数十个地方官哆哆嗦嗦地走过来，一起跪在了赵匡胤的面前。赵普说道："皇上不是叫你们来跪的，是叫你们来吃东西的！"

　　地方官们只眼巴巴地看着赵匡胤，一时没敢动手。赵匡胤双眉一紧道："当朝宰相的话，你们也不听吗？"

　　再看那些地方官们，也顾不得什么面子了，当着老百姓的面，一个个狼吞虎咽起来。赵普"嘿嘿"一笑道："各位大人听好了，你们吃的东西都是老百姓的，吃完了是要付钱的！"

　　地方官们一听傻了眼，再也不敢伸手吃了，因为他们谁也没带着钱。赵普又笑道："各位大人尽管吃！你们这顿饭，皇上请了！"

　　地方官们一起山呼"万岁"，然后小心翼翼地又继续吃起来。虽然他们很饿，但终也没敢吃饱就相继住了嘴。

　　赵匡胤笑问道："各位大人，滋味如何啊？"

　　众地方官七嘴八舌地说"香"。赵匡胤突然把脸一沉道："朕是问你们这饭菜的滋味如何吗？朕是问你们先前开荒的滋味如何！你们为何一个个都答非所问？朕现在终于明白了，为何朕规定百姓开垦荒地官府不得征税，你们却置若罔闻，原来你们一个个都是盲人、聋人，朕的诏令你们根本不看！朕说过的话你们根本不听！"

　　龙颜大怒这还了得？几十个地方官慌忙趴在地上一边不住地磕头，一边不停地口称"该死"。当着那么多老百姓的面，这些父母官现出如此狼狈相，也着实可怜。

　　赵匡胤又大喝一声道："尔等都抬起头来看着朕！"

　　几十个地方官又赶紧僵硬地仰起头颅看着赵匡胤。赵匡胤冷冷地说道："尔等身为大宋的臣子，百姓的父母，却不思为朝廷效忠、为百姓谋福，只顾盘剥百姓、中饱私囊，朕就是将尔等碎尸万段，尔等也死有余辜！"

　　赵匡胤一席话吓得那数十个地方官战战兢兢，连磕头的姿势都不规范了。赵普轻轻说道："各位大人听着：尔等违逆圣意，肆意盘剥百姓，依律当斩！但吾皇仁厚为怀，又念尔等毕竟为朝廷做过一些事情，所以吾皇决定给尔等一个改过自新的机会！尔等还不快快向吾皇谢恩？"

　　这下子，地方官们的磕头姿势就很标准了，一个个五体投地，且磕得地面"咚咚"直响。赵匡胤说道："尔等都起来吧！朕有话要说。"

　　地方官们躬着腰身爬了起来，头几乎垂到了膝下。赵匡胤慢慢悠悠地道："尔等大都是饱读诗书之人，文化水平都比朕高。不过，朕今日要在此班门弄斧一回。朕想背诵两首小诗给尔等听听！"

几十个地方官一起竖起耳朵虔诚地聆听。就听赵匡胤低沉地诵道："第一首：'锄禾日当午，汗滴禾下土。谁知盘中餐，粒粒皆辛苦。'第二首：'春种一粒粟，秋收万颗籽。四海无闲田，农夫犹饿死。'"

诵毕，赵匡胤问一个知县道："你不会不知道这两首小诗是何人所写吧？"

那知县慌忙道："小臣知道！皇上所吟两首小诗乃唐朝文人李绅所写，诗名曰'悯农'。"

赵匡胤高声说道："各位大人，朕多想尔等都能做一个悯农的父母官啊！"

众地方官连忙伏地磕头，争先恐后地向赵匡胤表态：一定要痛改前非，做一个为民造福的好官！

赵普重重地说道："希望尔等不要辜负了皇上的期望！"

赵匡胤摆了摆手，几十个地方官便屏住呼吸四散而去。赵普低声说道："皇上，过一段时间，臣准备叫吏部和户部暗中派员来此考查，看这些人当中有没有口是心非者！"

赵匡胤接道："若有，定斩不饶！"

"那是自然，"赵普捋了捋颔下稀疏的胡须，"皇上如此仁厚，如果他们还不知好歹，那就真的是罪有应得了！"

实践证明，赵匡胤和赵普在许贡庄一带的示范是相当成功的，效果也十分地明显。不仅那些遭到赵匡胤"教育"的州县之官再也不敢对老百姓开垦的荒地征税，就是其他地方的州官县官，在闻听了许贡庄发生的事情后，也不敢再打老百姓开垦荒田的主意了。这样一来，赵匡胤颁布的"百姓开垦荒田，官府不得征税"的诏令才算是真正地得到了落实，大宋天下的荒地也才算是得到了有效的开发。不仅如此，受此事的影响，不少曾经为非作歹的地方官或多或少地对自己的行为有了不同程度的收敛，因而，那些饱受地方官吏欺诈的百姓也就或多或少地看到了一些吏治的清明。

赵匡胤短暂的微服私访历程就算是结束了。回到汴梁之后，赵匡胤兴犹未尽地对赵普说道："如果有时间，朕真想到大宋的各个角落去走上一遭！"

赵匡胤想周游全国了。然而，回到京城之后不到一个月，赵匡胤的这种想法就荡然无存了。原因是，他得到禀报：有三万多辽国的军队开到了太原一带，并有迹象表明，在此之前，北汉国的数万军队已经开始在陕北一带集结。看模样，北汉国是想趁蜀人叛乱而宋军久平未定之机对赵宋有所图谋，而辽国还想从陕北一带向南侵犯宋朝。

赵匡胤一时紧张起来，蜀人之乱尚未平定，辽人和北汉又在陕北蠢蠢欲动，这局面不能说不糟糕。如果他们真的联手从陕北向陕中、陕南侵犯，那么，正在蜀地平叛的宋军恐只能北上迎敌了。这样一来，蜀地就极有可能发生更大的变故。果然如此的话，赵匡胤灭蜀的计划就只能以彻底失败而告终。

赵匡胤立即召集群臣商议对策，有大臣向赵匡胤建议：与其被动地等待辽人和北汉来犯，还不如主动地向陕北进军，或者干脆直接发兵去攻打北汉都城太原。

不少大臣都赞同这种主动出击的意见，但赵匡胤却摇头道："朕以为不妥！虽然大宋还可调集不少军队，但军中精锐多在蜀地平叛，在这种情况下与辽人和北汉开战，那是难有胜算的。而若不能胜，则辽人和北汉的气焰就会越发嚣张，我大宋的处境也就会越发地危险了！"

又有大臣向赵匡胤建议："既然战之难以取胜，那就遣使去太原主动与北汉通好议和，以争取时间来平定蜀人之乱，待蜀乱平定之后再与北汉认真计较也不迟。"

议和的建议也得到了一些大臣的首肯。赵匡胤问赵普道："你以为如何？"

赵普回道："议和之议虽有道理，但恐不现实。北汉之所以欲犯我大宋，就是因为我大宋尚未平定蜀人之乱。此时此刻前去议和，北汉必不答应。更何况，我大宋去太原议和，实有示弱之嫌，既如此，北汉不仅不会答应，还会更加肆无忌惮地发兵攻宋！"

赵匡胤点头道："朕以为，宰相所言极是！更何况，朕又如何能去向那北汉伪帝刘钧示弱？"

赵匡胤的话可谓是掷地有声。但问题是，战恐不能胜，议和又不甘，那究竟怎样才能化解陕北一带可能爆发的危机？

这时，赵普说道："臣以为，战不能战，和不能和，那就只有稳固防守了！"

赵普的意思是：速速派一支军队赶往陕中，摆出一副稳固防守的态势，这样，他们就不敢贸然南下。赵普说道："只要宋军能在陕中与他们对峙月余，那蜀人之乱就当彻底平定了！"

大半朝臣都同意赵普的看法。实际上，赵普所言也是无奈之举。故而，一兵部大臣对赵匡胤说道："臣以为，防守固然重要，但同时必须做好与辽人和北汉开战的准备！"

赵匡胤思忖片刻，最终决定：把京城一带的数万宋军分成两部，一部向西开往陕中，与当地的宋军一道，做好防守敌人南侵的准备；另一部宋军向西北进发，摆出一副向太原进军的态势。

赵匡胤对赵普等人说道："朕做出这般鱼死网破的架势，那刘钧不可能不有所顾忌！他只要一顾忌，就会有所迟疑，他一迟疑，光义就把蜀乱平定了！"

数万宋军从汴梁一带分别开往西部和西北部之后二十多天，赵匡胤得到禀报：辽兵已经从太原撤走了，原先集结在陕北的数万北汉兵也陆续开回到太原附近。换句话说，北汉皇帝刘钧真的如赵匡胤所愿，没敢对大宋朝用兵。

让赵匡胤更为高兴的是，赵光义已经彻底平定了蜀乱，正在北归，不日即可抵达汴梁。

那是一个黄昏，赵光义和刘光义、曹彬等宋将风尘仆仆地走进了汴梁城。王全斌、崔彦进和王仁赡虽也是与赵光义同行，但却是被关押在囚车上。而王全斌的部将王猛等百来个宋军中下级将领其状更惨，一个个被五花大绑不说，还用绳索拴成了一长串，活像是一队被逼着去修长城的苦力。

未入汴梁前，王猛找着一个机会对王全斌说道："大人，进京之后，下官恐怕就要掉脑袋了……"

王全斌对王猛道："你休要惊恐！我会保你平安无事的！"

另一囚车上的王仁赡闻之，不禁长叹一声对王全斌说道："大人啊，你我现在是泥菩萨过河，连自身都难保了，又能担保何人！"

王全斌"哼"了一声道："我就不信，皇上会治我等的罪！"

赵光义等人刚一入汴梁城，赵匡胤就率着赵普等一干朝臣赶来迎接。见着赵光义、刘光义和曹彬，赵匡胤首先开口道："各位爱卿辛苦了！朕已在宫中备下酒宴，为各位爱卿庆功、洗尘！"

赵光义、刘光义和曹彬连忙跪地向赵匡胤问安。赵匡胤伸开双臂道："各位爱卿快快请起！朕等着与各位爱卿痛饮一番呢！"

待赵光义等人爬起，赵匡胤忽然问道："光义，那王全斌、崔彦进、王仁赡安在？朕如何不见他们？"

其实，赵匡胤早就看见了王全斌等三人，因为那三辆囚车就停在赵光义身后不远处。换句话说，赵匡胤是在明知故问。故而，傍在赵匡胤身边的赵普就抢在赵光义之前高声说道："皇上，王全斌他们犯了罪，正押在囚车上呢！"

赵匡胤似乎大惊："宰相，王全斌乃伐蜀之主帅，厥功至伟，又何罪之有？"

没等赵普开口，赵匡胤又忙着对赵光义说道："快，快把王全斌他们放下囚车，朕要与他们一同入宫畅饮！"

赵光义有些迟疑，而刘光义身边的几位宋将却七手八脚地把王全斌、崔彦进和王仁赡三人放出了囚车。刚一出囚车，王全斌、崔彦进和王仁赡就抢前几步伏地磕头道："吾皇万岁万岁万万岁！"

赵匡胤一边亲手搀扶王全斌、崔彦进和王仁赡一边说道："各位爱卿受苦了！快，快随朕入宫，朕为尔等压惊！"

赵光义用一种颇为复杂的目光望着赵普。却听赵普用一种懒洋洋的语调问赵匡胤道："皇上，那边还有许多宋将被绳索捆绑着，是不是把他们都放了？"

赵匡胤两眼一瞪赵普道："那些都是祸国殃民的罪犯，如何能放？"

赵普刚要发话，赵匡胤却抢先吩咐左右道："把那些祸国殃民的罪犯统统打入囚牢，待明日，朕再好好地处置他们！"

王猛等一干宋将被押走了。王全斌、崔彦进和王仁赡与刘光义、曹彬等人一道，簇拥着赵匡胤向宫中走去。赵普和赵光义本是傍在赵匡胤的两侧的，可渐渐地，他们落在了队伍的最后面。

赵普轻声问道："光义兄弟，蜀人叛乱确系王全斌等人所引发？"

赵光义点头道："不然，我何必要将他们打入囚车？"

"可惜啊！"赵普叹了一口气，"皇上似乎另有打算！"

赵光义停顿了一下，然后问道："宰相大人，如果皇上真的有轻饶王全斌等人之意，那兄弟我岂不是多此一举了吗？"

赵普回道："那也未必！皇上有轻饶之意，群臣未必如此！"

赵光义又问："我等现在何去何从？"

赵普仰头道："入宫陪皇上饮酒吧。不然，皇上定会生气的！"

这一夜，大宋皇宫中，真的是喜气盈天，热闹非凡。赵匡胤率在京的所有朝臣设盛宴为平叛归来的赵光义、王全斌等人洗尘庆功。有点奇怪的是，虽然说是庆功宴，但赵匡胤却明确宣布：今夜只谈饮酒，攻蜀及平叛之事一概不论。

赵光义在赵普的示意下问赵匡胤道："皇上，攻蜀及平叛之事何时议论？"

赵匡胤回道："明日再议不迟！"

这下好了，入宫赴宴的所有人都只能一门心思地饮酒了。可酒量有大小，不是任何人都可以在酒席上善始善终的。结果，包括王全斌、崔彦进、王仁赡、刘光义和曹彬在内，几乎所有赴宴的人都烂醉而归。饮至半夜，酒席上只剩下三个人了：赵匡胤、赵光义和赵普。

赵匡胤酒量虽大，却也被群臣敬得头昏眼花，只是一时还能支撑。赵光义酒量小，没敢多喝，所以还比较清醒。最清醒的当然是赵普，别看他也像赵匡胤一样的频频举杯，实际上，他根本就没怎么喝酒。

赵匡胤眯缝着眼睛问赵普道："宰相大人，天下没有不散的宴席，群臣都走了，你与光义为何不走？"

赵普回答道："不是臣不想走，而是光义兄弟问了臣一个问题，臣不知如何作答，所以只能待在这里候旨。"

赵匡胤费力地眨了眨眼皮道："赵普，你以为朕喝醉了吗？明明是你想对朕发问，你又为何推到光义的身上？"

赵光义连忙道："皇上，臣弟的确有事要询问……"

赵匡胤揉了揉太阳穴："光义，你是想问朕如何处置王全斌他们吗？"

"正是！"赵光义说道，"臣弟以为，王全斌等人虽有大功，但更有大罪！"

"光义，"赵匡胤打了个酒嗝，"你适才所言，朕听来怎么像是出自赵宰相之口啊？"

"皇上，"赵普说道，"开封尹大人所言乃是铁的事实，所以，出自谁口也都是一样！"

赵匡胤哈哈大笑道："赵普，你与光义都违逆朕的旨意了！朕早就说过，今夜只谈饮酒，不及其他，尔等为何不依旨行事啊？"

赵普说道："臣以为，皇上的旨意只是针对饮酒时而言。现在，席终酒止，臣与光义大人理应可以言及其他。更何况，蜀人叛乱之事不早有定论，朝中上下恐就会议论纷纷了！"

"是吗？"赵匡胤一皱眉，"赵普，依你之见，朕当如何处置王全斌等人啊？"

赵普回道："王全斌等人直接引发了蜀人叛乱，破坏了皇上一统天下的大业，此罪不小，应由文武百官共同商议为妥。臣过去曾对皇上说过此言，敢请皇上三思！"

"赵普，"赵匡胤似乎不经意地问道，"非得要百官共同商议吗？你是不是以为朕不能很好地处置此事？"

"臣并非此意！"赵普却是一副认真的样子，"臣的意思是，待百官共议之后，再报请皇上做最后的定夺！"

赵匡胤歪了歪头："赵普啊，朝中人多，人多就嘴杂，如果百官七嘴八舌，了无结论，那还不如由朕直接来处置！"

赵普肯定地道："皇上，臣保证百官在共议之后会有一个明确的结论。若臣所言不果，臣愿接受皇上任何处罚！"

赵匡胤打了个哈欠，接着问赵光义道："你以为如何？"

赵光义回道："臣弟赞同宰相大人的意见，且臣弟明日可以在朝中向文武百官出示王全斌等人的罪证！"

"那就这样吧！"赵匡胤有些不快地伸了一个懒腰，"朕要去休息了！不然，朕明日没有精神上朝了！"

赵匡胤说着话便离席而去，因喝酒过多的缘故，脚步多少有些踉跄。待赵匡胤离去后，赵光义低声对赵普说道："你看见了吗？皇上有些不高兴了！"

赵普一边起身一边说道："我以为，皇上明日恐怕会更不高兴！"

赵光义忙问道："此话何意？"

赵普悠然说道："明日百官共议，定会判王全斌等人死罪，而皇上却想网开一面！"

一切都如赵普所料。第二天——乾德五年（公元967年）正月二十三日，赵匡胤下令御史台召集文武百官于朝堂，议定王全斌、崔彦进和王仁赡三人所犯的罪行。在赵普的主持下，赵光义及文武百官认定：王全斌、崔彦进和王仁赡三人在攻克成都后犯有掳夺女子与玉帛、擅发府库、纵容部将和隐没财物等罪，并查实王全斌等三人共隐没财物六十四万四千八百余贯，这还不包括王全斌等三人从后蜀宫中抢得的金银珠宝。后来，赵普又在王全斌等三人的诸多罪名中另加了一条：引发叛乱，危及大宋。

赵光义及文武百官最后判定：王全斌、崔彦进和王仁赡三人虽有平蜀之功，但功不抵罪，且罪恶滔天，依法应当处死！

二十四日，赵普将百官共议的结果禀告了赵匡胤。赵匡胤只是"哦"了一声，没有多言。赵普当时也没有多问。

二十五日，赵匡胤没有上朝，说是"偶感风寒"，正在后宫中调理。不过，他却派一名执事太监到朝堂向文武百官宣读了他的处理决定。

赵匡胤的处理决定大略如下：王猛等十数位罪大恶极的宋将立即处绞，并示众于市；免去王仁赡原先在朝中担任的枢密副使一职；在随州设立崇义军，命王全斌前往统率；在金州设立昭化军，令崔彦进前往节制；重赏当初攻打蜀国的东路军所有将领；擢刘光义为镇安节度使；升任曹彬为宣徽南院使兼义成军节度使等等。

那王猛终究没能保住自己的性命。据说，王全斌曾在赵匡胤的面前极力为王猛说情，说王猛曾救过他的命，希望皇上留下王猛戴罪立功。赵匡胤却道："兴师吊伐，妇人何罪？而残忍至此，当速置法以偿其冤！"王全斌最终无奈作罢。那些被王猛割乳而死的妇人们，在九泉之下，总算是得到了些许安慰。

在赵匡胤的处理决定中，除王猛等十数位被处死的宋将外，要数王仁赡受到的惩罚最为严重了。王全斌和崔彦进虽然都被降了官职，但好歹还有一支军队统领，仍不失为大宋朝的一名将军，而王仁赡却不仅不再握有兵权，连朝中枢密副使之职也被免去，几乎变成一介平民了。

王仁赡为何会落到如此结局？原因是，他太不识时务了。赵匡胤曾在二十四日分别召见过王全斌、崔彦进和王仁赡。王全斌和崔彦进闻听百官议定他们死罪后，不敢再嘴硬，当着赵匡胤的面，对自己所犯的罪行供认不讳，尤其是崔彦进，认罪的态度还特别好。而王仁赡则不然，不仅不好好认罪，且还"历诋诸将过失"为自己开脱。赵匡胤气愤地问道："纳蜀国侍中李廷珪妓女、开丰德府库取金银珠宝，难道也是诸将所为？"见赵匡胤举出了铁证，王仁赡才被迫低头认罪。但已经迟了，赵匡胤不想再优待他了。

以刘光义和曹彬为首的东路宋军，除刘光义和曹彬二人外，其他的主要将领也都得到了赵匡胤的大力提拔。比如有一个叫张廷翰的，一下子升任至侍卫马军都虞候兼彰国节度使。还有一个叫李进卿的，也陡然升至步军都虞候兼保顺节度使。由此可见，赵匡胤对攻蜀的东路宋军是非常赞许的。当然了，官位升得最高的还是曹彬。个中原因很多，其中有两个原因十分重要。一个原因是，据说曹彬从蜀地归京后，身上别无他物，只有两本书，这很得赵匡胤的赏识。另一个原因是，王仁赡在赵匡胤的面前"历诋诸将过失"的时候，几乎所有的宋军大将都被他牵扯到了，但唯独没有说曹彬一句坏话。不仅如此，王仁赡还当着赵匡胤的面说道："清正廉洁，敬畏谨慎，不辜负陛下委任使命者，唯有曹彬一人耳！"这样一来，赵匡胤就对曹彬越发地看重了。

赵匡胤如此处理王全斌和曹彬等人，自然有他自己的考虑和道理。朝中文武百官虽然大都觉得皇上对王全斌、崔彦进和王仁赡三个人的处置未免有过轻之嫌，但也只是把自己的看法隐于心里，顶多在私下里悄悄议论几句而已。不仅是一般的朝臣，就是赵光义，在听到赵匡胤的处理决定后，也只是轻轻地摇摇头，然后一笑了之。

但赵普则不然，他不仅在朝中当着文武百官的面明确表示皇上对此事处理不公，且还嚷嚷着非要与皇上当面理论。群臣劝他，他不理。赵光义劝他，他不听。

然而，赵匡胤自那日"偶感风寒"后，竟一连数日没有上朝。赵普去宫中询问，宫中太监告诉他：皇上在花妃娘娘的寝殿里调养身体，恐还有几日方可上朝。那太监还对赵普说，皇上有旨：调养期间，不见任何朝臣。

赵普颇为不快地对赵光义说道："皇上哪里是什么偶感风寒？他分明是故意躲避臣等！"

赵光义劝道："算了吧，宰相大人！皇上既然已经做出定论，你也就不要过于计较了！再者，任你如何计较，也不可能推翻皇上的旨意！"

"不行！"赵普态度很坚决，"此事非同小可，臣定要与皇上理论个是非曲直！"

赵光义见赵普如此较真，生怕赵普会与赵匡胤大吵大闹起来，于是就跑去找赵普的妻子和氏，请和氏出面劝说赵普。

一天夜里，和氏劝赵普道："老爷，甭想着去找皇上理论了！就算你理论赢了，于老爷你又有何好处？"

赵普回答和氏道："夫人有所不知。若是一般之事，我绝不会坚持去找皇上理论。但此事非同一般，是我主张由百官共议王全斌等人之罪，百官也依了我的意思判定王全斌等人为死罪。可到最后，皇上却推翻了百官的判定。夫人想想看，如果我不就此事与皇上认真地理论一番，那皇上以后还会听我的话吗？皇上不听我的话，也就不会把我放在眼里了！皇上不把我放在眼里了，文武百官便不会唯我马首是瞻了！如果真的到了这一步，我纵然官居宰相，又有何实际意义？"

和氏觉得丈夫言之有理，便马上改口道："那好吧，你就去找皇上理论吧！大不了，妾身与老爷离开这里！"

赵普高兴地道："这才叫'夫唱妇随'啊！"

和氏问道："皇上不上朝，老爷又如何去找他理论？"

赵普笑道："国事繁复，皇上岂能久避于后宫之内？说不定，皇上还会主动召见我呢！"

又让赵普说中了。五六天之后，赵匡胤传旨：传赵普入宫见驾！

正如赵普对赵光义所说的那样，赵匡胤根本就没有"偶感风寒"。赵匡胤待在花蕊夫人的身边，主要就是想躲开赵普的纠缠，顺便与花蕊夫人好好地逍遥快乐几日。

赵匡胤深知，他赦免了王全斌等人的死罪，赵普心中定然有所不满。他以为，避在后宫几日，赵普心中的不满也就自然而然地消失了。由此不难看出，就赵匡胤而言，其实也不想与赵普发生什么争吵的。

但事与愿违，赵普心中的那种不满一点也没有消失。这样，一番争执也就不可避免了。

不过，赵普入宫刚一见到赵匡胤的时候，态度还是十分温和的。他伏地给赵匡胤磕头，还轻声问道："皇上龙体无恙否？"

赵匡胤亲热地叫赵普平身，然后莞尔一笑道："朕偶感风寒，却有劳你如此牵挂，朕真是于心不安！"

赵普又问了一句道："皇上龙体果然无恙否？"

赵匡胤点头："朕确已安康，爱卿不必再过于牵挂！"

赵普也点了点头："既如此，臣就斗胆请教皇上了！"

赵匡胤心中不禁"咯噔"一下，说道："不知爱卿有何事要问？"

赵普说道："臣想请教的是，皇上在处理王全斌等人一案时，为何赏罚不明？"

赵普的语气哪里像是在请教，分明是在质问。赵匡胤暗道：好个赵普，你依然对此耿耿于怀啊！但赵匡胤嘴里说的是："赵爱卿所言差矣！朕如何赏罚不明？王猛等人肆意欺凌百姓，朕已经将他们正法。王全斌等人既不能很好地约束部将，也不能很好地约束自己，朕毫不客气地降了他们的官职，还免去了王仁赡在朝中之职。曹彬等人治军有方、军纪严整，不愧为大宋良将，朕自然要重重地封赏他们！如此，爱卿又为何以为朕赏罚不明？"

赵普不紧不慢地说道："在臣看来，王猛等人被绞，只是做了一回替死鬼而已！"

未及赵匡胤开口，赵普紧接着又道："王猛等人被绞，固然是罪有应得，但王全斌等人之罪较之王猛等人有过之而无不及。此不仅是臣一人的看法，更是朝中文武百官的共识，然而皇上却轻易放过了他们！敢问皇上，王全斌等人当斩而不斩，这岂能称作是赏罚分明？”

说实在的，见赵普如此咄咄逼人，赵匡胤真想发火。但许是自觉有点理亏的缘故吧，赵匡胤又没有发火，且脸上还挂着淡淡的笑。

“赵爱卿，”赵匡胤就那么笑着说道，“你又何必非得置王全斌等人于死地而后快呢？俗语云：‘得饶人处且饶人！’更何况，据朕所知，爱卿你与王全斌等人并无什么过节，更无任何的冤仇，爱卿何不高抬贵手，睁一只眼闭一只眼也就算了？”

赵匡胤说得不可谓不明白了，但赵普却显出一副不依不饶的模样继续问道：“皇上，臣的确与王全斌等人近日无冤、往日无仇，臣也并非蛇蝎心肠，非得置别人于死地而后快。但是，臣以为，既然王全斌等人罪该论死，那此事就不能含而糊之！”

赵匡胤轻轻地“唉”了一声道：“赵普啊，你话中的道理，朕又何尝不知？可你知道吗？且不说别人，就说王全斌吧，他身事数朝，屡建功勋，与朕还曾并肩战斗过！俗话说‘不看僧面看佛面’，就是看在过去的份上，朕也不忍心太过为难王全斌他们啊！”

赵普却硬硬地说道：“皇上，臣也记得一句俗话，叫作‘王子犯法与庶民同罪’！王全斌等人虽有赫赫的过去，但既然罪该论死，那就当与王猛等人一样处死！不然，王猛等人在九泉之下，也会觉得这世道不公，当今皇上不公！”

赵匡胤渐渐地蹙起了眉头：“赵普，你是在批评和指责朕吗？”

赵普说道：“臣不敢这么大胆！但臣认为，王全斌等人当死而不死，这实在是有失公允，窃以为皇上不取也！”

赵匡胤摇了摇头道：“赵普，你为何如此固执？圣人有云：‘刑不上大夫。’朕饶过王全斌等人死罪，又有何不妥？”

赵普回道：“皇上说得没错，刑的确不上大夫，但那是因为大夫没有犯法，若大夫犯了法，照样上刑，若大夫犯了死罪，也照样论死！臣以为，甭说是什么大夫了，天下任何人，只要犯了法、犯了罪，就都要受到应得的处罚，王全斌等人也不能例外！”

赵匡胤忽然高声问道：“赵普，你说的天下任何人，莫非也包括朕吗？”

赵普一怔。他只顾与赵匡胤理论了，不觉把话说过了头。是呀，就“天下任何人”几个字来说，显然包括赵匡胤在内。皇帝虽说是“真龙天子”，但归根结底也还是人。可是，如果赵匡胤也犯了法、犯了罪，又能受到什么应得的处罚？更主要的，作为皇帝，本来就没有什么犯法犯罪之说。即使有，谁又能治他的罪？要知道，在专制社会里，君主不仅是至高无上的，且还是绝对真理的化身。

古今中外，概莫能外。

赵普一时多少有些紧张。紧张之后，他讪讪地一笑道："皇上是在开玩笑吧？皇上如何能犯法、犯罪？"

这回轮到赵匡胤穷追不舍了："赵普，你正面回答朕的问题！朕且问你，你刚才所言的'天下任何人'，是不是也包含朕在内？"

赵普吞吞吐吐地道："皇上乃真龙天子，岂能与寻常人等相提并论？"

"赵普！"赵匡胤来劲了，"看今天的模样，有朝一日，你是不是也想治朕的罪啊？"

见赵普无言以对，赵匡胤有些得理不饶人了："赵普，你怎么不说话啊？你刚才还是口吐莲花、滔滔不绝又振振有词的，现在怎么变成哑巴了？"

见实在是躲不过去了，赵普开口道："皇上，臣刚才说过，真龙天子不能与寻常人等相提并论，臣还曾说过，皇上根本不可能犯法、也不可能犯罪！但是，皇上既然再三逼臣，臣也就不能不说，如果皇上真的犯下了什么罪过，虽然臣等不敢追究，但是，皇上得向天下臣民颁布罪己诏！"

"你！"赵匡胤怒发心头、拍案而起，"你信口开河、强词夺理、倚宠骄横、目无皇尊！你以为朕真不敢治你的罪吗？"

赵普伏地叩头，然后缓缓爬起，一边爬起一边说道："恭请皇上罢去微臣宰相之职！"

许是太过愤怒了吧，赵匡胤只是铁青着脸，没有发话。赵普停顿了一下，接着躬身说道："草民赵普告退！"

赵普慢慢地离去了。半晌，赵匡胤突地大叫道："赵普，你以为朕不敢罢你的宰相吗？"

赵匡胤声音虽高，可惜赵普未能听见。赵普早已经出了皇宫，走在了回家的路上。剩下赵匡胤气得浑身一个劲地乱抖，慌得那些太监宫女，紧张分分地围在皇上的身边，连大气都不敢多喘一口。

一连数日，赵普都称病不上朝。而赵匡胤也不追问，似乎已经把赵普给淡忘了。事实当然不是这样。这几天里，赵光义一会儿跑到宰相府，一会儿又赶往宫中，努力缓和赵普和赵匡胤之间的关系。

终于，几天之后，赵匡胤在朝中颁布了一道口谕：不许赵普辞去宰相职位。在这道口谕颁布的第二天，赵普悠搭着双手上朝了。这二人之间的僵持局面便算是告一段落了。

不过，话又说回来，虽然赵普与赵匡胤之间的僵持告一段落了，但二人之间的关系却在很长一段时间内难以和好如初。实际上，一眼看上去，赵匡胤已经有点疏远赵普了。至少，赵匡胤不再动辄就去宰相府吃和氏烧的狗肉了，而赵普被召入宫的次数也大为减少。有时，一连一个多月，赵普也得不到召见。

乾德五年（公元967年）十月，左卫上将军宋延渥奉旨运送从各州搜罗来的铜佛像进京。它们将在汴梁被毁掉，然后再铸成钱币、兵器或其他器物。这些铜铁佛像多达数百座，虽然大小不一，形态各异，但都精雕细刻、栩栩如生。

本来，集中销毁佛像之事与赵普没什么关系。但许是闲来无聊吧，宋延渥入京的第二天，赵普就去看望了宋延渥。当朝宰相亲来看望，宋延渥自然有些受宠若惊。受宠若惊之余，宋延渥问赵普有何指教，赵普说道："我只是想看一眼那些即将被毁的佛像。"

数百座佛像被宋延渥封存得井然有序。宋延渥告诉赵普：已接到旨意，马上就要销毁这些佛像。赵普点了点头说道："这些佛像，铸造得倒也精致啊！"

宋延渥在一旁说道："是啊，这么好的佛像，就这么给毁了，也实在是有些可惜啊！"

所谓"言者无心，听者有意"，听了宋延渥的话后，赵普双眉不禁一挑，旋即问道："宋将军，你的意思是，这些佛像不该毁掉？"

"赵大人，"宋延渥慌忙道，"下官只是信口说出，别无他意，大人可千万别当真啊！"

赵匡胤下旨毁掉佛像，如果宋延渥认为不该毁，那岂不是有抗旨不遵之嫌？赵普轻声笑道："宋将军休要担心！赵某倒以为，你适才所言也不无道理啊！"

"不，不！"宗延渥赶紧道，"下官信口开河，一派胡言，何曾有半点道理啊！大人就不要惊吓下官了！"

赵普说道："我何曾惊吓于你？我说的是实话，我认为你说得很有道理。所以呀，这些佛像你就暂时不要销毁！"

看赵普的表情的确像是在说实话，于是，宋延渥就小心翼翼地问道："大人，你的意思，是叫下官抗旨？"

赵普回道："宋将军，我不是叫你抗旨，我是叫你暂不要毁掉佛像。"

"赵大人，"宋延渥一脸的困惑，"恕下官愚钝，这抗旨与暂不毁佛像有何不同？"

赵普"嘿嘿"一笑道："赵某的意思是，待赵某入宫见过皇上之后，宋将军再开始销毁佛像也不迟。"

宋延渥有些明白了："大人也不想毁掉这些佛像？"

赵普答道："不是赵某不想毁掉这些佛像，而是皇上不想毁掉这些佛像！"

宋延渥立即又变得糊涂了，皇上明明下旨毁掉这些佛像，宰相大人为何如此说话？

宋延渥糊涂了，赵普却清醒得很。因为赵普坚信：赵匡胤是一位敬佛信佛之人。

在吩咐了左卫上将军宋延渥暂不毁掉佛像之后，赵普就急急地入宫，要求面见皇上。

赵匡胤虽然对待赵普不像过去那般热情，但赵普作为当朝的宰相，既然主动要求见驾，赵匡胤也就没有什么理由拒绝。所以在见了赵普之后，赵匡胤面带微笑问道："爱卿何故急着见朕啊？"

赵普说道："臣是从宋延渥将军那儿赶来……"

赵匡胤"哦"了一声，说道："朕以为，销毁佛像这等小事，不劳宰相大人操心，所以朕事先就没有告之于你。"

赵匡胤以为，赵普不知销毁佛像之事，定是有些生气了。赵普说道："皇上，臣适才看过那些佛像，臣觉得那些佛像细腻逼真、栩栩如生，如果就这么毁了，未免太可惜了。"

赵匡胤一怔，然后缓缓问道："赵普，你此话何意？"

赵普回道："臣的意思是，这些佛像应该保留下来。"

赵匡胤一时无语。沉默片刻，赵匡胤望着赵普的双眼道："你继续往下说。"

赵普继续说道："臣知晓，这销毁佛像的规矩是周世宗皇帝定下的。皇上建立大宋以后，这规矩便延续了下来。可臣以为，江山变了，有些规矩也得随之改变。更何况，皇上本就不是一个循规蹈矩的人，乃是一位敢于破旧立新的圣明之君！周世宗时，江山狭小，物资匮乏，为一统天下计，世宗皇帝才不得已毁佛像铸兵器、钱币。现在不同了，大宋江山大大地拓展了，南有广袤的荆、湖之地，西有物资丰饶的川蜀，大宋不再缺乏铸造兵器、钱币之物。既如此，皇上何不把天下佛像原样保存以供那些向善之人顶礼膜拜？臣以为，如果天下之人皆有一颗向善之心，那皇上便可以垂手而治了！"

赵普这一番话，说到了赵匡胤的心坎儿里去了。赵匡胤微笑道："赵普啊，你适才所言，正合朕意。只不过，朕有些担心，如果不再销毁佛像，那天下百姓岂不是又会用铜铁铸造新的佛像？大宋江山再辽阔，物资再丰富，也不能把所有的铜铁都用在铸造佛像上啊？"

赵普说道："臣考虑过这个问题了。臣以为，皇上可以向天下颁布一道诏令：已经铸好的佛像不许销毁，但也不许任何人再用铜铁铸造新佛像，违者严惩！"

"好！"赵匡胤高兴地说道，"还是爱卿你考虑问题比较周全！那些费尽人力、物力才铸造好的佛像就这么毁于一旦，也着实可惜。这样吧，爱卿，就按照你刚才讲的意思，你代朕草拟一道旨意，然后交由礼部晓谕天下！"

赵普立即道："臣遵旨！"

突然，赵匡胤"啊"了一声，说道："赵普，朕已旨令那宋延渥毁掉佛像，你快去制止他吧！"

赵普躬身道："启禀皇上，臣从宋将军那儿来的时候，已斗胆命令他暂缓毁像。臣此事没有及时禀告皇上，望皇上恕罪！"

赵匡胤哈哈大笑道："爱卿啊，你及时地保护了佛像，又何罪之有？这样吧，爱卿，你就与那宋延渥将军一起，再叫上光义吧，你们三人辛苦点，把那几百座大大小小的佛像分置在京城的各个寺庙里。既然已经从各地运来了，也就没有必要再费时费力地运回原地了。爱卿以为如何啊？"

赵普立即道："臣谨遵圣谕！"

从上午到中午，又从下午到黄昏，赵普、赵光义和宋延渥带着一帮人忙活了一整天，才好不容易将那几百座佛像安顿在了京城的各个寺庙里。赵普虽然没有亲手劳作，却也跑得腰酸腿胀。

赵普对赵光义说道："府尹大人啊，中午一顿饭都没好好吃了，晚上可得要喝上几杯解解乏了！"

赵光义说道："那是自然。兄弟我虽不善饮，晚上也要好好地喝他几杯！"

这时，宋延渥盛情邀请赵普、赵光义到他的将军府去同饮，还说是中午就吩咐家人准备酒菜了。赵普有点不好意思地道："宋将军，你也忙碌了一整天了，正待回家好好地休息，我等如何能再去打扰？"

宋延渥连忙道："这如何称得上打扰？下官平日就是想请二位大人恐也不能如愿。下官今日有幸跟在二位大人的身后效力，便想趁此机会邀请二位大人到敝府一坐，还望二位大人能够成全！"

见宋延渥说得情真意切，赵光义看着赵普说道："宰相大人，有道是'盛情难却'啊！"

赵普笑道："府尹大人，应该是'恭敬不如从命'啊！"

于是赵普和赵光义就随着宋延渥去了。再看宋延渥，脸上几乎乐开了花儿。这也难怪，在大宋朝廷里，除了赵匡胤之外，不就是赵普和赵光义的权力最大了吗？能同时把赵普和赵光义一起请到家里来做客，对宋延渥而言，不啻是一种莫大的荣幸。

看来，宋延渥说的是实话，宋府早就在准备这顿晚饭了。赵普和赵光义刚在宋延渥的将军府里落座，一大桌丰盛的酒宴就摆了上来。那菜香、酒香一个劲儿地往赵普和赵光义的鼻孔里钻。

赵普叹道："宋将军啊，你如此客气，我等还真的有些过意不去呢！"

赵光义却"嘿嘿"一笑道："宰相大人，既来之则安之，你也就用不着过意不去了！"

"对，对！"宋延渥满脸堆着笑，"只要两位大人能在下官这里吃得尽兴、喝得尽兴，下官就心满意足了！"

赵普和赵光义当然吃喝得很尽兴。不过，在这过程中，发生了一段小插曲，不能不提。那就是，宋延渥在喝得满面红光的当口，叫了一声："丫儿，快出来为两位大人斟酒！"

随着宋延渥的叫声，从里屋走出一个少女来。那少女十五六岁年纪，长得眉清目秀、体态婀娜，走起路来如柔风拂柳、仪态万千。

那少女走得近来，先是甜甜地冲着赵普和赵光义唤了一声"大人"，然后便轻轻地为赵普和赵光义斟酒。赵普无意中发现，赵光义见到那少女的时候，脸色陡然一白，像是无比地惊诧，以至于在端起酒杯的时候，杯里的酒都洒了出来。

赵普暗想：光义兄弟这是怎么了？虽说这少女姿色可观，但光义兄弟也不该如此失态啊！

好在那宋延渥已经喝多了，并没有注意到赵光义的表情。于是赵普就打了个"哈哈"问道："宋将军，这俊俏的女子赵某该如何称呼啊？"

宋延渥忙道："回宰相大人的话，这乃是下官的小女……"

"哦……"赵普点了点头，"原来是宋将军的千金小姐啊！"

赵普瞥见，那赵光义的目光一直在偷偷地瞟着宋家小姐，于是就又故意高声说道："宋将军，贵小姐有如此花容月貌，将来一定能找到一位大富大贵的如意郎君！"

宋延渥急忙拱手道："托宰相大人的口福……真到了那一天，下官一定用八抬大轿将宰相大人请来喝上一杯喜酒……"

赵普笑道："宋将军，到了那一天，你就是不请赵某，赵某也要到贵府讨杯喜酒！"

宋延渥也不禁大笑起来。这顿酒席便在赵普和宋延渥的笑声中结束了。宋延渥虽然喝多了，却也知道要派轿子送赵普和赵光义。赵普阻止道："宋将军不必操劳！我等有些过量，正好徒步清醒一下大脑。"

赵光义也想在街上散散步。宋延渥无奈，只好依依不舍地将赵普和赵光义送出府门多远，才跟跟跄跄地返回。

赵普和赵光义在街上并排着往家溜达。赵普轻声问道："怎么样，光义兄弟？要不要为兄我替你做一回月下老人？"

赵光义一怔："赵兄，小弟怎么听不懂你的话？"

赵普"嘿嘿"一笑道："光义兄弟，何必在我的面前伪装？实话告诉你吧，你偷看宋家小姐的眼神都被我瞧见了！如果你不嫌弃为兄，为兄愿意从中牵线搭桥。虽然兄弟你早已妻妾成群，但我只要与宋将军说一说，宋将军想必总会给我一个薄面！"

　　赵光义明白过来了："赵兄，原来你以为我看中那宋家小姐了？"

　　"不是吗？"赵普反问道，"如果不是，兄弟你看她的目光为何那等怪异又那等痴迷？"

　　赵光义缓缓地摇了摇头道："赵兄，你误会了！我之所以那样看着她，是因为我觉得那宋家小姐长得太像另外一个人了！"

　　"哦？"赵普双眉一紧，"是这么回事啊！不知那宋家小姐与何人长得如此相像？"

　　赵光义回道："宋家小姐长得太像我第一位大嫂了！"

　　"谁？"赵普一怔，"你是说，宋家小姐长得有点像皇上的第一位夫人？"

　　"不是有点像！"赵光义停下了脚步，"当宋家小姐刚走到我身边的那一瞬间，我以为我的第一位大嫂又复活了……"

　　这就难怪赵光义乍见着宋氏小姐的时候会脸色陡然一白了。要知道，赵光义同赵匡胤的前两任妻子可都有着很深的感情。

　　赵普恍然大悟似的说道："光义兄弟，你说得一点没错啊！"

　　赵普为何至此方才恍然大悟？原来，赵普对赵匡胤的第二任妻子王氏比较熟悉，印象也比较深，而对赵匡胤的第一任妻子贺氏就不太熟悉了，虽然也见过贺氏的面，但没留下什么深刻的印象。故而，若不是赵光义提及，赵普根本就忆不起来那宋氏小姐的相貌与贺氏相似。

　　赵光义笑模笑样地问道："赵兄，你说，如果我那皇上大哥猛然间见着宋家小姐的面，脸上会是一副什么样的表情？"

　　"这个……"赵普顿了一下，"为兄恐不敢妄加揣测！"

　　话虽是这么说，但当与赵光义分手之后，赵普的脑海里却始终在翻腾着这么一个问题。是啊，如果皇上见了宋家小姐的面，脸上会作何表情，心中又会做何感想？

　　赵普想这个问题想得太投入了，以至于他在大街上逛至半夜才走回宰相府。回府之后，他问仆人："夫人安在？"仆人回答："夫人久等相爷不归，已先自休息了。"

　　赵普直奔卧房。他那急如闪电的速度，令仆人看了都目瞪口呆。推门入卧房之后，和氏果然在摇曳的烛光下酣睡。赵普大步跨到床边，三把两把地硬是将和氏推醒了。和氏睁着惺忪的双眼问道："老爷，你是不是酒喝多了，在耍酒疯？"

　　赵普说道："我什么时候能多喝酒？你快清醒清醒，我有话问你。"

　　和氏一边打着哈欠一边坐起了身："老爷，妾身已经清醒了，你有什么话就快问吧！"

　　赵普爬上了床，思忖了片刻，然后问道："夫人，你老实告诉我：一个女人，是不是很难忘怀第一个占有她身体的男人？"

　　和氏愕然说道："老爷，你是不是喝醉了？半夜三更的，你为何问妾身这个问题？"

　　赵普说道："我没有喝醉，你也甭想那么多！你只管如实回答就行了！"

　　见赵普的确很认真，和氏也就轻声说道："在妾身看来，任何女人，都很难忘怀第一个占有她身体的男人！比如妾身我，即使老爷你将妾身休掉，或者老爷你不幸归天了，妾身也不会忘怀老爷你的！"

　　和氏倒也聪明，借机表白了对赵普的一腔忠贞。而赵普却又追问道："夫人，假如我真的归天了，而你又改嫁了另一个男人，你是不是就会把我给忘了呢？"

　　"不会！"和氏肯定地道，"妾身刚才不是说过了吗？女人是很难忘怀她第一个男人的！"

　　"那么，"赵普放慢了语速，"夫人，男人是否也不会忘怀第一个被他占有身体的女人？"

　　和氏一脸茫然地道："老爷，这个问题你应该比我更清楚啊？"

　　赵普回道："我自然清楚，但我不敢肯定，所以我想听听夫人你的看法！"

　　和氏蹙着秀目说道："同样的道理：男人也绝不会忘怀他的第一个女人！"

　　"好！"赵普一下子将和氏紧紧地搂住，"夫人也这么认为，那我就彻底放心了！"

　　和氏在赵普的怀里扭动了一下，"老爷，恕妾身发问，你半夜三更地回来，问这些乱七八糟的事情何用？"

　　赵普神秘地一笑道："因为老爷我想拿一个人做实验。"

　　和氏问道："老爷想拿谁做实验？"

　　赵普回答了两个字："皇上！"

　　于是仲冬的一个黄昏，赵普入宫求见皇上。赵匡胤以为发生了什么大事，谁知见了面之后，赵普却说是和氏在家里炖了一大锅狗肉，非要请皇上前往品尝。赵普还引用和氏的话说："万岁爷多日没来吃狗肉了，是不是生气了？"

　　赵匡胤没法拒绝，更不好意思拒绝，所以就答应赵普道："你先回去，告诉嫂子，天一黑，朕立即前往！"

　　赵普本还想请赵光义作陪的，可赵光义不在开封府。一打听才知道，下午的时候，赵光义就出城公干去了。赵普只得作罢。

　　天刚刚擦黑，赵普就站在宰相府外等候了，等候了一会儿之后，天空竟然飘下雪花来，而且雪花还特别大，如鹅毛一般。就在这当口，几盏灯笼由远而近，赵匡胤如约而来了。

赵普急忙迎上去施礼道："天气恶劣，皇上依然驾临寒舍，微臣真是感激涕零啊！"

赵匡胤"哎"了一声道："爱卿，你这是说的什么话？嫂子诚心邀朕，朕岂有不来之理？再说了，朕已多日未吃嫂子烧的狗肉了，心里实在馋得慌。更何况，这等天气，正好就着狗肉饮酒！"

"皇上所言极是！"赵普躬身让道，"恭请皇上入内！"

赵匡胤也不客气，大步迈入宰相府，却见宰相府院门边，一人伏地磕头呼道："微臣恭请圣安！"

磕头者，左卫上将军宋延渥也。赵普解释道："微臣自知酒量难以让皇上尽兴，本想邀光义兄弟前来侍酒，可不巧的是，光义兄弟下午出城公干了。凑巧的是，半道上遇见宋将军，微臣便把宋将军邀来助皇上酒兴！"

"好，好！"赵匡胤点了点头，"宋爱卿，快平身吧！来者都是客，你就与朕一起去品尝宰相夫人所烧的狗肉吧！"

岂止是狗肉？一张桌面上，满放着山珍海味。赵匡胤略略惊讶道："爱卿，你今日为何如此破费？"

一边的和氏笑吟吟地接过了话茬儿："万岁爷，你过去都是匆匆而来，臣妾无法准备，今日臣妾特地邀请万岁爷，岂能依然是一盆狗肉？"

赵匡胤拊掌道："好，大嫂，你这番情意，朕心领了！"

"仅仅心领可不够哦！"和氏笑模笑样的说道，"万岁爷得吃好喝好，臣妾才会满足啊！"

"大嫂放心！"赵匡胤一边落座一边说道，"朕今夜一定吃得让你满足，喝得让你高兴！"

接着，赵匡胤、赵普和宋延渥君臣三人就吃喝开了。宋延渥多少有些拘谨，赵普是一副不紧不慢的样子。赵匡胤则不然，许是真的想让和氏满足和高兴吧，他吃喝起来，直如风卷残云一般。

赵匡胤一边吃喝一边还教训宋延渥道："宋爱卿，别那么缩手缩脚的。既然来做客了，那就该像朕这般，尽管吃、尽管喝！不然，你省了宰相的酒菜，还落得宰相的埋怨！"

"是，是！"宋延渥连忙一手端杯一手举筷，"臣这就奉旨吃喝！"

赵匡胤不禁笑了："宋爱卿，这里只有吃喝二字，哪来的什么旨意？"

约莫小半个时辰之后，赵普见赵匡胤已是酒酣耳热了，便偷偷地对和氏使了一个眼色。和氏会意，悄悄地退去。旋即，一位少女盈盈地走了出来。

那少女径自走到了赵匡胤的身边，从一个女仆的手里接过酒壶。恰赵匡胤与赵普干了一杯酒，酒杯落空，那少女便轻执酒壶为赵匡胤斟酒。

赵匡胤因与赵普、宋延渥闲谈，一时没有留意那位少女。待面前的酒杯斟满，赵匡胤正待举杯时，无意中一扭头，便发现了那位少女。

赵匡胤乍见着那少女的脸庞时便大惊失色，两只眼睛都直了，且差点从座位上站起来。

赵普心里有数了，便故意装作不解的样子问道："皇上，你这是怎么了？"

赵匡胤没有听见赵普的问话。他愕然瞪着那少女问道："你，你是谁？"

宋延渥赶紧起身跑到赵匡胤的身边躬身道："回禀皇上，她是微臣的小女……小女闻听微臣今日陪皇上饮酒，定要随臣来为皇上斟酒……"

赵匡胤似乎不相信："宋延渥，她，真的是你的女儿？"

宋延渥急忙跪地道："微臣岂敢诓骗皇上？她的确是微臣的小女……"

此时，宋氏也轻轻地跪在了父亲的身边，甜甜地说道："小女子恭祝万岁爷福如东海，寿比南山……"

赵匡胤不禁长长地吁了一口气，轻声说道："宋爱卿，你回座位上去吧，朕还要好好地喝上几杯呢！"

宋延渥唯唯诺诺地起身，那宋氏却依然跪在地上。赵匡胤顿了一下，然后低声对宋氏道："你起来吧！你……可以回家了！"

和氏把宋氏领走了。赵匡胤堆起笑容说道："赵普啊，朕也不瞒你，这里有些菜，朕就是在宫中也难以吃到啊！朕今日真是大饱口福啊！"

赵普忙道："皇上过奖微臣了！微臣只是表表心意而已！"又转向宋延渥说道："将军大人，皇上兴致如此高，你何不再敬皇上几杯？"

还未及宋延渥起身呢，赵匡胤便率先举杯道："来，宋爱卿，宰相大人既然说了，朕与你就共饮几杯！"

几杯酒下肚之后，赵匡胤像是不经意地问赵普道："你作为当朝的宰相，可知这宋爱卿为人及才干如何？"

赵普回道："禀皇上，就臣所知，宋将军不仅为人忠诚，且才干出众，可谓是大宋的栋梁之臣！"

"既然如此，"赵匡胤快速地瞥了宋延渥一眼，"让宋爱卿经年累月地囿于京城，干一些运送佛像之类的鸡毛小事，岂不是有埋没人才之嫌？"

"皇上圣明！"赵普说道，"臣正准备禀明皇上，让宋将军出任一方镇守大员。"

"这样吧，"赵匡胤故作沉吟状，"寿州乃大宋军事重镇，就让宋爱卿前往寿州镇守。另外，加封宋爱卿为忠武节度使！"

赵匡胤一句话，宋延渥就由一名将军变为大宋朝的一名封疆大吏了，慌得那宋延渥迫不及待地伏地叩首道："谢主隆恩！吾皇万岁万岁万万岁！"

赵匡胤含蓄地一笑道："宋爱卿平身！你有这样的才干，朕自然会相应地加封于你！"

屋内的气氛一下子变得异常亲切。君臣又饮酒说笑了一会儿之后，赵匡胤就起身回宫了。离开相府前，赵匡胤意味深长地对赵普道："宰相大人，这顿饭，朕吃得真是舒服啊！"

送走皇上之后，那宋延渥连声向赵普表示感谢。赵普笑道："宋大人何必言谢！待宋大人成了国丈之后再对赵某言谢也不迟啊！"

宋延渥忙问道："赵大人，宋某真的能成为国丈？"

赵普回道："你就放心地出任寿州吧！此事若没有把握，赵某又何必费这许多周折？皇上又何必这么快地加封于你？"

听赵普的口气，他对自己的一番安排充满了信心。而事情的发展，也确如赵普所料。

赵匡胤离开相府之后就急急地回宫了。在回宫的途中，他紧锁双眉想道：世上为何会有这等巧合的事！那宋氏为何会长得与那贺氏如此相像？

前书中说过，赵匡胤对待他的第一任妻子贺氏和第二任妻子王氏都不是很友好。说得不客气点，他只是把贺氏和王氏当作一个供他发泄的女人，而不是当作他的妻子。随着岁月的流逝，他对女人的看法似乎有了某种改变。尤其是现在，他身边的女人如云，招之即来、挥之即去，他居然有些怀念过去了。他赵匡胤是不是有些愧对贺氏和王氏？贺氏和王氏都那么年纪轻轻地就死了，他不该怀有一丝愧疚之情吗？

不过，在遇见宋延渥的女儿宋氏之前，赵匡胤的心中即使会生起这种愧疚之情，那也是很偶然的。毕竟，赵匡胤不可能老是去想他与贺氏和王氏之间发生的事。然而，遇见宋氏之后，情况就大不相同了。他就是不想回忆过去，那贺氏的身影也会鲜活活地在他的眼前晃动。贺氏终究是他平生的第一个女人啊！作为男人，谁能忘怀他的第一个女人？故而，贺氏的音容笑貌、贺氏的身体……一股脑儿地全涌到他的脑海里了。这就使他自然而然地对贺氏产生愧疚之情，而且这种情感的程度还比较深。

所以，赵匡胤在赵普的家中当面加封宋延渥，固然不出赵普所料，是因为他很想得到宋氏，但同时，也有这么一个因素：他把宋氏当成了贺氏，这样一来，他加封宋延渥，也包含了他对贺氏的一种追忆。

赵匡胤就是带着那种对贺氏的愧疚之情回到大宋皇宫的。在自己的寝殿前，他伫立了一会儿。因为他想到了这么一个问题：那贺氏没能当上皇后，如果我把酷似贺氏的宋氏立为大宋皇后，九泉之下的贺氏，是否会感到些许的安慰？

这么想着，赵匡胤就有些高兴起来。他一边往寝殿里走一边又想道：待明日，叫赵普去向宋延渥表达我的意愿。

赵匡胤之所以要叫赵普去代表意愿，是因为他已经看出来了，今天晚上发生的一切，包括邀他去相府饮酒，与那宋延渥父女偶然相逢等，都是赵普事先安排好的。所以，赵匡胤就不禁在心中感叹道：这个赵普，真是善于揣摩别人心思啊！

然而，令赵匡胤感叹的事情还在后头呢。他刚一跨入寝殿，便有一人跪地向他请安。跪地之人，竟然是那宋氏！

赵匡胤惊喜地问宋氏道："你，你如何会在这里？"

话刚出口，赵匡胤就觉得自己所问纯属多余。这岂不是明摆着的事吗？宋氏入宫，定是那赵普所为，定是赵普在他还在相府饮酒的时候便派人将宋氏送入宫中了。

果然，一个太监跑到赵匡胤的身边道："禀皇上，这宋姑娘是宰相大人吩咐送来侍寝的……"

赵匡胤又不禁暗叹道：赵普啊，你为何如此了解朕的心意啊！

那太监又低声说道："皇上，宋姑娘已经沐浴完毕……"

赵匡胤"哦"了一声，对那太监挥手道："尔等都出去吧！没有朕的吩咐，谁也不许进来！"

太监应诺一声，却又哈腰说道："皇上，花妃娘娘适才来过这里，说还要来此……"

赵匡胤略略皱眉道："你去告诉花妃娘娘，就说朕今夜不想见任何人！"

这"任何人"当然不包括宋氏姑娘。待寝殿里只剩下赵匡胤和宋氏之后，赵匡胤弯下了腰，双手只往宋氏的身下一抄，便轻而易举地将她整个身躯抄离了地面。许是她刚刚沐浴完毕的缘故吧，一股浓郁的芬芳霎时沁入他的心脾。

这当口，他没有说一句话，只抱着她的身躯走到龙床边，然后轻轻地把她放到了床面上。放得很轻，他生怕稍有不慎会损伤了她。

她自然是闭口不言的，还紧紧地闭着双目。虽然她早就知道今夜要发生什么事了——和氏在送她入宫的时候曾再三地安慰她——可事到临头了，她还是控制不住地紧张。这些并不奇怪，如果一个女人初次遇到这种事情的时候一点都不紧张，那才真叫奇怪呢。

可有点奇怪的是，赵匡胤当时也有些紧张。他可不是什么初次了，又紧张什么？原因是，他真的把宋氏当作贺氏了。这样一来，彼时彼地，就是赵匡胤与贺氏的洞房花烛夜了。那个时候的赵匡胤，连一点紧张的感觉都没有吗？

赵匡胤许是真的回到了过去。他把宋氏轻放到床上之后，一时没有什么动作。他只是默默地站在床边，一边凝视着宋氏一边在想：当年与贺氏洞房花烛夜的时候，我是怎么做的？

赵匡胤很快就全部想起来了。第一次真正做男人的情景，他如何能忘记？与当年的那个夜晚一样，赵匡胤迫不及待地脱光了自己的衣服……

赵匡胤温柔地将宋氏拥入自己的怀里，然后情真意切地说道："你记着朕的话：朕一定会对你好的！"

与那早已作古的贺氏和王氏相比较，宋氏无疑是一个十分幸运的小女人。

第二天，赵普奉旨入宫见驾。见了赵普，赵匡胤也没有绕弯子，而是直截了当地说道："赵普啊，朕想来想去，在这个世上，最了解朕的还是你！"

赵普连忙道："谢皇上夸奖！为人臣的，自然应该多替皇上着想！"

"是啊，"赵匡胤轻叹一声，"做臣子的多为皇上着想，做皇上的也就应该多为臣子着想。上明臣贤，国家方能昌盛！可在过去的日子里，朕却与你多次生隙，这可都是朕的不是啊！"

赵普赶紧道："皇上如此说话，微臣真是无地自容了！臣以为，过去发生的一些事情，全是微臣之罪，与皇上无干！"

"好了，好了！"赵匡胤微微一笑道，"过去的事情就不必再提了！朕不会再多想，你也不要再多虑，一切总得向前看嘛！不过，有件事情，朕想提醒你一下。"

赵普略略垂首道："请皇上训示！"

赵匡胤说道："朕听说，你在洛阳为自己修了一幢豪华住宅，建宅所费，是朝廷明令禁运的川蜀之木。且豪宅之内，广蓄姬妾……赵普，可有这等事？"

赵普一惊。因为赵匡胤所言非虚，只不过他在洛阳修宅是极其小心的。他没敢用自己的名义修建，而是假借他人的名头营造，连和氏都不知道此事。看来，身为朝廷宰相，总是会有敌人和对手的，正是这敌人和对手把此事弄清了之后告知皇上的。

赵普勉力一笑道："皇上真是英明！臣在洛阳修宅一事，本以为极其隐秘，孰料还是瞒不过皇上……"

"世上没有不透风的墙啊！"赵匡胤说道，"不是有句俗话叫作'若想人不知，除非己莫为'吗？赵普，朕且问你，你在京城的宰相府不够宽敞吗？为何要在洛阳城里大修私宅？"

赵普回道："臣也不敢瞒皇上，臣在洛阳修宅，是为以后做打算。等到了那么一天，臣年事高了，要告老还乡了，臣就准备迁到洛阳去度过余生……"

"赵普，"赵匡胤不无惊讶地道，"你才多大年纪？又比朕年长几岁？如何就想到了告老还乡之事？你若是告老还乡了，谁还来辅佐朕一统天下？"

"是，是！"赵普连连点头，"臣现在悟出，在洛阳修宅一事委实不妥，更不该动用朝廷禁运的川蜀之木……请皇上降罪，臣绝无怨言！"

"降什么罪啊！"赵匡胤笑道，"如果要降你的罪，朕又何必当面说出？再说了，大宋宰相为自己修一座私宅又何罪之有？虽说那些川蜀之木是朝廷禁运之物，但再怎么禁运，也不该禁运到你当朝宰相的头上吧？"

"多谢皇上宽恕！"赵普讪讪地笑道，"朝廷那道禁令，正是出自微臣之手……"

"好了，"赵匡胤说道，"这事就这么算了！朕现在不会追究，将来也不会追究，永远都不会追究！不过，朕还是想问一句：你在洛阳私宅内广蓄姬妾一事，嫂子恐还蒙在鼓里吧？"

赵普的脸庞竟然有点发烫："微臣暂时尚未向她透露……"

赵匡胤哈哈大笑道："赵普，朕可得提醒你，此事若是让嫂子知晓，恐大宋宰相府就不得安宁了！"

赵普也笑道："皇上放心，臣一年只去洛阳数次，而且还都是有公干在身，她如何会知晓？"

赵匡胤突地压低嗓门说道："赵普，朕本以为你真是一位正人君子，没想到，你原来也是个好色之徒啊！"

赵普老老实实地承认道："皇上，大凡男人，有几个不好色？"

至此，赵普和赵匡胤的关系便又和好如初了，以前的那些隔阂和不愉快似乎都化为乌有了。

尔后，赵匡胤向赵普表露了心迹：想立那宋氏为大宋皇后，而且马上就想册封。

立宋氏为皇后之事，赵普当然没有意见，这也在他的意料之中。不过，赵普以为，确立大宋皇后不同于接纳一个皇妃，应该要慎重。更何况，大宋朝已经很长时间没有皇后了。所以，赵普向赵匡胤建议，应着礼部详加筹划，明年春天加封宋氏为后比较妥当。赵匡胤愉快地同意了。

乾德五年年终，石守信、王审琦、范质、王溥和魏仁浦五人结伴到汴梁来拜望赵匡胤。石守信和王审琦是他当年的好兄弟，而范质、王溥和魏仁浦是赵普之前的三位大宋宰相。这五个人一起来到汴梁，赵匡胤自然是高兴万分。

所以，赵匡胤就在宫中摆下了盛大的宴席，欢迎石守信等人的到来。赵普、赵光义在席边作陪自不必说，满朝文武也都被赵匡胤邀来作陪。要知道，石守信等人不仅与赵匡胤、赵普、赵光义很熟悉，就是与满朝文武也大都相识。故而，席间的热闹与欢快是不言而喻的，也是不难想见的。

然而，就在这热闹与欢快之中，出现了一点小小的不愉快。那就是，石守信等人在汴梁逗留了数日，离开的时候，赵匡胤的大女儿昭庆公主、二女儿延庆公主和三女儿永庆公主也哭哭啼啼地离开了汴梁城。

原来，赵匡胤在心里总觉得有些对不起石守信等人。石守信、王审琦等人（包括高怀德）为赵匡胤最终能够君临天下可以说是立下了汗马功劳，可是，在赵普的建议下，赵匡胤一招"杯酒释兵权"使得石守信、王审琦等人显赫全无。范质、王溥和魏仁浦三人虽然称不上是大宋的开国功臣，但在赵匡胤建宋之初，也为宋朝的稳定和发展做了许多功不可没的事情。而最终，赵匡胤却以年事已高为借口，让范质等人告老还乡了。

所以，赵匡胤就想对石守信等人做些补偿。恰好，石守信、王审琦和魏仁浦三人在来汴梁的时候，分别把自己的儿子石保吉、王承衍、魏咸信也带了来。赵匡胤就灵机一动，当即决定把自己的三个女儿分别下嫁给石保吉、王承衍和魏咸信。

对赵匡胤的这个决定，石守信和魏仁浦没有意见，因为他们的儿子尚未婚娶，能成为皇亲国戚自然不是一件坏事。而王审琦却遇到了一点麻烦，因为他的儿子王承衍已经娶妻乐氏。如果王承衍再把公主娶回家，那公主岂不就成了王承衍的偏房？皇上的女儿又如何能做别人的偏房？

于是王审琦就向赵匡胤叩头，请赵匡胤改旨，但赵匡胤却道："朕旨意已定，断不能改！"

皇上的旨意不能改，但有一样东西能改。赵匡胤对王审琦吩咐道："你回去以后，令那乐氏改嫁，朕给予她厚赏！"

王审琦只得依旨行事。赵匡胤的三个女儿对此很是不快，可又无奈。最终，她们只能带着很少的嫁妆（赵匡胤实乃俭朴之人）流泪而去，而赵匡胤却开心得不得了。

赵普对赵匡胤逼迫那乐氏改嫁一事很有些看法，但他没有明说。他以为，刚刚才与皇上修好关系，如果因为这点小事又引起皇上的不悦，那就不值得了。

不过，赵普自己也对自己产生了疑问：难道自己以后就这么一门心思地顺应着皇上？

【第十一回】

南北刀兵倏忽起，君臣罅隙旦夕生

乾德六年（公元968年）二月，当和煦的春风在汴梁城内外柔柔地吹拂时，赵匡胤正式册立宋氏为大宋皇后。因为此举非比寻常，所以赵匡胤在册封皇后的同时，还大赦天下。

此时，宋氏因得到赵匡胤的殷勤眷顾，已怀有龙种。足月之后，她产下一子，是为赵匡胤的小儿子赵德芳。

三月，大宋朝廷组织京试，得进士十人，其中位居第六名的叫陶邴。陶邴是翰林中丞陶谷之子。赵匡胤发动"陈桥兵变"回到汴梁后，"请"周世宗柴荣的儿子周恭帝柴宗训"禅位"的时候，因行事仓促，一时苦于没有禅位文。就在这当口，时任翰林学士承旨的陶谷掏出了早已拟就的禅文，帮助赵匡胤顺利地"继承"了帝位。

按惯例，考取进士者的名单要呈给皇上审阅。当赵匡胤御览那十位登进士第的名单时，赵普也在旁边。于是赵匡胤就问赵普道："这第六名的陶邴可是那陶谷之子？"

赵普回道："皇上的记性真好！这陶邴正是陶谷之子。"

赵匡胤又问："朝中上下，纷纷传闻，说是这陶谷虽然是学富五车，但却教子无方。赵普，可有此事？"

赵普点头应道："臣也听过此类传闻，说是陶邴性倔，不服陶谷管教，而陶谷也拿陶邴没有办法。"

赵匡胤不觉皱起了眉："既然如此，那陶邴如何能考中进士？"

于是，赵匡胤当即吩咐赵普去查一查这次科考的主考官是谁。一查，赵匡胤更起疑心——主考官正是陶谷。

赵匡胤问赵普道："儿子参考，父亲为什么不回避？"

赵普答道："臣听说，陶谷本想主动回避的，可不知为何，最终还是做了主考官。"

"这里定有些问题！"赵匡胤道，"去把陶邴的文章拿来让朕一览。"

赵匡胤看过陶邴的文章后，觉得确实不错。赵普也有相同的看法，且认为若依陶邴的文章来看，名次应该在第六之前。换句话说，赵普以为，陶谷虽然是主考官，但他不仅没有作弊，反而降低了儿子的排名。

"不！"赵匡胤摇头道，"这里肯定有问题！陶邴的这篇文章许是在科考前就写好的，说不定，它还是出自陶谷之手！"

因此，赵匡胤下旨：令赵普会同中书省对陶邴进行复试。赵普虽然认为此举大可不必，但还是依旨行事了。

赵普把陶邴叫到中书省衙门。陶邴就坐在衙门内，当着赵普和中书省官员的面做应试文章。在规定的时间内，陶邴交卷。赵普及中书省官员阅后，都认为陶邴的文章写得精彩。

赵普带着陶邴复试的文章面见赵匡胤，且说道："臣等一致认为，陶邴确有真才实学！"

赵匡胤在看过陶邴的复试文章后，依然有些不相信："赵普，这篇文章真是出自那陶邴之手？"

赵普回道："禀皇上，陶邴作文之时，臣等就坐在他的对面，寸步也未离开。"

赵匡胤好像还是不相信："陶邴真能写出这么好的文章？"

赵普多少有些不快了。因为很明显，皇上不仅怀疑陶邴和陶谷，连他赵普也怀疑上了。于是，赵普就静静地说道："臣以为，虽然陶邴性子倔强，陶谷也教子无方，但这与陶邴有无真才实学本不是一回事。如果皇上真的以为这其中有假，那皇上可以亲自面试陶邴！"

赵匡胤自然听出了赵普话中的隐隐不快，所以就轻声笑道："爱卿，既然你复试过了，朕还有何必要再来一次面试？朕只是觉得，为国家选拔人才应当慎之又慎。如果稍有不慎，出了什么差错，就要耽误国家大事！"

赵普说道："皇上所言极是！不过，臣听说，那陶谷对中书省复试陶邴一事颇有看法，据说已有辞职之意。"

"他这又是何苦呢？"赵匡胤道，"这样吧，爱卿，你代朕拟一道旨意：以后凡是朝臣子弟考中进士者，一律由中书省予以复试，复试合格者方为真正中第，否则取消进士身份！"

赵普觉得赵匡胤的这道旨意颇有见地，这能在很大程度上防止朝中大臣利用自己的身份地位在科考中营私舞弊。故而，赵普就真诚地吹捧了赵匡胤一句："皇上真是圣明啊！"

因此，当陶谷找到赵普，说是皇上不信任他，他要辞官时，赵普就劝慰陶谷道："亏你还是饱读诗书之人，天子多疑的道理你也不懂吗？如果你真的辞官不做，那皇上就真的不再信任你了！"

陶谷听了赵普的话，不再提辞官之事。而赵普也兢兢业业地料理朝政，与赵匡胤相处得十分融洽。数月之内，大宋朝廷可谓是政通人和。

乾德六年七月，北汉国皇帝刘钧患病死了，因刘钧膝下无子，便将皇位传给了他的养子刘继恩。刘继恩是一个既没有多少才能而又性格软弱的人，在北汉孝和帝刘钧在世时任太原尹（相当于汴梁尹），但却了无政绩。因此，刘钧对此很是忧心忡忡。

刘钧患病时，曾找来宰相郭无为问道："朕时日无多矣！继恩虽很孝顺，但无治国之才，朕走后，汉家天下如何是好？"郭无为听了，一句话也不说。而正是郭无为的这种缄默，导致了刘继恩的极大不满。刘继恩以为，郭无为是不赞成他继承北汉帝位的，只是不好意思明说而已。所以，刘继恩登基称帝之后，尽管表面上对郭无为不无尊重，但实际上，他对郭无为却是日渐疏远了。

而郭无为身为北汉宰相，又深得刘钧的器重，身边自有一帮亲信骨干。这样一来，刘钧死后，北汉国朝廷就明显地分为两大势力：一大势力以刘继恩为首，另一大势力以郭无为为首。刘继恩虽是皇帝，但比较而言，却要比郭无为的势力弱得多。

刘钧病死、刘继恩继位之事，赵匡胤不可能不知道。而刘继恩与郭无为之间互相矛盾的事情，赵匡胤也知道了。所以，在一次朝会上，赵匡胤突然宣布："朕已决定，不日发兵讨伐刘继恩！"

赵匡胤一言既出，包括赵普、赵光义在内，文武百官大都十分惊诧。因为，在此之前不久，赵匡胤还与朝臣商议南征之事，从没有提过什么讨伐北汉的问题。可现在，赵匡胤却突然变卦了。

一部分朝臣赶紧去看赵光义，更多的朝臣却是去看赵普。赵普觉得义不容辞了，就先瞥了赵光义一眼，然后望着赵匡胤道："敢问皇上，为何放弃了先南后北之战略！"

赵匡胤微微一笑道："爱卿，你说错了！朕并没有放弃先南后北的战略，只是现在形势有变，朕将战略稍做调整而已！"

赵普继续问道："皇上，形势如何有变？"

赵匡胤大为惊讶道："赵普，你身为大宋宰相，如何这般孤陋寡闻？刘钧已死，刘继恩继位，这你也不知？刘继恩软弱无能，且与那郭无为明争暗斗，这你莫非也不知？"

赵普说道："皇上所言，朝中大臣早已尽人皆知。然而臣不明白的是，这些事情与皇上改变先南后北的战略有何关系？"

赵匡胤愕然说道："刘继恩与郭无为明争暗斗，几成势不两立，北汉军定然混乱不堪，无所适从！北汉国变故如此，朕的战略自然要随之变通！"

"皇上！"赵普不觉提高了音调，"北汉国虽然有变，但辽国未变！辽人兵马依然十分强大！如果皇上发兵讨伐北汉，那辽人定会发兵来救！皇上，臣以为，我大宋军队虽然兵强马壮，但尚不足以与辽人一决雌雄啊！"

"赵普，"赵匡胤有些不悦，"你休要在这朝堂之上长他人志气，灭自己威风！朕且问你，如果辽人果如你说的那般强大，为何在朕发兵攻蜀、平叛之际，辽人未敢轻举妄动？"

赵普回道："皇上许是忘了，我大宋军队在蜀平叛之际，辽人的数万兵马岂不是已经开到了太原附近？臣也知道，辽人自己也遇到了一些麻烦，一时还无力南犯。但如果我大宋发兵攻打北汉，威胁了辽人的安全，辽人定会倾全力来相助北汉。到那个时候，我大宋军队怕就进退两难了！请皇上三思啊！"

赵匡胤却不以为然地道："赵普，朕用不着三思，朕现在就派兵讨伐北汉！"

见赵普又要说话，赵匡胤立即打断道："赵普，你休要再劝朕！朕主意已定，任何人也不能动摇！北汉动乱如此，朕如果不趁机攻而灭之，岂不是错失良机？"

赵普只能轻叹一声，然后去看赵光义。赵光义则半低着头，默默不语，显然是在思考着什么。

乾德六年八月，赵匡胤任命宋军大将李继勋为北征大元帅，统兵五万，讨伐北汉。

出征前，李继勋问赵匡胤道："皇上，微臣应该先攻打何处？"

赵匡胤答道："直攻太原！"

赵匡胤又对李继勋说道："爱卿攻下太原之后，朕亲率满朝文武到城外迎接爱卿胜利归来！"

李继勋是个行事谨慎的人，他没敢在皇上的面前吹大话，只是恭恭敬敬地对赵匡胤道："臣一定尽心尽力为皇上效忠！"

赵匡胤又嘱咐李继勋道："爱卿，此次北伐当速战速决！如果耗时过长，恐有麻烦啊！"

李继勋听出来了：虽然皇上认为北汉内讧不堪一击，但终究也在担心辽人会来相救。所以李继勋就向赵匡胤保证道："臣绝不会浪费一时一刻的时间！"

李继勋带着赵匡胤莫大的希望率军北上了。这五万宋军，不仅有一万骑兵，更有数百名能征惯战的战将，的确堪称是一支精锐之师。

宋军北上前，李继勋把数百名将领都召集到身边，说道："皇上命我等速战速决，我等当日夜兼程，奋勇向前，绝不允许有任何懈怠之事发生！否则，虽我李某有情，但军法无情！"

李继勋虽然这么说话，却也不敢莽撞。他命令一万骑兵先行，且对骑兵将领说道："尔等遇有敌人拦阻时，能战则战，不能战则速速派人回报，绝不可意气用事！"

一万宋军骑兵就率先出发了，李继勋带四万步军及粮草供应紧随其后。从汴梁到太原，不足两千里，李继勋用玩笑的口吻对左右说道："如果敌人不加拦阻，我等一月之后当站在太原城下！"

北汉军队当然不会放任宋军前行。不过，一万宋军骑兵攻入北汉境内后却势如破竹。北汉军队虽然几次与宋军骑兵交战，但都以失败告终。

李继勋颇有些不解地问左右道："北汉军如何变得这般不经打？"

没人能确切回答李继勋的问题，只一部下笑着说道："大人，照此速度推进，一月之后我们就该在太原城内散步了！"

李继勋却摇头道："我们不能太高兴了，更不能高兴得太早！如果我所料不差，我们将很快与北汉军展开一场大战！"

果然，宋军骑兵派人回报李继勋：柏团谷一带发现数万北汉军，领军的两位北汉大将分别叫刘继业、马峰。李继勋立即命令骑兵部队原地待命，绝不可轻举妄动！

柏团谷在今天山西省祁县的东南，正好夹在汾河与昌源河之间（昌源河乃汾河的支流），距太原城不过二百多里。北汉在此集结了数万军队，显然是想在此把宋军死死地堵住。不然，再过个两三天，宋军就真的要开到太原城下了。

李继勋之所以要命令骑兵部队原地待命，倒不仅仅是因为北汉军队多，而宋军骑兵少，以少击多，会吃亏的。李继勋认为，那刘继业和马峰两员北汉大将都不是等闲之辈。刘继业和马峰都与后周军和宋军交过手，虽然最终都未能击溃后周军和宋军，但在交手的过程中，却是胜多负少。

刘继业并非与北汉新帝刘继恩有什么血缘关系。刘继业本姓杨，名业，因自小便侍从北汉孝和帝刘钧，深得刘钧的赏识。所以，刘钧就不仅擢他为北汉统兵大将，还赐国姓为刘，名继业。

却说李继勋命令骑兵部队不得擅自妄动之后，自己也带了些亲兵赶到了骑兵营中。骑兵将领告诉李继勋：驻守在柏团谷的北汉军共有五万人，其中马峰率三万人驻扎在柏团谷之西，刘继业率两万人驻扎在柏团谷之东。这两支北汉军成掎角之势，牢牢地扼守着柏团谷通往太原的道路。

"从数量上看，柏团谷一带的北汉军与北伐的宋军不相上下。"李继勋对骑兵诸将领说道，"北汉乃区区小邦，本没有多少兵马。我估计，除去太原守军外，北汉的兵马恐都开到这里来了。如果我们能在这里将刘继业和马峰打败，那么在通往太原的路途上，就再也不会有任何阻碍了！"

骑兵众将领一时群情激昂，纷纷向李继勋请战。一将领还这般对李继勋说道："敌人人数虽然不少，但全无斗志！只要我大宋天兵向前一冲，他们必然溃不成军！到那时，我大宋军队就可以乘胜追击，直捣太原了！"

这个将领的这番言论博得了一阵喝彩声。李继勋看得出，这些骑兵将领不仅求功心切、求胜心切，而且因为打了几次小胜仗，已经开始有些目中无人了。

俗话说"骄兵必败"，所以，李继勋就重重地说道："尔等太过狂妄！知道吗？就是那个刘继业，在先朝的时候，曾率一万人军队南下深入二百里，周军莫能拦阻！就是我大宋军队在与刘继业的对峙和较量中也没占过多少便宜！尔等这般目空一切、盲目出击，必将为刘继业所败！"

听李继勋如此一说，骑兵众将领就不敢再多言。李继勋又问道："谁敢与我立下军令状，说只要宋军向前一冲，敌人必然溃败？"

众将领面面相觑，无人敢出头。李继勋吁了一口气道："皇上命我等北伐，我等一定要慎重啊！稍有不慎，出了差错，我等就有负皇恩了！"众将领连忙表示，绝不能因为要速战速决就贪功冒进，一切但凭李大人主张和调遣。

李继勋缓缓说道："那刘继业诚不可小觑，但那马峰却有致命的弱点。据我所知，马峰虽然不失为一员猛将，但少有谋略，加上在过去的日子里，他占过宋军一些便宜，故而他就没把宋军放在眼里，对宋军也十分骄横。李某以为，我等正好可以利用马峰这一弱点，将他们在此一举击溃！"

接着，李继勋就对众骑兵将领下达了作战命令：先绕道西去，然后由西向东对马峰所部展开攻击。众将领领命而去。李继勋也没耽搁，迅速回到步兵大营中。他把四万步兵分成两路，一路直插刘继业和马峰之间，一路则沿着那条昌源河北上。显然，李继勋是想待宋军骑兵引马峰西去之后，就对刘继业的两万北汉军进行左右夹击。

刘继业和马峰是在宋军骑兵势如破竹北上之际，才被北汉朝廷匆忙派往柏团谷一带的。刘继业和马峰都知道，他们带走五万军队之后，太原城内外的北汉军只有两万来人了。所以，在北汉军开到柏团谷之后，刘继业便对马峰说道："如果我们挡不住宋军，那宋军就可以长驱直入了！"

马峰却不以为然地说道："刘将军休得多虑！我等皆与宋军交过手，宋军不过尔！"

刘继业忙提醒道："马将军切勿大意！刘某以为，宋军已今非昔比，更何况，此番北犯的还是宋军中的精锐。正是这些精锐之师，竟然在短短的数十天之内便亡了偌大的蜀国！这岂不骇人听闻！"

马峰笑道："这只能说明，蜀军太无能了，而并非宋军有多么强大！"

当闻听此次来犯的宋军统帅是李继勋时，马峰找到刘继业说道："据马某所知，那李继勋是刘将军的手下败将，赵匡胤派他统军，刘将军还有何虑？"

刘继业摇头道："此一时彼一时也！彼时，刘某侥幸获胜；此时，刘某断不敢言胜也！要知道，在刘某看来，那李继勋乃一位智勇双全之人啊！不然，大宋强将如云，赵匡胤又何必派李继勋统率宋军？"

马峰哼了一声道："刘将军似乎是在长他人志气！我马峰敢保证，如果宋军胆敢继续北犯，我定打他个落花流水！"

没多久，马峰便派人通知刘继业：因遭宋军骑兵突袭，他已率军向西追击。马峰的部下还告诉刘继业："马将军说了，不把突袭的宋军骑兵彻底打垮，誓不罢休！"

刘继业大惊，说道："马将军行事太过鲁莽！他这一西去，我刘某在此岂不就势单力孤了？"

刘继业连忙派人西去，要求马峰赶紧停止追击，还军于柏团谷一带，又吩咐左右道："速速派人南下侦察！我估计，定有大批宋军正向这里开来！"

西去的人回报刘继业道："马峰追击的速度很快，三万军队已大半过了汾河，并拒绝撤回。"

刘继业顿足道："马峰如此一意孤行，正中了李继勋调虎离山之计啊！"

南下的人回报刘继业道："李继勋率两万宋军正向柏团谷开来！"

刘继业一皱眉："不可能只有两万宋军！快，沿昌源河向南侦察，如果我所料不差，定有一股宋军从东边开来！"

当得知真有两万宋军沿昌源河西岸北上时，刘继业对左右长叹一声道："吾军败矣！"

虽然如此，刘继业也没有惊慌失措。他立即作了两项布置：一、他身边的两万北汉军一分为二，分别迎击左右开来的两路宋军；二、命人迅速西去告诉马峰，宋军大批部队已开始向柏团谷发动进攻，请赶紧回撤支援。

当李继勋的宋军从左右两边对刘继业进行夹击时，刘继业对手下将领吩咐道："告诉弟兄们，不要考虑胜负，只要考虑战斗！"

战斗的结局虽然早就没有悬念，但战斗的过程却依然十分激烈。刘继业率两万北汉军硬是与李继勋的四万宋军在柏团谷一带激战了两天一夜。后来，眼见着就要全军覆没了，刘继业才率残部突围北撤。就在这当口，马峰率军赶来与刘继业会合在了一处。

马峰懊悔不迭地对刘继业说道："马某一时糊涂，中了李继勋的计了！不然，宋军何以能够得逞一时？"

刘继业倒也大度，不仅没有责怪马峰，还安慰马峰说道："宋军来势凶猛，纵然马将军不中计西追，我等在此也难以取胜！"

马峰惴惴不安地问道："事已至此，我等当如何应对？"

刘继业回道："在此设一道防线，与宋军再战一回！"

马峰连忙道："刘将军，恕马某直言，此时此地，若与宋军再战，怕是毫无胜算啊！"

刘继业点头道："马将军所言甚是！我等在此与宋军交战，必败无疑！"

马峰愕然问道："既然必败无疑，刘将军又何必再战？何不撤军北上，固守太原？"

刘继业喟然说道："我刘某如何不想撤回太原？只不过太原城内早已是人心惶惶，在这种时候，如果我等撤回太原，怕是宋军未至，太原就已经是一座空城了！"

马峰还是不解："刘将军，如果我等在此兵马尽折，那太原依然无足够兵力防守，太原岂不是依旧会沦于宋军之手？"

刘继业回道："如果一切如故，太原实难保全！我等在此与宋军再战，至少可以拖住李继勋数日。有了这些时间，如果辽人肯来相救，那辽军就可以开到太原城外了！否则，太原一破，我大汉就毫无指望了！"

马峰明白了，刘继业是想不惜一切代价以争取时间，但马峰又问道："刘将军，辽人行为乖戾，他们会来救助太原吗？"

刘继业颇为沉痛地道："刘某不知辽人是否会来救助，刘某只知道，如果辽人不来救助，那我大汉实不能独存！"

马峰说道："是啊，刘将军说得对，宋军今非昔比了，我大汉也今非昔比了……"

于是，马峰就与刘继业一道在柏团谷之北布置了一道防线。刘继业对马峰说道："我估计，李继勋暂不会对我等发起攻击。待他的骑兵部队打过来之后，他才会对我等的防线全线攻击。"

马峰笑道："那我等就在此恭候李继勋吧！"

刘继业却摇头道："不，我们不必消极等待。我还有两千多骑兵，可令他们西去，与你的骑兵一道，缠住宋军的骑兵。等李继勋发觉时，我们至少又在此延宕了一日。"

果然，李继勋一举将刘继业打败后，并没有马上北追。个中原因，除了等待西边的骑兵外，还有粮草供应问题。李继勋的想法是，待大军粮草送到，西边的骑兵也赶过来了，再北上与刘继业、马峰交战。李继勋十分自信地认为，打败了刘继业之后，虽然马峰及时地与刘继业会合了，北汉军也无力阻挡宋军前进了。

然而，大军粮草都送到两天了，李继勋却没有等到西边骑兵的消息。后骑兵派人送信过来，李继勋才得知，宋军骑兵被马峰和刘继业的数千骑兵死死地缠住，一时难以摆脱。

李继勋后悔不已地对左右说道："我们白白浪费了两天时间啊！"

李继勋立即催军北上，与北汉军再次发生大规模的激战。虽然北汉军人数比宋军要少，更无多少能征惯战的悍将，但在刘继业和马峰的督率下，北汉军依然与宋军厮杀了整整三天三夜。最后，北汉军只剩下不足万人，实在无力再构筑防线拦截宋军了，才在刘继业和马峰的率领下向太原逃去。而此时，宋军骑兵也终于击溃了北汉骑兵，赶到了李继勋的身边。

李继勋把部队稍稍整顿了一下，就马不停蹄地向太原进发了。与此同时，他派人驰回汴梁向赵匡胤禀报：北汉军在柏团谷一带惨败，死伤数万人，大势已去，宋军正乘胜追击，不日即可兵临太原城下。

赵匡胤得到李继勋的禀报后，心中的那个高兴劲儿，实在是难以形容。他立即召见赵普，眉飞色舞地问道："爱卿，你不是说朕不可发兵攻打北汉吗？现在，李继勋就要开进太原城了，不知爱卿心中做何感想啊？"

赵普回道："宋军北伐如此顺利，臣心中与皇上一样高兴。不过，臣想对皇上说一句实话，臣现在还不敢太过高兴！"

赵匡胤知道赵普的话外之意："你以为，李继勋攻不下太原城？"

赵普连忙道："臣不敢这么说，也不敢这么想。臣只知道，那李继勋至少目前还没有打进太原城！"

赵匡胤"哼"了一声道："赵普，朕现在不想与你斗嘴。待李继勋拿下太原之后，朕一定当着满朝文武的面与你好好地理论！"

赵普满脸堆笑道："皇上，臣也在满心期待着李继勋能够早日拿下太原啊！"

赵普所言自然是心里话，只不过，赵匡胤听了总觉得有点不舒服。好在这点不舒服并没有影响赵匡胤的情绪。数日后，已经攻到太原城下的李继勋又遣人送回汴梁一条消息，赵匡胤就越发地高兴了。

原来，在李继勋与刘继业、马峰在柏团谷一带激烈交战的时候，由于北汉皇帝刘继恩与北汉宰相郭无为之间的矛盾激化，太原城内发生了一起重大的变故。

刘继恩对郭无为越来越憎恨，而郭无为当然也对刘继恩越来越不满。矛盾发展到这种地步，就是一种你死我活的斗争了。

一天夜里，刘继恩正在宫内的守丧室中为养父刘钧守孝，朝廷供奉官霸荣突然带十数人闯入，不由分说地就把刘继恩杀死了。可还没等刘继恩的尸体僵硬，郭无为又带人闯入守丧室，将霸荣等十数人一起杀死了。

有人说，霸荣杀死刘继恩是郭无为授意的。如果此说成立，那郭无为杀死霸荣显然是为了灭口。又有人说，霸荣原是赵匡胤打入北汉朝廷的奸细。如果此说成立，那霸荣杀死刘继恩就是出自赵匡胤的授意。巧合的是，霸荣和郭无为都想在那天晚上杀死刘继恩，只不过霸荣比郭无为早了一步，而郭无为随后又趁机杀了霸荣。

刘继恩终究是死了。接着，郭无为就自作主张，立刘继恩的弟弟刘继元为北汉新皇帝。

李继勋在进军太原的途中听说了北汉又一次"改朝换代"的事。李继勋觉得此事非同小可，所以迫近太原城下之后，就没有急着攻城，而是派人火速回京禀报，请皇上定夺。

赵匡胤闻之大喜，乐呵呵地对赵普及群臣说道："朕不仅能够拿下太原，还会和和气气地拿下太原！"

赵匡胤立即向刘继元发出了招降令：如果刘继元及时率北汉臣民投降，则刘继元可封为平卢节度使，郭无为可任邢州节度使，其他北汉大臣也各有封赏。赵匡胤同时在招降令中还威胁道："如果尔等拒绝投降，那朕的天兵天将就踏进太原城，将尔等杀个鸡犬不留！"

赵匡胤以为，在大宋军队兵临太原城下、北汉又无力守住太原的情况下，他这么一软硬兼施，那刘继元就肯定会乖乖地献出太原城，从而了却他始终萦绕在心的"北伐情结"。

然而，刚刚坐上北汉皇帝宝座的刘继元，在宦官卫德贵和大将刘继业等人的支持下拒绝投降，并发出了"与太原城共存亡"的豪迈誓言。

刘继元的誓言传到汴梁城，把赵匡胤气得七窍生烟。恼火之余，便是极端的愤怒。他派人给李继勋下达了命令：攻进太原城，将刘继元等人碎尸万段！

李继勋接到圣命后当然不敢怠慢。他组织了一支两万余人的敢死队，准备亲自率领，一举攻下太原城。然而，就在此时，数万辽兵正从东面分北、中、南三路向太原方向驰来。

李继勋闻之，急忙下令停止攻城，又下令全军沿汾河东岸南撤。李继勋对部将说道："告诉弟兄们，不要考虑其他，只考虑南撤，能走多快就走多快！"

可就在这时候，刘继业率万余北汉军开出太原城向宋军扑来。李继勋对左右说道："刘继业定是得知了辽兵来救之事，想拖住我等。不要理会他，速速南撤！"

宋军南撤的速度很快，一天之内跑了一百多里，跑到了一个叫徐沟的地方。然而，刘继业追击的速度更快，等宋军跑到徐沟的时候，刘继业距徐沟顶多只有五里远了。

一将领对李继勋说道："刘继业如此穷追不舍，真是欺人太甚！下官以为，不如在此摆下战场，将那刘继业一举歼灭！"

李继勋摇头道："你以为刘继业会与我等硬拼吗？不，他没有那么傻。他只是尾随着我们，监视着我们！"

果然，宋军在徐沟稍作停顿，那刘继业也马上停止了追击，甚至还向后退了一些许。李继勋吩咐手下道："快，继续南撤！"

又撤了一天多，前面不远便是宋军与北汉军曾经交战过的柏团谷了。这时，刘继业突然加快了追击的速度，竟至与殿后的数千宋军交上了手。

宋军将领们忍无可忍了，纷纷向李继勋请战。李继勋以为，既然刘继业主动开战了，那就索性在这里与他战上一场。于是，李继勋就拨出两万人马，分东西两路向刘继业包抄过去。李继勋吩咐部将道："只宜速战速决，不宜持久厮杀！"

两万宋军很快包抄过去，并顺利地将刘继业和万余北汉军围住了。可是宋军刚刚把刘继业围住，便有一万多辽军骑兵从北边杀了过来。

李继勋知道情况不妙了，急令围住刘继业的宋军赶紧退离战场。左右部将不解，嚷嚷着索性与北汉军和辽军大战一场。李继勋苦笑道："如果仅仅是刘继业和一万多辽军，我又何惧之有？但问题是我们的南边马上就会有大批辽军出现……"

果然，宋军刚一撤到柏团谷，南边便发现了数万辽军，其中至少有两万是骑兵。

一宋军将领大为诧异道："辽人如何跑得这么快？"

李继勋说道："这是另一股辽军，早就想在此断我等的后路了！北边还会有大量的辽军和北汉军赶来，我等已经处于南北夹击之中了！"

虽然处境十分危险，李继勋却也并不慌乱。他先把一名将领叫到身边吩咐道："你速带十数人绕道东面南下，将这里的情况禀告皇上。你就说辽人不仅有全歼我等之心，且还有大举南犯之意，请皇上早做应对！"

然后，李继勋把所有的部将都召到身边说道："我等现在的处境，大家都已知晓。告诉弟兄们，我等只有拼命向南冲，才有可能冲出一条生路。否则，我等将葬身于柏团谷！"

尽管如此，宋军将士们也没有多少惶恐。这是宋军中的精锐，军中有数以百计的战将。故而，李继勋一声令下之后，宋军将士们就无所畏惧地向南边的辽军掩杀了过去。

辽军很善战也很英勇，但却难以阻挡宋军的冲锋。虽然宋军付出了很大的代价，在柏团谷一带丢下了上万具尸体，但最终还是冲出了南边辽军的堵截。

辽军自然不会罢休，会同刘继业的北汉军一起，以六万余兵力跟在宋军的后面穷追不舍。因为辽军骑兵甚多，追击的速度很快，所以常有掉队的宋军官兵被捉住或杀死。

而对李继勋来说，危险还不止于辽军和北汉军的追击。按常理，宋军冲出柏团谷之后，李继勋应该领着宋军向东南朝着汴梁城的方向跑。但李继勋不敢这么做，因为尾随的敌人太过强大。如果沿途的宋军不能挡住敌人，让北汉军和辽军打到了汴梁城下，那大宋江山就要险象环生了。

李继勋思虑再三，决定依然率军沿汾河东岸退却。汾河是黄河的一条支流，在陕西南部偏西的地方流入黄河。李继勋的意图是，尽量把尾追的敌人朝西边引，这样，不仅可以减轻汴梁城的压力，也可使皇上有一定的时间来做出应对。

追击宋军的刘继业和辽军似乎无意去攻打汴梁，他们似乎只想把李继勋的宋军追而歼之。所以，李继勋朝哪个方向跑，刘继业和辽军就朝哪个方向追。

所以，仅十多天的工夫，李继勋就带着宋军猛跑了近千里。这时，早已入宋朝地界了。前面不远，便是宋朝在北方的重镇晋州城（今山西临汾）。

有部将向李继勋建议把军队开进晋州城，与尾追的敌人周旋一阵。李继勋摇头道："刘继业和辽人正在疯狂之中，如果我等开进晋州，只会全军覆没。"

于是李继勋率宋军继续南撤。刘继业和辽人也没有入晋州城，而是继续跟在李继勋的后面穷追。三四天工夫，李继勋又向南跑了近四百里，刘继业和辽军也又向南追了近四百里。

手下向李继勋回报：前面二里处是绛州城（今山西新绛）。李继勋闻之大惊。因为从绛州城向南走三百多里就是黄河，而过了黄河后，再向东南走上三百来里，便是大宋朝的重镇洛阳。

李继勋暗自思忖道：宋军如果继续南撤，那至多十来天，敌人便要兵临洛阳城下。

既不能挡住敌人，又不敢继续往南跑，李继勋一时进退两难了。就在这当口，负责向南侦察的一个骑兵将领回来向李继勋报告：数万宋军正在抢渡黄河北上。

李继勋闻言大喜道："定是皇上派兵来援，我等有救也！"

然而，当得知北上的宋军主帅是董遵诲时，李继勋却皱起了眉，便追问那骑兵将领道："主帅真的是董遵诲吗？"

骑兵将领回道："是的。那董大人令下官告诉大人，请大人速速引兵南下，向古城一带撤退！"

李继勋自言自语般道："皇上为何会让那董遵诲执掌帅印？"

虽然满腹疑虑，但李继勋还是按董遵诲的指引下达了命令：全军拐向东南，朝古城方向撤退！

古城是山西南端的一个小镇，位于黄河北岸。从古城过了黄河，便是河南地界了。

在北汉新帝刘继元拒绝向大宋投降，赵匡胤向李继勋下达了攻城的命令后，他就一心一意地待在皇宫中等候着太原城破，刘继元被杀或被掳的消息了。可是，等来候去，赵匡胤等来的却是大批辽军正在追击宋军，李继勋正节节败退的消息。

起初，赵匡胤似乎不敢相信辽人真的发兵来救助北汉。然而，面色凝重的赵普对他说道："皇上，辽人不仅发兵了，而且来势汹汹！现在，辽人正以日行百里的速度追赶李继勋，皇上应早作定夺啊！"

赵匡胤当然知道形势的危急。李继勋送回汴梁的消息是：辽人和北汉有大举南侵之意。若是过去，赵匡胤肯定会与赵普一起商议应对之策。但此番不同，因为赵普从一开始就反对出兵北伐。现在，北伐失利了，他多少有点不好意思找赵普问策。

但不好意思是一回事，速速派兵去抗击正在追赶李继勋的辽兵和北汉兵则又是另一回事。所以，赵匡胤就一边叫赵光义去调集兵马，一边令朝臣推荐挂帅出征的大将。

赵匡胤为何要令朝臣向他推荐？原因是，当时的汴梁一带虽有许多宋将，但这些宋将究竟谁可担任主帅，赵匡胤着实拿不准。他所知道的一些能够担当主帅的大将，不是跟去了李继勋的身边，就是不在京城附近。因为形势危急，时间又紧，赵匡胤只能令群臣向他举荐帅才。

赵光义没费多少力气就调集了数万军队。因为赵匡胤早有北伐之心，汴梁一带集结了很多兵马。可是，朝臣们推荐了许多执掌帅印的人选，却都不能让赵匡胤满意。无奈之下，赵匡胤便准备派赵光义领兵去抗击正在南犯的辽军和北汉军。就在这当口，赵普和赵光义二人并肩入宫求见皇上。

赵普对赵匡胤说道："臣以为，有一人可解皇上燃眉之急……"

赵普不说"可以挂帅出征"之类的话，偏说"可解皇上燃眉之急"，这令赵匡胤听了委实不大舒服。好在赵匡胤还清醒，知道现在不是什么舒服或不舒服的时候，所以，他就笑吟吟地问赵普道："不知爱卿所荐何人啊？"

赵普回道："此人一月前来到京城，数次去往开封府。论武艺，开封府上上下下无人能敌；论谋略，臣等也甘拜下风。臣以为，若让此人挂帅，定可解皇上之忧！"

赵普这回用了一个"忧"字。赵匡胤急忙问道："此人究竟是谁？竟有如此本领？"

赵普缓缓说道："据臣所知，此人与皇上还有一段旧交情。"

"哦？"赵匡胤把目光移到了赵光义的脸上，"此人是朕的故交？"

赵光义说道："他就是董遵诲！一月前，他来到京城，常到开封府走动，希望臣弟能向朝廷引荐，但臣弟有些顾虑，一直未向皇上提及。"

赵匡胤一时沉默了，他自然不会忘记董遵诲，不觉皱起了起双眉。赵普和赵光义见状，也闭口不吭声。

沉默之后，赵匡胤问赵光义道："那董遵诲可亲口向尔等提起过与朕的那段往事？"

赵光义回道："他不仅亲口提及，而且说得十分仔细。在臣弟看来，他早有悔过之心，只是一时不敢晋见皇上。"

赵匡胤又问道："光义，那董遵诲真有如此的本领？"

在赵匡胤的印象中，董遵诲实乃寻常之人。赵光义说道："臣弟的看法，恰如赵普所言，那董遵诲的武功韬略，确有过人之处！"

"好吧，"赵匡胤有意无意地瞥了赵普一眼，"就让那董遵诲去解朕的燃眉之急吧！"

闻听皇上已决定任命董遵诲为宋军主帅，满朝文武不禁大为惊诧。不知底细的文武大臣以为，让一个无甚资历的人去统率数万大军，实难让人放心。而知道其中底细的文武大臣就更加不放心了：董遵诲与皇上有过节，如果他领着数万宋军消极抗战或者干脆投靠敌人对大宋反戈一击，那大宋王朝就岌岌可危了。

许多朝臣都大着胆子去劝说赵匡胤，不要让董遵诲做宋军的主帅，更有一些武臣向赵匡胤表示愿领兵出征、征战沙场，但都被赵匡胤挡了回去。

于是，赵匡胤不顾群臣的反对，亲手将主帅金印交到那董遵诲的手中，还设宴为董遵诲饯行，并让赵普、赵光义等一干朝中重臣作陪。

饯行席中，赵匡胤脱下身上的真珠盘龙衣送给董遵诲，并深情地说道："遵诲兄弟，朕虽然尊为天子，但并无奢侈之物。这件盘龙衣是朕最为珍贵之物，今送予你，只望能在征途中为兄弟你遮些风沙耳！"

董遵诲慌忙伏身于地，一边磕头一边唏嘘道："皇上对微臣的大恩大德，微臣永志不忘！"

赵匡胤微微一笑道："遵诲兄弟见外了！你的父亲与朕之皇考乃至交，朕与你本就是好兄弟。既是好兄弟，又有什么恩德可言？"

董遵诲虽然遵旨平身了，但依然止不住地泪如雨下："皇上，微臣如果打不退来犯之敌，愿提着脑袋回京向皇上谢罪！"

赵匡胤赶紧道："兄弟切莫有此念头！待兄弟胜利归来，朕还要委以重任呢！"

董遵诲向赵匡胤保证道："微臣绝不辜负皇上的厚望！"

董遵诲的行进速度也的确很快。他穿着赵匡胤的真珠盘龙衣，雄赳赳、气昂昂地指挥着数万宋军一路西进，只用了三四天的工夫，就从汴梁开到了洛阳。

在洛阳稍做休整后，董遵诲便又马不停蹄地率军折往西北，向黄河岸边挺进。董遵诲对部下命令道："五天之内，大军必须全部渡过黄河！"

结果，在第四天的下午，董遵诲的军队就几乎渡到了黄河北岸。在河北的古城小镇，董遵诲遇到了李继勋的先头骑兵。

董遵诲对李继勋的部下吩咐道："速速回去禀告李大人，叫他以最快的速度撤向这里！"

李继勋的部下匆匆地往北去了。董遵诲也没有闲着，而是立即将数万宋军作了部署。

古城的西南面是绵延的中条山，东南面是巍峨的王屋山，西北面是流入黄河的两条小河。两条小河与王屋山之间是一条狭长的山道，这条山道由北向南直通古城小镇。很显然，董遵诲要利用这里的有利地形打敌人一个伏击。

看起来，董遵诲的确有过人的军事才能。他把大部人马埋伏在王屋山西侧的山坡上，而把剩下的军队隐于那两条小河之间。一切布置停当之后，董遵诲就在古城小镇里等候着李继勋的到来。

数天之后，李继勋终于率军撤到了古城一带。看上去，李继勋不仅十分憔悴，也十分狼狈。不过，董遵诲并没有说什么安慰的话，而是问李继勋道："敌人还有多长时间可以追到这里？"

李继勋说道："闻听董大人前来，弟兄们这几天跑得特别快！但据李某估计，顶多两个时辰，他们就会追到这里。"

董遵诲又直截了当地问道："李大人，你和你的手下还可以一战吗？"

李继勋回道："李某及手下虽然疲惫，但尚可拼死一战！"

"那好，"董遵诲说道，"请李大人率手下就在这小城内稍作休息。待敌人赶到，再请李大人率众与之拼命厮杀。只要李大人能在此厮杀一两个时辰，那董某就保证能够一举将他们击溃！"

李继勋虽然对皇上任命董遵诲担当宋军主帅心存不解，但此时此地却也只能说道："一切但凭董大人吩咐！"

董遵诲又道："有件事情想告诉李大人，董某数天前用来渡河的船只已经撤往别处，如果李大人及手下不能在此坚守一两个时辰，恐一时也难以渡到河南。"

李继勋闻言多少有些不快，好在他没有将这种不快表现出来，而是掷地有声地说道："请董大人放心，我李某及手下虽然被穷追猛打多日，但皆非贪生怕死之辈！"

董遵诲不再多言，径向王屋山西侧的山坡中去统领军队了。

辽军和北汉军还真沿着那条狭长的山道，往古城方向追来了。当得知李继勋并没有渡黄河，而是率众守在古城小镇里的时候，刘继业便预感到情况有异，于是就对辽军统帅说道："李继勋突然停止南撤，恐非寻常啊……"

辽军统帅哈哈大笑，说道："刘将军太过小心了吧？李继勋的身后就是黄河，我等又追得紧急，他一时无法过河，无路可逃了，当然只能在此与我等拼命了！"

刘继业连忙道："大帅虽然言之有理，但刘某以为，那李继勋早在两个时辰之前就到达这里，这里又是大宋的地盘，如果李继勋真想继续南撤，是不可能找不到渡河船只的！"

辽军统帅大眼一翻问道："刘将军，你以为这其中有诈？"

刘继业点头道："我怀疑已有宋军援兵至此……果真如此的话，我数万大军拥挤在这一条狭长的道路上，实在是很不利啊！"

辽军统帅突然狂笑道："刘继业，尔等惧怕宋军，但我大辽天兵却从不知惧怕为何物！即使宋军真有援兵至此，又能奈我何？"

辽军统帅的话中明显地有轻视刘继业和北汉军之意。刘继业也没计较，继续对辽军统帅说道："大辽天兵自然是勇不可当，但如果东边的山林中藏有宋军伏兵，怕是大帅也不好应付啊……"

辽军统帅不高兴了，冷冷地对刘继业说道："如果你要害怕，就领着你的手下退后！本帅定要打过黄河，直捣洛阳！"

原来，辽国此番出兵援助北汉，确有趁机大举犯宋之意。如果这股辽军顺利地打过黄河、攻占了洛阳，那聚集在太原一带的数万辽军就会迅速南下，与这股辽军兵合一处，东攻汴梁。辽军之所以要分两步走，是因为他们尚未摸清大宋朝的实力，不敢贸然与大宋朝全面开战。

刘继业无奈了，只得讪讪地对辽军统帅说道："刘某愿唯大帅马首是瞻！"

于是，数万辽军和北汉军在辽军统帅的指挥下，一起向着古城小镇逼近。辽军统帅还气势汹汹地吩咐左右道："勇往直前，把李继勋和宋军赶下黄河！"

然而，李继勋并没有被赶下黄河。他率领手下居然在古城小镇里足足坚守了一个多时辰，而且趁辽军和北汉军暂时后退之机，他还率部出了古城，向辽军和北汉军发动了一次反冲锋，把那个辽军统帅气得直叫唤。

辽军统帅和刘继业重新组织人马，对李继勋和古城发起了更为猛烈的进攻。就在李继勋觉得实在难以抵挡，古城眼看就要被攻破的当口，董遵海适时地领着数万宋军从王屋山的西侧山坡中钻出来，对辽军和北汉军展开了全线攻击。

董遵海一参战，战场的形势瞬间扭转，辽军和北汉军顿时阵脚大乱。

刘继业和辽军统帅都想赶紧撤兵，但却在撤兵的方向上产生了重大分歧。辽军统帅以为西边的小河很浅，应将军队撤至河的西岸重新整顿，然后再与宋军交战。很明显，辽军统帅虽然遭到了伏击，但仍不甘心，依然想击溃宋军，打过黄河去。而刘继业以为，此时已经很难再与宋军交战了，更难以取胜，应不顾一切地向北撤，不然将招致重大伤亡。刘继业还对辽军统帅说道："宋军既然在东边的山林中设有伏兵，那就极有可能在河的西岸也设有伏兵……"

刘继业所言自然是正确的，但辽军统帅置之不理。辽军统帅一边命令部队死命地抵挡东边杀过来的宋军，一边组织起一支万余人的军队向西渡过那条小河。

结果万余辽军刚刚涉过那条小河，一支宋军就突然冲杀过来。万余辽军在小河西岸丢下三千多具尸体，又狼狈地逃回到小河东岸。

辽军统帅见情形不妙，慌忙下达了全线北撤的命令。只是，在宋军的围追堵截下，辽军和北汉军仅被杀死者就达两万多人。古城一战，宋军大获全胜。

宋军不仅取得了古城之战的胜利，还迫使辽军取消了大举犯宋的计划。只不过，辽军和北汉军在撤往太原的时候，把宋朝晋、绛二州的百姓和财物掳掠一空。对宋朝而言，这自然是一桩不小的损失。

没过多久，赵匡胤派人前来传达命令：李继勋班师回朝；董遵诲因立有战功，升任晋州刺史，领一路人马驻扎在晋州城内。此役后，董遵诲就成为大宋朝独当一面的地方大吏了。

当古城大捷的消息传到汴梁后，满朝文武都纷纷称颂圣上慧眼识人，连赵光义也情不自禁地对赵普说道："赵兄，果如你所言，皇上的小恩小惠，还真的立下了大功劳啊！"

然而，赵匡胤却好像一点也不高兴，他锁着双眉对赵普说道："朕现在想来，真的是很后悔啊！"

赵普暗暗一喜，他以为，皇上定是悟出了现在北伐还不是时机，而要继续"先南后北"的战略了。谁知，赵匡胤却说道："朕后悔的是，朕不该在刘继元的身上浪费那么多的时间……如果李继勋刚一打到太原城下，朕就命令他立即攻城，那么，在辽人来援之前，太原城就早被李继勋所破，那刘继元也早被朕所获矣！"

赵普听出来了，此番北伐虽然没有成功，又折损了许多兵马，但皇上并未放弃北伐之念。

果然，赵匡胤绷着面孔说道："若不彻底征服北汉，朕誓不罢休！"

赵普心中一紧。看来，皇上不吃一次大苦头是不会打消北伐的念头了。既如此，自己应该怎么办？

这一年（公元968年）十一月，赵匡胤改元"开宝"。这样，宋乾德六年也就是宋开宝元年了。

从赵匡胤改元开宝始，一批又一批的宋军陆续开到了汴梁城的附近。至开宝二年（公元969年）正月，聚集在汴梁城周围的宋军已达十万之众，这还不包括原来就驻扎在汴梁一带的数万宋军。可以说，当时宋朝的大半军力，都已集中在了汴梁四周。与此同时，大批大批的粮草也从各州陆续运抵京城。更有数百名战将，从四面八方奉旨入京，这其中便包括良将曹彬。一时间，大宋都城汴梁城内城外几乎都是穿军服的人在走动。

一个黄昏时分，赵普甩着双手走进了开封府。不巧的是，赵光义不在，府衙里的人也都不知道他去了何处。赵普本想离开的，但又一想，便径自在开封府里坐下了，慌得府衙里的人一半恭立在赵普的左右，另一半分散出去寻找赵光义。

终于，天黑了之后，赵光义急急地回到了开封府。见了赵普，赵光义含笑抱拳说道："竟让赵兄等了这么许久……"

赵普回礼道："本也无事，便想找兄弟聊上一聊，顺便蹭几杯酒喝。"

很快，一桌丰盛的酒席就摆在了赵普和赵光义的面前。赵光义举杯道："兄弟以为，赵兄此番前来定是有事商谈，所以兄弟也就没有相邀别人作陪。"

赵普说道："也没什么大事，只是京城内外集结了这么多的军队，为兄心中委实有些不安，所以就想来找兄弟你谈谈。"

赵光义点头道："十几万军队聚集在京城，这并非什么小事啊！"

赵普轻声说道："我估计，用不了多久，皇上就要开战了。不然，这么多的军队，每天要耗去多少粮食？"

赵光义停顿了一下，然后道："我刚刚得知，皇上下个月便要再度讨伐刘继元！"

赵光义所言虽然在赵普预料之中，但赵普听了身体还是不觉一震，自言自语般道："皇上……已经不相信我了！"

"不，"赵光义连忙道，"据我所知，皇上之所以没把这一决定告诉你，是因为他怕你反对他再度北伐。"

赵普摇头苦笑道："兄弟，如果我真想反对皇上再度北伐，我早就入宫见驾了，又何必来此与兄弟你把酒闲谈？"

"是呀，是呀，"赵光义说道，"我已经看出来了，只要皇上做出了决定，那谁也无法改变！我改变不了，赵兄也改变不了！"

"还有啊，"赵普说道，"如果我真的入宫见驾反对北伐，那我与皇上的关系就很有可能难以收拾了！"

赵光义一时无言。赵普举杯道："兄弟，既来之，则安之。我既然来了，那就应与兄弟你痛痛快快地喝上几杯！"

"好！"赵光义展颜道，"今日开封府，只顾喝酒，莫谈国事！"

俩人还真的痛痛快快地喝了几杯酒。可几杯酒过后，俩人的话题就又转到国事上来了。

是赵光义先开的头，他首先说道："赵兄，我听说辽人内部发生了纷争，刘继元近来与辽人的关系也不很融洽，皇上在这种时刻发兵攻打刘继元，辽人恐不会再来相助。这样，皇上此次北伐，较去年北伐，结果显然就会不同！"

赵光义的意思是，没有了辽人的相助，皇上的北伐就能够成功了。赵普却摇了摇头道："我看未必！"

赵光义也没追问，只是定定地看着赵普。赵普说道："我以为，即使辽人不来相助，此次北伐也难成功。理由有三：一、我大宋去年北伐之后，刘继元定然加强了防备，此时的太原城无疑是兵精粮足，在这种情况下去攻打太原，难度不言而喻；二、刘继元虽没有多少才干，但顽固不化，一心死守太原。如此，太原就更难攻下了；三、刘继元身边有一帮颇富才干的近臣和大将。比如那个刘继业，就是一个异常善战之人。有刘继业这样的善战之人帮助刘继元固守太原，我大宋军队想要攻下太原，可就难上加难了！"

赵光义"嘿嘿"一笑道："赵兄，刘继业尽管善战，可仅凭他一人之力，若想确保太原不失，恐也并非易事吧？"

赵普说道："不知光义兄弟可否还记得，十三年前，周世宗柴荣率当今皇上及重兵团团包围了寿州城，而唐将刘仁瞻也是凭一人之力，硬是在寿州城内坚守了一年多。最后，刘仁瞻弹尽粮绝又无外援，才被迫献城投降……在我看来，今日的刘继业，较十三年前的刘仁瞻，当有过之而无不及啊！"

赵光义下意识地点了点头，忽又说道："赵兄，那郭无为也许会在太原城内做些手脚。俗话说：'家贼难防。'刘继元再顽固，刘继业再善战，也难抵郭无为在暗中做的勾当……"

赵普长吁一口气道："兄弟，刘继元不比刘继恩啊！刘继恩畏首畏尾，所以身首异处。而刘继元不仅顽固不化，更是心狠手辣。只怕在刘继元的面前，郭无为不仅难有作为，还会惹上杀身之祸啊！"

赵光义沉默了，忽又听赵普轻声叹道："光义兄弟，我真想现在就入宫去劝阻皇上！"

赵光义忙说道："赵兄，你不必入宫了……实不相瞒，我刚才对你所说的话，正是皇上对我所言……"

赵普眉毛一动："这么说，你已经同皇上谈论过北伐之事？"

赵光义回道："赵兄在此等候之时，我正在宫内同皇上谈论。虽然我的见解不如赵兄深刻，却也知道皇上再度北伐并无十分的把握，所以，我就把我的看法与皇上说了……"

"于是，"赵普接道，"皇上就把你刚才对我说的话对你说了！"

"还不仅如此呢！"赵光义喝了一杯酒，又抹了一下嘴唇，"皇上以为，是赵兄你唆使我入宫去劝说他不要再度北伐的。皇上还笑着对我说：'你以后不要什么事都听赵普的，更不要与赵普一个鼻孔出气！'"

赵普赶紧道："你就没向皇上解释一番？"

赵光义说道："我当然解释了。我对皇上说，我此番入宫见驾，赵普根本就不知道，可皇上始终不相信！"

赵普"唉"了一声道："皇上真是太冤枉我了！看来，皇上对我已有成见！"

"所以呀，"赵光义又喝了一杯酒，"当此时刻，赵兄你就不能入宫劝驾，否则，后果可就难以想象了！"

听罢，赵普自嘲地笑道："现在想来，我还是有些自知之明的，没去宫中劝驾，而是来找兄弟你饮酒。"

赵光义也含蓄地一笑道："赵兄，就让我们一边饮酒，一边耐心地等待吧！"

开宝二年（公元969年）二月，赵匡胤当朝宣布：再度北伐刘继元。而且，赵匡胤此次还是御驾亲征。

赵匡胤命赵光义为东京汴梁留守，代理朝政；命大将李继勋率两万骑兵为先锋直趋太原，自己亲率赵普等十数位大臣和曹彬、党进、赵赞等大将及八万宋军步兵随后跟进。显然，赵匡胤是志在必得了。

赵匡胤还在朝堂冷冷地宣称：谁要是劝阻北伐，谁就是居心叵测。这样一来，大宋满朝文武都把双唇闭得紧紧的，一言不发。所以，从表面上看去，此次北伐，大宋君臣已经是同仇敌忾、别无二心了！

在李继勋走后的第二天，赵匡胤就骑着一匹高头大马，带着赵普、曹彬等文武大臣和八万大军及粮草，浩浩荡荡地开出了汴梁城。出城之后，赵匡胤意气风发地对送行的赵光义等人说道："待朕归来，定与尔等大醉一场！"

此次北伐，李继勋的心中可是憋足了劲儿，也憋足了气。去年，都打到太原城下了，眼看着就可攻进太原城里了，但因为辽人发兵，他只能落败而归。不仅如此，他还被刘继业和辽人追赶得如丧家之犬。一个大宋朝的战将竟然狼狈如此，那还了得？

不过，李继勋也知道，此次北伐可能无缘与辽人交手。这样一来，他报仇的对象似乎只剩下刘继业一人了。所以，李继勋便在心中默默地祈祷：最好在皇上率大军围攻太原之前，自己能与那刘继业先真刀实枪地干上一场。

李继勋率两万宋军骑兵攻入北汉境内后，只短短数天工夫便向前推进了三百多里。虽然是连战连捷、势不可挡，而李继勋却是十分清醒的。他不断告诫部下道："千万不要得意忘形，苦战和恶战还在后面！"

果然，侦察兵向李继勋报告：潇河南岸发现万余北汉军，领军的正是刘继业。

李继勋闻报大喜道："好啊，刘继业，李某正要找你，你倒主动送上门来了！"

手下问如何应敌，李继勋高声叫道："命令所有弟兄一起冲过去，把刘继业冲垮！"

潇河是汾河的一条小支流，位于太原以南约一百里处，从东向西流入汾河。

两万宋军骑兵在李继勋的率领下，如猛虎一般地向潇河冲去了。可距潇河还有好几里呢，手下又向李继勋报告：刘继业领着万余北汉军徒步涉河到北岸去了。

既然刘继业是徒步涉河，那就说明这一带的潇河水很浅。所以，许多宋将就纷纷要求冲过潇河追击刘继业。但李继勋却摇了摇头："刘继业诡计多端。我以为，他之所以不战而退，正是想诱使我等尽快地过河！"

一部将问道："李大人的意思是，那刘继业在河的对岸设有伏兵？"

李继勋说道："我不敢肯定。我敢肯定的是，只要我等绕道别处渡河，那即使刘继业在对岸搞什么名堂，也奈何不了我等了！"

众部将纷纷点头。接下来的问题，是绕道潇河以西呢，还是绕道潇河以东？李继勋没有叫部将商议，而是自作主张道："向河东走，然后找个水浅的地方过河！"

于是，李继勋就率两万骑兵沿潇河南岸向东一口气跑了七八十里，跑到一个叫马首的地方才打住了马脚。与此同时，李继勋又派人南下，将自己的做法和想法禀告皇上。

到达马首之后，李继勋让部队略略休整了大半个时辰。待官兵们吃饱饭，恢复了精神之后，李继勋便下令渡河。果然，渡河很顺利，没遇到任何拦阻。

渡过潇河之后，有部将提议干脆直攻太原，但李继勋没有同意。他对部众说道："我们应该沿着潇河向西打，这样就可将敌人主力吸引到我们的身边，待皇上率大军赶到之后，我们便可把他们主力消灭在潇河北岸。敌人主力既完，那太原城就不难攻下了！"

于是两万宋军骑兵开始向西打了。很快，李继勋就占领了潇河北岸的小镇上湖。又很快，潇河北岸边的另一小镇芦家庄也落入李继勋之手。这时，探马回报：芦家庄以西二十里的小镇段廷内驻有两千多北汉军，为首的是北汉皇帝刘继元的弟弟刘继钦。

闻听刘继钦就在前面，许多宋将便摩拳擦掌地向李继勋请战，要率兵去攻打段廷。如果活捉或打死了刘继钦，那该是一件多么大的功劳？更何况，刘继钦的身边还只有两千多人。

然而，李继勋却阻止道："你们说，那刘继业现在何处？为何我等连克上湖、芦家庄，刘继业却一直没有露面？"

听李继勋这么一说，部将们便渐渐地冷静了下来。是啊，不说别的，那刘继钦好歹也是北汉皇族，为何身边只有两千多人？还有，刘继钦明明知道宋军的两万骑兵已经打来，为何还待在段廷小镇里不动？难道，刘继钦仅凭两千多人，就能够守得住段廷？

李继勋突然冲着部将们高声说道："我敢肯定，那刘继业就在我们的身边！"

就在这时，一宋将匆匆忙忙地跑来向李继勋报告，说是有两三万北汉军已经从北边压过来，指挥者正是那个刘继业。又有一宋将跑来报告李继勋：段廷小镇里的北汉军突然增加到了近两万人，有一多半都是骑兵。

宋将们这才明白过来：刘继业和刘继钦二人要把他们这两万宋军消灭在潇河

岸边。这样一想，许多宋将便多少有些紧张起来，连忙问李继勋该如何应对。北汉军总兵力有近五万人，且骑兵数量也不比宋军少多少。如果宋军不想应战，那就只有抓紧时间向东撤。不然，待刘继业赶到，宋军便只能往潇河里跳了。

李继勋自然是不想往潇河里跳的，而且也不想向东撤。他大声对诸将们说道："敌人既然已经逼过来了，那我等就在此与他们好好地战上一场！只要我等能将这批敌人拖住，那皇上就有时机把这些敌人围而歼之！"

李继勋说得气宇轩昂，众将领也都不禁豪情万丈起来。李继勋命令道：置北边的刘继业于不顾，先全力向西攻打段廷，力争在刘继业赶到潇河岸边之前击溃刘继钦，然后再过头来迎战刘继业。

李继勋神色凝重地对部将们说道："告诉弟兄们，在攻打段廷的时候，只许前进，不许后退！谁敢后退一步，定斩不饶！"

两万宋军骑兵便纵马向西冲去了。从芦家庄到段廷不过二十里路，李继勋很快就率众到了段廷小镇外。小镇内驻扎着刘继钦近两万人的军队，似乎在等候着李继勋和宋军来攻打。而段廷镇外，只有三千余北汉骑兵在紧张兮兮地巡逻。

李继勋不禁笑着对左右说道："这个刘继钦根本就不会打仗啊！刘继业与这样的人合力，岂不是自讨没趣？"

一宋将也轻松地笑道："是呀，刘继钦把段廷当作太原了，以为我们非得去攻打它！"

李继勋立即下达了命令：一万人佯攻段廷镇，另一万人火速把镇外的三千北汉骑兵吃掉！

战斗就这样开始了。一万宋军刚一攻打段廷，镇内的刘继钦就紧张得不知所措了。虽然眼见着镇外的三千余人已被一万宋军骑兵团团围住，刘继钦也不敢冲出镇子前去解救。

这样一来，尽管镇外的三千多北汉骑兵英勇异常，却也只能被李继勋率众杀得落花流水。最终，那三千多北汉骑兵大半战死，余部落荒而逃。

镇外的战斗结束后，李继勋就鸣金收兵了。他对部将们说道："我本想在此与他们恶战一场的，可现在看来已经没有必要了。我们就继续西行，让刘继业跟在后边追吧！"

没能与刘继业好好地战一场，李继勋实在是有些遗憾。不过，宋将们在离开段廷的时候却都是兴高采烈的。其中一名宋将大笑道："如果敌人将领都如刘继钦一样的贪生怕死，那太原城就唾手可得了！"一番话，说得宋将们都哈哈大笑起来。

没过多久，宋将们就很难再笑出来了。原来，一条小山脉挡住了宋军的去路，而且对面还突然出现了数千北汉骑兵，而且为首的正是刘继业。

李继勋明白了，刘继业料定那刘继钦无法阻挡宋军，所以就率先带着数千骑兵赶到峡谷里来了。

李继勋很是懊悔地对左右道："我低估了刘继业……我们行进得太慢了！"

说罢，他赶紧命令部将道："速速冲过这条峡谷，不然，后果将不堪设想！"

如果不尽快地从这里冲出，待东边的大批北汉军追到，李继勋就有全军覆没的危险。所以，李继勋命令一下，几名宋将就带着近万名官兵扬起马蹄一起冲向峡谷。

一个多时辰之后，那几名宋将回来了。他们沮丧地告诉李继勋：刘继业他们太过勇猛，加上峡谷地形复杂，怎么冲也冲不过去。

另几名宋将不服气，带着手下又对峡谷发起了冲锋，可最终依然无功而返，其中一名宋将还中箭身亡。

又有几名宋将向李继勋请战。李继勋摇头道："不必再冲了！待天黑了之后，叫一些弟兄弃马登山，绕到峡谷的西面，从背后袭击刘继业！"

但李继勋这一招也没有奏效。刘继业早有防备，在一些地势舒缓、易于攀登的山坡上埋伏了不少弓箭手、刀斧手。由于宋军地形不熟，折腾了大半宿，不仅没有绕到峡谷的背后，还折损了千余官兵。

第二天，李继勋的处境变得更加危险了——刘继钦带着万余骑兵终于出了段廷镇，开到了距宋军不到五里的地方。而十多里外，刘继业的两万多北汉步军也正向西开来。

虽然刘继钦的动作很迟缓，且有观望之意，但李继勋知道，在一个时辰之内，宋军如果不能冲出刘继业把守的峡谷，那后果不堪设想。除非，赵匡胤率领的大军能够及时地赶到。

李继勋把几个将领叫到自己的身边，神色异常凝重地道："你们带上五千弟兄跟我往峡谷里冲！告诉弟兄们，这次如果再冲不出去，那就没有任何机会了！"

于是，五千宋兵宋将在李继勋的带领下，一窝蜂地冲向了峡谷。人数上，李继勋明显地占优——此时，刘继业的身边只有两千多骑兵了，而且不少人还负了伤。然而，利用峡谷中熟悉的地形和不怕死的精神，刘继业硬是率众将李继勋和宋军堵在了峡谷以东。

半个时辰过去了，刘继业的身边只有不到千骑，却依然牢牢地把守着峡谷。而宋军以东，刘继钦和数万北汉军还在一步步地逼近。如果刘继钦的动作能够稍稍快一些，怕早已和宋军交上了手。

李继勋急忙下令：大部宋军掉头向东，先把刘继钦堵上一堵，其余宋军随他向峡谷发动最后一次冲击。他还苦笑着对左右说道："这是最后一搏了……待刘继钦打过来，我们只能拼一个够本，拼俩赚一个了！"

　　其实李继勋心里很清楚，宋军已经没有多少时间来冲击峡谷了。东去的宋军只有万余人，是根本挡不住刘继钦及数万北汉军的进攻的。退一步说，即使自己此番能够冲出峡谷，那掉头东去的万余宋军也将陷入刘继钦及数万北汉军的重重包围之中。

　　可就在李继勋准备带人往峡谷里冲的时候，刘继业突然率众冲出了峡谷。

　　一时间，李继勋身边的宋军官兵都大惑不解：刘继业只有不到千余骑了，这样主动地冲出来，岂不等于是放弃了峡谷而自寻死路？要知道，李继勋的身边还有三千多骑啊！

　　然而，李继勋却大笑了起来，就听他高声吩咐道："弟兄们，快摆开阵势，把刘继业拦住！他想逃跑！"

　　见李继勋这么一笑一说，不少宋军官兵都明白过来了：定是皇上的大军已经从峡谷西边打来，刘继业不敢再待在峡谷里了。否则，待李继勋冲入峡谷之后，刘继业可就是上天无路、入地无门了。

　　李继勋还对身边的一个部将说道："快去告诉东边的弟兄们，就说皇上的大军已到，叫他们不要担心，休要害怕！"

　　此时，刘继业率八百多骑已经冲到了近前。见状，李继勋催战马、舞长剑，边扑向刘继业边厉声叫道："刘贼，还往哪里逃？"

　　刘继业不敢恋战，双腿一夹马肚，缩头哈腰，避开了李继勋的攻击，继续向前冲去。

　　李继勋马打回旋，刚准备再次扑向刘继业，却被两个北汉军官一左一右地缠住了。待李继勋好不容易地将两个北汉军官收拾了之后，那刘继业早就逃远了。

　　李继勋喝问一个挂彩的宋将道："尔等为何不拦住刘继业？"

　　那宋将哭丧着脸回道："刘贼太过凶猛，下官等实难阻挡……"

　　李继勋大叫一声道："那就快追啊！"

　　因为东边的万余宋军已经和刘继钦交上了手，根本就没有提防到刘继业会从西边冲过来，所以刘继业最终成功地与刘继钦会合，并率领着数万北汉军向太原方向撤去。

　　这时，数千宋军步兵在良将曹彬的率领下，从峡谷处冲出来。李继勋忙迎上去说道："曹大人来得真及时啊……"

　　曹彬却急急地问道："李大人为何不去追赶敌人？"

　　李继勋回道："我身边尚能骑马作战者只有万余，北撤的敌人却有三四万之众，而且那刘继业还十分地难惹……"

　　曹彬打断了李继勋的话："李大人有所不知，皇上和赵赞大人已率五万大军从潇河东面打来，不日即可抵达这里！"

李继勋"哎呀"一声道："那我等快去追赶刘继业！"

于是，李继勋和曹彬就暂时撇下伤员和步军，率万余骑兵向北追去。追了数十里，在什贴（今山西太原东南）的南面，李继勋和曹彬终于追上了刘继业和刘继钦。

曹彬对李继勋说道："我们争取把这批敌人拖住，等皇上来收拾他们！"

万余宋军在曹彬和李继勋的指挥下，对已经到达什贴小镇的北汉军发起了进攻。而刘继业似乎知道曹彬和李继勋的意图，叫刘继钦率大部北汉军速速撤回太原，自己则带着近万名骑兵留在什贴阻击宋军。

两军骑兵在什贴一带展开了一场殊死的搏杀。从早晨战至黄昏，又从黄昏战至黎明，双方均伤亡惨重。就在这时，赵匡胤和赵赞率五万宋军将什贴一带团团地包围了起来。

李继勋对曹彬说道："这一回，刘继业恐是插翅也难飞了！"

曹彬也道："虽然跑了刘继钦，但消灭了刘继业，就是一桩莫大的胜利啊！"

然而，刘继业硬是在宋军的重重包围中杀开一条血路，只身逃往太原，令李继勋和曹彬大感遗憾。

赵匡胤却似乎没感到什么遗憾。什贴之战结束后，他笑着对李继勋、曹彬和赵赞等人道："跑得了和尚跑不了庙！他刘继业躲得了初一绝对躲不过十五！"

不过，当李继勋把自己在潇河岸边的遭遇说了一番之后，赵匡胤也不禁由衷地赞叹道："刘继业真乃人才也！待明日太原城破，朕定要好好降服于他，叫他为朕所用！"

接着，赵匡胤下令：大军直趋西北，包围太原城！

只用了大半天时间，数万宋军就开到了太原城外。此时，太原城的四门早已紧闭，城墙上的北汉官兵个个荷枪实弹、精神饱满。赵匡胤对左右玩笑道："看起来，那些敌人倒也精神啊！"

曹彬询问现在是否就开始攻城，赵匡胤说道："爱卿不用性急，煮熟的鸭子是飞不掉的！再说了，大军粮草尚未运到，爱卿等就先把太原围起来吧！"

因为粮草估计还得数天才能抵达太原城外，所以，李继勋和赵赞等人就请求带兵把太原以北的地方扫荡一番。

赵匡胤阻止道："不可！朕此番北伐，只是想拿下太原、捉住刘继元。太原未下便扫荡北部会惹恼辽人，如果辽人发兵，太原就难克了！实际上，只要拿下太原，处置了刘继元，北汉也就算完了！"

很显然，赵匡胤虽然一心想讨伐刘继元、征服北汉，但对辽国的实力却也是十分忌惮的。尽管在此番北伐前，赵匡胤已经得知辽国因内部纷争，不大可能发兵相助北汉，但赵匡胤却也不敢轻易冒险。

宋军把太原城围了起来。赵匡胤又派人南下，催促押运粮草的军队加快速度。不几日，赵普、党进等文臣武将及三万宋军终于押运着粮草赶到了太原城外。

赵匡胤立即对包围太原城的宋军重新做了部署：命大将党进率两万人驻扎在太原城东，命大将李继勋率两万人驻扎在太原城南，命大将赵赞率两万人驻扎在太原城西，命大将曹彬率两万人驻扎在太原城北。其余宋军看守粮草兼作机动。

赵匡胤笑问赵普道："爱卿，朕如此布置军队，可有什么不妥之处？"

略略思忖了一会儿后，赵普说道："党进、李继勋、赵赞和曹彬皆能征惯战之辈，皇上让他们围驻在太原四周，怕是连太原城内的一只苍蝇也休想飞出！"

赵匡胤满意地点了点头，接着又问道："爱卿，你以为，朕几日便可攻破太原？"

赵普回道："这个问题，臣实不敢妄加推测！"

"哦？"赵匡胤皱了皱眉，"爱卿，莫非你以为朕难以攻破太原？"

"臣不是这个意思，"赵普赶紧道，"臣的意思是，那刘继元顽固透顶，怕是会死守太原。"

赵匡胤"哼"了一声："刘继元再顽固，又能如何？也许你会说，城里还有一个善战的刘继业。不错，刘继业是很善战，但即便刘继业再善战，城内也不过四五万兵马。刘继业凭着四五万兵马，就能抵挡得了我大宋十万大军？"

然而，赵普却不自觉地冒出这么一句话："皇上，城内的兵马虽然不多，但城内的百姓却多达十几万之众！"

"赵普，"赵匡胤的声音不觉提高了几分，"你这是什么意思？城内的百姓再多，又有何用？"

"皇上，"赵普的声音也不觉提高了，"臣以为，寻常的百姓，如果征战沙场，用处的确不大，但如果用来守城，却又的确不可小觑啊！"

赵匡胤明显地有些不快了："赵普，攻城在即，朕不想与你探讨什么百姓的问题。待朕攻破城池之后，再与你好好地理论！"

"是，是！"赵普连忙躬身说道，"皇上亲自指挥，太原城定当土崩瓦解！"

赵普此话，显然有言不由衷之嫌。故而，待赵匡胤拂袖而去后，赵普就扪心自问道：我为何又惹皇上生气了呢？

但生气归生气，赵匡胤和宋军终归是要攻打太原城的。只不过，在宋军发动进攻之前，太原城内发生了一桩变故——北汉宰相郭无为被北汉皇帝刘继元杀了。

郭无为之死，自然与他想要降宋有关。早在李继勋去年率军攻打北汉时，郭无为就有了降宋之心，可因为刘继元的继位和辽兵来救，郭无为降宋的意图才没有实现。

如今，郭无为被自己一手扶持起来的皇帝刘继元杀死了，这对赵匡胤攻打太原城产生了很大影响。如果郭无为活着，那太原城内就会有相当一批人存有降宋之心，而郭无为死后，太原城内的降宋之心便也随之消失了。没有了降宋之心，太原城内的北汉军民就只能一心想着抵抗宋军了。

赵匡胤当时并不知道郭无为被杀一事。即使知道，他也仍然是要对太原城发起攻击的。大军都围住太原了，岂有不攻之理？于是，在一天早晨，随着赵匡胤一声令下，宋军便开始了攻打太原的战斗。

赵匡胤本是想速战速决的，所以，在最初的几日里，党进、李继勋、赵赞和曹彬分别率军从东南西北四个方向对太原城发动了全面进攻。然而，全面进攻并不奏效。于是，赵匡胤就又改为重点进攻：把大部宋军都调往城北，由曹彬统率攻城。

可是，曹彬率数万宋军一连猛攻了十数日，不仅未能攻入城里半步，自己的左胳膊上还中了一箭，所幸中箭不深，并无大碍。

见重点进攻也不行，赵匡胤就又改为全面进攻。一连攻了月余，太原城依然没有被攻下来。

太原城久攻不下，赵匡胤自然有些着急。他不禁想起赵普所说过的话：太原城内的百姓当不可小觑。可不是吗？城墙上到处都有老百姓的身影，甚至一些妇女和小孩也跑到城墙上帮助北汉军守城。也就是说，宋军不是在同北汉军作战，而是在同太原城内的所有人作战。太原城内的所有人加在一起，可是要比宋军多得多啊！

可是，着急归着急，赵匡胤却没想过要放弃攻打太原。因为他坚信，太原城终究是会被攻克的。就在这时，赵普为赵匡胤出了一个攻城的点子。

原来赵普发现，流经太原城西侧的汾河，在这一带地势较高。赵普对赵匡胤说道："如果把河堤决开，那河水就会流进城里……"

赵匡胤闻言大喜道："妙！妙！城里只要灌足了水，太原当不攻自下！"

于是，赵匡胤就命赵赞带人挖河堤，又吩咐曹彬道："你多准备一些弓箭手，埋伏在高地上，只要刘继元派人堵水道，你就放箭！"

赵赞很快就带人将汾河大堤挖了一个大口子，河水翻腾着直往太原城里灌。因为河水很急，不到半天工夫，整个太原城就浸了一层脚踝深的河水，而且还在眼见着往上涨。

这下子，太原城内的北汉军民慌了神。刘继元急忙下令：在城西堵水，从城东放水。

然而，放水却不是一件容易的事。城内街道高低不平，且房屋纵横交错，若想顺利地放水，那就必须毁掉许多建筑，这显然难以办到。而最不容易的还是堵水。城外地势高，不管在城内怎么堵，河水照样会灌进城里。要想使河水流不进城，那就必须到城外去堵住水道。

于是，太原城的西门打开了，数以千计的北汉官兵和老百姓冲出城外，拿着工具去堵水道。那曹彬看得真切，一声令下，三千多名弓箭手一起放箭，冲出城外的北汉官兵和老百姓纷纷中箭倒地。

河水依然不停地往城里灌。一批又一批的北汉官兵和老百姓冲出城外，企图堵死水道。结果，数千名北汉官兵和老百姓中箭倒在了西门之外，尸体都堆成了小山，还是没能堵住水道。

这期间，赵匡胤和赵普是一直站在曹彬身边的。看着一批批的北汉军民冲出城外又倒在城外，尤其是看着那些虽然中了箭却一时尚未死去的在尸体堆中痛苦挣扎的人，曹彬的心中委实有些不忍。于是，曹彬低声对赵匡胤说道："皇上怨臣无礼，臣总觉得，此情此景，多少有点残忍……"

赵匡胤挺认真地说道："曹爱卿，你说得没错，这的确有些残忍，但这怨不得朕，挖堤放水，这是宰相为朕出的主意！"

"皇上冤枉微臣了！"赵普连忙道，"微臣只是建议皇上开堤放水，根本与开弓放箭无关！而命令曹彬大人放箭杀人的，恰是皇上的旨意！"

"赵爱卿，"赵匡胤睁大了双眼，"你这就是在推卸责任了！你既然向朕建议开堤放水，那就等于是向朕建议开弓放箭。不然，开堤放水又有何用？"

赵普赶紧道："皇上，臣以为，开堤放水是一回事，而开弓放箭则又是另一回事！"

赵匡胤却道："在朕看来，开堤放水与开弓放箭本就是一回事！"

曹彬慌忙说道："皇上，宰相大人，请允许微臣言说……微臣以为，眼前的景象虽然有些残忍，但这怨不得宰相大人，更怨不得皇上，只能怨那死不改悔的刘继元太不知好歹。"

曹彬之所以这么说，乃因为他觉得皇上与宰相之间的争执是由自己引起的，他有责任将话题岔开。而赵普也顺势说道："曹大人言之有理！只怨那刘继元顽固透顶、拒不投降，不然，又如何累及这么许多无辜的百姓？"

赵匡胤哈哈大笑道："两位爱卿所言甚是！朕倒要看一看，那刘继元还能支撑多久！"

太原城内的水位越来越高，西城门内外的河水最深处已达腰部。照这种情形发展下去的话，要不了几天，太原城就将变成一片汪洋。

一个黄昏，刘继元颓然地坐在寝殿里。他的身边，除围绕着一大帮妃嫔外，还站着宦官卫德贵和大将刘继业。

忽然，刘继元抬头问卫德贵道："爱卿，朕如果没有记错的话，朕去年登基伊始，那赵匡胤曾发来一封诏书，说是要封朕为平卢节度使……朕没有记错吧？"

卫德贵一惊，刘继业也一惊。去年，李继勋率宋军围住太原城的时候，赵匡胤的确晓谕过刘继元：如果刘继元献城归降，可任大宋平卢节度使，那郭无为可任邢州节度使，其他北汉大臣也都有封赏。但问题是，刘继元为何要在此时此刻提出这个问题？莫非刘继元的心中已经有了降宋之念？

想到此，卫德贵赶紧说道："皇上，那赵匡胤去年的确说过此话，但臣以为，赵匡胤只不过是在欺骗陛下而已！赵匡胤的目的，就是想哄骗皇上拱手让出太原城。皇上去年没买赵匡胤的账，誓与太原共存亡，结果宋兵大败而归，我大汉都城巍然屹立，刘继业大人率军一直打到了黄河岸边……"

刘继元"唉"了一声道："卫爱卿，诚所谓此一时彼一时也！去年，有辽人相救，可今日……朕真是忧心如焚啊！"

"皇上，"刘继业说道，"臣以为，纵然没有辽人相援，我等也能保卫太原！"

刘继元摇头道："刘爱卿啊，你智勇双全，朕是知道的，你说能够保卫太原，朕也相信，可事到如今，朕也是出于无奈啊……"

刘继元真的有降宋之心了，只差没有明说了。卫德贵急忙说道："皇上可还记得蜀国的那个孟昶？他降宋之后，赵匡胤封他为检校太师兼中书令，还封他为秦国公，可到头来，孟昶却不明不白地死去，孟昶的母亲也绝食而终……皇上，赵匡胤的话可千万不能相信啊！"

刘继元的身体一震，但没言语。刘继业又道："皇上，臣敢保证，只要再坚守月余，待盛夏来临，宋军定不战自退！"

刘继元仍旧闭口不言。卫德贵压低嗓门说道："皇上，臣等死不足惜，但如果让赵匡胤的阴谋得逞，皇上将何以堪？这些皇妃娘娘又将何以堪？"

刘继元闻言，不禁朝着周围的那些妃嫔们看了几眼。是啊，那些妃嫔们一个个如花似玉，如果给了别人，自己也着实难以割舍。那孟昶的妃子花蕊夫人不是被赵匡胤纳入自己怀中了吗？

想到此，刘继元不禁对着卫德贵和刘继业长叹道："爱卿啊，你们以为朕真的忍心放弃太原吗？可不忍心放弃又能如何？刘爱卿适才说要再坚守月余，可照此情形发展下去，用不了十日，太原就将被汾河之水淹没！"

卫德贵咬牙切齿地说道："皇上，堵水之事由臣来负责，臣若堵不住河水，提头来见皇上！"

刘继业也信誓旦旦地对刘继元说道："皇上，只要卫大人能够堵住河水，臣就一定不让宋军跨入城内一步！"

"好！"刘继元终于打起了精神，站了起来，"两位爱卿既如此说，那朕就坚持去年所说过的话——誓与太原共存亡！"

卫德贵在刘继元的面前立下军令状之后，就忙着去想堵水的方法了。他一个人自然是想不出什么好方法来的，若想得出，水早堵上了。于是，卫德贵把北汉宫中的大小太监全召集到一起，让他们为自己出主意想办法。北汉宫中的那些大小太监，七嘴八舌地讨论了一番之后，还真的为卫德贵想出了一个好办法。

什么好办法？就是用成捆成捆的草漂浮在水面上，人推着草捆往前移动，因草捆很厚，宋军的箭无力穿透，又因草捆上浸有河水，即是火箭也奈何不得。这样一来，躲在草捆后的人就可以堵水道了。

还别说，卫德贵的这个办法收到了奇效。大约只花了一天时间，太原西门外的几条水道就全部被北汉官兵和百姓封堵死了。因为西门外到处都是河水，宋军无法冲过来截杀那些封堵水道的北汉军民，勉勉强强地有些宋军泅水过来，却被城墙上的北汉弓箭手给射了回去。这恐怕就是赵匡胤和赵普等人始料未及的了：本想用汾河水淹灌太原城逼刘继元投降，没想到，西门外的汾河水，反倒成了宋军攻城的一道障碍。

赵匡胤差点没气炸了肺。他一边急令赵赞带人把汾河河堤重新堵上，一边忙命党进、李继勋和曹彬率军从东、南、北三个方向对太原城发动猛攻。待城西积水流尽了之后，赵匡胤又令赵赞也投入了攻城之中。

可是，太原城内的北汉军民实在是太顽强了，北汉大将刘继业、张崇训、郑进、卫俦、刘继钦等人整日地奔波在城墙之上，而刘继元则带着新任宰相张昭敏、大内都点检卫德贵等一干朝中大臣领着宫女太监及老弱妇幼往城墙上运送吃喝之物。

这样一来，宋军就只能是光打雷不下雨了。一连猛攻了月余，宋军虽然杀伤了数以万计的北汉军民，也屡次攻上了城墙，但太原还是牢牢地握在刘继元的手中。更主要的，宋军的伤亡也数以万计，大将李继勋的伤势还比较严重。

这时，赵普找到赵匡胤说道："皇上，臣以为，不能再攻下去了……敌人个个都在拼命，且占有地利之势，我大宋军队不能如此硬拼啊！"

听罢，赵匡胤冷冷地说道："他们既然敢拼命，朕的军队岂有不敢拼命之理？朕就不相信，那刘继元会一直拼到底！待太原城内无一兵一卒的时候，看那刘继元还拿什么与朕拼命？"

见赵匡胤是决心与刘继元一拼到底了，赵普连忙道："皇上，这可不是拼与不拼的问题啊！现在已入夏季，臣闻这一带盛夏多雨，到那个时候，淫雨霏霏绵绵不断，臣担心我大宋军队不战而自溃啊！"

赵匡胤没好气地问道："依你之见，现当如何？"

赵普回道："臣之愚见，当速速撤军回朝！"

"不行！"赵匡胤斩钉截铁地道，"不攻破太原，朕绝不罢休！"

赵普无力改变赵匡胤的意志，只得长叹一声作罢。

五月来临。果如赵普所言，太原一带下起了大雨，且大雨一连十数日绵绵不断。宋军的帐篷，大半都已进风漏雨。一开始还能忍受，时间一长，许多人就忍受不了了。

忍受不了就要患病。在这种环境下，只要有人患病，就会迅速地蔓延开去。至五月下旬，宋军官兵发烧、拉稀的已逾万人。

赵普再次请求赵匡胤道："皇上，不能再支撑下去了，赶紧撤军吧……不然，后果的确是堪忧啊！"

赵匡胤绷着脸说道："不，朕不撤军！朕的处境困难，刘继元的处境也不会好！"

赵匡胤此言多少有强词夺理之嫌了。除去军队数量之外，刘继元不管在哪个方面的处境都要比赵匡胤好。可是，赵普除了又长叹一声外，也别无良策。

老天爷似乎成心跟赵匡胤过不去。这一年还有一个闰五月。天气依然是那么酷热沉闷，大雨依然是那么连绵不断。至闰五月中旬，宋军中患大小轻重疾病的官兵，几乎占到了总数的一半。随赵匡胤前来观战的朝中大臣，除赵普外，几乎都患了病。

此刻，赵普又想去劝说赵匡胤撤军。可没想到的是，赵匡胤这回却主动地把赵普和曹彬等人召到了自己的大帐中。赵普看见，皇上的大帐里也在滴滴答答地漏着雨水。赵匡胤低声问道："你们说，这仗还能不能打下去了？"

因为赵匡胤没有具体问谁，所以赵普和曹彬等人就都没有开口。实际上，赵普很想开口，但因为劝过赵匡胤两次，赵匡胤都不采纳，所以赵普就故意保持沉默。

却见赵匡胤朝着赵普一瞪眼道："赵普，朕问你呢，这仗现在还能不能打下去了？"

赵普这才"哦"了一声，说道："皇上，臣本愚钝，不敢妄言……臣想听听曹彬曹大人的高见！"

赵匡胤心中很是不快。赵普这样作答，明显的是对他赵匡胤有意见。好在赵匡胤也知道，现在不是生气的时候，所以，赵匡胤就咽下去一口唾沫，转向曹彬说道："曹爱卿，宰相想听听你的高见呢！"

曹彬早就知道赵普曾经劝过皇上撤军之事。同时他还知道，皇上已有撤军之意，只是不便明说，而赵普正是想借他曹彬的嘴来给皇上下令撤军铺下个台阶。所以，曹彬就实话实说道："皇上，依臣微见，这仗不能再打下去了，且臣以为，早一点撤军，就少一点损失……"

说完，曹彬暗暗地注视着皇上，却见赵匡胤转问赵普道："宰相，你以为曹爱卿所言如何啊？"

赵匡胤这是在明知故问。赵普回答得也很得体："禀皇上，臣以为曹大人所言十分地精当！"

"那好吧！"赵匡胤忙道，"就依曹爱卿所言。待大雨一停，就立刻班师回朝！"

赵匡胤终于做出了撤军的决定。只不过，这决定的产生似乎来源于曹彬的建议而与赵普无直接关系。在这种时候，赵匡胤还暗暗地与赵普较劲儿，也着实耐人寻味。

说来也有些奇怪，赵匡胤刚一做出撤军的决定，绵绵的大雨就渐渐地停了。以至于赵匡胤都有些纳闷起来：如果我早一点决定撤军，那大雨是不是早就停了？

虽然已经决定撤军，但也得有条不紊地进行。伤兵很多，患病者更多，还有那么多的军需粮草。所以，赵匡胤就令李继勋和党进带伤病者及军需粮草先行南下，又命赵赞率一支部队将太原以南的一万多户北汉百姓强行迁至河南、山东等地，以此来削弱北汉的实力。而赵匡胤自己则与赵普、曹彬等人一道领一支万余人的宋军殿后掩护。

曹彬本是劝赵匡胤随李继勋和党进一同先行南归的，赵匡胤却道："大宋官兵为朕抛头颅、洒热血，最终却无功而返，朕如何还能先行南撤？朕虽然不能与他们一般浴血疆场，但总可以同你一起为他们断后吧？"

不难听出，赵匡胤对此次北伐多少有了些悔意。曹彬无奈，只好又去劝赵普与李继勋等人先走。赵普勃然作色道："曹大人，皇上断后，赵普若先走，此为不忠。赵普与曹大人本是兄弟，如果赵普弃曹大人而先行南下，此乃不义。曹大人又何必陷赵普于不忠不义之地？"

这样一来，曹彬就只好与皇上和宰相同行了。没想到，赵匡胤和赵普差点被北汉军队捉了去。

那是一个还算晴朗的日子，赵匡胤、赵普和曹彬率万余宋军开始从太原南郊撤退了。虽无雨也无风，但因为道路太过泥泞，行走实在不便，所以，赵匡胤等人紧走慢走了一整天，也只不过走了五十多里。

天黑的时候，殿后的宋军走到了汾河东岸一个叫小店的村庄（今山西太原以南约五十里处）。虽然一天没跑多少路，但宋军却也是人困马乏。赵匡胤对曹彬吩咐道："官兵们也都累了，就在此地歇息一宿吧！"

小店村虽小，但因为村里的百姓都叫先行的宋军带走了，所以村庄就很空。

赵匡胤和赵普是在一间小屋里休息的。小屋里有两张旧床，赵匡胤躺在一张比较大的床上，赵普则躺在一张比较小的床上。屋里很闷热，蚊虫还不识趣地扰个不停。曹彬本想叫几个士兵来为皇上和宰相驱赶蚊虫，却被赵匡胤一口拒绝了。

虽然很疲倦，但赵匡胤和赵普却谁也睡不着，但仿佛又都心照不宣，谁也没有提及北伐之事，谁也没有多说话。

在子时之前，赵普对赵匡胤说道："在如此恶劣的环境中休息，真是太委屈皇上了！"

赵匡胤接道："委屈了朕，也委屈了你赵大人！"

说完了之后，俩人就又不约而同地缄默不言了。

子时刚过，赵匡胤和赵普听见小屋外有人高声叫道："敌人打过来了！"

赵匡胤和赵普几乎同时爬起了身，跳到了地上。赵匡胤跳下地的时候，手里拿着一把剑，而赵普没有剑，只能空着双手。

赵匡胤长剑一舞道："刘继元真是欺人太甚！"

赵普双手一挥道："是可忍孰不可忍！"

这时，曹彬一头撞进了小屋。赵匡胤忙问："偷袭的敌人有多少人？"

曹彬气喘吁吁地回道："具体数目不知……臣闻听有敌人来袭，便忙着跑来护驾。"

赵匡胤急道："曹彬，现在不是护驾的时候，你快去组织兵马把他们击退！"

赵普也道："是啊，曹大人，只要你把他们击退，皇上也就安全了！"

曹彬不敢怠慢，急急地对身后的一个手下叮嘱了几声就甩开两腿跑了。很快，赵匡胤和赵普的身边就围上来一大群宋兵宋将。

赵匡胤冲着那群宋兵宋将问道："你们都站在这里干什么？"

赵普接过话茬儿："他们自然是来保护皇上！"

赵匡胤两眼一瞪道："朕不用你们保护！你们都去杀敌！朕也要去杀敌！"

虽然赵匡胤的话说得明明白白，但那群宋兵宋将却不敢轻易离开。赵普冲着他们大吼一声道："难道你们想抗旨吗？"

赵普这一吼，那群宋兵宋将立刻就没了踪影，小屋内就又剩下赵匡胤和赵普二人了。赵普刚要开口说话，赵匡胤抢先说道："走，赵普，跟朕去杀敌！"接着又道："朕许久未亲自杀敌了，今夜朕要大开杀戒！"

赵普便跟着赵匡胤来到了屋外。屋外的光线虽很黯淡，却也能看见到处都有人马在奔跑、到处都有人马在交战，只是那些奔跑和交战的人的面目，赵匡胤和赵普看不甚清。

赵匡胤有些犯难道："赵普，这场面乱哄哄的，连敌我都难以分清，叫朕又如何杀敌？"

赵普回道："依臣看来，皇上不必亲自杀敌，皇上只需在此观战也就是了！"

"不行！"赵匡胤气宇轩昂地道，"大宋军队正在浴血奋战，朕这个大宋皇上又岂能在一边冷眼观瞧？"

赵匡胤刚说完，就听不远处有一人高叫道："弟兄们，快过来！赵匡胤就在这里！"

随着叫声，数十匹快马一起朝着赵匡胤和赵普驰来。但马上，斜刺里又冲过来数十骑，截住了那些北汉官兵。两军一百多人，就在赵匡胤和赵普的眼前杀成了一团。

赵普急急地道："皇上，这股敌人来势凶猛，宋军恐抵挡不住……"

赵匡胤问道："你这是何意？"

赵普回道："臣的意思是，三十六计走为上……"

"什么？"赵匡胤腰板一挺，"朕乃堂堂的大宋皇上，如何能临阵脱逃？"

赵匡胤正说着呢，却听赵普大叫一声道："皇上，敌人冲过来了！"

果然，一名北汉骑兵冲破了宋军的拦截，不顾一切地朝着赵匡胤的方向扑来。赵普赶紧说道："皇上，你快进屋躲一躲……"

赵匡胤却道："你且退后，待朕迎敌！"

说话间，那名北汉骑兵就冲到了近前，他手中高举的长剑在夜色中闪闪发光。

见面前直直地站有两个人，这北汉骑兵就那么高举着长剑喝问道："快说，你们当中谁是赵匡胤？"

只见赵普"啊呀"一声怪叫，掉头就向小屋里钻。那北汉骑兵以为赵普是赵匡胤了，双腿一夹马肚就要追赶。赵匡胤自然不会放弃这个机会，右脚向前一踏，右手的长剑顺势向上一递，便把那北汉骑兵挑落在了马下。

赵普折回到赵匡胤的身边道："皇上，适才真是好险啊！"

赵匡胤气呼呼地说道："赵普，朕叫你退后，你却偏偏碍手碍脚地站在朕的身边，朕心中既想着保护你，又如何能放开手脚杀敌？"

"皇上，"赵普也有点不高兴了，"刚才若不是臣故意引开敌人的注意力，你又岂能一招得手啊？"

赵匡胤"哼"了一声道："若不是担心于你，这敌人尚未冲将过来，朕便将他斩落马下了！"

赵普颇为委屈地道："皇上啊，臣先前冒死引敌以救皇上，你怎么一点也不领臣的情啊？"

"领什么情？"赵匡胤似乎也很委屈，"若不是你在身边，朕能等他冲到面前还一动不动？"

"好，好！"赵普弯腰把那北汉骑兵的长剑捡了起来，"皇上，臣现在有武器了，可以自己保护自己了……"

说着话，赵普还一步一步地向前迈去，只是样子有些滑稽：他的剑不是提在手中，而是扛在肩上。

赵匡胤不禁问道："赵普，你要去往何处？"

赵普头也不回地说道："臣要去奋勇杀敌！"

赵匡胤哑然失笑道："赵普，快回来吧！你手无缚鸡之力，又焉能临阵杀敌？"

赵普却道："臣如果战死阵前，皇上岂不是少了一桩牵挂？"

看来，赵普像是真的生气了。赵匡胤连忙道："赵爱卿，朕只是叫你退后躲藏，并未让你上前送死啊！"

说着，赵匡胤就要抢上前去把赵普拽回来。谁知，赵匡胤刚一挪动脚步，那赵普就"哇呀"一声大叫地掉头向回跑，且一边跑还一边高声喊道："皇上，快躲啊！敌人又冲过来了！"

只见赵普的身后，十几匹快马如风如火地驰来。赵匡胤却笑道："赵普，不用跑了，那不是敌人！"

可不是吗？十几匹快马上的人纷纷跳下地，向着赵匡胤问安。赵普气喘吁吁地道："臣眼睛不好，看不真切……"

赵匡胤正要调侃赵普几句，忽地，一宋兵高叫道："敌人打过来了！"

这回真的是北汉军冲过来了，足足有一百多骑。一宋兵头目赶紧对赵匡胤和赵普说道："请皇上和赵大人速速躲避，小人等誓死将这些拦住！"

赵匡胤催促道："尔等休得啰唆，快去杀敌！"

赵普也胸脯一挺道："有赵某在此，皇上自会无恙！"

十几个宋军骑兵不敢再耽搁，一起呐喊着向着敌人冲了过去。赵普急忙碰碰赵匡胤的胳膊道："皇上，快走啊！"

赵匡胤问道："哪里去？"

赵普回道："臣发现东边有一个小山包，山包上树木林立，正好可以藏身！"

赵匡胤不悦道："赵普啊，你怎么又想着要做逃兵？"

赵普急急地说道："皇上啊，非臣想做逃兵，实乃迫不得已！这些敌人人多势众，那十几个宋兵实难抵挡，待敌人包围过来，皇上与臣恐遭不测！臣死实不足惜，可皇上乃大宋之天，天若坍塌，大宋安在？更何况，皇上若有不测，那一统天下之大任，又将交由谁来完成？"

赵匡胤一时默然，但仍无逃避之意。赵普"扑通"一声跪倒在地，且将手中的长剑搁在颈间道："皇上若不听臣之言，臣愿即刻死在皇上面前！"

赵匡胤有些慌了："好了赵普，别拿死来吓唬朕，朕听你的话不就行了吗？"

就这么着，赵匡胤和赵普肩并肩地朝着小店村东边的那座小山包跑去。赵匡胤一边跑一边还低声道："赵普，你劝朕躲避，实出于忠心，然忠心之外，也可看出你的胆小！"

赵普突然打住脚："皇上若认为臣胆小，臣这就回去杀敌！"

赵匡胤拉了赵普一把道："快走吧！朕岂能眼睁睁地看着大宋宰相死于敌人之手？"

赵普也拉了赵匡胤一把道："皇上，快跑！敌人追过来了！"

其实赵普是瞎说的。可实际上，确有十几名北汉官兵冲了过来。他们先是在赵匡胤和赵普睡觉的小屋里里外外地搜索了一遍，然后才向东边驰来。而这当口，赵匡胤和赵普已经跑到了那座小山包的跟前。

小山包自然不大，但树木却长得很茂盛。赵普轻声说道："请皇上拽住臣的衣襟，臣往哪里钻，皇上就往哪里钻。"

"你这是何意？"赵匡胤似乎不明白，"你是怕朕钻迷了路？"

赵普解释道："皇上乃聪明绝顶之人，自然是不会迷路的，臣是怕树林里的荆棘针刺会毁了皇上的龙颜！有臣在前面挡着，龙颜就不会有损了！"

赵普的解释虽不无嘲弄之意，但赵匡胤听了却也暖暖和和的。于是赵匡胤就凑在赵普的耳边道："事已至此，朕由你摆布也就是了！"

赵普不再说话，缩着头，猫着腰，一步一步地朝树林里钻去。赵匡胤则紧紧地贴在赵普的身后，亦步亦趋地钻进了树林。

钻了一会儿，赵普转身道："皇上，可以了。敌人不敢钻这么深的。"

赵匡胤低声笑道："此时此地，你说话算，朕说话不算！"

倏地，林外传来一声马嘶。赵匡胤和赵普赶紧敛声屏气。就听林外有人问道："赵匡胤会不会钻进这树林里去了？"

一人答道："我们下马搜一搜吧！"

赵匡胤连忙将剑提起，赵普也把剑横在了胸前。可足足有半个时辰之后，也没有什么北汉兵搜过来。

赵匡胤轻声说道："看模样，敌人可能是离开了……"

赵普连忙道："皇上不可大意！臣以为，待天亮再出林子也不迟。"

"那好吧，"赵匡胤动了动身子，"朕正好可以在此睡上一觉！"

然而，树林里的蚊虫比那小屋里的蚊虫更多，甭说睡觉了，连坐也难坐得安稳。赵匡胤"唉"了一声道："那刘继元欺朕太甚，这蚊虫也跟朕过不去，真是'屋漏偏遇连夜雨、船破又遭顶头风'啊！"

赵普跟着说道："臣以为，屋漏也好，船破也罢，总是有原因的……"

赵匡胤哼哼唧唧地说道："赵普，你别在那原因不原因的！这儿蚊虫再多，朕也挺得住！"

"那是，那是，"赵普的语调听起来很认真，"皇上乃天之子，小小蚊虫岂能奈天子何？"

赵匡胤硬是强忍着才没有开口。见赵匡胤不开口，赵普也闭了嘴。一直到天亮，二人才互相开口说话。此时，天空突然下起了大雨，而且还风雨交加，并夹杂着电闪雷鸣。赵匡胤急道："赵普，回小屋里避避雨吧！"

赵普摇头道："不行，皇上，说不定那小屋里躲着敌人！"

赵普所言不是没有可能。然而，总不能就这么待在树林里任大雨浇泼吧？虽然树叶十分茂密，但在大风吹刮之下，树叶也并不能遮去多少雨滴。更何况，电闪雷鸣之下，也着实有些怕人。

突地，赵普惊喜地道："皇上，你看，那儿有一个洞！"

其实那是一个小炭窑，因为废弃好多年了，周围都长满了杂草和小树。乍看上去，它的确像是一个小山洞。

赵匡胤和赵普也顾不得其他了，一前一后地钻进了窑洞。还真不错，窑洞顶上被掩得严严实实的，风吹不到，雨打不着，蚊虫也骤然不见了踪影。

赵普一边伸着懒腰一边说道："皇上，你真乃大吉之人啊！昨晚敌人追赶有这片小树林掩护，现在刮风下雨了又突然出现了这么一个窑洞。若不是皇上在此，微臣恐就没有这逢凶化吉的福分了！"

赵普的语调听来很有些阴阳怪气，气得赵匡胤真想冲着赵普发作一顿，但最终却只是翻了翻眼皮，没有吭声。

赵普又道："皇上，微臣想起一件正经事来！"

赵匡胤没好气地说道："你还能想起什么正经事？"

赵普凑到赵匡胤的跟前道："臣在想，那曹彬曹大人现在何处？为何迟迟不来救驾？"

赵普此言倒也正经，于是赵匡胤就看着洞外的风雨道："昨夜敌人突然偷袭，将士们定然猝不及防……但朕以为，曹大人现在正和敌人交战，且最终一定能将敌人击溃！"

"皇上所言极是！"赵普点头道，"臣对曹大人也充满了信心！只不过在敌人的突袭之下，将士们的损失必然很大！"

赵匡胤没作声，只定定地看着洞外。赵普暗自叹息一声，也慢慢地把目光融入洞外的风雨之中。窑洞内便渐渐地归于默然了。

一眼看上去，赵匡胤、赵普都倚着洞壁在休息。这也难怪，一夜未睡，又紧张得不得了，自然十分困倦。而实际上呢，无论是赵匡胤还是赵普，都没有什么好心绪沉入梦乡。

不知过了多长时间，赵匡胤和赵普相继睁开了眼。赵普轻声问道："皇上可是肚中饥饿？"

赵匡胤默默地点了点头。赵普说道："请皇上稍候，臣去去就来！"

说完，赵普就一头钻出了洞外。洞外依然是风雨交加，只是少了电闪雷鸣。风摇动着树枝，雨拍打着树叶，也确有一番诗情画意。

一会儿，赵普回来了，从头到脚都淌着雨水。他的手里提着一个包裹，里面装得鼓鼓囊囊的。

赵普把包裹打开，里面装着好几十个青色的野果子。

赵匡胤连忙拿起一个野果子，问道："赵普，此为何物？可能充饥？"

赵普回道："禀皇上，此物为何物，臣也不知。臣只知道，此物有点甜，还有点酸，不仅能充饥，还能提精神！"

赵匡胤把野果子放到鼻下嗅了嗅："赵普，你如何会知道此处有此物？"

赵普答道："臣居滁州的时候，经常上山走动，因而知道山林之中在此季节会有此物。适才臣出洞寻找，还真的让臣找着了！"

"哦，"赵匡胤吁了一口气，"原来如此！"

赵普看着赵匡胤说道："臣请皇上用膳！"

赵匡胤也看着赵普说道："请爱卿陪朕一同用膳！"

跟着，两人一起大笑起来。笑过之后，两人便不再客气，大口大口地吃起来。赵普一边吃一边还含混不清地说道："皇上，臣觉得，这果子的味道比臣过去吃的时候可口多了！"

"岂止是可口多了？"赵匡胤也含含糊糊地说道，"在朕看来，此果是天底下最美味、最可口的东西！"

连吃了十多个果子，两人便觉得有大半饱了，不但吃的速度明显地放慢了，彼此说话也能听得更真切了。赵匡胤说道："爱卿啊，吃着你采来的果子，朕不禁想起在滁州初遇你的往事来……"

"皇上，"赵普连忙道，"臣以为，往事就不必回首了吧？"

"如何能不回首？"赵匡胤的神情十分认真，"那往事的点点滴滴，皆珍藏于朕的心间。朕记得，那个时候，全军上下，包括朕在内，都称爱卿你为'先生'……"

"是啊，"赵普也自觉不自觉地沉入了过去，"微臣记得，就连驾崩的太后，那个时候也称微臣为'先生'！"

"太后驾崩之前，"赵匡胤深深地望着赵普，"嘱咐朕一定要听从你赵先生的话，当时光义也在场……现在想来，恰如太后所言，若没有你赵先生就没有朕的今天啊！"

"皇上言重了！"赵普拿起一个果子递到赵匡胤手中，"微臣何德何能？微臣只不过是尽心尽力罢了！"

赵匡胤也拿过一个果子送到赵普手中："爱卿啊，即便是放眼天下，能像你这般尽心尽力者，又有几人？"

君臣二人相视一笑。是啊，在赵匡胤登基前后的那些年月里，他与赵普之间的关系是何等融洽啊！正因为如此，在接下来的一两个时辰里，赵匡胤和赵普就你一言我一语地诉说起往事来，一直诉说到"陈桥兵变"。赵匡胤正要接着往下说的时候，忽然传来一阵响亮的呼喊声："皇上！赵大人！你们在这里吗？"

这呼喊声起码出自数百人之口，且非常地整齐。赵匡胤和赵普这才从往事中回过神来。他们愕然发现，雨早已停了，风也早已停了。而且，青翠欲滴的树林里还有阳光在闪耀。

赵匡胤一边往洞外钻一边说道："不知不觉的，天竟然晴朗了！"

赵普说道："臣听出，刚才那阵叫喊声中，有曹大人的声音！"

赵匡胤异常惊讶道："爱卿，你的听觉有如此灵敏？"

赵普舒展了一下腰身，然后伸长脖颈叫道："曹大人！皇上在此，还不快快过来护驾？"

赵普的叫声还未停止，从旁边的林木里就钻出十多个宋兵宋将来，领头的一人正是曹彬。

曹彬与身边的宋兵宋将一起跪在了赵匡胤和赵普的面前。曹彬诚惶诚恐地说道："微臣无能，微臣该死，让皇上和赵大人如此受惊受苦！"

赵匡胤轻轻地道："曹彬，朕且问你：前来偷袭的敌人是否已被彻底击溃？"

曹彬回道："前来偷袭的八千敌人，除匪首刘继业及数十人脱逃外，其余皆被微臣歼灭！只是，微臣所部也损失惨重，官兵只剩千余人……"

赵匡胤连忙扶起曹彬道："爱卿，你可是立了大功啦！于仓促之间能将偷袭的八千敌人彻底击溃，除了曹爱卿你之外，谁还有此本领？"

赵普接道："曹大人，我估计现在已近黄昏了。趁现在天晴不雨，赶紧护卫皇上南下吧！不然，若有敌人再来袭击，曹大人恐就难有回天之力了！"

"宰相大人说得是！"曹彬说道，"下官这就护卫皇上南下。不过，早在昨天夜里，下官就已经派人先行南下去搬救兵了……"

赵普哈哈大笑道："难怪皇上会如此看重曹大人，曹大人行事果然仔细啊！"

在赵普爽朗的大笑声中，曹彬领着千余人的军队护卫赵匡胤还朝了。一路上，既没有什么北汉军再来袭扰，也没再遭受多少风雨之苦，还朝的路程十分顺利。可是，赵匡胤却锁起了眉头，很少说话。

赵普当然知道赵匡胤为何会如此，只是没有询问。赵普以为，即使自己不询问，皇上也会主动说出来的。

果然，踏入河南地界后，赵匡胤问赵普道："爱卿啊，如果朕回京之后就着手南征之事，你看需要多长时间来做准备？"

赵普略略思忖道："臣以为，至少得一年时间！"

"是啊！"赵匡胤重重地点了点头，"没有一年时间，朕恐怕无力南征啊！"

赵匡胤此话何意？赵普自然明白。赵匡胤虽然没有明说，但实际上，赵匡胤是等于当着赵普的面承认了自己此番北伐是错误的。换句话说，赵匡胤已经在委婉地向赵普认错了。既如此，赵普还能说什么呢？

【第十二回】

文考场辛氏压众，武战阵马林显才

开宝三年（公元970年）正月，大宋各州依旨选出的人才陆续抵达汴梁，人才数以千计。一时间，大宋都城之内，真可谓是人才济济了。

赵普奉旨将数以千计的人才大致分为文武两类。文才集中在东城，武才集中在西城。然后，赵普入宫恭请赵匡胤面试。

赵匡胤是先去西城对那些武才子们进行面试的。他对赵普说道："不久即要南征，如果能从中选出一些将才来，岂不是朕的莫大惊喜？"

听得出，北伐失利之后，赵匡胤便对南征之事念念不忘了。不然，他就很有可能先去东城而不是先去西城。所以，赵普说道："皇上所言极是。大军南征之时，自然是将才越多越好。而且臣以为，皇上此次面试，肯定不会失望！"

果然，由各州选出的数百名武才子个个优秀。这也难怪，每个州官都是抱着宁缺毋滥的态度来推举人才的，谁也不敢把一个稀松平常的人送到京城来让皇上选拔。

赵匡胤的面试内容只有两项：骑射功夫和格斗本领。数百名武才子先进行骑射功夫的比赛，然后再进行格斗本领的较量。骑射功夫主要指的是骑在马上射箭，格斗本领则主要指的是徒手散打。

赵匡胤规定：无论是骑射还是格斗，只要能进入前三十名者，一律选入禁军为官，而进入前三名者，则直接由皇上授予将军衔。赵匡胤还规定：未能进入前三十名的，全部充入禁军为卒。旨令一下，那数百名武才子便个个使出浑身解数，力争打入前三十名甚或前三名。

骑射功夫的比赛相对来说比较文明。十人一组骑在马上射靶，谁射中靶心的次数多谁就是胜出者。而格斗本领的较量就多少有些残忍了：两人一组进行厮杀，胜出者再与另一组胜出者进行厮杀，直到厮杀出一个最终胜利者。而待最终胜利者产生的时候，选手们大半都已鼻青脸肿、伤痕累累。其中有数名选手因伤势过重不治而死。

这数百名武才子个个都有一身过人的本领。所以，赵匡胤就一边聚精会神地观看比赛，一边在心中默默地想道：如果朕的军队都是由这样一些人组成，那太原城又何愁不破？

从上午到中午，经过大半天的时间，骑射比赛结束。拔得头筹者是一个叫马林的人。马林不仅箭术精湛，且力道奇大，有一支箭竟然将靶心射穿，看得赵匡胤不禁鼓掌叫起"好"来。赵匡胤还对赵普说道："朕自恃箭术颇有成就，可现在看来，朕不如马林呀！"

骑射比赛结束后，赵匡胤和赵普等朝中大臣与选手们在一起吃了饭。只休息了不到半个时辰，格斗比赛就开始了。至黄昏时分，格斗比赛结束。令赵匡胤异常高兴的是：格斗比赛的最终胜出者，居然也是马林。

赵匡胤乐呵呵地对赵普说道："爱卿，你看清楚了吗？这马林连战七八场，竟然毫无颓相，当真是有一身过硬的本领啊！朕以为，就徒手格斗而言，恐大宋将军无人能敌马林！"

"皇上说得是，"赵普说道，"诚如皇上所言，这马林的手脚功夫，的确非同一般。只要稍加雕琢，他必能成为一员猛将。只不过，凡是与马林交手之人，皆为马林所伤，其中有两人还被马林打断了肋骨！更主要的，臣觉得马林在击伤对手的时候，双眼中冒出一股骇人的凶光！这凶光在臣看来，便是冷酷、无情和残忍……"

"爱卿观察得的确仔细！"赵匡胤点了点头，"朕也觉得，这马林着实有些残忍。但朕同时又以为，马林年轻气盛，又是当着朕与尔等的面进行较量，所以出手有些凶狠、行为有些霸道，似乎也在情理之中。"

赵普动了动双唇，但没说出话来。这时，赵匡胤吩咐道："叫那马林过来见朕！"

马林小跑过来，伏地给赵匡胤磕头。激战了半日，马林此时也只是微微有些气喘而已。连赵普也不禁在心中赞道：真乃一条好汉也！

赵匡胤问马林道："你箭术很精湛，朕看了不觉有些手痒，便想与你比试一番，如何？"

马林慌忙道："小民……如何敢与皇上比试箭术？"

赵匡胤说道："马林，你听清楚了，你现在已经不是什么小民了，你现在是大宋禁军中的一名将领了！朕与大宋的一名将军切磋武艺，又有何不可？"

马林倒也爽快："微臣请皇上赐教！"

"好！"赵匡胤直起身来，"牵马取箭！"

赵匡胤翻身上马，并命人在百步之外的一张台子上，等距离地放上三个鸡蛋。

在众目睽睽之下，赵匡胤一击马屁股，马便围绕着那张台子转起来。待马跑得越来越快的当口，赵匡胤摘弓搭箭，就听"嗖，嗖，嗖"三声，那三个鸡蛋被射得粉碎。

众人山呼"万岁"起来。赵普凑到赵匡胤的面前道："皇上威风不减当年，真乃神箭啊！"

赵匡胤喜滋滋地说道："双手未免有些生疏了，但适才侥幸得中！"

赵普将弓箭交到马林的手中道："马将军，该你表演了！"

马林赶紧冲着赵普鞠躬，一颗硕大的头颅几乎触到了双膝。赵普说道："马将军不必多礼！赵某想提醒你的是，皇上已将三枚鸡蛋射中，你若想讨得皇上欢心，那仅仅做到箭无虚发是不够的，你必须拿出惊世绝技来！不然，你不如主动地去向皇上认输！"

马林连忙说道："小人多谢大人教诲！"

马林从从容容地上了马。赵匡胤问赵普道："你适才与那马林嘀咕些什么？"

赵普回道："臣叫那马林一定要胜过皇上，马林答应了！"

赵匡胤双眉一扬道："爱卿，朕三箭三中，马林还如何胜过朕？至多平手耳！"

"臣以为未必！"赵普说道，"马林虽有些残忍，但一身功夫，还是不错的！"

赵匡胤不相信。也甭说赵匡胤了，当时在场的人，恐没有谁会相信赵普的话。因为有一个问题很明显：马林如何才能胜过皇上？

但结果是，马林真的胜过了赵匡胤。赵匡胤是三弓三箭才将三枚鸡蛋射碎的，而马林却只用了一箭便将那三枚鸡蛋同时击碎。

不知是看得呆了，还是因为有赵匡胤在场，马林露出了这手绝技之后，众人都哑口无声。显然，马林的箭术比赵匡胤更胜一筹。

赵匡胤也不觉呆住了，随即鼓起掌来，而且还高声地叫"好"。

赵匡胤对着赵普叹道："爱卿啊，你适才说朕乃是神箭，可现在看来，这神箭的名号理应戴在马林的头上！"

赵普却道："臣以为，皇上是当之无愧的神箭，而马林则是名副其实的箭神！"

"妙！"赵匡胤高兴得一击掌，"爱卿说话，总是这么精妙！"

见马林早已垂首哈腰地站在了自己面前，赵匡胤柔声说道："马爱卿，抬起头来，朕有话问你。爱卿的箭术和徒手格斗的本领，朕已了然于胸，但不知爱卿在刀剑上可有几分造诣？"

马林忙道："回皇上的话，微臣自幼便在山中随一僧人学武……微臣不敢在皇上的面前说大话，但十八般兵器，微臣都略知一二……"

赵匡胤立即高叫道："来啊！把十八般兵器都搬来，让马爱卿尽情地施展一番！"

赵普在一边低声说道："皇上，天就要黑了，你还要到东城去面试……依臣之见，叫马林日后再为皇上演练十八般兵器也不迟……"

"不！"赵匡胤肯定地道，"待朕看完马林演练之后再去东城！爱卿放心，朕一点都不累！"

赵普无奈了，只得陪着赵匡胤一同观看。那马林也真是好生了得，十八般兵器几乎样样都称得上是精通。只见他，忽而马上，忽而马下，忽而大刀，忽而长剑……围观的人一个个看得目瞪口呆又目眩神摇。尤其是天黑了之后，马林手中的兵器发出一阵阵骇人的寒光，当真有一种惊心动魄的效果。

赵普不禁喟然说道："皇上，在臣看来，即使那石守信、王审琦和高怀德等人在此，怕也只能自叹弗如啊！"

赵匡胤也兴奋地道："赵普，朕今日才算是真正地明白，什么叫作'千军易得，一将难求'！"

赵普建议道："皇上，马林也太累了，该让他去好好地歇息了！"

"好！"赵匡胤冲着马林叫道，"爱卿暂在禁军中任职，朕日后定会对你委以重任！"说完，赵匡胤便带着无比兴奋的心情在赵普等人的簇拥下往东城而去了。

聚集在东城一带的那数百名由各州推举出来的文才子们，从一大清早就开始恭候皇上来面试了。现在，天早已黑透了，皇上也终于驾临了，这数百名文才子便一个个地都立即打起了精神。

赵匡胤面试文才子的办法比较简单：出一道作文题，命文才子们在一个时辰内当着皇上及朝廷大臣的面写就一篇文章。

赵匡胤规定：文章在前十名者，直接入朝为官；在前十名以下、五十名以上者，由朝廷派往各州县为官；五十名以下者，均返回原籍好好地念书，准备参加今年的科考。赵匡胤还规定：凡返回原籍而又未参加今年科考者，将依律惩处。

然而，赵匡胤抵达东城后，并没有马上就进行面试。原来，不仅他赵匡胤没有吃晚饭，那些文才子们也大半没有吃晚饭，甚至有的文才子因为整日都在翘首以盼皇上的到来，连中午饭都没有吃。

赵匡胤对一个太监说道："吩咐下去，着有司快快备下饭菜，朕要与那些才子们共进晚餐。晚餐过后，立即面试！"

但赵匡胤最终却未能亲自面试。因为有一个文才子要求单独见驾，说是有很重要的事情要告诉皇上。赵匡胤答应了。

赵普本想回避的，但赵匡胤说道："你在此无妨！"于是赵普就傍在赵匡胤的身边共同接见那个文才子。

那个文才子是一个小老头。令赵普大感诧异，那小老头见了赵匡胤之后，只是微微地弯了一下腰，然后就直直地盯着赵匡胤的脸。

赵普厉声喝道："你乃何人？见了当今圣上为何立而不跪？"

小老头瞥了赵普一眼，接着慢慢悠悠地问赵匡胤道："不知皇上可还认识我小老儿？"

赵匡胤朝前凑了凑道："朕只是觉得你十分面熟，却又想不起究竟在哪儿见过……"

小老头缓缓地摇了摇头道："皇上真是健忘啊！小老儿乃辛文悦是也！"

就听赵匡胤"啊呀"一声大叫，跟着就纵到了小老头的面前，双手一下子攀住小老头的双肩，唏嘘地说道："原来是辛师傅从天而降……朕适才也太过失礼了，还望辛师傅不要见怪才是啊！"

赵匡胤曾不止一次地对赵普谈起过辛文悦。可不知为什么，见赵匡胤和辛文悦这种拉拉扯扯的亲热劲儿，赵普感到厌恶，更觉得不快。所以，赵普就异常响亮地清了一下嗓子，说道："皇上与这位辛师傅久别重逢，固然可喜可贺，但臣以为，皇上与辛师傅勾肩搭背，也着实有违礼数！"

赵匡胤"哎"了一声，说道："爱卿所言差矣！这位辛师傅不是外人，乃朕的恩师，既如此，也就无须讲甚礼数了！"

赵普却盯着辛文悦说道："辛师傅的大名，赵某早有所闻，如雷贯耳！只不过，赵某想提醒辛师傅的是，皇上如此待你，是皇上大仁大义的表现，而你乃是读书人，本当明白君君臣臣的道理，可是你见了皇上立而不跪于先，又与皇上拉拉扯扯在后，敢问辛师傅，你这般行为还成何体统？"

赵普的声音虽不大，但极具震慑力，竟然把辛文悦给问愣了。赵匡胤见状连忙对赵普道："爱卿休得再多言！朕要带辛师傅入宫大醉一场，这里面试之事，就由爱卿代朕全权处理了！"

虽然对皇上带着辛文悦径直离去颇为不快，但赵普对面试之事也不敢稍有马虎。不管怎么说，此次面试，终归是在为朝廷选拔人才。待面试完毕，将数百篇文章收拢封好，已是午夜以后了。

赵普对应试者说道："十天之后，尔等的名次便可排列出来。现在，你们都回去休息吧！"应试者都散去了，监考的各位大臣也回府歇息了，但赵普还在忙碌着。他不是忙碌着阅览文章，而是忙碌着找有关人员打听辛文悦的情况。待忙碌结束之后，已经是第二天的凌晨了。

赵普依然没有休息，他又急急忙忙地走进了开封府。巧的是，已经离京十数天的赵光义昨晚上回来了。于是赵普就如此这般地对赵光义说了一通，赵光义保证道："赵兄放心，如果皇上果如赵兄所言，那兄弟一定力劝皇上！"

原来，赵普有一种预感，赵匡胤肯定想让那辛文悦留在朝中为官。而赵普却想抵制皇上的这种行为，但又怕自己一人的力量过于单薄，所以就跑来联络赵光义一起反对皇上。果然，赵普正要离开开封府的时候，一个太监匆匆忙忙地跑来传旨：着赵普立即入宫见驾商讨国事。

赵普笑着对赵光义说道："如果赵某所料不差，皇上这国事定是指的那辛文悦入朝为官一事！"赵光义说道："兄弟陪赵兄一同入宫。"

于是赵普和赵光义就一同离开了开封府。入得宫来，见了赵匡胤，赵光义率先说道："臣弟昨夜归京，特来禀告皇上知道。"

赵匡胤笑容满面地道："光义来得正好！朕欲与赵普所谈之事，光义你也可发表意见。"

接着，赵匡胤问了赵普昨晚面试之事，赵普如实作答。赵匡胤看着赵普通红的双眼道："爱卿昨晚太过辛苦了！所收文章，当仍由爱卿全权定夺。爱卿办事，朕总是放心的！"

赵光义说道："闻听皇上昨夜喜逢早年师傅，臣弟这里给皇上道贺了！"

赵匡胤哈哈大笑道："光义，你的消息真是灵通啊！朕要与尔等商谈的，正是关于朕的这位师傅的事情！"

赵普和赵光义默然，就听赵匡胤说道："辛师傅虽然是朕早年的恩师，但他在朕的成长道路上，却起到了不可估量的作用。朕常常这样想：如果朕早年没有得遇辛师傅，那朕以后的生活道路又会是什么样？故而，在朕的内心深处，的确是对辛师傅充满了感激之情……"

赵普开口道："皇上如此不忘旧情，着实让臣等万分感动！"

"是啊，是啊，"赵匡胤连连点头，"旧情的确难忘啊！朕此番巧遇恩师，心中是既欣喜又惭愧！从昨晚得见恩师的那一刻起，朕就暗下决心：无论如何，也不能让恩师再继续漂泊下去了！恩师给了朕一条成长的道路，那朕就应该还恩师一生的荣华富贵！"

赵匡胤说得一往情深。停顿了一下，他对着赵普问道："朕打算给辛师傅一个官职，爱卿以为如何？"

赵普回道："皇上所言，天经地义！"

接着，赵光义问道："不知皇上准备给那辛师傅一个何等官职？"

赵匡胤沉吟道："朕考虑过了，如果给辛师傅太高的官位，恐朝中上下不服，可如果给辛师傅的官位太低，又实难表达朕对恩师的一片心意。所以，朕斟酌再三，打算让辛师傅在朝中任枢密副使一职！"

赵普和赵光义闻言都不觉一怔。当时的大宋朝廷，最高的权力机构叫作"中书门下"，又称"政事堂""都堂"。中书门下的最高长官为"同中书门下平章事"，也即正宰相。副宰相名为"参知政事"。比中书门下略低一等的权力机构便是"枢密院"——实际上，如果单从权限这一角度来考虑，枢密院与中书门下应该是相并列的两个机构：中书门下管文，号称"东府"，枢密院管武，号称"西府"。此二府分管天下文武大权——枢密院的最高长官称为枢密使或知枢密院事（赵普任宰相前曾任此职），副长官就叫枢密副使或同知枢密院事。很明显，枢密副使当为大宋朝廷中的一个显赫职位，而担任此职的人当然也就是大宋朝廷中的重臣了。

虽然，赵普早就料到赵匡胤会让那辛文悦入朝为官，但却没料到赵匡胤会让辛文悦担任如此重职。赵普如此，赵光义就更感意外。所以，赵匡胤说过之后，赵普和赵光义就怔在那里，半天没作声。

赵匡胤问道："你们这是怎么了？朕打算让辛师傅任枢密副使一职，你们为何不表明态度？"

赵普表态了："皇上，那辛师傅究竟任何职，自然是您说了算。只不过，在皇上做出决定之前，臣有一句话想告诉皇上知道。"

赵匡胤说道："你有何话尽管说。"

赵普说道："臣想告诉皇上的一句话是：那辛师傅是一个品行不端、劣迹斑斑之人！"

赵匡胤惊道："赵普，你何出此言？"

赵普不紧不慢地道："据臣所知，那辛师傅在入京之前，一直过着花天酒地的生活。这还不算，他常常勾结不法官吏恃强凌弱，为非作歹，欺男霸女，无恶不作！"

"赵普！"赵匡胤赶紧道，"你是否有些言过其实了？"

赵普回道："皇上若不信臣之言，可派人详加调查！臣还想告诉皇上一件事：那辛师傅入京总共五日，除昨晚外，其余四日皆留宿在妓馆之中！"

"这，"赵匡胤不禁愕然，"竟有这等事？"

赵普说道："此事不难调查。皇上只需派人到京城的那几家有名的妓馆中去打探一下便可知道究竟！"

"皇上！"赵光义也表态了，"那辛师傅并非正经的读书人，根本就是一个寻花问柳、不务正业之徒！臣弟以为，似这等人，不仅不可担任枢密副使之职，就是在朝中为官也不够格！"

赵普连忙道："臣以为，开封尹大人所言甚是，请皇上三思！"

赵匡胤默然。忽然，他盯着赵光义问道："你对朕说实话，你此番与赵普一同入宫见朕，可是出自赵普的主意？"

赵光义回道："臣弟不敢欺瞒，那辛师傅之事，确是赵普赵大人对臣弟提及；但入宫见皇上一事，确是臣弟自己的主张！"

"是吗？"赵匡胤不相信，目光转向了赵普道："你也对朕说实话，你是不是与光义约好了，一同来反对朕？"

赵普回道："臣如何敢反对皇上？但皇上既然这么说了，臣也不便否认，因为臣即使否认，皇上也不会相信！"

"那好吧，"赵匡胤说道，"既然你和光义双双反对朕，那朕就把辛师傅派往京城之外去做官，这总可以了吧？"

见赵匡胤做出让步了，赵光义问道："但不知皇上准备把辛师傅派往何处任何职？"

赵匡胤脱口而出道："让辛师傅去房州做刺史！"

从"脱口而出"不难看出，赵匡胤也料到了赵普会反对他让辛文悦入朝为官，所以就做好了第二步的打算。赵匡胤心里话：赵普，你这下子总该无话可说了吧？

谁知，赵普还是有话说："皇上，臣以为，那辛师傅不能去房州做刺史！"

赵匡胤大感意外："赵普，你这是何意？你说辛师傅不能在朝为官，朕同意了，可朕让他去房州做刺史，你为何还要反对？你这不是成心与朕过不去吗？"

赵光义也颇为不解地看着赵普。因为他与赵普约好了，只要辛文悦不在朝为臣，做什么官都可以。既如此，赵普为什么又要反对？

就听赵普说道："皇上，并非臣故意跟皇上过不去，而是臣以为，那辛师傅实在不宜去房州做刺史，因为郑王柴宗训就在房州！"

柴宗训即是周世宗柴荣的儿子。赵匡胤建宋后，改恭帝柴宗训为郑王，封在房州。

赵匡胤皱眉道："赵普，柴宗训在房州与辛师傅去房州做刺史有何关系？你这岂不是故意找借口反对朕？"

赵普忙道："皇上误会臣了！臣的意思是，那辛师傅缺德少能，如果去了房州之后与那柴宗训闹出矛盾来，岂不是让皇上很不愉快？"

"赵普，"赵匡胤突然提高了嗓门，"老实告诉你，让朕很不愉快的不是别人，正是你赵普！你刚才说什么？你说那辛师傅缺德少能，这话也是你说的吗？辛师傅是朕的恩师，他缺德少能了，那朕岂不也是如此？赵普，朕且问你，是不是在你的心目中，朕一直是一个缺德少能的皇帝？"

赵普"啊"了一声，说道："皇上，你如何能这般理解臣的话？"

赵光义也赶紧道："皇上，臣弟以为，赵普适才所言，对皇上并无恶意！"

"好了！"赵匡胤大叫了一声，"你们都不要再啰唆了！即使你们串通一气来反对朕，朕也不会改变决定的！"赵普还要说什么，但赵匡胤却径直离开了。

赵光义挪到赵普的跟前道："走吧，出宫吧！再待下去，恐怕皇上会真的以为我等在结党营私与他作对！"

赵普"唉"了一声，说道："光义兄弟，天地良心作证，我赵普并无私心杂念，一切都是在为国事着想啊！"

"我当然知道，"赵光义点了点头，"而且我想，皇上冷静下来之后，也定会明白赵兄的一片忠心的！"

赵普满腹无奈地说道："忠臣难当，自古皆然啊！"

这一年的正月底，辛文悦带着一干随从去房州上任了。辛文悦离京的时候，赵匡胤亲自赶往城门相送，并再三叮嘱辛文悦有空常回京城看看。赵匡胤叮嘱辛文悦的时候，双眼湿润了，几乎要落下泪来。

因为皇上都为辛文悦送行了，所以赶往城外为辛文悦送行的朝中大臣就很多，连赵普也夹杂在送行的人群之中。只不过，赵普来为辛文悦送行，倒不是完全看赵匡胤的面子。赵普一边为辛文悦送行一边这样想：虽然辛文悦最终还是去了房州，但毕竟没能留在朝中。

看起来，赵普是在暗暗地与赵匡胤较劲了。其实，虽然因辛文悦之事使得赵匡胤和赵普之间闹了一点不愉快，但就当时而言，这点不愉快还不足以影响二度北伐失败后赵匡胤和赵普之间所建立起来的那种良好的关系。实际上，赵匡胤对赵普还是十分信任的。

比如，三月中旬的一天傍晚，赵匡胤正在宫中用膳。左边坐着宋皇后，右边坐着花蕊夫人，赵匡胤虽然没有左拥右抱，但也其乐融融、乐在其中。就在这时，太监来报：赵普求见。赵匡胤笑着对宋皇后和花蕊夫人说道："赵普此时入宫，定是来蹭饭吃的！"

然而赵匡胤想错了，因为赵普已经吃过饭了。赵匡胤问赵普道："爱卿，你既已吃过晚饭，此时进宫何干？难道你不知道此时正是朕用膳之时？"

"臣自然知道，"赵普瞟了花蕊夫人一眼，"所以臣现在进宫来了！不然，待皇上用膳完毕休息了，臣就不便也不敢来打扰了！"

实际上，赵匡胤很少吃过晚饭马上就休息的，而对赵普来说，似乎也不存在什么"不敢来打扰"的问题。所以，赵匡胤忙着问道："赵普，发生了什么事？"

赵普又瞟了宋皇后一眼："臣想与皇上单独谈……"

赵匡胤明白了，赵普欲谈之事，定与宋皇后和花蕊夫人有关，不然，赵普是不会要求什么"单独谈"的。果然，待宋皇后和花蕊夫人离去后，赵普说道："臣刚刚接到禀报，说那忠武节度使宋延渥大人在寿春治所大肆营造私邸，且广纳姬妾、强抢民女，惹得民怨沸腾，影响极坏！"

听了赵普之言，赵匡胤不觉一怔。但旋即，他就嬉笑着说道："爱卿啊，朕之国丈在寿春建几间房屋、纳几个女人，这好像算不得什么大不了的事吧？你又何必这般神秘兮兮地入宫见朕？难道，你要朕就因为这点小事去惩处国丈？"

"臣正是此意！"赵普说道，"臣以为，此事非小，皇上当严肃待之！"

赵匡胤略略皱了皱眉道："赵普，朕本以为你为人处世十分公平和公正，可现在看来，朕想错了！"

赵普一惊："皇上何出此言？"

赵匡胤慢悠悠地说道："你赵普在洛阳秘密地修建私邸，也广纳姬妾，而朕却佯装不知，更没有追究。可现在倒好，国丈在寿春做这些，你却一本正经地跑到朕的面前来要朕严肃待之，试问：你这么做是公平呢，还是公正啊？"

赵普连忙道："皇上没有仔细听臣所言啊！臣在洛阳所为与宋大人在寿春所为，貌似相同，实则大不同也！"

赵匡胤抬了抬眼皮道："愿闻爱卿高见！"

赵普侃侃而谈道："如果宋大人只是在寿春做这些，那臣绝不会跑到皇上的面前来说三道四。因为臣在洛阳也是如此，又有何脸面指责宋大人？但臣先前说过，宋大人不仅仅是这个问题，他还公然派属下四处强抢民女，以致寿春的百姓怨声载道！皇上，寿春乃大宋重镇，如果寿春不稳，那皇上即将开始的南征大计就必将受到影响！皇上，此事切不可等闲视之啊！"

见赵匡胤默然不语，赵普接着说道："如果臣在洛阳所为惹起了民怨民愤，那臣愿受皇上的任何处罚！"

赵匡胤长长地吁了一口气，然后道："爱卿啊，依你之见，国丈当如何处罚啊？"

赵普说道："依臣愚见，国丈大人虽然有错，但错在小节，且寿春一带目前也无什么大的变故，所以，臣以为，皇上只需将国丈大人调离寿春也就是了！"

"好，"赵匡胤立即道，"就依爱卿所言！"

事实是，赵匡胤最终不仅将宋延渥调离了寿春，还只封了宋延渥一个"靖难节度使"的空衔。因为赵匡胤悟出，如果宋延渥手中的权力太大，真要是惹出什么乱子来，还着实不太好处理。

赵匡胤又问赵普道："寿春乃战略要地，大军南征时，恐许多粮草都要从那一带筹措。你说，国丈调离以后，谁人去那里镇守比较合适？"

赵普似乎早就想好了人选："臣以为，王审琦可以镇守寿春！"

赵匡胤有些愕然："赵普，你不是开玩笑吧？王审琦乃朕的结义兄弟，早就被朕解除了兵权，现在又重新起用他，恐不太合适吧？"

赵普说道："臣以为没有什么不适合的。臣还以为，王审琦现在是皇上的儿女亲家，去镇守寿春正合适！"

赵匡胤还是有点犹豫："赵普，朕早年的结义兄弟都赋闲在家，如果独独起用王审琦，其他的人会怎么看？"

赵普惊讶道："皇上如何会这么健忘？那李继勋李大将军岂不也是皇上早年的结义兄弟？"不错，李继勋确是赵匡胤早年结义的十兄弟之一。李继勋不仅依然受到赵匡胤的重用，且还是宋军第一次北伐的主帅。

赵匡胤自嘲地一笑道："真是此一时彼一时也！朕连早年结义的十个兄弟都有些淡忘了！"

赵普问道："皇上可否同意让那王审琦去镇守寿春？"

"同意！"赵匡胤点头道，"王审琦不仅善战，且足智多谋，他一定能将寿春治理得井井有条的！"

赵匡胤说对了。王审琦领忠武节度使出镇寿春以后，深得当地官吏和百姓的拥戴。就是在赵匡胤死后，王审琦也依然兢兢业业地镇守在寿春。

因为辛文悦的事情，赵匡胤和赵普之间闹了一点不愉快，而因为宋延渥的事情，赵匡胤和赵普之间又一下子变得异常亲近起来。

开宝三年七月份，赵普患了一场病，一连数日不能上朝。赵匡胤不仅亲自带着御医前往宰相府看望，还一下子赏赐给赵普五千两银子和五千匹绢。那和氏也跟着沾了光，得到了赵匡胤赏赐的五十两银子和三千匹绢。

赵普的病刚一好，就被赵匡胤召到了宫中。赵匡胤问道："大军和粮草朕已准备就绪，你以为何时南征为宜？"

赵普回道："过了秋天为宜。那时南方就不那么酷热了！"

赵匡胤点头，又问："何人挂帅为宜？"

赵普不假思索地道："当然是曹彬！"

赵匡胤摇头说道："朕想把曹彬留着下一步动用，你再推举其他人选。"

赵普思忖了片刻，然后道："潭州防御使潘美、朗州团练使尹崇珂可用！"

"好！"赵匡胤一乐，"就这么定了！"

赵匡胤即将攻战的对象是南汉国。

公元905年，也就是朱温代唐建梁的前二年，有一个叫刘隐的军人，借镇压唐末农民起义军之机，在广东地区形成了一个以广州为中心的割据势力。不过刘隐并未建国称帝，而是不断地向外扩张地盘，又据有了广西大部地区。

建立南汉国的是刘隐弟弟刘䶮。刘䶮于公元917年在广州自立为帝。十年之后，赵匡胤在洛阳夹马营诞生。

据史书记载，刘䶮和他的继承人都很残暴荒淫，故而，从10世纪30年代初开始，广东的一些山区和海滨不断出现反抗南汉的农民武装起义。几年之后，这些分散的农民起义军集中在了博罗县人张遇贤的统一领导之下。张遇贤自称为"中天八国王"，建元"永乐"，置百官，并带兵攻占了惠州、潮州等地。至公元942年，起义军的势力达到极盛，拥有军队十余万人。张遇贤率军北上，攻入江西境内，并很快打到了虔州（今江西赣州，时属南唐地盘）附近。虔州的南唐军几次派兵镇压，均被起义军所败。张遇贤选择了虔州境内一个叫白云洞的地方作为自己的宫室，并以此为大本营向四周发展。南唐统治者大为震惊，急调大批军队前往虔州围剿。在叛徒的内应下，南唐军队于公元943年10月攻陷了白云洞，俘虏了张遇贤。轰轰烈烈的南汉农民起义在南唐军队的镇压下归于失败。

然而，不管农民起义如何轰轰烈烈，南汉统治者依然我行我素。赵匡胤建宋后不久，刘䶮成为南汉国的皇帝。这个刘䶮，简直可以说是南汉历代皇帝中最荒淫残暴的人。有人说，刘䶮在某些方面真可以和商纣王相比，实不过分。实际上，刘䶮不仅在荒淫残暴方面令南汉先帝难以望其项背，其昏庸无能的程度也足以让南汉先帝自叹弗如。

刘䶮根本不理朝政，朝中大权握于宦官龚澄枢之手。南汉宫中的宦官多达七千余人，而且很多人都位居高官。刘䶮呢，整日地和女人在宫中游戏淫乐，其中还有不少波斯女。后来，有一个叫李托的人，把自己的大女儿送给刘鋹做贵妃，又把自己的二女儿送给刘鋹做美人。刘鋹知恩图报，把内太师兼六军观军容使的职位加在了李托的头上。这样，李托就成为龚澄枢之外的又一位南汉权臣了。

宦官陈延寿对刘鋹说道："皇上之所以能够得到帝位，是因为先皇把他的兄弟都除掉了，不然，皇上恐怕难以得到王位！"刘鋹听懂了陈延寿的话，忙把自己的弟弟桂王刘璇召入宫中杀死。

另一位宦官许彦真对刘鋹说道："尚书右丞钟允章有谋反之心。"刘鋹相信了，砍下了钟允章的脑袋。但不久，有人举报许彦真与先朝的李丽姬私通。许彦真以为是龚澄枢举报的，就与自己的儿子一起密谋要杀掉龚澄枢。谁知，龚澄枢抢先一步在刘鋹的面前告许彦真谋反。刘鋹二话没说，一旨令下，杀了许彦真一家，并夷灭九族。

刘鋹还经常变换自己的享乐环境。他在宫城的左右设置了数十个离宫，有时在这个离宫里住上十来天，又在那个离宫里住上半个月。离宫里美女如云自不必说，就是寻常的物件也用珍珠和玳瑁来装饰。珍珠不够，就令人到深海里去采。费用不足，当然要在老百姓的身上榨取。说来令人不信，刘鋹曾做过这么一个规定：谁进入广州城，必须交纳一钱的进城税。

刘鋹也知道老百姓对他的统治不满，所以就制定了名目繁多的严刑酷法。当时南汉的主要刑法有烧、煮、剥、剔、刀山、剑树等。有时刘鋹还觉得这些刑法不过瘾，就把抓来的犯人与老虎或大象关在一起，让老虎和大象充当刽子手。

当时广州城的护城河已经变成了刘鋹游船的池沼，而江海中的战舰却大都年久失修。更有甚者，南汉官兵手中的刀剑等武器竟有不少都生锈了。据载，当时南汉的兵权都掌握在宦官之手，统领军队的人大都不知打仗为何物。有一个叫潘崇彻的很能带兵打仗，却被刘鋹削了兵权，被冷落在一边。

综上所述，赵匡胤在南汉国如此腐败的情况下发兵攻打，的确是把握住了最佳战机。当然，如果不是执意北伐，那赵匡胤的大军早就开进南汉国了。

开宝三年（公元970年）九月，赵匡胤任命潭州防御使潘美为"桂州道行营都部署"（即南征宋军的主帅）、朗州团练使尹崇珂为副都部署（即副帅），领十万宋军远征南汉。

赵匡胤攻打南汉的借口是正大光明的。他对潘美和尹崇珂说道："朕听说南汉的百姓受尽了刘鋹的欺凌盘剥，朕有责任救南汉百姓于水深火热之中！"

赵匡胤还任命那个夺得箭术和格斗双料冠军的马林为南征宋军的正选先锋将军，领一万禁军先行南下。赵匡胤对马林是抱有莫大期望的。他曾向赵普问道："你说，朕为何要派马林做先锋？"

赵普回道："臣以为，南汉兵马虽然较多，但军心不稳、官兵怯战，马林本乃勇猛无比之夫，皇上派他先行，正好可以凭借其勇猛重击南汉官兵的怯懦！"

"不错！"赵匡胤说道，"这就叫以大宋之长克南汉之短！在朕看来，马林虽只有一万人，但十万南汉军也不能挡也！"

赵普笑问道："既然如此，马林一人便可拿下广州，皇上又何必派潘美和尹崇珂南下？"

赵匡胤"啊"了一声道："赵普，你这是在明知故问吧？朕此次南征，志在必得！马林虽然勇猛无比，但毕竟没有实战的经验，如果朕只依靠马林一人，倘若马林出师不利，那朕岂不是重蹈了北伐的覆辙？此所谓'前事不忘后事之师'者也！"

赵普不禁笑出了声："皇上，你真是越来越英明了！"

马林出征前，赵匡胤设宴为其饯行。赵普、赵光义等朝中重臣都被邀来作陪。席间，赵匡胤满怀深情又满怀期待地对马林说道："爱卿，有句俗话说，万事开头难！朕此次南征之事，究竟能不能一帆风顺，关键就看你这个头开得如何了！"

马林立即道："皇上，微臣如果开不好这个头，定马革裹尸以还！"

"爱卿言重了！"赵匡胤乐呵呵地道，"不过，爱卿这等大义凛然、视死如归的气魄和精神，朕还是非常欣赏的！"

赵普提醒马林道："将军，南汉兵马虽弱，但毕竟人数众多，加上南汉山川纵横、地形复杂，将军须倍加小心才是！出师不利事小，但若辜负了皇上的重托和期望可就事大了！"

马林忙向赵普保证道："宰相大人之言，末将已谨记！末将绝不敢辜负皇上的重托和期望！"

赵匡胤最后提议道："来，让朕与各位爱卿预祝马将军马到成功！"

马林便精神抖擞地离开汴梁南下了。马林走后，赵匡胤问赵普道："你对朕说实话，马林此番南下，能否真的马到成功？"

看来，赵匡胤对马林终究是有些不放心的。赵普回道："禀皇上，马林能否马到成功，臣实不敢肯定，臣敢肯定的是，马林此番南下，必能打几场胜仗！"

"赵普，"赵匡胤马上道，"你这说的不是废话吗？如果马林不能打胜仗，朕又何必派他南下？"

赵普赔笑道："马林是皇上钦派，所以臣此时此地似乎只能讲些废话……"

赵匡胤听出了赵普的话中好像含有别样的意思，但没有追问，只是定定地遥望着南方，似乎在想象着马林的行动。

马林的行军速度很快。他手下一万禁军全是骑兵，又没有什么粮草的负累，走到哪儿吃到哪儿，吃完以后揣上几天干粮又继续走。

赵匡胤的战略意图是：先把南汉在广西的地盘抢到手，再向东攻占广州北部的城池，然后南下夺取广州、彻底吞并南汉。所以，马林先行南下的目的地便是广西的东北部。

马林本来的想法是：用一个月的时间抵达广西边境，略略休整后便向南汉军盘踞的城市发动进攻。然而，从汴梁到广西确实太遥远了，仅直线距离就差不多有三千里，加上路途曲折，又何止四五千里？

故而，尽管马林所率全是骑兵，也很难在一月的时间里走完全程。部队经河南、历湖北，跨入湖南地界时，已是人困马乏。马林不管，依然催促手下道："打起精神，继续前进！"他还鼓励手下道："只要攻下一个城池，你们就可以为所欲为！"

在马林的催促和鼓励下，一万宋军开始玩命了：只要胯下的战马还能够跑动，就不停歇地向前赶路。尽管如此，待一万宋军赶到广西东北边境时，也整整花去了三十五天的时间，还有数百名士兵掉了队。

马林命令部下开进一个小镇休整，他自己则不顾疲劳忙着去侦察敌情。据侦察得知，南汉在广西境内的三个主要城池中，贺州（今广西贺州市，距广东西境一百多里）驻军最多，有近两万人，昭州（今广西平乐，位于贺州市西部偏北二百多里处）次之，有万余南汉军，桂州（今广西桂林，位于平乐北部偏西二百多里处）城内南汉军最少，只有七八千人。

按常理，马林应该率军先去攻打桂州，一是因为桂州城内敌军少，二是因为当时宋军距桂州城最近。

然而，马林却做出了一个令手下大感意外的决定：全军南下，直趋贺州。

许多宋军官兵就大惑不解了：当时宋军距贺州最远，且贺州敌军也最多，马将军为何要舍近求远、舍弱就强？

一军官对马林说道："将军，下官以为，我军应率先西进，先克桂林，然后再图昭州……"

"你懂什么？"马林毫不客气地打断了那军官的话，"据我所知，贺州以南非山即水、道路阻塞，如果我等先克下贺州，那就割断了昭州和桂州之敌与广州的联系。这样，我等拿下贺州之后，昭州和桂州之敌必将人心惶惶、不攻而自破矣！这就叫事半功倍，你懂吗？"

那军官忙说道："将军高见，下官不懂……但下官又以为，贺州之敌几乎是我军的两倍，我军长途奔袭，未必能一攻而克……"

马林朝着那军官一瞪眼道："你身为大宋军人，怎能说出这般软话来？甭说贺州之敌只有两万，就是有十万，马某也不畏惧！"

虽然马林此言多少有些狂妄，但他前番所言却也颇有见地。看来，马林虽然从未打过仗，但对于军事之道却并非一窍不通。

就这样，一万宋军在马林的统率下直向南边数百里的贺州扑去。这一扑，便正式拉开了赵匡胤吞并南汉的战争序幕，也立即震惊了在广州的南汉小朝廷。

　　闻听宋军已攻入广西境内并直向贺州扑来，南汉朝廷上下极为惶恐。当时，刘鋹正在广州城护城河里的一条豪华的游船上与内太师兼六军观军容使李托的两个女儿尽情尽兴地玩耍，忽地，那李托神色紧张地跑来，告诉刘鋹宋军已经攻入之事。刘鋹大惊道："赵匡胤意欲何为？为何不事先通知于朕？"

　　李托"唉"了一声，道："皇上，别说没用的了，快想办法应付吧！如果贺州有失，那大汉国西部的地盘就全完了！"

　　刘鋹连忙道："事已至此，你叫朕有什么办法好想？应该是你想办法才对！"

　　"好，好！"李托点头道，"臣以为，皇上应速派龚大人前往贺州督战！无论如何，贺州也不能丢！"

　　刘鋹没有意见，当即找来龚澄枢，令其马上前往贺州。龚澄枢倒也没有推托，还对着刘鋹慷慨陈词道："国家有难，臣理应为国分忧！"

　　从广州到贺州，至少有四五百里路程。而龚澄枢带着几个随人只用了三四天的时间就跑完了，其速度竟然比南下的马林还要快。他到达贺州的时候，马林距贺州还有一百多里。

　　可是，龚澄枢刚一走进贺州城，就不禁倒吸了一口凉气。为何？宋军将至、大战将即，可贺州城内的南汉官兵依旧懒洋洋的，连一点紧张的气氛也没有。

　　这里有必要说明的是，南汉军队已经好多年没有打过仗了。赵匡胤吞并了湖北、湖南后，其地盘虽然与南汉国接壤，但一时没有南下，且湖南南部的驻军也很少。占据福建泉、漳二州的陈洪进和南唐国李煜，虽然都与刘鋹比邻，却都抱着与刘鋹井水不犯河水的想法。故而，南汉的军队除了与被逼反抗的百姓有些战斗外，已经多年没有打过一场真正的战争了。而刘鋹只顾自己享乐，根本不去过问军队之事。加上贺州、桂州等地当时又属于边城，城内南汉官兵的生活条件就更差。这样一来，龚澄枢走进贺州城，发现城内的南汉军队几无斗志也就不足为奇了。

　　龚澄枢很着急，也很忧虑，忙把大大小小的军官都召到一起开会。他扯开嗓门说道："皇上派龚某来此，是要龚某协助尔等固守贺州城的。只要尔等能够守住城池，打退来犯的宋军，吾皇陛下必有重赏！"

　　可那些大大小小的南汉军官根本就不买龚澄枢的账。一军官叫道："龚大人，空嘴说白话没用，你还是先把皇上的奖赏拿出来吧！"

　　另一个军官则喊道："龚大人，我手下的弟兄三年未发过一件衣裳了，你难道叫我的手下都光着屁股守城？"

　　恰好此时有人来报，说宋军已经开到了芳林（贺州北面不远）。一南汉军官叫喊道："弟兄们，快跑啊！叫宋军抓住可就没命了！"

　　真是一呼百应，上百名南汉军官转瞬间便在龚澄枢的眼皮子底下没了踪影。军官们跑了，士兵们当然不会再待在城里。龚澄枢眼睁睁地看着成群结队的士兵跑出城外而无可奈何。

最终，龚澄枢也跑了。因为他来时的战马不知被谁骑走了，所以他就只能乘一只小船沿贺江逃往广东（贺江发源于广西东北，向南流入广东境内的西江）。说来有趣，龚澄枢中午走进的贺州城，还没到下午呢，就又离开了。而待龚澄枢离开之后，贺州城内的两万南汉军几乎全都跑得不知所终了。南汉重镇贺州，还没开战呢，就已经失守了。

闻听贺州之敌已全然跑散，马林大喜，宋军官兵也大喜。但二者的大喜却不同，马林喜的是：南汉军队真的是不堪一击啊！而许多宋军官兵喜的是：马将军说过，攻下一座城池就可以为所欲为，现在，贺州城等于是被攻下了，我们便可以在贺州城里为所欲为了。

就在许多宋军官兵想着到贺州城里如何为所欲为的当口，马林却突然下令：部队暂不进入贺州城，迅速向贺州以东开进。

不少宋军官兵暗暗地发起牢骚来。马林把大小将领召到身边说道："我马某说话不会不算数，只是刘鋹不会轻易地放弃贺州，定会从广州派兵前来。告诉弟兄们，只要能将刘鋹的援兵击溃，我就让他们在贺州城里狂欢三天！"

马林言中了。刘鋹再昏庸，也知道贺州不能失守。贺州若失，不仅在广西的势力丧失殆尽，就是广东也岌岌可危。所以，见到那龚澄枢狼狈地逃回来，刘鋹就大惊失色地问道："贺州被宋军占了？"

龚澄枢回道："臣离开时，宋军还未至，但此时此刻，贺州定已落入宋军之手！"

待问清了龚澄枢贺州之行的情况后，刘鋹更为惊惧道："朕两万军队，还未看见宋军的影子就一哄而散？"

龚澄枢很是悲伤地道："臣本想与贺州共存亡，可仅凭臣一人之力，实难抵挡宋军啊！"

刘鋹无奈，只得召集群臣议事。还不错，南汉君臣在朝廷上很快地达成了两个共识。一个共识是：贺州绝不能丢，一定要把它夺回来。另一个共识是：应该叫那潘崇彻领兵出征。

然而，潘崇彻自从被刘鋹解除了兵权之后，一直心怀不满，更主要的，闻听宋军已经南下之后，他就对南汉不再抱有任何的希望了。故而，刘鋹旨令他率军出征，他却推说患了眼疾不能出征，甚至他都没有接下刘鋹的圣旨。

刘鋹大怒，立刻要处死潘崇彻。龚澄枢劝道："皇上息怒，现在国家正是用人之际，理当饶过潘崇彻一死……"

李托也劝刘鋹道："潘崇彻只是一时想不开，容臣等去慢慢地开导他……"

龚澄枢和李托之所以要帮潘崇彻说话，是因为他们清醒地认识到，待宋军打到广东，能与宋军相抗衡的，恐怕只有潘崇彻了。

然贺州之事急，不能干等着潘崇彻慢慢地转变思想。而龚澄枢和李托等人又并无统兵出战之意，刘鋹一气之下，指派太监伍彦柔领三万兵马出征贺州。

刘鋹对伍彦柔许诺道："只要你夺回了贺州，朕宫中的金银财宝随你挑！"

而伍彦柔却说道："臣不需要皇上的金银财宝，臣只希望能够得到皇上身边的一个波斯国女人……"

一个太监却想得到波斯女人，确是一件新鲜的事儿。刘鋹一狠心、一咬牙，慨然说道："好，伍彦柔只要你打垮了宋军，朕身边的波斯女随你挑！"

看来，为救国难，刘鋹也不惜做出牺牲了。而伍彦柔听了刘鋹的话之后，就乐滋滋地领兵离开广州往西北而去。

伍彦柔离开广州的时候心里确实是乐滋滋的。因为他这么想：听说开往贺州的宋军只有一万人，而他身边却是整整三万兵马，以三万对一万，当然是稳操胜券了。所以伍彦柔又不禁这么想：待我胜利归来，得了皇上身边的一个波斯女，该如何玩呢？

还没等伍彦柔想出个结果来呢，手下禀报：战船已无法再向前开了。

伍彦柔此番出征，是沿着绥江水陆并进的。一万水军乘船行驶在江面上，两万步军沿绥江两岸向前推进。伍彦柔端坐在一艘大战船的船头上指挥着三军。看他那得意非凡的表情，俨然是一位胸有成竹的大将军。

战船无法再向前开了，就说明已经到了绥江的源头。绥江源头北面不远，是一个叫南乡的地方。从南乡向西北走上一百多里，就是那个贺州城。

伍彦柔下令：水军弃舟登岸，三军一起开往南乡。因为时已近午，所以伍彦柔又下令：在南乡吃过午饭后，立即向贺州进发。

三万南汉军就乱哄哄地向南乡而去。伍彦柔很会享受，他既不是步行，也没有骑马，而是坐在一把椅子上的，由几个士兵抬着，优哉游哉地向前移动着。

只可惜，伍彦柔的这种优哉游哉的享受并没能维持多久。大概是南汉军的先头部队刚刚抵达南乡的那个当口，突然，从南汉军的左边杀过来一彪人马，中有两面大旗，一面大旗上书着斗大的"宋"字，另一面大旗上写有一个斗大的"马"字。南汉军还没有把那"宋"字和"马"字看清楚呢，从右边又杀过来一彪骑兵，人马中也飘扬着两面大旗，一面是"宋"字，另一面是"马"字。

南汉军顿时大乱。就连抬着伍彦柔的那几个士兵也把伍彦柔往地上一撂，拔腿就跑。任伍彦柔喊破了嗓子，那几个士兵也没有回头。

伍彦柔当然也想跑，但为时已晚。从正面又杀过来一哨人马，冲在最前面的一匹战马之上，赫然端坐的正是那马林。

马林早就瞅准了伍彦柔的所在，率一千多骑笔直地扑向伍彦柔。虽然也有一些南汉官兵拢在了伍彦柔的周围，但马林手中的一柄长剑却足以使他们心惊胆寒，而马林身后的宋军官兵也个个奋勇争先、锐不可当。原先拢在伍彦柔周围的南汉官兵见势不妙，再也顾不得什么伍彦柔了，纷纷夺路而逃。很快，马林的战马就停在了伍彦柔的面前，吓得伍彦柔几乎刚刚从椅子上站起来。

马林长剑一扬便要取伍彦柔的性命，谁知伍彦柔双手一摆道："且慢！你不能杀我！"

马林一怔，长剑悬在了空中："马某为何不能杀你？"

伍彦柔挺认真地回道："因为有一个波斯女人还在等着我……"

马林被闹糊涂了。但也只是糊涂了一瞬，马林的长剑便在伍彦柔的颈间划了一道漂亮的弧线。弧线过后，伍彦柔身首分离。令人拍案叫绝的是，伍彦柔的脑袋刚一脱离身子，还没有往下落呢，就被马林的长剑挑在了空中。而与此同时，伍彦柔那没脑袋的身子则一屁股坐在了椅子上。

再看伍彦柔的那个脑袋，一对眼睛愕然大张着，似乎在质询马林一个问题：你为何不理解我的心情啊！

马林自然不会去考虑伍彦柔的什么心情。他左手提溜着伍彦柔的脑袋，右手挥舞着滴血的长剑，一边纵情驰骋着一边大声嚎叫道："弟兄们，杀啊！"

在马林的号召下，从中午至黄昏，一万宋军竟然将三万南汉军砍死了十之七八。数以万计的南汉官兵倒在了绥江两岸，鲜血将绥江水染红，绥江变成了一条血江。

只有一百多个南汉官兵成了宋军的俘虏，但这些俘虏还被马林毫不留情地杀死了。杀完了俘虏之后，马林问手下官兵道："你们是想在南乡过夜呢，还是想开进贺州城里玩乐？"

宋军众官兵异口同声地回道："开进贺州城！"

于是，激战了大半日的宋军官兵顾不得疲惫，在马林的率领下，一个个带着胜利的喜悦掉头向西驰去。在驰往贺州途中，一军官问马林道："将军，我等进了贺州以后，真的可以为所欲为吗？"

马林回道："马某绝不食言！"

这下好了，贺州城内的南汉军早就跑光了，宋军大摇大摆地开进了贺州城。进城之后，马林先命人将城门封死，然后笑着对手下道："你们可以行动了！"

宋军官兵便忙活开了。忙活些什么？无外乎"酒、色、财"三个字。喝酒的喝酒、找女人的找女人、抢东西的抢东西……这就苦了滞留在城内的那些南汉百姓了。还不仅是苦，有些百姓因不满宋军所为与宋军官兵发生争执，便遭毒打甚至遭到杀害。

当然，并非所有的宋军官兵都在干着伤天害理的勾当。宋军平日的纪律是比较严格的，禁军尤其如此。故而，尽管马林鼓励、号召手下在城内为非作歹，也仍有相当一部分宋军官兵没有加入奸淫掳掠的行列中去。这些人顶多喝上一些酒，然后就找地方休息了。其中，有一位军官还奉劝马林道："官兵如此肆意胡为，如果让皇上知道了，恐对将军不利……"

马林哈哈大笑道："你未免太多虑了！皇上需要的是南汉的地盘，并未旨令我等善待这里的百姓，我让弟兄们在大战之余充分地享受一下生活的乐趣，何错之有？既无错，又哪来的不利？"

那军官不再言语。他知道再言语也没什么用，马林是这里的主将，一切由马林说了算。

宋军在贺州城内尽情地玩乐了三天。之后，马林下令：全军西进，夺取昭州。

昭州东南数十里有一个地方叫开建寨，地势较险要。昭州南汉军在这里驻有一支近两千人的部队，守将叫靳晖。就是这个靳晖，很让马林吃了一番苦头。

马林本以为，伍彦柔的三万军队都被打垮了，偌大的贺州城也轻而易举地拿下了，这小小的开建寨还不一蹴而就？马林甚至这样想：他的战马在寨外只要那么一叫，寨内的南汉军就都吓趴下了。

谁知，那靳晖领着不到两千人的军队硬是在开建寨内与马林的宋军精锐骑兵厮杀了整整两天两夜。最后，因昭州刺史田行稠拒不派兵增援，靳晖实在是寡不敌众，才被宋军攻破了寨子。

宋军破寨前，靳晖对尚存的三百余手下道："守寨已无望，你们各自逃命去吧！"

有二百来人从寨后逃走，另一百余人则坚持与靳晖一起战斗到底。结果，宋军攻入后，这一百余人全都战死，靳晖力尽被擒。手下问马林如何处置靳晖，马林气急败坏地咆哮道："砍死他！把他砍成肉酱！"

最终，靳晖被乱刀砍死，也真的被砍成了肉酱。这也难怪马林要发这么大的火：马林攻打开建寨的损失几乎是与伍彦柔作战时的损失的两倍。

所以，马林虽然乱刀砍死了靳晖，但心中却也不禁这样想：如果贺州城内的南汉军和伍彦柔都如靳晖一样勇敢，那他马林是否还能杀伍彦柔在先，破贺州城于后，恐就要打一个大大的问号了。

不过，在马林的心目中，南汉军依然是不堪一击的。故而，攻破开建寨之后，马林就当即下令：迅速西进，一鼓作气拿下昭州。

马林还真的一鼓作气地拿下了昭州城。原因是，南汉昭州刺史弃城逃跑了。昭州刺史田行稠早在宋军攻打开建寨的时候就想着如何逃跑了。宋军刚一攻破开建寨，田行稠就不顾一切地溜之乎也。

许是对攻打开建寨损失较大一直耿耿于怀的缘故吧，刚踏入昭州城，马林就板着脸宣布道：全体官兵，谁要是善待南汉人，就以通敌论处。

这样一来，几乎所有的宋军官兵都干起了烧杀淫掠的勾当。在贺州城内曾劝说过马林的那个军官本是想洁身自好的，却被马林严厉地教训了一顿，也无可奈何。很显然，自宋军攻入之后，昭州城就变得一片狼藉了。

　　马林本想让手下在昭州城内好好地玩上几天的，可接到报告，说是宋军主帅潘美和副帅尹崇珂已率十万大军渡过了灌江，正向西南开进。

　　灌江位于广西东北角，大致由南向北流入湘江，距桂州不过二百多里。马林连忙下令：全军立即开往西北，一定要在潘大人和尹大人赶到之前拿下桂州。

　　马林的这个目的又达到了。南汉桂州刺史李承进闻听昭州刺史田行稠弃城逃跑后就已经心惊胆寒，又闻听有十万宋军从东北开来，就更不敢待在桂州城里了。如此，在马林距桂州城还有近百里的时候，李承进就自然而然地步了田行稠的后尘。

　　马林洋洋得意地开进了桂州城。他不能不得意，他只率一万宋军便将南汉在广西的地盘全部抢到手了，而且自己的损失还不大。这等功劳，除了他马林，谁人能及？

　　得意之余，马林也没忘了手下的弟兄们。他提醒手下道："潘大人和尹大人至多还有一天就可以赶到，你们可要抓紧时间玩哦。"

　　实际上，哪里需要一天的时间？只半天工夫，桂州城就被宋军搞得乌烟瘴气。可谓不是战争胜似战争，桂州城内，到处可见被宋军杀害的南汉人的尸体。就是桂州城外，也不难见到一具又一具的尸骸。

　　待潘美和尹崇珂率大军赶到，尹崇珂惊问马林道："那李承进已弃城逃跑，这里并无战事，又何来的这么许多尸骨？"

　　马林回道："是末将手下弟兄行事不慎，一时误杀了人！"

　　"这岂是什么误杀？"尹崇珂大怒，"这分明是滥杀无辜！"

　　尹崇珂真想劈头盖脸地冲着马林大发一顿脾气，但被潘美劝下了。潘美私下里对尹崇珂说道："那马林是皇上钦定的先锋将军，你又何必与他这般计较？"

　　尹崇珂张目反问道："潘大人，马林如此滥杀，我等岂能不闻不问？若是皇上知道了，我等岂不要受到牵累？"

　　潘美轻轻一笑道："皇上既然这等器重马林，那就不会怪罪于他。既没有怪罪，我等又何来的牵累？潘某以为，只要马林一如既往地攻城拔寨，那皇上就定然龙颜大悦！说不定，我等还会跟着马林沾光呢！"

　　尹崇珂摇了摇头道："潘大人可还记得王全斌攻蜀之事？王全斌等人纵容部下胡为，导致蜀人群起反叛，皇上当时可是龙颜大怒的呀！"

　　"可结果呢？"潘美说道，"王全斌等人惹出了那么大的乱子，到头来依旧是安然无恙，皇上只不过杀了几个替死鬼而已！"

　　见尹崇珂默然不语，潘美笑道："尹大人不必顾虑重重，一切自然会有马林担待！只要我等自己不胡为，又不纵容部下淫掠，那么，即使马林惹出了天大的乱子，也与我等无关。相反，如果我等制约了马林、延误了皇上征服南汉的计划，那我等恐就要吃不了兜着走了！"

　　尹崇珂终于点头道："潘大人所言甚是！平心而论，就打仗来说，马林也的确是一位好手！皇上真是慧眼如炬啊！"

"所以啊，"潘美说道，"我们应尽量地让马林去施展这方面的才能。他才能施展得越充分，皇上就会越发高兴！"

尹崇珂同意道："一切但凭潘大人主张！"

于是，潘美就找来马林说道："马将军连战连捷、势如破竹，我等真是佩服得很啊！潘某希望马将军再接再厉、再立新功！"

马林当即说道："如果潘大人同意，末将这就率兵先行东进！"

"好！"潘美大声道，"我给马将军五万人马，如何？"

马林回道："多谢潘大人！"接着又向潘美保证道，"下官一定早日攻克广州，以待潘大人和尹大人到来！"

是呀，原先只有一万人，马林便在广西如入无人之境，现在，他手里有五万大军了，自然会有足够的信心一直打到广州。

马林便信心十足地率军东进了。再说刘鋹的南汉小朝廷，自伍彦柔在南乡兵败被杀后，就陷入了极度恐慌之中。接着，贺州、昭州和桂州等地相继被宋军攻占，南汉小朝廷就更是人心惶惶，就连刘鋹都暂时告别了花天酒地的生活，开始忧虑起国事来。

刘鋹找来龚澄枢和李托问道："宋军来势凶猛，汉军莫能抵挡，朕将为之奈何？"

龚澄枢说道："臣以为，并非宋军多么凶猛，而是汉将太过怯懦了！那马林只率区区万人，却连夺贺州、昭州和桂州等地，这岂不都是那些汉将不战而逃的结果？"

李托说道："龚大人所言甚是！如果贺州等地守将都能尽力与宋军拼杀，那马林又何以得逞一时？"

刘鋹唉声叹气道："两位爱卿所言，朕都明白，可是，宋军眼看着就要打过来了，两位爱卿应该尽快为朕出一个好主意才是啊！"

龚澄枢出主意了："臣以为，贺江以西的地盘暂时是无法夺回来了，我们现在能做的，就是想办法把宋军堵在贺江以西，不让他们继续东进！"

李托同意道："应速速派一支大军赶到贺江东岸，阻击宋军过江！"

刘鋹问道："你们以为，谁人可领兵出战？"

龚澄枢和李托几乎是异口同声地说道："潘崇彻！"

看来，整个南汉朝廷，除了潘崇彻之外，也的确无人能够领兵打仗了。不仅龚澄枢和李托这么以为，连刘鋹也意识到了这一点，所以刘鋹就点了点头，但旋即又皱眉问道："朕上回命他出征，他推说有疾不应，这一回，他能听朕的话吗？"

龚澄枢说道："臣以为，只要皇上大大地加封于他，他必然领旨出征！"

李托补充道："臣以为，皇上仅仅加封于他还未必奏效，皇上只有恩威并施，他才会答应！"

于是，刘鋹一边加封潘崇彻为内太师兼马步军都统，一边派人暗示潘崇彻：如果你不答应出征，朕就杀了你。

刘鋹的这一招还真的见了效。潘崇彻不仅答应领兵出征，还将全家老小都纳入军中，说要与宋军拼个你死我活。刘鋹高兴了，也放心了。他以为，潘崇彻这么一去，宋军就过不了贺江了。

而实际上，刘鋹想错了。潘崇彻根本不想再为刘鋹卖命了，他是怕刘鋹杀害他家人才把全家老小都纳入军中的。细想起来，这也不能怨怪潘崇彻有背叛之心。撇开过去的恩恩怨怨不说，就当时情况而言，广州附近的南汉军队达二十余万众，可刘鋹只给了潘崇彻三万兵马。很明显，刘鋹对他潘崇彻仍然不信任。

潘崇彻领兵离开了广州。按理，他应该沿绥江往西北而去，抵达贺江的中游，这样他才能凭借有利地形防堵宋军由广西进入广东。而潘崇彻不然，他离开广州以后，一开始是向西北而去的，可走了一百多里之后，他突然掉头南下，然后沿西江径向西而去。

刘鋹闻之，急忙派人赶往潘崇彻军中，命他速速开往西北，但潘崇彻置之不理，依然直向西行。最后，他将三万兵马带到了贺江与西江交汇处的一条峡谷里安营扎寨了。看潘崇彻的阵势，不仅不像是去防堵宋军，倒像是在防堵刘鋹由广东逃往广西。

刘鋹再昏庸，也明白潘崇彻已经背叛了自己。他冲着龚澄枢和李托嚎叫道："这都是你们出的馊主意，非要潘崇彻领兵出征！这下好了，朕的三万兵马没了，你们看怎么办吧！"

龚澄枢和李托面面相觑，无话可说。刘鋹盛怒之下，便要发兵去讨伐潘崇彻。李托赶紧劝道："皇上息怒！现在不是与潘崇彻较真的时候，待把宋军击退再找潘崇彻算账也不迟……"

刘鋹没好气地问李托道："你说，朕如何才能击退宋军？"

李托支吾两声，终未能说出什么好计策来。龚澄枢说道："皇上，臣以为，现在要想把宋军堵在贺江以西已经不现实了，当务之急，应速速派重兵驻屯韶州……如果韶州有失，大汉都城就难保了……"

就当时的情况而言，龚澄枢此言还是颇有道理的。韶州（今广东韶关）在广东北面偏东五百多里外，是当时南汉国的一个重镇。其东北近二百里处是边城雄州（今广东南雄），其西南近二百里处是另一战略要地英州（今广东英德）。韶、雄、英三州作为一个战略整体与广州遥相呼应、互为犄角，如果韶州有失，那雄、英二州必难独存，而此三州若皆失，那宋军就可以长驱直入南扑广州了。

自然，想保住韶州是一回事，能不能保住韶州则又是另外一回事了。万般无奈的刘龑，只得同意了龚澄枢的建议。不过，看刘龑的动作，他也确乎想保住韶州的：他不仅使韶州一带的南汉军队总数增至十多万，还送了数十名少女给韶州都统李承渥和韶州刺史辛延渥表示慰勉。李承渥与辛延渥接到少女后立即派人回禀刘龑：一定与韶州共存亡！

很快，马林就率五万宋军攻到了北江西侧（韶州在北江上游的东岸）。站在北江西岸边，约略可以看见韶州城。马林踌躇满志地对手下说道："先拿下韶州，然后就开进广州！"

让马林意想不到的是，他南征所吃的第一次败仗，也是唯一一次败仗，恰恰就在这韶州城外。

那一天上午，在马林的指挥下，五万宋军浩浩荡荡地过了北江。马林本以为，韶州城内的南汉军要么早就弃城逃跑了，要么就是龟缩在城内不敢露面。可是，马林刚过北江，便有手下跑来向他报告：前面的山坡上发现大批南汉军队。

在北江与韶州之间有一座山，名为莲花峰。南汉韶州都统李承渥亲率四万余军队就驻扎在莲花峰上。马林笑着对手下道："看来，这李承渥的胆子不小啊，敢出城与我大宋军队交战了！"

手下问何去何从，马林命令道："先击溃李承渥，然后打进韶州城，让弟兄们好好地乐上一乐！"

马林一声令下，五万宋军就奋不顾身地向莲花峰扑去。马林还鼓励手下道："过了这座山就是韶州城，进了韶州城，就什么都有了！"

一开始，宋军的进攻非常地顺利。南汉军虽占有地形之利，但在宋军的猛攻之下，却也只能节节败退。以至于，马林都对左右摇头叹息道："唉，现在想来，就开建寨一仗还有点像样啊！"

可是，马林的叹息声还没有落呢，战场上的形势就陡然发生了逆转。原来节节败退的是南汉军，现在倒过来了，是宋军在节节败退了。

这并非南汉军官兵突然间变得勇猛了，原因是山坡上突然间出现了成百上千头大象。这些大象不仅个个身披盔甲，且每个象背之上还驮着两名南汉官兵。这些官兵身上的盔甲比大象身上的盔甲更要严实：从头到脚都被厚厚的金属包裹着，只两条手臂上的金属稍薄些，他们每人都握有一杆长枪。这些甲士如果落到地面上也许会动弹不得，但骑在象背上却可以利用手中的长枪致敌于死命。这，便是李承渥苦心训练出来的"象阵"。如果没有这个象阵，那李承渥是绝不敢开出韶州城与宋军对阵的。

象阵一出，宋军自然大乱。成百上千头大象排着整齐的队伍、迈着整齐的步伐一起朝着宋军逼来。大象本就皮糙肉厚，加上又有坚甲护卫，宋军的刀剑根本伤它不得。而实际上，宋军官兵是很难接近大象的，还没接近呢，就被象背上的甲士用长枪捅死了。有些宋军官兵用弓箭射击，可这些弓箭无论是对那些大象还是对象背上的那些甲士都构不成多大的威胁。

宋军大乱，马林大恐。说实话，在此之前，马林与许多宋军官兵一样，还从未见过大象。见宋军在象阵的面前一步步地败退，马林第一次感到心慌意乱、手足无措了。有手下建议派一些刀斧手设法滚到大象的脚下砍斫大象的腿。马林摇头道："这怎么行？那李承渥率军就跟在象阵的后面，即使刀斧手滚到了大象的脚下，也只能是死路一条啊！"

万般无奈之下，马林只得痛苦地下令：全军西撤，而且动作要快！

尽管宋军西撤的动作很快，但在抢渡北江的时候，还是被李承渥突袭了一回，数以千计的宋军官兵死在了北江东岸。不久前，宋军曾使南汉军的鲜血染红了绥江水，而现在，宋军的鲜血也差不多染红了北江水。宋军撤到了北江西岸，虽有较大损失，但队伍也并未乱成一团，这自然是平日训练有素的结果。李承渥获胜之后也没有过江追赶，而是还军莲花峰下。战事便暂告一段落。

首尝败绩，马林心中确实很难受，他可是在潘美和尹崇珂的面前说过大话的。不过，马林虽然很不好受，却也还比较冷静。手下问怎么办，马林回道："得想出一个破敌的法子，不然，只有等潘大人和尹大人来了！"

手下想了很多的法子，但马林认为这些法子都不足以破敌。有手下向马林请战，愿以死与李承渥一拼。马林训斥道："你不怕死，难道马某怕死不成？但像尔等这般盲目无谓去死，马某绝不为之！"

不日，潘美和尹崇珂率数万宋军赶到，马林羞红着脸据实以告。潘美劝慰道："马将军不必自惭。胜败乃兵家常事，世上哪里会有什么常胜将军？"

尹崇珂也安慰了马林几句。马林说道："两位大人越是如此，下官就越发难受……令下官更难受的是，下官绞尽脑汁，终也想不出破敌之法……"

潘美哈哈大笑道："马将军不必难受，破此象阵又何难之有？"

马林连忙请教，尹崇珂插话道："破此象阵，当以火攻为妙！"

马林恍然大悟道："还是两位大人胸有韬略！"

潘美立即以主帅的身份作了一番军事部署。部署完毕，潘美正色对尹崇珂和马林等人道："必须一举击溃李承渥、攻占韶州城！只有这样，才能彻底摧毁南汉官兵的自信和幻想，在较短的时间内拿下广州，结束这场战争！"

潘美所言，足见一位军中主帅的见地和气魄。相比之下，马林似乎只知道如何冲锋陷阵，如何英勇杀敌而已。

宋军又开始过江了。一天夜里，尹崇珂率五万人首先北上，然后东进，渡过了武水（韶州西北面的一条河），一阵急行军之后，潜伏在韶州的北郊。黎明时分，马林率四万多官兵渡过了北江，第二次向莲花峰的李承渥发起了进攻。

与前番进攻不同的是，马林此番进攻的主要目的是诱敌。虽是诱敌，但也要做得真实，所以马林就率着官兵对李承渥的军队发起了猛烈的冲击。与前番一样，南汉军难以抵挡宋军。李承渥一声令下，成百上千头大象便又排着整齐的队伍向宋军压了过去。

李承渥下令：象阵加快速度，力争将大部宋军歼灭在北江东岸。

一头头大象都小跑起来。马林所部显出了一种溃不成军之势，紧跟在象阵之后的李承渥得意地催促道："再快些，把宋军全部消灭！"

只是李承渥得意得太早了。他先是惊讶地得知：宋军已经向韶州城发动了攻击！紧接着，他看见成百上千头大象突然都掉过头来乱奔乱跑，把李承渥的数万军队冲了个稀巴烂。大象为何都突然掉了头？原因是，它们遭到了宋军的火攻。对象阵发动火攻的是潘美和万余宋军，这万余宋军大半是弓箭手。待象阵冲到近前时，他们朝着大象射出了数以万计的箭。这不是普通的箭，是火箭。火箭大都落在了大象的身前，在象阵的前面燃起了一道火墙。大象虽训练有素，却也惧怕火热，一个个转过身子狂奔起来。

跟在象阵之后的数万南汉军可就惨不忍睹了。那么多的大象一起冲撞过来，那还了得？腿快的侥幸拣了一条命，腿慢的就只好任由大象践踏了，被大象踩死踩伤的南汉官兵当数以万计。李承渥当时属于那种腿快的人，但他与另外那些腿快的南汉官兵一样，侥幸活命只是暂时的，因为马林已经率军冲了过来。

也没用潘美下令，马林就带着宋军对李承渥进行了反扑。南汉军早已被大象冲得七零八落，根本无法组织抵抗，只能任由宋军宰割。

而马林还不只是想把李承渥击溃了事，他命令骑兵将领道："先别忙着杀人，你先带人冲到莲花峰下，把敌人堵住！"

数千宋军骑兵很快就包抄过去断了南汉军的退路。战至下午，李承渥的南汉军已陷入宋军重重包围之中，且人数已不足万，大都放弃了抵抗。

然而马林却下令道："杀！都杀死！"

结果，李承渥所部数万军队，除千余人脱逃外，全被马林的宋军所杀。李承渥也未能幸免，被马林亲手割下了脑袋。如果把死去的南汉官兵都堆放到一起的话，那莲花峰的旁边便又会出现另一座山峰了。

这边的战斗刚一结束，那边又传来好消息：尹崇珂已经攻占了韶州城，并生擒了南汉韶州刺史辛延渥。潘美闻之大喜道："韶州一破，广州便朝不保夕了！"

但马林却似乎不甚快活：他虽然歼灭了李承渥，但破韶州之功却不属于他马林；入城之后，他向潘美、尹崇珂提议让弟兄们在城内外好好地"享乐享乐"，但被拒绝了；他强烈要求杀死辛延渥和其他俘虏，也没得到潘美和尹崇珂的同意。

令马林更不舒心的是：他要领兵迅速南攻，但潘美和尹崇珂却叫辛延渥派人去广州劝刘𬬻投降。

马林皱着眉头问潘美道："只要大军南下，广州便唾手可得，大人又何必对刘鋹劝降？"

潘美回道："如果刘鋹愿降，我等又何必大动干戈？"

马林气鼓鼓地道："潘大人，如果刘鋹拒不投降，你可得还让下官我再打先锋哦！"

潘美笑道："马将军放心。如果刘鋹不降，你就从这里一直打到广州！"

还真的让潘美说着了，刘鋹真的没有投降。本来，闻听韶州已失，辛延渥又派人来劝说，刘鋹已经动了投降之念。可是，龚澄枢和李托高低不同意。龚澄枢对刘鋹说道："大汉江山来之不易，如何能轻易送人？"

李托也对刘鋹说道："皇上待在广州，就是陛下，而皇上如果降宋，就成了阶下囚了！"

"陛下"与"阶下囚"可是有天壤之别的啊！做"陛下"可以整日整夜地花天酒地，而当"阶下囚"则只能任人摆布了。于是刘鋹又改变了降宋的念头。

但刘鋹也明白自己的处境危矣，他问龚澄枢和李托道："朕虽然不投降，但宋军打过来之后，朕岂不还是做不成皇上？"

龚澄枢和李托向刘鋹建议：可封那潘崇彻为宰相，召他速速回来北上抗敌。

刘鋹派人星夜西驰。可得到的回复是：潘崇彻拒不接受圣命。又闻听宋军已经离开韶州正向南进发，刘鋹愁眉苦脸地问龚澄枢和李托道："谁人可领兵北上啊？"

龚澄枢和李托不知所答。一个朝廷竟然无将可派，也真的是到了山穷水尽的地步了。而就在这当口，一个叫梁鸾真的老宫女向刘鋹推荐其养子郭崇岳，说郭崇岳饱读兵书，英勇善战，可以为皇上效力。虽然刘鋹对那个郭崇岳一无所知，但又实在别无选择。于是，刘鋹就任命郭崇岳为招讨使，领兵出镇马径（今广州北部）。

郭崇岳离开广州前，刘鋹深情地牵着他的手道："爱卿啊，朕现在只有这六万军队了，全让你带走了，你如果守不住马径，朕可就无路可退了！"

郭崇岳信誓旦旦地道："臣愿为皇上战斗到最后一口气！"

刘鋹"唉"了一声道："郭爱卿，你知道吗？你战斗到最后一口气事小，朕若是做不成皇上可就事大了！"

郭崇岳便在刘鋹的叹息声中离开了广州。

刘鋹拒绝投降，潘美和尹崇珂多少有些遗憾。但马林却很兴奋。如果刘鋹投降了，他马林岂不是无仗可打了吗？所以，马林就急忙找到潘美说道："大人，刘鋹不愿降，下官可以率军南下了吧？"

潘美点了点头。于是，尹崇珂率一部宋军出韶州向东北攻打雄州，马林率大部宋军出韶州向西南攻打英州。潘美吩咐尹崇珂道："你拿下雄州之后，当迅速掉头南下！"

潘美又叮嘱马林道："你夺取英州之后，应连续作战，直扑广州！"

马林心里话：潘大人，你就是不说，我也不会耽搁的。他对左右说道："告诉弟兄们，一路上多辛苦点，等打进了广州城，我保证让弟兄们乐个够！"

马林说到做到。只五天工夫，马林就从韶州赶到了英州，并占领了英州城，把殿后的潘美足足甩下了两天的路程。

也幸好马林进军迅速，要不然，那潘崇彻也许就没命了。因为，宋军离开韶州南下的时候，潘崇彻就率三万南汉军北上决定向宋军投降。他本是想向马林投降的，可等赶到英州附近时，马林早已率军沿北江西岸南下了。最终，潘崇彻投降了潘美。

闻听潘崇彻投降潘美之后，马林曾说道："潘崇彻这小子够聪明的哦！若是投降于我，我定拧下他的脑袋！"

马林虽未能拧下潘崇彻的脑袋，但却想拧下那刘鋹的脑袋。所以，离开英州之后，马林就催促着大军不分昼夜地向广州开去。两天后的黄昏时分，宋军开到了马径的北面。马径一带，驻扎着南汉朝廷的最后一支部队：郭崇岳和六万南汉军。

有部下建议休息一夜再进攻马径。马林摇头道："不！攻下马径，然后到广州城里休息！"

于是宋军就振作起精神向马径发动了猛攻。说起来，郭崇岳是以逸待劳，还占有地形之利，然而，宋军刚一发动进攻，六万南汉军就一下子跑散了十之七八。领着这样一支军队，即使郭崇岳真如其养母所言"饱读兵书、英勇善战"，那也是不可能打胜仗的。

不过，郭崇岳也的确英勇。宋军黄昏时分发动进攻，傍晚便占领了整个马径地区。然而，郭崇岳就像一头困兽一般，在月色笼罩下，手执一对大铜锤，在宋军阵中横冲直撞，还连伤了几员宋将。

马林闻之大怒，也要找一对大锤与郭崇岳分个高下，但一时未能找着，只寻得了一对板斧。马林就挥舞着板斧大战郭崇岳了。这一场好战，用"棋逢对手、将遇良才"来形容一点不为过。在众目睽睽之下，马林与郭崇岳足足大战了有半个时辰。最后，马林抓住了一个破绽，一只斧子拨开郭崇岳的两只铜锤，另一只斧子将郭崇岳劈成了两半。

马林虽砍死了郭崇岳，自己却也累得差不多要瘫倒。他吩咐左右道："郭崇岳够猛的，挖个坑把他埋了！"还特地叮嘱道："把他的一对铜锤也一块埋了！"

马林虽有些残暴，但终究也有惺惺相惜之心。埋了郭崇岳之后，马林下令：三军立即开往广州。官兵们虽然疲惫不堪，但听说广州就在前面不远，便一个个都打起精神来，拼命地朝前奔。

次日凌晨，马林率宋军攻占了白田（今广州附近）。站在白田，就可看见广州城了。马林得意地命令手下道："弟兄们，把广州围起来，千万不能让刘鋹跑了！"

宋军呐喊着冲向广州城。那刘鋹呢，还真的未能跑掉。不仅是刘鋹了，连龚澄枢和李托二人也没有跑掉。

当然不是刘鋹等人不想逃，而是事情出了一点意外。早在宋军攻占马径前，刘鋹等人就做好了逃跑的准备：把许多金银财宝和许多妃子宫女装在十余只船上，准备逃到南边的大海里去。可是，等宋军攻占了马径，扑到了白田、刘鋹等人想逃跑的时候，那十余船金银财宝连同妃子宫女一起，被一些太监伙同一些卫兵偷偷地先开走了。刘鋹等人再想逃跑，显然来不及了：马林的宋军已经将广州城团团地围了起来。刘鋹走投无路了，他可怜巴巴地问龚澄枢和李托道："两位爱卿，你们可有什么好办法救朕啊？"

说来可笑，在宋军兵临城下的当口，龚澄枢和李托二人竟为刘鋹出了一个馊主意：放火把南汉皇宫府库全部烧掉。龚、李二人为何会出这么一个主意？因为他们认为，宋军攻打南汉，目的无外乎是夺取南汉皇宫里的珠宝钱财，只要一把火将珠宝钱财全部烧掉，宋军就不会开进广州城了。龚澄枢还对刘鋹说道："到那个时候，等宋军一退，皇上就依然是大汉的皇上！"

刘鋹以为有理，由着龚澄枢和李托派人一把火将南汉皇宫烧成了灰烬。臣子愚蠢如此，刘鋹还信以为真，南汉若是不亡国，那真叫太奇怪了！

不过刘鋹很快就明白过来这一切都是徒劳的：皇宫虽然烧了，但宋军还是开进了广州城。刘鋹再也没辙了，只得与龚澄枢和李托一起投降了马林。还算不错，在向马林投降的时候，刘鋹脱下金色的龙袍，换上了一身白衣服，似乎在为亡国的南汉追悼。而且，在走到马林面前的时候，刘鋹也的确落下了几滴泪。

可马林不吃这一套，在尽情地奚落了刘鋹等人一顿之后，下令将刘鋹、龚澄枢、李托等一干南汉君臣一并处绞！

如果潘美来得慢一点，刘鋹等人就真的一命呜呼了。潘美担心马林会在广州城内大开杀戒，所以就带着几个随从星夜追赶马林。饶是如此，等潘美踏进广州城的时候，绞死刘鋹等人的绳索也已经悬挂好了，就差没朝刘鋹等人的脖颈上套了。

潘美费了一番口舌，终于救了刘鋹等人一命。但潘美的心里却一点也不轻松，因为在马林的授意下，攻入广州城的宋军烧杀淫掠、无恶不作。这些宋军官兵简直是发疯了，潘美虽为主帅，也难以制止，而潘美还不敢强行制止，因为怕惹出乱子。

潘美只能在心里这么想：等回京之后，一定如实向皇上禀报，不然，自己也会受到连累。

南汉国就这么灭亡了。南汉国辖下的六十州、二百一十四县的土地及十七万户百姓都尽归宋朝所有。从此，赵匡胤下一个征战的目标南唐国，就被宋朝压缩在江苏的中南部、安徽的东南部和江西的北部这么一块狭长的地带了。

【第十三回】

马林惨遭枭首刑，赵普巧施反间计

赵匡胤征服南汉，虽然没有花费太多的气力，但因为山重水复、路途迢迢，从兵发汴梁到攻克广州，却也用了近五个月的时间。一直到开宝四年（公元971年）的四月，潘美、尹崇珂和马林才押着刘鋹、龚澄枢、李托等人回到汴梁。

赵匡胤简直太高兴了。征服了南汉，就意味着他朝一统天下的目标又迈进了一大步。他在设宴为潘美、尹崇珂和马林等人庆功的时候，一边频频举杯一边想：过些时日，我就发兵攻打南唐。他认为，南汉如此不经打，南唐也必然如此。待征服了南唐之后，南方不就大一统了吗？南方统一了，岂不就可以举大宋一国之力北上，与北汉和辽人痛痛快快地一决雌雄了吗？

想到此，赵匡胤禁不住地热血沸腾起来。这也难怪，马踏太原，彻底征服北汉始终是赵匡胤挥之不去的莫大情结。

然而，没多久，也就是潘美等人押着刘鋹等人回到汴梁后不几天，赵匡胤的双眉又皱了起来。原因是潘美等人从广州回来的时候，几乎两手空空。

原来，宋军八年前攻灭荆湖和七年前攻灭后蜀，都从被征服国家的皇宫里运回汴梁大批的金银财宝。这些金银财宝虽然不是供赵匡胤享乐的，但它们是宋军的战利品，更大大地充实了宋朝的国库，增强了大宋的国力。可是现在，潘美等人攻灭了南汉，却几乎连一件珍宝也没有带回汴梁。要知道，刘鋹是个只顾自己享乐的皇帝，南汉宫中岂能没有大批的财宝？

赵匡胤找来赵普，疑惑地问道："你说，潘美他们是不是把刘鋹的财宝私吞了？"

赵普愕然反问道："皇上何出此言？"

赵匡胤以问代答道："如若不然，朕怎么没见着刘鋹财宝的影子？"

赵普睁大眼睛问道："皇上，你是明知故问，还是对潘美他们放心不下？"

赵匡胤冷冷地问："赵普，你这是什么意思？"

赵普答道："皇上为潘美等人庆功的时候，潘美曾对皇上言起，说刘鋹一把火将自己的宫殿烧了个精光……皇上，才短短几天工夫，你如何便忘了此事？"

"竟有这等事？"赵匡胤的双眉攒成了两座小山："看来，朕那天的确是喝多了……"

人逢喜事，喝酒过量似乎也是正常的，但赵匡胤竟然能将这么大的一档子事忘得一干二净，那该"过量"到什么程度？

赵匡胤一拍脑门儿，立即找来潘美。听赵匡胤问起南汉财宝一事，潘美说道："南汉财宝，小半在海上被人偷走，大半被刘鋹一把火烧光……"

赵匡胤勃然大怒道："刘鋹狗贼，竟然如此绝情，朕还留他何用？"

赵匡胤当即传旨：将刘鋹处绞！

就在这当口，赵普进见赵匡胤道："据臣所知，放火焚毁财宝一事，既非刘鋹所为，更非刘鋹的主意……"

赵匡胤便将刘鋹、龚澄枢、李托三人叫到面前，亲自审问。别看龚澄枢、李托没什么本事，但却也诚实，对放火焚烧南汉宫殿一事，二人谁也没有抵赖，都老老实实地承认了。龚澄枢还说道："此事的确与皇……与刘鋹无干！"

既然如此，赵匡胤就改了旨令：饶刘鋹不死，将龚澄枢和李托处死。鉴于龚李二人认罪态度较好，赵匡胤决定给他们一个痛快的死法：改绞死为斩首。

龚澄枢和李托二人的头颅落地的时候，赵匡胤在崇政殿设盛宴款待刘鋹，还召赵普、赵光义等朝中重臣作陪。席间，赵匡胤宣布：削去刘鋹帝号，着刘鋹改穿一品官衣服。据说，听了赵匡胤的宣布后，那刘鋹高兴得差点一口气没喘上来。

赵光义私下里对赵普道："赵兄，皇上如此对待刘鋹，是不是过于仁慈了？"

赵普点头道："你说得没错！所以呀，马林之事，我等实不能让皇上再如此仁慈！"

潘美曾当着赵普的面向赵匡胤禀报："每攻下一座城池，马林就纵容部下烧杀淫掠，并且，马林还喜好滥杀俘虏。"

赵匡胤对潘美说道："此事朕已经知道，你就不要再到处乱说了！"

"乱说"一词，足可看出赵匡胤对马林的态度。赵普问赵匡胤道："不知皇上将如何处置马林？"

赵匡胤仿佛很惊奇地道："马林攻无不克、战无不胜，立下了赫赫的功劳，朕为何要处置于他？朕应该大大地封赏于他才是啊！"

赵普说道："臣以为皇上所言不无商榷之处。马林虽立下赫赫战功，但屠杀无辜、纵容部下胡作非为，也是天理国法所不容！"

赵匡胤问道："以卿之见，马林当如何？"

赵普回答得很干脆："马林当问斩！"

赵匡胤莞尔一笑道："赵普，你开什么玩笑？马林有如此功劳，朕如果诛杀于他，那才真的是天理国法所不容呢！"

然而赵普不是开玩笑，他暗下决心：一定要将马林置于死地。不过他也知道，要想劝说赵匡胤处置马林那几乎是不可能的事。马林与攻灭蜀国的王全斌何其相似？从某种角度上说，王全斌等人因为纵容部下胡为引发蜀人大规模叛乱，差点使赵匡胤攻蜀的成果毁于一旦，其罪行应该比马林要严重得多，可现在，王全斌等人不依然活着吗？赵匡胤既然能饶过王全斌等人，那当然就更能放过马林了。

虽然很难说服赵匡胤，但赵普却自信能说动赵光义的心。果然，赵普到开封府对赵光义这么一说，赵光义立刻说道："赵兄说得没错！马林那小子自恃皇上宠信、无恶不作，如果不尽快将他绳之以法，那发展下去还怎么了得？"

赵普与赵光义二人真可以说是一拍即合。即便如此，如何处置马林终是一件困难的事。赵普说道："光义兄弟，有皇上庇护，那马林恐怕就能逍遥法外啊！"

赵光义接下来说的一句话让赵普很是吃了一惊。赵光义说道："赵兄，我等如果假传一道圣旨，岂不可以砍下马林的脑袋？等皇上知道了，马林的人头早已落地了！"

赵普连忙道："光义兄弟，假传圣旨可是死罪啊！"

赵光义不以为然地道："虽是死罪，但我不相信，皇上真会拿我等去为一个小小的马林偿命！再说了，马林纵然死上一百次，也是死有余辜！"

赵普苦笑道："光义兄弟，你乃大宋皇弟，即使你亲手将马林千刀万剐，皇上恐也不会对你如何。但我就不同了，如果我假传圣旨，皇上即使饶我不死，恐也得将我贬出京城……如此，我岂不就失去了荣华富贵？"

"赵兄说得也是。"赵光义挠了挠头，"如果因为一个小小的马林而使赵兄失去了荣华富贵，那就太不值得了！可是，不这么做，似乎又找不着处置马林的方法……"

"方法总是有的！"赵普含蓄地一笑，"我听说，马林返京之后得意非凡，常常呼朋邀友到酒馆饮至深夜，且常常暴喝狂饮、烂醉如泥……光义兄弟，这等狂饮烂醉之人岂不极易寻衅滋事？而你这个府尹大人，又岂不就是确保京城一方平安？"

赵普明显是在暗示。赵光义心领神会地道："马林之命休矣！"

一天夜里，马林与三四个朋友，正在一家酒馆里饮酒。赵普说马林返京之后，常常与朋友在一起饮酒是事实，说马林与朋友常常在酒馆里饮至深夜也是事实，但说马林常常暴喝狂饮、烂醉如泥却不免有造谣之嫌了。马林并非一无所知的人，他在南征之时可以任性胡为，但在京城之内就不敢过于放肆了，既不敢过于放肆，当然就不会辄饮辄醉了。

半夜时分，也就是马林与几个朋友喝罢酒准备离开酒馆的当口，突然闯进来十几个蒙面大汉。这些蒙面大汉闯入酒店之后，四处翻箱倒柜，还逼迫马林等人脱衣服，说是马林等人的身上藏有钱财。当时正值盛夏，马林等人根本没穿多少衣裳，身上也不可能藏有什么钱财，但那些蒙面大汉不相信，非逼着马林等人把衣裳脱光，并且已经有几个蒙面人开始剥马林那几个朋友的衣衫了。马林实在忍不住，就与蒙面人动了手。

马林当时还是比较清醒的，他不想把事情闹大，只想凭自己的拳脚把那些蒙面人打走了事。蒙面人虽多，但马林的拳脚却很是厉害。然而出乎马林意料的是，那十多个蒙面人竟然也个个身手不凡。马林一时不仅未能将蒙面人打走，自己的那三四个朋友还被蒙面人打得鼻青脸肿，躺在地上直叫唤。

马林不敢轻敌了，只得屏气凝神使出浑身解数与蒙面人交手。这样一来，蒙面人就不是马林的对手了，但蒙面人似乎都不怕死，好像要豁出性命与马林决一生死。再看这家酒店，早被马林和蒙面人砸得一塌糊涂。

酒店老板慌了神，忙着跑到开封府报告。都更深夜半了，赵光义居然没有休息。听了酒店老板的报告后，赵光义拍案大怒道："堂堂京城，怎容这等无耻之徒胡闹？"

赵光义当即唤来一名捕头命令道："速去将一干寻衅滋事之徒拘捕归案！"

那捕头领命，带着数十名捕快赶往那家酒店。至酒店时，那十多个蒙面人早已不见了踪影，只剩下马林和他的那个几朋友。那几个朋友都受了重伤，其中一个已经奄奄一息了。马林见开封府的捕快冲进来，刚要解释，却被捕快们一拥而上地缚住了手脚。其中一个捕快还拿什么东西往马林的脸上涂抹。再看马林的脸，黑乎乎的一团，俨然是一个蒙面人。

马林没有挣扎，也没再解释。他以为，到了开封府之后，一切都会讲清楚的。殊不知，马林去往开封府，便是去了黄泉路。

马林被押到开封府之后，并未能马上就见到赵光义，而是被那些捕快们利索地套上了枷锁，嘴里还被塞进了一大团破布。这之后，他才被推到了赵光义的面前。赵光义的身边，哆哆嗦嗦地站着那个酒店老板。

赵光义指着马林问酒店老板道："你看清楚了，是不是这种人闯进了你的酒店？"

酒店老板哪里能看清楚？光线那么暗，心里又那么紧张，加上马林的脸上一团漆黑，所以酒店老板只朝着马林的方向瞟了一眼，便马上冲着赵光义点头哈腰道："是，大人，就是他们这伙强盗闯入小人的店里大打出手……"

"那好吧，"赵光义吩咐酒店老板，"你在供词上画个押就可以回家了。待本大人将那些强盗都缉拿归案后，再去核实你店里的损失。"

酒店老板满脸堆笑地走了。赵光义换了一种嬉皮笑脸的表情问马林道："你这个小毛贼，为何不及时地逃跑啊？"

马林当然想解释，可嘴里堵着破布怎么也说不出话，只能"啊啊呜呜"地哼哼。若不是灯光昏暗，定能看见马林的眼珠子都急红了。赵光义愀然作色道："小毛贼！竟然敢在京城重地杀人越货，难道你就不怕天理国法吗？"

何来的"杀人"一说？原来，马林的一个朋友在抬进开封府之前就咽了气。马林就是急得摇头顿足，可终也摆脱不了枷锁的限制。

就听赵光义大喝一声道："来啊！将这个无法无天的小毛贼推出去就地正法！"

马林就这么被砍下了头颅。不知道马林在临死的时候是否已经悟出了这是怎么一回事。如果悟出了，他心中又会做何感想？

马林不知道的是，他刚一被推出开封府，赵光义的身边就多出了一个人，这个人当然就是赵普。

赵普"哈哈"笑着对赵光义说道："兄弟办案真是雷厉风行啊！"

赵光义也笑道："兄弟本想逗逗那小子玩的，但又怕夜长梦多，还是早点处置了早点省心！"

赵普问道："兄弟明日入宫，可需为兄相伴？"

赵光义思忖道："依兄弟之见，赵兄就不要相伴了。不然，我皇兄定会起疑心！"

赵普点点头："光义兄弟，抓紧时间打个盹儿吧，天就要亮了！"

天刚蒙蒙亮，赵光义就离开府衙径往皇宫而去。一开始，赵光义的表情十分地悠闲，可进入皇宫之后，他就做出一副神色慌张的表情来，而待站在了赵匡胤的面前，他的脸上就更是显得惶惶不安了。

赵匡胤急忙问道："光义，究竟发生了什么事？"

赵光义故意把声音压得很低："皇兄，臣弟昨夜误杀了马林……"

"什么？"赵匡胤大惊道，"你把马林杀了？"

赵光义忙道："不是臣弟故意杀了马林，实乃误杀……"

接着，赵光义把那酒店老板的供词呈与赵匡胤。待赵匡胤看完供词，赵光义说道："酒店老板指着马林，说马林就是蒙面之人，当时天暗，马林的脸上又抹着黑，臣弟一时没能认出，就这么把马林的脑袋给砍了。直到今日凌晨，臣弟才发现砍错了人，便慌忙跑来向皇兄禀告……"

赵匡胤一时没说话，只紧紧地盯着赵光义的双眼。赵光义多少有点心虚，喃喃说道："马林为国征战，功劳显赫，臣弟虽是误杀，却也铸下不可弥补之大错，请皇兄降罪于臣弟……"

"光义，"赵匡胤突然开口道，"朕且问你，在你杀死马林之前，马林就没有向你解释？"

赵光义回道："臣弟的手下把马林的嘴给堵上了！现在想来，在臣弟决定处死马林的时候，马林又是摇头又是跺脚，定是想对臣弟解释，可臣弟当时误会了……"

"光义，"赵匡胤脸色铁青，"朕再问你：你任开封府尹多年，都是这么抓住犯人就立即处死的吗？"

"那倒……未必。"赵光义小心翼翼道，"不过昨夜是个例外。京城重地，竟有毛贼公然劫财，还犯下命案，臣弟实在按捺不住，就误将马林就地正法了！"

赵匡胤一拍身边的几案喝道："光义，你还敢在朕的面前信口雌黄吗？"

赵光义做出一脸的无辜相："皇兄，酒店老板的证词，白纸黑字，句句属实，绝无半点虚构！臣弟错就错在不该把马林误当了蒙面人，皇兄因何言说臣弟信口雌黄？"

"赵光义！"赵匡胤本来是坐着的，现在猛地蹿起了身，"你要朕把那赵普唤来作证吗？"

赵光义本能地一愕："皇兄，此事乃臣弟所为，与那赵普何干？"

赵匡胤突然到了赵光义的近前，指着赵光义的鼻尖问道："你说，赵普昨夜身在何处？现在是否还待在你的开封府里等你的消息？"

赵光义无言了。他不敢否认，赵匡胤只要派人出宫便会发现赵普确实坐在开封府里。看来，故意杀死马林一事，是瞒不过赵匡胤了。

赵匡胤冷冷地问道："赵光义，你怎么不说话啊？"

赵光义回道："皇兄既然都说中了，臣弟还有什么好说的？"

"好啊！"赵匡胤的眼里几乎要冒出了火，"那赵普劝朕将马林问斩，朕没有同意，他便去劝你，而你竟然相信了他的鬼话，真的把马林斩了！你，你眼里还有朕这个皇兄吗？"

事已至此，赵光义也就不想隐瞒了："皇兄，臣弟以为，那马林虽有功劳，但又罪恶滔天，罪该万死……"

"住口！"赵匡胤逼视着赵光义，"你，你就那么听信赵普的鬼话？"

赵光义急忙道："不是臣弟听信什么鬼话，而是臣弟觉得赵普所言有理。那马林每到一处，便纵容部下放火、杀人、奸淫、掳掠……皇兄，七年前蜀人叛乱，不就是这样引发的吗？莫非皇兄还想看到南汉的百姓再来一次大规模的叛乱？皇兄，赵普劝臣弟杀掉马林，也是在为皇兄着想，为大宋国运着想！臣弟以为，皇兄应将马林被斩之事晓谕天下，以安抚南汉百姓之心！"

"赵光义，"赵匡胤直直地瞪着赵光义，"现在站在这里的，究竟谁是皇上？"

赵光义赶紧道："当然……皇兄是皇上！"

"好！"赵匡胤点点头，"既然朕是皇上，那你是听朕的话呢，还是听那赵普的话？"

"臣弟自然唯皇兄之命是从！不过，赵宰相的有些话，臣弟也不能漠然置之！"

"滚！"赵匡胤大吼一声。在此之前，他还从未如此对赵光义发过这么大的火，"赵光义，你不要做开封府尹了，你到宰相府去做赵普的管家吧！"

赵光义不再说话，脸色铁青地"滚"回了开封府。一见赵普，把入宫的经过大略说了一遍，然后苦笑着说道："赵兄，我可要到你的府上讨口饭吃了。"

赵普"哎呀"一声大叫，拔脚就要离开。赵光义连忙拦住问道："赵兄意欲何往？"

赵普说道："你今日遭遇，全是为兄之罪！为兄要面见皇上理论，不然，为兄于心何安？"

赵光义摇头道："赵兄啊，皇上气怒如此，你此时入宫，岂不要惹上杀身之祸？"

赵普回道："纵然被皇上千刀万剐，为兄也无怨无悔！"

"算了吧！"赵光义将赵普拉回了座位上，"既然此事是兄弟我出头，那你赵兄就不要去自讨没趣了！如果皇上真要处治于你，那你就是想躲恐也躲不掉啊！"

赵普叹道："光义兄弟，我赵普本只想着要把那马林绳之以法，万没料到，竟惹得兄弟你与皇上产生这么大的矛盾！我说马林罪该万死，我这般作为，岂不也是罪该万死？"

"赵兄言重了！"赵光义坦然地笑了笑，"其实啊，我俩是一根绳上的两只蚂蚱，你若是安然无恙，那我就会平安无事，而若我真的到了宰相府去做管家，那大宋的宰相就肯定不是你赵普了！"

赵光义所言应该是正确的。也就是说，赵光义与赵匡胤之间虽然闹出了矛盾，但赵光义与赵普之间的关系却又大大地加深了一层。这层加深了的关系，对赵匡胤而言，是喜还是忧，是福还是祸？

不几天，赵匡胤突然当庭宣谕：马林恃宠骄纵、恃功妄为，已着开封府依律正法，以儆效尤。赵匡胤还令赵普代拟诏书，颁布天下。赵光义暗地里对赵普道："看来，皇上是想通了！"

赵普喟然说道："在我看来，不是皇上想通了，而是皇上给了我赵普一个天大的面子！"

从表面上看起来，赵匡胤也的确给足了赵普一份脸面。自马林死后，赵匡胤一直未在赵普的面前提及此事，似乎马林之死与赵普毫无关系，更似乎本来就没有马林这个人。

连那和氏都觉得有些疑惑，她问赵普道："老爷，皇上是不是变了？"

这回赵普的回答就与在赵光义面前所言有所不同了，赵普回答和氏道："不是皇上变了，是因为皇上要攻打李唐了！"

开宝四年十一月，大宋都城汴梁来了一位不速之客。这不速之客是谁？乃南唐国主李煜的弟弟李从善（李从善时封南唐郑王）。说来也许不信，李从善竟然独自一人从江宁渡江北上，一直走到了汴梁。

早有地方官把李从善朝宋的消息报告了赵匡胤。不过，直到李从善进入汴梁之后，赵匡胤才弄清楚李煜派弟弟朝宋的目的。

李煜让李从善带给赵匡胤一封信。信中，李煜先大大地歌颂了一番赵匡胤的丰功伟绩，接着，便谦卑地向赵匡胤请求去掉其国号，改"唐国主"为"江南国主"，改"唐国印"为"江南国主印"。李煜还在信中请求赵匡胤不论在任何场合都可以直呼自己的名号，说是这样听来亲切。

想李煜的父亲"南唐中主"李璟在位时，就已经被后周世宗柴荣攻打得献了江北十四州、六十县之地，并向后周俯首称臣。现在倒好，赵匡胤还没有派兵攻打南唐呢，李煜就被吓得主动地把"唐"国号去掉了。

赵匡胤看了李煜的信后，自然是万分高兴。高兴之余，他设宴款待李从善，命赵普、赵光义等人作陪。就在李从善喝得面红耳赤的当口，赵匡胤笑嘻嘻地对李从善说道："郑王爷，你就不要回江宁了，就留在汴梁吧！"

李从善大惊。赵匡胤此言，分明是要扣留于他。可还没等李从善开口说话呢，赵匡胤又唤道："来人啊！送江南郑王去休息！"

李从善就这么被带走了，在座的宋臣大都很是愕然。按理说，两国交战都不斩来使，大宋与南唐未交战，李从善又是李煜的弟弟，还代表李煜来向赵匡胤讨好的，赵匡胤应该没有理由将其扣下。

不过赵普没有愕然，因为他觉得赵匡胤有充足的理由将李从善扣留。这理由就是四个字：弱肉强食！在赵匡胤看来，攻灭南唐只不过是小菜一碟。既如此，南唐皇弟主动送上门来，那自然就该叫他有来无回了。

想当初，赵普与赵匡胤制定统一天下大计时，是把南唐作为南方最强的对手而放在最后一位攻打的。没想到，时过境迁，南唐国竟然变得如此软弱。

不过话又说回来，在赵普的眼里，南唐国也并非一攻即灭的。所以见赵匡胤决定将李从善扣押做人质，赵普就很想劝说赵匡胤几句。赵普最终之所以没有去劝说，是因为他想起了马林之事：皇上既然在马林一事上没有找我的麻烦，那我又何必为一个李从善而惹皇上不高兴？反正，南唐迟早是要被大宋所灭的。

赵匡胤扣留李从善而赵普没有表示异议，这使得赵匡胤很愉快。于是，赵匡胤就在一个夜晚跑到宰相府去吃和氏烧的狗肉了。吃到酒酣耳热之际，赵匡胤乐呵呵地对赵普说道："爱卿，那李煜主动向朕请求去掉国号，岂不正说明了他心虚国弱？朕就在想啊，如果朕派两万人马过江，是不是就可以把江宁拿下了？"

不难听出，赵匡胤有轻敌之意了。要知道，当时的南唐国有数十万户人口，赵匡胤想凭两万人就灭了南唐，口气也未免太大了些。

赵普也"哈哈"一笑道："皇上如果真派两万人马过江，即使拿不下江宁，也至少会吓李煜一跳！他向皇上请求去掉国号，只不过是希望皇上不要派兵打他，让他在江南苟安罢了！"

"他真是想得美！"赵匡胤冷笑一声，"若让他在江南苟安，那朕又如何能心安？"

"是啊，是啊！"赵普连连点头，"只有把那李煜捉到汴梁来，皇上方能心安啊！"

这一夜，赵匡胤和赵普都喝醉了。

待赵匡胤离去后，和氏走到床前对赵普说道："老爷，皇上走了，你也别装了，快起来吧！"

赵普道："夫人，我没有装，我真的是喝醉了……"

这年年底，也就是李从善被扣在汴梁之后没多久，又有一个人从江宁走进了汴梁。这个人叫杜著，是李煜的一个大臣。

杜著不是李煜派来的，是自己偷跑出来的。他感觉到了南唐已经朝不保夕了，便想着要为自己找一条后路。所以，他在江宁熬了好几个晚上，偷偷地写成了一篇"平南策"，然后又偷偷地渡过了长江。

所谓"平南策"，就是杜著向赵匡胤献计如何攻打南唐。杜著以为，赵匡胤看了他的"平南策"之后肯定非常高兴，一高兴了，赵匡胤就会封他杜著的官，一封官了，他杜著后半辈子就依然可以过着锦衣玉食的生活。

然而杜著想错了。确切地说，杜著想对了一半又想错了一半。想对的一半是：赵匡胤看了"平南策"之后确实很高兴。想错的一半是：赵匡胤并未封他杜著什么官。

如果仅仅是不封官倒也罢了，可是，令杜著心惊胆寒的事情发生了：赵匡胤当着大宋群臣的面指责杜著"背叛主子""实乃小人"，并立即宣旨将杜著"处绞"。

据说，杜著听到"处绞"二字后，顿时就吓瘫在了地上。还没等被拖到刑场呢，杜著就已经死去了。这真叫咎由自取啊！

赵匡胤如此对待杜著，赵普是很有看法的。虽然，在攻打南唐之前，赵匡胤公开处死杜著确能起到麻痹李煜的作用，但赵普以为，皇上把一个主动投诚的南唐大臣处死，弊实大于利。不说别的，从此以后，哪个南唐大臣还敢主动归降？

赵普并没把自己的看法对赵匡胤说，而是对赵光义说了。赵光义颇有同感地说道："看来，皇上是真的以为李唐不堪一击了！"

赵普想的却是：皇上并非仅仅认为李唐不堪一击，而是行事变得独断专行了！于是赵普就吞吞吐吐地对赵光义说道："如果，能有一件事情使皇上冷静下来，那该有多好啊……"

赵普的这个愿望居然很快地实现了。开宝五年（公元972年）正月，南唐江都留守林仁肇率四万兵马从江西九江出发，沿长江逆流而上驶入湖北地界，将湖北的东南部洗劫一空。这还不算，当时镇守湖北的宋将潘美率军追赶，却中了林仁肇的埋伏，死伤甚众，连潘美都负了伤。那林仁肇满载着胜利果实又返回了九江。

潘美战败之事很快传到了汴梁，宋廷大震，赵匡胤大惊：本以为攻灭南唐如探囊取物般容易，万没料到，还没有攻打呢，自己却率先吃了败仗。

盛怒之下的赵匡胤立即将潘美召至汴梁，并要治潘美的罪。赵普觉得自己不能不说话了，于是就问赵匡胤道："皇上以为，那潘美在我大宋军中是否可算得上一位英勇善战之人？"

赵匡胤气呼呼地回道："英勇嘛，可以算得上。但是，朕万没想到，他竟然会败在那林仁肇的手下！你说，他这不是在丢朕的脸、丢大宋的脸吗？"

"是啊，"赵普说道，"在皇上即将发兵攻打李唐之前，潘美吃了一次败仗，这的确令人扫兴。但不知皇上是否这样想过：潘美如此英勇善战，却败在了林仁肇的手下，这又说明了什么？"

赵匡胤一怔："你是说，朕低估了李煜？"

赵普回道："皇上从未低估李煜，是皇上低估了唐将。初闻潘美落败，臣便对那林仁肇作了一番调查。据臣所知，那林仁肇不仅治军有方，且颇有谋略，确是我大宋攻唐的一大劲敌！"

赵匡胤没再言语。他也没再要治潘美的罪，反而赐给了潘美许多钱财。看来，赵匡胤的确是冷静了下来。

冷静了一阵子之后，赵匡胤找到赵普道："爱卿，朕听说那林仁肇打了胜仗之后，却被李煜叫到江宁狠狠地训斥了一顿！"

"臣也耳闻了此事。"赵普笑道，"林仁肇虽善战，但李煜却不领情。如此看来，李煜是一心只想偏安而不愿也不敢与我大宋为敌啊！"

"所以，"赵匡胤说道，"朕就想利用李煜和林仁肇之间的不和，在正式攻唐之前先做点小动作……"

赵普忙问道："莫非皇上想事先除掉那林仁肇？"

"不错！"赵匡胤点点头，"林仁肇一除，朕在攻唐时就可避免许多的损失。只不过朕虽然想除掉林仁肇，却一时想不出什么有效的方法来……"

说完，赵匡胤定定地望着赵普。赵普"嘿嘿"一笑问道："皇上是否想把这个差事交给臣去办？"

赵匡胤也"嘿嘿"一笑道："放眼大宋江山，只有你赵普鬼点子最多，既如此，这差事自然由你办是最合适的了！至于你如何才能办好这件差事，那朕就管不了那么多了！"

赵普信誓旦旦地说道："皇上放心，臣若办不成这件差事，你就取下臣的脑袋！"

赵匡胤大笑道："朕要你的脑袋何用？朕要的是那林仁肇的脑袋！"

许多人以为李煜是个风流天子，其实不尽然。比较准确地说，李煜应是个风流才子。他通晓音律，还会画画儿，诗文写得好，尤其擅长填词。他喜欢佛经，也喜欢周易，更喜欢女色，可就是不喜欢朝政。这不是一个典型的风流才子吗？只不过，他占着天子的位子罢了。

这里要特别提出李煜的词。原因有二：一是李煜虽然不是一个称职的皇帝，但填词却有很高的成就。在中国古代词坛上，李煜占着举足轻重的地位，享有"词王"之美誉；二是透过李煜的词，便可看出李煜在南唐宫中过的是一种什么样的生活，而透过这种生活，又可看出南唐国的灭亡其实是一种必然。

李煜在宫中究竟过的是何种生活？以他所填的《玉楼春》一词为证："晚妆初了明肌雪，春殿嫔娥鱼贯列。笙箫吹断水云间，重按霓裳歌遍彻。临风谁更飘香屑，醉拍阑干情味切。归时休放烛花红，待踏马蹄清夜月。"

李煜在宫中整日整夜地与那些"明肌雪""飘香屑"而又"鱼贯列"的"嫔娥"们在一起醉生梦死。这还不算，他竟然在宫中与皇后的妹妹偷起情来。

与李煜在宫中偷情的女人叫小周后。据南宋大诗人陆游所著《南唐书》载："昭惠国后周氏，小名娥皇，通史书，善歌舞，尤工琵琶……"这里的周氏便是李煜原来的皇后，习称大周后。那小周后就是大周后的妹妹，随大周后一同入南唐皇宫的。后来，大周后病死，小周后就接了她的皇后位。

从《南唐书》所载可以看出，大周后是一位多才多艺的女人，这与天性风流的李煜可谓正相般配。然而那小周后又实在是太美了，李煜意欲占为己有。可碍于大周后，李煜又不便与小周后明目张胆地共谐鱼水，没奈何，他只能与她偷情了。

李煜与小周后究竟是如何偷情的？从李煜所填一首《菩萨蛮》尽可看出："花明月暗笼轻雾，今宵好向郎边去。刬袜步香阶，手提金缕鞋。画堂南畔见，一向偎人颤。奴为出来难，教君恣意怜。"

看看，李煜借小周后之口，把一桩偷情事情竟然写得如此动人。就这一角度来看，李煜当可称得上是前无古人后无来者的皇帝了。

不过，真正为李煜在中国词坛上争得莫大声誉的，还不是上述这般寻欢作乐的词，而是带有李煜某些伤感、某些忧愁的词。比如，李煜的弟弟李从善出使宋朝被赵匡胤扣留在汴梁，李煜索要不果，很是思念，曾填过一首《清平乐》，词云："别来春半，触目愁肠断。砌下落梅如雪乱，拂了一身还满。雁来音信无凭，路遥归梦难成。离恨恰如春草，更行更远还生。"

李煜的这类词，语言朴素自然却又能很得体地抒情，确有很高的艺术造诣。像"砌下落梅如雪乱，拂了一身还满""离恨恰如春草，更行更远还生"之句，因情景交融又具有高度的概括性，更能引发读者的共鸣。

据说，赵匡胤曾看过李煜的这首《清平乐》。看过之后，他颇有感触地对赵普道："李煜真是旷世奇才啊！"

赵普却问道："皇上，如果李煜把填词的功夫和精力都用在治国之上，又当如何？"

赵匡胤笑道："那朕恐就不敢图谋江宁了！"

是啊，李煜身为一国之君，只留意声色诗词而不思朝政，亡国自然就是迟早的事了。故而，得知江都留守林仁肇大败宋军之后，李煜不但不加以褒奖，反而将林仁肇召至江宁训斥道："你目无皇尊、擅自用兵，你是想把宋军引过江啊？"

林仁肇辩解道："在臣看来，赵宋早晚是大唐的祸患！与其被动挨打，还不如主动出击，以绝后患！"

"放肆！"李煜呵斥道，"凭你林仁肇一人，就能拒宋军于千里之外？朕实话告诉你，如果因为你的所为而引来宋军大兵压境，朕就绝不轻饶你！"

林仁肇急道："皇上，偏安不是长久之计，宋军是肯定要打过长江的啊！"

"住口！"李煜发火了，"朕不去惹赵匡胤，赵匡胤又何故惹朕？如果都像你这般无事生非，朕岂有安宁之日？"

"皇上！"林仁肇的眼泪都差点流出来了，"荆南、湖南何曾惹过赵匡胤？西蜀、南汉又何曾惹过赵匡胤？可赵匡胤不照样一个一个地把它们给吞了？"

林仁肇所言应是再简单不过的事实，可李煜却冲着林仁肇吼道："你若是再敢妄言惑朕，朕现在就不轻饶你！"

林仁肇不敢再妄言了。还算不错，李煜当时并没有治林仁肇的罪，只是将他留在了江宁，而把江西、安徽一带的十余万南唐兵马交给了大将朱令赟统领。也就是说，林仁肇打了一次胜仗之后，却失去了兵权。

此事不知何故被那小周后知道了。那是一个暮春的夜晚，李煜与小周后一起花天酒地了一番之后，就携手走进了花园。当时月色很好，因为早晨下过一场雨，花园里还都是湿漉漉的。晚风徐来，吹拂着李煜和小周后联袂的衣襟，确有一番诗情画意。只是这种季节，许多花儿都凋谢了，李煜和小周后的脚下，未免有一些狼藉之感。

小周后幽幽地说道："妾虽深居宫中，却也知道林仁肇乃大唐善战之人，皇上又何故将他闲置京城？"

连小周后这样的女人都知道林仁肇的为人，便足见林仁肇在当时的南唐是威名远播了。李煜回道："爱后有所不知，朕虽也听说过林仁肇善战，但他过于骄纵，好无端生事，朕实在放心不下，只能将他搁置京城。"

一个国君，竟然只"听说过林仁肇善战"，李煜的荒于朝政又到了什么地步？小周后问道："皇上说林仁肇好无端生事，指的是他曾大败宋军之事吗？"

"是的，"李煜说道："他侥幸打了一次胜仗，便狂妄地劝朕对赵宋主动出击以绝后患！爱后想想看，凭大唐一国之力，怎堪与赵宋为敌？既不能为敌，那就当与赵宋和平相处。似林仁肇这般无端骚扰赵宋，岂不是惹火烧身？如果赵匡胤一怒之下，发兵过江，朕还无话可说……那林仁肇真是不了解朕的心事啊？"

小周后能了解李煜的心事吗？就听小周后又问道："皇上，如果大唐永远都不骚扰赵宋，那赵匡胤是否就永远不会发兵过江？"

李煜沉默了很久一段时间之后，低低地说道："朕希望如此啊……"

当夜，李煜在自己的寝殿里与小周后颠鸾倒凤之后，又披衣下床，饱蘸浓墨，填下了一首《乌夜啼》："林花谢了春红，太匆匆。无奈朝来寒雨晚来风。胭脂泪，相留醉，几时重。自是人生长恨水长东。"

李煜把当时的季节与当时的心绪几乎是完美地交融在了一起。季节是令人伤感的，心绪是伤悲的。小周后看完这首《乌夜啼》后，两行清泪潸然滑落。莫非，李煜对自己未来的日子已经有了一种不祥的预感？不然，《乌夜啼》一词中又何来的这么浓重的悲伤？

但林仁肇没有这么悲观，虽然他也知道以南唐现有的实力很难与赵宋抗衡，但他却始终坚信，只要不坐以待毙，只要以攻为守，那南唐就足以与赵宋周旋。只是苦于手中已无兵权，林仁肇的想法再多，也只能是空想。

不过林仁肇并不死心，他找了一个机会，向李煜提了一个舍己救国的方法。他对李煜说道："据臣所知，宋军在淮南地区的兵力很少，如果皇上借给臣数万兵马，那臣就可以从寿春直接渡过淮河，进而收复江北失地。待宋军发兵来援，臣也可以据淮河之险抗敌！"

林仁肇知道李煜不会轻易"借"给他兵马，所以接着就说出了舍己救国的想法："……臣领兵渡过淮河时，皇上就向赵宋宣言臣是大唐的叛贼，这样，臣如果出兵顺利，收复了江北失地，那大唐就不再惧怕赵宋了。反之，如果臣出师不利，皇上尽可诛杀臣之全家，如此，赵匡胤也难以将臣之所为归咎于皇上……"

林仁肇一席话，可谓是赤胆忠心，用"动天地，泣鬼神"来形容也不算过分。然而，李煜不仅没有为之所动，更不可能为之所泣，反而拂袖喝道："简直一派胡言！"

林仁肇还没有心凉，他悟出了李煜惧怕赵宋之心，于是就又找了一个机会向李煜说道："占据苏杭一带的钱俶，一直与赵宋通好，臣料想，待赵宋发兵过江，钱镠定会从东边攻打大唐。请皇上借臣一支兵马，臣可以据宣歙之地假言叛唐，皇上扬言要讨伐于臣，臣就派人向钱俶求援。臣估计，钱镠必然倾全国之力东来。这样，皇上就可趁机发兵一举夺取苏杭富饶之地。臣以为，只要大唐灭了钱俶，夺了苏杭，赵匡胤就不敢轻易地发兵过江了！"

客观地讲，林仁肇此计确是挽救南唐的一条道路。可是，李煜却质问林仁肇道："你前番扬言假装叛唐，此番又口口声声假装叛唐，莫非你真的有了叛唐之心？"

林仁肇慌忙表白道："臣对皇上对大唐满腔赤诚，天地可鉴！"

然而，李煜只是狐疑地盯了林仁肇一眼，又冷笑一声作罢。

这一回，林仁肇心凉了。他满腔报国之心却换来李煜对他的猜忌，他又如何能不心凉？因为心凉，他就开始对南唐的前途悲观失望了。他曾在一次酒后对他人说道："如此下去，大唐将完……"

有谁知，林仁肇的酒话被李煜得知。李煜气势汹汹地喝问林仁肇道："你凭什么说朕的大唐将完？"

林仁肇刚说了句"臣一时酒后失言"，就被李煜冷冷地打断道："什么酒后失言？分明是酒后吐真言！你不是说大唐将完吗？好，朕现在就证明给你看：大唐未完，你林仁肇已经完了！"

李煜大怒之下便要将林仁肇打入死牢。亏得那小周后得知后百般劝说，李煜才勉强同意暂且饶过林仁肇一回。林仁肇虽然死里逃生，但早已心灰意冷。

如果说，林仁肇前番大败宋军，李煜还只是嫌他多事的话，那么，自他对李煜提出那两点建议之后，李煜便对他极度不快又极度不信任了。而正是这种不快和不信任，才给了一直在虎视眈眈的赵普以可乘之机。

赵匡胤问赵普道："爱卿何时可取林仁肇的性命？"

赵普自信地回道："现在是春暮，到夏初之时，那林仁肇就会命丧江宁！"

赵普的自信是有道理的，因为李煜的弟弟李从善就在汴梁，闻听林仁肇遭到李煜的猜忌之后，赵普便开始在李从善的身上打主意了。

如果撇开国恨家仇不说，那李从善在汴梁的生活也还是蛮舒服的。除去没有太多的自由，李从善在汴梁几乎什么都有：有华丽的房屋住，有好酒好菜吃，还有一帮丫鬟仆人伺候着。而且，近一段时间以来，大宋宰相赵普还时常来看望他李从善。

来看望李从善的当然不止赵普一人，南唐使者来汴梁看望李从善的次数似乎比赵普还多。李煜向赵匡胤请求放李从善回唐，见赵匡胤不答应，就只好借进贡、朝拜等各种名义派使者入宋探望兄弟。令李煜略感欣慰的是，李从善每次托使者带回江宁的话都是"很好""平安"之类。直到有一天，也就是眼看着便要进入夏天的时候，李从善带回江宁的话语突然变了。

这还得从赵普说起。有一回，赵普去看望李从善，闲聊了一会儿，赵普准备告辞的当口，忽然像是不经意地问李从善道："你们江南是有一个叫林仁肇的将领吗？"

"是……"李从善心里"咯噔"一下，"江南国主的身边是有一个叫林仁肇的臣子。"

"哦，"赵普点点头，"听他自己说，他很善于领兵打仗，可有此事？"

因为李从善早被赵匡胤软禁，所以并不知晓林仁肇曾打败宋军之事，听赵普这么一问，李从善多少有些紧张了：赵普所言"听他自己说"是什么意思？

李从善竭力挤出笑容来，说话也异常小心："赵大人，那林仁肇若是搁在大宋天朝，恐只能算是寻常之辈。大宋战将如云，林仁肇岂值得一提？不过，据李某所知，在江南国主臣下，林仁肇也的确算得上是一位善战之人。江南国弱，自然短兵少将，赵大人这也是知道的。但不知……赵大人何故在李某的面前提及此人？"

赵普微微一笑——在李从善看来，赵普的这种微笑明显有掩饰之意——又摆了摆手说道："没什么，没什么，赵某只不过是想证实一下而已。不然，赵某岂不白白受人欺骗？"

赵普说完就匆匆地离开了，剩下李从善足足思索了有两个时辰。赵普"想证实一下"什么？"白白受人欺骗"又是何意？两个时辰过后，李从善终于思索出了一个结果：那林仁肇定是和赵普有过什么接触。想到此，李从善不禁打了一个寒噤。

巧得很，就在赵普向李从善打听林仁肇之后的第二天，李煜的使者就走进了汴梁。这使者姓马，是奉李煜之命以朝拜的名义入宋来看望李从善的。

宋廷照例很热情地接待了这位马使者，赵普还着人陪着马使者在汴梁城里游览。转来转去，就走到了一处正在装修的宅子前。马使者不禁停下了脚步观望，因为那正在装修的宅子样式，明显带有江宁一带的风格，在汴梁城里十分醒目。

马使者就好奇地问陪同者道："这宅子是何人所住？"

陪同者回道："我也不知。我只听说江南有一位将军要投我大宋，这宅子好像就是为他预备的。"

马使者一惊，忙追问道："我可以进去看看吗？"

陪同者一开始好像有点犹豫，但最终还是同意了。再看马使者，三步并作两步地就跨进了那处房屋。那处宅子有四五间之多，里面已经布置停当，十分地华丽。而最惹马使者注目的，不是那些布置，而是一张画像。那画像端端正正地挂在一间卧房内，正是林仁肇。

马使者也顾不得再问陪同者什么了，急急地告辞，又匆匆地走进李从善的住处，慌慌张张、结结巴巴地将自己的所见所闻说了出来。李从善一把抓住马使者的手腕问道："真有这等事？"

马使者的手腕被抓得生疼："王爷，是小人亲眼所见，怎能有假？"

李从善恍然大悟似的点了点头，又自言自语地道："本王明白了……"

马使者离开汴梁前，李从善对马使者嘱咐了两点：一是回江宁以后，将你所见所闻如实禀告皇上；二是代本王向皇上建议：林仁肇不可留。

马使者走后，李从善还自鸣得意地自语道："好个林仁肇，本王和皇上差点被你蒙骗……"

好个可悲的李从善，中了赵普的反间计不仅浑然不觉，还大大地帮了赵普一回忙，赵普真要好好地感谢他呢！

更可悲的当然还是那个林仁肇。李煜听了马使者的汇报后，顿时怒发冲冠道："果然不出朕之所料……"

不过，李煜并没有立即下旨逮捕林仁肇。他处死林仁肇的方法似乎也带有艺术性。他宣旨召林仁肇入宫，赐林仁肇酒食，还亲自为林仁肇把盏。

应该说，林仁肇在临死之前曾经快乐和兴奋过一阵。因为，李煜一边看着林仁肇饮酒一边说道："朕已经想通了，待明日，朕就拨给你十万兵马，让爱卿你打过淮河去，尽收大唐江北失地！"

只是林仁肇的这种快乐和兴奋太短暂了。很快地，他就觉着腹内如刀绞般的疼痛。跟着，一股苦涩涌满口腔。他一张嘴，黑色的血水像利箭一般喷涌而出。

林仁肇瞪着李煜，说："皇上，你为何要毒死我？"

林仁肇就这么死了，死得既可悲又可怜。可怜的是，直到死的那一刻，他还不知道究竟是为何被李煜毒死。

小周后闻之，花容失色。她颤颤地问李煜道："皇上，你以为，那林仁肇会真的叛唐吗？"

"即使林仁肇无心叛唐，朕留他也无用！"

小周后"啊"了一声道："如果赵匡胤发兵过江，林仁肇岂不是可以率军抵挡？"

"爱后，像林仁肇这般喜欢惹事的人都被朕处死了，赵匡胤还有什么理由发兵过江？"

这当然只是李煜的一厢情愿。赵匡胤得知林仁肇的死讯后，立即当庭宣布：不日发兵过江，直捣江宁！

很快，十万宋军聚集在了汴梁周围，粮草也已准备停当，统兵出战的主将早在远征南汉前就已经敲定：良将曹彬。看起来，万事俱备，只欠赵匡胤一声号令了。

可是，赵匡胤的这声号令迟迟没有发出。确切地讲，赵匡胤发出号令了，但不是命令曹彬攻南唐，而是命令曹彬、潘美等一大批宋将率十万宋军迅速北上。原因是，北汉和辽国联兵十数万已屯集在太原之南，显然有大举攻宋之意。这样一来，赵匡胤就只好暂罢攻打南唐之念了。这一暂罢，就是两年多的时间。

在这两年多的时间里，宋朝自然会发生很多事情，但最引人注目的一件事是：赵普终于被赵匡胤赶出了汴梁城。

从开宝五年五月，到开宝六年（公元973年）五月，在这一整年的时间里，赵匡胤和赵普的关系还是比较融洽的。

北汉和辽国虽然陈兵十数万于太原城南准备大举入侵赵宋，但因为曹彬、潘美等宋将率兵北上及时，特别是曹彬善战之名早已远播北汉和辽境，所以，大宋和北汉接壤处虽然两军对峙，却一时并无战事，只偶尔有小摩擦发生。北汉和辽军不敢轻易南犯，曹彬和潘美等人则严格执行赵匡胤的"人不犯我，我不犯人"的命令。

赵匡胤自然是想与北汉和辽人大打一场的。不过他也知道，如果北方战事真的大开，那吞灭南唐恐就是十分遥远的事了。而在赵匡胤看来，林仁肇一死，南唐实不足虑。所以，赵匡胤就强自隐忍着，等辽人从北汉撤兵，然后一举攻灭南唐；待灭亡南唐后，就甩开膀子与北汉和辽人大战一场。赵匡胤曾借着酒劲儿对赵普和赵光义这样说道："朕此生若不攻克太原，死不瞑目！"

好在赵匡胤在那段时间里虽然满心惦记着攻灭北汉之事，却也始终没有改变"先南后北"的统一大略，而且，赵匡胤还多次派人深入南唐国境，侦察南唐军队的布防——赵匡胤担心南唐军中会突然冒出像林仁肇那样的将领来。

赵匡胤只牵挂着南北军事了，朝廷政务便由赵普和赵光义代为操劳。说实话，在那一年时间里，赵普也好，赵光义也罢，都兢兢业业地为大宋国事而忙碌。

当然了，赵普和赵光义不可能每日每夜地都在忙碌着国事。一张一弛，文武之道。开封府里那么多的美女，赵光义焉能荒废闲置？于是乎，在某些时候，赵光义便放浪于美女群中，寻欢取乐。

赵普也并非完全忘我地忙碌。一年之内，他曾忙里偷闲地去过洛阳两回。实际上，从某种角度上说，他去了洛阳之后，当比在汴梁更加忙碌了：洛阳有他豪华的私宅，私宅里有他蓄养的美妾，一旦投入美妾怀中，他又焉能闲得住？完全可以这么说，汴梁宰相府里的赵普与洛阳私宅里的赵普，简直判若两人：宰相府里的赵普，不乏谦谦君子之相；而洛阳私宅里的赵普，就活脱脱是一个放浪形骸的登徒子了。以至于赵普两次去洛阳，虽然耽搁的时间都不长，但每次回来，面容都异常地憔悴。而且，回来后几天，他都提不起精神来与和氏做床笫之事。

终于，和氏得知了洛阳私宅之事。那是赵普第二次去洛阳尚未回来之时，朝廷参知政事（副宰相）薛居正因事经过宰相府，用玩笑的口吻对和氏道："赵大人每次去洛阳，整日整夜地不休息，夫人应劝他多多地保重身体啊！"

和氏说道："我家老爷为国事操劳，累点也是应该的！"

薛居正一愕："夫人……莫非不知道？"

和氏惊讶道："妾身不知道什么？"

"没什么，没什么！"薛居正自知说漏了嘴，逃也似的离开了宰相府。

和氏自然疑心起来。待赵普从洛阳归来，和氏笑吟吟地说道："老爷，几天前有一位大臣到相府来，说是等老爷从洛阳回来之后，妾身应该对老爷检查一番……"

赵普多少有点紧张："不知那大臣劝夫人要检查老爷我什么？"

和氏慢悠悠地道："那大臣劝妾身应该检查一下老爷的身体到了洛阳之后是不是太过劳累了……"

赵普立马就赔出笑脸来："夫人……莫非全知道了？"

和氏绷着脸回道："妾身知道什么？妾身什么也不知道！"

和氏说的应该是实话，但赵普做贼心虚，还是一五一十地将洛阳私宅之事交代了出来，最后还特地强调道："宅内虽有许多女人，但大半为侍女，她们实与老爷我无染……"

有两滴清泪，缓缓地从和氏的眼角滑落出来。赵普连忙道："夫人切勿过分伤悲！夫人也是知道的，老爷我每年去不了洛阳几回，去了之后，也只是逢场作戏而已。在老爷我的心中，天下虽然群芳争艳，但最艳丽、最动人、最让老爷我心驰神往的花儿，唯有夫人一朵耳！"

和氏抽抽搭搭地道："妾身并非小肚鸡肠，也不是喜好嫉妒之人。只不过，妾身以为老爷去往洛阳，应该事先如实告知妾身。妾身虽卑贱，终是老爷明媒正娶而来……"

"夫人所言甚是！"赵普态度非常诚恳，"一切皆我之过错！不过夫人请放心，从今往后如果得不到夫人的首肯，老爷我绝不再踏入洛阳一步！"

"是吗？"和氏不再抽噎了，"如果皇上旨令老爷前往洛阳，老爷也抗旨不遵吗？"

"不遵！"赵普一本正经地道，"在朝堂之上，皇上的话是圣旨，而在这宰相府里，夫人的话就是圣旨！"

"算了吧，老爷！"和氏破涕为笑，只要老爷能够自律，行事有所节制也就是了！"

"谨遵夫人之命！"赵普动情地将和氏揽入怀中，"夫人适才一番肺腑之言，普今生今世感激不尽！"

是啊，赵普一直把洛阳私宅之事瞒着和氏，就是因为心虚。没想到，和氏竟然如此大度和宽容。后来，赵普曾深有感触地对赵匡胤说道："臣真是以小人之心度夫人之腹啊！"

与赵普相比，赵匡胤当然就不会存有这般"小人之心"了。宫中任何一个女人，都可以成为赵匡胤销魂解闷的对象，赵匡胤在销魂解闷的时候，全无一点偷偷摸摸的必要。

话又说回来，在那么一段时间里，赵匡胤即使是个很好色的男人，也不可能全身心地都扑腾在女人的身上。南唐眼看就可吞灭却不能发兵攻打，北方虽暂无大的战事却有十几万敌军陈兵边境，终是一大心头之患。赵匡胤整天地都在思虑这等恼人之事，又如何有好心情与女人玩乐？

赵匡胤曾找来赵普和赵光义问道："朕如果再从全国各地征调十数万军队，可否过江攻打江宁？"

赵普回道："再征调十数万军队不难，但凭这支军队过江攻打江宁恐就不易了！我大宋精兵良将几乎全在北方，以乌合之众渡江作战恐非明智。虽李唐之军多是畏战之徒，但人数上却占优势，且还占有地形之利……"

赵光义接道："臣弟以为，攻唐之战不宜早开。南方战事一开，北方之敌必然大举侵犯！我大宋现在虽然比较富强，但也恐难以承受在两线同时作战！"

"是啊，"赵匡胤喟然叹道，"北方之敌恐就是在等待朕对唐开战啊！"

明知道此时对唐开战不利，赵匡胤还找来赵普、赵光义询问，便足见他对时局的牵挂到了何种程度了。当然了，如果以为赵匡胤因牵挂时局而一点不近女色，那也是错误的。不说别的，就宋皇后和花蕊夫人两个女人，就足以让赵匡胤难以释怀了。

宋皇后无疑像是一朵水中的芙蓉，那等的清爽、娇嫩。同宋皇后相较，花蕊夫人便似一朵半开的洛阳牡丹，雍容而不失鲜丽，高贵又不失自然。有这么两朵绝色之花绽放在身边，赵匡胤纵有千般牵挂、万种忧思，也会在花色的芬芳中释怀。

在那段熬人的日子里，赵匡胤生活当中的最大乐趣，似乎还不是与宋皇后和花蕊夫人在床笫间娱乐。最大的乐趣似乎是他踩着夕阳的余晖，在宋皇后和花蕊夫人的依偎下，信步于宫中的条条幽径上。赵匡胤的诗情才气虽不能比那李煜，但他却也知道，与宋皇后和花蕊夫人这般的女人信步在柔和的夕阳里，每一步都是一首优美的抒情诗。更何况，在赵匡胤的眼里，才气逼人的花蕊夫人本身就是一首千古传诵的美妙诗篇。故而，赵匡胤每次在宫中散步，总要到星星眨眼时才恋恋不舍的作罢。这也难怪，在佳人的陪伴下信步幽径，确实是一种莫大的享受。

然而有一回，赵匡胤在宫中散步的时候，不仅没有感受到什么莫大的享受，反而惹出了一肚子的愤懑之气。

一开始，赵匡胤还是在尽情地享受着信步之乐的。依然有柔媚的夕阳，依然有比夕阳更美妙的宋皇后和花蕊夫人作陪，所以赵匡胤每迈出一步，都感到是那么轻快和愉悦。

那小宫女刚一走进赵匡胤目光中的时候，赵匡胤依然很轻快、很愉悦。他还用玩笑的口吻对宋皇后和花蕊夫人说道："你们看出来了吗？那小宫女的身段很有特点：上半段瘦削，下半段苗条，唯中间一段略显臃肿。"赵匡胤笑了笑，又发问道："你们可知何故啊？"

赵匡胤口中的"略显臃肿"，指的是那小宫女的肚腹看上去有点大，与她窈窕的身材很不相称，故而发问。因宋皇后地位尊贵，所以花蕊夫人就等待着让宋皇后先行作答，然见宋皇后只微蹙双眉，并无开口之意，花蕊夫人便迟疑了一下，尔后轻说道："皇上，臣妾以为，那小宫女是因为饭菜吃得过于饱足，故而腰身略显臃肿……"

"是吗？"赵匡胤很觉诧异，"一个小女子，竟然吃成这副模样？"

宋皇后开口了："皇上，臣妾以为不然。"

赵匡胤忙着问道："爱后有何高见？"

宋皇后顿了一下，然后道："臣妾以为，那小宫女是怀孕了……"

"什么？"赵匡胤脸色更变，直直地瞪着宋皇后，"你是说，那小宫女怀孕了？"

宋皇后被赵匡胤瞪得有些发怵："臣妾只是这么猜测，请皇上不要当真……"

赵匡胤焉能不当真？他猛回头，冲着远远跟在后面的几个小太监大喝道："快！把那小宫女给朕唤来！"

几个太监拔脚就往前冲。但旋即，几个太监又转回身来，其中一个太监可怜巴巴地问道："皇上，究竟是……哪个小宫女？"

前面不远处，至少有五六个小宫女。赵匡胤手一指："就是那个，那个肚子大的小宫女！"

几个太监忙向前跑去。宋皇后和花蕊夫人一时都有点紧张，不知皇上要干什么。赵匡胤这时说话了："爱后、爱妃，你们先回殿歇息，朕要在此处理一件紧要之事！"

宋皇后和花蕊夫人应诺而去。

很快，那小宫女就被几个太监带到了赵匡胤的面前。见到皇上，小宫女自然是要下跪的，而且还深深地埋着头。

赵匡胤叫小宫女抬起头来，小宫女不应。赵匡胤一使眼色，两个太监硬是托起了小宫女的头。这小宫女的脸色有点蜡黄，且脸上还散布着一层稀疏的雀斑。她姓胡，十六七岁的模样。

赵匡胤冷眼问胡氏道："你实话告诉朕，你这隆起的肚子是怎么一回事？"

小宫女就跟哑巴了似的，虽仰视着赵匡胤，但并不作声。赵匡胤怒喝道："说！你是不是怀孕了？"

小宫女依然闭着口，看起来很倔强。赵匡胤猛地一脚就将她踹了个仰面朝天，怒气冲冲地道："你这个女人，以为装哑巴朕就奈何不了你了？说，你是不是怀孕了？"

小宫女虽被踹得不轻，但还是挣扎着爬起，又规规矩矩地跪在了赵匡胤的脚下，只是不言语。赵匡胤大怒，左手抓住小宫女的头发将她提起，右掌一下子扬起多高。若是这一掌扇下来，小宫女即便不被打晕也至少会被扇下几颗牙齿。

但最终，赵匡胤扬起的手掌又缓缓地放了下来。他吩咐一个太监道："唤御医给她检查！"

赵匡胤走到一间偏殿里等候消息，不一会儿，御医来报：胡氏宫女确已身怀有孕，她只请求皇上赐她速死。

赵匡胤哼道："她想得美！她死了，朕如何弄清真相？"

蓦地，一个念头闪入赵匡胤的脑际。于是他吩咐御医道："将那女人严加看管！若她发生什么意外，朕唯尔等是问！"

当时，天已经黑了。赵匡胤宣旨：宣赵普立刻入宫见驾！赵普不知何事，匆匆忙忙地入宫。见了赵普，赵匡胤含笑问道："爱卿可知朕宣你入宫所为何事？"

赵普哪里知道，他小心地赔笑道："许是与北方战局有关……"

"不，"赵匡胤说道，"北方战局无事，是朕的宫中出了事！"

赵普双眼一眨不眨地看着赵匡胤。赵匡胤淡淡地说道："朕宫中有一个小宫女，突然怀孕了！"

"突然"一词，显然有些不当。赵普连忙道："臣恭喜皇上、贺喜皇上……"

赵匡胤一怔："赵普，朕何喜之有？"但旋即醒悟道："赵普，你以为，那小宫女……是朕所为？"

赵普反问道："难道不是皇上所为？"

"绝对不是！"赵匡胤回道，"若是朕所为，朕又何必召你？朕将她擢为皇妃不就结了？"

赵普笑嘻嘻地道："皇上，那可说不准啊！皇上好酒，说不定某次酒后，皇上一时兴起临幸那位小宫女，而待皇上酒醒之后，又一切都已忘怀……"

"赵普！"赵匡胤圆睁二目，"你把朕看成是什么人了？朕实话告诉你，自宋皇后入宫之后，不，自花蕊夫人入宫之后，朕就不再与宫女们来往，你听清楚了吗？"

赵匡胤所言究竟是不是实话，只有他自己知道。赵普回道："臣听清楚了！但臣不明白的是，宫中发生此等事情，皇上召微臣何干？"

赵匡胤又笑了："赵普啊，一个小宫女在宫中无端地怀孕了，岂不有污大宋皇宫的圣洁？朕自然是要将此事查个水落石出的。然那个小宫女脾气很倔，始终不肯供出与她有关系的男人，而朕又实在不忍心对她行刑逼供……"

"皇上，"赵普慌忙道，"你……不是叫微臣来调查此事吧？"

"正是！"赵匡胤一乐，"都说你赵普聪明。你赵普还真的聪明，朕的话还没说出口呢，你赵普就已经猜着了！"

赵普赶紧赔笑道："皇上，你这是在开玩笑吧？这种事情，你叫微臣如何调查？再说了，宫中之事，微臣也不便调查……"

"有什么不便？"赵匡胤振振有词地问道，"你把那小宫女带回你的相府，详加盘查，查出真相之后禀告于朕，这事不就完了吗？"

赵普还要推辞，赵匡胤正色说道："赵普，朕适才所言乃大宋皇上圣谕！你想查也得查，不想查也得查，而且，此事不容拖延，朕给你三天时间，三天之后，朕在宫中等你回话！"

赵普无奈，只得怏怏地带了那宫女胡氏转回宰相府。和氏惊问其故，赵普将事情说了一番，然后说道："皇上一时难以攻唐，心中不快，便拿此事寻老爷我开心……"

和氏却道："老爷，皇上仅仅想查出那男人是谁，这又有何难？"

赵普大喜道："莫非夫人有妙计？"紧跟着又道："夫人切莫用刑，皇上也未对胡氏用过刑罚……"

"用什么刑？"和氏说道，"这胡氏之所以未向皇上供出实情，是因为她怕供出那男人之后，皇上会将她与那个男人一起处死！"

"夫人所言甚是！"赵普点头道，"胡氏这种舍己救人的精神的确令老爷我赞叹！但正因为如此，胡氏才不会轻易地向别人道出实情……"

"老爷莫急！"和氏嫣然一笑，"妾身去去就来！"

和氏自然是去和那胡氏待在一起。赵普虽然不大相信和氏这一去便能从胡氏的口里套出答案，但他同时又这么想：女人和女人交谈，总是有许多方便的。

顶多半个时辰，和氏回到了赵普的身边。赵普笑问道："夫人此番前去，定然是马到成功吧？"

和氏回道："妾身没有食言。"

和氏真的问清了胡氏怀孕的来龙去脉。大凡宫中之女，平日是很难与宫外的男人接触的，即便偶有接触，也很难发展成什么关系。胡氏入宫三四年了，至一年前，她还只在宫中见过皇上一个男人。然而一年前的某一天，她幸运地成了韩妃的侍女。韩妃曾一度被赵匡胤十分宠爱，纵然得了千娇百媚的花蕊夫人，赵匡胤也时或会去韩妃的住处走一遭。因韩妃的床笫功夫甚佳，赵匡胤在韩妃的侍候下能得到莫大的刺激。故而，与一般的皇妃相较，韩妃在宫中就享有某些特权。比如，她可以派身边的侍女出宫为她办这办那。巧的是，胡氏刚一成为韩妃的侍女，韩妃就让她出宫办事了。更巧的是，胡氏第一次出宫，就与守护皇宫的侍卫许正道相遇，而且彼此一见钟情。有了一见钟情做铺垫，接下来的事情就自然而然地发生了。她怀孕了。刚一得知自己怀孕，她十分恐慌，但恐慌过后，她又十分坦然：大不了自己一死，只要不连累许正道就行。所以，她不仅没把怀孕之事告诉许正道，还找各种借口不再出宫了。借口一多，韩妃就不高兴，于是韩妃便把胡氏从自己的身边撵走了。离开了韩妃，胡氏曾生起过一个念头：想办法把怀下的婴儿打出来。可办法还没想出来呢，她就被赵匡胤发觉了。胡氏横下一条心：不管皇上如何处置，我都死活不开口，更不能供出许正道。因为胡氏很清楚：宫女和侍卫私通，只能是死路一条。

赵普大加赞赏道："夫人真是了不起啊！只凭一番口舌，便将这样多隐秘问得清清楚楚、明明白白！若是皇上知道了，恐也要对夫人自叹弗如啊！"

和氏却道："老爷休要谬奖妾身，这其实都是老爷的功劳，妾身只是代为跑腿罢了！"

赵普一怔："夫人何出此言？"

和氏回道："因为妾身对胡氏做了保证，胡氏才将实情和盘托出。"

赵普有些明白了："夫人向那胡氏做了何种保证？"

和氏说道："妾身对胡氏说：'只要你将实情说出，我家相爷就保证你和那个男人无性命之忧……'"

"哎呀夫人！"赵普大叫，"如果老爷我也这么对那胡氏说，胡氏岂不也照样实话实说？"

"所以啊，"和氏笑吟吟地道，"妾身早就说过，如果只是想从胡氏的嘴里问出实情，其实并不难！"

"是啊，"赵普苦笑道，"你问出实情不难，但老爷我可就太难了！"

"又何难之有？"和氏一副轻描淡写的模样，"你动动你的脑子，想出一个法子来劝说皇上不杀他们，不就万事大吉了吗？"

"真是谈何容易啊！"赵普缓缓地摇了摇头，"这种有辱宫廷声誉之事，皇上焉能听我的劝说？再者，一个宫女，一个侍卫，皆位微人贱，皇上就更不会在意了！"

"老爷，"和氏的表情突然严肃起来，"你认为妾身故意使你为难？老爷想想看，那胡氏正当妙龄却多年幽处深宫，即便做出这等出格之事，似也不应过多地指责。妾身以为，老爷既然常以正人君子自居，那就断无见死不救的道理！"

赵普不觉一愕，继而叹息道："夫人所言，自有道理，但此事也实在太过为难……"

和氏笑道："老爷，在妾身的印象中，好像还没有什么能够使老爷太过为难的事！"

赵普又叹道："夫人既如此说，那老爷我就试试看吧！大不了，与皇上吵一架呗！"

话虽是这么说，但赵普也并不想与赵匡胤吵架的。既不想吵架，又想救胡氏和许正道的性命，那赵普就只能想出一个好办法才行了。好在赵普眼睛一转，就有了好办法。

把胡氏带回宰相府的第二天，赵普悠搭着双手入宫见驾。赵匡胤很高兴，以为赵普是来告之胡氏怀孕实情的，谁知赵普却道："皇上给微臣三天时间盘问，这才刚刚过去一宿，微臣如何就能问出结果来？"

赵匡胤点点头，问赵普入宫所为何事。赵普说道："不敢欺瞒皇上，微臣近来正在研读唐诗。微臣发觉有一首唐诗颇富意味，所以就特来呈给皇上欣赏！"

"哦？"赵匡胤虽也知道赵普呈诗定有其他目的，却也顺口说道，"爱卿，朕对唐诗也颇为欣赏，但不知爱卿所呈乃何人何诗啊？"

赵普从怀中掏出一首诗来。此诗为赵普亲手所抄，字迹异常工整。诗云："寥落古行宫，宫花寂寞红。白头宫女在，闲坐说玄宗。"

该诗题为《行宫》，乃中唐大诗人元稹所作的一首五言古绝。该诗以"寥落古行宫"和"宫花寂寞红"作比，渲染出一种异常荒芜、凄清的情境，鲜明地映衬了"白头宫女"一生的"寂寞"和"寥落"，一个"闲"字，饱含了"白头宫女"们的辛酸和作者对她们的深刻同情，读来令人泪下。

赵匡胤当然没有落泪，因为他知道了赵普呈上元稹这首诗的用意。赵匡胤装着很认真的样子将《行宫》一诗看了两遍，然后微皱双眉说道："爱卿，据朕所知，这个元稹虽然写了许多读来十分感人的诗，但其为人却好像并不值得称道！朕记得，他的妻子韦丛死后，他曾写过一首《离思》，表达了他对妻子刻骨铭心的怀念，可《离思》一诗的墨迹还未干呢，他便忙着左拥右抱、寻欢作乐了……爱卿，这样的人写出的诗篇，似乎大可不必认真对待吧？"

赵匡胤的话是有一定根据的。他提到的《离思》，指的是元稹为悼念其妻韦丛而作的一组诗当中的一首（元稹曾作《离思》五首）。诗云："曾经沧海难为水，除却巫山不是云。取次花丛懒回顾，半缘修道半缘君。"

单从这首诗所抒发的情感来看，元稹对其妻的怀念的确感人至深。正因为如此，这首《离思》才一直为后人广为传诵。然而，据有关书籍记载，元稹又确有表里不一之嫌：诗里说的是一套，而实际做的又是另一套。其实这也不奇怪，诗文写得情真意切甚或催人泪下者，总也不乏伪君子。

赵匡胤否定元稹的为人，自然是有否定那首《行宫》小诗所表达出来的对宫女辛酸生活的同情之意。不然，如果赵匡胤肯定了《行宫》的同情，那他就当同意赵普的用意：宫女生活太过凄苦，皇上应当赦免胡氏。

听赵匡胤这么说，赵普便故作惊讶道："微臣真没有想到，皇上对唐诗，对元稹研究得这么深透！微臣真是佩服万分啊！不过话又说回来，微臣以为，元稹在那首《离思》中所表达的也许确是一种虚情假意，但在这首《行宫》中所表达的却是一种真情实感……"

"是吗？"赵匡胤盯着赵普，"你真的这么以为？"

"是的！"赵普对赵匡胤的目光毫不回避，"臣以为，元稹完全有理由在《离思》中说谎，但却毫无必要在《行宫》中矫情，因为《行宫》一诗所述与元稹本人并不相干！"

"那好吧，"赵匡胤瞥了那首《行宫》一眼，"你就把这首小诗留下，让朕仔细地揣摩，看元稹是否说的是实话。"

于是赵普就躬身离开了。回到宰相府，和氏问入宫如何，赵普回道："在我看来，皇上的心情好像还不错。"

过了一天，赵普又悠耷着双手入宫见驾。赵匡胤问道："爱卿这番可是来告之调查结果？"

赵普答道："三天期限未至，微臣尚未调查结束。不过皇上放心，明日一早，微臣便可将结果禀告皇上。"

"既如此，"赵匡胤意味深长地盯着赵普，"爱卿此番见朕何干？莫非，爱卿又想向朕推荐什么诗篇？"

"皇上真是圣明啊！"赵普亮开了嗓子，"微臣正是此意！"

赵匡胤一撇嘴："爱卿，推荐一首诗篇，好像用不着这么大声吧？说，这回你又推荐元稹的哪首诗啊？"

赵普躬身道："禀皇上，微臣这次推荐的一首诗，并非那元稹所作……"

说着话，赵普就从袖中摸出一卷纸来，上面写着一首篇幅很长的诗。这首诗共有四十来句。诗云："上阳人，上阳人，红颜暗老白发新。绿衣监使守宫门，一闭上阳多少春。玄宗末岁初选入，入时十六今六十。同时采择百余人，零落年深残此身。忆昔吞悲别亲族，扶入车中不教哭。皆云入内便承恩，脸似芙蓉胸似玉。未容君王得见面，已被杨妃遥侧目。妒令潜配上阳宫，一生遂向空房宿。宿空房，秋夜长，夜长无寐天不明。耿耿残灯背壁影，萧萧暗雨打窗声。春日迟，日迟独坐天难暮。宫莺百啭愁厌闻，梁燕双栖老休妒。莺归燕去长悄然，春往秋来不记年。唯向深宫望明月，东西四五百回圆。今日宫中年最老，大家遥赐尚书号。小头鞋履窄衣裳，青黛点眉眉细长。外人不见见应笑，天宝末年时世妆。上阳人，苦最多。少亦苦，老亦苦。少苦老苦两如何！君不见昔时吕向美人赋，又不见今日上阳白发歌！"

以上所录乃中唐大诗人白居易所作的一首新乐府长诗《上阳白发人》。白居易和元稹是同时代人，也是好朋友。元稹的那首《行宫》和白居易的这首《上阳白发人》在表达内容和表达用意上是基本相同的，不尽相同的是，元稹的那首小诗表情较为含蓄，而白居易的这首长诗则运用夹叙夹议的手法，毫无遮拦地表达了作者对"上阳宫人"的无比同情，同情中还蕴含着作者满腔的悲愤。

令赵普有些心凉的是，当他恭恭敬敬地将《上阳白发人》呈到赵匡胤的手中之后，赵匡胤只扫了一眼，便将诗稿搁在了身边的几案上，微微地昂着头，紧闭着双唇，不再正眼看赵普。

赵普小心翼翼地问道："莫非皇上不喜欢白居易的诗？"

赵匡胤开口了："朕很喜欢白居易的诗，因为他敢在诗中讲真话。爱卿忘了吗？朕曾与你谈论过他写的《长恨歌》。他被贬后所写的那首《琵琶行》，朕也非常喜欢。《琵琶行》中有这么两句：'同是天涯沦落人，相逢何必曾相识。'白居易说得多好啊！"

赵普有点猜不准赵匡胤的心思了："听皇上的意思，皇上好像很喜欢白居易的诗，但不太喜欢他这首《上阳白发人》……"

"不，"赵匡胤摇了摇头，"白居易在《上阳白发人》里说的也是实话。"

赵匡胤只是扫了《上阳白发人》一眼，又如何知道诗里所写的内容？莫非，赵匡胤早已读过此诗？

就听赵匡胤说道："赵普，朕昨天夜里将你所呈的那首《行宫》拿给花蕊夫人看，她看过之后，便给朕朗诵了这首《上阳白发人》。她朗诵得很动情，朕听了心里确实有些不好受……"

赵普赶紧说道："皇上千万保重！《行宫》也好，《上阳白发人》也罢，都不过是几许文字，皇上不必太过计较……"

"那怎么行？"赵匡胤冲着赵普一乐，"爱卿所荐，朕岂能不认真计较？"

赵普心中有数了，忙堆起笑脸说道："皇上昨夜心里不好受，微臣不敢再行打扰。微臣这就告退，明日一早定速来向皇上禀报调查结果！"

见赵普准备离开了，赵匡胤唤住道："赵普，你何不现在就向朕禀报？你还想继续装下去吗？"

赵普做出一种犹豫不决的样子。赵匡胤微笑道："别装了，赵普！你若是没把那宫女怀孕之事弄清，又岂会向朕推荐什么诗篇？"

"皇上英明！"赵普讪讪一笑，"微臣这就如实禀报……"

跟着，赵普就把宫女胡氏和侍卫许正道之间的事情说了一遍。说完之后，赵普目不转睛地看着赵匡胤。虽则赵普的心中已经有数，但此时此刻，他也难免紧张。

紧张只是暂时的。听完赵普的话后，赵匡胤先是恍然大悟似的点了点头，然后慢悠悠地说道："三千宫女胭脂面，几个春来无泪痕……赵普，你可知这两句诗为何人所写？"

赵普老老实实地摇了摇头："微臣不知。"

赵匡胤说道："这两句诗也是白居易所写。"

而赵匡胤接下来所说的话，就更是让赵普如释重负。赵匡胤说道："赵普，朕有这么一个打算：着皇后和花蕊夫人代朕晓谕所有宫女，愿意出宫返家的，朕给予赏钱，愿意继续留在宫中的，朕表示欢迎。你以为如何啊？"

赵普当即"扑通"跪地，一连冲着赵匡胤磕了三个响头，且边磕边呼道："皇上真乃古今第一明君啊！虽尧舜在世，亦不如也！"

赵匡胤的脸庞居然一红："赵普，别如此肉麻地吹捧朕了！朕何德何能，又岂敢与唐尧虞舜相比？也甭说什么尧舜圣君了，就是那周太祖郭威，在二十年前便曾做过释放宫女之事，朕今日决定，不过是步郭威后尘耳！"

细想起来，除了郭威没能大力拓展疆土之外，赵匡胤的所作所为，似乎都深深地打上了郭威的烙印。尽管如此，赵普还是又一次地吹捧道："在臣看来，那郭威之功，实不能抵皇上之万一……"

于是，仿佛就在赵普的吹捧声中，赵匡胤做成了一件令天下百姓拍手称赞的好事情：将一百五十三名宫女放出了宫外。

单从数字上看，好像赵匡胤释放的宫女并不算多。而实际上，当时大宋皇宫里的宫女总数只三百六十三人，且依然留在皇宫里的二百多名宫女还都是自愿的。

那宫女胡氏被放出宫之后，与那侍卫许正道一起跑到宰相府门外长跪不起。赵普对他们说道："尔等用不着谢我，应该感谢当今圣上皇恩浩荡！"

和氏为胡氏和许正道之间的情爱所感，劝赵普"好人做到底，好事做到底"。于是赵普就利用手中的权力，将许正道调出京城做了一名中级军官，还赏了许正道一笔银钱，作为他迎娶胡氏和安家的费用。为感激赵普的这番大恩大德，许正道和胡氏特地请人画了一张赵普的像放在自家的堂室里供奉着。赵普得知此事后，深有感触地对和氏道："一个人若是做了点好事，真是无比快乐啊！"

一百五十三名宫女放出宫后的第二天，上朝的时候，赵普当着文武百官的面对赵匡胤释放宫女之事大加赞誉。赵普这一赞誉可就不得了了，文武百官，包括赵光义在内，都七嘴八舌地对赵匡胤吹捧起来。当时的赵匡胤，真有些飘飘然。

待稍稍有些冷静之后，赵匡胤对赵普说道："朕释放宫女，天下最高兴的人，恐怕就是你赵普了！"

赵普说道："皇上所言，微臣不想否认。"

赵匡胤笑问道："赵普，如果朕把宫中所有的女人，包括朕的皇后和花蕊夫人在内，全部放出宫，你是不是会更加高兴啊？"

赵普连忙道："臣以为，即使皇上真的把宫中的女人都放出宫，那皇后娘娘和花妃娘娘也应留在皇上的身边。"

赵匡胤佯装不解道："这又是何故啊？"

赵普回道："因为皇后娘娘是大宋国母，而花妃娘娘则是皇上的至爱！"

"好！"赵匡胤大叫了一声，"你这样说话，朕最爱听！"

很显然，这时候的赵匡胤和赵普之间的关系还是非常融洽的。在赵匡胤和赵普彻底闹翻之前，大宋朝中还发生过一件比较重大的事。这事对后来封建社会里的科举考试制度产生了深远的影响。

那是开宝六年（公元973年）三月的一天，宋朝新科进士十人一起到讲武殿向赵匡胤谢恩。赵匡胤很高兴，就设宴款待十位新科进士，并召赵普、赵光义等重臣作陪。

当时宋朝的科举考试制度基本上是沿袭的唐制，分为解试、省试两级考试（说明：这里讲的科举考试，指的是当时国家定期举行的、制度最为完备的、目的是选拔文官的科举考试，谓之"贡举"。除此之外，还有武举、制举、词科、童子举等）。解试合格者称为"得解举人"，即获得了解送礼部参加省试资格的人。得解举人中的第一名称作"解元"。参加省试合格者叫作"过省举人"，其第一名称为"省元"。因贡举中又分进士、明经等科，故通过省试者就获得了"进士"或"明经"的称谓（北宋熙宁四年，王安石改革贡举后，贡举中就逐渐变为进士一科了）。当时，宋代依唐制规定：朝廷选进士一般不得超过三十人，选明经一般不得超过一百人。可见，能考中进士或明经者，应该都是参加省试考生中的出类拔萃者。

所以，赵匡胤在设宴款待那十位新科进士的时候，心里就这么想：这十位新科进士，乃天下数以万计的读书人当中的佼佼者，朕一定要好好地奖赏他们，以显示朕爱惜人才之心。不过，赵匡胤同时又想：朕不能直截了当地就赏给他们钱物，得变个花样，不然，也显不出朕的水平来了。

想到此，赵匡胤就在觥筹交错间对那十位新科进士说道："尔等皆饱读诗书、学富五车之人！现在，朕就出几道题目考考你们，你们谁能答得上来，朕便赏他一万钱！"

十位进士一起停箸罢盏，看着赵匡胤。赵匡胤沉吟片刻道："'志士仁人，无求生以害仁，有杀身以成仁……'尔等可知语出何处啊？"

赵匡胤所言，语出《论语·卫灵公》。《论语》是一部以记录孔子言论为主要内容的儒家经典著作。赵匡胤刚刚问罢，一名嘴快的进士就抢先道出了答案。

赵匡胤笑着对那进士道："好！酒宴罢了，朕即赏你一万钱！"

歇了口气，赵匡胤又道："'老吾老，以及人之老；幼吾幼，以及人之幼，天下可运于掌……'语出何处？"

此语出自《孟子·梁惠王上》。孟子是孔子之后最著名的儒家代表人物，《孟子》一书主要就是记录孟子言行的。

又一名进士抢先道出了答案。赵匡胤说道："朕同样会赏你一万钱！"

坐在赵匡胤不远处的赵普和赵光义不禁相视一笑。他们已看出了赵匡胤的用意：皇上哪里是在出题考进士？分明是在找个借口赏赐进士们啊！试想想，解试也好、省试也罢，主要考的就是儒学内容，这十位得中进士者，哪个不早就把孔孟的著作背得滚瓜烂熟？不然，又何以得中进士？

然而，渐渐地，赵普和赵光义便发现了一个很奇怪的现象：赵匡胤一连出了五六道题，进士们争先恐后地抢着作答，唯"省元"武济川一直默然不语，而且武济川的脸上还明显地显示出紧张的神情。

赵普和赵光义又不禁对视了一眼，他们都在想：那武济川是怎么了？是自恃省试第一而不屑回答那么简单的问题，还是别有原因？若是前者，似乎讲不通：问题再简单，终出自当今圣上之口，武济川没有理由不在皇上的面前展示才学，更何况，还有如此丰厚的赏金。而若是后者，又会是什么原因呢？

赵匡胤也发觉了这种奇怪现象。他略略思忖了一下，然后直视着武济川说道："朕现在出一道题，专门考你。你若是答出，朕就赏你两万钱！"

赵匡胤的赏金提高了一倍。这似乎也并不奇怪：武济川是省元，乃佼佼者中的佼佼者，多得一点赏金好像也是应该的。

赵匡胤出题了："'得道者多助，失道者寡助。寡助之至，亲戚畔之；多助之至，天下顺之。以天下之所顺，攻亲戚之所畔，故君子有不战，战必胜矣……'武爱卿，朕之所言，出自何处？"

当时在场的所有人，几乎都在看着武济川，其余的进士更是跃跃欲试。因为他们都知道答案：皇上所言，出自《孟子·公孙丑下》。武济川只要一张口，便可得到两万钱。

武济川张口了，但并非知道答案而张口，乃因为结舌而张口。一个堂堂的省元，竟似乎没有读过《孟子》。

一个圆脸的进士大胆问道："皇上，小人可否作答？"

"不可！"赵匡胤的语调明显有点冷，"朕这道题，专由武省元回答！"

可武济川硬是憋红了脸，也回答不出。赵匡胤又道："武省元，朕再出一道题，你若答得出，朕赏你三万钱！"

赏钱又提高了一万。武济川似乎想说什么的，但没能说出。赵匡胤说道："'民为贵，社稷次之，君为轻。是故得乎丘民而为天子，得乎天子为诸侯，得乎诸侯为大夫……'武省元，你可知此语出自何处啊？"

此语出自《孟子·尽心下》。可武济川依然答不出，脸上还现出一种可怜巴巴的表情来。

赵匡胤再也按捺不住了，一拍桌面，又一指武济川的鼻子，勃然大怒道："武济川，你狗屁不通，如何得中进士？又如何摘取了省元的桂冠？"

武济川吓得"咕咚"一声扑倒在地，只顾磕头，就是说不出话。

赵匡胤转向赵普喝问道："你说，朕本就没有为难他，如此简单的问题他都答不上来，这样的人，也能得中大宋进士？"

赵普慌忙起身道："臣以为，此次贡举必有隐情……容臣着手详加调查！"

赵匡胤余怒未息道："你，赵普，还有你，赵光义，立刻进行调查！三天之内，必须给朕一个明确的答复！"

赵匡胤说完就气呼呼地走了。赵普也来了火，跨到那武济川的近前狠狠地踢了他一脚，大声吼道："你这个不知羞耻的小人，一肚子草包，为何要滥竽充数？"

赵光义在一旁轻声说道："宰相大人息怒！我只要将这姓武的小子带往开封府，一切便会真相大白！"

果然，赵光义把武济川带到开封府之后，只搬了几样刑具出来，武济川就全盘招供了。

事实其实很简单：武济川虽没有什么真才实学，但与此次省试的主考官李昉是同乡。说起来，武济川也没向李昉行什么贿，因为武济川的家里实在太穷，穷到武济川参加科考的时候都没有一件像样的衣服穿。

武济川参加解试，就是因为太穷，博得了主考官的同情才获通过。到汴梁之后，武济川如实向李昉说了，李昉也对武济川产生了深深的同情。加上又是同乡，李昉便把武济川录取了，且还是第一名。

赵普和赵光义一起入宫将调查结果告之了赵匡胤。赵匡胤问道："你们以为，那李昉该如何处置？"

赵普回道："李昉徇私舞弊，理应打入囚牢！"

赵光义说得更狠："臣弟以为，李昉玷污了大宋科举的公正和清白，应处绞！"

赵匡胤表示同意："李昉身为朝廷命官，又据主考一职，本应以国家大事为重，但他却以乡情为先，无端施以怜悯，破坏了科考的规矩，朕不能不重重地处置于他！两位爱卿，那武济川又当如何？"

赵普说道："武济川虽然蒙混得中，但事出有因，他自己似乎并无太大的过失，臣以为，当从轻处罚！"

赵光义接道："将武济川发回原籍，令其好好地反思，更加努力学习！"

赵匡胤沉吟道："两位爱卿心地仁厚，朕也有同感。但朕又以为，武济川身为学子，就当闭门苦读圣贤之书以博取功名，可他受不了辛苦，不思进取，专以家境贫寒来博得别人的同情，实与圣贤之道相背。朕以为，如果不对武济川加以惩处，那就不能给那些投机取巧者以警告！两位爱卿以为如何啊？"

赵普笑道："那就把武济川也打入囚牢吧！"

赵光义大笑道："把武济川和李昉打入同一间囚牢！"

而事实是，武济川和李昉真的被关在了同一间牢房里。后来，李昉被处死了。在李昉被处死之前，他与武济川在牢房里相对而坐的时候，心里会想些什么，嘴里又会说些什么？

赵匡胤并非只是把李昉和武济川双双打入囚牢了事，他还让赵普代拟了一道圣旨晓谕天下。这道圣旨的主要内容有二：一是严厉谴责李昉和武济川的徇私舞弊之举；二是诏令所有参加省试的考生不日到讲武殿重新参考。诏令中讲得很明白：此次讲武殿重考，由宰相赵普出题，由皇上赵匡胤监考，由宰相和皇上共同指定阅卷大臣。诏令中还规定：进士中前十名的考卷必须呈送皇上御览定夺。

这一次讲武殿重考，共得进士二十六人。前十名的文章送与赵匡胤御览后，赵匡胤根据自己的眼光和意愿，又把前十名原来的位次做了一些调整。赵匡胤下诏：从今往后，凡参加省试并获通过者，一律要参加由皇上主考的"殿试"，殿试合格者，方能得中进士。

从此，宋朝的贡举考试就由原来的解试、省试两级变为解试、省试和殿试三级了。殿试作为最高级别的考试，由此确定了下来。这种殿试的方式，不仅为当时的辽国等地所效仿，而且一直延续到清朝末年。

赵匡胤把殿试作为一种常试，固然是为了防堵贡举考试中可能存在的舞弊行为，但同时，就专制集权而言，他又把科考的最终审定权牢牢地握在了自己的手中。

转眼间便到了开宝六年的五月。这一年汴梁的五月是出奇地热。热到什么程度？身上的汗刚刚冒出来就又被热干了。

这样的天气里，寻常人是不会轻易出门的。赵普也不例外，除了上朝公干，他就整天待在家里。待在家里也热，他便命仆人把井水打到一只大木盆里，然后泡在井水里。天越热，井水越凉。泡在这么凉的井水里，当然十分舒服。

那和氏本还想用扇子之类与炎热抗衡，可后来实在受不了了，便也与赵普一起泡井水。一个男人与一个女人在一起浸泡，谓之"鸳鸯浴"。

俗语云：过犹不及。赵普及和氏便应验了这句俗话。炎热之下，泡在凉冰冰的井水里是很怡人，但绝不可久泡，久泡必患病。赵普一个人泡井水的时候，还有个时间概念，可等到和氏也加入木盆里之后，俩人就有些忘乎所以了，只顾打情骂俏了。这样一来，他们都双双地倒在了病床上，病得还都不轻。

令赵普、和氏多少有些尴尬的是，当赵光义等朝中大臣前来探望和询问因何患病又为何同时患病时，赵普支支吾吾地怎么也不敢道出实情。

还是赵匡胤聪明。他站在赵普的病榻前，一针见血地指出道："爱卿定是与夫人玩耍时不小心着了凉！"

赵普承认道："皇上慧眼如炬，微臣实不敢抵赖！"

几近一个月，赵普及和氏才蹒跚地下了床。一眼看过去，赵普也好，和氏也罢，均是形容憔悴、目无精神。

赵普对和氏说道："夫人，真所谓'女人腰下一把刀'啊！"

和氏却说道："老爷说错了！不是'女人腰下一把刀'，而是'色字头上一把刀'！"

　　等赵普、和氏病愈后，已是夏末秋初了，天气也日渐凉爽起来。赵普心有余悸地对和氏道："夫人，这样的天气，我等就用不着泡在井水里了！"

　　就在这日渐凉爽的季节里，赵普听到了这么一个消息：周郑王柴宗训死于房州。

　　人总是要死的，柴宗训之死本不足为奇，但是，赵普却发觉柴宗训之死有些蹊跷。原因有三：一是柴宗训死在五月上旬，可死讯直到近两个月后才传到汴梁；二是赵匡胤得知柴宗训死讯后，竟然没有反应；三是据房州所报，柴宗训是"因暴病而死"，柴宗训年方二十，因何突发"暴病"身亡？

　　本来，赵普对柴宗训之死也不会太过在意的，他之所以能发觉个中有些蹊跷，是因为时任房州知州者不是别人，乃是赵匡胤早年的师傅辛文悦。而自从在汴梁见到辛文悦的第一面起，赵普就对他颇为不满。

　　思虑了一番，赵普走进了开封府。他对赵光义说道："我有一种感觉：那柴宗训死得有些不明不白……"

　　赵光义点头道："我也有类似的想法，柴宗训好像死得太快了！"

　　赵普问道："光义兄弟不想把此事弄个明白？"

　　赵光义回道："我已派人前往房州进行调查。"

　　调查的结果果然如赵普和赵光义所料：柴宗训之死，实为房州知州辛文悦所致。

　　柴宗训将帝位"禅让"给赵匡胤后，做了大宋朝的"郑王"。此王虽只是虚衔，并无实权，但毕竟象征着一种荣誉和地位。加之赵匡胤一时难忘柴宗训之父——周世宗柴荣之恩，对柴宗训大为优待，故而，郑王府内的生活就呈现出了一种红红火火、蒸蒸日上的态势。不说别的，光柴宗训的"王妃"就多达十几人，其中以慕容王妃的姿色最为出众。

　　应该说，在辛文悦到房州前，柴宗训的日子过得还是蛮舒服的。房州大小官吏无不对他恭敬有加，柴宗训在房州差不多到了能说一不二的地步了。然而，辛文悦一到房州，情形就大不相同了——说一不二的不再是他柴宗训，而变成辛文悦了。一开始，柴宗训还想与辛文悦抗争一番，但当得知辛文悦是赵匡胤的师傅后，柴宗训就主动放弃了抗争的念头。可是，辛文悦却得寸进尺，不仅处处欺凌柴宗训，还将柴宗训的行动限制在郑王府内。辛文悦明明白白地告诉柴宗训：不经本府同意，你不得迈出王府一步！

　　柴宗训气愤难平，就偷偷派人至汴梁向赵匡胤禀告。可赵匡胤并未为他做主，只是赐了他许多银钱。柴宗训含泪对慕容宠妃说道："本王要银钱何用？本王要的是自由！"

　　慕容王妃劝道："王爷就忍忍吧！毕竟时代不同了……"

柴宗训就被迫忍耐下去了。王府虽然很大，但整日整夜地囿在里面，王府也就犹如一所囚牢了。好在慕容王妃善解人意，柴宗训那度日如年的感觉才略略有所减轻。

柴宗训幽幽地对慕容王妃说道："若没有爱妃，本王恐就难以存活了！"

没想到，柴宗训的这句话居然变成了现实。辛文悦不知如何得知了慕容王妃貌美，就亲自跑到郑王府观瞧。观瞧之后，他便向柴宗训索要慕容王妃与他为妾。柴宗训大怒道："本王爱妃，岂能容你玷污？"

但是，在一个月黑风高又闷热难当之夜，辛文悦公然派人闯入郑王府，硬是从柴宗训的身边抢走了慕容王妃。那一夜，慕容王妃受尽了辛文悦的折磨。天明前，她逃出了知府衙门，然后投进了郑王府附近一条湍急的河水中。

柴宗训终于找着了慕容王妃的尸首。他将她的尸首抱回了郑王府，为她洗浴，为她更衣。之后，他将她摆放在自己的大床上，就那么守候在她的身边，似乎是在等她醒来。数日之后，柴宗训绝食而死。据郑王府内仆人讲，柴宗训临死前曾说了这么一句话："赵匡胤，你为何如此待我……"

赵普问赵光义道："皇上可知柴宗训真正的死因？"

赵光义回道："也许不知。"

赵普说道："那我就去告诉皇上！"

赵普入宫的时候，脸色极为冷峻。见了赵普，赵匡胤吃惊道："爱卿，瞧你这模样，像是别人欠了你的债！"

"是的！"赵普说道，"欠债的是那辛文悦，辛文悦欠的是血债！"

赵匡胤明白了，长叹一声道："爱卿，那柴宗训春秋正盛便撒手而去，朕的心里也着实不好受啊！但人死了不能复活，柴宗训既死，朕也只能面对这痛苦的事实……"

"皇上，"赵普问道，"你可知柴宗训是因何而死？"

赵匡胤点了点头："朕略知一二。此事与朕的恩师辛文悦不无干系，但也只是有些干系罢了！"

看来，赵匡胤早已知道了柴宗训之死的真相。赵普不觉放大声音道："那辛文悦确系致死柴宗训的凶手，皇上为何说他只与此事有些干系罢了？"

赵匡胤挤出一缕笑容："爱卿，朕的恩师只是一时兴起，抢了柴宗训的一个女人，并未直接对柴宗训如何。柴宗训实乃因痴情而绝食死去，朕的恩师岂能负责？实际上，在朕看来，那女人也是一时想不开才走的绝路，朕的恩师对那女人之死也不应负过多责任的。既如此，朕的恩师又算是什么凶手？"

赵匡胤一席话，简直令赵普目瞪口呆。赵普都有些不敢相信自己的耳朵了："皇上，那辛文悦如果不抢走柴宗训的王妃，王妃又岂能投河自尽？王妃不死，柴宗训又岂能绝食而死？事实明明白白，辛文悦不是凶手又是什么？"

"赵普，"赵匡胤有些不悦，"辛文悦是朕的恩师，你口口声声直呼其名，未免有些太不恭敬了吧？"

赵普反问道："对一个凶手，难道也要表示恭敬吗？"

赵匡胤教训道："别一口一个凶手！朕刚才已经说过，辛文悦只是与此事有些干系，别无其他！"

这便是赵匡胤对此事的定论。如果赵普承认了这个定论，那他与赵匡胤就不会闹翻，但赵普偏不。他针锋相对地说道："臣刚才也已经说过：辛文悦就是害死郑王柴宗训的凶手！"

赵匡胤直视着赵普："你要如何？"

赵普也直视着赵匡胤："欠债还钱，杀人偿命！辛文悦连害两条人命，皇上就应将他押解回京，绳之以法！"

赵匡胤强压住心头的一股气："赵普，你太过分了吧？你竟敢要朕将朕的恩师绳之以法？"

赵普也强压住心头的一股气："皇上，微臣并不过分！圣人云：'王子犯法，与庶民同罪！'又何况，那辛文悦本就是一个品行恶劣、作恶多端之徒！"

"赵普！"赵匡胤终于憋不住了，"柴宗训不过是前朝遗子，而辛文悦却是朕的恩师，你怎敢要求朕的恩师为那前朝遗子偿命？"

赵普也憋不住了："皇上之言，臣不敢苟同！柴宗训不光是什么前朝遗子，更是周世宗柴荣之子。没有周世宗，又岂能有皇上的今天？皇上如果不能为柴宗训之死讨个公道，恐九泉之下的周世宗也会心寒！"

"你！"赵匡胤大叫了一声，口气倏地软了下来，"赵普，你难道不知，没有辛文悦就同样没有朕的今天？"

"臣知道。"赵普的口气依然很硬，"臣还知道，辛文悦只不过领着皇上学会了一些武艺，而周世宗却给了皇上一个辉煌的前程！皇上就是看在周世宗的份上，也绝不能放过辛文悦！"

"好了，赵普，"赵匡胤又勉力挤出一丝笑，"朕不是说过了吗？人死不能复生。即便朕处死了辛文悦，柴宗训也是不可能再复生了！既如此，朕又何必要为难辛文悦？"

如果此时的赵普也能心平气和，那以后的事情也许就不会发生了。但不知为何，赵普的心气就是平和不下来，似乎非要在辛文悦之事上与赵匡胤见个高低。

赵普说话了："皇上，如果你不忍亲手处置辛文悦，那就容臣代皇上前往房州查处……"

"大胆赵普！"赵匡胤不禁动怒了，"朕苦口婆心地跟你说了这么多，你为何充耳不闻？你又为何非要置辛文悦于死地？难道，朕作为一国之君，竟不能对自己的恩师网开一面？"

赵普仰头应道："臣以为，如果不严厉处置辛文悦，就不能告慰周世宗的在天之灵！不能告慰周世宗，皇上又岂能心安？"

"住口！"赵匡胤大喝了一声，"赵普，朕且问你：你开口一个周世宗，闭口一个周世宗，你心目中还有朕这个皇上吗？你在朕的面前屡次提及周世宗，又是居何用心？"

赵普回道："臣别无他意，只请求皇上处置辛文悦！"

"你是在请求吗？"赵匡胤瞪着赵普，"你分明是在威胁朕！"

"臣不敢威胁皇上，"赵普直视着赵匡胤的目光，"但臣作为大宋宰相，不能眼睁睁地看着辛文悦杀人害命而不闻不问！"

赵匡胤默然。片刻之后，他张口问道："赵普，你真的要对朕的恩师追究到底？"

"是的！"赵普回道，"臣确有此意！"

"那么，"赵匡胤又问，"朕如何才能使你不再追究此事？"

赵普答道："除非皇上罢了臣的宰相一职！"

赵匡胤第三次露出了笑容："既然如此，朕也就别无选择了！"他还笑着对赵普道："你且回家候着吧！"

赵普就回到了宰相府。虽然赵匡胤的言语中分明有罢免他宰相之意，但他以为，他此番也没有同赵匡胤大吵大闹，只是斗斗嘴皮而已，赵匡胤是不可能当真的。然而，第二天，赵匡胤当庭宣布：免去赵普宰相职，由参知政事薛居正和吕余庆代理宰相一职。

赵普一下子蒙了。虽然在过去的日子里，他与赵匡胤争执的时候，曾经想到过被罢相的结局，似乎也做好了接受这一结局的思想准备。然而，当这一结局真的降临到他的头上的时候，他还是感到了一种沉重的打击。

那和氏惊道："老爷，皇上这回真的撤了你的职了！"

赵普愤而答道："皇上太霸道了！他口口声声说没有辛文悦就没有他的今天，他何曾想过，没有我赵普又岂能有他的今天？"

和氏劝道："算了，老爷，消消气吧！你这话若是让皇上听到，恐怕还有祸患呢！"

赵普双目一横："还有什么祸患？老爷我现在是一介草民了，难道他皇上还要置我于死地不成？"

赵普被罢相，最吃惊的恐怕还不是赵普，而是赵光义。赵光义跑到赵普的家，连声询问何故。得知真情后，赵光义喟然说道："皇上如何不念及赵兄本是出自一片忠心啊！"

赵普苦笑道："光义兄弟难道还看不出来吗？天下大势基本已定，皇上觉得已经用不着赵某了……赵某还算是幸运的啊！皇上没有卸磨杀驴，赵某就已经感激不尽了！"

赵光义问赵普今后有什么打算。赵普回道："我打算西去洛阳了此残生……"

赵光义叹道："赵兄韬略过人，如何能在洛阳默默度日？"

赵普摇头道："可在皇上的眼里，赵某已是老而无用了！"

"不行！"赵光义突然说道，"我定要去与皇上理论！"

赵光义真的去找赵匡胤理论了。理论的具体过程和内容无人知晓，但有一个结果却天下皆知：赵匡胤任命赵普为检校太尉兼河阳三城节度使，治所在孟州（今河南孟州市）。

赵普对和氏玩笑道："看来皇上还是照顾我的，知道我在洛阳有一处私宅。"

和氏也玩笑道："是呀，老爷，到了孟州之后，你去洛阳就方便多了！"

看上去，赵普已经不再怨恨赵匡胤了。但有句俗话说得好：人心隔肚皮。赵普心中究竟在想些什么，和氏也是无从知晓的。

开宝六年九月，赵普携和氏等一家老小离开汴梁前往孟州赴任。赵匡胤没有送行，朝中大臣也多半没有送行，只有赵光义在汴梁北郊设宴为赵普饯行。

就在赵普离开汴梁前不久，赵匡胤下诏，册封赵光义为晋王。诏令中还明确规定：晋王位在宰相之上。看来，赵普一去，宰相的职权也顿然缩小了许多。

赵普对赵光义的饯行深表感谢。赵光义轻声说道："赵兄何言'谢'字？你我同朝共事多年，亲如手足……赵兄这一去之后，我还真有一种人单力孤之感。"

赵普说道："如果王爷不嫌弃，赵某定时常回京与王爷把酒叙谈。"

"如此甚好！"赵光义连忙道，"晋王府的大门永远对赵兄敞开着！"

赵普又似乎漫不经心地说道："王爷，皇上恐怕不欢迎赵某时常回京啊。"

赵光义说道："皇上是皇上，本王是本王，皇上不欢迎你，本王欢迎你不就行了吗？"

饯别之后，赵光义执意要再送赵普一程。因孟州距黄河不远，赵普此次西去是乘船而行，所以赵光义就一连送了二十多里，一直把赵普一行人送到了黄河边。

送君千里，终有一别。赵普临行时，站在船头对赵光义抱拳道："王爷今日相送之恩，赵普终生不忘！"

赵光义高声说道："赵兄别忘了常回京城来！"

赵普所乘的船只越行越远了。赵光义不知道的是，挺立在船头的赵普正在自言自语道："我绝不会善罢甘休！"

　　和氏也没听见赵普的自语，但她看见了赵普的目光。她跟在赵普身边多年，还从未见过赵普有如此冷酷无情的目光，那目光直直地射向赵匡胤所居住的皇城。

【第十四回】

三山铁骑平北寇，一江春水向东流

赵普离开汴梁之后，赵匡胤一下子感觉到轻松多了。朝中没有了赵普，也就没有人再与他赵匡胤顶撞和争执了。所以，赵匡胤也就能长长地吐口气了。

在赵普离开的日子里，赵匡胤心中又油然生起了一种很明显的失落感。以前，当他遇着棘手的问题时，就可以把赵普唤来询问。如今，赵普不在朝中了，他遇着问题唤代宰相薛居正、吕余庆等大臣来询问，却往往不能令他满意。这样一来，赵匡胤就难免会对赵普生起一丝思念之情。

尽管如此，赵匡胤也没想着要把赵普重新召回朝中，他自信自己有足够的能力处理一切事务。更何况，他身边还有一个赵光义。而实际上，自赵普走后，赵光义就差不多顶替了赵普在朝中的角色。遇着重大的事情了，赵匡胤一般都要召赵光义来商量，有时，赵匡胤还主动地走进晋王府找赵光义谈论事情。

开宝七年（公元974年）二月的一天晚上，赵匡胤在一帮内侍的簇拥下走进了晋王府。见到赵光义后，赵匡胤直接切入正题道："朕下午收到曹彬和潘美的一个建议，朕觉得很有道理，所以就来同你商量一下。"

原来，曹彬和潘美等宋将率十万宋军开到北部与北汉和辽国联军对峙已经快两年了，这么长的时间内，双方只发生了一些小的冲突，并未爆发大规模的战争。曹彬和潘美等以为，要么主动地与辽议和，要么就与辽军大打一场迫使辽军从北汉国境内撤走，不然的话，一直这么拖下去，不仅要消耗掉大量的粮草储备，而且对征服南唐也极为不利。

赵光义说道："臣弟以为，曹彬等人所言确有见地。李唐朝廷现在是最为腐朽的时候，如果我大宋精兵一直在北方这么耗着而不能及时南下攻唐，万一李唐有变，出了几个像林仁肇那样的统兵将领，那么，我大宋想要轻易地降服李唐就不是一件简单的事了。"

赵匡胤说道："现在最为关键的是，必须确保北方无事，不然就不可能放手降服李唐。光义你说说看，是主动与辽议和好呢，还是在北方大打一场迫使辽人撤军好啊？"

赵光义沉吟道："如果能与辽议和，那是最好不过的了，但辽人反复无常，又对我大宋土地垂涎已久，就这么轻易地与辽议和，恐难以奏效啊！"

"可是，"赵匡胤道，"如果与辽人大打出手，只怕也未必能够迫使辽人撤军，更何况，还有那个刘继元在一旁狐假虎威……"

赵光义一时默然。片刻之后，赵光义说道："皇兄，不知道有没有这种可能：只与辽人打一仗，既不会与辽人全面开战，又能迫使辽人主动与我大宋议和……"

"好主意！"赵匡胤说道，"朕马上就把你的话传给曹彬、潘美，让他们就按你说的去做！"

赵匡胤回宫以后，立即就草拟了一道诏令，着人连夜送往北方。赵匡胤还强调道：这道诏书必须用最短的时间送到曹彬的手中。

当时，曹彬和潘美的大本营位于北汉都城太原以东四百多里处（今河北石家庄附近）。从宋军大本营往西北走上二三百里便是一条条连绵不断的山脉，从东南往西北依次是：太行山、五台山、恒山……这一片偌大的山地，是当时宋、辽和北汉三国的交界处。

早在一个月前，曹彬就得知辽国的一些皇室成员——包括辽国宰相耶律沙的一个弟弟——全开到恒山和五台山的东侧进行狩猎。那时，曹彬就想出奇兵偷袭那些狩猎者了，但因为此事非同小可，他一时没敢妄动。

但现在不同了，赵匡胤的旨令下来了。曹彬的计划是：派出一支精兵，翻过太行山，将那些狩猎的辽国皇室成员全部活捉。如果计划成功，那辽国就极有可能从北汉撤军并同宋朝议和。

潘美对曹彬说道："潘某以为，曹大人此计最紧要处在于：只能将那些狩猎者活捉，不能使其受到伤害，更不能杀死他们。否则，宋辽就只有全面开战了！"

"所以，"曹彬说道，"我准备亲自带兵前往。"

潘美没有和曹彬争，因为镇守大本营的任务也不轻松。如果曹彬一举成功，辽国是不是马上就主动撤军议和？如果不是，太原以南的十数万辽军和北汉军就会大举南下或东进侵犯宋境。而潘美镇守大本营的主要任务，就是做好迎击敌人大举进攻的一切准备，至少，当敌人大举入侵的时候，潘美能有效地将敌人进攻的势头遏制住。否则，即便曹彬顺利成功，意义也不大。

于是，在一天夜里，曹彬率五千宋军精锐离开大本营悄悄地北上了。

曹彬北上之路是非常艰辛的。一路上跋山涉水不说，还常常要昼伏夜行。如果白天赶路，就专找荒无人烟的地方走。亏得请的几个向导很得力，不然，就算曹彬及五千宋军吃再多的苦，恐也很难顺利地到达目的地。

数天之后，曹彬及宋军终于翻过了太行山。曹彬命令部队在一个隐蔽处休息，然后自己与几个手下及一个向导乔装成北汉樵夫模样，深入到五台山中进行侦察。侦察了两三天，竟没有发现那些狩猎者的影踪。曹彬暗惊道：难道狩猎者都已经离开了？

曹彬不甘心，准备越过五台山向恒山一带侦察。就在这当口，曹彬等人得知：辽国的那些皇室成员正在五台山以东一百多里处的太白山上狩猎。

曹彬立即命令一个手下回去引部队向东开进，自己依然在滹沱河上游一带（位于恒山和五台山之间）进行侦察。

太白山的东面和北面被一条唐河环绕，在太白山一带有狩猎者三十多人，护卫狩猎者的辽军有千余人。太白山以西五十多里处有一座关隘，名叫平型关，关上驻有数百名辽军，平型关以西不远处驻有一支北汉军，约五千余人。

情况全部摸清楚之后，曹彬就与五千宋军会合了。会合之后，他立即命一部将率一千人沿唐河岸边行进，以防止那些狩猎者渡河逃遁；命一部将率两千人直扑太白山，以击溃那些护卫的辽军，活捉狩猎者；自己亲率剩下的两千人抢占平型关，阻击西边的那支北汉军。

任务下达之后，曹彬再次对部将强调道："尔等只可杀死那些顽抗的辽军，绝不可伤害一个狩猎者！"

结果，护卫狩猎者的千余辽军大半被杀，小半被俘，三十多名狩猎者全被宋军活捉，只有辽国宰相耶律沙的弟弟在企图逃跑时摔伤了一只胳膊，但无大碍。

然而，曹彬亲率的一路宋军却进行了一番激烈的战斗。抢占平型关的战斗还算顺利，关上的数百名辽军在曹彬的突然袭击下顷刻溃败，可等曹彬占了平型关之后，战斗就变得激烈起来了。原因是西边的数千北汉军情知太白山一带情况不妙，所以就拼命向平型关发动进攻。曹彬虽占有地形之利，但人数较少，且北汉军也着实英勇，所以曹彬一时很是吃紧。更让曹彬感到吃紧的是，不知何时，平型关西边又冒出来一支三四千人的辽军。在北汉军和辽军的联合攻击下，曹彬纵然有天大的本事，也难以守住平型关了。

好在围捕那些狩猎者的战斗很顺利，平型关还没有失守呢，那些已经成了宋军俘虏的狩猎者就被押到了曹彬的面前。这回曹彬有恃无恐了，他派一个辽军俘虏去告知西边的辽军和北汉军：如果你们再不停止进攻，那被俘的这些狩猎者的性命就得不到保障。这下子，辽军不敢再向宋军发动进攻了，北汉军也只能偃旗息鼓。

曹彬下令撤离平型关，返回大本营。曹彬和宋军日夜兼程，返回了大本营，与潘美等宋将会了面。虽然，有不少辽军和北汉军一直尾随着曹彬，却不敢轻举妄动。

恰在此时，赵匡胤的圣旨也到了。他命令曹彬将所有俘虏东移，严防辽军和北汉军也搞偷袭。赵匡胤还强调了两点：一、做好大战的准备；二、绝不可伤害辽国皇室成员。

尽管皇室人员被劫，宋辽之战却未能打起来。虽然北汉皇帝刘继元一个劲儿地叫嚣要大举犯宋以洗太白山之耻，但辽国却不同意。辽国不仅不同意，其宰相耶律沙还派人警告刘继元：不经辽国皇上允准，北汉不得擅自对宋朝用兵。刘继元虽然气得厉害，但终也不敢忤逆辽国意愿。

赵匡胤的目的达到了——辽国朝廷派涿州刺史耶律昌术为全权代表赴宋商谈议和事宜。耶律昌术先赶至曹彬军中，在曹彬的陪同下，看望了那些被俘的皇室成员，然后又马不停蹄地奔赴汴梁，觐见赵匡胤。

赵匡胤自然很高兴，率赵光义等一干大臣接见了耶律昌术。耶律昌术向赵匡胤呈交了一封由辽国皇帝亲笔书写的信。信中，辽国皇帝称如果大宋悉数释放被俘的辽国皇室成员，那大辽就立即从北汉撤军，且愿与大宋"永结同好"。

赵匡胤问耶律昌术道："你家皇上为何不率先撤军啊！为何要朕先自放人？"

耶律昌术回道："禀大宋皇上，据小臣所知，吾皇陛下在小臣南下之时，就已经下达了撤军的旨令！"

赵匡胤会意地与赵光义相视一笑。因为耶律昌术所言不虚，早在耶律昌术入汴梁前，赵匡胤就得到报告：辽军已开始从太原城南北撤，而且撤军的速度非常快。

于是，赵匡胤就设宴款待了耶律昌术一行人，还赏赐了耶律昌术等人不少财物。接着，赵匡胤就向曹彬下令释放所有被俘人员，并派几个使者随耶律昌术一道入辽。为表达议和的诚意，赵匡胤还以个人的名义向辽国皇帝赠送了大批珠宝。

没多久，宋朝使者回来了，随宋朝使者一同入汴梁的还有耶律昌术等人。耶律昌术这番入宋，是代表辽国皇帝向赵匡胤赠送礼物表示感谢，并回赠了赵匡胤不少辽国的珍宝。

宋辽议和的消息传到太原后，刘继元气得咬牙切齿、恨得捶胸顿足。更令刘继元气愤的是，辽国还派人正告于他：如果北汉再无端扰宋，辽军就南下攻打太原。

气恨交加的刘继元一怒之下，调集了五万兵马，意欲亲自率领军队与辽国开战。他甚至都把进攻的路线计划好了：先长途奔袭太原以北近千里的云州（今山西大同），然后向东攻打幽州，进而把幽云十六州的土地全部抢到手（幽云十六州在公元936年被辽国侵占，直到北宋灭亡也未能收复）。

在臣子们的劝阻下，刘继元清醒地认识到：如果北汉与辽国反目成仇，那坐收渔利的就只能是赵匡胤，更主要的，如果失去了辽国的援助，北汉必不能独完。所以，刘继元虽然对辽宋议和气恨交加，却也只能待在太原城里长吁短叹而已。

而宋辽议和后，赵匡胤仿佛一下子年轻了十多岁，连酒量也陡然增加了许多。据说，他曾与十多个太监赌酒，结果，太监们一个个烂醉如泥，他却了无酒意。当时侍酒的宋皇后直夸他是"海量"，但同时侍酒的花蕊夫人却凑在他的耳边说他"耍赖"。

无后顾之忧后，赵匡胤给曹彬、潘美等人下令：除留下相应的兵力防止刘继元狗急跳墙，孤注一掷外，其余宋兵宋将速速开回汴梁。

征服北汉，始终是赵匡胤的人生目标。而从某种意义上说，征服北汉似乎成了赵匡胤的终极目标了。当然，欲征服北汉，必先征服南唐，在这一点上，赵匡胤已经不再犹豫。否则，他就不会想方设法地与辽议和了。

赵光义问赵匡胤道："臣弟记得，皇兄过去发兵征战，似乎每次都师出有名，皇兄这次是否要找一个攻唐的借口？"

赵匡胤反问道："还有这个必要吗？"

赵光义笑道："必要自然是无必要，但臣弟以为，曹彬他们尚未回京，就是回京之后也需要一定的时间做准备，皇兄利用这段时间与那李煜开开玩笑又有何妨？"

"那好吧，"赵匡胤说道，"朕就随便找个借口吧！"

于是，赵匡胤就派了一个使者去江宁向李煜传旨："着李煜不日入汴梁朝拜大宋皇上。"

李煜接到赵匡胤的"圣旨"后，情知赵匡胤此举是在为攻打南唐找借口，但他又不敢前往汴梁。这倒不是说他是个怕死的人。他其实并不怕死，只是过于贪生。他很清楚，他一旦去了汴梁，就再也回不来了。

不过，李煜并没有一口回绝赵匡胤的旨令。他召集文武百官商议，大多数臣子当然建议李煜不要相信赵匡胤的鬼话，因为李从善至今还被赵匡胤扣在汴梁，而李煜如果前往，只能是自投罗网。但也有少数大臣奉劝李煜"应以国事为重"。

李煜虽然召集群臣商议，但最终仍未明确拿定主意。他又转入后宫询问小周后，小周后说道："这等国家大事，臣妾如何敢做决定？"

李煜却道："你说朕去汴梁，朕就去；你说朕不该去，朕就不去。朕听你的！"

与李煜情深意笃的小周后自然不愿看着李煜别她而去。李煜又问："如果朕不去汴梁，赵匡胤恐将借口发兵过江，为之奈何？"

小周后反问道："皇上不是有数十万兵马吗？"

李煜哑然不语。南唐百姓众多，军队数量也较庞大，单单江宁一带就有南唐军队十余万，江西北部的南唐军更是多达二十万众，其他地方的南唐军数量也颇为可观。然而，李煜似乎只知道与小周后一起饮酒赋诗，并不知道他的国家究竟有多少军队，更不知道哪些人才可以领兵打仗。

李煜虽然不知道国内很多事情，但却知道小周后是真心不愿让他去汴梁冒险的。于是，李煜终于拿定了主意，对宋朝使者谎称自己身体有病，不能前往汴梁朝拜。李煜还借宋朝使者的口请赵匡胤"恕罪"。

宋朝使者回到汴梁复旨后，赵匡胤找来赵光义说道："光义，朕有伐唐的借口了！朕就办李煜一个'倔强不朝'的罪名！"

"倔强不朝"四字，罪名好像也不算轻了。此时，曹彬、潘美等宋将刚回到东京汴梁，赵匡胤就迫不及待地宣布：曹彬为主帅，潘美为监军，统兵十万伐唐。

当时，宋朝还没有做好攻打南唐的一切准备，但赵匡胤任命曹彬为主帅攻打南唐的消息却早早地传到了江宁城。李煜慌了，当着朝臣的面惶惑无措地道："赵匡胤真发兵攻朕了！"

南唐有个翰林学士叫徐铉，素以能言善辩著称，见李煜恐慌如此，便主动要求出使汴梁以说服赵匡胤罢兵。李煜喜出望外，牵着徐铉的手说道："朕的未来，就全靠你此行的结果了！"

徐铉也的确能说会道，见了赵匡胤，他一口气足足说了有半个时辰，最后说道："小臣以为，江南国主李煜无罪，大宋皇上说他'倔强不朝'，似乎过于牵强。更何况，江南国主待皇上直如儿子孝敬父亲一样，皇上为何还要发兵攻打他呢？"

听罢，赵匡胤只是淡淡地说道："既然你说朕与李煜形同父子，那李煜就不该与朕分家！"

徐铉只好垂头丧气地回江宁向李煜交差了。不过，徐铉也并非一无所获。与他同时踏进江宁城的，还有赵匡胤的大臣卢多逊。原来，卢多逊是奉赵匡胤之命来向李煜索要江南各州地图的。很显然，赵匡胤已经把南唐的土地看作是自己的囊中之物了。

而李煜不仅满足了卢多逊的要求，还谦卑地请卢多逊回宋后代他向赵匡胤请求封他一个爵号，将他正式列为大宋的一个臣子。

李煜以为，如果他在名义上成了大宋的一个臣子，那赵匡胤就不会再发兵攻打他了。

没料想，李煜的这种行为激怒了一个南唐大臣——潘佑。他愤而上书，指责李煜如此向赵宋妥协是丧失国格、人格之举，并奉劝李煜抖擞精神，励精图治，抗击赵宋。

潘佑的上书不可谓不激烈，但李煜佯装不知。潘佑不罢休，数天之内一连上书七八次，其中有云："在臣的眼里，陛下不仅懦弱无能，而且荒淫透顶，简直比桀纣都不如……臣已上书数万言，该说的都说了，可陛下就是不听！人言匹夫不可夺志，臣也绝不愿事亡国之君！如果陛下真不听臣的劝告，那就干脆杀死臣吧！"

这回被激怒的就是李煜了。李煜把潘佑叫到宫中，恶狠狠地指着他的鼻子道："你既然想死，为何现在还不死？"

潘佑冷笑一声，冲着一根宫柱撞了过去，当即毙命。李煜吩咐左右道："快把这里收拾收拾，千万不要让皇后知道！"

开宝七年九月的一天，赵匡胤正式设宴为曹彬、潘美等人饯行。在饯行宴会上，赵匡胤拿出一把尚方宝剑来交到了曹彬的手中，神色凝重地道："此次伐唐，切不可滥加杀戮，也不可大肆掳掠，有不听尔命者，潘美以下皆可杀之！"而在宴会即将结束时，赵匡胤面红耳赤的拉着曹彬的手说道："爱卿啊，你乃大宋良将，待你平定李唐归来，朕就封你为宰相！"

赵匡胤这么一说不大要紧，当时在场的所有人，包括赵光义在内都大吃一惊，尤其是代理宰相职位的薛居正和吕余庆二人，更是目瞪口呆：皇上此言是何意？是准备在朝中设三个相位还是另有他意？更何况，宰相一职一般不由武将担当，皇上又为何要这么说？

赵光义疑心赵匡胤说酒话，于是就故意凑到赵匡胤的身边轻声说道："皇上，你刚才……没说什么吧？"

谁知，赵匡胤却大声说道："晋王，你以为朕喝多了？朕没喝多！朕刚才是对曹彬说，只要他降服了李唐，朕就让他做宰相！朕难道喝多了吗？"

赵光义只好闭了口，其他的人这才回过神来，纷纷向曹彬表示祝贺。曹彬似乎很清醒，竭力堆满笑容说道："皇上是在鼓励微臣呢……"

既然有皇上的鼓励，那曹彬自然就更加卖力了。皇上的饯行宴会刚一结束，曹彬就带着副将曹翰领数十人骑离开汴梁，星夜兼程地赶往湖北江陵。与此同时，监军潘美率一路宋军出京向东南方向开去。

赵匡胤此次攻打南唐是水陆并举的——潘美率五万步兵径直开往江宁方向，曹彬从江陵率五万水军顺江而下一路打向江宁。相比之下，潘美比较轻松，因为在过江之前他并无战事，而曹彬的水军驶入江西界之后，就随时可能爆发战斗。曹彬与潘美约定：待他的水军打到江宁东南的江面上，然后接潘美的步军过江，一起围攻江宁。

早在宋辽议和之前，赵匡胤就在湖北的江陵建造了上千艘战船。那么多的战船齐刷刷地停在江面上，煞是壮观。据说，有一个南唐的商人，从荆南（今湖北荆州一带）做生意回到江宁，向李煜报告说是赵宋在江陵造了千余艘战船准备攻打江宁，建议李煜派兵袭击江陵，并将赵宋的战船毁掉。这个商人的建议应该是可取的，但却差点因此被李煜砍下了脑袋。实际上，那林仁肇曾从江西北部率水军袭击湖北东南一带，就是因为他已经预感到了：赵宋攻打南唐，极有可能会从湖北发兵。

从汴梁到江陵何啻千里之遥，而曹彬和曹翰等人在半月之内就跑完了全程。

跑到江陵一看，五万宋军水师早已整装待发，就等着曹彬的一声号令了。

曹彬一声号令，数百艘大战船载着五万宋军顺流而下。江岸上，竟有许多百姓为曹彬及宋军送行。曹彬感慨地对副将曹翰等人说道："正义之师，何往而不胜？"

从湖北江陵到江西九江，是长江比较曲折的一段。好在是顺流，宋军的船队速度也不慢。十几天之后，船队驶入江西地界，再有一天的水路，就可抵达九江了。从九江再向东行数十里就是湖口，是鄱阳湖进入长江的通道。

曹彬令曹翰为先锋率十余只小战船先行侦察，自己率大队随后。曹彬对曹翰说道："这一带南唐军甚多，水军尤多，你千万要小心！"

曹翰的确很小心。他小心翼翼地驶到九江一带侦察，又前行至湖口打探，还亲率几只战船深入鄱阳湖游弋。末了，他回报曹彬：南唐南都留守朱令赟的千余艘战船及十几万水军全泊驻在鄱阳湖的南端，根本不知道宋朝水军已经到来。

曹彬闻言不禁长叹了一声。曹翰问道："大人何故叹息？"

曹彬回道："若不是皇上令我首攻江宁，我真想开进鄱阳湖将朱令赟一举击溃！"

曹翰说道："大人，所谓'将在外君命有所不受'。现在朱令赟毫无防备，正是击而败之的好时机。大人即使率军入湖作战，又有何妨？"

曹彬摇头道："非也！我等的任务不单是作战，还要及时地接应潘大人所部过江。没有我等船只，潘大人岂不只能望江兴叹？"

曹翰道："只是便宜那朱令赟了。"

曹彬笑道："朱令赟跑不了的！待我等围攻江宁后，李煜必然会命令朱令赟前往支援。到那时，朱令赟又会如何？"

曹翰一乐："到那时，朱令赟最好的下场就只能是逃之夭夭了！"

在曹彬和曹翰的笑声中，宋军数百艘战船浩浩荡荡地通过了湖口。从湖口开始，长江向东北流去，没有多远，就进入安徽地界了。当时，安徽的东南部尚属于南唐地盘。

曹彬告诫曹翰等人道："从此以往，江南岸边多李唐城池，尔等务必做好随时作战的准备！"

说话间，宋军船队就驶近了池州。前行的曹翰回报：池州城内驻有万余南唐军。

曹彬吩咐曹翰道："你率一万人上岸先行至池州城外，待我战船赶到、唐军惊慌之时，你即发兵攻城！"

果然，池州城内的南唐军见江面上一下子来了这么多的宋军，大为惊恐。就在这当口，曹翰开始催兵攻城。水里有宋军，岸上也有宋军，城内的南唐军就只想着逃跑了。这样一来，曹翰也没怎么攻打就踏进了池州。

把池州的粮食物资搬上船之后，曹彬就又率船队出发了。从池州向东北行一百多里水路有一座江城，此乃南唐重镇铜陵（今安徽铜陵）。铜陵不仅有两万余南唐步军，还有万余水军，守将叫胡正。

胡正消息较灵通，得知池州失陷后，他把三万多水、步军一起集中到了一百多艘战船上，并将战船在江面上一字排开，排了好几层。很显然，胡正想挡住宋军的去路。

曹彬对曹翰说道："你带两万人上岸先把铜陵城占了，然后就在城内放火。火放得越大越好，但不要烧房屋，更不能烧死百姓！"

曹翰点头道："末将明白！如果末将烧死许多无辜，大人的那把尚方宝剑就要拿我开荤了！"

曹彬叮咛道："你放火之后，如果唐军上岸救城，你就把他们坚决堵住！"

曹翰得令而去。曹彬吩咐船队道："加快速度，一直向前！"

曹翰率两万人开进铜陵城之后，马上紧闭城门，把未走脱的百姓全集中到一起，然后就命令手下在城内的空地上堆柴放火。一时间，铜陵城内火光四起、浓烟滚滚，就是站在江北岸也能看得一清二楚。

江面上的南唐官兵自然看到了铜陵城上空的浓烟。这些南唐官兵家人大半都在城内，所以，城内烟火一起，许多官兵便向胡正请求上岸救城。胡正不敢答应，因为曹彬的船队正向他开来。可胡正喊破了嗓子，还砍死了几个手下也不顶用。

这样，铜陵之战就分成了两部分：一部分在江面上，另一部分在江岸上。江岸上的战斗率先结束。待曹翰等人驾着夺来的船只驶向曹彬时，江面上的战斗也结束了。

铜陵战后，曹彬就几无阻挡地直向东北开去。此时，潘美的几个手下从江北赶来向曹彬报告：潘美已于数日前从采石矶（今安徽马鞍山附近）过了江，现正向江宁开进。

曹彬笑着对曹翰道："潘大人果然等得急了！"

五万宋军在潘美的统领下径向江宁方向开去。前番攻打南汉，潘美是主将，自然要沉稳持重、全盘考虑，不能想着自己出风头。这番不同了，宋军主将是曹彬，他潘美没有理由不充分地展现自己的军事才能。更何况，曹彬一路打来，他潘美在过江前还没捞着仗打呢。

当然，潘美毕竟是个沉着的将领。当得知有两万多南唐军向宋军开来时，他嘱咐部将道："领军后撤，打南唐军一个埋伏！"

向潘美开去的南唐军是从秣陵关来的。秣陵关在江宁以南六十多里处，距那条著名的秦淮河不远。驻守秣陵关的南唐将领是郑彦华和林真。闻听宋军已经过了长江，郑彦华和林真也没向江宁报告就急急地领兵开往江边。他们想，待把过江的宋军截住再向江宁报告也不迟。

潘美对手下说道："郑彦华和林真只带两万多人就想把我等堵住，这说明他们根本不知情，同时也说明他们胆大。对付这样的人，得玩点小技巧。"

在采石矶以北三十多里处有一个大湖，叫慈湖，慈湖以西不远就是长江。潘美派一部将率万余宋军主动迎击郑彦华和林真，然后佯装不敌，向慈湖一带退却。郑彦华和林真当然穷追不舍，待两万多南唐军全部钻入慈湖和长江之间时，潘美开始"关门打狗"了：南唐军的北面有两万多宋军，南面也有两万多宋军，而西面是长江，东面则是慈湖。

如果，郑彦华和林真率所有军队只朝南或只朝北冲，那兴许还会冲出一条大道来，但郑彦华和林真没有这么做。他们一人率万余军队分别向南、向北冲，结果，南北两端的宋军越压越紧，并最终会合在了一起。而南唐军呢？大半战死，小半落入江中或湖中淹死，只有少数人侥幸逃脱，这其中包括郑彦华和林真。有人告诉潘美，郑彦华和林真是游过慈湖逃走的，惊得潘美半天没说出话。

宋军乘胜占领了秣陵关后，潘美得到情报：曹彬的水军也已经通过了采石矶。同时，曹彬命令潘美：沿秦淮河向江宁攻击。

于是潘美由南向北打，曹彬由西向东攻。两路宋军如秋风扫落叶一般一步步地向江宁逼近。按常理，宋军都快打到江宁城下了，那李煜不可能不知晓。而事实是，当两路宋军径向江宁逼近的时候，李煜却全然不知，他还一如既往地与小周后一起在宫内饮酒赋诗、鸣琴填词。

直到有一天清晨，李煜灵感勃发，携小周后登上江宁城楼远眺觅诗时，这才发觉情况有异：江面上陈列着数百艘大战船，船上分明飘扬着大大的"宋"字。李煜又接到报告，说江宁南郊也发现赵宋战旗。李煜终于明白了：赵匡胤的军队已经打到他的家门口了。

李煜勃然大怒。他怒的是：宋军都兵临城下了，他这个"江南国主"为何毫不知晓？略略一查，事情清楚了：早就有人入江宁准备向朝廷报告宋军入侵的事，可这消息却全被神卫统军都指挥使皇甫继勋封锁了。有心降宋的皇甫继勋不仅封锁了宋军入侵的消息，还将报告这一消息的人大半处死。

李煜当即传旨：将皇甫继勋就地正法。可怜的皇甫继勋，虽有降宋之心，却并无什么具体的准备。得知李煜要处死他，他仓皇逃出江宁，可没逃多远就被捉住杀死了。

杀死皇甫继勋之后，李煜应该做什么？按理说，他应该从别处招兵来保卫江宁，但李煜没有这么做——他把那曾经使宋、企图劝说赵匡胤罢兵的徐铉叫到了面前。

这种时候，李煜召徐铉何干？说来可笑，李煜是命徐铉再度出使汴梁。而且，李煜给徐铉的任务是：询问赵匡胤，江南有何罪？如江南无罪，大宋又为何兴师问罪？

徐铉不禁暗自叹息一声。都这种时候了，李煜竟还要向赵匡胤讨个说法，这岂不是太过荒唐？

徐铉无奈，只得出了江宁辗转到达汴梁。见了赵匡胤，徐铉果然按李煜吩咐先问江南何罪，再问大宋为何兴兵攻打江宁。赵匡胤哈哈大笑道："江南无罪，但李煜有罪！朕卧榻之侧，岂容他人酣睡？"

好一个"岂容他人酣睡"！说白了，就是赵匡胤做了皇帝之后，别人就只能俯首称臣，还要看赵匡胤的眼色行事。李煜想在江南唯我独尊，就只能是痴心妄想了。

徐铉知道再多说也无用，便又颇费周折地回到了江宁。一直到这个时候，李煜才似乎真正明白过来：不与宋军开战是不行的了！

据野史记载，李煜曾当着徐铉等大臣说过这么一段话："宋军既来，朕必亲率士卒背水一战，如果不能胜，朕定聚室自焚，绝不做亡国奴！"

李煜此言，可谓是掷地有声，但赵匡胤听到后只淡淡一笑道："书生之言！"

野史所载，本不足信，况李煜也说不出这等豪言壮语。据史书所录，当曹彬、潘美的宋军开始围攻江宁之后，李煜每天依然与小周后一起饮酒玩乐，或到佛堂听和尚法师诵经，或请隐士高人到宫中讲解易经。有一个大臣叫张洎，不知用什么方法从八卦中测出"北师已老，将自遁去"八个字，李煜竟也相信了。

不过，说李煜一点也不关心时局也不是事实。当潘美的宋军涉过秦淮河、攻破江宁外城时，李煜曾派人前往江西，着南都留守朱令赟速来救驾。只他没有想到的是，在宋军面前，朱令赟的南唐军竟然是那样的不堪一击。

朱令赟是于开宝八年（公元975年）秋率军离开洪州前往江宁的。若论军队规模，朱令赟确有引以为豪之处：大小战船一千多艘，官兵整整十五万众。然而，这十五万南唐军却被曹彬的数万宋军杀得七零八落。

说起来，朱令赟落败，南唐军士气低落、战斗力低下固然是主要原因，但其中似乎也不乏"天意"的因素。他庞大的船队抵达江宁西南江面时正是半夜，而且他发现曹彬的船队就横亘在前面不远处。

如果，朱令赟等天亮后再向曹彬的船队发动进攻，或者朱令赟直接催动大军扑向曹彬的船队，那么那"天意"也许就不会出现了。可是，朱令赟没有这么做。他与许多部下一样，从心眼里惧怕宋军，不敢与宋军直接交手，于是他就想趁着夜色去偷袭宋军。他惨败的命运便这么决定了。

朱令赟接受了一个部下的建议：用火攻的方法去偷袭宋军船队。于是，朱令赟将自己的船队紧紧密密地并在一起，然后放下几十只小船驶往前方。小船上装满了干柴，还有不少油。朱令赟命令小船上的官兵待靠近宋军船队时，一起点火。

"天意"就在这当口出现了。当时明明刮的是西南风，可当南唐官兵点燃了小船上的干柴之后，风向突然变成了东北风，而且风力还特别强。风力变了，火势也就朝反方向蔓延。小船上的南唐官兵大半来不及跳水就被大火活活烧死了。更要命的是，那几十只小船在大风的吹刮下一起向着朱令赟的船队漂去。那可不是什么几十只小船啊，那是几十堆正熊熊燃烧的大火。朱令赟的千余艘战船挤得那么紧，怎么也躲不开，被几十团大火烧个正着。

上千艘战船被大火燃着了该是一幅什么景象？而十几万人一齐从着火的大船上往长江里跳又会是一种什么景象？站在江岸上的曹彬都忍不住地笑出了声。

说来也巧，曹彬本也想用火攻的方法来对付朱令赟的。他只留曹翰率少数宋军待在船上，自己带大部宋军悄悄上了岸。曹彬的想法是：置宋军战船于不顾，只要火攻敌船得手，就能彻底打败朱令赟。

这下好了，曹彬用不着费事烦神了，南唐军被自己放的大火烧得焦头烂额。对当时的曹彬而言，世上恐没有再比江里的大火更让他兴奋和高兴的事了。

十几万南唐官兵虽然都奋力往江里跳，但战船太多，到处都是阻碍，而且江水也太深，从江中间一带跳入江里的人大半是游不到岸边的。所以，十几万南唐军，被大火烧死者、被江水淹死者，实在难以计数。

没有被烧死、淹死的南唐官兵，要么游到了长江北岸，要么就爬上了长江南岸。游到长江北岸者，大多拣得了一条性命，因为北岸没有宋军，虽然后来曹翰领兵赶到，但上岸的南唐军多已经落荒而逃了。而爬到长江南岸的南唐官兵就没那么幸运了，曹彬率军正在那等着呢，先爬上岸的南唐军大都被宋军杀死，后爬上岸的南唐军还不错，多半成了宋军的俘虏。

那朱令赟属于那种既不幸运又不乏幸运的人。不幸运的是，他爬上了长江南岸。幸运的是，他是最后一批爬上岸的人。当他正在江岸上惊慌失措地爬着时，一个人走到了他的跟前，踢了他一脚问道："你是何人？"

朱令赟倒也诚实，报出了自己的姓名，还反问那人道："你是何人？"

那人回答："我是曹彬！"

这场颇富戏剧性的战斗便以朱令赟成了曹彬的俘虏而宣告结束。巧合的是，当朱令赟从江边直起身的时候，天刚好亮了。

朱令赟惨败之后，李煜和江宁就再也没有什么援兵了。虽然当时江宁以东的一片地盘尚属南唐所有，也驻扎着一些南唐军队，但这些南唐军队已经无力西援江宁了：占据苏杭一带的吴越王钱俶已率兵北上攻占了常州，正在太湖以北、长江以南之间扫荡。需要说明的是：钱俶率军从东边攻打南唐，是奉了赵匡胤的旨令。

李煜既无援军，曹彬和潘美就放心大胆地率军将江宁团团地包围了起来。只要攻克了江宁城，南唐国就算是正式灭亡了。

曹彬和潘美原先估计：顶多一个月宋军便可打进江宁。江宁城内已无多少南唐军，南唐军几无斗志，焉能久守城池？而城外的宋军求胜心切、士气正旺，即便江宁是铜墙铁壁铸成，宋军也能踏而破之。

然而事与愿违的是，一连数月，曹彬和潘美也未能踏进江宁。直到开宝八年（公元975年）十一月的下旬，宋军才终于攻破城池。

宋军不可谓不英勇，曹彬不可谓不善战，而江宁城内也确无多少南唐军，那李煜还根本不问守城之事，宋军又为何久攻才得手？是南唐军中出了什么优秀的将领？不是。是宋军在攻城的时候出了什么意外？也不是。原因是，江宁虽不是铜墙铁壁铸成，但城防也的确非常坚固。坚固到什么程度？用"一夫守城，万夫莫开"来形容，实不为过。

江宁有如此坚固的城防，功劳当然不属于李煜。首功当推李煜的爷爷李昪，次功应属李煜的父亲李璟。

南唐国是在吴国的基础上建立起来的。吴国乃唐末庐州节度使杨行密所创。杨行密死后，大权旁落到宰相徐温之手。公元937年，也就是赵匡胤十一岁那年，徐温的义子徐知诰取代杨氏而称帝，定都江宁。两年之后，徐知诰的政基稳定了，便自称是大唐帝胄，改国号为唐，更姓为李，后又改名为昪，这就是南唐先帝李昪。李昪虽只做了五年皇帝，却使得南唐的疆域大为扩展。然其子李璟上台后，南唐的风光不再。李璟在位十九年，把个南唐国弄得元气大伤，还让后周占去了江北的国土。待李煜登基，南唐国真是应验了那句老话："一代不如一代。"不过，南唐国虽然一朝比一朝弱，但江宁的城墙却一代比一代高大坚固。李昪本就把江宁城墙筑得很高大了，李璟为求自保，又把江宁城墙修得更加坚固。到李煜做皇帝时，据说也曾生起过加固城防的念头，可到头来，江宁城墙竟然无法更没有必要再加固了。可见，就城防本身而言，江宁确可称得上是固若金汤了。

固若金汤的城防终被宋军攻破，责任并不在城防本身，只能归咎于李煜。李煜虽然一直在担心赵宋来攻，却又疏于防范。最起码的，江宁城内应该储备必要的粮食，但事实是，当曹彬、潘美的宋军将江宁团团围住的时候，城内就已经没有多少粮食了。在宋军围困江宁的日子里，城内"斗米万钱"，而即使有万钱在手却又难买到斗米，所以当时的江宁城内几乎是"死者相枕"。宋军就是在这种情况下才得以攻破城池的。如果城内有充足的粮食，李煜也能花点心思放在守城上，那么，宋军何时才能攻破江宁牢固的城防，恐就很难说了。

开宝八年十一月二十七日，曹彬、潘美昂首挺胸地跨进了江宁城。曹彬令潘美立即着手维护城内的秩序，自己则直奔南唐皇宫。

曹彬率人开进南唐皇宫时，那李煜正在宫中与小周后一起饮酒填词，填的是一曲《临江仙》。可惜的是，因曹彬来得太快，李煜只填了第一句："樱桃落尽春归去……"

曹彬当即派一千亲兵专门守护李煜和小周后。李煜的重要性自不必说，而那小周后也实在太美貌了。曹彬有幸见过花蕊夫人，在曹彬看来，小周后虽不敢说一定比花蕊夫人美貌，但至少不会比花蕊夫人逊色。这样的女人如果不重兵看护，那什么事情不会发生？

至此，南唐国灭。南唐十九州、一百零八县土地和六十五万五千多户百姓尽归赵匡胤所有。

南唐既灭，赵匡胤就基本上统一了南方。虽然当时南方尚有两个独立的政权——占据苏杭一带的钱俶和占据福建漳泉一带的陈洪进，但这两个政权也只是在形式上独立而已：钱俶和陈洪进早就对赵宋表示臣服了。而且赵匡胤若想夺取钱俶和陈洪进的土地，可谓易如反掌。

最可怜的当然还是李煜。当他在宋军重重护卫下乘船渡江、回首江宁时，曾含泪赋诗一首，诗云："江南江北旧家乡，三十年来梦一场。吴苑宫闱今冷落，广陵台殿已荒凉。云笼远岫愁千片，雨打归舟泪万行。兄弟四人三百口，不堪闲坐细思量。"

该诗真切地道出了李煜在被解往汴梁时的凄苦心境。实际上，李煜也一直未能忘怀他被迫离开南唐皇宫，离开江宁的情景。后来他曾填过一首《破阵子》，词云："四十年来家国，三千里地山河。凤阁龙楼连霄汉，玉树琼枝作烟萝。几曾识干戈？一旦归为臣虏，沈腰潘鬓消磨。最是仓皇辞庙日，教坊犹奏别离歌，垂泪对宫娥。"

单说最后三句词，便是李煜对当初被迫离开江宁时的痛苦回忆。是啊，江宁城内、南唐宫中值得李煜回忆的东西太多了。就说一个叫窅娘的"宫娥"吧，体态轻盈得让李煜心醉。李煜就命人造了一个六尺高的金莲花，叫窅娘在金莲花上起舞。窅娘为讨李煜欢心，别出心裁地用丝帛将一双脚缠成新月状。南唐有一个人叫唐镐的，曾写下"莲中花更好，云里月长新"的诗句来盛赞窅娘缠足及金莲花上起舞之事。没料想，此诗一出，时人皆以缠足为美，许多女人开始竞相效尤，毒害了中国女人达数百年之久的缠足陋习便是由此而来。此非李煜之过乎？

占据浙江流域以至太湖周围十三州土地的钱俶，本是吴越王钱镠的后代。钱镠是杭州临安人，曾以贩盐为盗过活。唐末黄巢大起义时，他组建了一支军队参与镇压起义军，攻占了吴（太湖周围）越（浙江流域）之地，被唐朝封任镇海、镇东节度使，后被封为越王，又继封为吴王。后梁开平元年（公元907年），后梁朝廷册封他为吴越王兼淮南节度使，建都钱塘（今浙江杭州），吴越政权正式确立。后汉乾祐年间（公元948～950年），钱俶继吴越王位。钱俶继位后，对中原政权一直采取很恭顺的态度。周世宗柴荣征淮南时，钱俶曾派兵协助。宋朝建立后，钱俶又接受了赵匡胤给他的"天下兵马大元帅"的封号。宋军过江攻打江宁，钱俶又以宋朝"升州东面招抚制置使"的身份亲率五万军队从东面攻打南唐，在占了常州之后，又分兵攻击南唐的江阴、宜兴等地，为赵匡胤开辟了东南战场。虽有臣子（包括吴越丞相沈虎子）竭力劝说他应联合南唐共同抗宋，但他不为所动，且一气之下，罢了沈虎子的相位。吴越军攻克常州后，钱俶曾派人入汴梁报捷。赵匡胤加封钱俶为宋太师兼尚书令，并诏其可以"归国"。钱俶明白赵匡胤的意思，将吴越兵权交给部将沈承礼，让沈承礼率吴越军入润州，随宋军一起攻打江宁，自己则奉赵匡胤旨意乖乖地回杭州了。

　　割据福建漳、泉二州的陈洪进，本是闽国的一员旧将。闽国的开创者是王潮、王审知兄弟。二王是河南固始人，他们乘黄巢起义军把唐朝在东南诸道的统治力量打垮之机，率兵进入福建，占据了泉、汀等五州之地。唐朝只得承认既成事实，封王潮为福建的节度使。王潮死后，王审知掌福建大权，自称福建留后。后梁一朝统治中原时，王审知接受了后梁朝廷的"闽王"封号。公元923年，王审知卒，其子王延钧继位。不久王延钧就称帝建元，正式立国号为"闽"。公元935年王延钧被儿子所杀。在以后的十年里，闽国内讧不已。南唐见有机可乘，便于公元945年发兵灭了闽国。闽国旧将留从效势力渐大，把驻守在泉州（今福建泉州）的南唐军队赶走，又占领了漳州（今福建漳州），以漳、泉二州为根据地称王称霸。但考虑到漳泉的势力毕竟很小，所以留从效就接受了南唐朝廷的"清源节度使""鄂国公""晋江王"等一系列封号。留从效死后，因为无子，便由其兄的儿子绍镃继位。其部将陈洪进见绍镃年幼，便诬他投靠吴越，将他执送南唐。陈洪进推张思汉为留后，自封为副使，但却将漳泉大权掌握在自己的手中。张思汉不愿受陈洪进的摆布，就想杀死陈洪进，不料阴谋败露，反被陈洪进软禁了起来，还被迫交出了大印。陈洪进夺权之后，觉得南唐国力较弱，不能做靠山，于是就瞒着南唐，派人入宋请求赵匡胤任命。宋乾德元年（公元963年）十一月，赵匡胤给李煜下诏，宣布大宋王朝将接纳陈洪进。李煜虽然很恨陈洪进背叛了南唐，但也只能恨恨而已。乾德二年初，赵匡胤正式任命陈洪进为平海军节度使。

　　陈洪进也好，钱俶也罢，他们向宋表示臣服，显然不同于李煜。不然，赵匡胤攻灭南唐之后是不会放过钱俶和陈洪进的。不说别的，赵匡胤下诏要钱俶和陈洪进赴汴梁，钱俶老老实实地于开宝九年（公元976年）二月携妻孙氏、子钱惟浚、大臣孙承右入宋朝见，受到了赵匡胤的热情款待。据说，钱俶赴宋前，吴越臣子们皆惶恐不安，都以为钱俶一去定难复返，所以就在西湖岸边的宝石山上修了一座塔以保佑钱俶平安。这便是今日杭州保俶塔的由来。又据说，钱俶从汴梁返回吴越前，赵匡胤给了他一个黄包袱，嘱他在路上打开一看。钱俶打开黄包袱后，一时又惊又喜。惊的是：黄包袱里面装的全是宋朝大臣要求赵匡胤扣留钱俶的奏文。喜的是：赵匡胤还是放他回来了。

那陈洪进也没敢违逆赵匡胤的旨意，而是同钱俶一样，乖乖地打点行装准备入宋朝见。与钱俶有所不同的是，陈洪进未能亲见赵匡胤。陈洪进走到南剑州的时候，闻听赵匡胤已经驾崩。陈洪进只好又返回漳泉，为大宋皇上发丧致哀。

正基于上述所言，才可以说，赵匡胤平定了南唐之后，就算是平定了整个南方，只是吴越和漳泉还在形式上保持独立而已。吴越和漳泉在形式上也归于宋朝，是宋太平兴国三年（公元978年）发生的事。这一年，钱俶和陈洪进先后主动地将吴越十三州和漳泉二州的土地划入宋朝版图。只不过，这时候宋朝的皇上，已经不是赵匡胤了。

开宝九年（公元976年）正月初四的早晨，赵光义和赵匡胤的长子赵德昭等一行人鱼贯出了汴梁城。原来，南唐后主李煜一家人今日将被曹彬、潘美等人押解至汴梁，赵光义和赵德昭是奉赵匡胤之命出城迎接的。

本来，赵匡胤并未派赵光义出城，认为李煜乃亡国之君，有赵德昭出城象征性地迎接一下也就足够了。但赵光义以为，大宋现在是泱泱大国了，应显出大国的气派和气度，如何能与李煜一般见识？赵匡胤觉得赵光义所言有理，便说道："那好吧，你就与德昭代表朕去迎接李煜吧！也好让李煜看看，大宋是何等国家，朕又是何等襟怀！"

殊不知，赵光义主动要求出城是有其特殊目的的。不然，即便是赵匡胤点名要他去迎接李煜，他恐怕都要找借口推脱。

赵光义出城究竟有何目的？很简单：他要把那小周后先弄到手。他虽然从未见过小周后的面，但早已闻知她有惊人的美貌。如果不在赵匡胤见到小周后之前即把她弄走，恐怕小周后定要成为又一位大宋皇妃了。那花蕊夫人成了大宋皇妃之后，赵光义到现在还耿耿于怀呢。

赵光义和赵德昭出城后不久，那曹彬和潘美等人就押着李煜一家走过来了。赵德昭忙着上前与曹彬和潘美等人打招呼，赵光义则以大宋晋王的身份并代表大宋皇上对李煜的到来表示欢迎。再看李煜，似乎从江宁一直哭到汴梁，脸上的泪痕好像还没有干呢。

赵光义对李煜的泪痕自然不感兴趣——他感兴趣的是小周后。待弄清了小周后所在何处后，晋王府的几个仆人居然在众目睽睽之下把小周后连人带车地"偷走"了。也真的是"偷走"，除曹彬外，几乎无人发觉。曹彬虽然发觉了，一时也没明说。待进了汴梁城之后，曹彬才凑到赵光义的耳边问道："王爷，皇上如果问起，微臣应该怎么说？"

赵光义回道："皇上如果问起，你就实说，皇上如果不问，你就不说！"

曹彬心里话：像小周后这样的美女，皇上如何会不问？正想着呢，赵光义又低声问道："曹大人，依你的眼光，小周后相貌究竟如何？"

曹彬脱口而出道："微臣拙见：她的美貌，李唐无二，大宋有双！"

"有双"一语，当指的是那花蕊夫人了。赵光义"嘿嘿"一笑道："曹大人乃大宋公认的'良将'，打仗不会错，看人也定不会错！"

说话间，就到了李煜献降之地。只见赵匡胤黄袍加身，高高地端坐在明德楼之上，脸上荡漾着掩饰不住的得意。再看李煜，不知何时换了一身白衣，头上还扣了一顶纱帽，一动不动地跪在明德楼下。

赵匡胤让李煜跪了足足有小半个时辰，然后才唤李煜"平身"，可李煜却不动身。赵匡胤笑道："李煜，朕又不杀你，你何故不起啊？"

李煜这才爬起。不知是爬的速度过快，还是因为跪的时间太久，李煜在爬起来的时候，一个趔趄，差点栽倒，惹得赵匡胤止不住地哈哈大笑。

倏地，赵匡胤敛了笑，因为他分明看见，李煜的两个眼角赫然挂着几滴清泪。于是赵匡胤就沉声喝问道："李煜，你何故落泪？是对此番下跪心有不甘还是情有不愿？"

李煜慌忙伏地磕头，说道："罪臣对皇上下跪心甘情愿……只是罪臣自知罪孽深重，难逃一死，而皇上适才宽大仁厚，有赦臣之意，罪臣一时感激，故而情不自禁潸然落泪……"

李煜所言可是实话？赵匡胤不管，立即大笑说道："好！李煜，你这样说话，朕很高兴！你放心，朕说过不杀你就绝不会杀你，朕不仅不杀你，还要封你在大宋为臣！"

赵匡胤真的当即对李煜进行了加封：授李煜为检校太尉兼右千牛卫上将军。虽这都是虚衔，但也大出李煜事先所料。李煜本以为，到了汴梁之后，即使赵匡胤不杀他也会将他打入囚牢，看来，他李煜是想错了。

这么想，李煜还真的对赵匡胤生起了些许感激之情。感激之下，他便要对赵匡胤叩头谢恩。就在这时，只听赵匡胤又大声说道："李煜，朕召你来京，你倔强不朝，朕派兵过江，你又据江宁抗拒，你既有如此表现，朕就再封你一个违命侯吧！"

"违命侯"显然带有很强的侮辱性。但"人在屋檐下，不敢不低头"，李煜还是伏下身体，向大宋天子谢恩。

看到李煜如此谦卑地匍匐在自己的脚下，赵匡胤当然无比兴奋。就在李煜归降的当天晚上，赵匡胤吩咐内侍王继恩从李煜的宠姬中挑选出几个来送到他的寝殿里去。南唐宫中的许多女人，包括李煜的一些嫔妃，都随着李煜的归降而成了大宋的宫娥。

赵匡胤让内侍王继恩去挑选女人，并非说明赵匡胤已经变得好色了。试想想，在征服李煜的同时，顺便把原先属于李煜的女人也一并征服了，那该有何等的舒畅？从这个意义上说，赵匡胤召幸李煜的宠姬，是带有政治色彩的。

令赵匡胤没有想到的是，王继恩安排好了一切后来向他回禀时说起了一件事，使赵匡胤一时颇有感慨。王继恩说的什么事？王继恩说，那些刚刚入大宋宫中的南唐女人，晚上居然都不点灯，因为在南唐宫中时，她们全以夜明珠照亮。

赵匡胤感慨万千地对王继恩说道："李煜奢侈如此，又焉能不亡国？看来，人的欲望真是无穷无尽啊！"

不过感慨归感慨，赵匡胤还是兴致勃勃地走进自己的寝殿与李煜的几个宠姬共度春风了。

第二天，赵匡胤遭遇了一件令他很是尴尬的事。

曹彬、潘美等人一举攻灭南唐，军纪严整，几乎没有发生一起宋军无端烧杀抢掠之事。曹彬等人立功如此，赵匡胤当然要设宴为之庆贺。那尴尬之事就发生在赵匡胤的庆功宴上。

在为曹彬等人出征饯行时，赵匡胤曾牵着曹彬的手言之凿凿地许诺，待曹彬平灭南唐归来，就封他为大宋的宰相。

赵匡胤的那番许诺，当时在场的人都记忆犹新。可惜的是，独独赵匡胤淡忘了。淡忘了似乎也没有什么，如果无人提起，那曹彬是断然不会向赵匡胤要求当宰相的。

可是，在庆功宴上，偏偏有人提起了——提起的人是赵光义。在赵匡胤喝得酒酣耳热之际，赵光义笑嘻嘻地说道："皇上，此时此刻，何不就当场宣布曹彬为相？"

赵匡胤愕然道："晋王，你……这是何意？"

赵光义更是愕然道："皇上，你……又是何意？"

但旋即，赵光义便明白过来。赵匡胤在那次饯行宴会上所言果然并非真心，乃是酒话。而很快，赵匡胤也依稀明白过来。说"依稀"，是因为赵匡胤并非忆起了自己何时说过要封曹彬为相的话，但赵光义既然提起，那他赵匡胤就肯定说过这样的话。

赵匡胤不禁心中一紧。曹彬虽为良将，但并非能够胜任宰相一职。可皇上乃金口玉言，说过的话那是要算数的，不然岂不失信于臣？既失信于臣，皇上也就没有什么威信可言了。

再看赵匡胤，眼也红了，脸也白了，连呼吸都有些急促起来。好在赵匡胤早已喝得面如张飞，所以眼红也好、脸白也罢，别人是轻易瞧不出来的。只从他急促的呼吸上，多少显出一些尴尬来。

为掩饰这种尴尬，赵匡胤冲着曹彬举起了杯："来，曹爱卿，朕与你共饮三盏！"

皇上之命，曹彬敢不相从？三杯酒落肚之后，赵匡胤看着曹彬说道："爱卿啊，朕本是想现在就封你为相，可又一想，天下尚未太平，刘继元还在太原逍遥快活，辽人更是对我大宋虎视眈眈，以后还得倚仗爱卿为朕驰骋沙场，所以，朕就在想：待大宋平定了北汉之后，朕再封爱卿为相也不迟。不知爱卿意下如何啊？"

赵匡胤所言显然是托词。虽然北汉尚未平定、辽人更是大患，但这与封曹彬为相似乎并无直接联系。曹彬即使做了大宋的宰相，岂不同样可以率军征战？

曹彬很聪明，略一思忖之后，马上离席伏地冲着赵匡胤磕头，且说道："皇上大恩大德，微臣没齿不忘！但微臣以为，微臣只是一介武夫，除了舞刀弄剑、冲锋陷阵之外别无所长，更无济世经国之略，又怎堪胜任大宋宰相重职？不堪胜任事小，误国误民可就事大了，所以，微臣斗胆恭请皇上收回圣命……"

曹彬的话音还未落呢，赵匡胤就迫不及待地说道："曹爱卿此言，其赤诚之心足以感天动地！朕依爱卿所言，收回成命！"

赵光义觉得赵匡胤"收回成命"的速度未免太快了，于是就堆上笑容，举起酒杯为赵匡胤打圆场道："曹大人一心为国为民着想，从不计较个人名利，这种精神又何止于感天动地？来，各位大人，就让我们为曹大人的这种精神共饮一杯！"

众人纷纷举杯。举杯过后，赵匡胤的这种尴尬就算是告一段落了。不过，赵匡胤并未完全忘记。庆功宴会刚一结束，他就把赵光义留下问道："光义，朕何时何地说过要封曹彬为相？"

赵光义叹息一声道："看来皇上那天是真的喝多了……"

赵光义把饯行宴会上的事说了一番，赵匡胤也喟然叹道："这是朕的不是啊！朕既然说过要封曹彬为相，现在又一言收回了成命，那曹彬岂不是会有上当受骗之感？"

赵光义点头道："臣弟以为，皇上应做一些相应的弥补才是……"

赵匡胤亦以为然，当场草拟了一道圣旨。旨曰：曹彬一心为国征战，功劳卓著，又清廉自律、两袖清风，家境颇不殷实，特赐赏钱五十万以补曹彬家用。

在当时，五十万钱不算是一个小数目了。据说曹彬领到赏钱后非常高兴，对朋友说道："人何必要做宰相？官做得再大，也只不过多得些钱而已！曹某有这五十万赏钱，足矣！"

赵匡胤闻听曹彬这么说话，自然也很高兴。高兴的还有赵光义，他以为，如果曹彬不主动请求"收回圣命"，那对赵匡胤而言，还真的是一件很难受的事。

没想到，难受之事也找到赵光义的头上了。对这种难受，赵光义虽不无预感，但终究是极不情愿它降临的，而且也不愿它降临得那么快。那样，赵光义就更加难受了。

【第十五回】

千载悬案摇烛影，一代龙主殁斧声

就在赵匡胤为曹彬等人设宴庆功的当天晚上，散了宴回到王府后，赵光义自己又喝开了闷酒。虽然中午在宫中已经喝了不少，而且他的酒量本就不大，但他回到晋王府后，却依然还是要喝，因为他心中确实很闷。

一眼看过去，赵光义似乎不该有什么苦闷的。只他一人喝酒，却围了十多个女人，而且那十多个女人还个个都可用花容月貌来形容。有的替他斟酒，有的为他夹菜，有的殷勤地帮他捶背，有的热情地往他怀里拱……一个男人幸福如此，还有什么苦闷？

然而赵光义就是感到苦闷，因为那小周后不在他的身边。与小周后相比，身边的十多个女人即使真的是花容，但也是失色的花容，即使真的是月貌，也是无光的月貌。所以，杯中所盛虽然是芳香无比的美酒，但喝到赵光义的嘴里，都似乎比黄连还苦。

那小周后在昨天的时候不就被赵光义的手下"偷"来了吗？不错，赵光义喝闷酒的当口，那小周后就在晋王府内的一间屋子里。赵光义虽然有些色胆包天地将小周后偷到了王府中，但他的神智还是清醒的。他至少清醒地认识到了两点：一是若想人不知，除非己莫为。他偷走小周后的事情，赵匡胤定会很快知道；二是小周后不是寻常的女人，如果赵匡胤知道了赶来晋王府索要，而小周后偏偏又被他赵光义抢先一步染指了，那赵匡胤心中又会怎么想？

不要以为赵光义这么想是多虑了。实际上，赵光义对赵匡胤的看法已经有了相当大的转变。这种转变多源于赵普的被贬。赵普为大宋朝的创立和强盛可谓是立下了不朽之功，可到头来只因为参奏辛文悦，就被贬到了孟州。他虽然与赵普有所不同，乃赵匡胤的胞弟，但赵匡胤的胞弟不止他一人，还有赵光美。赵匡胤更有两个儿子德昭和德芳，如果他在小周后的事情上真得罪了赵匡胤，那谁又敢保证他赵光义不会成为赵普第二？

所以，赵光义虽然如愿以偿地将小周后偷到了晋王府，却又强迫自己暂时把小周后闲置。他这么做的目的，自然是给自己留有余地：如果赵匡胤真的前来索要，那就忍痛将小周后原封不动地交出，自己虽有偷抢之过，却也并无大错；如果时隔多日，赵匡胤没有索要之意，那他就可以放心大胆地亲小周后芳泽。不难看出，就此事而言，赵光义也的确颇费心机。

但心机化解不了苦闷。小周后明明白白近在咫尺，几乎伸手可及，他却不敢伸手，还要担心赵匡胤前来。这样，他就只能默默地喝着闷酒了。

闷酒是容易醉人的，况且赵光义的酒量还不大。就在赵光义将醉未醉的当口，忽然，一声吆喝直灌他的耳底："皇上驾到！"

赵光义一震，忙令身边的女人躲开。但此时，赵匡胤已经大踏步地走了进来，赵光义只好率十多个女人一起迎着赵匡胤跪下。

赵匡胤且趋且说道："光义，快快起身，不必多礼！"又哈哈大笑道："光义，桌上有美酒，身边有美人，你的生活很有滋味啊！"

赵光义晕晕地爬起来，瞪了那些女人一眼，那些女人就马上散了。赵光义正待询问赵匡胤所来何事，却听赵匡胤问道："光义，适才那些美人之中，可有那个小周后？"

赵光义暗叫一声"不好"。赵匡胤真索上门来了，而且来得这么快。只见赵光义勉力挤出一缕笑，讪讪地说道："皇兄都知道了？告知皇兄的可是那曹彬？"

"什么曹彬？"赵匡胤大眼一睁，"今天傍晚，那李煜派人见朕，说是小周后已被朕留在宫中一天一夜了，能否交还于他，朕大感蹊跷，就到你这里来了！"

赵光义一皱眉："皇兄，你既然并不知情，为何见了臣弟就提及那个小周后？"

赵匡胤大嘴一撇道："光义，你这不是明知故问吗？像小周后这样的女人，想把她弄到手的人固然很多，但敢把她弄到手的人，除去你晋王爷还会有谁？"

赵光义心里话：皇兄，别给我说好听话了，放眼大宋，真正敢把小周后据为己有的，只你皇兄一人啊！

想虽这么想，但不敢直接这么说。赵光义只是说："皇兄，臣弟不敢隐瞒，那小周后确已被臣弟于昨天上午接到府里来了。臣弟之所以这么做，是怕小周后发生什么意外。不瞒皇兄，从昨日上午到现在，臣弟只见过小周后两次，绝未动过她一根手指头！"

"是吗？"赵匡胤的目光在赵光义的脸上扫了两圈。那目光，是颇不信任的。

赵光义赶紧道："皇兄若不相信，可唤那小周后前来对证！"

赵匡胤"嘿嘿"一笑道："此事何须对证？只是朕已封那小周后为郑国夫人，并答应李煜将小周后送回他的身边，所以，光义你只能忍痛割爱，放小周后出府了！"

赵光义不禁一怔："皇兄，你要把小周后放回到李煜的身边？"

"正是！"赵匡胤重重地点了点头，"对那李煜，朕岂能做个失信之人？"

见赵光义满脸的狐疑，赵匡胤不由笑道："光义，你以为是朕来向你索要小周后的？谬也！朕与你乃亲兄弟，纵然那小周后比花蕊夫人还美艳三分，但既已被你抢先得手，朕就不会厚着脸皮来向你索要的。不然，还有什么兄弟情谊可言？"

赵匡胤既然把话说到了这种地步，赵光义就只好把小周后交给赵匡胤带走。赵匡胤带走了小周后，同时也带走了赵光义那颗难受的心。

说实话，赵光义并不相信赵匡胤所说的话。他以为，赵匡胤说要把小周后送回到李煜身边只不过是一个借口。所以，他就派了几个得力的亲信暗暗尾随，看赵匡胤究竟会把小周后带往何处。

亲信回报：皇上确已把小周后送到了李煜的身边。赵光义油然生起一丝愧疚之情来，他又不禁长叹一声："皇兄，你这是何苦呢？你不稀罕小周后，把她留在晋王府该有多好？李煜乃亡国之君，留他一条性命就已经很对得起他了，为什么还要把小周后那样的人间尤物送回他的身边？"

不过，一声长叹之后，赵光义心中的那种难受多少减轻了些许。然而，没过多久，赵光义心中又变得越发难受起来。原因是，赵匡胤虽然没有将小周后霸占在宫中，但却常常召幸小周后。

因为小周后是大宋"命妇"身份，按例是要常常入宫的，而每次入宫都要被赵匡胤留下数日，数日之后她重回到李煜的身边，又常常痛骂李煜。李煜呢，佯装不知，低头皱眉填他的词。

赵光义就难免对赵匡胤生起一些看法了：皇兄啊，你要是大张旗鼓地将小周后从我这里夺走倒也罢了，可为何嘴里说一套，背后做的又是另一套呢？你这么做，还有兄弟情谊吗？

赵光义真是越想越难受。如果，仅仅是他一个人窝在家里难受，似乎还没有什么，时间一长，这种难受自然就会减轻。但问题是就在赵光义极端难受的当口，晋王府里却来了一位不速之客。这位不速之客是赵普。

赵普是一个人回汴梁的。他走进汴梁城的时候，天已经黑了。他经过了一番乔装打扮，在城内闲逛了一阵，至夜深人静时，他才蹑手蹑脚地摸到了晋王府的院门前。

赵普叩门。府门打开，开门的人本与赵普相识，由于久未曾见却不认得了。赵普捏着嗓门说道："烦请禀告晋王爷，就说他的一个老朋友求见！"

门人问赵普从何处来，赵普说来自洛阳。赵光义闻报后，以为是侄儿赵德昭的岳父来了。当时赵德昭的岳父为洛阳令，赵光义与这位洛阳令关系并不融洽，只是碍于他是赵匡胤的亲家，平素不便闹僵，虚与委蛇而已。所以，赵光义就吩咐门人道："叫他在客厅稍候，本王这就出迎！"

当时赵光义已经上床休息了。待见了赵普，赵光义才且惊且喜道："原来是赵兄啊！"又忙着问道："赵兄何故装扮成盐商模样？"

赵普回道："愚兄思念王爷，又不敢惊动皇上，怕皇上不欢迎，所以才偷偷回京，弄成这么一副模样！"

"赵兄，"赵光义连忙道，"兄弟我不是说过了吗？我晋王府的大门，是永远向赵兄敞开的！就算皇上真的不欢迎你回京，我赵光义也永远欢迎你来府做客！"

一个人心里难受的时候，往往想对朋友倾诉。更何况，赵光义和赵普还不是什么一般的朋友。自赵普被贬孟州之后，这还是二人的初次相逢。故而，见了赵普，赵光义如见了久别的亲人一般，对着赵普倾诉起来：既包括曹彬"辞相"之事，也包括小周后在赵匡胤和李煜之间穿梭之事。

末了，赵光义长叹一声道："赵兄啊，自你离京之后，兄弟我真是备感孤单啊！无论遇着什么事，也没个知心人可以商谈，更没人可以为我拿出主张！赵兄，我真想把你永远留在我的身边啊！"

静静地聆听了赵光义的倾诉之后，赵普轻声笑道："王爷，你太看得起我赵某了！如今朝中上下，谁不唯王爷的马首是瞻？王爷纵然有天大的委屈也会有人来排解，又何须赵某乎？"

赵普并非在当面吹捧赵光义。赵光义任开封尹多年，现又加封为王爷，京城内外大小官吏的确多看他的眼色行事。不过，赵普在话中故意用了"委屈"一词，却是别有用意的。

果然，赵光义苦笑道："赵兄，听我话的人虽然很多，但能为我出主意的人却少之又少！比如，我很想把那个小周后占为己有，可现在呢？她不是走进皇宫就是走回李煜的身边，但就是不会走到我的晋王府里来……我又能如何呢？"

赵光义已经对小周后念念不忘、难以释怀了，而这正是赵普所希望的。赵普轻声问道："王爷既然对那小周后如此钟情，那当初为何不一直将她留在王爷的府中？"

赵光义"唉"了一声道："赵兄，你这不是明知故问吗？皇兄向我索要，我岂能不还？我若敢不还，当初也就不会将她置于府中而不去问津了！"

"是啊，是啊！"赵普脸上的表情，既充满理解又充满同情，"王爷处心积虑地想得到小周后，可到头来却事与愿违……细想起来，真是令人感慨万千啊！"

赵光义急忙朝赵普的跟前凑了凑："赵兄你乃足智多谋之人，你说，兄弟我日后还能否有缘与那小周后相会？”

赵普莞尔一笑道："王爷这是说什么话？以你的身份，到那李煜处走上一遭，或者干脆入宫见驾，不就能与那小周后相会了吗？"

"赵兄，"赵光义确实有点急，"兄弟我所说的相会，不是你所说的相会……"

赵普那么聪明，会听不出来？只是故意这么说引赵光义发急而已："王爷，我知道你的意思，我也很想帮你的忙，只不过连王爷都想不出什么好办法来，我赵普又能想出什么计策？"

赵光义明显地失望了："唉，你赵兄都无能为力，那我就只能死了这条心了！"

"王爷莫急，所谓'世上无难事'，只要王爷细心地琢磨，那任何事情都会找到解决的方法！"

"任何事情"不就包括小周后之事吗？赵光义赶紧问道："莫非赵兄已经有了主意？"

赵普却反问道："王爷，你说，皇上为何先答应曹彬为相，然后却又摆手了呢？"

赵光义一怔：赵普为何此时要问起此事？但赵光义还是答道："因为皇上答应曹彬为相的时候说的是酒话，等酒醒了，皇上以为欠妥……"

赵光义说的应该是实情，但赵普不这么看。赵普带着笑容说道："王爷所言，皇上肯定爱听。但赵普以为，王爷只说出了表面现象。究其实质，乃皇上是大宋皇上，他想怎么说就怎么说，想怎么做就怎么做。如果皇上高兴，他明日还可以许诺让曹彬为相。王爷以为如何？"

赵普所言应该也是实情。但因为不知赵普为何提及曹彬之事，所以赵光义只是轻轻地点了一下头，并未言语。

"王爷，"赵普又问道，"你说，皇上为何可以对那小周后招之即来、挥之即去？"

这回赵光义知道正确答案了："因为皇上乃大宋皇上，小周后不敢不依旨而行。"

"那么，"赵普接着问道，"王爷为何就不能如此召唤小周后？"

这答案好像也是现成的："赵兄，我只是一个王爷，自然不能随心所欲地对待小周后了！"

"是啊，"赵普故意不看赵光义的脸，"如果王爷也是大宋皇上，岂不就可以随心所欲了吗？不仅是小周后了，就是那花蕊夫人……"

"赵普！"赵光义大震，"你，你说什么？"

赵普却好像不知道自己说了些什么："王爷，我没说什么啊？王爷为何如此惊诧？"

"你！"赵光义二目圆睁，"你刚才……没说什么？"

"哦……"赵普这才像恍然大悟似的，"我刚才只不过是开了个玩笑，没想到王爷居然当真了！如果王爷把这玩笑话告之皇上，那我赵普恐就回不了孟州了！"

无论从哪个角度去看，赵普脸上的表情都像是在开玩笑。赵光义不禁长吁了一口气道："赵兄，你如何能开这样的玩笑？这话要真是传到皇上那里，恐兄弟我也要吃不了兜着走了！"

"不会吧？"赵普一本正经的样子，"王爷是皇上的亲兄弟，即使这种玩笑出自王爷之口，皇上也不会把王爷怎么样的！皇上可以不念君臣之谊，但总要念兄弟之情吧？"

"何来的兄弟之情哦！"赵光义的声音倏地低了下去，差不多低到了连赵普也难以听清的程度，"如果真有兄弟之情，他就不会以冠冕堂皇的借口把小周后从这里弄走了……"

赵普看来真的没有听清："王爷，你在说什么？"

赵光义慌忙道："没什么……我是在说，有些玩笑是不能随便开的……"

"王爷说得是。"赵普煞有介事地点了点头，"如果随便乱开玩笑，那是有杀身之祸的。不过，我刚才也是被逼无奈才胡乱开玩笑的。王爷想想看，小周后既已被皇上从这里带走，那王爷也只有成为皇上才有可能把小周后重新带到这里来……"

"好了，赵兄！"赵光义不仅压低了嗓子，还朝四周瞅了瞅，"这事就到此为止吧！我不再去想什么小周后了，你也别再为我出这种馊主意了！"

在接下来的一段时间里，赵光义和赵普的话题虽然转移了，但却都显得有些心不在焉的模样。特别是赵光义，明显地是在思索着什么。

第二天，赵普的举动令赵光义颇为意外——赵普即刻便要返回孟州。赵光义不解地问道："赵兄匆匆而来，为何又要匆匆而去？"

赵普的解释是：只因思念赵光义才匆匆来到汴梁，既已见过赵光义，那就没有必要再留在汴梁了。不然，让皇上知道，恐又会生新的事端。

赵普还说道："不瞒王爷，我被贬孟州之后，变得有些胆小了，不敢再惹皇上生气了……"

但赵光义执意挽留，说是要尽地主之谊好好地款待赵普一番。赵光义还道："即是皇上知道你回京，又有何干？你现在毕竟还是节度使，又兼着检校太尉衔，虽然皇上未召你返京，但你总有回京看看的自由吧？"

最终赵普同意再留下三天。不过赵普提出了两个条件：一、他就待在晋王府，别处哪儿也不去；二、尽可能地不要让皇上知道，也不要让其他朝臣知道。

赵光义自然一一答应。

而实际上，赵普根本就不想离开晋王府。他回汴梁的目的，就是要对赵光义进行试探。现在，在赵普看来，试探已基本上有眉目了。既如此，他就更应该留在晋王府对赵光义做进一步观察了。他说要马上返回孟州，其实同样是试探。如果赵光义不对他挽留或者挽留得不够热情，那赵普恐就真有些心灰意冷了。

当然，赵普是不会把自己的真实想法告诉赵光义的，他只这样对赵光义说道："王爷既如此挽留，那赵某就恭敬不如从命了！我也不瞒王爷，自被贬孟州之后，我就无心喝酒了，更无心去寻花问柳，连那洛阳私宅，虽距孟州不远，我也很少涉足……"

赵光义马上道："赵兄放心！我这里虽没有小周后那样的女人，但美女多，美酒更多。只要赵兄愿意，保证让赵兄你玩痛快！"

赵光义并非什么愚蠢之辈，如果他明知道此言过分还故意这么说，那就肯定有他自己的考虑了。但不知，赵光义的考虑和赵普的考虑是否相同？

赵普就这么留在了晋王府，赵光义也没有食言：赵普的吃喝玩乐一应俱全。一眼看上去，乐呵呵的赵普真有点乐不思蜀的模样了。

快乐的时光总是短暂的。仿佛转眼间，三天就过去了。赵普应该回孟州了，但赵普没有走，因为朝中发生了一件事。这件事情的发生，使得赵普对自己未来计划的实现更加充满信心。

原因是，赵匡胤面谕朝臣：他准备将大宋都城迁至洛阳，着文武百官详加考虑迁都事宜。

一开始，赵光义对赵匡胤准备迁都还是蛮高兴的。他回府对赵普说道："如果迁都洛阳，我与赵兄离得就比较近了，彼此也就可以常来常往了！"

赵普却渐渐地锁紧了眉头，然后问道："王爷，你可知皇上为何要迁都？"

赵光义回道："皇上说了，他诞生在洛阳，所以要把都城迁回到洛阳去。"

赵普缓缓地摇了摇头，但一时没有开口。赵光义起了疑："赵兄，你……何故摇头？"

赵普开口了："王爷，有些话赵某不知当讲不当讲……"

赵光义催道："你就快讲吧！当着我的面，你还有什么话不能讲？"

赵普点了点头："王爷，在赵普看来，皇上要把都城迁到洛阳去，其原因并非洛阳是皇上的诞生地，而是皇上已经对王爷不信任了！"

赵光义一惊："赵兄，你不是又在说玩笑话吧？"

赵普绷着脸皮反问道："王爷，你看赵普像是在说玩笑话吗？"

赵光义真的对着赵普仔细地看了一会儿，然后说道："赵兄，你能不能……把话讲清楚点？"

赵普侃侃而谈道："王爷，放眼大宋天下，除了当今皇上之外，王爷就是最有权势之人。王爷何来这么大的权势？仅仅是因为王爷乃大宋的皇弟吗？大宋还有一位皇弟，大宋还有两位皇子，他们的权势为何就不能与王爷比肩？所以，赵普以为，王爷之所以会有莫大的权势，真正的原因，是因为王爷已在汴梁经营多年，汴梁内外，上自朝中大臣，下到百姓仆役，谁不熟悉王爷？谁敢不听王爷的号令？整个汴梁几近于偌大的晋王府了。在赵普的眼里，汴梁就是王爷的地盘，就是王爷的家！如果把汴梁比作是一座大山，那王爷就是山中的猛虎！如果把汴梁比作是那黄河，那王爷就是河里的蛟龙（请注意，赵普在这里很自然地用了一个"龙"字，尽管是"蛟龙"）！可是，王爷想想看，如果大宋都城真搬到了洛阳，那山中的猛虎又会是谁？河里的蛟龙还会是王爷吗？是故，赵普窃以为，皇上准备迁都实乃对王爷失去了信任，至少，皇上没有过去那般对王爷倍加信任了！"

赵普这一番话不仅听来颇有道理，而且很能打动赵光义的心。试想想，如果汴梁真如赵普所言是赵光义的地盘、是赵光义的家，那么，洛阳就是那洛阳令的地盘和家了。洛阳令还并非寻常之人，乃赵德昭的岳父、赵匡胤的亲家，论身份地位，似乎并不比赵光义逊色。赵光义在自己的地盘、自己的家里尽可以呼风唤雨，可一旦到了洛阳令的地盘、洛阳令的家里，那还可以听任赵光义的呼风唤雨吗？更何况，赵光义与洛阳令一向貌合神离，如果大宋都城真的变成了洛阳，恐赵光义就难居"一人之下，万人之上"的地位了，说不定，赵光义还会处于一种"寄人篱下"的尴尬境地。

赵普的一席话，竟然说得赵光义满脸紧张，差点冒出涔涔冷汗来。赵普见状，不失时机地说道："王爷，赵普所言也都是推测之辞，王爷大可不必当真，就当是赵普又说了几句玩笑话……"

"不，不！"赵光义紧张兮兮地说道，"赵兄所言颇有见地，说不定，正是那洛阳令暗中鼓动皇上迁都……"

"王爷说得对！"赵普连忙道，"普被贬孟州后，虽很少涉足洛阳，却也时有耳闻：洛阳令在洛阳内外苦心经营，颇有野心！王爷切莫等闲视之啊！"

赵光义默然了好长时间，尔后，他微锁眉头问道："赵兄，我扪心自问，从没有得罪过我的皇兄，他又为何对我失去了信任？"

"不！"赵普毫不含糊地说道，"王爷你得罪过皇上！"

赵光义愕然道："赵兄这是从何说起？"

赵普说道："王爷没经皇上恩准便擅自将那小周后藏于府中，这还不算是得罪了皇上？"

"赵兄，"赵光义赶忙道，"我不是跟你说过了吗？我虽然偷来了小周后，但并未对她如何，其至都未碰过她的衣襟……"

"王爷，"赵普的目光炯炯有神，"赵普自然相信你的话，但皇上会相信王爷所言吗？"

是啊，赵匡胤会相信赵光义的话吗？如果不相信……赵光义吞吞吐吐地说道："赵兄，纵然皇上不相信我的话，我好像也没有犯下什么太大的罪过呀？那小周后虽然美若天仙，但毕竟是李煜的女人。这样的女人，我即使将她据为己有，又何罪之有？"

赵普长叹一声道："王爷此言差矣！王爷莫非忘了我何以被贬孟州？就是因为那辛文悦是皇上早年的师傅，皇上才百般为他护短。我仅仅得罪了辛文悦就遭此下场，王爷擅将皇上钟爱的小周后藏于府中，那又该当何罪？只是王爷身份与我有异，皇上不便随意处置罢了！不然，普恐王爷也难以久留京城啊！"

赵光义有些发愣了："赵兄，你……不是在危言耸听吧？"

赵普诚恳地道："赵普句句发自肺腑！如果王爷不信，就当赵普什么也没说！"

赵光义又沉默了。沉默之后，他期期艾艾地问道："赵兄，那依你看，我现在该当如何？"

赵普说道："依赵普之见，王爷现在紧要之事是设法劝阻皇上迁都。只要都城还在汴梁，那洛阳令就无法与王爷一争短长。"

赵光义下意识地点了点头，接着又问道："我皇兄会听我的劝阻吗？"

"会的！"赵普异常肯定地道，"皇上北伐在即，并无多少精力执意迁都，只要王爷联络朝中大臣上书反对，皇上就必然改变主意！"

赵光义终于提起了精神："好，就听赵兄你的！本王虽不才，但在朝中说话也还顶用！"

赵光义一共联络了数十位大臣一起具名上书反对迁都，理由大半是赵普拟就的。结果，赵匡胤见这么多大臣反对，而且还是赵光义牵头，便表示"暂缓迁都之事"，"待北伐成功之后再行商定迁都事宜"。虽是"暂缓"，可毕竟是没有迁。

成功地阻止了赵匡胤迁都的意图，对赵光义而言无疑是一场小小的胜利，所以赵光义很高兴。但更高兴的还是赵普，因为他潜回汴梁的目的几乎完全达到了：赵光义不仅相信了他的话，而且听从了他的话。就这么着，在高高兴兴的氛围中，赵普别了赵光义，暂回孟州去了。

二人分别之时，赵光义依依不舍地问赵普何时再来汴梁。赵普也颇为动情地回道："三月之内，赵普定会重新站在王爷的面前！"

如果赵匡胤能够得知赵普曾在晋王府里逗留了数日，那赵匡胤是否能够从赵普的行踪中嗅出一些不祥的气息？可惜的是，赵匡胤对赵普所为全然不知。因为他那段时间太忙了，他把全部的精力都用到即将进行的北伐之事上去了。不然，纵有赵光义带头反对，赵匡胤也不会轻易地就同意暂缓迁都。他实在是很想把大宋都城迁到他的出生地，却又如赵普所料，北伐之事始终是占第一位的。若与北伐相比，迁都就显得不那么重要了。

前文中多次提过，北伐始终是赵匡胤挥之不去的情结。南方尚未平定时，他就曾不顾赵普等人的反对两次北伐。现在，南方基本上统一了，赵匡胤就更没有理由不大举北伐了。当然，赵匡胤北伐的对象，依然是刘氏的北汉国。

从当时的情况来看，赵匡胤即将进行的北伐是有很多有利因素的。这些有利因素归结起来大略有两个：一、宋辽已经议和，宋军不必担心辽军会来搭救北汉；二、北汉国正一步步地走向腐败，已经变得不堪一击了。

北汉国究竟腐败到了什么程度？举个例子来说明吧。有一个和尚叫刘继颙，曾经开过银矿，积攒了不少银子。他用这些银子打造了数百件首饰，一股脑儿地送给了北汉皇帝刘继元的妃嫔。妃嫔们很高兴，竞相在刘继元的面前夸赞刘继颙。刘继元一高兴，就把北汉国除皇帝外最大的官——太师兼中书令——封给了和尚刘继颙。

还有一个叫范超的，本是刘继元一个妃子的仆人，刘继元同样是一高兴，就让范超摇身一变，成了北汉国侍卫亲军都虞候。据说，范超得封都虞候之后，差点喜极而疯。

不仅如此，刘继元本就有些多疑而残忍的性格又得到了进一步的发展。有人说大将张崇训、郑进、卫俦等人想谋反，他就二话不说地将张崇训等人杀了。有人说宰相张昭敏、枢密使高仲曦等人有通宋之嫌，他眼也不眨地就把张昭敏等人处死。甚至，有人说他的弟弟刘继钦有篡位之心，他也不问青红皂白地送弟弟去见了阎王。

可以说，这时候的北汉国根本就无力再与大宋抗衡了。赵匡胤此时不北伐更待何时？

开宝九年（公元976年）八月，赵匡胤一切准备就绪之后，任命侍卫马步军都指挥使党进为北伐统帅、宣徽北院使潘美为副帅，领兵十万，分五路沿汾河直攻太原。同时他还任命防御使郭进为偏帅，领兵五万，扫荡北汉国除太原以外的五个主要城市：忻州、代州、汾州、辽州和石州。

据说，在赵匡胤任北伐将帅之前，赵光义曾向赵匡胤建议：应任命良将曹彬为北伐主帅。谁知，赵匡胤颇不高兴地诘问道："光义，你是不是想把朕一统天下的功劳都记在那曹彬的头上！"

赵光义本是诚心诚意地为北伐着想，却被赵匡胤饿得满心不舒服，还不好发作。不过，赵光义事后冷静地一想，又觉得赵匡胤所言不无道理：在已经结束了的南征北战中，曹彬不仅大都参加了，而且还都是军中的主帅或主将之一。如果此次北伐仍用曹彬为主帅而曹彬又顺利地攻下了太原，那么，大宋一统天下之功似乎就真的要记在曹彬的头上了。果真如此的话，曹彬岂不是就有了"功高震主"之嫌？

只是赵光义虽然理解了赵匡胤闲置曹彬的用意，但被赵匡胤诘问的情景，他却一时难以淡忘。那赵普虽然走了，但赵普所说的话却一直在赵光义的脑海里萦绕。

出征前，赵匡胤为党进、潘美、郭进等人饯行。宴会上，赵匡胤慷慨陈词道："在此之前，朕两次北伐都无功而返，以致让那刘继元一直苟延残喘到今日！刘继元一日不除，朕心就一日难安！现在，铲除刘继元的最好时机到了！朕命尔等代朕第三次北伐，就是希望尔等能够抓住这最好的时机，一举平定北汉这弹丸之地！"

赵匡胤说得豪情奔放，党进、潘美、郭进等人也先后应和，都对此次北伐充满了十二分的信心。他们甚至以为，宋军一北上，北汉国就完了。

只不过在这豪情奔放的气氛中，赵匡胤发现自己的弟弟赵光义，在整个饯行宴会的过程中，几乎始终是沉默寡言。还不仅是沉默寡言，赵匡胤敢肯定，赵光义有心事。

所以待饯行宴会结束后，赵匡胤就把赵光义留了下来。他也没问赵光义有何心思，而是按照自己的想法直截了当地问道："光义，你是不是以为，朕此次北伐，同样会无功而返？"

赵光义愕然回道："皇兄何出此言？大宋征服李煜只不过发了十万人马，此次皇兄北伐一下子就出动了十五万大军，且党进、潘美、郭进、杨光美、牛恩进、米文义等身经百战的大将皆位列军中，臣弟以为，此次大宋北伐定能马到成功！"

看上去，赵光义不像是在说谎，于是赵匡胤便又问道："既如此，光义，朕先前为何见你一直在低头不语、闷闷不乐？是不是朕没让曹彬做主帅，你对朕还有意见？"

赵光义硬是挤出两缕笑容来："皇兄恐是误会了！让谁做宋军的主帅，只能由皇兄您定夺，臣弟没有权力干涉，又何来什么意见？臣弟先前虽然在低头不语，但并非闷闷不乐，只不过是听了皇兄的话后在想着一个问题：待宋军马踏太原之后，大宋接下来又该做些什么呢？"

虽然，透过赵光义那勉强的笑容，赵匡胤情知弟弟所言并非全是实话，但赵匡胤还是铮然说道："待宋军马踏太原之后，朕就发兵继续北上，从辽人的手中夺回幽云十六州！"

赵匡胤继续说道："到那个时候，朕就真正地完成统一大业了！"

赵匡胤的想法是美妙的，更是伟大的。只不过，再美妙、再伟大的想法也不等于事实。事实是，北方的辽国还很强大。宋辽虽然已经议和，但一直在窥视着中原大地的辽国，就真的会那么恪守和约吗？要知道，赵匡胤既然有收复幽云十六州之意，那辽人就必有马踏中原之心。既如此，辽人又岂会眼睁睁地看着北汉被大宋所灭而作壁上观？

如果赵匡胤想到了这一层，就不会这么急着北伐了。至少，他也得在做好了防范辽人的准备之后才会大举攻打北汉。

而宋军一开始的战事又的确不出赵匡胤所料：进军迅速，连战连捷。先说党进和潘美的宋军主力沿汾河直扑太原，几乎没遇到任何有力的阻击，于九月上旬顺利地开到了太原城外。在太原城北，党进和潘美与数万北汉军大打了一场。结果，数万北汉军小半战死，大半逃进了太原城。

再说郭进和另外五万宋军，自攻入北汉境后也可谓是势如破竹、锐不可当。郭进先率军拿下了辽州城，然后向西渡过汾河，攻克了汾州，再接着向西一鼓作气地占领了石州。至此，太原以南的北汉土地被郭进扫荡完毕。郭进也没歇气，挥师直插太原以北，于九月中旬连克忻州、代州，并把俘获的三万七千余北汉军民押回宋境。之后，他领兵南下，与党进、潘美一起将太原城紧紧地围住。

十多万宋军已经围攻太原的消息传到汴梁后，大宋朝中上下一片欢腾，就是汴梁城内的百姓也坚定地认为：太原必下，刘继元必完。

最兴奋的当然还是赵匡胤。他把那小周后召至榻前，一连留宿了五天五夜，惹得花蕊夫人都不无嫉妒之意了。而最可怜的似乎还是小周后，她从赵匡胤的身边回到李煜身边后，足足流了有半个时辰的泪。而李煜则在小周后哭泣时，一口气连填了两曲《忆江南》。其一云："多少恨，昨夜梦魂中！还似旧时游上苑，车如流水马如龙，花月正春风！"其二（又名《望江南》）云："多少泪，断脸复横颐！心事莫将和泪说，凤笙休向泪时吹，肠断更无疑！"李煜填罢两首词后，早已流成了一个泪人。小周后见状，慢慢地止住了自己的泪，然后去为李煜拭泪。李煜悲鸣一声，紧紧地把小周后搂在了怀中。

与李煜、小周后悲悲戚戚的景况相对应的是，整个汴梁城几乎都沉浸在莫大的欢乐中。似乎太原城已经被宋军攻下，那刘继元已经被宋军押解到了汴梁。

赵光义也没闲着，他思索了一天一夜，然后上表请求赵匡胤在"大宋皇上"的尊号前面再加上"一统太平"的尊号。亏得赵匡胤还有些冷静，他对赵光义说道："你太过性急了吧？刘继元尚未解来，幽云十六州还在辽人的手里，朕如何就能加尊'一统太平'？"

赵光义本是想讨好赵匡胤一回的，不料想遭到了否定。虽然赵匡胤所言不无道理，但赵光义的心中却油然生起了这么一个疑云：我存心讨好，他却不领情，莫非他真的不再信任我了吗？

实际上，如果没有赵普回汴梁之事，那赵光义是不大可能产生这种怀疑的，但正是因为经过了赵普的"点拨"，赵光义才会对赵匡胤的言行举止疑神疑鬼起来。

没料想，赵匡胤高兴得太早了：宋军不仅未能攻下太原、捉住刘继元，还在太原城外吃了一次大败仗！

那是一个下午，赵匡胤正在宫内悠闲地散步。他自然不是一个人散步，偎在他左边的是花蕊夫人，傍在他右边的是那个小周后。小周后虽然极不情愿侍陪赵匡胤，但她却也知道，如果忤逆了赵匡胤，李煜恐有性命之忧。所以，尽管她回到李煜身边之后就大哭不止，而在赵匡胤身边的时候，她还是强颜欢笑的。事实是，她这么做很聪明。想当初，花蕊夫人入宋宫时对赵匡胤不苟言笑，结果那孟昶就一命归天了。而正是因为小周后对赵匡胤假意奉承，那李煜才得以苟活了一段时日。

赵匡胤可不管这些。两个美人面带微笑地依偎在他的身旁，这就够了。更何况，沐浴在初冬的阳光下，想象着宋军攻破太原的情景，岂不是一种莫大的享受？

赵匡胤正尽情地享受着呢，忽见一个太监引着赵光义急急地走来。这种季节，赵光义的鼻尖居然挂着两粒豆大的汗珠。

赵匡胤见状，忙着撇下两个美人，只一步就跨到了赵光义的眼前，且迫不及待地问道："光义，是不是宋军已经攻下了太原？"

然而赵光义的脸上连一点笑意都没有。他告诉赵匡胤的是：宋军眼看就要攻进太原的当口，辽军忽至。辽国宰相耶律沙亲率五万骑兵及五万步兵赶到太原城外攻打宋军，北汉大将刘继业也倾城出动与辽军里应外合。宋军猝不及防，损失惨重，只得南撤，现在撤至汾州一带。党进、潘美等请示：是继续留在北汉境内与辽人作战还是速速撤回宋境？

赵匡胤闻言大为震惊，脸色一下子变得刷白："这……光义，辽人为何不守信义？"

赵光义无以应答，只是低声说道："皇兄，党进他们还在汾州一带候旨呢。"

赵匡胤沉思半晌，终于从牙缝迸出一个痛苦的字来："撤！"

赵匡胤作出撤军的决定是正确的，不然，北伐的宋军将会遭到更为惨重的损失。他不知道的是，他这么一撤，以后就再也不能攻灭北汉了，更不能从辽人的手里收回幽云十六州的土地。不是他没有能力去攻灭北汉和收复幽云十六州，而是他没有时间这么做了。对一心想完成统一大业的赵匡胤来说，这不能不算是一种莫大的遗憾，即便用"千秋之憾"来形容，也不为过。

赵匡胤说完"撤"字后，又迈着跟跟跄跄的步伐去往别处了。赵光义并没有跟随，而是在原地站了好一会儿。因为，就在距赵光义不远的地方，袅袅婷婷地站立着那花蕊夫人和小周后。在冬日和暖的阳光映照下，花蕊夫人和小周后都显得是那样地迷人、那样地富于诱惑力！

赵光义的耳边又不禁回响起赵普所说过的话来："如果王爷也是大宋皇上，岂不就可以随心所欲了吗？不仅是小周后，就是那花蕊夫人……"

赵匡胤的第三次北伐也终告失败。三次北伐，三次失败，对赵匡胤的打击自然不小。赵匡胤曾自言自语道："难道朕就永远不能平定北汉了吗？"

但赵匡胤不是一个轻易言败的人。他之所以能当上皇帝，靠的就是一种永不服输的精神。故而，虽然北伐又遭失败给了他很大打击，但党进、潘美等人还没有撤回到宋境呢，他便又在着手准备第四次北伐了。

这时候的赵匡胤已经彻底明白过来：他攻打的对象虽然是北汉，但真正的作战对象却是辽人。如果没有辽人相助，大宋怕早就灭了北汉。同样，大宋如果不做好与辽人作战的准备，那就无法攻灭北汉。这样一来，赵匡胤在准备第四次北伐的时候，重点要考虑的问题就不是如何攻灭北汉，而是如何对付辽人了。

不过，赵匡胤第四次北伐的整体思路依然是：先攻下太原，然后与辽人决战。用他对朝臣所说的话就是："朕现在首先要考虑的是在辽人赶来救援之前，我大宋如何以迅雷不及掩耳之势攻破太原！"

开宝九年（公元976年）十月初六，赵匡胤忽然传旨：着晋王赵光义陪驾前往西校场。

当时是早晨。赵光义站到赵匡胤身边的时候，神色似乎有些慌张，就像做了什么亏心事似的。赵匡胤不解地问道："光义，你这是怎么了？是不是不愿意陪朕去西校场？"

"不，不，"赵光义连忙道，"臣弟这几日不知为何难以入眠，一直未能好好地休息，故而总打不起精神来……"

赵光义说"难以入眠"是实，但说"不知为何"却是假。因为从十月初二开始，他就与一个人在晋王府内彻日彻夜地交谈了。彻日彻夜地交谈，自然"难以入眠"，而彼此交谈的内容，又岂能"不知为何"？而实际上，正是有了这种交谈，才使得赵光义站在赵匡胤面前的时候神色有些慌张——因为与赵光义进行交谈的人乃是赵普。赵普又一次潜回了汴梁。

赵普究竟与赵光义谈了些什么？为何赵光义的目光总是对着赵匡胤躲闪？一

个人的目光如此躲闪，定是心中有愧啊！若是，赵光义对赵匡胤又有何愧？

赵匡胤不知究竟，还以为赵光义神情倦怠乃因好色所致。于是，他就语重心长地对弟弟说道："光义啊，朕知道晋王府内美女如云，但你却不能整日地沉湎其中啊！俗语云：'色字头上一把刀！'一旦沉湎女色之中，必有损健康。朕还有很多事情需要你去做啊！你知道吗，光义？光美在这一点上就比你强。他虽也好女色，但颇有节制。这一点，光美很像朕。你应该向光美学习啊！"

赵匡胤虽不知内情，但一番话的本意却无疑是好心。更何况，晋王府内美女众多几乎是朝中上下尽人皆知的事情。而且，赵光义好色也是不争的事实。赵匡胤据此开导一番，自然是在情理之中。

可是，赵光义对赵匡胤所言却极为反感。他没有听出任何"开导"之意，他只听出了这么两个内容：一、赵匡胤说他晋王府内美女如云；二、赵匡胤说他不如赵光美，还要向赵光美学习。

于是赵光义就极为不满地想道："赵匡胤，你说我府内美女如云，你这不是在故意讥讽我吗？我府内美女再多，也比不了你皇宫啊！更何况，与花蕊夫人和小周后相比，我府内的女人还能称得上是美女吗？还有，你说我不如赵光美，这不是明显地在贬低我吗？你说赵光美不好色，那是因为他现在还没有好色的资格，你把我与赵光美相比，究竟是何意？"

心中虽极为不满，但赵光义说出来的话却也很中听："皇兄批评得是！臣弟日后一定向光美学习，做一个洁身自好的男人，做一个有所作为的臣子……"

"光义，"赵匡胤高兴地道，"你这样想就对了！走，陪朕去西校场！"

顾名思义，校场就是练兵习武演艺之地。赵光义本以为赵匡胤是到西校场阅兵，但事实是，赵匡胤到校场是为了观看飞山军的一种新式武器的演习。

飞山军的这种新式武器叫"发机石"（或称"发石机"）。严格地说来，发机石并非什么新式武器。早在春秋战国时期，在各国互相征战中就已经有了这种武器，不过那时候不叫发机石或发石机，而叫"抛石机"，就是利用杠杆原理，借助机械将大石块抛出去，是专门用来攻城的武器。

与从前的抛石机相比，飞山军的这种发石机技术上更先进、威力也更大：不仅能将石头抛得更高更远更准确，而且能同时抛出好几块大石头。

看完飞山军的演习之后，赵光义不禁赞叹道："若用这种武器攻城，当无坚不摧！"

赵匡胤笑问道："光义，若用这种武器去攻打太原，又当如何？"

赵光义回道："三日之内，太原必灭！"

赵匡胤大笑道："光义啊，朕正是要用这种武器去攻打太原！在辽人赶来相救之前，迅速地消灭刘继元，然后集中力量，好好地教训辽人一顿。待辽人知道朕的厉害后，就一鼓作气地夺回幽云十六州！"

赵光义问道："皇兄准备何时再度北伐？"

赵匡胤回道："朕已下令各州兵马速速至京。若不出意外，一月之内，朕就可以再度北伐！"

时已近午，赵匡胤邀赵光义一同入宫用膳。虽是相邀却也等于是圣旨，赵光义本不该也不能推辞的，但赵光义却推辞道："恕臣弟无礼……臣弟实有琐事缠身，不便入宫！"

赵匡胤自然有些意外，但也没有勉强，而是轻声说道："你既有事，那你就回府吧！"

赵光义回晋王府了，赵匡胤回到了宫中。在返回皇宫的路途中，赵匡胤的双眉一直是锁着的，而且锁得很紧。

回到宫中之后，花蕊夫人和宋皇后双双赶来迎驾。赵匡胤忽然道："不对！光义定有什么事情瞒着朕！"

想到此，赵匡胤就吩咐内侍王继恩道："摆驾，去晋王府！"

但旋即，赵匡胤又对王继恩说道："不用摆驾，你陪朕去晋王府！"

就这么着，赵匡胤卸去龙袍，在王继恩的陪同下，出了皇宫，径向晋王府而去。瞧赵匡胤急匆匆的模样，似乎想一步就跨到晋王府内。

晋王府的两扇院门紧紧地闭着，闭得也真紧，连一丝缝隙也不漏。赵匡胤喃喃自语道："在朕的印象中，除了夜晚，晋王府的大门一直是敞开的……"

是啊，即使晋王府的大门在夜晚也洞开，谁又敢擅自闯入！王继恩上前拍响门环，院门"吱呀呀"地拉开了。王继恩刚想叫开门人去通报赵光义来迎驾，赵匡胤却抢先对开门人说道："你只管带路，不许声张！"

如果不是王府的另一个仆人看见了赵匡胤而偷偷跑去禀告赵光义的话，那么，正在一边饮酒一边交谈的赵光义和赵普就肯定会被赵匡胤堵个正着。堵个正着事小，若是让赵匡胤听到了他们的谈话可就事大了。因为赵光义和赵普正在谈论：大宋晋王应该成为大宋皇上。

虽然有仆人及时地通知，赵光义和赵普及时地停止了"敏感"的话题，但是，赵普若想脱身而去也是不可能的了。房子只有一个门，房内也无藏身的地方，而赵匡胤领着王继恩正向赵光义和赵普饮酒的房子走来。

赵光义一时有些慌乱，忙紧张兮兮地去看赵普。赵普却灵机一动，一边用眼色示意赵光义镇静，一边迅速地将身边的两个侍女搂入怀中，分别坐在自己的两条大腿上。

赵匡胤走入房中的时候，赵普的两只手恰好伸入到两个侍女的衣内，狠狠地掐了那两个侍女一下。两个侍女猝不及防，本能地惊叫了一声。

侍女这么一叫，赵匡胤的目光立刻罩在了赵普的脸上，愕然道："赵普？你如何会在这里？"

却见赵普早已将腿上的两个侍女推开，倒地磕头道："微臣不知皇上驾到，有失远迎，罪该万死……"

赵普不仅说得逼真，头也磕得极响，竟一连磕了九个响头。

会在晋王府里遭遇赵普，这的确出乎赵匡胤的意料。不过，赵匡胤当时只得出了这么一个结论：因为来了赵普，所以赵光义才推辞入宫用膳的，而且赵光义上午的表情才会有些异常。

这么想着，赵匡胤就不悦地问赵光义道："赵普既来，为何不告之于朕？"

许是太过紧张了吧，赵光义一时竟不知如何回答。赵普连忙说道："启禀皇上，这都是微臣的罪过！是微臣请求晋王爷不要禀告皇上的！"

"是吗？"赵匡胤的目光扫了扫赵普，"这又是为何啊？"

赵普回道："微臣自知冒犯了皇上，不敢再行惊扰皇上。"

"哦？"赵匡胤不觉向前跨了一步，"既知此，朕且问你，你为何要偷偷地跑回汴梁且隐身于晋王府内？"

一边的赵光义赶紧偷偷看了赵普一眼，却见赵普做出一副羞赧的模样道："皇上，微臣有些话，实在不好意思说……"

赵匡胤说道："你不好意思说，朕好意思听。你就快说吧！"

赵普扭扭捏捏地道："微臣不敢欺瞒皇上，自微臣被皇上贬去孟州之后，微臣一直……"

"赵普！"赵匡胤打断道，"是朕把你贬到孟州的吗？这是你咎由自取所致！朕让你到孟州，是希望你好好地反省自己的狂妄自大之举！如果你诚心悔悟，那你就还有机会回到京城来！"

"多谢皇上恩典！"赵普又一连叩了三个响头，"臣自被皇上派到孟州反省以来，颇感寂寞，真有度日如年之感……皇上也知道微臣是个耐不住寂寞之人，所以，微臣就瞒着皇上，偷偷地跑回京城来，到晋王爷这里讨点酒色之娱以慰内心的寂寥……"

赵普说自己"是个耐不住寂寞之人"，这点赵匡胤相信，但赵普说自己回京城是专门为了"到晋王爷这里讨点酒色之娱"，赵匡胤却不相信："赵普，你洛阳城里有豪宅，豪宅之内不乏酒色，你不去洛阳但跑到京城来，这岂不是舍近求远？"

赵普讪笑着回道："皇上焉能不知？微臣之妻和氏乃醋意甚浓之人，如果微臣前往洛阳寻乐，和氏自然知晓。微臣至孟州后，也曾数次南下洛阳，和氏得知后着实与微臣大吵大闹过几回。微臣为息事宁人计，只得找借口溜回京城寻乐。

所幸的是，晋王爷没有嫌弃微臣，热情地收留了微臣……"

见赵普一本正经、煞有介事的模样，已经镇定下来的赵光义忍不住地"扑哧"乐出了声。赵匡胤忙问道："光义，你何乐之有？"

赵光义回道："皇上有所不知，这赵普自来臣弟之府后，每夜都要数女相陪，常常通宵达旦地玩乐。赵普还对臣弟说：他一定要在此玩乐够了再回孟州！臣弟问他：'你在京城待得久了，回去后如何向夫人交代？'你道赵普怎么说？赵普说：'我回去就对夫人讲，是皇上把我久留京城的……'"

"哈哈哈……"赵匡胤大笑起来，"赵普，你过去在朝中的时候，常常明里暗里地讥讽朕乃贪杯好色之人。可现在看来，最为贪杯好色者，莫过于你赵普也！"

赵普赔笑道："皇上说得对……如果皇上不允，微臣这就滚回孟州去！"

"滚回"二字，足以看出当时的赵普有多么的谦卑。赵匡胤微笑道："赵普，你千里迢迢赶到光义这里寻找酒色之娱，朕为何不允？只不过，朕有些纳闷：你过去虽算不上什么正人君子，但在生活之上也颇有节制，可现如今，你为何对酒色如此感兴趣？"

赵普挤眉弄眼道："回皇上，诚所谓'此一时彼一时也'！过去，微臣没有想开，现在，臣终于悟出了人生的真谛：'男人在世，酒色二字耳！'"

"好！"赵匡胤大叫了一声，"赵普，你就在光义这里好好地品味你的人生真谛吧！待朕北伐成功，迁都洛阳之后，朕再与你探讨什么是真正的人生真谛！"说完，赵匡胤就大踏步地离开了晋王府。

如果说看见赵普突然出现在晋王府，赵匡胤连一点疑窦也没有，那是不可能的。赵普纵然真的变成了一个酒色之徒，似乎也不会专程跑到晋王府里来寻乐。赵匡胤敢肯定的是，赵普到晋王府来必有其他什么事情。然而，这"其他什么事情"究竟是什么，赵匡胤却没有多想，更没有深想，他想的尽是四度北伐的事了。又何况，赵匡胤连做梦都不会去想：赵光义会在打大宋皇帝宝座的主意。

这样一来，赵匡胤就不会去猜想他离开晋王府之后那赵光义和赵普会说些什么了。赵匡胤真该听听赵光义和赵普之间的对话。

赵光义说："赵兄，看来我的皇兄是执意要迁都了！"

"是啊，"赵普回道，"皇上变得越来越固执了，王爷也就不能再如此犹豫不决了！"

赵光义的确在犹豫："赵兄，此事非比寻常，我实难断然决定……"

赵普说道："王爷只要认真地考虑迁都洛阳之后的境况，恐就不难决定了！"

赵光义答道："我一直在认真考虑……"

在赵光义的考虑中，太阳升起了，又落下了；落下了，又升起了。不知不觉地，十天的光阴就在赵光义的考虑中溜走了。

十天过后，就是开宝九年的十月十七日。这一天，大宋朝中发生了一件事：彰义节度使张铎贪污之事被人告发且被查实，共贪污公款一百万钱。

在当时，一百万钱算得上是巨款了，贪污如此巨款那是要砍脑袋的。大宋朝臣多以为，张铎一命休也。然而，大出人们意料的是，赵匡胤不仅没有治张铎的罪，反而将张铎升迁为左屯卫上将军。

赵光义有些忍不住，便入宫询问赵匡胤这是何故，并明确表示张铎贪污之罪不可饶恕。纵然念其过去的功劳饶其不死，也应将其剥夺官职，打入囚牢以示警诫。

赵光义的提议应该算是公正的，但赵匡胤却皱着眉头问道："那赵普可还在你府中？"

赵光义点头称是。赵匡胤又问道："可是那赵普唆使你前来？"

赵光义一怔："皇上，张铎之事，赵普尚不知晓，又如何唆使臣弟？"

赵匡胤哼了一声道："光义，别骗朕了！赵普身在孟州，心却在汴梁。他一如既往地想找朕的麻烦、跟朕过不去，只是现在他不便直接见朕，便唆使你借张铎之事与朕相左，好证明他赵普的存在。早知如此，朕应该将他贬往蜀地去流放……"

"皇上，"赵光义急忙道，"张铎之事，赵普真的全然不知，皇兄你又何故这般猜测？"

"不要说了！"赵匡胤一挥手，"张铎之事就这么定了！朕即将北伐，还希望张铎为朕上阵立功呢！"

赵光义无奈，只得怏怏地回到了晋王府，先将事情说了一番，然后说道："看来，皇上的确是越来越固执，越来越武断了……"

"不仅如此！"赵普顺势说道，"皇上还越来越糊涂了！"

赵光义怔怔地看着赵普。赵普凛然说道："王爷还记得曹彬之事吗？皇上先说要封曹彬为相，可后来又反悔否认，这岂不是在拿朝廷大事当儿戏？现在，那张铎贪污甚巨，皇上却升了他的官，这岂不是越来越糊涂的表现？王爷，长此以往，大宋岂不是要毁于一旦？"

赵普说话时面色凝重，俨然是正义的化身了。仿佛是受到了赵普的感染，赵光义也掷地有声地道："赵兄，你放心！无论于公于私，我赵光义都不会在大宋将倾之时袖手旁观！"

赵普真放心了，脸上露出了灿烂的笑容。而赵光义好像也心安理得了，因为他蓦然发觉，他与赵普暗中谋划的勾当，不仅仅是"于私"，更是"于公"。既然是"于公"，既然是为了救大宋于将倾，他赵光义还不该义不容辞地拨乱反正吗？

一个莫大的阴谋就这么最终敲定了。阴谋虽然敲定，但究竟如何实施，赵光义心中也没有底，所以赵光义就问道："赵兄，从今往后，该当如何？"

赵普慢悠悠地说道："只要王爷信任赵某，一切都不难解决！"

赵光义笑道："赵兄，事已至此，我不相信你还能相信谁？"

赵普也笑道："王爷既然如此信任赵某，那赵某愿为王爷的明天而肝脑涂地！"

赵光义故作正经道："赵兄此言差矣！你若真的肝脑涂地，那大宋宰相又任于何人？"

赵普突然跪地道："臣叩谢皇上恩典！吾皇万岁万岁万万岁！"

赵光义赶紧将赵普拉起来："切莫声张……赵兄有些得意忘形了！"

"是，是！"赵普连连点头，"一想到王爷马上就要黄袍加身，微臣的确有些得意忘形！"

"一定要冷静！"赵光义似乎在教训赵普，但紧接着又问道，"赵兄，我等何时动手为宜？"

赵普回道："我认为，夜长梦多，事不宜迟，应在北伐之前动手为宜！"

赵光义的身体不由一哆嗦："这……这么快？"

赵普多少有些恶狠狠地道："当断不断，反受其乱！王爷应该快刀斩乱麻！"

渐渐地，赵光义的眼睛里也冒出了两缕凶光："好！赵兄，就依你所言！"

第二天（开宝九年十月十八日）傍晚，赵光义正与赵普准备吃饭，那内侍王继恩忽然匆匆地走进晋王府，说是皇上要赵光义立刻入宫见驾。

毕竟是做贼心虚，赵光义凑在赵普的耳边低声问道："是不是……皇上察觉了？"

赵普轻声笑道："王爷休得紧张！赵普与王继恩乃莫逆之交，一问便知究竟！"

原来，赵匡胤召赵光义入宫非为别事，乃是因为赵匡胤的小弟弟赵光美、大儿子赵德昭、小儿子赵德芳都在宫中，赵匡胤把赵光义召去，是想来个全家大聚餐。

赵光义不觉长长地吐了一口气，又悄悄地对赵普道："我发觉，你与王继恩好像不是一般的朋友关系……"

赵普承认道："赵普与王继恩本是至交！若没有他在宫中，王爷的大事恐难成功。"

赵光义恍然大悟道："原来如此……"

接着，赵光义就与王继恩一起进了宫。果然，赵光美、赵德昭和赵德芳都在。赵匡胤的左边坐着花蕊夫人，右边坐的是赵德芳的生母宋皇后。不知为何，没见着那小周后在场，赵光义竟然松了一口气。

一家人在一块儿聚餐，气氛总是十分融洽的。那花蕊夫人自知与赵家尚隔着一定的距离，所以就很知趣地为赵光义和赵光美等人斟酒。赵光义也不客气，花蕊夫人斟上一杯，他就马上喝干一杯。花蕊夫人一连斟了十来杯，他便也一连喝干了十来杯。十来杯酒下肚之后，赵光义的双眼里差不多要冒出红光来。

赵匡胤劝道："光义，你酒量不行，别喝得这么猛，当心喝醉了！"

赵光义却嬉皮笑脸地道："皇兄，花妃娘娘斟的酒，臣弟岂能不喝？即使真的喝醉了，臣弟也心甘情愿！"

花蕊夫人居然被赵光义说得脸色一红。赵匡胤说道："光义，别口没遮拦了！朕现在跟你说点正经事！"

赵匡胤告诉赵光义：党进、潘美等人已将宋军整顿完毕，现京城周围已集结了二十万精锐部队。

赵匡胤对赵光义道："朕准备让光美留守京城，朕与你亲率大军北伐！你带十万人及飞山军主攻太原，朕带十万人在太原之北布阵。辽人若不发兵便罢，如果胆敢发兵，朕就先与他们大战一场，待你攻下太原之后，朕再与你合力攻打辽人。朕相信，只要朕与你兵合一处，那辽人绝占不到任何便宜！说不定，朕与你还可一举收复幽云之地！"

许是酒已经喝得过量的缘故吧，赵光义居然被赵匡胤说得有些激动起来："皇兄，在臣弟的眼里，那刘继元不堪一击，那些辽人也不堪一击！此次北伐，臣弟与皇兄联手，定能旗开得胜、马到成功！"

"好！"赵匡胤为赵光义斟了一杯酒，"来，光义，让我们共同举杯，预祝此次北伐大获全胜、胜利归来！"

这一顿酒宴，直到夜阑更深时方散。赵光义走出皇宫的时候，脑袋晕乎乎的、脚步轻飘飘的，真有一种欲醉欲仙之感。然而，来到大街上，被冬夜的冷风一吹，赵光义就马上清醒了过来。

回至晋王府，赵普迎住问道："王爷今夜感觉如何？"

赵光义有些答非所问道："我的感觉是，那花蕊夫人越来越有魅力，越来越勾人魂魄了！"

赵普会意地一笑道："既如此，王爷还想等待下去吗？"

赵光义打了一个酒嗝道："为了大宋江山社稷，我一天都不想再等下去了！"

赵普意味深长地说道："王爷还是多点耐心吧！现在是子夜，要不了多久，黎明就会如约而来！"

十月十九日黄昏的时候，有一个人不紧不慢地出了皇宫，走进了晋王府，他就是赵匡胤的内侍王继恩。巧的是，王继恩刚一走进晋王府，天空就飘起雪花来，雪花越飘越大，越飘越密。只片刻工夫，整个汴梁城就被一层冷森森的白雪所覆盖。

王继恩走进晋王府告诉赵光义和赵普：皇上昨晚喝多了，夜里不小心着了凉，现在有点发烧，正躺在寝殿里休息。

王继恩将事情说出之后就慢腾腾地离开了。因为雪实在是太大了，王继恩刚一走出晋王府，身影就没入了纷繁的雪影中。

赵普轻声问赵光义道："王爷，你听清王继恩所说的话了吗？"

赵光义点头道："我听清楚了，皇上患疾，正躺在床上休息……"

赵普又问："王爷，老天突降大雪，其中可有什么寓意？"

赵光义又点了点头："我以为，天降瑞雪，必是吉兆！"

赵普再问："王爷可还有别的什么顾虑？"

赵光义再点头："有！我顾虑的是，到时候我能否下得了手……"

赵普说道："我想，王爷只要喝些酒，就不会有任何的顾虑了！"

赵光义又一次点头道："赵兄说得对！这么大的雪，也正是喝酒的好天气！"

说着、说着，夜晚就来临了。虽是夜晚，雪光也映得汴梁城如同白昼。

当时，赵光义和赵普就站在王府的院落里。大雪纷纷飘坠，他们仿佛全然不知。好一会儿工夫之后，赵光义低声道："赵兄，我这就去了……"

赵普听得出，赵光义的声音有些颤抖。赵普轻声说道："王爷，你须谨记：成功与否，在此一举！"

赵光义沉吟道："我知道：不是鱼死，就是网破！"

赵光义说到"网破"二字时，确有一种视死如归的气概。然而，当赵普从怀中摸出一把小斧头之后，赵光义却又惊惧地问道："赵兄，这……这是何物？"

堂堂大宋晋王，会不识得一把小斧头？只是内心有些惶恐不安罢了。这也难怪，赵光义虽不是什么心慈手软之辈，但当真的要去对自己的胞兄动手之时，他多少也是有些害怕的。

赵普似乎一点也不害怕。他一边将小斧头往赵光义的手里塞一边淡淡地说道："王爷，此乃冰斧，模样虽小却锋利无比，纵然是山中的猛虎，也经不住它的一击！"

猛虎如此，何况人乎？赵光义握斧子的手哆嗦了："赵兄，有……有这个必要吗？"

赵普回道："很有必要！王爷若两手空空，又岂能成事？"

那小冰斧在雪光的映衬下，发出一种异样的色彩来。那色彩又射进赵光义的眸子里，使赵光义看起来异常地骇人。

赵普一旁低声说道："王爷是不是害怕了？若是，王爷尽可以不去。待明日，普愿随王爷入宫向皇上当面谢罪，说不定，皇上看在我等主动坦白的份上，会饶我等不死……"

"赵普！"赵光义低喝一声，"你把我赵光义看成是什么人了？大丈夫行事，如何能畏首畏尾、半途而废？更何况，事已至此，我等也别无退路！"

"说得好！"赵普夸赞了一句，"王爷有如此气魄，定能成为旷世的明君！"

许是受了"明君"二字的鼓舞吧，赵光义抢起冰斧在雪花中画了一道优美的弧线。接着，他便把冰斧揣入了怀中。

赵普忙问道："王爷这就入宫？"

赵光义按了按冰斧："赵兄，你就在此恭候佳音吧！"

说完，赵光义就甩开大步走了。雪花落地虽然悄无声息，但赵光义的脚步践踏地雪花上，却发出了瘆人的"咔嚓"声。

发出瘆人之声的还有赵普。赵普一边看着赵光义离去的背影，一边狞笑道："皇上，你对我不仁，就别怪我对你不义！"

赵光义渐行渐远了，浓密的雪花隔断了赵普的视线。但赵普却仿佛清晰地看见，那赵光义僵硬的身躯，已经走进了大宋皇宫。

赵光义刚入宫，那王继恩就不知从何处冒了出来迎接。王继恩告诉赵光义：皇上仍然在寝殿里休息，陪伴皇上的是宋皇后和花蕊夫人。

赵光义只对王继恩说了四个字："你且带路！"

王继恩在前，赵光义随后，二人默默地向前走着。这时候，大雪突然停了。虽然飘雪的时间并不长，但地面上也已积了一层厚厚的雪。厚厚的雪压着皇宫的道路，使得大宋皇宫是那样的寂静，寂静得似乎只有赵光义和王继恩的脚步声。

来到赵匡胤的寝殿前，王继恩让赵光义稍候，自己先入内禀报。很快，王继恩复出，说皇上叫晋王爷进殿。赵光义不自觉地又摸了摸胸口：那把冰斧硬硬的，还在。

王继恩悄悄地离去了。他也没有离得很远，只在寝殿的周围转悠，像是一个哨兵。赵光义急促地喘息了几口，然后一步步地，几乎是悄无声息地走进了寝殿。

有点出乎赵光义意料的是，他本以为赵匡胤是躺在床上的，而实际上，赵匡胤是盘坐在地面的一张席上，正在宋皇后和花蕊夫人的侍候下饮着酒。殿内红烛闪耀，氛围倒是暖融融的。

赵匡胤看见了赵光义，忙招呼道："光义，快坐下！王继恩说你特来看朕，朕很高兴，你快坐下陪朕饮上几杯！"

赵光义慢慢地坐在了赵匡胤的对面。宋皇后拿过一盏杯，花蕊夫人给杯里斟上了酒。赵光义慢腾腾地问道："皇兄，听说你龙体有恙，又如何能这般饮酒？"

赵匡胤哈哈大笑道："光义，朕只是着了点凉发了点烧，又何恙之有？纵然有恙，朕也不会辜负这良辰美景啊！"

"皇兄说得对，"赵光义附和道，"如此大雪，正是饮酒的好天气！"

殿门敞开着，可以观看殿外皑皑的雪景。对雪品酒，不啻是人生的一大乐趣。只是赵光义怀中的那把冰斧，实与这种乐趣不相匹配。

对饮了几杯之后，赵匡胤忽问道："光义，那赵普可还在你府中？"

赵光义小心翼翼地说道："赵普尚在。他本想明日离开，可这一场大雪……皇兄此时如何想起赵普来？"

赵匡胤回道："赵普在京城时，朕常去他家吃狗肉。有时也逢着这样的大雪，朕与他一边吃狗肉一边饮酒，一边随意交谈……现在想来，真有恍若隔世之感啊！"

赵光义勉力笑道："皇兄，那都是过去的事了！臣弟也是看在过去的交情上，才容赵普在府中玩乐的。"

"好吧，"赵匡胤举起杯子，"我们不提赵普了，喝酒！"

赵光义本不想多喝酒的，可又怕酒喝少了会心虚。那赵普不是说过，只要多喝些酒就什么顾虑也没有了吗？这么想着，赵光义就放开肚子，与赵匡胤一杯一杯地对饮起来。对于赵光义而言，一边偷觑着花蕊夫人的脸，一边喝着她亲手斟的酒，也的确是一件赏心悦目的事。赵光义如此敞开肚皮饮酒，赵匡胤就有些困难了。虽然赵匡胤的酒量比赵光义大得多，但在赵光义到来之前，赵匡胤就已经喝了不短时间的酒了，又何况，赵匡胤的酒杯至少比赵光义的酒杯大一倍。这样一来，赵匡胤纵有海量，也难敌赵光义了。

赵光义似乎看出了这一点，就不停地找借口与赵匡胤碰杯。赵匡胤呢，也不想在弟弟的面前认输言败，只管硬着头皮往口里倒酒。

宋皇后有些担心，便低声劝说赵匡胤。谁知，赵匡胤对宋皇后说道："你且回宫歇息，有花妃在此斟酒也就是了！"

宋皇后无奈，只得起身。离去前，她又奉劝赵光义道："晋王爷，皇上已经不胜酒力了，你不要再与他对饮了……"

赵匡胤却喷着酒气道："光义，你别听皇后的，朕今夜要与你一醉方休！"

赵光义马上道："臣弟听皇兄的！臣弟虽无酒量，但今夜也要舍命陪皇兄！"

宋皇后默默地离去了。她似乎有一种预感，预感到今夜会发生什么不寻常的事。所以，她走到殿门处的时候，又回过头来，深深地向殿内看了一眼。

宋皇后走了，饮酒仍在继续。早已喝得头昏眼花的赵匡胤，突然吟诵起一首小词来，虽然吟诵得有些口齿不清，但却吟得情深意切。词云："人生愁恨何能免？销魂独我情何限！故国梦重归，觉来双泪垂！高楼谁与上？长记秋晴望。往事已成空，还如一梦中！"

吟罢，赵匡胤笑问赵光义道："你可知朕适才所吟出自何人之手？"

赵光义摇头："臣弟不知。"

赵匡胤醉眼惺忪地说道："朕适才所吟，乃李煜所填《子夜歌》。李煜真不愧是一位才子啊，将亡国之痛、亡国之哀抒发得这等动人！朕真的有些怜悯他了……"

"怜悯"二字还在赵光义的耳边飘荡呢，赵匡胤忽又转向花蕊夫人道："爱妃，那小周后数日前曾拿过李煜所填的一道《浪淘沙》入宫，朕记得你颇为欣赏。你吟来为朕与光义佐酒，如何？"

花蕊夫人有些迟疑道："皇上，那曲《浪淘沙》虽然美妙，但情调过于低沉，皇上与晋王爷酒兴正浓，臣妾吟这曲《浪淘沙》恐不太合适……"

赵光义抢着说道："花妃娘娘此言差矣！只要是花妃娘娘所吟，本王都会觉得合适！"

赵光义有讲酒话之嫌了，而赵匡胤好像没有听出来，他醉眼惺忪地看着花蕊夫人说道："爱妃啊，人生不可能都是花好月圆啊！在尽情欢乐的时候，听上一曲忧伤的小调，岂不也是人生的快事？朕记得，那曹孟德曾有诗云：'对酒当歌，人生几何？譬如朝露，去日苦多。慨当以慷，忧思难忘。何以解忧？唯有杜康……'"

赵匡胤竟然一路背了起来。看他那架势，他似乎要把曹操的那首《短歌行》一直背诵下去。赵光义有点不耐烦了，急忙打断道："皇兄，且听花妃娘娘吟诵如何？"

赵匡胤一怔，不觉看了看赵光义，然后又看着花蕊夫人道："爱妃，光义有点迫不及待了，你就快些吟诵吧。"

赵匡胤的"迫不及待"一词用得真是精当。花蕊夫人袅娜地起身，先道了声"臣妾遵旨"，然后便声情并茂地吟诵起李煜的那首《浪淘沙》来。词云："帘外雨潺潺，春意阑珊，罗衾不耐五更寒。梦里不知身是客，一晌贪欢。独自莫凭栏，无限江山，别时容易见时难。流水落花春去也，天上人间！"

再看花蕊夫人，脸上早已是泪痕斑斑。这首《浪淘沙》虽为李煜所填，但词中所透发出来的无限哀思，谁又敢说不是花蕊夫人的所思所想？从本质上去看，花蕊夫人与李煜何其相似。所以，花蕊夫人吟诵李煜的词，极易产生情感上的强烈共鸣。而如果李煜得以一睹花蕊夫人回答赵匡胤的那首诗——"君王城上竖降旗，妾在深宫哪得知？四十万人齐解甲，更无一个是男儿"——恐也会不禁汗颜。

花蕊夫人吟诵毕，赵光义也被深深地感动了。只不过，赵光义的这种感动，似乎并非源于《浪淘沙》一词本身，而大半源于花蕊夫人那珠泪涟涟的模样。那模样，在赵光义看来，是多么惹人怜爱啊！

一股很难道出的滋味，从赵光义的心头向上涌来。赵光义硬是压住了这股滋味，然后端起酒杯，眯缝着双眼朝赵匡胤道："皇兄，我与你干杯。"

但赵匡胤没有回应。赵光义连忙张大眼睛，却见赵匡胤已经垂头而睡了。赵光义以为赵匡胤是假装的，就用手推了推，说道："皇兄，臣弟还没喝好呢，你不能就此罢休！"

然而赵匡胤没有假装。赵光义那么一推，他就颓然地倒在了席子上，虽然嘴里"叽里咕噜"地说了一通，但双眼并没有睁开。赵光义这回明白了：赵匡胤真喝醉了。

赵光义得意起来，不禁发出一阵"嘿嘿嘿"的笑声。这笑声在寂静的夜里，显得是那样的令人毛骨悚然，连一直沉浸在《浪淘沙》那悲凉的情境中的花蕊夫人，也被赵光义的这种笑声惊得回过了神。

这一回过神，花蕊夫人就发现了倒在席上的赵匡胤。她赶紧蹲在赵匡胤的身边低呼道："皇上，你怎么了？快醒醒……"

赵光义发话了："花妃娘娘不必惊讶！他只是喝多了而已。你日日夜夜侍候在他的身边，如何会不知他这贪杯的毛病？"

说着话，赵光义就一点一点地爬起了身。他本以为自己还很清醒，可好不容易爬起身之后，他才觉得自己头重脚轻、站立不稳。他努力地眨了眨眼，发现那花蕊夫人正看着自己。

"你，"他歪歪扭扭地朝她走过去，"为何……这般看着我？"

她还不知接下来要发生什么事，只是道："晋王爷，皇上醉成这般……如何是好？"

赵光义终于挪到了她的近前，说出来的话让她大为惊恐："花妃娘娘，你说，这么一个醉鬼，也能做大宋的皇上？"

花蕊夫人大吃一惊，问道："晋王爷，你刚才说什么？"

赵光义一把将她拽到了自己的怀中，回道："你问我刚才说什么？好，我告诉你，我刚才是说，这个醉鬼不配做大宋的皇上。从现在起，我赵光义就是大宋的皇上了，你花蕊夫人也就是我赵光义的花妃娘娘了！"

赵光义一边说话一边用手在花蕊夫人的身上摩挲。别看他已经站立不稳，但她却很难从他的手中挣脱。她能做的只是一边徒劳地挣扎，一边呼唤赵匡胤："皇上，你快醒来，晋王爷对臣妾非礼了……"

赵匡胤还真的被她唤醒了。一开始不知发生了什么，只看见赵光义和花蕊夫人紧紧地扭动在一起，于是他就迷惑地问道："光义，你在干什么？"

但旋即，赵匡胤就全明白了。他不知哪来的一股力气，一下子从席子上抬起身来，厉声喝道："赵光义，你好大胆，竟敢调戏朕的爱妃，你不想活了？"

却见赵光义，一把将花蕊夫人推倒在地，然后冲着赵匡胤狞笑道："你说得没错，是有人不想活了，但这人不是我，而是你！你当了这么多年的皇帝，也该让位了！"

赵匡胤正要发作，那赵光义早已从怀中抽出了那把小冰斧，并高高地举在空中，斧刃正对着赵匡胤。赵匡胤大惊失色道："赵光义，你想谋害朕的性命？"

赵光义不再说话，一步步地朝着赵匡胤逼去。此时的赵光义，步伐竟然迈得那样地沉稳。然而赵匡胤就不行了，他似乎想凭借一身的武艺将那把斧子夺过来，可刚一迈步，就一头栽倒在地。与此同时，赵光义手中的斧子也狠狠地劈了下去……

没有人听见赵匡胤临死前发出过什么响声。一直在赵匡胤寝殿附近转悠的王继恩，只看见过烛光掩映下的赵匡胤和赵光义的身影，只听见过赵光义手中的斧子在砍着什么东西。而实际上，在烛影斧声之中，确曾发出过另一种声音，那是从花蕊夫人口中所发出的短促的"啊"声。"啊"过一声之后，花蕊夫人就香消玉殒了。

这一年，赵匡胤虚龄刚好五十。

当时，赵光义并不知道那花蕊夫人因惊悸过度而死。他砍死了赵匡胤之后，神情顿然慌乱。慌乱之下，他就想拔脚离开这是非之地。他都跑到寝殿的门口了，但最终，他却又返回了身。因为他的酒醒了。

酒醒之后，赵光义有些冷静了，他开始收拾作案现场了。他把沾有胞兄鲜血的小冰斧重新揣入怀中，又将赵匡胤弄到了床上，用棉被盖好，还擦拭了一下地上的血迹。做完这一切，就该处理花蕊夫人了。但不知为何，他只是神情凝重地看了花蕊夫人一眼，连碰都没有碰她，就吹灭蜡烛，拉上殿门，急急地走了。

走到殿外，赵光义碰见那王继恩。可能是天气太过寒冷吧，站在赵光义面前的王继恩，浑身颤抖个不停，上下牙齿斗得"咯咯咯"直响。赵光义吩咐道："天明以前，谁人都不许进入寝殿！"

王继恩点头道："王爷放心，小人一直就守在这里。"

半夜过后，真的有人往寝殿走来。这人是宋皇后。宋皇后总觉得今晚之事有些蹊跷，所以就过来探询。王继恩迎住宋皇后，并告诉她：晋王爷早就出宫了，皇上和花妃娘娘也早就安歇了。王继恩还故意强调道："皇上有旨：今夜任何人都不许打搅！"

王继恩把"任何人"三个字咬得很重。宋皇后瞟了一眼黑乎乎的寝殿，不无醋意地道："那是自然。有花妃娘娘在，皇上岂能让人打搅？"

紧跟着，宋皇后又嘱咐王继恩道："天明之后，待皇上醒来，你速来告知！"

看来，宋皇后只能等待着天明的到来，才能去赵匡胤的寝殿看个究竟了。而实际上，期盼着天明到来的人又何止宋皇后一个？那赵光义和赵普的期盼心情，简直比宋皇后要强烈百倍。

赵光义踏着冰冷的雪回到晋王府后，还没等赵普开口询问呢，他就迅速地搜出那把斧头往赵普的手中一塞道："你看看，上面还有血呢！"

斧头上面不仅有血，血迹似乎还未干。赵普"啊呀"一声倒地便拜，且拜且说道："王爷大义灭亲，微臣无以赞美。"

不知怎地，赵光义双腿一软，竟一下子坐在了地上。赵普慌忙问道："王爷如何这般？"

赵光义像是自言自语地道："本王做出这等大逆不道之事，明日可真的能做成皇上？"

"大逆不道"一词，足可看出赵光义还是有良心的。赵普指着那把斧头对赵光义道："王爷，你明日若做不成皇上，就用这把斧子把我砍死！"

当"明日"缓缓地降临汴梁城时，大宋皇宫依然笼罩着一层茫茫的白雪。那王继恩像失魂落魄似的，一头扎进了皇后的寝宫，满是惶恐地对宋皇后说道："娘娘，不得了了……今晨小人去见皇上，发现皇上已经驾崩，那花妃娘娘也已升天……"

"啊？"宋皇后骇然惊叫一声，"怎么会……发生这样的事？"

王继恩颤声问道："皇后娘娘，这……这该如何是好啊？"

宋皇后惊惧之后，居然冷静了下来。她问王继恩："皇上驾崩之事，除你之外，可还有别人知晓？"

王继恩使劲地摇头："除小人外，只皇后娘娘知道。"

"那好！"宋皇后指示王继恩，"你现在去做两件事：一是派人将皇上的寝殿严加看守，不许任何人进入；二是速速出宫将德芳唤来！"

宋皇后以为，赵匡胤之死既然无人知晓，那她的儿子赵德芳就可以继任皇帝。她乃大宋皇后，她只要说赵匡胤临死前传有口谕：着赵德芳为帝，谁人不信？反正赵匡胤生前也没有立下皇位继承人，又没有什么"遗嘱""密诏"之类，她宋皇后的话还不就等于是圣旨？

这当然是宋皇后一厢情愿的事。那王继恩出了宫之后，根本没去找什么赵德芳，而是直奔晋王府。赵光义和赵普二人早在府内等候着呢。

赵光义双眼红红的，嘴里还泛着浓浓的酒气，显然是一夜未合眼。赵普催促道："王爷，快入宫吧，此事切不可耽搁啊！"

可赵光义却有些害怕起来，迟迟疑疑地不敢离开晋王府。赵普又急着说道："王爷，皇后既有心让德芳继位，你就不能再有片刻的犹豫，否则，若发生什么变故，王爷可就前功尽弃了啊！"

王继恩也道："皇后娘娘说不定又派别人去唤赵德芳了。"

赵光义终于鼓足了勇气，大声说道："王继恩，带本王入宫！"

可怜那宋皇后，正在翘首盼望着儿子赵德芳的到来呢。见着王继恩，她急忙迎上去问道："德芳来了吗？"

王继恩将身子一闪："回禀娘娘千岁，晋王爷来了！"

站在王继恩身后的，不是赵光义又会是谁？赵光义的脸上笑嘻嘻的，看上去十分轻松。

宋皇后的心里就不轻松了。确切地说，她看见赵光义之后，就什么都明白了。虽然她并不知晓昨天夜里在赵匡胤的寝殿究竟发生了什么事，但她却也能猜出，赵匡胤之死定与赵光义有关。不然，此刻到来的就应该是赵德芳而不会是赵光义。

宋皇后应该算得上是一个比较聪明的女人了。她知道想让自己的儿子赵德芳做皇帝是不可能的事了，所以，见到赵光义之后，她虽然很惊愕，但惊愕过后就跪倒在赵光义的面前道："我等母子之命，就全托付于皇上了！"

宋皇后说完早已是泪流满面，而赵光义却大喜。"皇上"二字出自宋皇后之口，那他赵光义岂不就是名正言顺的皇上了吗？想到此，赵光义赶紧双手将宋皇后扶起，也流着热泪说道："皇嫂休虑！我赵光义的富贵，也就是尔等母子的富贵！"

赵光义这话似乎也不是说了玩的。撇开那赵德芳不说，就宋皇后本人而言，也的确是够大富大贵的了。赵光义的岁数比宋皇后大十多岁，但自当了大宋皇帝之后，对宋皇后也算是尊敬有加了，不然，宋皇后就不会活到四十四岁。

开宝九年（公元976年）十月二十一日，赵光义登上了大宋皇帝宝座。赵光义上台后不久，做了两件重大的事情：一是重召赵普入朝为相；二是改元"太平兴国"，开宝九年即太平兴国元年。